LA COLÈRE DES ANGES

DU MÊME AUTEUR

Tout ce qui meurt, Presses de la Cité, 2001 ; Pocket, 2004
... Laissez toute espérance, Presses de la Cité, 2002 ; Pocket, 2004
Le Pouvoir des ténèbres, Presses de la Cité, 2004 ; Pocket, 2005
Le Baiser de Caïn, Presses de la Cité, 2003 ; Pocket, 2004
L'Ange Noir, Presses de la Cité, 2006 ; Pocket, 2008
La Proie des ombres, Presses de la Cité, 2008 ; Pocket, 2009
Les Anges de la nuit, Presses de la Cité, 2009 ; Pocket, 2010
L'Empreinte des amants, Presses de la Cité, 2010 ; Pocket, 2011
Les Murmures, Presses de la Cité, 2011 ; Pocket, 20012
La Nuit des corbeaux, Presses de la Cité, 2012 ; Pocket, 2013

John Connolly

LA COLÈRE DES ANGES

Roman

*Traduit de l'anglais (Irlande)
par Jacques Martinache*

Titre original : *The Wrath of Angels*

Le Code de la propriété intellectuelle n'autorisant, aux termes de l'article L. 122-5, 2ᵉ et 3ᵉ a), d'une part, que les « copies ou reproductions strictement réservées à l'usage privé du copiste et non destinées à une utilisation collective » et, d'autre part, que les analyses et les courtes citations dans un but d'exemple et d'illustration, « toute représentation ou reproduction intégrale ou partielle faite sans le consentement de l'auteur ou de ses ayants droit ou ayants cause est illicite » (art. L. 122-4).
Cette représentation ou reproduction, par quelque procédé que ce soit, constituerait donc une contrefaçon, sanctionnée par les articles L. 335-2 et suivants du Code de la propriété intellectuelle.

© Bad Dog Books Limited 2012
© Presses de la Cité, 2013 pour la traduction française
ISBN 978-2-258-10107-4

Presses de la Cité | un département **place des éditeurs**

place des éditeurs

Au professeur Ian Campbell Ross

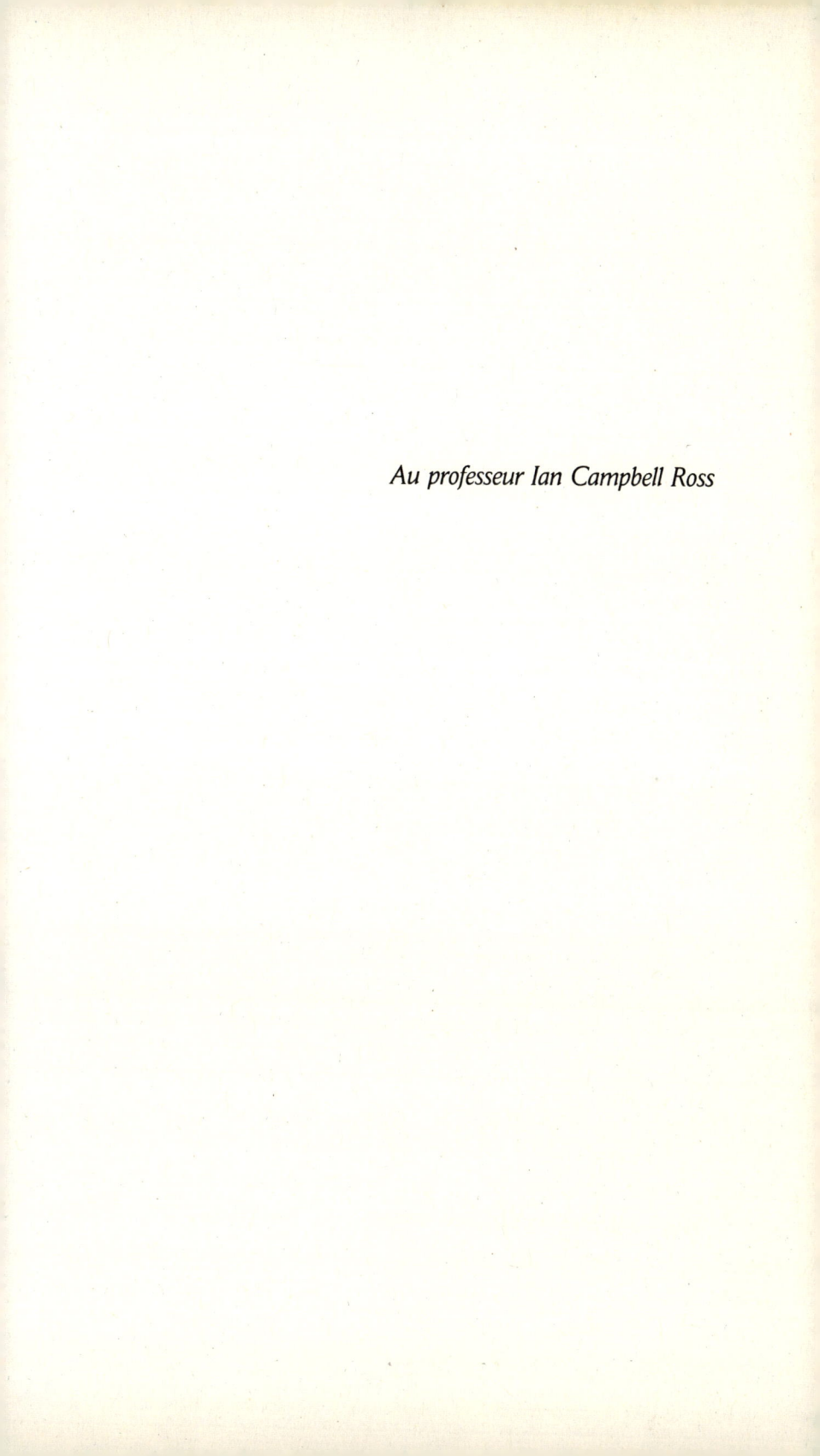

I

« Je préfère l'hiver et l'automne, quand on sent l'ossature du paysage — sa solitude, la sensation d'engourdissement de l'hiver.
Quelque chose attend tapi dessous, on ne voit pas toute l'histoire. »

Andrew WYETH (1917-2009)

1

Au moment de mourir, Harlan Vetters fit venir son fils et sa fille à son chevet. Les longs cheveux gris du vieil homme, déployés sur son oreiller et vernissés par la lumière de la lampe, semblaient être l'émanation de son âme en partance. Il avait le souffle court. Les pauses entre inspiration et expiration étaient chaque fois plus longues, et il cesserait bientôt tout à fait de respirer. Le crépuscule descendait lentement, mais par la fenêtre de la chambre on voyait encore les arbres, sentinelles de la forêt du Grand Nord, car le vieux Harlan avait toujours dit qu'il vivait au bord même de « la frontière », que sa maison était la dernière avant le royaume de la forêt.

Ces temps-ci, il lui semblait que, à mesure que ses forces déclinaient, son pouvoir de tenir la nature au large faiblissait aussi. Des mauvaises herbes envahissaient son jardin, des ronces se glissaient dans ses rosiers. Son gazon était inégal et mal entretenu : il aurait fallu le tondre une dernière fois avant l'hiver, tout comme il aurait fallu raser la barbe qui hérissait son menton et crissait désagréablement sous ses doigts, car la fille n'était pas capable de le faire aussi bien que lui autrefois. Les feuilles mortes qui s'accumulaient dans le jardin étaient semblables aux squames de peau sèche qui se détachaient de ses mains, de ses lèvres, de son visage, et parsemaient ses draps. Il voyait le déclin par sa fenêtre, le déclin dans son miroir, et seul le premier s'accompagnait d'une promesse de renouveau.

La fille prétendait qu'elle avait bien assez à faire sans s'occuper des rosiers et des arbres, et le garçon était encore trop furieux pour rendre ce simple service à son père agonisant. Pourtant, ces choses étaient importantes pour Harlan. Il y avait un combat à livrer, une guerre contre la tendance de la nature à tout reconquérir. Si tout le monde pensait comme sa fille, les maisons seraient étranglées par le lierre et les racines, les bourgs disparaîtraient sous une mer brun-vert. Dans ce comté, il suffisait à un homme d'ouvrir les yeux pour découvrir les ruines d'anciennes demeures étouffées par la verdure, de tendre l'oreille pour entendre les noms de villages qui n'existaient plus, ensevelis quelque part dans les profondeurs de la forêt.

Il fallait endiguer la nature, confiner les arbres à leur domaine.

Les arbres, et ceux qui habitaient la forêt.

Harlan n'était pas particulièrement croyant et avait toujours méprisé ceux qu'il appelait « les culs-bénits » – chrétiens, juifs ou musulmans, il n'avait de temps à perdre avec aucun d'entre eux –, mais il était à sa manière un être d'une profonde spiritualité, adorant un dieu dont les feuilles murmuraient le nom et dont les oiseaux chantaient les louanges. Il avait été garde forestier dans le Maine pendant quarante ans et, même après sa retraite, ses successeurs avaient souvent fait appel à son savoir et à son expérience, car peu d'entre eux connaissaient ces bois aussi bien que lui. C'était Harlan qui avait retrouvé le petit Barney Shore, âgé de douze ans, quand le père du garçon avait été terrassé par une crise cardiaque alors qu'il chassait, son cœur explosant si vite dans sa poitrine qu'il était mort quelques secondes après avoir touché le sol. L'enfant, en état de choc et peu familier de la forêt, s'était égaré vers le nord ; lorsque la neige avait commencé à tomber, il s'était caché sous un arbre abattu et serait à coup sûr mort à cet endroit si Harlan n'avait pas découvert sa trace.

C'était à Harlan, à Harlan seul, que Barney Shore avait raconté l'histoire de la fille des bois, une fille aux yeux enfoncés et vêtue d'une robe noire, qui s'était approchée de lui aux premiers flocons et l'avait invité à la suivre au cœur de la forêt pour jouer avec elle dans l'obscurité septentrionale.

« Mais je me suis caché et je suis pas allé avec elle, avait dit Barney à Harlan tandis que le vieil homme le ramenait vers le sud sur son dos.
— Pourquoi, mon garçon ?
— Parce que c'était pas une petite fille, pas vraiment. Elle en avait juste l'air. Je crois qu'elle était très vieille. Je crois qu'elle était là depuis très, très longtemps.
— Je pense que tu as eu raison », avait répondu Harlan en acquiesçant de la tête.

Il avait en effet entendu des contes sur la fille perdue dans les bois, bien qu'il ne l'eût jamais vue lui-même, et il priait son dieu d'air, de branches et de feuilles de lui épargner de la rencontrer. Il lui était cependant arrivé de sentir sa présence, particulièrement cette fois-là, alors qu'il était à la recherche de Barney, et il avait su qu'il se rapprochait de nouveau du territoire de la fille.

Parcouru d'un frisson, il avait longuement réfléchi avant de reprendre :
« Si j'étais toi, petit, je ne parlerais de cette fille à personne d'autre. »

Et il avait senti l'enfant hocher la tête contre son dos.
« De toute façon, on me croirait pas, hein ?
— Non. Les gens penseraient que c'est parce que tu as subi un choc et que tu es resté longtemps seul dans la forêt. La plupart se diraient que c'est juste à cause de ça.
— Vous, vous me croyez ?
— Oh oui, je te crois.
— Elle était réelle, hein ?
— Je ne sais pas si c'est le mot que j'utiliserais pour elle. Je ne pense pas que tu aurais pu la toucher, sentir son odeur ou son haleine sur ta figure. J'ignore si tu aurais pu voir ses pas dans la neige, ni distinguer les taches de sève sur sa peau. Mais si tu l'avais suivie, comme elle te l'a demandé, je ne t'aurais jamais trouvé, et je suis certain que personne d'autre ne t'aurait trouvé non plus, vivant ou mort. Tu as bien fait de ne pas t'approcher d'elle. Tu es un brave garçon, plein de courage. Ton père serait fier de toi. »

Contre son dos, il avait perçu les premiers hoquets de Barney, soudain secoué de sanglots. Bien, avait pensé Harlan. Plus les larmes tardent à venir, plus la souffrance est grande.

« Vous retrouverez aussi mon papa ? Vous le ramènerez à la maison ? Je veux pas qu'il reste dans les bois. Je veux pas que la fille le prenne.

— D'accord, avait répondu Harlan. Je vais retrouver ton père, tu pourras lui dire adieu. »

Et il l'avait fait.

A l'époque, Harlan était déjà dans sa soixante-quinzième année et il vivrait encore cinq ans de plus, mais il n'était plus l'homme qu'il avait été. Si l'âge l'avait diminué, il avait aussi été éprouvé par les deuils. Son épouse, Angeline, lui avait été enlevée par une cruelle alliance de parkinson et d'alzheimer, un an avant que Barney Shore lui parle de la fille des bois. Il l'avait aimée autant qu'un homme peut aimer sa femme, nul besoin d'en dire plus.

Peu de temps après, Paul Scollay, l'ami le plus ancien et le plus proche de Harlan, s'était assis sur un seau dans le bûcher situé derrière sa cabane, il avait enfoncé le canon de son fusil de chasse dans sa bouche et pressé la détente. Le cancer qui le grignotait depuis un moment avait pris goût à sa chair. Scollay avait mis fin au festin, ainsi qu'il l'avait toujours dit à son copain. Ils avaient bu un verre ensemble, plus tôt dans la journée : rien qu'une bière ou deux, à la table en pin installée à côté de ce même bûcher, avec le soleil couchant derrière les arbres, la plus belle soirée que Harlan eût connue depuis de nombreuses années. Ils avaient évoqué des souvenirs et Paul avait paru détendu, en paix avec lui-même, ce qui avait appris à Harlan que la fin était proche. Il n'avait cependant fait aucun commentaire. Les deux hommes s'étaient simplement serré la main, Harlan avait dit qu'ils se reverraient plus tard, et Paul avait répondu : « Ouais, sûrement. » Et c'était tout.

S'ils avaient parlé de nombreuses choses pendant ces dernières heures, il y avait un sujet qu'ils n'avaient pas abordé, un souvenir qu'ils n'avaient pas exhumé. Ils étaient convenus, des années auparavant, qu'ils n'en parleraient que si c'était absolument nécessaire, mais il était demeuré suspendu entre eux pendant leur ultime rencontre, tandis que le soleil les baignait de son éclat, comme la promesse du pardon d'un dieu auquel ni l'un ni l'autre ne croyaient.

C'était la raison pour laquelle, à l'heure de sa mort, Harlan Vetters avait fait venir son fils et sa fille à son chevet, tandis que dans les bois au-delà de la maison rôdait le dieu des arbres et des feuilles, venu enfin réclamer le vieil homme.

Et celui-ci avait dit à ses enfants :

— Un jour, il y a longtemps, Paul Scollay et moi, on a découvert un avion dans la forêt du Grand Nord…

2

L'automne était parti, évanoui en mèches de nuages blancs qui filaient dans des cieux bleu clair tels des foulards de soie pâle emportés par le vent. Bientôt ce serait Thanksgiving, bien qu'il y eût peu de raisons de manifester sa reconnaissance par une quelconque action de grâces en cette année finissante. Les gens que je rencontrais dans les rues de Portland me racontaient qu'ils avaient pris un deuxième boulot pour joindre les deux bouts, qu'ils nourrissaient leur famille avec des bas morceaux, que leurs économies fondaient et qu'ils avaient perdu toute protection sociale. Ils écoutaient des candidats à de hautes fonctions tenter de leur faire croire que la solution aux problèmes du pays consistait à rendre les riches encore plus riches afin que les miettes tombant de leur table aillent dans la bouche des pauvres, et certains, tout en mesurant l'injustice qui s'exprimait ainsi, en étaient à se demander si ça ne valait quand même pas mieux que pas de miettes du tout.

Dans Commercial Street, quelques touristes flânaient encore. Derrière eux, un grand bateau de croisière, le dernier de la saison, peut-être, dominait de son incroyable hauteur les quais et les entrepôts, avançant sa proue jusqu'à effleurer les bâtiments qui faisaient face à la mer. Les eaux qui le portaient étant invisibles de la rue, il semblait être une pauvre chose rejetée, abandonnée là après un tsunami.

Loin du front de mer, les touristes avaient totalement disparu, et au Great Lost Bear il n'y en avait pas un seul alors que l'après-midi faisait place au soir. Le Bear n'avait vu ce jour-là qu'un filet mince mais régulier de clients du cru franchir ses portes, ces visages familiers qui maintiennent les bars en activité aux périodes les plus creuses de l'année, et tandis que le jour déclinait, le bleu du ciel commençant à s'assombrir, le Bear se préparait à s'installer dans une atmosphère aimable et chaleureuse de conversations à voix basse, de musique douce, avec des tables dans la pénombre pour les amants et les amis, et d'autres pour des entretiens plus sombres.

C'était une femme menue, à la chevelure noire et courte barrée d'une unique mèche blanche, comme le plumage d'une pie, avec, en travers du cou, une cicatrice en forme de S évoquant la trace d'un serpent sur le sable clair. Ses yeux étaient d'un vert soutenu, et les pattes-d'oie qui en partaient, loin de porter atteinte à son apparence, attiraient l'attention sur ses iris et rehaussaient sa beauté quand elle souriait. Elle ne semblait ni plus jeune ni plus vieille que son âge, et son maquillage était discret. Je présumais que, la plupart du temps, elle se contentait d'être comme Dieu l'avait faite, et que c'était uniquement pour les rares occasions où elle venait en ville, pour les affaires ou pour le plaisir, qu'elle éprouvait le besoin de « se pomponner », comme disait mon grand-père. Elle ne portait pas d'alliance et n'avait pour tout bijou que la petite croix d'argent accrochée à son cou par une chaîne de peu de valeur. Ses ongles étaient coupés si court qu'on aurait pu croire qu'elle se les rongeait si leurs extrémités n'avaient été aussi nettes et égales. Un accroc sur la cuisse droite de son pantalon noir habillé avait été réparé par un petit triangle de tissu, apposé d'une main experte et à peine visible. Ce pantalon lui allait bien et avait sans doute coûté cher. Elle n'était pas du genre à laisser un petit accroc causer la perte d'un tel vêtement. J'imaginais qu'elle l'avait raccommodé elle-même, ne faisant confiance à personne d'autre pour ça, ne voulant pas gaspiller d'argent pour quelque chose qu'elle ferait mieux de ses propres mains, elle le savait. Une chemise d'homme d'une blancheur immaculée, taillée pour se rétrécir dans le bas, recouvrait la ceinture du pantalon. Elle avait de petits seins et le contour de son soutien-gorge se devinait sous le tissu de la chemise.

L'homme qui l'accompagnait avait deux fois son âge, voire plus. Il avait pour l'occasion passé un costume de serge marron sur une chemise jaune, ornée d'une cravate jaune et marron qui devait faire partie d'un ensemble, avec peut-être un mouchoir pour la pochette depuis longtemps rejeté parce que trop ostentatoire. « Des costumes pour enterrement », disait mon grand-père, même si, au gré d'un changement de cravate, ils pouvaient servir aussi pour les baptêmes, et pour les mariages si celui qui le portait n'était pas à compter parmi les invités de marque.

Bien qu'il n'eût pas acheté ce costume pour un événement lié à une cérémonie religieuse, une arrivée dans ce monde ou un départ, et qu'il eût astiqué ses chaussures d'un marron rougeâtre au point que l'éraflure aux orteils pût passer pour le reflet de la lumière sur le cuir, l'homme portait encore sur la tête une vieille casquette avec l'inscription « Scollay, Guide & Taxidermiste », en lettres si tarabiscotées qu'il fallait un moment pour la déchiffrer, laps de temps pendant lequel son porteur aurait sûrement trouvé le moyen de vous glisser dans la main sa carte commerciale et de vous demander si vous n'aviez pas un animal à faire empailler ou, en cas de réponse négative, si vous ne souhaitiez pas par-dessus tout faire une excursion dans les bois du Maine. J'éprouvais une sorte d'affection pour ce type assis devant moi, ouvrant et fermant nerveusement les mains, ébauchant des sourires gênés qui disparaissaient presque aussitôt après, comme de petites vagues d'émotion venues mourir sur son visage. C'était un homme âgé, un homme bien, pensais-je, même si je l'avais vu pour la première fois une heure plus tôt. Cette qualité rayonnait de lui et je me disais que, lorsqu'il quitterait enfin ce monde, il serait profondément regretté et que la communauté à laquelle il appartenait se trouverait appauvrie par sa disparition.

J'avais cependant conscience que ma sympathie pour cet homme devait beaucoup à une question de date. C'était l'anniversaire de la mort de mon grand-père. Ce matin, j'avais déposé des fleurs sur sa tombe et j'étais resté un moment près de lui, à regarder passer les voitures qui allaient à Prouts Neck, Higgins Beach, Ferry Beach, ou qui en revenaient : tous des gens du coin.

Fait étrange, je m'étais souvent tenu devant la tombe de mon père sans avoir le sentiment de sa présence. Même chose pour ma mère, qui lui avait survécu quelques années seulement. Ils étaient ailleurs, partis depuis longtemps. Quelque chose de mon grand-père demeurait dans les bois et les marais de Scarborough, parce qu'il avait aimé ce lieu et y avait toujours trouvé la paix. Je savais que son dieu – car tout homme a son propre dieu – le laissait y vagabonder parfois, peut-être avec le fantôme d'un des nombreux chiens qui lui avaient tenu compagnie tout au long de sa vie, jappant à ses talons, débusquant les oiseaux des roselières et les pourchassant pour le plaisir. Mon grand-père disait que si Dieu n'accordait pas à un homme de retrouver ses chiens dans l'au-delà, ce dieu ne méritait pas d'être adoré, et que si les chiens n'avaient pas d'âme, aucun être n'en avait...

— Excusez-moi, fis-je. Qu'est-ce que vous disiez ?

— Un avion, monsieur Parker, répondit Marielle Vetters. Ils avaient trouvé un avion.

Nous étions assis dans un box du fond du Bear, sans personne d'autre à proximité. Derrière le comptoir, Dave Evans, propriétaire et gérant du bar, se battait avec une pompe à bière récalcitrante ; en cuisine, les chefs se préparaient pour les commandes de la soirée. J'avais barré avec deux chaises l'accès à l'endroit où nous étions installés afin que nous ne soyons pas dérangés. Dave ne voyait aucun inconvénient à ce changement temporaire d'utilisation de ses sièges. De toute façon, il avait des soucis plus importants ce soir-là : à une table proche de la porte, les frères Fulci fêtaient l'anniversaire de leur mère.

Les frères Fulci, presque aussi larges que hauts, accaparaient tous les vêtements en polyester disponibles sur le marché dans une taille qui semblait toujours trop petite pour eux. Ils suivaient un traitement médicamenteux pour prévenir des sautes d'humeur excessives, ce qui signifiait que les dégâts causés par les sautes d'humeur non excessives se limiteraient probablement aux biens matériels et épargneraient les personnes. Leur mère était une toute petite femme aux cheveux gris argent et il semblait impossible que des hanches aussi étroites aient pu engendrer deux fils aussi énormes qui, disait-on, avaient nécessité des berceaux spécialement fabriqués pour les contenir. Quels qu'aient pu être les problèmes mécaniques rencontrés à leur naissance, les Fulci adoraient leur mère et cherchaient constamment à la rendre heureuse, mais tout particulièrement le jour de son anniversaire. Aussi la célébration imminente les rendait-elle nerveux, ce qui rendait Dave nerveux, ce qui à son tour rendait les chefs cuisiniers nerveux. L'un d'eux s'était déjà coupé avec un couteau à parer quand on l'avait informé qu'il serait seul responsable ce soir-là de la commande de la famille Fulci, et il avait demandé la permission de s'étendre un moment afin de calmer ses nerfs.

Bienvenue à une soirée comme toutes les autres au Bear, pensai-je.

« Je peux vous poser une question ? » avait demandé Ernie Scollay peu après son arrivée avec Marielle.

J'avais voulu leur offrir un verre, qu'ils avaient décliné, puis un café, qu'ils avaient accepté.

« Bien sûr, avais-je répondu.
— Vous avez des cartes de visite professionnelles, hein ?
— Oui. »

J'en avais tiré une de mon portefeuille, rien que pour prouver ma bonne foi. Une carte très simple, noir sur blanc, avec mon nom, « Charlie Parker », en gros caractères, un numéro de téléphone, une adresse mail sécurisée, et une qualification professionnelle nébuleuse : « Services d'Investigation ».

« Alors, vous avez une agence ?
— On peut dire ça.
— Alors, pourquoi vous n'avez pas un vrai bureau ?
— On me le demande souvent, de fait.
— Ben, si vous aviez un vrai bureau, on vous le demanderait moins souvent, avait-il argué, avec une logique difficilement contestable.

— Avoir un bureau coûte cher. Si j'en avais un, je me sentirais obligé d'y passer du temps pour justifier la dépense. Ce serait un peu comme mettre la charrue avant les bœufs. »

Après avoir pesé l'argument, Scollay avait hoché la tête. Peut-être à cause de mon choix judicieux d'une expression agricole, mais j'en doutais. Plus vraisemblablement à cause de ma réticence à gaspiller de l'argent pour un bureau dont je n'avais pas besoin, ce qui impliquait que je ne serais pas enclin à reporter les frais associés sur mes clients, notamment un certain Ernest Scollay.

C'était toutefois un peu plus tôt et nous en étions maintenant à l'objet de notre rendez-vous. J'avais écouté Marielle me parler des derniers jours de son père, du sauvetage du petit Barney Shore, et bien qu'elle eût quelque peu bredouillé en évoquant la fille morte qui avait tenté d'attirer Barney au plus profond de la forêt, elle avait continué à me regarder dans les yeux et ne s'était pas excusée pour la bizarrerie de ces propos. De mon côté, je n'avais exprimé aucun scepticisme, car cette histoire de la fille de la forêt du Grand Nord, je l'avais entendue dans la bouche d'un autre, des années auparavant, et je l'avais crue.

Après tout, j'avais moi-même assisté à des choses plus étranges.

Marielle en était maintenant à l'avion, et la tension entre elle et Ernie Scollay, le frère du meilleur ami de son père, était devenue palpable, comme de l'électricité statique dans l'air. Je sentais que cette histoire avait fait l'objet de nombreuses discussions, voire de disputes, entre eux. Scollay se recula un peu sur son siège pour se distancier clairement de ce qui allait être dit. Il avait accompagné Marielle Vetters parce qu'il n'avait pas eu le choix. Elle avait l'intention de révéler une partie, sinon la totalité, de ce que son père lui avait confié, et Scollay avait estimé qu'il valait mieux être présent et assister à ce qui se passait que rester à la maison à tourner en rond en imaginant ce qui pourrait se dire en son absence.

— Il avait une immatriculation ? demandai-je.
— Une quoi ?

— Des chiffres et des lettres pour l'identifier. Ici, on appelle ça un Numéro N. Il se trouve généralement sur le fuselage et commence toujours par la lettre N si l'appareil est enregistré aux Etats-Unis.

— Oh. Non. Mon père n'a vu aucune marque d'identification, et l'avion était en grande partie caché, de toute façon.

Cela semblait anormal. Personne ne fait voler un avion sans une immatriculation quelconque. Je ne croyais cependant pas que Marielle me mentait.

— Vous êtes sûre ?

— Tout à fait. Mon père a dit que l'avion avait cassé une de ses ailes en tombant et qu'il n'avait quasiment plus de queue.

— Il vous l'a décrit ?

— Il a cherché des photos d'appareils qui lui ressemblaient et il pensait que ça pouvait être un Piper Cheyenne ou quelque chose comme ça. C'était un bimoteur, avec quatre ou cinq hublots sur le côté.

Je fis apparaître sur mon portable une image de l'appareil en question et ce que je vis confirmait apparemment les déclarations de Marielle sur l'absence de marques. Le Piper Cheyenne portait son numéro d'immatriculation sur l'aileron vertical de la queue. S'il l'avait perdu et si les autres marques se trouvaient sous l'aile, l'avion aurait été impossible à identifier de l'extérieur.

— Quand vous dites que l'avion était en grande partie caché, vous laissez entendre que quelqu'un avait cherché à dissimuler sa présence ?

Elle regarda Ernie Scollay, qui haussa les épaules.

— Autant lui dire, Mari, lui conseilla-t-il. Ça ne sera pas beaucoup plus bizarre que ce qu'il a déjà entendu.

— Ce n'était pas quelqu'un ni des gens, déclara Marielle. D'après mon père, c'était la forêt elle-même. La nature. Il a dit que les arbres et le reste faisaient le nécessaire pour avaler l'avion.

3

Ils n'auraient jamais trouvé l'avion s'il n'y avait pas eu le cerf. Le cerf, et le plus mauvais tir de la vie de Paul Scollay. Comme chasseur à l'arc, il n'avait pas d'égal. Harlan Vetters n'avait jamais connu de tireur comme lui. Même enfant, il était très adroit avec un arc, et Harlan pensait que si Paul avait bénéficié de l'entraînement adéquat, il aurait pu faire les jeux Olympiques. Il avait le tir à l'arc dans le sang, cette arme devenait une extension de son bras, de lui-même. Sa précision n'était pas seulement une question de fierté pour lui. Même s'il adorait chasser, il ne tuait jamais un animal qu'il n'aurait pu manger, et il visait pour causer à sa proie le moins de souffrance possible. Harlan partageait cette préoccupation, et c'est pour cela qu'il préférait chasser avec une bonne carabine : il doutait de son habileté à l'arc. Pendant la saison de chasse à l'arc, en octobre, il accompagnait son ami en simple spectateur et admirait son adresse sans jamais éprouver le besoin de participer.

Avec l'âge, Paul en vint cependant à préférer la carabine à l'arc. Il avait de l'arthrite dans l'épaule droite et dans une demi-douzaine d'autres endroits aussi. Il prenait le bon Dieu à témoin que la seule partie importante de son corps épargnée par l'arthrite était celle où il aurait apprécié un peu plus de raideur. Selon l'expérience de Paul, le Seigneur avait apparemment mieux à faire que s'occuper des troubles érectiles de ses créatures masculines.

Paul était donc le meilleur avec un arc, et Harlan lui était supérieur avec une carabine. Dans les années qui suivirent,

Harlan se demanderait souvent si rien de tout cela, bon ou mauvais, ne serait arrivé s'il avait été le premier à tirer sur le cerf.

Il convient ici de dire qu'ils avaient toujours paru très différents à de nombreux égards, ces deux hommes. Harlan parlait sans élever la voix alors que son ami avait le verbe haut ; il était pince-sans-rire alors que Paul était direct, déterminé et consciencieux alors que Paul semblait souvent indécis et peu concentré. Harlan était mince et sec, ce qui avait parfois conduit des ivrognes et des imbéciles à sous-estimer sa force, alors que seul un homme vigoureux aurait pu porter un enfant accablé de chagrin sur des kilomètres de terrain accidenté et couvert de neige, sans trébucher et sans se plaindre, à plus de soixante-dix ans. Paul Scollay était plus gras, mais c'était un enrobage sur du muscle, et il était rapide pour un gros. Ceux qui ne les connaissaient pas bien les avaient pris un temps pour un couple mal assorti, deux hommes très différents d'aspect et de personnalité qui parvenaient cependant à former un seul tout, comme deux pièces d'un puzzle emboîtées. Leurs relations étaient beaucoup plus complexes, et leurs ressemblances plus profondes que leurs différences, comme c'est toujours le cas chez des hommes qui entretiennent une amitié de toute une vie, qui ont rarement un mot dur l'un pour l'autre, et qui pardonnent toujours quand cela se produit. Ils avaient une même vision du monde, une même conception des obligations que l'on a envers autrui. Quand Harlan Vetters avait porté Barney Shore sur son dos, les faisceaux des torches électriques et les appels le guidant enfin vers la principale équipe de recherche, le fantôme de son ami marchait à son côté, présence invisible veillant sur l'enfant et le vieil homme, et empêchant peut-être la fille des bois d'approcher.

Car, après que Barney lui eut parlé d'elle, Harlan avait perçu un mouvement parmi les arbres à sa droite, une blancheur errante obscurcie par la neige qui tombait, comme si la simple mention de l'existence de la fille l'avait attirée vers eux. Il avait choisi cependant de ne pas regarder ; il craignait que ce ne soit précisément ce que la fille souhaitait, parce que, s'il regardait, il risquait de trébucher, et s'il trébuchait, il risquait de se casser quelque chose et elle se jetterait sur eux, l'enfant et l'homme, et ils seraient perdus. Il avait alors fait appel à son vieil ami et il n'aurait su dire si Paul était réellement venu à son aide ou si Harlan avait simplement imaginé sa présence pour y puiser soutien et détermination. Tout ce qu'il savait, c'était qu'une sorte de réconfort l'avait envahi, et la créature qui les suivait à travers les arbres, quelle qu'elle pût être, avait battu en retraite avec un soupir de déception – à moins que ce ne fût le bruit d'une branche se libérant de son fardeau de neige –, jusqu'à disparaître complètement.

Et là, gisant sur son lit de mort, Harlan s'était demandé si la fille s'était souvenue de lui, si elle avait gardé le souvenir de ce premier jour, le jour du cerf, le jour de l'avion…

Ils étaient partis tard. Le pick-up de Harlan déconnait et celui de Paul était en réparation. Ils avaient même failli ne pas partir, mais le temps était magnifique et ils avaient déjà fait leurs préparatifs : leurs vêtements – vestes à carreaux Woolrich, pantalons en laine de chez Reny's et *union suits*, des sous-vêtements une pièce qui les maintiendraient au chaud, même mouillés – avaient passé la nuit dans des coffres de cèdre pour éliminer leur odeur humaine. Ils avaient remplacé le bacon et les saucisses du petit déjeuner par des flocons d'avoine. Ils emportaient de la nourriture dans des récipients hermétiques et chacun d'eux avait pris une bouteille dans laquelle uriner, ainsi qu'une thermos pour boire. (« Faudra pas se tromper de bouteille », disait toujours Paul, et Harlan riait poliment.)

Tels des enfants, ils avaient supplié la fille de Harlan de leur prêter sa voiture et elle avait fini par accepter. Elle était récemment revenue vivre chez ses parents après la rupture de son couple et passait le plus clair de son temps à se morfondre dans la maison, pour autant que Paul pouvait en juger. Il l'avait cependant toujours considérée comme une brave gosse et il eut encore meilleure opinion d'elle après qu'elle leur eut remis les clés de sa voiture.

Il était déjà 15 heures passées lorsqu'ils garèrent la voiture et pénétrèrent dans les bois. Ils passèrent la première heure ou à peu près à bavarder en se dirigeant vers une ancienne coupe qu'ils connaissaient et où il y avait maintenant des arbres de seconde pousse appréciés des cerfs : aulnes, bouleaux et *popples*, comme les hommes de leur âge avaient tendance à appeler les peupliers. Portant chacun une Winchester 30-06, ils progressaient en souplesse sur leurs LL Bean à semelles de caoutchouc. Harlan avait une boussole, mais la consultait rarement. Ils savaient où ils allaient. Paul avait aussi emporté des allumettes, une corde pour tirer une carcasse et deux paires de gants de ménage qu'ils utiliseraient pour vider l'animal et se protéger des tiques. Harlan portait les couteaux et la cisaille dans son sac.

Ils pratiquaient ce qu'on appelait la *still hunting*[1] : les cabanes d'affût, les canoës, les groupes de rabatteurs poussant le cerf vers leurs fusils, ça n'était pas pour eux. Ils comptaient uniquement sur leurs yeux et leur expérience, cherchant des signes de présence de l'animal : les traces de frottement, là où les cerfs étaient attirés par des arbres à écorce lisse et forte odeur comme le pin, le sapin et l'épicéa ; les « lits » où l'animal s'étendait ; les pistes qu'il utilisait pour parcourir la plus courte distance entre deux points dans les bois, économisant ainsi son énergie. Comme c'était déjà l'après-midi, ils savaient que le cerf irait vers les terrains bas où l'air froid faisait descendre les odeurs, et ils marchaient parallèlement aux lignes de crête, Harlan scrutant le sol tandis que Paul gardait un œil sur les bois environnants pour déceler un éventuel mouvement.

Après que Harlan eut repéré des poils roux pris dans les herbes et des traces de frottement d'un grand cerf sur un sapin, les deux hommes se turent. La chasse se poursuivit dans une tension accrue à mesure que le jour déclinait, et ce fut Paul qui vit le cerf le premier : un grand neuf-cors pesant

---

1. Chasse pendant laquelle on marche lentement en observant attentivement autour de soi. *(Toutes les notes sont du traducteur.)*

probablement près de cent kilos. A peine Paul l'eut-il repéré que l'animal alerté dressait déjà la queue, se préparant à fuir, mais il n'était qu'à dix mètres de Paul, peut-être moins.

Paul tira, précipitamment. Il vit la bête chanceler et trébucher quand la balle l'atteignit, puis elle se tourna et détala.

C'était un loupé si spectaculaire qu'il n'y aurait pas cru si on le lui avait raconté, le genre de coup raté qu'il associait généralement aux chasseurs néophytes venus de loin qui se prenaient pour des coureurs des bois alors que leurs doigts portaient encore les taches d'encre de leur travail de bureau. Il avait connu plus d'un guide qui avait été contraint de poursuivre et d'achever un animal blessé après que son client, ayant manqué sa cible, n'avait pas eu l'énergie, les tripes ou la simple décence de suivre la piste de la bête touchée pour mettre fin à ses souffrances. Autrefois, on tenait une liste noire de ces « fines gâchettes » et les guides étaient discrètement avertis des risques qu'il y avait à les accompagner en forêt. Bon sang, Paul Scollay lui-même avait fait partie de ceux qui avaient dû traquer un cerf blessé et l'abattre. Il n'avait pas supporté la douleur de l'animal, le gâchis de sa force vitale et la tache que sa lente agonie ne manquerait pas de laisser sur son âme.

Voilà qu'il avait commis la même faute et, tandis que le cerf blessé disparaissait dans la forêt sombre, Scollay était incapable de parler.

— Bon Dieu, dit-il enfin. Qu'est-ce que j'ai foutu ?

— Un tir dans la cuisse, lui répondit Harlan. On peut jamais être sûr, mais il pourrait aller loin.

Le regard de Paul faisait la navette entre sa carabine et l'extrémité de ses doigts, dans l'espoir de trouver l'explication de ce qui venait d'arriver dans une mire endommagée ou une faiblesse visible de sa main droite. Il n'y avait rien à voir et, plus tard, il se demanderait souvent si c'était le signe, le moment où son corps avait commencé à faillir, où le processus de destruction et de propagation avait débuté, comme si son cancer s'était brusquement déclenché à l'instant où il avait pressé la détente, et si son erreur n'avait pas été causée par un spasme infime de son corps prenant soudain conscience d'une première cellule se retournant contre elle-même.

Tout cela vint cependant plus tard. Pour le moment, Harlan et Paul savaient seulement qu'ils avaient mortellement blessé un animal et qu'ils avaient le devoir de mettre fin à ses souffrances. La journée s'était assombrie et Harlan s'était demandé combien de temps s'écoulerait avant que Paul recommence à chasser. Pas cette saison, en tout cas. Il n'était pas dans le caractère de Paul de retourner rapidement dans les bois pour prouver que son tir raté n'avait été qu'une exception. Non, il le ruminerait, examinerait longuement son arme et s'entraînerait à tirer derrière sa maison. Ce ne serait qu'après avoir mis cent fois dans le mille qu'il envisagerait de viser de nouveau un animal vivant.

Le cerf laissa une piste claire à suivre, faite de sang rouge foncé et de crottes de panique projetées sur les buissons. Ils avançaient aussi vite qu'ils le pouvaient, mais ils étaient tous deux âgés et ce rythme ne tarda pas à les fatiguer. La bête, désorientée par la douleur, ne suivait aucune piste connue et ne tentait apparemment pas de couper derrière eux dans les bois pour se retrouver en terrain familier. Leur progression se ralentit. Bientôt ils furent inondés de sueur et une branche basse fit une vilaine entaille à la joue gauche de Harlan, qui saigna sur son col de chemise. Des points de suture seraient nécessaires. En attendant, Paul prit dans la trousse de secours deux sparadraps pour maintenir la plaie fermée. Au bout d'un moment, elle cessa de saigner, mais la douleur faisait larmoyer les yeux de Harlan et il se dit qu'il avait peut-être une écharde enfoncée dans la blessure. Son jugement se révélerait juste et le jeune Dr Rhoden devrait finalement plonger une pince dans la plaie pour extirper douloureusement l'écharde avant de recoudre.

La forêt devint obscure quand les branches, en se rejoignant au-dessus de leurs têtes, cachèrent le soleil. Puis les nuages arrivèrent et le peu de lumière qui restait faiblit encore. L'air se refroidit autour d'eux, toute la chaleur de l'après-midi s'évanouissant si rapidement que Harlan sentit sa sueur se glacer sur lui. Il regarda sa boussole. Elle leur indiqua

qu'ils se dirigeaient vers l'ouest, pourtant la dernière position du soleil qu'ils avaient vue disait le contraire, et quand il tapota de nouveau le verre, l'aiguille changea de direction, l'ouest devint l'est. Après quoi, elle ne se mit pas à tourner follement comme dans les films fantastiques projetés dans les cinémas en été, mais elle refusa de s'immobiliser.
— Tu la ranges avec ton couteau ? demanda Paul.
Une lame d'acier pouvait perturber le magnétisme d'une boussole.
— Non, jamais, se défendit Harlan.
Comme s'il pouvait commettre une telle bourde d'amateur !
— Bon, en tout cas, elle a quelque chose.
— Ça, oui.
Harlan et Paul savaient néanmoins qu'ils se dirigeaient vers le nord. Aucun d'eux ne suggéra de faire demi-tour et d'abandonner le cerf à son sort, pas même quand le jour s'acheva, que le feuillage devint plus dense, les arbres plus vieux, la lumière plus faible. Bientôt il fit noir et ils durent utiliser leurs lampes électriques pour se guider, mais ils ne renoncèrent pas. Le cerf continuait à saigner, ce qui signifiait que la blessure était mortelle et que la bête souffrait toujours.
Ils ne la laisseraient pas mourir dans la douleur.

Ernie Scollay interrompit le récit :
— Il était comme ça, mon frère. Harlan aussi, ajouta-t-il, bien qu'il se concentrât clairement sur son frère disparu. Pas question d'abandonner le cerf. Ce n'étaient pas des hommes cruels, vous devez le comprendre. Vous chassez ?
— Non, répondis-je.
En l'observant, je m'aperçus qu'il s'efforçait de dissimuler une sorte de dédain, comme s'il venait d'avoir confirmation de ses soupçons à mon égard et de ma mollesse innée de citadin. Ce fut à mon tour d'ajouter quelque chose :
— Enfin... pas des animaux.
C'était peut-être mesquin, mais je pris un petit plaisir à voir son visage changer d'expression.

— De toute façon, c'était quelqu'un de bien, mon frère, reprit-il. Il ne supportait pas de voir un être vivant souffrir, homme ou bête.

Il déglutit et sa voix se brisa sur les mots suivants :

— Y compris lui-même, à la fin.

Marielle tendit le bras et posa doucement sa main droite sur les doigts serrés de Scollay.

— Ernie a raison, déclara-t-elle. Vous devez savoir, monsieur Parker, qu'ils étaient tous les deux des types bien. Ils ont mal agi, je pense, et leurs raisons pour le faire n'étaient pas entièrement justifiées, même à leurs propres yeux, mais ça ne leur ressemblait pas.

Je ne dis rien parce qu'il n'y avait rien à dire et qu'ils avaient sauté un épisode. Ils ne parlaient plus du cerf mais de ce qui venait après. Tout ce que j'aurais pour juger ces deux hommes morts, c'était l'histoire elle-même, et elle n'était pas encore terminée.

— Vous me parliez du cerf, rappelai-je.

Ils le trouvèrent au bord de la clairière, vacillant sur ses pattes, une écume mêlée de sang aux lèvres, la partie inférieure du pelage trempée de rouge. Ni Harlan ni Paul ne comprenaient comment il avait réussi à fuir aussi longtemps, et néanmoins il n'avait ralenti que sur les derniers quinze cents mètres, quand ils avaient commencé à réduire l'écart. Il était là maintenant, apparemment sur le point de mourir à l'endroit où il se tenait. Mais, lorsqu'ils s'approchèrent de lui, il tourna la tête vers eux puis de nouveau vers la clairière. Les arbres étaient si serrés de part et d'autre que, même s'il avait encore eu la force de continuer, il n'aurait pu le faire qu'en poussant droit devant ou en rebroussant chemin dans leur direction. Il semblait partagé entre les deux choix. Il roula des yeux, eut un profond soupir intérieur et secoua la tête, avec ce que Harlan prit pour de la résignation.

Puisant dans ce qui lui restait de vie, l'animal se tourna de nouveau et s'élança vers eux. Harlan leva sa carabine, lui tira dans le poitrail. Emporté par son élan, le cerf poursuivit sa lancée alors même que ses pattes avant se dérobaient sous lui et s'effondra à moins d'un mètre de ses tueurs. Harlan n'avait jamais éprouvé un tel remords pour une bête, et il n'avait même pas tiré le premier coup foireux. Le cerf avait fait preuve d'une force et d'une volonté de survivre peu communes. Il avait mérité de vivre, ou de connaître tout au moins une meilleure mort. Harlan regarda son ami, remarqua qu'il avait les yeux humides.

— Il a foncé sur nous, dit Harlan.

— Mais il ne nous chargeait pas, nuança Paul. Il essayait de fuir, je crois.

— De fuir quoi ? s'étonna Harlan.

Après tout, que pouvait-il y avoir de pire que ces hommes déterminés à l'abattre ?

— Je sais pas. Mais j'ai jamais rien vu d'aussi incroyable.

— Tu peux le dire, approuva Harlan.

Ce n'était pourtant que le début.

4

Ernie Scollay s'excusa et se dirigea vers les toilettes des hommes. J'allai prendre la cafetière au bar pour remplir nos tasses. Jackie Garner entra alors que j'attendais que le café ait fini de passer. Il faisait de temps en temps des petits boulots pour moi et c'était un grand pote des Fulci, qui le considéraient comme faisant partie d'une poignée de gens plus sains d'esprit qu'eux sans être pour autant tout à fait équilibrés. Il tenait dans une main un bouquet de fleurs, dans l'autre une boîte de caramels achetée à l'Old Port Candy Company, sur Fore Street.

— Pour Mme Fulci ? m'enquis-je.
— Ouais. Elle aime les caramels. Mais pas aux amandes. Elle est allergique.
— Il ne faudrait pas la tuer, ça pourrait jeter une ombre sur la fête, prévins-je. Ça va, toi ?

Jackie semblait nerveux et préoccupé.
— C'est ma mère...

Sa mère était une force de la nature. Comparée à elle, Mme Fulci ressemblait à June Cleaver[1].

— Elle a encore fait des siennes ?
— Nan, elle est malade.
— Rien de grave, j'espère.

Jackie grimaça.

---

1. Personnage typique de mère de famille des classes moyennes, incarnation de la femme au foyer dans un feuilleton américain des années 1950, inédit en France.

— Elle veut pas que ça se sache.
— C'est vraiment grave ?
— On pourrait pas en parler une autre fois ?
— Bien sûr.
Il passa devant moi et des cris fusèrent de la table des Fulci. Si forts que Dave Evan laissa tomber un verre et tendit la main vers le téléphone pour appeler les flics.
— Tout va bien, assurai-je. Ce sont des cris de joie.
— Comment tu peux le savoir ?
— Tu as vu voler des morceaux de bidoche ?
— Oh, merci, mon Dieu, merci... Tu sais, Cupcake Cathy lui a fait des cupcakes[1] comme gâteau d'anniversaire. Elle aime les cupcakes, non ?
Cupcake Cathy était l'une des serveuses du Bear. En plus de ce boulot, elle faisait des cupcakes si délicieux que des hommes opiniâtres la demandaient en mariage pour s'assurer un approvisionnement régulier, alors même qu'ils étaient déjà mariés. Ils devaient penser que leur femme comprendrait.
— Elle aime les gâteaux, autant que je sache. Remarque, s'ils sont aux amandes, ça pourrait la tuer. Apparemment, elle est allergique.
Dave blêmit.
— Nom de Dieu, je ferais bien de vérifier...
— Vaudrait mieux, ouais. Comme je l'ai dit à Jackie Garner, c'est difficile de relancer une ambiance après le décès de la reine de la fête...
Je pris la cafetière, allai remplir nos tasses et chargeai une des serveuses de la rapporter au bar. Marielle Vetters but délicatement une gorgée. Son rouge à lèvres ne laissa pas de trace.
— Sympathique, ce bar, commenta-t-elle.
— Oui.
— Comment se fait-il qu'on vous laisse faire... ça ?
Sa main gauche remua légèrement dans l'air, l'index levé, un geste empreint à la fois d'élégance et d'amusement. Un

---

1. Petits gâteaux présentés dans des caissettes en papier.

peu de ça aussi sur son visage : une ombre de sourire, malgré la nature de l'histoire qu'elle était en train de raconter.

— Je travaille ici, quelquefois, expliquai-je.

— Alors, vous êtes détective privé à temps partiel ?

— Je préfère penser que je suis barman à temps partiel. En tout cas, j'aime bien ce bar. J'aime le personnel. J'aime même la plupart des clients.

— C'est très différent, je suppose ? De chasser autre chose que des animaux, je veux dire.

— C'est exact.

— Vous ne plaisantiez pas.

— Non.

Le sourire revint, un peu embarrassé, cette fois.

— J'ai lu des choses sur vous dans les journaux et sur Internet. Ce qui est arrivé à votre femme et à votre enfant... Je ne sais pas quoi dire.

Susan et Jennifer étaient mortes, enlevées à mon amour par un homme qui s'imaginait qu'en versant leur sang il comblerait le vide qu'il avait en lui. Mes nouveaux clients abordaient souvent le sujet. J'en étais venu à penser qu'ils le faisaient avec les meilleures intentions, que les gens avaient besoin d'en parler, davantage pour eux-mêmes que pour moi.

— J'ai aussi entendu dire... je ne sais pas si c'est vrai... que vous avez une autre fille, maintenant.

— C'est exact.

— Elle vit avec vous ? Je veux dire, vous êtes encore...

— Non, elle vit avec sa mère dans le Vermont. Je la vois aussi souvent que je peux.

— J'espère que vous ne me prenez pas pour une fouineuse. Ce n'est pas mon genre. Je voulais juste en savoir le plus possible sur vous avant de vous confier les secrets de mon père. Comme je connais des flics dans le Comté, j'ai été tentée de les interroger aussi à votre sujet...

Personne dans le Maine ne dit « le comté d'Aroostook », juste « le Comté ». Elle poursuivit :

— Je présumais qu'ils pourraient m'en apprendre plus que le Net. Finalement, j'ai décidé qu'il valait mieux ne rien leur

demander et voir simplement comment vous êtes, en chair et en os.
— Et ça va ?
— Oui, je crois. Je vous imaginais plus grand.
— On me le dit souvent. Ça vaut mieux que « Je vous voyais plus mince », ou « moins dégarni ».
— Et on prétend que les femmes sont coquettes, soupira-t-elle en roulant de nouveau des yeux. Vous faites la pêche aux compliments, monsieur Parker ?
— Non. Je pense qu'on a pêché tous les poissons de l'étang.
Je laissai quelques secondes passer avant de demander :
— Pourquoi avez-vous décidé de ne pas interroger la police à mon sujet ?
— Je pense que vous connaissez la réponse.
— Parce que vous ne teniez pas à ce qu'on se demande pourquoi vous aviez besoin des services d'un détective privé ?
— Exactement.
— Des tas de gens engagent des privés, pour des tas de raisons. Un mari infidèle…
— Je ne suis plus mariée. Et pour votre information, l'infidèle, c'était moi.
Je haussai un sourcil.
— Vous êtes choqué ? dit-elle.
— Non, je regrette seulement qu'il n'ait pas eu mon numéro de téléphone. Une affaire reste une affaire…
Cela la fit rire.
— C'était un con. Il le méritait. Pour quelles autres raisons fait-on appel à vous ?
— Escroquerie à l'assurance, personnes disparues, vérifications d'antécédents…
— Ça ne doit pas être très drôle.
— C'est sans problème, le plus souvent.
— Mais pas tout le temps. Pas dans le genre d'enquête qui se termine avec votre nom dans les journaux. Et un ou plusieurs morts.
— Il arrive qu'une enquête commence comme une affaire simple et se complique ensuite, généralement parce que quelqu'un raconte des mensonges dès le départ.

— Le client ?
— Ça s'est vu.
— Je ne vous mentirai pas, monsieur Parker.
— Déclaration rassurante, à moins qu'elle ne soit elle-même mensongère.
— Houlà, le monde a sérieusement entamé votre idéalisme, non ?
— J'ai gardé mon idéalisme. Simplement, je le mets à l'abri derrière une carapace de scepticisme.
— Et je ne vous demande pas de chasser qui que ce soit. Du moins, je ne pense pas. Pas dans ce sens, en tout cas. Quoique Ernie ne serait peut-être pas de mon avis sur ce point...
— M. Scollay a tenté de vous dissuader de venir ici ?
— Comment le savez-vous ?
— Un truc du métier. Il dissimule mal ses sentiments. Comme la plupart des hommes honnêtes.
— Il estimait que nous devions garder pour nous ce que nous savions. Le mal est fait, d'après lui. Il ne voulait pas qu'on salisse en quoi que ce soit la mémoire de son frère, ni celle de mon père.
— Mais vous n'étiez pas d'accord.
— Un crime a été commis, monsieur Parker. Plusieurs, peut-être même.
— Encore une fois, pourquoi ne pas vous adresser à la police ?
— Si tout le monde le faisait, vous seriez barman à temps plein et détective privé à temps partiel.
— Ou plus du tout détective privé.

Ernie Scollay revenait des toilettes. En marchant, il ôta sa casquette et passa les doigts dans son épaisse chevelure blanche. Si je sentais une tension entre Marielle et lui, je sentais plus encore qu'Ernie avait peur. Marielle aussi, sans doute, même si elle le cachait mieux. Ernie Scollay : le dernier des hommes honnêtes, mais pas honnête au point de ne pas vouloir préserver les secrets de son frère. Il nous jeta un coup d'œil en tâchant de deviner si nous avions discuté en son absence de sujets que nous n'aurions pas dû aborder.

— Où en étions-nous ? demanda-t-il.
— A la clairière, dis-je.

Paul et Harlan regardèrent en direction de la clairière. Le cerf gisait à leurs pieds, mais la peur qu'il avait provoquée demeurait en eux. Harlan resserra sa prise sur sa carabine. Il restait quatre balles dans son chargeur, autant dans celui de Paul. Quelque chose, peut-être attiré par l'odeur du sang, avait effrayé le cerf et les deux hommes n'avaient aucune envie d'affronter un ours les bras ballants ou, Dieu les en préserve, un puma, car ils avaient tous deux entendu parler d'un possible retour des grands félins dans le Maine. Personne n'en avait vu avec certitude depuis près de vingt ans et ils ne voulaient pas être les premiers.

Après avoir contourné le cadavre du cerf, ils s'avancèrent sur l'espace découvert et ce fut seulement alors qu'ils sentirent l'odeur : humidité et végétation pourrissante. Un plan d'eau stagnante, si sombre que cela ressemblait plus à de la poix qu'à de l'eau, avec la viscosité qui allait de pair. Lorsqu'il y plongea le regard, Harlan ne vit qu'un très faible reflet de son visage. L'eau semblait absorber plus de photons qu'elle n'aurait normalement dû, aspirant les faisceaux de leurs lampes et le peu de lumière qui passait entre les branches, au-dessus d'eux, n'en relâchant presque rien. Harlan recula d'un pas quand il sentit qu'il perdait l'équilibre ; il se cogna dans Paul, qui se tenait juste derrière lui. Le choc le fit chanceler et, un instant, il eut la certitude qu'il allait basculer dans l'étang. Le sol parut s'incliner sous ses pieds. Sa carabine tomba à terre et il battit instinctivement des bras, tel un oiseau tentant d'échapper à un prédateur. Alors Paul le retint, le tira en arrière. Trouvant un arbre auquel s'appuyer, Harlan entoura le tronc de ses bras en une étreinte d'amant désespéré.

— J'ai bien cru que j'allais tomber dedans, dit-il. Que j'allais me noyer.

Se noyer, non. Etouffer... ou pire. Il était sûr qu'aucune créature vivante ne hantait ses profondeurs... Sûr ? Mais jusqu'à quel point ? Sûr que le nord était le nord et l'est, l'est ? Ces certitudes-là ne s'appliquaient pas, dans cet endroit ; de ça, au moins, il était convaincu. Et cela ne signifiait pas que l'étang était vide, qu'il n'y avait rien dedans. Il empestait la malveillance, un monde de ténèbres sans fond semblait vous tendre les bras. Vous appeler. Harlan prit soudain conscience du silence du lieu. Et que la nuit tombait rapidement. Il ne voyait aucune étoile dans le ciel et cette fichue boussole ne marchait plus du tout. Ils risquaient de rester coincés là, et il n'en avait aucune envie.

— Il faut partir, déclara-t-il. Il y a quelque chose de pas normal, ici.

Il se rendit compte que Paul n'avait pas prononcé un mot depuis qu'ils avaient découvert l'étang. Son ami lui tournait le dos, le canon de son arme pointé vers le sol.

— Tu m'entends ? dit Harlan. Il faut filer d'ici. Ce foutu coin est...

— Regarde, l'interrompit Paul.

Il s'écarta, balaya de sa torche toute la surface de l'eau, et c'est alors que Harlan vit la chose.

C'était sa forme qui attirait le regard, bien que la forêt eût fait de son mieux pour en masquer les lignes. A première vue, on aurait dit un tronc d'arbre effondré, beaucoup plus gros que ceux qui l'entouraient, mais une partie d'une aile sortait du feuillage et le faisceau de la lampe faisait miroiter le fuselage. Quoique aucun des deux hommes ne s'y connût en avions, ils purent voir que c'était un petit bimoteur à hélice, privé maintenant de son moteur tribord, perdu dans l'accident avec une bonne partie de cette aile. Il gisait sur le ventre au nord de l'étang, le nez contre un gros pin. La forêt s'était refermée sur le chemin qu'il avait dû défricher dans les arbres à sa descente, mais il n'y avait là rien d'anormal. Ce qui était étrange — et qui fit réfléchir les deux hommes — c'était que l'appareil était presque entièrement recouvert de végétation. Des plantes grimpantes l'avaient entouré de leurs vrilles, des fougères l'avaient ombragé, des broussailles l'avaient dissimulé. Le sol lui-même l'absorbait lentement, car il s'était enfoncé dans la terre, et la partie inférieure du moteur bâbord avait déjà disparu. Il doit être là depuis des dizaines d'années, pensa Harlan, et pourtant les parties visibles à travers le feuillage ne paraissaient pas si vieilles. Pas de rouille, pas de décrépitude manifeste. Comme il le dirait plus tard à ses enfants sur son lit de mort, on aurait dit que la forêt cherchait à engloutir l'avion et qu'elle avait accéléré sa croissance pour atteindre plus rapidement son but.

Paul se dirigea vers l'épave ; Harlan lâcha le tronc d'arbre pour suivre son ami et fit le tour de l'étang en se tenant à bonne distance du bord. De la crosse de sa carabine, Paul frappa la terre autour de l'appareil, qui coulait lentement. Elle était dure, pas du tout humide.

— Elle s'amollit au dégel printanier, dit Harlan. Ça pourrait expliquer la façon dont il s'enfonce.

— Peut-être, répondit Paul, qui ne semblait pas convaincu.

Tous les hublots étaient couverts de lierre, ainsi que les vitres du cockpit. Pour la première fois, Harlan songea qu'il pouvait encore y avoir des corps à l'intérieur et cette pensée le fit frissonner.

Il leur fallut un moment pour trouver la porte, tant le manteau de verdure était épais. Avec leurs couteaux de chasse, ils s'attaquèrent au lierre, qu'ils eurent du mal à détacher et qui laissait sur leurs gants un résidu collant à l'odeur âcre. Paul en reçut sur son avant-bras dénudé et il en garderait une marque de brûlure jusqu'à ce qu'il mette fin à ses jours.

Quand ils eurent dégagé la porte, ils s'aperçurent que l'avion s'était encore enfoncé de quelques centimètres et ils durent creuser la terre pour ménager un espace permettant de l'ouvrir. Le temps qu'ils y parviennent, l'obscurité les avait enveloppés.

— On devrait peut-être rentrer et revenir plus tard, quand il fera jour, suggéra Harlan.

— Tu crois qu'on serait capables de retrouver l'endroit ? Ça ne ressemble à aucune des parties de la forêt que je connais.

Harlan regarda autour d'eux. Les bois, mélange de hauts conifères et de gros arbres à feuilles caduques au tronc tordu, étaient anciens. Cette zone n'avait jamais été mise en coupe. Paul avait raison : Harlan n'aurait même pas su dire où ils se trouvaient exactement. Dans le Nord, ça, il le savait, mais c'était le Maine, et on pouvait y faire des kilomètres, dans le Nord.

— De toute façon, on trouvera pas notre chemin dans le noir pour rentrer, argua Paul. Pas avec la boussole qui déconne et sans étoiles pour nous guider. M'est avis qu'on devrait rester jusqu'à ce qu'il fasse jour...

— Rester ici ?! s'exclama Harlan, à qui cette idée ne plaisait pas du tout.

Il regarda l'étang noir, sa surface lisse comme une plaque d'obsidienne. De vagues souvenirs de vieux films d'horreur lui revinrent, des séries B dans lesquelles des créatures émergeaient d'étangs pareils à celui-là. Pourtant, quand il tenta de se rappeler un des titres, il n'y parvint pas et il se demanda s'il n'avait pas forgé lui-même ces images.

— T'as une meilleure idée ? dit Paul. On a de quoi manger, on peut faire du feu. Ce serait pas la première fois qu'on passerait la nuit dans les bois.

« Pas dans un endroit pareil, eut envie de répliquer Harlan, pas près d'un étang rempli de quelque chose qui n'est pas vraiment de l'eau et qui nous attire, pas avec l'épave d'un avion qui pourrait bien être la tombe de ceux qui se trouvent encore dedans... » S'ils réussissaient à s'en éloigner suffisamment, la boussole se remettrait peut-être à marcher ; ou peut-être le ciel allait-il s'éclairer, et ils pourraient alors rentrer en se guidant aux étoiles. Il essaya de trouver la lune, mais les nuages avaient tout recouvert et on ne voyait pas la moindre lueur.

Quand Harlan se tourna de nouveau vers l'avion, son ami avait la main sur la poignée extérieure de la porte.

— T'es prêt ? lui demanda Paul.

— Non, mais vas-y quand même. On est venus jusqu'ici, autant regarder s'il reste quelqu'un là-dedans.

Paul tourna la poignée, tira. Il ne se passa rien. Ou la porte était bloquée, ou elle était verrouillée de l'intérieur. Paul essaya de nouveau, le visage contracté par l'effort. Avec un grincement, la porte s'ouvrit. S'attendant à une odeur de mort, Harlan porta une main à ses narines, mais il ne sentit qu'un remugle de tapis mouillés.

Paul passa la tête dans la carlingue, promena le faisceau de sa lampe à l'intérieur. Au bout de quelques secondes, il grimpa dedans.

— Viens voir ça ! cria-t-il à son ami.

Harlan se prépara au pire et le suivit dans l'avion.

Vide.

— Vide ? dis-je.
— Vide, répéta Marielle Vetters. Pas de cadavres, rien. Ça les a aidés, je crois. Ça a été plus facile pour eux de garder l'argent.

5

L'argent se trouvait dans un grand fourre-tout en cuir, derrière ce que Harlan supposa être le siège du pilote. Dans tous les films qu'il avait vus, le pilote avait le siège de gauche, le copilote celui de droite, il n'y avait aucune raison pour que ce soit différent dans cet avion.

Harlan et Paul contemplèrent longuement tout ce fric.

Près du fourre-tout se trouvait une petite sacoche en cuir contenant des papiers glissés dans une pochette en plastique pour plus de précaution. Il s'agissait d'une liste de noms, dactylographiés pour la plupart, certains écrits à la main. Çà et là des sommes d'argent étaient notées, modestes ou très importantes. On avait également ajouté, parfois dactylographiés et parfois manuscrits, des commentaires à certaines entrées, le plus souvent un simple mot comme « accepté » ou « refusé », et quelquefois uniquement la lettre T.

N'y comprenant pas grand-chose, Harlan reporta son attention sur l'argent. Essentiellement en coupures de cinquante dollars, usagées, dont les numéros ne se suivaient pas, avec quelques billets de vingt pour introduire un peu de variété. Certaines des liasses étaient maintenues par des bracelets de papier, d'autres par des élastiques. Paul prit l'un des paquets de cinquante et compta rapidement.

— Ça doit faire cinq mille dollars, dit-il.

La lampe éclaira le reste du magot, composé d'une quarantaine d'autres liasses, sans compter celles de vingt.

— Deux cent mille, plus ou moins, conclut-il. Bon Dieu, j'ai jamais vu tant de blé.

Harlan non plus. La plus forte somme qu'il ait jamais eue dans les mains, c'était les trois mille trois cents dollars de la vente d'un pick-up à Perry Reed, de Perry-Voitures d'Occasion, des années plus tôt. Reed l'avait arnaqué sur ce coup-là, mais personne ne s'adressait jamais à Perry le Pervers en espérant un juste prix : on allait le trouver parce qu'on avait désespérément besoin d'argent. Jamais Harlan ne s'était senti aussi riche, avec tout ce liquide. Ça n'avait pas duré longtemps, l'argent avait sur-le-champ servi à éponger ses dettes. Devant tous ces billets, Harlan savait que Paul pensait la même chose que lui.

Qui le saurait ?

Aucun d'eux ne s'était jamais considéré comme un voleur. Oh, ils fraudaient bien le fisc de quelques dollars par-ci par-là, mais c'était leur devoir de contribuables et d'Américains. Quelqu'un avait un jour expliqué à Harlan que le fisc tenait compte de la fraude dans ses calculs, qu'il s'attendait qu'on lui cache des choses, et qu'en ne le faisant pas on perturbait le système. On causait plus de problèmes en ne trichant pas qu'en faisant des taches sur sa déclaration d'impôts, disait le type, et si vous aviez l'air trop honnête, le fisc pensait que vous aviez quelque chose à cacher, et il vous plantait ses griffes dans le râble, et vous vous retrouviez à fouiller le grenier afin de remettre la main sur des factures de quatre-vingt-dix cents pour ne pas finir en prison.

Cette fois, il ne s'agissait plus de cent dollars ici ou là détournés de la bourse de l'Oncle Sam ; c'était potentiellement une entreprise criminelle, ce qui soulevait la seconde question :

D'où provenait l'argent ?

— Tu crois que ça vient de la drogue ? demanda Paul.

Il regardait beaucoup les séries policières à la télé et associait immédiatement au trafic de drogue toute somme en liquide trop importante pour tenir dans un portefeuille. Ce n'était pas qu'on ne voyait jamais de drogue dans le coin : elle passait la frontière comme neige poussée par le vent, mais c'était principalement par camions, voitures et bateaux, pas par avion.

— C'est possible, répondit Harlan. Mais j'en vois pas, là, de drogue.

— Ils l'ont peut-être déjà vendue et c'est la recette, avança Paul.

Il feuilleta les billets de l'index, parut apprécier le bruit qu'ils faisaient.

Une bande de papier plus large attira l'œil de Paul, qui la tira du fourre-tout. C'était un exemplaire de la *Gazette* de Montréal daté du 14 juillet 2001, soit plus de deux ans auparavant.

— Regarde ça, dit-il à Harlan.

— C'est pas possible... Ça fait plus longtemps que ça que cet avion est ici. Il fait quasiment partie de la forêt...

— A moins que la *Gazette* soit distribuée sur les lieux d'accident, ce journal a touché le sol le 14 juillet 2001 ou après.

— Je me souviens pas d'en avoir entendu parler, dit Harlan. Quand un avion s'écrase, quelqu'un le remarque et pose des questions, surtout s'il a dégringolé avec deux cent mille dollars à bord. Je pense que...

— Ferme-la deux secondes, lui ordonna Paul, qui tentait de se rappeler.

Il croyait se souvenir d'une journaliste, sauf que...

— Quelqu'un est bien venu poser des questions, lâcha-t-il enfin.

Deux secondes après, Harlan se souvint, lui aussi :

— La femme du magazine, murmura-t-il.

Il grimaça lorsque Paul ajouta :

— Et l'homme qui l'accompagnait.

Ernie Scollay gigotait sur son siège. Sa gêne était à présent plus évidente, et c'était la mention de la journaliste qui l'avait provoquée.

— Elle avait un nom ? demandai-je.

— Elle a donné un nom, répondit Marielle, mais si c'était vraiment le sien, mon père n'a jamais pu trouver la moindre

ligne écrite de sa main... Elle prétendait s'appeler Darina Flores.
— Et le type ?
— Lui, il n'était pas du genre à donner un nom, répondit Ernie. Ils étaient venus séparément, et ils ne se tenaient pas compagnie, mais Harlan les a vus causer ensemble devant le motel de la femme. C'était tard dans la soirée, ils étaient dans sa voiture à elle. Le plafonnier était allumé et Harlan a eu l'impression qu'ils se disputaient, sans en être sûr. Il les trouvait déjà un peu louches, ça n'a fait que lui en donner confirmation. Le lendemain, ils étaient partis, et la femme n'est pas revenue.

La femme n'est pas revenue...
— Mais l'homme, si ? risquai-je.
A côté d'Ernie, Marielle frissonna, comme si une bestiole avait brièvement trottiné sur sa peau.
— Oh, oui, dit-elle. Ça, il est revenu.

Darina Flores était la plus belle femme que Harlan eût jamais vue. Il n'avait jamais trompé son épouse, et chacun d'eux avait perdu sa virginité avec l'autre le soir de leurs noces. Pourtant, si Darina Flores s'était offerte à lui – une possibilité aussi improbable que tout ce que Harlan pouvait imaginer, excepté son immortalité –, il aurait été terriblement tenté et aurait peut-être trouvé un moyen de vivre avec sa faute. Elle avait des cheveux châtains, un teint basané, avec quelque chose d'asiatique dans ses yeux aux iris d'un marron si profond qu'ils viraient au noir sous un certain éclairage. Cela aurait pu être déconcertant, ou même sinistre, mais Harlan trouvait ça attirant, et il n'était pas le seul : quasiment tous les hommes de Falls End – et peut-être aussi deux ou trois femmes – allaient au lit le soir en nourrissant des pensées impures au sujet de Darina Flores, après avoir fait sa connaissance. Dès son arrivée, on ne parla plus que d'elle au Pickled Pike, et probablement aussi au Lester's, mais Harlan et Paul ne fréquentaient pas ce dernier bar parce que Lester LeForge était un trouduc de première qui avait batifolé avec Angela, la cousine de Paul, quand ils avaient tous deux dix-neuf ans, ce qu'il ne lui avait jamais pardonné. Grady, le fils de Harlan, buvait au Lester's chaque fois qu'il revenait à Falls End, uniquement pour embêter son père.

Darina Flores prit une chambre au Northern Gateway Motel, à la sortie de la ville. Elle raconta qu'elle préparait un long article sur la forêt du Grand Nord, tentative pour faire saisir un peu de sa grandeur et de son mystère à cette catégorie de gens qui non seulement sont abonnés à des magazines de voyage sur papier glacé mais ont aussi les moyens de visiter les lieux décrits dans leurs pages. Elle s'intéressait particulièrement, disait-elle, aux histoires de disparition, récentes ou non : premiers colons, équivalents dans le Maine de l'expédition Donner[1], randonneurs perdus dans la nature...

« Même les avions », ajouta-t-elle, ce soir-là, parce qu'elle avait entendu dire que les bois étaient si profonds que des appareils s'y étaient abattus et qu'on ne les avait jamais retrouvés.

Harlan n'était pas sûr que des histoires de gens disparus ou recourant au cannibalisme pour survivre passionneraient des voyageurs disposant de hauts revenus, mais bon, il n'était pas journaliste, et de toute façon la bêtise des gens avait depuis longtemps cessé de l'étonner. Paul, Ernie, Harlan et quelques autres recyclèrent donc toutes les vieilles histoires qu'ils pouvaient se rappeler au grand plaisir de Darina Flores, enjolivant au besoin les détails ou les inventant de toutes pièces quand c'était nécessaire. Darina Flores les consigna consciencieusement, paya des tournées sur sa note de frais, flirta outrageusement avec des hommes en âge d'être son père, voire son grand-père, et, à mesure que la soirée s'avançait, ramena progressivement la conversation sur les avions.

---

1. Groupe de pionniers américains bloqués dans la neige en 1846 et qui survécurent en mangeant de la chair humaine.

— Tu crois pas qu'elle fait une fixation sur les avions ? demanda Jackie Strauss, un des trois habitants juifs du bourg, alors que Harlan et lui se tenaient côte à côte dans les toilettes, vidant leurs vessies pour faire de la place à d'autres pintes de bière en compagnie de la divine Darina Flores.
— Pourquoi, t'as un avion planqué quelque part dont tu m'as jamais parlé ?
— Je pensais que je pourrais peut-être en emprunter un et lui proposer la visite...
— Tu pourrais devenir membre du Mile High Club[1], suggéra Harlan.
— J'ai peur des avions. Non, j'espérais qu'on pourrait rester dans la cabine et faire ça sans décoller.
— Jackie, tu as quel âge ?
— Soixante-douze ans à mon prochain anniversaire.
— Tu n'as pas le cœur assez solide. Tu risques d'y rester, si tu fais des trucs avec cette femme.
— Je sais, mais c'est comme ça que j'aimerais partir. Si je survivais, ma femme me tuerait, de toute façon. Mieux vaut mourir dans les bras d'une fille comme ça que donner à ma Lois le plaisir de me battre à mort après.

Ainsi donc les hommes fournissaient des histoires réelles ou imaginaires à Darina Flores qui, en retour, alimentait leurs fantasmes, et tout le monde passait une soirée agréable. Sauf Ernie Scollay, qui ne buvait pas à ce moment-là parce qu'il suivait un traitement, et qui avait remarqué que Darina Flores ne faisait que tremper les lèvres dans sa vodka tonic, que son sourire n'allait pas plus haut que sa lèvre supérieure, qu'il ne s'approchait même jamais de ces yeux extraordinaires qui s'assombrissaient avec la tombée de la nuit, qu'elle avait depuis longtemps cessé de prendre des notes, qu'elle écoutait maintenant sans vraiment écouter, tout comme elle souriait sans vraiment sourire et buvait sans vraiment boire.

---

1. Réservé à ceux qui ont fait l'amour dans un avion.

Aussi Ernie se fatigua-t-il du jeu avant les autres. Il s'excusa et partit. Il se dirigeait vers son pick-up quand il vit April Schmitz, la propriétaire de l'autre motel de la ville, le Vacationland Repose, devant le bureau de la réception, fumant une cigarette avec une expression qu'on ne pouvait qualifier que de bouleversée. Elle fumait peu, Ernie le savait, détail dont il avait connaissance parce que April et lui couchaient dans le même lit quand l'envie leur en prenait, chacun d'eux étant généralement porté à la solitude et ayant cependant besoin d'un peu de compagnie à l'occasion. April ne fumait que lorsqu'elle était malheureuse et Ernie préférait qu'elle soit heureuse parce que cet état d'esprit incitait davantage à partager un lit, et Darina Flores, faussement affable ou non, l'avait mis dans cette disposition où l'on est à même d'apprécier une compagnie féminine.

— Ça va, chérie ? s'enquit-il en lui posant doucement une main au creux des reins, le bas de sa paume effleurant le renflement de fesses encore superbes.

— Ce n'est rien.

— Tu fumes. C'est jamais rien quand tu fumes.

— Il y a un type qui est venu demander une chambre. Comme je n'aimais pas trop son allure, j'ai dit qu'on était complet...

April tira une bouffée de sa cigarette puis la regarda avec dégoût avant de la jeter, à moitié fumée, et de l'écraser du pied. Elle entoura sa poitrine de ses bras et frissonna, bien que la soirée fût chaude. D'un geste hésitant, Ernie lui passa un bras autour des épaules et elle se laissa aller contre lui. Il la sentit trembler, alors qu'elle n'était pas femme à s'effrayer facilement. Sa peur chassa de l'esprit d'Ernie toute pensée charnelle. A sa manière tranquille, il l'aimait, il ne voulait pas qu'elle ait peur.

— Il m'a demandé pourquoi le néon « Chambres libres » était allumé si on était complet, reprit-elle. J'ai répondu que j'avais oublié de l'éteindre, voilà tout. Je l'ai vu regarder le parking. Il n'y avait que quatre voitures garées, il a compris que je mentais. Il a juste souri, ce dégueulasse. Il souriait en remuant la main, et c'était comme s'il m'enlevait tous mes vêtements. Je te jure, j'ai senti ses doigts sur moi, en moi... dans mes parties intimes. Il me faisait mal, et il ne me touchait même pas. Nom de Dieu !

Elle se mit à pleurer, ce qu'Ernie ne l'avait jamais vue faire. Cela le perturba plus que tout ce qu'elle avait dit, juron compris, parce qu'April ne jurait pas beaucoup non plus. Il la serra plus fort, la sentit sangloter contre lui.

— Ce... gros fils de pute, hoqueta-t-elle. Cette ordure de chauve, me toucher comme ça, me faire mal comme ça, pour une histoire de chambre...

— Tu veux que j'appelle les flics ? proposa Ernie.

— Pour leur dire quoi ? Qu'un homme m'a regardée bizarrement, qu'il m'a agressée sans poser la main sur moi ?

— Je sais pas. Il était comment, ce type ?

— Gros. Gros et moche. Il avait quelque chose à la gorge, elle était gonflée comme un cou de crapaud, et un tatouage au poignet. Je l'ai vu quand il a tendu le bras vers l'enseigne. C'était une fourche, une fourche à trois dents, comme s'il se prenait pour le diable en personne. Le salaud. Le sale violeur...

— Quoi ? fit Ernie après avoir interrompu son récit. Qu'est-ce qu'il y a ?

Il avait vu l'expression de mon visage, je n'avais pas réussi à masquer ma réaction.

Je savais qui c'était. Je connaissais son nom.

Ce qui n'avait en soi rien d'étonnant, puisque je l'avais tué.

— Rien, répondis-je.

Ernie devina que je mentais, préféra ne pas relever pour le moment.

Brightwell. Brightwell le Croyant.

— Allez-y, dis-je. Finissez votre histoire.

Darina Flores partit au bout de deux jours sans autre résultat pour tous ses efforts qu'une note de frais salée – si tant est qu'elle pût lui être d'une quelconque utilité – et une cargaison d'histoires n'ayant qu'un lointain rapport avec la réalité. Si elle était déçue, elle ne le montra pas. Elle distribua des cartes de visite portant son numéro de téléphone et invita à l'appeler quiconque se souviendrait d'un détail utile ou pertinent pour son article. Quelques-uns des hommes les plus optimistes – ou les plus mégalos – du bourg, enhardis par une bière ou trois, composèrent ce numéro dans les jours et les semaines qui suivirent son départ, mais ils n'accédèrent qu'à un répondeur sur lequel Darina Flores leur suggérait de sa douce voix de laisser un nom, un numéro et un message, en promettant de les rappeler dès que possible.

Darina Flores ne rappela jamais et, avec le temps, ils se lassèrent du jeu.

A présent, squattant l'épave d'un avion tombé dans la forêt du Grand Nord, Harlan et Paul repensaient à Darina Flores pour la première fois depuis des années, et lorsque les vannes de leur mémoire s'ouvrirent, elles laissèrent passer un torrent d'incidents liés à sa venue, sans importance en eux-mêmes, mais soudain lourds de sens quand on les considérait tous ensemble à la lumière de ce qu'ils venaient de découvrir : des citadins, hommes et femmes, qui engageaient un guide pour la chasse ou la randonnée – ou même, une fois, pour observer les oiseaux – et qui perdaient ensuite leur peu d'intérêt pour la nature, tout en demeurant très clairs sur les zones qu'ils souhaitaient explorer, au point de les avoir délimitées sous forme de quadrillages sur leurs cartes. Harlan se rappela ainsi que Matthew Risen, un guide maintenant décédé, lui avait parlé d'une femme dont la peau était quasiment une galerie de tatouages qui semblaient presque remuer dans la lumière de la forêt. Elle ne lui avait pas adressé la parole pendant les longues heures d'une chasse qui s'était achevée par un unique tir dénué de conviction sur un cerf lointain. Le coup avait peut-être effrayé un écureuil qui se trouvait à mi-hauteur d'un tronc d'arbre touché par la balle, mais n'avait présenté aucun danger pour le cerf. C'était le compagnon de cette femme qui

faisait toute la conversation, un bavard aux lèvres rouges et au teint cireux qui rappelait à Risen un clown émacié. Sans jamais décrocher sa carabine de son épaule, il parlait et plaisantait, même quand il modifiait l'itinéraire établi par le guide et entraînait le groupe loin du gibier, vers...
Vers quoi ? Risen n'avait pas réussi à le deviner, mais Harlan et Paul pensaient maintenant le savoir.
— Ils cherchaient l'avion, conclut Paul. Tous. L'avion et le fric.
Harlan, alors que Paul et lui étaient assis près du feu qu'ils avaient allumé, et qui se reflétait à peine sur l'eau noire, se demandait si ces inconnus ne s'intéressaient pas moins à l'argent qu'aux noms et aux chiffres inscrits sur les papiers contenus dans la sacoche. Son esprit revenait sans cesse à la liste, même quand ils discutaient de tout ce liquide et de l'usage qu'ils pourraient en faire. Cette liste l'inquiétait, sans qu'il sût pourquoi.
— Cet argent te serait utile, souligna Paul. Avec Angeline qui est malade et tout...
La femme de Harlan montrait les premiers signes de la maladie de Parkinson. Elle commençait aussi à oublier des choses, des choses importantes, et le docteur avait murmuré à Harlan le nom Alzheimer. De son côté, Paul était toujours traqué par un débiteur ou un autre. Il y aurait des temps difficiles, lorsque le grand âge exercerait son empire sur eux et sur leur famille, et aucun d'eux n'avait les ressources qui permettraient de faire face facilement aux difficultés. Oui, cet argent me serait bien utile, pensait Harlan. A Paul aussi. Ça ne justifiait cependant pas de le prendre.
— Moi, je suis pour qu'on l'emporte, déclara Paul. S'il reste ici encore longtemps, il s'enfoncera dans la terre avec cet avion, ou alors il finira dans les poches de quelqu'un qui le mérite encore moins que nous.
Il s'efforçait de plaisanter, mais ça ne fonctionnait pas vraiment.
— Il ne nous appartient pas, argua Harlan. Il faut prévenir la police.

— Pourquoi ? Si c'était du fric honnêtement gagné, des gens honnêtes l'auraient réclamé. Ç'aurait été dans tous les journaux, qu'un avion était tombé. On aurait fait des recherches dans la forêt pour retrouver l'épave ou des survivants. Alors que là on a vu débarquer une femme qui se disait journaliste, et une tapée d'affreux qui étaient moins chasseurs ou ornithologues que je suis le pape.

Le fourre-tout était entre eux. Paul l'avait laissé ouvert, délibérément, sans doute, pour que son ami puisse voir les liasses qu'il contenait.

— Et si les autres l'apprennent ? dit Harlan, dont la voix se brisa presque.

Est-ce ainsi qu'on commence à faire le mal, se demanda-t-il, par petits glissements, un pas après l'autre, doucement, doucement, jusqu'à se convaincre que le mal est bien, que le bien est mal, parce qu'on n'est pas une mauvaise personne et qu'on ne fait pas de mauvaises choses ?

— On s'en servira seulement en cas de besoin, plaida Paul. On est trop vieux pour s'acheter des voitures de sport et des vêtements chics. On s'en servira juste pour rendre les années qui nous restent un peu plus faciles, pour nous et nos familles. Si on est prudents, personne ne le saura jamais.

Harlan n'y croyait pas. Oh, il aurait bien voulu, mais au fond de lui-même, il n'y croyait pas. C'est pourquoi, en fin de compte, il décida de laisser la petite sacoche où elle était, avec la liste de noms. Il devinait son importance. Il espérait que si ceux qui cherchaient l'avion finissaient par le trouver, ils accepteraient cette offrande comme une sorte de dédommagement pour le vol de l'argent, une reconnaissance de ce qui était vraiment important. Peut-être que, si on leur laissait les papiers, ils ne chercheraient pas à récupérer l'argent.

Ce fut une très longue nuit. Quand Harlan et Paul ne parlaient pas de l'argent, ils parlaient du ou des pilotes. Où étaient-ils passés ? S'ils avaient survécu à l'accident, pourquoi n'avaient-ils pas emporté le fourre-tout et la sacoche quand ils s'étaient mis en quête de secours ? Pourquoi les laisser dans l'avion ?

Ce fut Paul qui retourna dans l'appareil, qui inspecta les sièges des passagers et constata que l'un d'eux avait les accoudoirs brisés, Paul aussi qui trouva deux paires de menottes jetées sous le siège du pilote. Il montra ses découvertes à son ami et lui demanda :
— Qu'est-ce qui s'est passé, à ton avis ?
Harlan s'assit dans le siège, agrippa les accoudoirs cassés, les releva. Puis il examina les menottes, dont chaque paire avait encore sa clé dans la serrure.
— Je crois que quelqu'un était attaché à ce fauteuil.
— Et qu'il s'est libéré après le crash ?
— Ou avant. Peut-être même qu'il l'a provoqué.
Lorsqu'ils ressortirent de l'avion, la noirceur de l'étang était aussi profonde que celle de la forêt, et la lumière de leurs lampes était engloutie par l'une comme par l'autre. Ils parvinrent à dormir tant bien que mal, mais ce fut d'un sommeil agité. Alors qu'il faisait encore nuit, Harlan, en se réveillant, découvrit Paul debout devant les cendres du feu, la carabine à la main, son vieux corps tendu face à l'obscurité.
— Qu'est-ce qu'il y a ? demanda-t-il.
— J'ai cru entendre quelque chose. Quelqu'un.
Harlan écouta. Bien qu'il n'y eût aucun bruit, il prit lui aussi sa carabine.
— J'entends rien.
— Y a quelqu'un dans les bois, je te dis.
Tous les poils de Harlan se hérissèrent et il se leva avec la vivacité d'un homme trois fois moins âgé qu'il ne l'était, parce qu'il *sentait* la chose. Paul avait raison : il y avait une présence parmi les arbres, quelque chose qui les épiait. Il le savait avec autant de certitude qu'il savait que son cœur battait encore et que le sang coulait toujours dans ses veines.
— Bon Dieu, murmura-t-il.
Il avait peine à respirer. Un sentiment d'absolue vulnérabilité le submergea, suivi d'un terrible désespoir. Il sentait la faim de la créature, son avidité. Si c'était un animal, il ne ressemblait à rien de ce que Harlan connaissait.
— Tu le vois ? chuchota Paul.

— Je vois rien mais je le *sens*.

Ils restèrent immobiles, prêts à tirer, deux vieux bonshommes effrayés face à une présence implacable dans le noir, jusqu'à ce qu'ils aient l'impression que la créature, quelle qu'elle pût être, était partie. Ils tombèrent néanmoins d'accord pour monter tour à tour la garde jusqu'à l'aube. Paul sommeilla pendant que le premier quart était assuré par Harlan, qui se révéla plus fatigué qu'il ne le croyait. Ses yeux se fermaient, ses épaules s'affaissaient. Il s'endormait puis se réveillait en sursaut, et durant ces brefs moments il rêvait d'une petite fille qui dansait dans les bois et dont il ne voyait pas clairement le visage. Elle s'approchait du feu, plongeait le regard dans la fumée et les flammes, examinait les deux hommes, s'enhardissait et venait plus près, jusqu'à ce que, dans le dernier rêve, elle tende la main et touche le visage de Harlan. Il constata alors que plusieurs des ongles de la fillette étaient cassés, que les autres étaient noirs de terre et qu'il émanait d'elle une odeur de pourriture.

Après quoi, il resta éveillé, il se mit debout pour tenir le sommeil à distance.

Le sommeil et la petite fille.

Parce que l'odeur de pourriture était toujours là quand il s'était réveillé.

Elle était réelle.

Ils emportèrent l'argent. Finalement, l'histoire se réduisait à ça. Ils prirent l'argent et s'en servirent pour avoir la vie un peu plus facile, comme ils en avaient eu l'intention. Lorsque le cancer commença à retourner les cellules de Paul comme les pions du jeu d'Othello, passant de blanc à noir, il suivit discrètement toute une série de traitements, certains orthodoxes, d'autres non, et ne perdit jamais espoir, pas même quand il enfonça le canon de son arme dans sa bouche, parce que pour lui ce n'était pas un acte d'ultime désespoir, mais une façon de saisir son dernier, son plus sûr espoir.

Chez les Vetters, quelqu'un s'occupa de la femme de Harlan jusqu'à ce que la conjugaison des maladies de Parkinson et d'Alzheimer atteigne une masse critique et qu'il soit contraint de l'envoyer dans un centre spécialisé. Le meilleur établissement qu'il pût trouver pas trop loin de Falls End. Elle avait sa propre chambre, très claire, avec vue sur les bois, parce qu'elle les aimait presque autant que son mari. Harlan venait la voir chaque jour. En été, il l'asseyait dans un fauteuil roulant et ils allaient en ville déguster une crème glacée. Certains jours, elle se rappelait brièvement qui il était, elle serrait la main de son mari dans les siennes et la force de Harlan semblait parvenir à faire cesser leur tremblement. La plupart du temps, cependant, elle regardait fixement devant elle, et il ne savait pas si cette absence était mieux ou pire que la peur qui se lisait parfois sur ses traits, quand tout lui semblait étrange et terrifiant : la ville, son mari, elle-même.

Lorsque la sœur de Paul Scollay découvrit que son mari avait perdu au jeu leurs économies, Paul intervint et déposa de l'argent sur un compte à haut rendement auquel elle seule aurait accès. Son mari fut en même temps encouragé à se faire soigner pour son addiction, aiguillonné en cela par une conversation qu'il eut avec Paul, à son corps défendant, et pendant laquelle la carabine de chasse se fit remarquer par sa présence.

Parce qu'ils vivaient dans un bourg, ils étaient au courant quand quelqu'un traversait une mauvaise passe – un boulot perdu, une blessure, un enfant confié aux grands-parents parce que la mère n'arrivait plus à s'en sortir –, alors ils déposaient une enveloppe sur le pas de la porte pendant la nuit, exerçaient anonymement de légères pressions. S'ils soulageaient ainsi leur conscience, les deux hommes demeuraient hantés par les mêmes rêves étranges, des visions dans lesquelles une créature invisible les traquait à travers la forêt, et qui les ramenaient toujours devant l'étang noir, où quelque chose montait des profondeurs, menaçant toujours de faire surface mais n'apparaissant jamais avant leur réveil.

Pendant toutes ces années, il se passait rarement un jour sans que Harlan et Paul imaginent qu'on découvrait enfin l'avion et qu'on trouvait des traces de leur présence sur les lieux de l'accident. Ils ne savaient pas ce qu'ils redoutaient le plus : les flics ou ceux qui pouvaient avoir un intérêt personnel dans l'épave et ce qu'elle contenait. Ces peurs se calmèrent pourtant, les cauchemars se firent moins fréquents. Harlan et Paul dépensèrent peu à peu l'argent, jusqu'à ce qu'il n'en reste presque plus, et ils commençaient à croire qu'ils avaient peut-être commis seulement un crime sans victime, lorsque l'homme au goitre revint à Falls End.

6

Ce fut par un froid après-midi de janvier 2004 que l'homme connu sous le nom de Brightwell – si c'était bien un homme – réapparut.

Harlan Vetters avait toujours détesté ces mois d'hiver. Il les trouvait déjà pénibles quand il était jeune homme, endurant, doté d'un bon tonus musculaire et d'os solides, mais ces trois qualités avaient sensiblement diminué et il en était venu à craindre les premières chutes de neige. Sa femme souriait quand il commençait à pester contre les photos des catalogues d'hiver qui encombraient leur boîte à lettres dès le mois d'août, ou contre les publicités sur papier glacé des grands magasins glissées dans les pages intérieures du *Maine Sunday Telegram* à la fin de l'été, montrant toutes des gens rayonnants de bonheur, portant des vêtements chauds et brandissant des pelles à neige, comme si trois ou quatre mois de dur hiver étaient la plus merveilleuse chose qu'on pût imaginer, encore plus amusante que Disneyland.

— Personne dans cet Etat n'a posé pour ces photos, moi je te le dis, assurait-il. Ils auraient plutôt dû photographier un pauvre gars enfoncé dans la neige jusqu'aux genoux, essayant de dégager son pick-up avec une cuillère...

Angeline lui tapotait l'épaule en objectant :

— Ça leur ferait vendre moins de pulls, non ?

Harlan marmonnait quelque chose en réponse, elle lui embrassait le dessus du crâne et le laissait à ses occupations, sachant qu'elle le trouverait plus tard dans le garage, vérifiant si l'attache de chasse-neige de son pick-up n'était pas endommagée, si les torches électriques fonctionnaient et s'il y avait des piles de rechange, si le générateur de secours marchait et si le bûcher était sec, tout cela avant même que les premières feuilles aient commencé à tomber des arbres.

Dans les semaines qui suivaient, il dressait la liste de tout ce dont ils auraient besoin, tant nourriture qu'équipement, et il se mettait en route un matin de bonne heure pour aller chez les gros fournisseurs de Bangor ou, s'il se sentait de faire le trajet, de Portland, et il rentrait le soir même pour se plaindre des mauvais conducteurs, des tasses de café à deux dollars, des doughnuts qui n'étaient pas aussi bons que ceux que Laurie Boden servait au Falls End Diner – « Je sais pas pourquoi, qu'est-ce qu'y a de sorcier à faire un doughnut ? ». Angeline l'aidait à ranger ses achats, et il y avait toujours du chocolat en poudre, plus que toute une bourgade ne pourrait en boire pendant le plus long hiver imaginable, parce qu'il savait qu'elle adorait le chocolat chaud et qu'il ne voulait pas qu'elle en manque.

Il y avait aussi des petits cadeaux pour elle dans le fond du carton, des choses qu'il avait choisies dans une boutique et non dans l'un des grands magasins. C'était pour cette raison, elle le savait, qu'il parcourait autant de kilomètres en voiture : afin de lui offrir quelque chose qu'on ne trouvait pas dans le coin, un foulard, un chapeau, un petit bijou, avec parfois en plus une boîte de bonbons ou de cookies, et souvent un livre, un gros roman en édition cartonnée qui lui durerait une semaine, quand la neige s'abattrait sur eux. Cela amusait Angeline et la touchait, de l'imaginer dans une boutique chic de vêtements pour femmes, palpant des tissus de soie et de laine, interrogeant la vendeuse sur la qualité et le prix, ou déambulant dans les allées d'une librairie avec son carnet ouvert à une page remplie de titres qu'il avait notés au cours des mois précédents, la liste des bouquins qu'elle avait mentionnés en passant, ou dont il avait lui-même lu des critiques et dont il pensait qu'ils plairaient à sa femme. Elle savait qu'il consacrait autant de temps, sinon plus, à choisir ces cadeaux qu'à acheter toutes ses fournitures pour l'hiver, et il rougissait de bonheur devant le plaisir qu'elle montrait à découvrir ce qu'il avait rapporté pour elle.

Parce que, si les amies d'Angeline se plaignaient parfois du manque de goût de leurs maris et de leur apparente incapacité à acheter un présent approprié pour Noël ou les anniversaires, Harlan faisait toujours le bon choix. Même le plus petit de ses cadeaux indiquait qu'il avait longuement réfléchi pour savoir s'il plairait à Angeline, et au cours des nombreuses années qu'ils avaient passées ensemble, elle en était venue à comprendre qu'il pensait beaucoup à elle, qu'elle était toujours avec lui, et que ces menus gages d'affection n'étaient que la manifestation physique de sa présence constante et essentielle dans la vie de Harlan.

Lorsqu'il partait pour sa grande expédition, elle lui préparait un repas chaud qui l'attendait à son retour, et une tarte qu'elle avait cuite le jour même, aux pêches ou aux pommes, pas trop sucrée, la croûte légèrement brûlée, comme il l'appréciait. Même après que Marielle fut revenue vivre chez eux, ils gardèrent cette habitude : ils expédiaient leur fille dehors pour la soirée, mangeaient tous les deux en bavardant et plus tard ils faisaient l'amour, parce qu'il n'avait jamais cessé de l'aimer.

Il l'aimait encore, même s'il lui arrivait d'oublier qui était cet homme qui l'aimait.

Il y avait de la glace sur la route ce jour-là, une glace noire et traîtresse qui contraignit Harlan à rouler quasiment au pas pour se rendre au centre de soins. Il éprouva un profond soulagement en voyant le bâtiment de briques rouges dressé sur le bleu immaculé du ciel, les guirlandes électriques qui illuminaient encore les arbustes et les arbres, les empreintes de pattes d'oiseaux et de petits mammifères dans la neige tassée. Ces derniers temps, le sentiment qu'il était lui-même mortel avait commencé à s'imposer à lui et il s'était surpris à conduire plus prudemment que d'habitude. Il ne fallait pas qu'il précède sa femme dans la mort. Oh, il ne doutait pas que Marielle s'occuperait bien de sa mère si cela arrivait, elle avait toujours été une excellente fille, mais il savait que dans ses rares moments de lucidité sa femme puisait quelque réconfort dans la routine de ses visites et il ne voulait pas ajouter à ses peurs par son absence. Il devait être prudent, autant pour elle que pour lui.

Il frappa le sol de ses bottines pour en faire tomber la neige avant d'entrer et salua Evelyn, la jolie jeune infirmière noire qui assurait l'accueil du lundi au jeudi et un samedi sur deux. Il connaissait par cœur les horaires des infirmières, lesquelles, de leur côté, pouvaient régler leur montre sur l'heure de son arrivée et celle de son départ.

— Bon après-midi, monsieur Vetters. Comment ça va, aujourd'hui ?

— Toujours d'attaque pour le bon combat, mademoiselle Evelyn, répondit-il comme à chaque visite. Quel froid, hein ?

— Terrible. Brrr !

Harlan se demandait parfois si les Noirs souffraient plus du froid que les Blancs, mais il était trop poli pour poser la question. Il se disait que c'était une de ces interrogations destinées à rester sans réponse.

— Comment va-t-elle ?

— Elle a eu une nuit agitée, monsieur Vetters. Clancy est resté avec elle un moment pour la calmer, mais elle n'a pas beaucoup dormi. La dernière fois que je suis allée voir, elle sommeillait, quand même.

Clancy travaillait uniquement la nuit. C'était un colosse de race indéterminée, avec des yeux enfoncés dans une tête qui semblait trop petite pour son corps. La première fois que Harlan l'avait vu, il sortait du centre après avoir ôté sa tenue d'infirmier et Harlan avait éprouvé la peur de sa vie : Clancy avait l'air d'un évadé d'un quartier de haute sécurité. En apprenant à le connaître, Harlan avait découvert un homme d'une extrême douceur, d'une patience infinie avec les malades, même avec ceux qui, comme Angeline, avaient souvent peur de leur conjoint et de leurs enfants. La présence de Clancy agissait comme un sédatif, avec moins d'effets secondaires négatifs.

— Merci de me prévenir. Bon, je vais la voir, si c'est possible.

— Bien sûr, monsieur Vetters. Je vous apporte du thé et des cookies dans un petit moment, si ça vous dit, à vous et votre femme.
— Ça nous fera très plaisir, assura Harlan.

La sollicitude sincère de la jeune infirmière lui serra la gorge, comme toujours quand un membre du personnel avait pour lui ce genre de petite gentillesse. Bien qu'il sût qu'il payait pour leurs services, il leur était reconnaissant de faire cet effort supplémentaire. Il avait entendu raconter des histoires horribles, même concernant les centres de soins les plus chers, mais personne dans celui-là ne lui avait jamais donné la moindre raison de se plaindre.

Il descendit rapidement le couloir malgré ses articulations douloureuses et l'eau qui avait pénétré dans sa chaussure gauche. La semelle s'était décollée, il ne l'avait pas remarqué avant. Deux ou trois agrafes suffiraient à la réparer. Harlan vivait frugalement, surtout par habitude, mais aussi pour s'assurer que sa femme pourrait finir ses jours dans ce centre. Il n'avait pas gaspillé un cent de l'argent trouvé dans l'avion, auquel il ne pensait jamais sans sentir son estomac se contracter. Malgré les années écoulées, il attendait toujours la main sur son épaule, les coups frappés à la porte, la voix autoritaire d'un inspecteur flanqué d'agents en uniforme lui annonçant qu'il voulait lui parler d'un avion qui…

Apparemment, il était le seul visiteur ce jour-là et il présuma que l'état des routes avait incité beaucoup de gens à rester chez eux. Il passa devant des patients qui somnolaient devant la télévision ou regardaient simplement par leur fenêtre. Pas de conversations, un silence de cloître. Le centre possédait une aile sécurisée à laquelle on accédait grâce à un digicode installé près des portes. Elle était réservée aux patients les plus perturbés, ceux qui risquaient d'errer hors du centre s'ils étaient désorientés ou effrayés. La femme de Harlan en avait fait partie pendant ses deux premières années, mais quand sa maladie de Parkinson s'était aggravée, sa capacité à vagabonder s'en était trouvée réduite, et elle ne pouvait même plus maintenant quitter son lit sans aide. D'une certaine façon, Harlan était content qu'elle soit au régime normal : l'aile sécurisée, malgré la tranquillité qu'elle apportait, ressemblait trop à une prison.

La porte de la chambre de sa femme était entrebâillée. Il frappa avant d'entrer, bien qu'on l'eût informé qu'elle dormait. Il veillait maintenant plus qu'avant à respecter l'intimité d'Angeline. Il connaissait l'angoisse qu'une soudaine intrusion dans son espace pouvait lui causer, en particulier dans un de ses mauvais jours, quand elle était absolument incapable de le reconnaître.

Lorsqu'il entra, elle avait les yeux clos, le visage tourné vers la porte. Il remarqua qu'il faisait froid dans la pièce, ce qui l'étonna. Le personnel s'efforçait de s'assurer que les malades n'aient pas trop froid en hiver, ni trop chaud en été. On ne pouvait ouvrir la partie basse des fenêtres qu'avec une clé spéciale, essentiellement pour empêcher les patients les plus atteints de se blesser ou de s'enfuir. La partie haute, plus étroite, pouvait être entrouverte pour laisser passer un peu d'air, mais Harlan constata qu'elle était fermée.

Il avança vers le lit et la porte se referma en claquant. C'est alors seulement qu'il sentit l'odeur de l'homme. Harlan se retourna, le découvrit adossé au mur, un sourire sinistre aux lèvres, son goitre violacé semblable à une cloque pleine de sang sur le point de crever.

— Asseyez-vous, monsieur Vetters, dit-il. Il est temps que nous ayons une conversation.

Fait étrange, maintenant que le pire était arrivé, Harlan s'apercevait qu'il n'avait pas peur. Même quand il se laissait aller à espérer que cela n'arriverait peut-être jamais, il avait toujours su que quelqu'un viendrait et parfois, dans ses rêves sombres, un homme apparaissait à la limite de son champ de vision, le profil déformé par son obésité et par une terrible excroissance qui semblait toujours près d'éclater. C'était la forme que la vengeance prendrait quand l'heure sonnerait.

Harlan n'entendait cependant pas passer aux aveux s'il avait une autre solution. Il jouerait le rôle qu'il avait toujours été résolu à endosser : celui de l'innocent. Il l'avait soigneusement répété. Sans pouvoir dire pourquoi, il estimait essentiel que cet homme n'apprenne pas l'endroit où l'avion était tombé dans la forêt du Grand Nord, et pas seulement à cause de l'argent que Paul et lui avaient subtilisé. Ceux qui, au fil des ans, avaient cherché à le récupérer — car, une fois que Paul et Harlan eurent compris ce qu'ils voulaient, ils devinrent plus habiles à les repérer, à les reconnaître aux histoires racontées par des guides perplexes — ne se ressemblaient pas : certains, comme Darina Flores, étaient superbes, d'autres, comme cet homme, tout à fait hideux. Certains avaient l'air d'hommes d'affaires ou d'enseignants, d'autres de chasseurs, de tueurs, mais ce qu'ils avaient tous en commun, c'était de ne vouloir aucun bien à personne. S'ils cherchaient à récupérer quelque chose dans l'avion (et Harlan gardait un souvenir assez précis de la liste de noms), tout homme sensé avait le devoir de les en empêcher — c'était du moins ce que Harlan et Paul se répétaient, dans leur désir de réparer quelque peu leur méfait.

Ni l'un ni l'autre n'étaient toutefois assez naïfs pour croire que le vol de l'argent resterait impuni, que s'ils révélaient l'emplacement de l'épave à Darina Flores, ou à quelqu'un comme elle, la liste suffirait à payer la tranquillité de leurs dernières années. Le simple fait de connaître l'existence de l'avion pouvait suffire à causer leur perte, parce qu'ils avaient tous deux longuement examiné la liste, et que plusieurs des noms s'étaient gravés dans le cerveau de Harlan. Il pourrait les réciter, s'il le fallait. Pas tous, mais suffisamment. Suffisamment pour provoquer sa mort.

D'un autre côté, si l'homme était là, c'était probablement à cause de l'argent. Harlan et Paul n'avaient peut-être pas été aussi prudents qu'ils l'avaient cru.

— Qu'est-ce que vous fabriquez dans la chambre de ma femme ? Vous n'avez rien à y faire. C'est réservé à la famille et aux amis.

L'homme s'approcha du lit sur lequel l'épouse de Harlan était étendue, lui caressa le visage et les cheveux. Ses doigts descendirent sur ses lèvres, les écartèrent de manière obscène. Angeline marmonna dans son sommeil, tenta de bouger la tête. Deux doigts pâles pénétrèrent dans sa bouche.

— Je vous ai dit de vous asseoir, monsieur Vetters, rappela l'homme. Si vous ne le faites pas, j'arrache la langue de votre femme.

Harlan s'assit et demanda :
— Qui êtes-vous ?
— Je m'appelle Brightwell.
— Qu'est-ce que vous voulez ?
— Je crois que vous le savez.
— Monsieur, j'en sais rien. Comme je veux que vous fichiez le camp, je ferai de mon mieux pour répondre à vos questions, mais vous aurez fait le déplacement pour rien.

La manche du manteau de Brightwell se releva tandis qu'il continuait à caresser les cheveux d'Angeline, et Harlan vit une marque sur son poignet. On aurait dit un trident.
— Je crois savoir que votre femme est atteinte de parkinson *et* d'alzheimer ?
— C'est exact.
— Ça doit être très difficile pour vous, commenta Brightwell, sans la moindre trace de compassion dans la voix.
— Pas autant que pour elle.
— Oh, je ne crois pas.

Brightwell baissa les yeux vers la femme endormie. Il retira ses doigts de la bouche d'Angeline, les renifla, lécha leurs extrémités d'une langue presque pointue, rappelant par sa couleur et sa texture une tranche de foie cru. Il laissa son autre main reposer sur le front de la femme, dont les marmonnements se firent plus forts, comme si la pression de cette main la troublait. Elle ne se réveilla cependant pas.
— Regardez-la : elle sait à peine qui elle est, maintenant, et je présume que, la plupart du temps, elle ne sait pas qui vous êtes non plus. Ce que vous avez aimé en elle autrefois est mort depuis longtemps. Elle n'est plus qu'une coquille vide, un fardeau pour vous. Ce serait une miséricorde pour vous deux si, simplement, elle… quittait ce monde.
— C'est faux, répliqua Harlan.

Brightwell sourit, ses yeux durs et noirs se posèrent sur Harlan, le pénétra, trouva l'endroit où Harlan cachait ses pires pensées et, sans même que Brightwell remue les lèvres, Har-

Ian entendit le mot « menteur » murmuré. Incapable de soutenir le regard de Brightwell, Harlan, honteux, baissa la tête vers le sol.

— Je pourrais faire en sorte que cela arrive, avança Brightwell. Un oreiller sur un visage, une légère compression du nez et de la bouche. Personne ne le saurait et vous seriez libre.

— Arrêtez de parler comme ça, monsieur. Je vous interdis de dire des choses pareilles.

Brightwell gloussa d'une manière étrangement féminine, couvrant même sa bouche de sa main libre.

— Je vous fais marcher, monsieur Vetters. A la vérité, si elle mourait dans des circonstances, disons, suspectes, quelqu'un le découvrirait. C'est facile de commettre un meurtre, plus difficile de s'en tirer. Cela est vrai naturellement de la plupart des crimes, mais tout particulièrement du meurtre. Vous savez pourquoi ?

Harlan gardait la tête inclinée, les yeux fixés sur ses chaussures. Il avait peur que cet homme plonge de nouveau ses yeux dans les siens et y lise sa culpabilité. Puis il se dit qu'il était en fait en train d'admettre son crime avant même d'en avoir été accusé. Il se ressaisit, se força à lever les yeux vers l'intrus répugnant.

— Non, répondit-il. Je ne sais pas.

— Parce que le meurtre est un crime rarement commis par des individus expérimentés. C'est un acte de rage ou de passion, donc généralement imprévu. Les assassins commettent des erreurs parce qu'ils en sont presque toujours à leur premier coup. Ils manquent d'expérience. Ce qui les rend faciles à trouver, faciles à punir. Il y a là une leçon à tirer : le crime, quel qu'il soit, est une occupation qu'il vaut mieux laisser aux professionnels.

Harlan attendit, s'efforçant de contrôler son rythme respiratoire. Il se félicita qu'il fasse froid dans la chambre, cela l'empêchait de transpirer.

— Tous ces sacrifices que vous avez consentis pour elle... poursuivit Brightwell, dont la main recommença à caresser les

cheveux d'Angeline. Vous ne pouvez même pas vous acheter de nouvelles chaussures.
— J'aime bien celles-là. C'est des bonnes chaussures.
— Vous voulez être enterré avec ces chaussures, monsieur Vetters ? Vous souhaitez que ce soit ces chaussures qui dépassent de votre cercueil quand on viendra vous pleurer ? J'en doute. Je suis sûr que vous en avez dans votre placard une autre paire destinée à cette circonstance. Vous êtes un homme prévoyant. Le genre d'homme qui fait des plans : pour la vieillesse, la maladie, la mort...
— Je pense pas que ça fera une différence pour moi, comment je serai habillé une fois mort. On pourrait même me mettre une robe, ça me serait bien égal. Maintenant, enlevez votre main de ma femme. Ça me plaît pas et je pense que ça ne lui plaît pas non plus.
La main de Brightwell s'écarta d'Angeline, qui s'apaisa et respira plus régulièrement.
— C'est un bon établissement, déclara le goitreux. Confortable. Propre. Je parie que le personnel est aimable. Pas d'employés au salaire minimum, ici, n'est-ce pas ?
— Je crois pas, non.
— Pas d'infirmières pécheresses qui volent la petite monnaie dans les casiers, qui s'approprient les friandises que les petits-enfants ont apportées à grand-mère. Pas de pervers qui se glissent dans les chambres la nuit pour tripoter les patientes et leur donner un petit quelque chose à se rappeler, un souvenir du bon vieux temps. Enfin, on ne sait jamais, hein ? Je n'aime pas l'air de ce Clancy. Je ne l'aime pas du tout. Je sens le mauvais en lui. Les gens qui se ressemblent se reconnaissent. Je me suis toujours fié à mon instinct, en matière de perversion.
Harlan ne répondit pas. Brightwell l'appâtait, il le savait. Il valait mieux garder le silence et ne pas céder à la colère. Il risquerait de se trahir.
— Enfin, il n'y a pas de mal, apparemment, continua Brightwell. Votre femme ne s'en souviendrait pas, de toute façon. Elle y prendrait peut-être même plaisir. Ça doit faire un

moment, non ? Laissons à Clancy le bénéfice du doute. L'aspect est parfois trompeur, je trouve.

Il sourit, toucha son excroissance, en explora les rides et les rougeurs.

— Pour en revenir à l'affaire qui nous occupe, ça doit coûter plus que de la petite monnaie, ce genre de soins. Un homme doit faire de longues heures pour payer tout cela. De *looongues* heures. Mais vous êtes à la retraite, n'est-ce pas, monsieur Vetters ?

— Oui.

— Je suppose que vous avez mis des sous de côté pour les mauvais jours. Prévoyant, comme je disais.

— Je l'ai été. Je le suis toujours.

— Vous étiez garde forestier, c'est bien ça ?

Harlan ne prit pas la peine de demander comment cet homme en savait autant sur lui. C'était bon au cinéma, ça. La réalité, c'était qu'il était là et qu'il avait fait des recherches. Harlan ne devait pas être surpris et ne l'était donc pas.

— Exact, confirma-t-il.

— Ça paie bien, ce métier ?

— Suffisamment, et un peu plus. Suffisamment pour moi, en tout cas.

— J'ai eu accès à vos relevés bancaires, monsieur Vetters. Apparemment, vous n'avez jamais eu que des sommes modestes sur votre compte.

— J'ai jamais fait confiance aux banques. J'ai gardé tout mon argent chez moi.

— *Tout* votre argent ? s'exclama Brightwell, écarquillant les yeux pour feindre la surprise. Pourquoi, il y avait combien ? Tout : ça veut dire beaucoup. Des milliers, des dizaines de milliers, peut-être. C'était tant que ça, monsieur Vetters ? Des dizaines de mille ? *Plus* ?

Harlan déglutit pour s'humecter la gorge. Il ne voulait pas que sa voix se brise. Pas de signe de faiblesse. Pas de fragilité devant cet homme.

— Non, y a jamais eu beaucoup. C'est seulement la vente de la maison de mes parents, après la mort de ma mère, qui m'a laissé un petit pactole, on peut dire.

Une expression de ce qui pouvait s'apparenter à du doute passa sur le visage de Brightwell.

— Une maison ?

— Ils vivaient près de Calais, dit Harlan, prononçant « Callas », comme la chanteuse, à la façon de tous les habitants de l'Etat. J'étais fils unique, tout m'est revenu. Une chance, avec ce qui est arrivé à Angeline.

— Une chance, en effet.

Maintenant, Harlan soutenait le regard de Brightwell.

— Je vous l'ai déjà dit, monsieur. Je sais pas ce que vous êtes venu chercher ici, mais je vous ai prévenu, vous ne le trouverez pas. Laissez-nous. J'en ai assez de votre compagnie.

A cet instant, Angeline ouvrit les yeux. Elle regarda Brightwell et Harlan s'attendit à ce qu'elle se mette à crier. Il pria pour qu'elle ne le fasse pas, parce qu'il ne savait pas comment l'intrus réagirait. Il était capable de tuer pour se protéger, Harlan en était sûr. Il sentait l'odeur de la mort sur cet homme.

Angeline ne cria pas. Elle parla, et Harlan en eut les larmes aux yeux. Elle parla d'une voix qu'il n'avait pas entendue depuis très longtemps, avec les accents doux et mélodieux qu'elle avait à quarante ans, et cependant il perçut une autre voix derrière, plus profonde que celle d'Angeline :

— Je sais qui tu es, disait-elle, provoquant la stupeur de Brightwell. Je sais qui tu es, répéta-t-elle, et je sais ce qui gît emprisonné en toi. Gardien d'âmes, geôlier d'hommes perdus, chasseur d'un ange caché…

Elle eut un sourire que Harlan trouva plus terrifiant que toute expression qu'il avait pu voir jusque-là sur le visage de Brightwell. Les yeux d'Angeline brillaient, son ton était moqueur, presque triomphant.

— Tes jours sont comptés. Il viendra te prendre. Tu croiras l'avoir trouvé, mais c'est lui qui te trouvera. Sors d'ici. Cache-toi tant que tu peux. Creuse un trou, couvre-toi la tête de terre, et il passera peut-être sans te repérer. Peut-être…

— Garce… répliqua Brightwell, mais d'un ton hésitant. Ton esprit agonisant déverse des inanités…

— Vieille créature abominable, prisonnière d'un corps pourrissant, reprit Angeline comme s'il n'avait pas parlé. Pitoyable être sans âme qui vole les âmes des autres pour avoir leur compagnie. Fuis, mais cela ne te servira à rien. Il te trouvera. Il te trouvera et vous détruira, toi et ton engeance. *Crains-le.*

La porte de la chambre s'ouvrit sur l'infirmière Evelyn, portant un plateau sur lequel elle avait disposé deux tasses et une assiette de cookies. Elle se figea en voyant Brightwell.

— Qui êtes-vous ? demanda-t-elle.

— Allez chercher de l'aide ! lui cria Harlan en se levant de sa chaise. Vite !

Evelyn laissa tomber son plateau et sortit en courant. Quelques secondes plus tard, une sonnette d'alarme retentit. Brightwell se tourna vers Harlan.

— Ce n'est pas terminé. Je ne crois pas ce que vous m'avez raconté sur l'argent. Je reviendrai, et peut-être que je volerai ce qu'il reste de votre femme et que je la porterai en moi une fois que j'en aurai fini avec vous.

Sur ce, il passa majestueusement devant Harlan, poursuivi par le rire argentin d'Angeline. Bien que le centre eût été immédiatement fermé, on ne retrouva pas trace de Brightwell dans le bâtiment, ni dans le parc, ni dans le bourg.

— La police est venue, dit Marielle, mon père a déclaré qu'il ne savait pas ce que cet homme voulait. Qu'il était entré dans la chambre de ma mère et qu'il l'avait trouvé penché au-dessus d'elle. Lorsque les policiers ont tenté d'interroger ma mère, elle était de nouveau absente au monde, et elle ne reparla plus jamais après ça. Mon père a mis Paul au courant de ce qui s'était passé, ils ont attendu tous deux le retour de Brightwell. Puis Paul est mort et il n'est plus resté que mon père pour l'affronter. Mais il n'est jamais revenu.

— Pourquoi me raconter tout ça ? demandai-je.

— Parce que la dernière chose que ma mère a dite à mon père après la fuite de cet homme, c'est ceci : « Le moment venu, dis-le au détective. Dis-le à Charlie Parker. » Et plus tard, ce fut la dernière chose que mon père me murmura après nous avoir raconté l'histoire de l'avion dans les bois. Il voulait qu'on vous confie cette histoire, monsieur Parker. C'est pourquoi nous sommes venus ici. Maintenant, vous savez.

Autour de nous, les gens bavardaient, mangeaient, buvaient, mais nous ne participions pas à cette animation. Nous étions isolés dans notre coin, entourés des formes enveloppées de soie des morts.

— Vous savez qui était ce Brightwell, n'est-ce pas ? dit Ernie. Je l'ai vu à votre expression, tout à l'heure, lorsque nous vous l'avons décrit.

— Oui, j'ai croisé son chemin.

— Est-ce qu'il reviendra, monsieur Parker ? demanda Marielle.

— Non.

— Vous semblez en être absolument sûr.

— Je le suis. Je l'ai tué.

— C'est bien, approuva-t-elle. Et la femme ? Qu'est-ce qu'elle est devenue ?

— Je ne sais pas, répondis-je. Avec un peu de chance, quelqu'un l'aura tuée, elle aussi.

7

Vers le sud, vers le sud, par des autoroutes et des chemins sinueux, en passant par des villes et des villages, des hameaux, en traversant des rivières et des champs, jusqu'à une voiture sur une route sombre, déserte, jusqu'à une femme quittant sa maison et qui, si elle avait entendu l'histoire racontée à voix basse dans un bar tranquille de la cité portuaire, aurait peut-être dit : « Je connais ces choses… »

Barbara Kelly venait de partir de chez elle quand elle aperçut le SUV. Une femme d'une dizaine d'années de moins qu'elle, accroupie devant le pneu avant droit, s'escrimait sur une clé en croix. Dans la lumière des phares, elle semblait effrayée, et elle avait des raisons de l'être. C'était une route sombre et peu fréquentée, utilisée principalement par les habitants des maisons situées au bout des chemins qui se jetaient dans Buck Run Road, tels des affluents. Par une soirée comme celle-là, avec les nuages qui s'amoncelaient, un vent vif qui rendait le froid plus âpre, il y avait encore moins de voitures sur la route que d'habitude. Les dimanches soir étaient généralement calmes dans le coin, les riverains se résignant à la fin du week-end et à la reprise proche de la navette de la semaine.

Les rues avaient des noms inspirés par le monde animal – allées du Raton laveur, du Saut de la Biche, de la Grenouille-Taureau –, choix des promoteurs sans lien apparent avec la réalité du cadre. Barbara n'avait jamais aperçu de biche dans les environs, sautant ou non, elle n'avait jamais entendu parler de grenouilles-taureaux, et les seuls ratons laveurs qu'elle avait vus étaient morts. C'était sans importance, finalement. Elle n'avait jamais abordé le sujet avec ses voisins, ni avec personne d'autre. En grandissant, elle avait appris à s'intégrer. Cela lui facilitait les choses, dans ses activités.

Et voilà qu'elle tombait sur un SUV avec un pneu à plat, et une femme dans l'embarras. Un enfant se tenait près d'elle, un petit garçon de cinq ou six ans. Il portait des chaussures noires et un jean bleu, un blouson de même couleur à la fermeture remontée jusqu'au menton.

Il se mit à pleuvoir. La première goutte s'écrasa sur le pare-brise de Barbara, puis elle eut la vue presque totalement brouillée avant d'avoir eu le temps de faire marcher ses essuie-glaces. Le gamin se réfugia sous un arbre pour échapper à l'averse. Il releva la capuche de son blouson tandis que la femme s'entêtait à essayer de changer la roue. Apparemment, elle avait réussi à dévisser un des boulons et n'avait pas l'intention de s'arrêter maintenant. Barbara admira la détermination de cette femme, qui maniait cependant sa clé en croix avec beaucoup de maladresse. Barbara elle-même aurait fait mieux. Elle était habile de ses mains.

Elle ralentit juste au moment où le cric glissait. La femme bascula en arrière tandis que le SUV retombait lourdement sur le pneu crevé. Elle tendit les bras derrière elle pour ne pas heurter le sol de la tête. Barbara crut l'entendre jurer par-dessus le bruit de la pluie et du moteur. Le garçon se précipita vers elle, le visage crispé, et Barbara devina qu'il pleurait.

En des circonstances ordinaires, Barbara aurait continué à rouler. Elle n'était pas encline à aider les autres. Ce n'était pas dans sa nature. C'était tout le contraire, en fait. Jusqu'à ces derniers temps, elle s'était attachée à provoquer lentement leur perte. Barbara était une experte des petits caractères qui changent tout, du jargon juridique qui permet d'orienter les contrats en faveur du créancier, non du débiteur. A supposer bien sûr que ces contrats qu'elle négociait puissent être lus et examinés, ce qui était rarement le cas. Les contrats particuliers dont s'occupait Barbara Kelly étaient essentiellement verbaux, excepté quand il était plus avantageux de procéder autrement. Ils portaient quelquefois sur des sommes d'argent ou des biens. A l'occasion, ils portaient sur des gens. La plupart du temps, c'étaient des promesses d'aide, des services qu'il faudrait rendre le moment venu. Chacun était une petite entaille à l'âme, un pas de plus sur le chemin de la perdition.

Si son travail l'avait rendue riche, il avait aussi miné son humanité. Certes, il lui arrivait parfois de se livrer au hasard à des actes de philanthropie, grands ou petits, mais uniquement parce qu'il y a du pouvoir et du plaisir dans la compassion. Et tandis qu'elle s'approchait de la femme et de l'enfant, elle ressentait un peu de ce pouvoir, mêlé à une forme d'excitation sexuelle. Bien qu'épuisée et trempée, la femme était manifestement belle.

Le surgissement du désir fut à la fois inattendu et bienvenu. Cela faisait longtemps que Barbara n'en avait pas éprouvé, pas depuis que la boule était apparue sous son aisselle. Elle ne faisait pas mal au début, et Barbara l'avait écartée de ses pensées comme une chose sans importance. Elle n'avait jamais été hypocondriaque. Le temps qu'on diagnostique un lymphome, son espérance de vie se comptait déjà en mois et en semaines. Avec le diagnostic vint la peur : peur de la douleur, peur des effets du traitement, peur de mourir.

Et peur de la damnation, car elle comprenait mieux que personne la nature du marché qu'elle avait passé. Des voix avaient commencé à murmurer dans sa tête, la nuit, semant des graines de doute dans son esprit. Elles parlaient d'une possibilité de rédemption, même pour quelqu'un comme elle. Et voilà qu'elle s'arrêtait pour une femme et un gosse bloqués sur la route, et qu'une chaleur se répandait entre ses cuisses, et elle ne savait pas encore si elle s'arrêtait par altruisme ou par intérêt personnel, du moins se le disait-elle.

Elle fit descendre sa vitre.

— Vous avez des ennuis, on dirait.

La femme s'était relevée. A cause des phares et de la pluie, elle n'avait pas su trancher s'il y avait un homme ou une femme au volant de la voiture, mais à présent son soulagement était manifeste. Elle s'avança, le visage ruisselant. Son mascara avait coulé. Dans sa robe sombre et son manteau noir, elle avait l'air d'une épouse éplorée à l'issue de funérailles particulièrement pénibles, radieuse toutefois dans son chagrin. Demeuré en arrière, le garçon attendait que sa mère lui dise qu'il pouvait approcher. Non, ce n'était pas seulement ça : Barbara excellait à lire les réactions des autres, et il y avait dans celle du garçonnet quelque chose de plus que l'obéissance à une mère ou la prudence innée d'un enfant. Il se méfiait d'elle.

Intelligent, ce petit, pensa-t-elle. Intelligent, sensible.

— Foutu pneu, soupira la femme, et le cric ne vaut pas un clou. Vous en auriez un que je pourrais utiliser ?

— Non, mentit Barbara. Le mien s'est cassé il y a deux mois, et je n'ai pas trouvé le temps de le remplacer. Quand j'ai un problème, j'attends un flic serviable ou j'appelle simplement l'AAA[1].

— Je ne suis pas membre, et je n'ai vu aucun flic, serviable ou non.

— Vous n'êtes pas au courant ? Ils fondent sous la pluie.

Quoique déjà trempée, la femme esquissa un sourire.

— Ils ne sont peut-être pas les seuls.

— C'est parti pour un moment, et ce n'est pas vraiment une bonne idée d'attendre près de votre voiture, fit observer Barbara. Il y a eu beaucoup d'accidents dans le virage juste après. Les gens le prennent trop vite, surtout par mauvais temps. Si quelqu'un vous heurte, vous aurez de plus gros ennuis qu'un pneu crevé.

Les épaules de la femme s'affaissèrent.

— Qu'est-ce que vous me conseillez ?

---

[1]. L'American Automobile Association, qui a un service d'assistance routière.

— J'habite un peu plus loin, on peut quasiment voir ma maison de ce grand pin, là-bas. Venez vous sécher et j'appellerai Roy, mon voisin, quand la pluie aura cessé.

Maintenant qu'elle avait menti pour son cric, elle pouvait difficilement proposer de changer la roue elle-même.

— Il vit pour secourir les belles en détresse, il vous fera ça rapidement. Pendant ce temps, votre fils et vous boirez quelque chose de chaud et attendrez confortablement qu'il ait fini. C'est bien votre fils ?

La femme marqua une curieuse pause avant de répondre :

— Oh, oui, naturellement. William. Billy pour moi, et pour ses copains.

Hésitation intéressante, pensa Barbara.

— Je m'appelle Barbara. Barbara Kelly.

— Moi, c'est Caroline. Enchantée.

Les deux femmes se serrèrent la main un peu maladroitement par la fenêtre de la voiture puis Caroline fit signe au garçon.

— Billy, viens dire bonjour à la gentille dame.

A contrecœur — du moins Barbara en eut-elle l'impression — il s'approcha. Ce n'était pas un beau petit garçon. Il avait un teint très pâle qui amena Barbara à se demander s'il était souffrant. Si cette femme était vraiment sa mère — et il y avait déjà doute à ce sujet — il ne tenait pas d'elle. Il semblait destiné à devenir plus tard un homme laid, et quelque chose disait à Barbara qu'il n'avait pas beaucoup d'amis.

— Je te présente Barbara, reprit la mère. Elle va nous aider.

Sans répondre, Billy fixa la dame de ses yeux sombres, semblables à des raisins secs enfoncés dans la pâte de son visage.

— Allez, monte, l'incita Barbara.

— Vous êtes sûre que nous n'abusons pas ? demanda Caroline.

— Pas du tout. Je me ferai du souci si vous insistez pour rester ici, je serai bien plus tranquille si je vous sais en sûreté. Vous avez besoin de prendre quelque chose dans votre voiture ?

— Juste mon sac, répondit Caroline.

Elle s'éloigna, laissant Barbara et le garçon seuls. Avec sa capuche sur la tête et sa fermeture à glissière remontée jusqu'au menton, il faisait plus vieux que son âge. Il lui rappelait désagréablement une poupée douée de vie ou un homoncule. Bien qu'il la lorgnât d'un sale œil, Barbara ne laissa pas son sourire vaciller. Elle avait chez elle toutes sortes de médicaments qui feraient facilement dormir un enfant.

La mère aussi, si on en venait là, car elle sentait presque dans sa bouche le goût de Caroline, et la chaleur, entre ses cuisses, s'était mise à palpiter lentement.

La repentance attendrait.

Les deux femmes bavardèrent pendant le trajet vers la maison. Apparemment, Caroline et William se rendaient chez des amis à Providence, Rhode Island, quand le pneu avait crevé. Barbara essayait de deviner d'où ils pouvaient bien venir, pour s'être retrouvés près de chez elle. Lorsqu'elle lui posa la question, Caroline répondit qu'elle s'était trompée de chemin quelque part et Barbara n'insista pas.

— Vous êtes déjà allée à Providence ? demanda Barbara.

— Deux ou trois fois, quand j'étais étudiante. J'étais fan de Lovecraft.

— Ah oui ? J'ai jamais vraiment mordu à Lovecraft. Trop hystérique pour mon goût, trop ampoulé.

— Votre critique n'est pas sans fondement, mais il était peut-être comme ça parce qu'il comprenait la véritable nature de l'univers, ou qu'il le croyait.

— Vous voulez dire les vieux démons verts à la bouche couverte de trucs bizarres ?

— Ha ! Non, pas comme ça, mais allez savoir. Non, je veux parler du côté morne du monde, de sa froideur, de son absence de pitié.

Ce dernier mot transperça Barbara telle une lame. Elle pouvait presque sentir ses ganglions réagir à ce stimulus,

contrepoint douloureux aux exigences du bas de son corps. Je suis une métaphore ambulante, pensa-t-elle.
— C'est gai, maugréa-t-elle, la femme éclatant de rire à côté d'elle.
— Une crevaison sous la pluie peut vous faire cet effet...
Barbara mit son clignotant à droite et elles tournèrent dans la courte allée menant à la maison. Les lumières brillant à l'intérieur lui donnaient un air chaleureux et accueillant.
— Je ne vous ai pas demandé, mais où alliez-vous quand vous êtes tombée sur nous ? dit Caroline. On ne vous a pas détournée de quelque chose d'important, j'espère.
« A l'église, faillit répondre Barbara. J'allais à l'église. »
— Non, dit-elle. Rien d'important. Ça attendra.

Elle les conduisit dans la salle de séjour, leur apporta des serviettes pour se sécher et les invita à ôter leurs chaussures. Ils le firent, quoique l'enfant rechignât à les enlever, jusqu'à ce que la femme le lui ordonne. Il tint néanmoins à garder son blouson fermé et sa capuche relevée. Cela lui donnait l'air d'un nain méchant, d'un elfe malveillant. La femme lui sourit avec indulgence, puis suivit Barbara dans le couloir tandis qu'elle mettait son manteau à sécher.
— Il n'en fait qu'à sa tête. Je me demande parfois qui commande vraiment à la maison.
Barbara baissa les yeux vers l'annulaire de la femme. Pas d'alliance. Caroline suivit la direction du regard de son hôtesse et agita la main gauche.
— Toujours libre et célibataire.
— Le père ?
— Il n'est plus là, répondit Caroline.
Malgré son ton léger, quelque chose dans sa voix signifiait clairement qu'elle ne souhaitait pas d'autres questions sur le sujet.
— Et vous ? Vous êtes mariée ?
— Avec mon boulot seulement.
— Qu'est-ce que vous faites ?
— Je suis consultante.

C'était sa réponse standard à cette question.
— C'est vague.
— Je donne des conseils en matière de contrats et de négociations.
— Vous êtes avocate ?
— J'ai une formation juridique.
— Bon, je laisse tomber, dit Caroline en riant.
— Désolée, s'excusa Barbara, qui s'esclaffa elle aussi. Mon travail n'est pas très intéressant.
— Je suis sûre que ce n'est pas vrai. Vous semblez trop intelligente pour faire un boulot ennuyeux.
— Encore une qui s'est fait avoir, alors, commenta Barbara.
— Vous êtes trop modeste. D'accord, vous êtes mariée avec le boulot, mais vous devez bien vous offrir de petites aventures ?

Barbara surprit son reflet dans le miroir de l'entrée et détourna les yeux. Elle ne se trouvait pas séduisante. Elle avait des cheveux plats et ternes, des traits banals. Elle pouvait compter ses rencontres sexuelles sur les doigts d'une main, sans tous les utiliser.
— Non, répondit-elle. Ça m'arrive rarement.
Caroline posa sur elle un regard interrogateur.
— Vous préférez les femmes aux hommes ?
Le caractère abrupt de la question surprit Barbara.
— Pourquoi vous me demandez ça ?
— Une intuition. Je ne porte aucun jugement.
Barbara laissa passer quelques secondes puis confirma :
— Oui, je préfère les femmes. En fait, je ne suis sortie qu'avec un seul homme. J'étais jeune. Ça n'a pas marché. J'ai toujours été sexuellement attirée par les femmes.
Caroline haussa les épaules.
— Hé, moi aussi j'ai couché avec des femmes. Je préfère les hommes, mais j'ai goûté à tout, dans ma folle jeunesse.
Elle adressa un clin d'œil à Barbara. Bon Dieu, c'est quelqu'un, celle-là, pensa Barbara. Elle est parfaite. Presque comme si c'était…

Une offrande. Le terme était à la fois inattendu et approprié. Savaient-ils la direction qu'avaient prise ses pensées ? Avaient-ils senti les doutes qui l'assaillaient ? Etait-ce un moyen de la garder parmi eux ? Un cadeau, une mouche enveloppée de fils de soie offerte à l'araignée rôdant sur sa toile ? Ce n'était pas hors du domaine du possible. Après tout, c'était ainsi qu'ils opéraient. C'était ainsi qu'*elle-même* opérait. Cette idée la troublait, cependant. Elle voulait se retrouver seule une minute ou deux pour y réfléchir. La présence de cette femme était écrasante, et le garçon demeurait une énigme. Il les observait toutes deux d'un air entendu, sans ciller, le visage blême et triste.

— Vous voulez quelque chose pour vous réchauffer ? proposa Barbara. Du café, du thé ?

— Du café, très bien.

— Et William... ou Billy ?

— Oh, rien pour lui. Son estomac lui a encore joué des tours en voiture. Il vaut mieux le laisser tranquille.

Barbara alla dans la cuisine. Au bout d'une minute, pendant laquelle elle l'entendit parler à voix basse à l'enfant, Caroline la rejoignit. Elle s'appuya au plan de travail tandis que Barbara versait de l'eau dans la machine à café. Sa présence commençait à mettre Barbara mal à l'aise. C'était peut-être une erreur de l'avoir invitée chez elle. D'un autre côté, si elle était envoyée par eux, pourquoi n'était-elle pas venue directement à la maison ?

A moins qu'elle n'ait été en train de s'y rendre quand elle avait crevé.

— Vous avez une jolie maison, déclara Caroline.

— Merci.

Trouvant sa réponse un peu brusque, Barbara ajouta :

— C'est gentil de dire ça. Je l'ai décorée moi-même.

— Vous avez très bon goût. A propos, je n'ai pas voulu me montrer inquisitrice, tout à l'heure. Au sujet de votre sexualité. Je pensais juste qu'il vaut mieux clarifier les choses avant d'aller plus loin.

— Parce qu'on ira plus loin ?

— Ça te plairait ? demanda Caroline.

Barbara regarda par la fenêtre de la cuisine. Le rideau de pluie, comme des parasites sur un écran de téléviseur, obscurcissait tellement l'image qu'elle ne parvenait pas à suivre le déroulement de l'histoire. Seule la femme nommée Caroline était claire pour elle, son reflet visible dans le carreau telle une lune décroissante.

J'ai raison, pour elle, pensa Barbara. Je *sens* que j'ai raison. Toute trace de désir, de lubricité, l'avait quittée. Elle prit conscience que c'était à cause de son mal, qui l'avait affaiblie plus qu'elle ne le croyait. Autrefois, elle aurait deviné le piège, pour en avoir elle-même tendu un grand nombre à d'autres. Ils la surveillaient depuis un moment, ils la guettaient. Ils savaient. Ils *savaient*.

— Comment tu t'appelles ?
— Je te l'ai dit : Caroline.
— Non. Ton vrai nom.

Le reflet du visage de la femme tremblota dans la vitre, telle une image projetée par un appareil défectueux. Pendant un moment, elle parut même disparaître, et il ne resta que l'obscurité là où elle s'était trouvée.

— J'ai de nombreux noms, avoua-t-elle.

Son visage réapparaissait lentement, éclairé de l'intérieur, et différent, maintenant. Malgré la pluie coulant sur le carreau, Barbara pouvait voir que la femme avait changé. Elle était encore plus belle, plus terrifiante aussi.

— Mais ton vrai nom ? insista Barbara. Celui qui est le plus proche de ce que tu es réellement ?
— Darina, répondit la femme. Tu peux m'appeler Darina.

Barbara frissonna. Sentant ses jambes se dérober sous elle, elle s'appuya à l'évier. Elle eut soudain envie d'asperger son visage d'eau fraîche. Au moins, cela cacherait ses larmes si elle se mettait à pleurer.

— J'ai entendu parler de toi, dit-elle. Ils t'envoient t'occuper des renégats. Tu es l'ombre dans le coin, le sang sur la vitre…

Un autre visage, plus petit, apparut à côté de celui de la femme. L'enfant les avait rejointes.

— Pourquoi es-tu ici ? demanda Barbara. Tu es une tentation ? Une récompense ?

— Ni l'une ni l'autre.

— Alors, pourquoi ?

— Parce que tu as déjà été tentée, et nous craignons que tu n'aies succombé.

— Tentée ? Par quoi ?

— Par la promesse du salut.

— Je ne vois pas de quoi tu parles. Et ce garçon ? C'est vraiment ton fils ?

Dans les histoires que Barbara avait entendues sur cette femme, on ne mentionnait pas d'enfant. Parfois, lorsque cela convenait à ses objectifs, elle opérait avec d'autres, mais ils appartenaient à la même engeance qu'elle. Barbara avait rencontré l'un d'eux des années plus tôt, une sorte de gnome boursouflé, le cou gonflé par un goitre repoussant, manifestation visible de sa pourriture mentale. Sa vue, son odeur avaient permis à Barbara de saisir pour la première fois la véritable nature de ceux qu'elle servait, et le prix qu'elle devrait finalement payer. Peut-être était-ce alors que la graine du doute avait été semée, et le lymphome avait été le dernier stimulus qu'il lui avait fallu pour agir, un avant-goût de tourments plus terribles encore à venir.

Cet homme était mort, maintenant, du moins ceux qui, comme Barbara, murmuraient dans le dos de leurs maîtres, sans toutefois jamais aller aussi loin qu'elle, sans jamais se résoudre à les trahir, le prétendaient-ils.

— Oui, c'est mon fils, répondit Darina en approchant de Barbara par-derrière.

Elle posa une main sur son épaule, la força à se retourner pour la regarder en face. Ses yeux étaient devenus totalement noirs, sans distinction entre pupille et iris, deux soleils éclipsés suspendus sur une blancheur parfaite. Près d'elle, le garçon regardait fixement Barbara. Elle se disait que son visage avait quelque chose de familier quand la main de Darina passa de son épaule à son aisselle, effleurant langoureusement au passage le sein gauche. Lorsque les doigts trouvèrent les ganglions lymphatiques gonflés, Barbara sentit une froideur s'insinuer dans son corps.

— Tu t'imaginais pouvoir nous le cacher ? lui asséna Darina.

— Je l'ai caché à tout le monde. Pourquoi en irait-il autrement pour vous ? rétorqua Barbara, brièvement étonnée par sa propre bravoure.

Darina elle-même fut surprise et le garçon eut une moue désapprobatrice. Les doigts s'enfoncèrent plus durement dans la chair de Barbara, qui fut transpercée par une douleur différente de tout ce qu'elle avait éprouvé auparavant. C'était comme si cette femme avait touché chaque cellule cancéreuse et que toutes avaient réagi à son contact. Les jambes vidées de leurs forces, Barbara s'effondra enfin. La femme et l'enfant se penchèrent au-dessus d'elle tandis que la douleur qui avait embrasé tout son corps se réduisait lentement à une sensation sourde de chaleur.

— Parce que nous *sommes* différents, répondit Darina. Nous aurions pu t'aider.

— Comment ? Je suis en train de mourir. Vous pouvez guérir le cancer ?

— Non, convint Darina, mais nous aurions pu mettre fin à tes souffrances. Tu te serais comme endormie, et à ton réveil la douleur aurait complètement disparu. Un monde nouveau t'aurait attendue, ta récompense pour tout ce que tu as fait pour nous…

Dans la noirceur des yeux de la femme, Barbara vit les flammes d'une fournaise, elle sentit de la fumée dans l'haleine de Darina, une odeur de chair brûlée. Des mensonges, rien que des mensonges : les récompenses, on les recevait dans cette vie, pas dans celle d'après, et elles étaient chèrement payées. Le prix à payer était la perte de la paix de l'esprit. Le prix à payer était une culpabilité sans fin. Le prix à payer était la trahison d'inconnus et d'amis, d'amants et d'enfants. Barbara le savait : elle avait elle-même cherché ceux qu'on pouvait exploiter, formulé les pactes sur lesquels ils apposaient leur nom, vendant ainsi leur avenir, dans ce monde et dans l'autre.

— Au lieu de quoi, continuait la femme, tu as commencé à douter. Tu avais peur, tu cherchais une issue. Ça, je le comprends. Je ne l'excuse pas, mais je peux le comprendre. Assaillie par la peur et l'angoisse, tu as cherché un moyen de retrouver la paix. Mais se confesser ? Se repentir ? Trahir ? Elle saisit à deux mains le visage de Barbara, enfonça ses doigts sous ses joues.

— Et tout ça pour quoi ? Pour une promesse de salut ?! Tiens, laisse-moi te le murmurer à l'oreille : il n'y a pas de salut. Dieu n'existe pas. Dieu est un mensonge. Dieu est le nom donné à un faux espoir. L'entité qui a créé ce monde a disparu depuis longtemps. Nous sommes tout ce qui reste, ici et ailleurs.

— Non, répondit Barbara. Je ne te crois pas.

Elle gardait dans le tiroir de sa table de nuit un pistolet dont elle n'avait jamais eu l'occasion de se servir. Elle s'efforça d'inventer un prétexte pour s'en approcher, se rendit compte qu'aucun truc ne bernerait cette femme. Quel que soit le plan que Barbara choisirait, elle devrait le mettre à exécution à cet endroit même, dans la cuisine. Son regard parcourut la pièce en quête d'une arme potentielle : les couteaux sur leur râtelier magnétique, les casseroles suspendues à leurs crochets au-dessus du plan de travail...

Derrière elle, le café bouillait. La plaque de la machine avait commencé à trop chauffer, une semaine plus tôt. Barbara avait décidé de la faire réparer ou de la remplacer, mais elle était tellement préoccupée par des problèmes autrement plus importants qu'elle n'en avait rien fait. Craignant que la verseuse en verre n'éclate si elle ne surveillait pas la machine, elle s'était contentée de boire du café soluble.

— Nous sommes le seul espoir d'immortalité, affirma la femme. Regarde et je te le prouverai.

Barbara n'avait aucune intention de regarder quoi que ce soit. Les clés de sa voiture étaient sur le guéridon, dans l'entrée. Si elle parvenait à sa voiture, elle réussirait à se mettre en lieu sûr. Elle avait déjà pris contact avec ceux qui pourraient l'aider. Ils la cacheraient, l'abriteraient. Ils lui trouveraient peut-être même un endroit où elle se reposerait, un lit où elle mourrait en paix quand la maladie prendrait le dessus.

Un refuge : c'était le mot. Elle chercherait un refuge.

Darina sentit la menace lorsque Barbara se releva, mais ne put en localiser la source. Elle savait seulement que la proie acculée était sur le point de riposter. Elle réagit, pas aussi vite cependant que sa victime désignée.

Barbara empoigna la cafetière et en jeta le contenu au visage de la femme.

8

Un chœur de « Joyeux anniversaire » monta de la table des Fulci. Je m'approchai pour m'y joindre et nous chantâmes tous autour d'un tas de cupcakes éclairé par des bougies tandis que les Fulci regardaient fièrement leur mère, rayonnante d'amour pour tout le monde, et que Dave Evans parvenait à puiser en lui la force de fredonner quelques mots tout en priant pour qu'aucune amande ne se soit égarée dans la pâte des gâteaux. Les bougies furent soufflées, les cupcakes distribués, et Mme Fulci ne trépassa pas. Jackie Garner se prépara à partir en emportant deux gâteaux, l'un pour sa copine, l'autre pour sa maman. Je pris mentalement note de lui demander des nouvelles de la santé de sa mère quand l'occasion se présenterait, retournai ensuite au box du fond, où Marielle Vetters et Ernie Scollay discutaient. Elle tentait apparemment de le convaincre qu'ils avaient pris la bonne décision en me parlant, et Ernie semblait l'admettre à contrecœur.

— Voilà donc notre histoire, dit Marielle. Qu'est-ce que vous en pensez ?

— Vous voulez quelque chose de plus fort que du café, maintenant ? proposai-je. Moi, oui.

Ernie Scollay consentit à prendre un petit whisky, Marielle accepta un cabernet sauvignon. Je choisis la même chose, n'en bus toutefois qu'une gorgée, prenant simplement plaisir à avoir mon verre à la main. Ernie ne s'était pas détendu un seul instant depuis son arrivée et j'étais soulagé de le voir siroter son whisky. Comme il l'avait lui-même souligné, il n'était pas un gros buveur, mais à présent qu'ils avaient raconté leur histoire, il estimait manifestement avoir mérité son verre. Son corps perdit un peu de sa tension à la première gorgée. Il se renversa en arrière, l'esprit ailleurs, peut-être avec son frère, près de son cercueil fermé.

— Qu'est-ce que vous voulez que je fasse ? demandai-je.
— Je ne sais pas, répondit Marielle. On a pensé qu'on devait vous mettre au courant : mes deux parents ont prononcé votre nom avant de mourir.
— Pourquoi Harlan n'est-il pas venu me voir après que sa femme lui a parlé de moi ?
— D'après lui, ça n'aurait servi à rien, et Paul le lui avait aussi déconseillé. Ils avaient toujours peur, pour l'argent. Ils pensaient que vous informeriez peut-être la police s'ils vous racontaient tout. Comme il fallait quand même que vous sachiez ce que mon père avait fait, il a attendu que les flics ne puissent plus rien contre lui avant de me parler de vous. Quant à moi, je voulais bénéficier de vos conseils, je suppose. On avait peur que ce Brightwell revienne, mais si ce que vous dites est vrai, il n'y a aucun risque.

Ma main se resserra sur mon verre de vin. Je baissai la tête au cas où mon expression aurait pu être révélatrice, parce que Marielle se trompait. On m'avait recommandé de ne pas tuer Brightwell : il fallait le prendre vivant, car certains croyaient que l'entité qui l'animait, l'esprit sombre qui maintenait en mouvement son corps pourrissant, le quitterait au moment de sa mort pour transmigrer dans une autre enveloppe. Seul le corps hôte mourait ; l'infection, elle, demeurait. Franchement, je ne pensais pas qu'il y avait au monde assez de whisky et de vin pour qu'Ernie Scollay et Marielle Vetters acceptent d'entendre ça sereinement. D'ailleurs, ce n'était peut-être même pas vrai. Après tout, qui serait assez stupide pour croire une chose pareille ?

— Non, non, aucun risque, approuvai-je.

Ou alors un tout petit. Peut-être.

— Comment l'avez-vous rencontré ? voulut savoir Marielle.
— Au cours d'une enquête, il y a quelques années. C'était un homme...

Je cherchai le mot juste, ne le trouvai pas, me rabattis sur un ersatz :
— ... peu commun.
— Mon père avait peur de lui, et pourtant il avait combattu en Corée. Il n'aurait jamais cru que quoi que ce soit pût l'effrayer plus que des hordes de Chinois se ruant vers lui du haut d'une colline...
— Brightwell avait cette capacité, confirmai-je. Il terrifiait. Il torturait. Il assassinait.
— Pas une grande perte, alors.
— Certainement pas.
— Comment est-il mort ?
— Peu importe. Il suffit de savoir qu'il est mort.

Ernie Scollay quitta l'endroit où ses pensées l'avaient entraîné pour revenir avec nous. Il tirailla le bout de sa cravate, le frotta entre ses doigts comme pour effacer une tache et finit par demander :
— Que se passerait-il si la police découvrait ce que Harlan et Paul ont fait ?

Ah. Nous y étions.
— Vous vous faites encore du souci pour l'argent, monsieur Scollay ?
— C'est une somme, du moins pour un homme comme moi. Je n'ai jamais eu autant d'argent de ma vie. On pourrait nous obliger à rembourser ?
— C'est possible. Ecoutez, parlons franchement : un vol a été commis là-bas dans la forêt. Votre frère et son ami n'avaient pas le droit de prendre cet argent, mais vous, vous en avez ignoré la provenance jusqu'à ce que Harlan Vetters se confesse sur son lit de mort, d'accord ? Votre frère ne vous en a jamais parlé, n'est-ce pas, monsieur Scollay ?
— Non, répondit-il. Il lui arrivait de braconner quand il était d'humeur, et je sais que dans le temps il avait aussi passé de l'alcool et du tabac en contrebande. J'étais habitué à ce qu'il ait de l'argent dans les poches un jour et plus rien le lendemain, mais je préférais ne pas lui demander comment il se le procurait.

Je le crus. Marielle le regardait avec étonnement.

— Paul était contrebandier ?

Ernie se tortilla sur son siège.

— Je ne dis pas que c'était un grand criminel, mais il ne rechignait pas à s'impliquer dans l'illégalité.

« S'impliquer dans l'illégalité »... Jolie formule. Décidément, Ernie Scollay me plaisait de plus en plus.

— Mon père savait que Paul faisait de la contrebande ? reprit Marielle.

— Je crois bien. Harlan avait des yeux derrière la tête.

— Mais il n'a jamais...

— Oh non. Pas Harlan.

Scollay croisa mon regard et un coin de sa bouche se releva malicieusement, le faisant paraître cinquante ans plus jeune.

— Pas à ma connaissance, en tout cas, ajouta-t-il.

— C'est la soirée des révélations, commentai-je. En ce qui concerne l'argent, toute possibilité de poursuite pénale s'est éteinte à la mort de ces deux hommes. Au civil, c'est une autre histoire. Si vous révéliez à la police ce que vous savez, et si quelqu'un apportait la preuve que cet argent lui appartenait, il pourrait tenter de le récupérer sur la succession des défunts. Il faudrait que je consulte des juristes sur ce point, pour le moment je ne fais qu'émettre une hypothèse.

— Et si nous gardons le silence ? s'enquit Marielle.

— L'avion reste où il est jusqu'à ce que quelqu'un le découvre, si tant est que cela arrive un jour. Qui est au courant ? Seulement vous deux ?

Elle secoua la tête.

— Non, mon frère était présent quand mon père a raconté son histoire. Il en sait à peu près autant que moi.

« A peu près » : le choix de mots était intéressant.

— Pourquoi « à peu près » ?

— Grady est un homme perturbé. Il a eu de gros problèmes avec l'alcool et la drogue. La mort de mon père l'a durement touché. Ils avaient toujours été en conflit, et même alors que mon père était mourant, ils ont eu du mal à se réconcilier. Je crois que Grady en voulait à mon père et qu'en même temps il se sentait coupable de ce qu'il lui avait fait subir en se conduisant comme un crétin pendant les trois quarts de sa vie. Il avait du mal à rester dans la même pièce que lui. Ses aveux, mon père les a étalés sur deux jours. Parfois, il s'endormait, ou perdait toute concentration. Il avait des crises d'angoisse ou de frustration, nous devions le calmer et le laisser se reposer, mais il revenait sans cesse à son histoire. Grady n'était pas toujours là. Il renouait avec d'anciens copains, il revivait sa jeunesse. Ce n'était pas vraiment de la rigolade, pour lui, mais ça en donnait parfois l'impression. Finalement, il n'était même pas présent quand papa est enfin parti. Un des amis de mon père a dû aller le chercher dans un bar pour qu'il vienne se recueillir devant sa dépouille.

— Vous pouvez compter sur votre frère pour qu'il la ferme ?

Les épaules de Marielle s'affaissèrent.

— Je n'ai même pas pu compter sur lui pour qu'il soit à jeun le jour de l'enterrement.

— Vous devez lui faire saisir les conséquences éventuelles, s'il s'amuse à bavarder. Votre père vous a laissé beaucoup dans son testament ?

— Quasiment rien : la maison, un peu d'argent à la banque. Le plus gros de ses économies...

Elle marqua une pause après ce mot, eut un sourire résigné et poursuivit :

— ... a servi à soigner ma mère.

— Qui a hérité de la maison ?

— Tout a été partagé entre nous deux. Malgré les problèmes de Grady, mon père n'a pas voulu favoriser un enfant au détriment de l'autre. J'essaie d'obtenir un prêt bancaire pour racheter à Grady la moitié de la maison. Il ne veut pas revenir vivre dans le Comté et il ne tient pas du tout à se retrouver coincé à Falls End. Il n'y a pas assez de bars pour lui, et ses anciennes copines sont presque toutes mariées, ou devenues grosses, ou parties pour le Texas. La nouveauté du retour à Falls End est passée en même temps que mon père mourait.

— Vous voulez que je parle à votre frère ?

— Non. Je suppose que vous devez être très persuasif, mais il vaut mieux que j'essaie moi-même de le convaincre. On s'entend bien, Grady et moi. C'était avec mon père qu'il avait des problèmes.

— Faites-lui comprendre que, s'il parle, la maison pourrait être perdue, et que dans ce cas personne n'aurait quoi que ce soit... Et vous, monsieur Scollay ? Votre frère vous a laissé quelque chose en mourant ?

— Rien que son pick-up, et il n'avait même pas fini de le payer. Sa maison, il en était seulement locataire. L'argent lui filait entre les doigts comme du sable. Je suis content qu'il ait quand même gardé assez du pactole de l'avion pour rendre moins pénible son combat contre la maladie, mais il avait quasiment tout dépensé à sa mort. Tant mieux, je pense. Cet argent était sale dès l'instant où ils l'ont trouvé, et je suis heureux de ne pas avoir à m'en soucier maintenant. Bref, je n'ai aucun intérêt à ce que quelqu'un d'autre entende parler de cet avion tombé dans la forêt. Dans un monde idéal, vous oublieriez que nous avons eu cette conversation.

Et c'était apparemment le point final, en ce qui nous concernait. Quand Marielle s'enquit de ce qu'ils me devaient, je fis valoir que je n'avais fait qu'écouter une histoire devant un café et un verre de vin dans un bar. Ça ne se facturait pas. Ernie Scollay parut soulagé. Il ne s'imaginait probablement pas qu'un citadin soit capable de faire quoi que ce soit pour rien. Il demanda à Marielle si elle était prête à partir, elle répondit qu'elle le rejoindrait dans quelques minutes, dès qu'il serait devant avec le pick-up. Il sembla rechigner un peu à nous laisser, comme s'il redoutait qu'elle fasse d'autres révélations en son absence.

— Vas-y, Ernie, l'encouragea-t-elle. J'ai juste besoin de m'entretenir une minute ou deux avec M. Parker d'une affaire personnelle. Je ne parlerai pas à tort et à travers.

Il hocha la tête, me serra la main et sortit.

— Une affaire personnelle ? répétai-je.

— Plutôt. Ce Brightwell, qui c'était vraiment ? Ne me resservez pas ces foutaises de « peu commun » ou je ne sais quoi. Je veux la vérité.

J'aurais pu lui mentir. Je choisis de lui révéler la vérité, dans toute la mesure du possible :

— On pourrait dire qu'il appartenait à une secte. Ses membres se donnaient le nom de « Croyants ». Le trident sur son poignet était un signe de reconnaissance.

— Pour qui ?

— Pour d'autres pareils à lui.

— Et ils croyaient en quoi ?

— En l'existence d'anges déchus. Certains d'entre eux s'imaginaient même en être. C'est un délire assez répandu, mais eux, ils l'ont porté à un niveau rarement atteint.

— Brightwell croyait être un ange déchu ?!

— Oui.

— Qu'est-ce que ma mère a voulu dire en parlant d'« ange caché » ?

Il y avait deux possibilités. La première, une légende s'appuyant sur l'histoire du bannissement des anges rebelles et leur chute du ciel sur la terre. L'un d'eux se serait repenti et, bien que persuadé de n'avoir aucune chance de pardon pour ses péchés, il avait continué à chercher à réparer, tournant le dos à ses frères furieux et désespérés, et se cachant finalement dans la masse grouillante des hommes...

Ce fut cependant la seconde explication que j'exposai à Marielle :

— Brightwell pensait être le serviteur d'anges jumeaux, deux moitiés du même être. L'un d'eux, retrouvé par ses ennemis des siècles plus tôt, avait été emprisonné dans une coque d'argent pour qu'il ne puisse plus parcourir la terre, mais Brightwell et l'autre ange continuaient à le chercher. Ils étaient littéralement consumés par le désir de le libérer.

— Bon Dieu. Et il a trouvé ce qu'il cherchait ?

— Il est mort à ce jeu-là, mais, oui, il a fini par le trouver.

— Cette femme, Darina Flores, pourrait partager ces convictions ?

— Si, comme il semble bien, elle était avec Brightwell quand il est venu à Falls End, c'est possible.

— Elle n'avait pas de marque. J'ai demandé à mon père, il n'avait rien remarqué.

— La marque était peut-être cachée. Je n'avais jamais entendu parler de Darina Flores avant ce soir.

Marielle Vetters se renversa en arrière et me regarda fixement.

— Pourquoi Brightwell s'intéressait tellement à cet avion ?

— Vous me demandez de le découvrir ?

Elle soupesa un moment la question, puis se détendit un peu.

— Non. Je pense que vous avez raison, et Ernie aussi. Il vaut mieux rester tranquilles, laisser l'avion où il est.

— Je dois pouvoir vous répondre, toutefois : Brightwell ne s'intéressait pas à l'argent, pas en soi. S'il voulait retrouver l'avion, c'était pour autre chose. S'il y avait bien dans l'avion, comme votre père le pensait, un passager menotté à son siège, il se peut que cet individu ait été l'objet de la curiosité de Brightwell. Ou alors les papiers découverts par votre père. Ces noms ont une signification. Ils constituent une sorte de dossier. La question fric n'était pour Brightwell qu'un moyen d'atteindre un autre objectif. Il est venu menacer votre père dans le centre médical de votre mère parce que Flores et lui, probablement, avaient recherché dans la région des gens dépensant des sommes inhabituelles. Le coût des soins de votre mère rentrait dans cette catégorie.

— Vous pensez que Brightwell a avalé le mensonge de mon père sur la provenance de son argent ?

— Même s'il n'y a pas cru, il n'a pas eu la possibilité d'aller beaucoup plus loin. Il est mort dans la même année.

Elle me regarda de nouveau avec insistance. Ce n'était pas une idiote. Ernie Scollay craignait surtout la police, ou quelqu'un venant lui réclamer l'argent qu'il n'avait pas ; Marielle Vetters avait des préoccupations plus profondes.

— Vous avez parlé de « Croyants », au pluriel. Même si cette femme n'en faisait pas partie, cela implique qu'il y en avait d'autres que Brightwell, d'autres comme lui...

— Non, il n'y en a jamais eu d'autres comme lui, affirmai-je. Il était mauvais de plusieurs manières que vous ne pouvez même pas imaginer. Quant aux Croyants, je pense qu'ils ont été liquidés. Cette Flores, c'est peut-être différent. Voilà pourquoi il vaut mieux que M. Scollay et vous gardiez le silence. Si elle sévit encore, vous n'avez pas intérêt à attirer son attention sur vous.

Un klaxon retentit sur le parking : Ernie s'impatientait.
— Votre voiture est avancée, dis-je.
— Ernie a connu l'histoire de l'avion avant moi. Son frère la lui a racontée avant de mourir, et c'est seulement quand je suis allée le trouver pour le mettre au courant du reste qu'il s'est décidé à demander conseil à quelqu'un. Il se taira, maintenant. Je m'occuperai aussi de mon frère. Il fait parfois des conneries, mais il s'en rend compte. Il ne prendra pas le risque de perdre de l'argent facilement gagné.
— Et vous ne direz rien non plus, conclus-je.
— Non. Ce qui fait qu'il ne reste que vous.
— Je ne suis pas tenu par le secret professionnel puisque, à proprement parler, vous n'êtes pas ma cliente, mais je connais ces gens. Je ne veux pas vous mettre en danger, vous, votre famille ou M. Scollay.

Elle hocha la tête pour approuver à la fois ce que j'avais dit et ce que cela sous-entendait, puis elle se leva.
— Une dernière question, monsieur Parker. Vous croyez aux anges déchus ?

Je ne lui mentis pas :
— Je pense que oui.

Elle tira de son sac une feuille de papier jauni qui semblait avoir été dépliée et repliée de nombreuses fois, la posa près de ma main droite.
— Qu'est-ce que c'est ?
— Mon père a laissé la sacoche dans l'avion, mais il a pris une des pages constituant la liste de noms qui s'y trouvait. Il n'aurait pas su dire pourquoi. Je pense qu'il y voyait une sorte de garantie supplémentaire. Si quelque chose leur arrivait, à lui ou à Paul, cette page pourrait fournir une piste menant à l'identité des responsables.

Elle me pressa l'épaule au passage et me recommanda avant de disparaître :
— Mais nos noms à nous, ne les mentionnez pas.

Dans la cuisine d'une propreté irréprochable d'une maison du Connecticut, Barbara Kelly luttait pour préserver le peu de vie qui lui restait.

Darina Flores mit un instant à réagir à la douleur quand Barbara lui aspergea le visage. Elle poussa un cri et leva les mains, comme pour essuyer simplement le café sur son visage. Puis cela commença à brûler et ses cris se firent de plus en plus aigus tandis qu'elle basculait en arrière contre le plan de travail. Ses jambes s'emmêlèrent sous elle, elle tomba par terre. La bouche du garçon forma un « O » silencieux de stupeur. Il se figea. Barbara le poussa sur le côté si violemment que l'arrière de son crâne heurta le marbre du plan de travail avec un bruit écœurant. Elle ne regarda pas en arrière, pas même quand elle sentit les ongles de Darina lui lacérer la cheville. Elle en perdit presque l'équilibre, ne s'affola pas pour autant et garda les yeux fixés sur le guéridon de l'entrée, ses clés de voiture et la porte de devant.

Elle saisit ses clés d'un geste preste, ouvrit la porte et se retrouva dehors sous la pluie battante, les pieds nus, à quelques mètres de la voiture garée dans l'allée. Elle pressa le bouton de télécommande, les phares s'allumèrent, le véhicule émit un bip de bienvenue. Elle avait déjà ouvert la portière du conducteur quand un corps atterrit sur son dos, des jambes s'enroulèrent autour de son ventre, des doigts s'agrippèrent à ses cheveux. Tournant la tête, elle vit le visage du garçon près du côté gauche de sa figure. La bouche de Billy s'ouvrit, révélant de vilaines dents de rongeur qu'il lui planta dans la joue, tirant jusqu'à ce qu'un morceau de chair se détache, et ce fut au tour de Barbara de crier. Elle tendit les bras derrière elle, tira sur le blouson du garçon pour tenter de le faire tomber. Il s'accrochait et s'apprêtait à la mordre de nouveau, cette fois dans le cou.

Elle le projeta contre la voiture, entendit les poumons du garçon se vider, recommença, cette fois en enchaînant par un coup de l'arrière de la tête. Le nez brisé, il lâcha prise, mais lui fit lâcher ses clés en lui heurtant la main. Il s'effondra par terre, protégeant de ses doigts son nez ensanglanté. Barbara se retourna, lui décocha un coup de pied dans les côtes. Dieu, ce qu'elle avait mal au visage ! Elle vit son reflet dans la vitre, entraperçut un trou rouge de la taille d'un dollar d'argent dans sa joue.

Barbara baissa les yeux vers le gravier, trouva ses clés, se pencha pour les ramasser. Au moment où elle se redressait, Darina l'attaqua par-derrière. Barbara n'eut pas le temps d'esquiver avant que le couteau lui entaille la jambe gauche, coupant le tendon derrière le genou. Elle s'affala, reçut sur le dos tout le poids de la femme, sentit une autre douleur fulgurante lorsque la lame paralysa sa jambe droite. C'était elle maintenant qui recevait des coups de pied. La femme la retourna sur le dos, la força à regarder ce qu'elle avait fait à son visage.

Darina ne serait plus jamais belle. Une grande partie de sa figure ébouillantée était maintenant d'un rouge bordeaux. Son œil gauche avait pris une étrange couleur. A la façon dont elle tordait le cou, Barbara devina qu'elle était à présent aveugle de cet œil.

C'est bien, pensa Barbara, malgré la douleur qui la faisait se tordre sur le gravier, les jambes en feu.

— Qu'est-ce... qu'est-ce que tu m'as fait ? bredouilla Darina.

Seul le côté gauche de sa bouche remuait, à peine, quand elle parlait.

— Je t'ai baisée, salope, répliqua Barbara. Je t'ai baisée bien profond.

Darina leva son visage ravagé vers le ciel pour laisser la pluie le rafraîchir. Le garçon apparut à côté d'elle, le nez enflé et pissant le sang.

— Il est où, ton dieu à trois têtes ? demanda Darina. Il est où, ton salut ?

Elle tendit le bras vers le garçon.

— Montre-lui, lui dit-elle. Montre-lui ce qu'est une vraie résurrection.

L'enfant baissa son capuchon, découvrant un crâne difforme déjà dégarni, auquel des mèches de cheveux adhéraient, comme du lichen sur une roche. Lentement, il ouvrit la fermeture à glissière du blouson, révélant son cou et le goitre violacé qui le gonflait déjà.

— Non, gémit Barbara. Non, non...

Elle tendit les mains devant elle, comme si elles avaient le pouvoir de le repousser, mais ils lui saisirent les bras et la traînèrent vers la maison, ses cris se perdant dans le bruit du tonnerre, son sang coulant et disparaissant, lavé par la pluie aussi sûrement que l'espoir et la vie allaient l'être.

Elle se mit à murmurer un acte de contrition.

II

« Quel fantôme me fait signe du bord de
l'ombre du clair de lune,
  M'invite à m'approcher et pointe le doigt
vers la clairière, là-bas ? »

Alexander POPE (1688-1744),
« Elegy to the Memory of an Unfortunate Lady »

9

Vers le nord, de nouveau : nord de New York, nord de Boston, nord de Portland.
Vers les lieux ultimes.

Ils étaient perdus. Andrea Foster le savait, même si son mari se refusait à l'admettre : il ne reconnaissait jamais ses bourdes s'il pouvait l'éviter, mais elle voyait bien qu'il ignorait complètement où ils se trouvaient. Il ne cessait de regarder sa carte, comme si les collines et les pistes nettement tracées avaient le moindre rapport avec la réalité brouillonne de la forêt qui les entourait, de consulter sa boussole dans l'espoir que papier et instrument conjugués lui permettraient de se repérer. Elle se gardait bien toutefois de lui demander s'il avait une idée de l'endroit où ils étaient et de la direction dans laquelle ils marchaient. Il lui répondrait sèchement puis se mettrait à bouder et la journée deviendrait plus déplaisante encore.

Au moins, ils n'avaient pas oublié le pulvérisateur cent pour cent DEET qui tient les insectes éloignés, au prix toutefois, probablement, de dégradation à long terme des neurones. S'il fallait choisir entre se faire tout de suite bouffer vivante dans les bois, ou souffrir plus tard de troubles du système nerveux, elle préférait miser sur la mort cérébrale. Il lui avait assuré que les insectes ne poseraient pas de problème à cette période de l'année, et cependant ils étaient là : des moucherons, pour la plupart, mais elle avait dû aussi repousser les assauts d'une guêpe, ce qui l'avait contrariée plus que tout le reste. Normalement, il n'aurait dû y avoir aucune guêpe vivante en novembre, et celles qui avaient survécu devaient être de méchante humeur. Elle avait tué la bestiole en la frappant avec son chapeau puis en l'écrasant sous son talon, mais, depuis, elle en avait repéré d'autres. C'était comme si plus ils s'enfonçaient dans la forêt, plus ça grouillait d'insectes. S'il restait encore un peu de répulsif dans le pulvérisateur, le niveau baissait de manière alarmante. Elle voulait retrouver la civilisation avant d'être totalement à court.

Il faisait chaud, en plus. Logiquement, l'ombre des arbres aurait dû les rafraîchir ; ce n'était pas le cas. Elle avait parfois peine à respirer et sa soif semblait inextinguible, malgré toute l'eau qu'elle avalait. D'habitude, elle aimait les randonnées, mais après celle-là elle passerait avec plaisir deux ou trois jours dans un bon hôtel à boire du vin, prendre de longs bains et lire un livre. Une fois de retour à Falls End, elle proposerait à Chris de pousser jusqu'à Québec ou Montréal un peu plus tôt que prévu. Elle en avait assez du grand air et soupçonnait son mari d'en avoir soupé aussi. Il était simplement trop têtu pour l'admettre, comme il était trop têtu pour avouer que, s'ils n'étaient encore pas tout à fait dans la merde, ils pouvaient la sentir de là où ils étaient.

Elle avait consenti à ce voyage à contrecœur. A cause de son travail, Chris avait dû renoncer à ses vacances d'été, si bien que leurs filles et elle avaient passé dix jours avec sa sœur et ses gosses à Tampa, tandis que Chris restait à New York. C'était l'inconvénient d'être à son compte : quand du boulot se présentait, il fallait l'accepter, surtout vu la dureté du temps présent. Mais il aimait les bois du Maine : ils lui rappelaient son enfance, disait-il, lorsque des amis de ses parents leur prêtaient leur cabane des Forks pendant deux semaines chaque été. C'était pour lui un voyage nostalgique, d'autant que sa mère était morte en janvier, et Andrea aurait difficilement pu refuser de l'accompagner. Elle avait toutefois un peu hésité, à l'idée de faire de longues promenades dans les bois pendant la saison de chasse, mais il avait affirmé qu'ils ne risqueraient rien, surtout revêtus de leurs tenues orange réfléchissantes.

L'orange n'était pas la couleur d'Andrea.

L'orange n'était la couleur de personne, elle l'aurait juré.

Elle regarda le ciel, le couvert nuageux l'inquiéta. Il allait peut-être pleuvoir, en plus, bien qu'elle ne se rappelât pas qu'on eût annoncé de la pluie.

— Bon sang, marmonna Chris. Il devrait y avoir un ruisseau, ici. Il suffirait de le longer, il nous ramènerait au bourg...

Il tourna la tête à droite, à gauche, espérant apercevoir un reflet d'argent, guettant un bruit d'eau vive, mais il n'entendit rien, pas même un chant d'oiseau.

Andrea avait terriblement envie de lui hurler : « Je n'entends pas de ruisseau ! Tu entends un ruisseau, toi ? Non, parce qu'il n'y en a pas. On est paumés ! Depuis combien de temps tu nous entraînes dans la mauvaise direction ? Putain, c'est si compliqué de reconnaître le nord, le sud, l'est et l'ouest ? Le roi de la nature, c'est toi. T'as la boussole, t'as la carte. Allez, Tonto[1], sors-nous de là, merde ! »

Il se tourna pour la regarder, comme si elle avait crié si fort dans sa tête qu'une partie atavique du cerveau de Chris l'avait entendue.

— Il devrait être là, plaida-t-il. J'ai suivi la direction de l'est, d'après la boussole...

Son air dérouté de petit garçon fit un peu retomber la colère d'Andrea.

— Montre-moi, dit-elle.

Il lui passa la boussole, pointa un index manucuré sur la carte. Il avait raison : ils se dirigeaient vers l'est, et au rythme de leur marche, ils auraient dû atteindre le Little Head Stream. Elle tapota la boussole, plus par habitude qu'autre chose.

Lentement, l'aiguille tourna de cent quatre-vingts degrés.

— C'est quoi, ça ? marmonna Chris en reprenant l'instrument à sa femme. Comment elle peut faire ça ?

Il tapota la boussole à son tour. L'aiguille ne bougea pas.

---

1. Personnage d'Indien, compagnon du héros dans un feuilleton télévisé américain des années 1950, *The Lone Ranger*.

— C'est possible qu'on marche vers l'ouest depuis le début ?
— Non, je sais reconnaître l'est de l'ouest. On a marché vers l'est... je crois.

Pour la première fois, il semblait véritablement inquiet. Ils avaient une trousse de secours, de quoi manger, mais ni lui ni elle n'avaient envie de passer la nuit dans les bois sans équipement approprié. En fait, ils n'étaient pas fans des nuits à la belle étoile, même dans les meilleures conditions. L'un et l'autre appréciaient leur petit confort et estimaient qu'une longue journée de marche devait obligatoirement se conclure par un peu de luxe et un bon repas.

Andrea scruta de nouveau le ciel, mais on n'en apercevait plus que de petites parties entre les arbres, plus épais, plus vieux. Certains devaient avoir des centaines d'années, avec leur énorme tronc, leurs branches semblables à des membres brisés mal remis en place. Le terrain était rocheux par endroits et il flottait dans l'air une odeur nauséabonde. Une odeur de vieux ragoût d'entrailles.

— Tu pourrais peut-être grimper à un arbre pour voir où on est, suggéra-t-elle avant de glousser.

Il lui jeta un regard noir, elle gloussa de nouveau.

Elle ne savait pas pourquoi elle riait. Ils étaient perdus, et si ce n'était pas aussi dramatique que de l'être sous la neige, et de risquer de mourir de froid, ils avaient peu de provisions et la température chuterait à la tombée de la nuit. Personne ne savait qu'ils étaient dans les bois. Ils avaient quitté leur motel de Rangeley peu après l'aube en se disant qu'ils trouveraient peut-être un coin plus intéressant en remontant vers le nord, et leur voiture était maintenant garée dans la rue principale de Falls End. Il pouvait s'écouler plusieurs jours avant que quelqu'un remarque qu'elle n'avait pas bougé depuis un moment. Andrea avait dit à Chris qu'ils feraient bien de réserver une chambre quelque part à Falls End, mais il avait répondu qu'il était trop tôt pour s'embêter avec ça, que l'endroit n'avait pas l'air très fréquenté et que, s'ils entamaient leur randonnée tout de suite, ils seraient de retour en fin d'après-midi. C'était un autre de ses défauts : il détestait s'engager à l'avance en quoi que ce soit, même pour une chambre de motel dans une bourgade. Quand ils sortaient dîner dans une ville inconnue, il traînait Andrea de restaurant en restaurant, étudiant les menus l'un après l'autre, cherchant toujours le repas parfait dans un cadre parfait. Certains soirs, ils déambulaient et discutaient si longtemps que tous les bons endroits étaient fermés ou pleins quand Chris prenait enfin une décision, et ils finissaient par manger des hamburgers dans un bar.

— Et c'est quoi, cette puanteur ? bougonna Chris.
— On dirait qu'on a fait cuire des bas morceaux dans une marmite et qu'on les a laissés pourrir...
— Ça pourrait signifier qu'il y a une maison dans le coin.
— Ici ?! Je n'ai pas vu la moindre route...
— Tu as remarqué comme les arbres sont touffus ? Il pourrait y avoir une quatre-voies à un jet de pierre d'ici, on ne le saurait pas avant d'avoir entendu passer un camion...

« Y a pas de grand-route, eut-elle envie de répliquer. Y a même pas de piste. La piste, on l'a quittée quand tu as voulu "explorer", et regarde dans quelle merde on est maintenant... »

Elle se rappela un dessin humoristique qu'elle avait vu dans un magazine, une famille égarée dans la nature autour d'un père examinant une carte. Avec cette légende : « Ce qui compte, c'est moins de savoir où on est que par la faute de qui. »

— Qui dit maison dit téléphone, raisonna Chris. Au moins, on pourra demander notre chemin.

Andrea présuma qu'il avait raison, bien qu'elle ne tînt pas follement à avoir affaire à des gens vivant au cœur de la forêt du Grand Nord. Quiconque ayant cherché aussi loin la solitude ne souhaiterait pas nécessairement la bienvenue dans sa charmante chaumière isolée à deux citadins perdus puant la sueur et le DEET...

— Là ! s'exclama Chris en tendant le bras vers sa droite.
— Quoi ?
— J'ai vu quelqu'un !

Andrea regarda, ne vit rien. Les branches des arbres remuèrent, produisant un faible bruissement. Curieux : elle ne sentait aucun vent.

— Tu es sûr ?
— Il y avait un homme. J'en suis certain. Hé ! Hé ! Par ici ! Nous sommes perdus ! Nous avons besoin d'aide !...
Chris porta une main en visière à son front.
— Merde... Je crois qu'il file loin de nous. Hé ! Hé !
Bien qu'elle ne vît toujours rien, Andrea se joignit aux cris de son mari, au cas où l'homme aurait été effrayé par la présence d'un mâle solitaire sur son territoire.
— S'il vous plaît ! appela-t-elle. On ne vous veut aucun mal ! On veut juste retrouver la piste...
Chris replia la carte et la fourra dans son sac à dos.
— On y va, dit-il à Andrea.
— On va où ?
— On le suit.
— Quoi ? T'es fou ? S'il n'a pas envie de nous aider, ça le regarde. C'est pas en lui collant au train qu'on le fera changer d'avis...
— Bon Dieu, Andrea, il doit bien y avoir un code de la forêt, non ? Comme il y a les lois de la mer. On n'abandonne pas les gens quand ils ont des ennuis. Tout ce qu'on demande, c'est qu'on nous explique comment retrouver le chemin.

Andrea n'avait jamais entendu parler de code de la forêt, elle aurait même parié que ça n'existait pas. Et même si ce code existait, comme les lois de la mer, il y avait forcément des gens qui ne le respectaient pas. Elle ne voyait pas trop ce que pouvait être l'équivalent du pirate pour la forêt, et elle ne tenait pas à le savoir. Des gens disparaissaient dans ces bois ; parfois même, on ne les retrouvait jamais. Ils ne pouvaient pas tous avoir été dévorés par des ours, si ?
— Et s'il a un fusil ? s'inquiéta-t-elle.
— Moi, je n'en ai pas. Pourquoi il me tirerait dessus ? *Délivrance*, tu sais, c'est du cinéma. De toute façon, ça se passait quelque part dans le Sud. Ici, c'est différent. On est dans le Maine.

Il prit la direction empruntée par l'homme qu'il avait entrevu et Andrea lui emboîta le pas. Elle n'avait pas le choix si elle ne voulait pas perdre son mari de vue dans ces bois épais. L'unique chose qui pouvait lui arriver de pire dans sa situation, c'était de se retrouver *seule*. Chris accélérait le rythme, maintenant. C'était tout lui, ça. Quand il s'était finalement décidé, il suivait son idée à toute allure jusqu'à sa conclusion. Comme beaucoup d'hommes qu'elle connaissait, il était incapable d'avoir plus d'une ligne de pensée claire à la fois pendant un certain laps de temps, mais il était doué d'une détermination qui manquait parfois à Andrea.

— Attends, Chris, geignit-elle.
— On va le perdre...
— Tu vas me perdre, oui !

Il s'immobilisa en haut d'une petite pente, tendit la main gauche vers sa femme tout en continuant à regarder devant lui.

— Il est toujours là ?
— Non... Si, il est là, de nouveau. Il nous regarde.

Andrea plissa les yeux, scruta l'obscurité de la forêt.

— Où ? Je le vois toujours pas.
— Je crois qu'il lève le bras. Il veut qu'on le suive. Ouais, c'est ça. Il nous montre le chemin.
— Tu es sûr ?
— Qu'est-ce qu'il pourrait faire d'autre ?
— Ben, nous entraîner plus profondément dans les bois.
— Pourquoi il voudrait faire une chose pareille ?
— Parce que les gens sont mauvais, quelquefois. Parce qu'il veut nous faire du mal.
— Je sais pas. Voler nos affaires, peut-être.
— Pas besoin de nous entraîner plus loin pour ça. Il pourrait nous braquer ici même.

L'argument était valable, mais Andrea ne fut pas rassurée pour autant.

— On fait attention, d'accord ? suggéra-t-elle.
— Je fais toujours attention.
— Sans blague... Ça me rappelle quand je suis tombée enceinte de Danielle... Tu t'en souviens ?

Chris lui adressa le grand sourire qui avait fait craquer Andrea à l'université, qui l'avait convaincue de coucher avec lui pour la première fois ; elle lui répondit par le sourire espiègle et sexy qui faisait toujours se dresser les poils de Chris sur sa nuque, ainsi que d'autres parties de son anatomie, et tous deux firent le même souhait : se retrouver au lit ensemble avec entre eux une bouteille à moitié bue, le goût du vin sur leurs lèvres et sur leurs langues quand ils s'embrasseraient.

— Ça va aller, assura-t-il.
— Je te crois. Mais après ça, plus de randonnées pour un bon moment, promis ?
— Promis.

Elle lui prit la main, la pressa, vit l'homme pour la première fois. Peut-être à cause du ciel couvert, conjugué à l'obscurité naturelle de la forêt, il lui sembla qu'il portait une sorte de cape, avec un capuchon qui dissimulait son visage. Il leur faisait clairement signe, cependant. Sur ce point, Chris avait raison.

Andrea sentit une douleur froide à l'estomac. Elle avait toujours été bon juge en matière de gens, même si son mari avait tendance à sourire avec indulgence quand elle s'en vantait. Les hommes étaient différents. Ils se rendaient moins compte de leur propre vulnérabilité. Les femmes avaient besoin de cette conscience plus fine des dangers qui les cernaient. Elle avait transmis cette faculté à ses filles, espérait-elle. Cet homme leur voulait du mal, Andrea en était sûre. Elle se félicita que les filles soient en sécurité chez ses parents à Albany et non dans la forêt du Grand Nord avec elle. Au moment où elle allait dire quelque chose, la main de Chris se dégagea de la sienne et il se remit à marcher, à suivre la silhouette qui agitait lentement la main, à la suivre de plus en plus profondément dans les bois.

Andrea prit leur sillage.

10

C'était le lendemain de ma rencontre avec Marielle Vetters et Ernie Scollay.

Novembre semblait parti pour une fin moite. Au début du mois, une tempête de neige avait frappé le Maine, présage d'un hiver long et froid, puis la température avait lentement remonté, au point que, certains jours, on supportait à peine de porter un pull et que, le soir, les portes des bars restaient ouvertes pour laisser entrer un peu d'air. A présent, on avait au moins le vent du nord qui soufflait, et de la fenêtre de mon bureau, chez moi, je voyais la spartine des marais de Scarborough se livrer à une danse délicate sous l'effet de la brise.

Devant moi se trouvait la liste dactylographiée que Marielle m'avait remise. Elle se composait de sept noms : six hommes et une femme. Quatre étaient suivis de sommes d'argent allant de trois à quarante-cinq mille dollars. Aux trois autres était accolé le mot « contacté », écrit à la main, suivi par « accepté » dans deux cas, et de « refusé » pour le troisième. Un seul nom m'avait paru d'emblée familier et j'avais ensuite vérifié pour m'assurer qu'il s'agissait bien de cette personne : Aaron Newman. C'était un reporter d'un journal new-yorkais, un journaliste politique se targuant d'avoir d'excellentes sources. Sa notoriété avait récemment grimpé après une série d'articles révélant les relations d'un parlementaire, marié, avec deux jeunes garçons de dix-neuf ans dont il avait peut-être monnayé les faveurs sexuelles. Naturellement, la carrière du parlementaire était aussitôt tombée dans la cuvette des W-C, et sa femme avait contribué à tirer la chasse en n'apparaissant à aucune des conférences de presse larmoyantes de son époux. Les foules suivent docilement : montrez-leur un repentant au côté d'une femme qui pardonne, elles sont prêtes à pardonner elles aussi ; montrez-leur un repentant seul sur une estrade, elles cherchent des pierres pour les lui jeter. Après le nom de Newman, il n'y avait pas de somme d'argent, rien que le mot « accepté ».

Le nom d'un autre homme, Davis Tate, m'avait titillé et le miracle de Google avait fait le reste. Tate était un animateur de radio provocateur, une célébrité mineure d'extrême droite, le genre à fustiger les conservateurs ordinaires qui ne haïssent pas automatiquement toute personne ne partageant pas leur orientation raciale, religieuse ou sexuelle. A côté de son nom, on avait écrit à la main la lettre A, suivie de trois astérisques. Soit il était très bon élève, soit il avait été accepté, ou avait accepté quelque chose, avec un enthousiasme supérieur à la moyenne.

Le nom de la femme, Solene Escott, était suivi d'un nombre de douze chiffres, mais ça n'était pas un numéro de téléphone. Je l'avais tapé sur le Net, ça n'avait rien donné, même en y ajoutant son patronyme. Une recherche plus poussée m'avait conduit à plusieurs Solene Escott, dont une banquière, une journaliste et une ménagère morte dans un accident de voiture en 1999, quelque part au nord de Milford, New Hampshire.

Je regardai de nouveau les douze chiffres qui, à la différence des autres de la liste, étaient tapés en rouge et séparés en deux groupes de six. Le premier se terminait par 65, le second par 01. Les premiers chiffres correspondaient à la date de naissance de la ménagère, selon sa notice nécrologique, les seconds à la date de sa mort. Mais, si on se fiait au journal retrouvé dans l'épave, l'avion était tombé en juillet 2001, autrement dit trois mois avant le décès de Solene Escott. Soit quelqu'un mêlé au crash avait une ligne directe avec Dieu, soit la mort de Solene Escott avait été organisée bien à l'avance.

La notice nécrologique me fournit aussi le nom du mari – Solene avait gardé son nom de jeune fille après le mariage. Il s'appelait Kenneth Chan – Kenny pour ses amis et associés – et son nom figurait sur la liste au-dessus de celui de sa femme.

Avec le mot « accepté ».

Il me fallut une heure de plus pour obtenir une identité possible pour un autre nom de la liste, et, là encore, ce fut Solene Escott qui me permit d'établir le lien. Brandon Felice était le seul nom après lequel on avait écrit « refusé ». Un Brandon Felice avait été tué pendant le braquage d'une station-service à la sortie de Newburyport, Massachusetts, en mars 2002. Selon un témoin – un représentant de commerce qui buvait un café dans sa voiture de l'autre côté de la rue au moment des faits –, Felice faisait le plein de sa Mercedes quand deux hommes masqués étaient descendus d'une Buick, tous deux armés de pistolets. L'un d'eux avait ordonné à l'employé de lui remettre l'argent de la caisse tandis que l'autre forçait Felice et une femme, Antonia Vega, qui gonflait les pneus de sa fourgonnette, à se coucher par terre. Lorsque le premier braqueur était ressorti du bureau avec l'argent, après avoir grièvement blessé l'employé, le deuxième s'était approché de l'endroit où Felice et Vega étaient allongés et leur avait tiré à chacun une balle dans la tête, apparemment sans raison. Puis les deux hommes étaient repartis avec la Buick. On avait plus tard retrouvé la voiture, noircie par le feu, à quelques mètres du bas-côté de la Route 1. Elle avait été volée la veille à Boston, dans le quartier de Back Bay. Les voleurs, à qui le braquage avait rapporté la somme de cent soixante-trois dollars, soit quatre-vingt-un dollars et cinquante cents chacun, ne furent jamais identifiés.

Brandon Felice était lié à Solene Escott par son mari, Kenny Chan. Felice, Escott et Chan étaient associés dans une start-up informatique, Branken Developments Inc., dont chacun possédait un tiers des actions. Felice n'était pas marié et n'avait pas d'enfants. A sa mort, sa part dans l'entreprise fut rachetée par la société Pryor Investments, tandis que celle de

Solene Escott passa à son mari aussitôt après son accident mortel.

Je n'avais jamais entendu parler de Pryor Investments, mais une autre recherche me donna quelques informations. C'était une société très discrète, opérant pour des clients souhaitant que leurs transactions demeurent aussi anonymes que possible. La seule fois où on avait parlé de Pryor, c'était en 2009, lorsqu'on découvrit qu'elle avait enfreint « par inadvertance » un embargo sur les investissements en Birmanie. L'un des associés adjoints de Pryor avait apposé sa signature sur un contrat émanant de ce qui semblait être une filiale, établie à l'étranger, d'une société préconstituée de Panama, mais dont on put remonter la piste jusqu'au siège de Pryor à Boston. Le Bureau de contrôle du ministère des Finances pour les avoirs étrangers condamna Pryor à une amende de cinquante mille dollars et l'associé écopa d'une peine équivalant à une heure au coin pour un écolier. Garrison Pryor, P-DG de la boîte, déclara qu'il s'agissait d'un « incident isolé » et d'une « erreur de détail », quoi que cela pût vouloir dire.

Pendant ce temps, Branken Developments s'était spécialisé dans les algorithmes de sécurité pour l'industrie de l'armement et de la défense, dont il était devenu un des pôles importants. En 2004, la société fut discrètement rachetée pour être intégrée au ministère de la Défense, et Kenny Chan prit sa retraite, fortune faite. Le nom de Pryor Investments apparut de nouveau : Pryor avait assuré la transaction pour un pourcentage du montant de la vente.

Dernier rebondissement de l'histoire : en 2006, Kenny Chan fut retrouvé mort dans son coffre-fort, entouré de titres d'actions, d'or sous diverses formes et de vingt mille dollars en liquide. Comme ce coffre était vaste mais pas suffisamment pour accueillir confortablement Kenny, quelqu'un lui avait brisé les bras et les jambes pour rendre son corps plus malléable. Il s'écoula quelque temps avant qu'on découvre son cadavre, ce qui ne permit pas d'établir s'il était mort asphyxié ou étouffé par la pièce d'un franc suisse en or logée dans sa gorge.

La femme de Kenny Chan était donc morte dans un accident de voiture apparemment organisé à l'avance, et son associé avait été abattu sans raison lors du braquage d'une station-service quelques mois plus tard. Chan avait ensuite fait un malheur en vendant les actions qui lui étaient ainsi revenues, puis il lui était arrivé un malheur, au sens plus littéral du terme, lorsque quelqu'un l'avait enfermé dans son coffre, sans que le vol ait apparemment été le mobile du meurtre. A tout le moins, M. Chan avait mené une vie intéressante, quoique relativement brève. La police avait traité la mort de Solene Escott comme un regrettable accident ; l'enquête sur celle de Brandon Felice s'était terminée sans que l'affaire soit résolue ; et la liquidation de Kenny Chan demeurait à ce jour un mystère.

Les deux autres noms de la liste ne signifiaient rien pour moi, même si je découvris des notices nécrologiques de diverses personnes auxquelles ils auraient pu correspondre. Sans autre élément que ces noms isolés, j'avais peu de chances d'aller plus loin.

Et pendant ces recherches, mon esprit ne cessait de revenir à Brightwell : Brightwell, assassin d'hommes et de femmes, moissonneur et dépositaire d'âmes, être dont l'image apparaissait sur des photos de la Seconde Guerre mondiale, à peine différent de l'homme qui continuait à tuer pour sa cause soixante ans plus tard, et qui présentait une ressemblance étonnante avec un personnage d'un tableau de bataille vieux de plusieurs siècles, combattant aux côtés d'un ange déchu. Je l'avais tué et, néanmoins, j'avais été conduit à douter qu'on puisse éliminer une telle créature avec une balle ou une lame. J'entendais encore des murmures parlant de ressuscités, de transmigration des esprits, et j'avais été témoin des conséquences d'une vengeance poursuivie sur plusieurs générations. Brightwell et son engeance n'appartenaient pas à l'ordre des humains. Ils étaient *autres*.

Qu'est-ce qui l'avait attiré dans la petite ville de Falls End, et quel rapport y avait-il avec la liste ?

Cet après-midi-là, je débarrassai mon bureau des autres enquêtes en cours. Ça ne me demanda guère de temps. Si les affaires avaient un peu repris ces derniers mois, elles battaient toujours de l'aile. L'année précédente, la disparition d'une adolescente, pour laquelle j'avais été engagé par l'intermédiaire de mon avocate, Aimee Price, avait attiré l'attention sur moi et m'avait valu plusieurs propositions d'affaires semblables. Je les avais toutes refusées, sauf une. Un nommé Juan Lozano, professeur et traducteur hispanique marié à une Américaine de Harden, dans le nord du Maine, m'avait chargé de retrouver sa femme. Ils s'étaient disputés au sujet de leurs rapports sexuels et elle était partie, m'avait-il expliqué. Cela faisait deux ans qu'ils ne faisaient quasiment plus l'amour et il l'avait accusée d'avoir une liaison. Après un concours de hurlements, il était sorti en claquant la porte. A son retour, sa femme n'était plus là. Il voulait simplement savoir si elle allait bien, rien de plus. J'avais accepté son argent parce que je pensais la retrouver facilement : elle se servait encore de ses cartes de crédit, elle avait fait des retraits à des distributeurs de la région de Washington dans les deux jours précédant ma première rencontre avec Lozano. Soit Béatrice, sa femme, était vivante et allait bien, soit quelqu'un utilisait ses cartes sans la moindre précaution.

Je pris l'avion pour Washington et louai une voiture. Il me fallut moins de vingt-quatre heures pour retrouver Beatrice Lozano. Elle se terrait dans un motel – le Lamplighter – d'une petite ville proche de la baie de Chesapeake. La voiture cabossée qu'elle avait louée une semaine plus tôt à une société qui jouait dans une tout autre catégorie que Hertz et Avis était garée juste devant sa chambre. Quand je frappai à la porte, elle ne prit pas la peine de mettre la chaîne de sûreté avant d'ouvrir. La chambre était obscure, mais, même lorsque Beatrice s'avança dans la lumière du jour, je n'aurais toujours pas su dire si elle était quelconque ou jolie. Elle avait dans les trente-cinq ans, avec un léger embonpoint. Un visage pâle, des cheveux courts et gras plaqués sur le crâne, la peau parsemée de boutons. Des entailles récentes encore ouvertes sur ses bras et ses jambes. Pendant que nous échangions quelques mots, elle glissa sa main droite vers la gauche et enfonça les ongles du pouce et de l'index dans la chair de son bras gauche, créant une nouvelle blessure à explorer.

Autour de ses yeux morts, la peau était si sombre qu'on eût dit qu'on l'avait battue.

— Il vous a envoyé me chercher? me demanda-t-elle après que je lui eus expliqué qui j'étais.

— Si vous parlez de votre mari, la réponse est oui.

— Vous allez me ramener à lui?

— Vous voulez retourner chez vous?

— Non.

— Alors, je ne le ferai pas.

— Mais vous lui direz où je suis?

— Il m'a engagé pour savoir comment vous allez. Si c'est ce que vous voulez, je l'informerai que je vous ai vue et que vous semblez aller plutôt bien. Ce sera un mensonge, mais c'est ce que je lui dirai.

— Un mensonge? répéta-t-elle en plissant le front.

— Vous vous déchirez la peau, vous ne dormez pas ou, si vous le faites, vous avez des cauchemars. Vous passez d'un motel à l'autre, sans vous organiser suffisamment pour éviter d'avoir à utiliser vos cartes de crédit. Votre mari ne connaît pas trop votre garde-robe, mais il est à peu près sûr que vous n'avez pas emporté beaucoup de vêtements quand vous êtes partie, ce qui signifie que c'était une décision précipitée. Vous ne vous êtes pas enfuie avec quelqu'un parce que je ne vois qu'une valise dans la chambre derrière vous, et aucun signe qu'un homme – ou une autre femme – la partage avec vous. D'ailleurs, si vous étiez partie avec quelqu'un, vous soigneriez sans doute un peu plus votre apparence. Sans vouloir vous vexer, bien sûr.

— Je ne suis pas vexée, répondit-elle en parvenant à sourire. Vous parlez comme Sherlock Holmes.

— Tous les privés ont envie d'être Sherlock Holmes.

Nous étions toujours à l'extérieur de la chambre, ce qui ne me semblait pas être le meilleur endroit pour discuter des détails intimes de sa vie.

— Vous verriez un inconvénient à ce qu'on s'asseye quelque part pour parler de tout ça, madame Lozano? Pas forcément dans votre chambre, si vous ne tenez pas à y faire entrer un inconnu. Un *dîner* tranquille, une cafétéria, un bar, comme vous voudrez. Ne vous inquiétez pas, je ne vous ferai aucun mal, et si vous voulez appeler la police à n'importe quel moment, vous pourrez le faire, je resterai avec vous jusqu'à ce qu'elle arrive. Je peux aussi vous donner les noms d'un ou deux flics du Maine et de New York qui se porteront garants pour moi.

Je me ravisai :

— Enfin, peut-être pas à New York, et peut-être un seulement dans le Maine. Et il lâchera probablement quelques jurons quand vous mentionnerez mon nom.

— Non, pas de police, décida-t-elle en rentrant dans sa chambre. Nous pouvons parler ici.

Malgré la pancarte « Défense de fumer » accrochée près du téléviseur, la pièce empestait le tabac froid. Il n'y avait pas de placard, rien qu'un portant auquel pendaient trois cintres métalliques vides. Deux lits séparés par une unique table de chevet sur une moquette couleur soupe aux pois, une des plinthes décollée du mur. La valise de Mme Lozano, par terre à côté du lit de droite, contenait un pitoyable petit tas de vêtements, quelques articles de toilette bon marché et un livre de poche. Elle s'assit au bord d'un des lits, je fis de même sur l'autre, face à elle. Nos genoux se touchaient presque.

— Pourquoi êtes-vous partie, madame Lozano ?

Son visage se décomposa, elle se mit à pleurer.

— Votre mari vous battait ?

Elle secoua la tête.

— Non, il est gentil, il est très doux.

Je tirai un mouchoir en papier de la boîte posée sur la table de nuit, le lui tendis.

— M... merci, bredouilla-t-elle.

— Vous aimez votre mari, madame Lozano ?

— Oui, profondément. C'est pour ça que je suis partie. Pour le protéger.

— De quoi ?

Elle hoqueta, comme s'il lui fallait dégurgiter les mots qu'elle voulait prononcer. Elle dut s'y reprendre à trois reprises pour répondre :
— De mon frère.
— Pourquoi ? Qu'est-ce qu'il fait, votre frère ?
Cette fois, elle vomit vraiment, porta une main à sa bouche pour endiguer un flot de bile.
— Il me viole. Mon frère me viole.

Beatrice Lozano s'appelait Reed de son nom de jeune fille. Son frère aîné, Perry Réed, vendait des voitures d'occasion à des gens qui ne savaient pas ce qu'ils achetaient, du crystal, de l'OxyContin et des médicaments canadiens délivrés sur ordonnance à des gens qui les achetaient en connaissance de cause. Il tenait aussi deux bars à nichons dont les danseuses entraient dans la catégorie radeuses si on examinait d'assez près les petits caractères. Perry Reed était beau parleur, crédible, sociopathe, et avait commencé à violer sa sœur quand elle avait quatorze ans. Il avait arrêté lorsqu'elle était partie faire des études, il avait recommencé de temps à autre lorsqu'elle était revenue, puis plus fréquemment peu après qu'elle s'était mariée. Perry venait chez elle quand son mari était absent ; parfois, il la faisait venir à son garage, ou dans l'un des appartements qu'il possédait à Harden et dans les environs s'il n'était pas loué. Elle venait toujours parce qu'il l'avait menacée de tuer son mari si jamais elle refusait, si elle révélait à Lozano ou à qui que ce soit d'autre ce qu'ils faisaient ensemble dans leurs moments d'intimité. Lorsque son mari l'avait accusée d'avoir un amant, quelque chose s'était brisé en elle. Elle s'était enfuie parce qu'elle ne pouvait pas rester à Harden, ni parler de son frère à son mari. Elle confia tout cela à un inconnu, moi, dans sa chambre du motel Lamplighter.

— Perry a des gars qui travaillent pour lui, poursuivit-elle. Ils sont aussi pourris que lui. Il m'a dit que si jamais il n'arrivait pas à s'occuper de Juan, eux le feraient, qu'Alex Wilder me traînerait dans les bois et que lui et ses copains me viole-

raient l'un après l'autre avant de m'enterrer vivante. J'ai cru mon frère, monsieur Parker, je l'ai cru parce que personne ne le connaît aussi bien que moi.
— Qui est Alex Wilder ?
— C'est le bras droit de mon frère. Ils partagent tout. Moi, à l'occasion.
Elle avala sa salive et ajouta :
— Alex est une vraie brute.
Comme je lui tendais un autre mouchoir, elle me lança :
— Vous ne me demandez pas pourquoi j'ai enduré ça aussi longtemps ?
— Non.
Elle me regarda longuement avant de murmurer :
— Merci.
Après que nous eûmes parlé encore un moment, je sortis pour téléphoner au mari. Je lui annonçai que sa femme était saine et sauve, je lui demandai de mettre quelques affaires à elle dans un sac et de le porter au cabinet d'une avocate nommée Aimee Price, à South Freeport. Puis j'appelai Aimee et lui communiquai l'essentiel de ce que je venais d'entendre en n'omettant que certains noms de personnes et de lieux.
— Elle serait prête à témoigner ? demanda Aimee.
— Je ne sais pas. Aussi révoltant que ce soit, son frère pourrait toujours prétendre qu'elle était consentante. Ce sera sa parole contre la sienne.
— Je ne crois pas, objecta-t-elle. Dans des cas de ce genre, le témoignage de la victime est crucial. Peu importe pour le moment, elle a besoin d'aide tout de suite. Je connais des gens à Washington, si elle souhaite y rester quelque temps. Essayez de la convaincre de voir un psy. Vous savez quelque chose sur ce Perry Reed ?
— Des rumeurs, seulement. J'ai l'intention de me renseigner.
Ce soir-là, je conduisis Beatrice Lozano chez un spécialiste des traumatismes sexuels du comté de Prince George, qui la fit immédiatement admettre dans un centre d'accueil pour femmes violées. Une semaine plus tard, son mari vint la voir et elle lui raconta ce qu'elle avait subi. Restait cependant le

problème de Perry Reed, parce que Beatrice Lozano refusait de témoigner contre lui. Il fallait faire quelque chose.

Dont acte. Deux messieurs de ma connaissance avaient pris l'affaire en main pendant que je m'entretenais avec Marielle Vetters et Ernie Scollay au Great Lost Bear.

Perry Reed, appris-je, ferait la une des nouvelles du soir.

11

Les mains sur les genoux, Chris reprenait sa respiration. L'air, totalement immobile, empestait. L'odeur de viande pourrie était plus forte et il avait perdu toute idée de l'endroit où ils se trouvaient. Il pensait avoir suivi l'inconnu vers le nord-ouest, mais il pouvait se tromper. Il n'avait pas arrêté de le faire depuis le matin, semblait-il. Maintenant, l'inconnu avait disparu et autant que Chris pouvait en juger, ils étaient encore plus perdus qu'avant, s'il existe des degrés dans le fait d'être perdu. Les mouches étaient aussi devenues plus agaçantes : le DEET du pulvérisateur ne parvenait plus à les éloigner. Chris s'était fait piquer à la nuque par une guêpe, ça lui faisait un mal de chien. Il l'avait écrasée sous sa paume, ce dont il avait tiré une petite satisfaction. Il faudrait qu'il vérifie le cycle de vie des guêpes une fois à la maison. Des guêpes en novembre, c'était franchement bizarre.

La lumière avait changé dès que le soleil avait commencé à se coucher. Les lignes des arbres étaient déjà moins nettes, comme si l'on avait jeté un rideau de gaze sur le paysage. Chris n'avait plus aucune notion du temps. Il regarda sa montre, constata qu'elle était arrêtée. Ils avançaient péniblement dans un monde fantastique de plus en plus sombre qui, il aurait eu honte de l'admettre, lui faisait peur.

Se retournant, il vit qu'Andrea était à la peine. Elle supportait son goût pour les activités de plein air, mais elle ne les avait jamais vraiment appréciées. Elle les endurait pour le plaisir qu'il y prenait, ainsi que pour la promesse d'un peu de luxe à la fin d'une journée dans la nature. C'était peut-être son côté catholique qui ressortait ainsi. Des deux, c'était elle la croyante. Elle continuait à aller à la messe le dimanche alors que lui avait abandonné sa foi depuis longtemps. D'une certaine façon, les récents scandales de viols sur mineurs lui avaient fourni une excuse pour avoir meilleure conscience de son comportement général et de sa répugnance à sacrifier une heure de son week-end à la religion de son enfance. Il éprouvait de temps en temps des remords de ne plus pratiquer et il lui arrivait encore d'implorer Dieu quand il avait des problèmes. Ainsi, alors qu'il regardait sa femme boire avidement à leur gourde, il fit une prière pour qu'ils parviennent sains et saufs à Falls End, ou à n'importe quel lieu ressemblant à un village.

— Seigneur, je ne vous promets pas de retourner à la messe, ni même de m'amender, mais, là, nous avons besoin d'aide, murmura-t-il. Si ce n'est pour moi, faites-le pour elle, s'il vous plaît : ramenez-nous à la civilisation.

Comme en réponse à sa prière, leur guide – si c'en était un – apparut de nouveau parmi les arbres et leva un bras pour leur enjoindre de le suivre.

— Hé, où vous nous emmenez ? lui cria Chris. Parlez-nous ! On peut pas continuer comme ça, on est épuisés ! Bon Dieu...

Andrea rejoignit son mari, abaissa le col de son blouson pour découvrir la piqûre de guêpe et eut un sifflement compatissant.

— Ça doit faire mal, dit-elle.

Elle défit son sac à dos, trouva le flacon de lotion antiseptique dans la petite trousse de secours, en appliqua avec précaution sur la nuque de Chris.

— Tu n'es pas allergique aux piqûres de guêpe, hein ?

— Tu sais bien que non. J'ai déjà été piqué, ça ne me fait pas grand-chose.

— Ce coup-ci, c'est drôlement gros, et on dirait que ça continue à gonfler.

— Je le sens jusque dans ma colonne vertébrale, je te jure.

— J'ai du lorazépam dans ma valise, dit-elle. Ça devrait te soulager. Il faudra que tu voies un docteur, si ça ne désenfle pas.

Au loin, elle pouvait voir l'homme qui les observait, mince forme de plus parmi les arbres.

— Depuis combien de temps on le suit ? demanda-t-elle.
— Je sais pas. Ma montre s'est arrêtée.
— Ah bon ?
— Ouais.
— La mienne aussi.

Ils comparèrent leurs montres. Celle d'Andrea avait cinq minutes de plus que celle de son mari, mais Andrea l'avançait toujours de cinq minutes. Les deux montres s'étaient arrêtées au même moment.

— C'est étrange, remarqua Chris.
— Tout est étrange, renchérit Andrea. Et il fera bientôt noir.

Sa voix avait légèrement tremblé sur le mot « noir ». Elle tenait le coup – de justesse.

— On pourrait revenir sur nos pas, mais ça nous avancerait à quoi ? soupira-t-il. On se retrouverait au même endroit qu'avant. On est obligés de faire confiance à cet homme.
— Pourquoi ?
— C'est ce que font les gens quand ils n'ont pas le choix.
— Il nous veut du mal.
— Arrête avec ça.
— Je te le dis.
— Tu n'en sais rien.
— Je n'en sais rien, mais je le *sens*.

Elle vit la tête de l'inconnu s'incliner légèrement, comme s'il l'avait entendue. Elle n'arrivait pas à comprendre que sa silhouette soit aussi sombre. Même quand la lumière était encore bonne, elle n'aurait su dire comment il était habillé, ni à quoi ressemblait son visage. Il était comme une ombre à qui on aurait donné la vie.

— Qu'est-ce qu'il fait, maintenant ?

Les gestes de l'homme avaient changé. Il tendait à présent la main vers la droite, pointant un doigt dans cette direction. Une fois assuré qu'ils avaient compris, il leva la même main, leur fit un signe d'adieu et s'éloigna dans la direction opposée à celle qu'il avait indiquée.

— Il s'en va... dit Chris. Hé, où vous allez ?

L'homme avait disparu. L'ombre avait été engloutie par l'ombre plus profonde de la forêt.

— Bon, fit Chris, autant aller voir ce qu'il nous montrait. C'est peut-être une route, ou une maison, ou même un bourg.

Andrea remit son sac sur son dos et suivit son mari. Son regard revenait sans cesse scruter l'endroit obscur où l'inconnu avait disparu. Elle aurait voulu qu'il soit parti, mais elle n'était pas sûre qu'il le soit. Elle le sentait à l'affût. Ce fut seulement quand Chris lui parla qu'elle se rendit compte qu'elle avait arrêté de marcher. Elle ordonna à ses pieds de se remettre en route, ils n'obéirent pas. Elle se demanda si c'était ainsi que les animaux vulnérables réagissaient face à un prédateur, si c'était pour cette raison qu'ils mouraient.

— Il est parti, annonça Chris. Je ne sais pas où il nous emmenait, mais on y est presque.

Andrea sentit les poils de sa nuque se hérisser, des picotements parcourir sa peau. Il n'est pas parti, eut-elle envie de répondre. On ne le voit pas, mais il est toujours là. Il nous a menés quelque part, mais c'est un endroit où nous ferions mieux de ne pas aller.

Un très léger vent se leva et ce fut presque une bénédiction jusqu'à ce qu'ils sentent la puanteur qu'il portait. Il y avait à présent des oiseaux dans l'air : des corbeaux. Andrea entendait leurs croassements. Elle se demanda s'ils étaient attirés par les charognes.

— C'est encore plus infect maintenant, se plaignit Chris. On dirait une usine d'équarrissage. Ou une usine à papier. Les papeteries sentent mauvais aussi, tu sais. Ça pourrait être ça : une papeterie.

— Ici ?

— Ici *où* ? On ne sait même pas où c'est, ici. On est tellement perdus qu'on est peut-être passés au Canada sans s'en apercevoir. Viens.

Il lui tendit de nouveau la main, elle ne la prit pas.

— Non, dit-elle. Je ne veux pas y aller.
— Bon. Reste ici, je vais aller voir ce qu'il y a là-bas.

Quand il commença à s'éloigner, elle s'accrocha à son sac à dos pour le retenir.

— Je ne veux pas que tu me laisses seule ici...

Il sourit. C'était son autre sourire : indulgent, condescendant, celui qu'il lui réservait lorsqu'elle n'arrivait pas à saisir une chose très simple, et qui donnait à Andrea l'impression d'avoir neuf ans. Son « sourire de mec », pensait-elle, parce que seuls les hommes avaient ce sourire. C'était dans leur ADN. Cette fois, cependant, cela ne la mit pas en colère, cela la rendit simplement triste. Il ne comprenait pas.

Il s'approcha, la serra maladroitement dans ses bras.

— On va voir ce que le type indiquait et on prend une décision, d'accord ? proposa-t-il.

— D'accord, acquiesça-t-elle.

Sa voix semblait toute petite contre la poitrine de Chris.

— Je t'aime. Tu le sais, ça, hein ?
— Je le sais.
— Tu es censée répondre que tu m'aimes aussi.
— Je le sais.

Il lui donna un coup de coude enjoué dans les côtes.

— Allez, je te paie un verre.
— Un cocktail. Avec du champagne.
— Avec du champagne. *Plein* de champagne.

Main dans la main, ils marchèrent jusqu'à la butte.

12

Comme prévu, le journal télévisé du soir donna de nombreuses informations sur Perry Reed et ses activités, tant professionnelles que personnelles. La veille à 21 h 40, alors que je réfléchissais encore à l'avion et à la liste, Henry Gibbon et Alex Wilder, deux proches associés de Reed, l'empereur de la voiture d'occasion de l'extrême Nord-Est, furent arrêtés par la police et des agents de la DEA alors que, dans leurs véhicules respectifs, ils quittaient le parking d'un bar de motards situé à une quinzaine de kilomètres à l'est de Harden. Une fouille révéla que les coffres des voitures contenaient de l'OxyContin et de l'héroïne pour une valeur totale de cinquante mille dollars, ce qui laissa Gibbon et Wilder pantois puisque a) ils ne faisaient pas le trafic d'héro, et b) leurs coffres étaient vides quand ils s'étaient garés. On découvrit en outre dans la voiture de Wilder une quantité importante de vidéos de pornographie pédophile sur clés USB, ainsi qu'un téléphone portable avec les numéros préenregistrés d'une dizaine d'individus soupçonnés de fournir des prostituées mineures. Les deux véhicules étaient au nom d'un certain Perry Reed, domicilié à Harden, dans le Maine.

A 1 heure du matin, un incendie ravagea le garage Perry-Voitures d'Occasion, à Harden. Aidé par un vent violent et une bonne centaine de litres d'alcool éthylique, le feu détruisit tout le parc automobile de Perry, tous les bâtiments de l'entreprise et le bar à nichons adjacent.

A 3 h 30, Perry Reed fut traîné hors de chez lui, dûment menotté, après qu'une perquisition à son domicile eut permis de mettre la main sur vingt-cinq mille photos pornographiques d'enfants sur disques et clés USB, ainsi que sur un téléphone portable avec les mêmes numéros que celui trouvé dans la voiture d'Alex Wilder. La police découvrit également un pistolet Llama chromé à crosse de nacre dont les analyses établiraient par la suite qu'il avait été utilisé pour le meurtre de deux individus dans un appartement de Brooklyn un an plus tôt, et peut-être dans les coups et blessures infligés à leur compagne, qu'un traumatisme crânien avait plongée dans un état végétatif permanent. Les numéros des victimes étaient préenregistrés dans les téléphones de Wilder et de Reed. Les empreintes digitales de Perry Reed retrouvées sur l'arme avaient été préalablement prélevées sur un mug à café de son bureau et transférées sur le Llama avant qu'il soit dissimulé chez lui, fait dont ni la police ni Perry, bien sûr, n'avaient connaissance.

L'un des inspecteurs chargés de l'enquête déclara plus tard que Reed avait plus d'ennuis avec la justice que le pire des êtres humains que ce policier avait pu rencontrer dans sa carrière, Alex Wilder et Henry Gibbon suivant juste derrière. Les trois arrestations faisaient suite à un coup de téléphone anonyme, et tout le monde semblait très satisfait d'une bonne nuit de travail, à l'exception de Reed, qui clamait son innocence et exigeait de savoir qui avait foutu le feu à son garage et à son bar à nichons, mais, comme ledit Reed était parti pour passer le reste de sa vie en prison, personne ne se préoccupait vraiment de ce qu'il pensait.

— Ça, on peut dire qu'il a la poisse, ce Perry, dis-je à Angel ce soir-là, quelques heures plus tard.

Louis et lui étaient assis dans le box où j'avais parlé à Marielle et Ernie la veille. Ils buvaient de la Mack Point IPA de la Belfast Brewing Company et rendaient Dave Evans nerveux pour des raisons qu'il ne parvenait pas tout à fait à cerner. Angel et Louis venaient de New York, mais ce n'était pas ça qui mettait Dave mal à l'aise, et pas davantage leur homosexualité, puisque Dave accueillait volontiers au Bear toute personne qui ne renversait pas sa bière, n'insultait pas le personnel et n'essayait pas de voler la tête d'ours mascotte du bar.

Louis était un tueur, et Angel l'aidait parfois. S'ils ne le criaient pas sur les toits, il émanait d'eux une aura mortelle qui suffisait généralement à convaincre les citoyens les plus sensés de garder leurs distances. Je me demandais parfois si je ne devenais pas comme eux : ils avaient fait plonger Reed et ses associés, mais c'était moi qui avais ourdi le coup monté. Un moraliste aurait peut-être estimé que je devenais ainsi comme ceux que je combattais ; il se serait trompé. Je ne leur ressemblais en rien. J'étais un spécimen unique de monstre.

— Faut croire que le type avait envie d'aller en taule, commenta Louis en levant son verre, probablement à la santé de Perry Reed.

— Il semble en effet avoir tout fait pour ça, approuvai-je. Je me demande d'où venait toute cette drogue...

— On l'a empruntée à des motards, m'informa Angel.

— « Empruntée » ?

— Disons plutôt un prêt définitif.

— De la drogue, un pistolet *et* de la pornographie pédophile... repris-je. Certains y verraient un excès de moyens. Des esprits chagrins pourraient même y trouver à redire...

— Une façon d'assurer le coup, nuança Louis. Rien de plus.

— Enfin, j'ai payé pour.

— On touche combien, déjà ? demanda Angel.

— Tu prends une autre bière ?

— Ouais, je veux bien.

— Bon, ça c'est la prime. Je mégote pas, ce n'est pas mon genre.

Je commandai une autre tournée. Quand elle arriva, je bus à leur santé et leur remis une enveloppe marron bien gonflée. Le mari de Beatrice Lozano me l'avait apportée chez moi dans l'après-midi. Il n'avait pas prononcé un mot, pas même un « merci », n'avait pas cherché à savoir si les malheurs de Reed pouvaient être liés en quoi que ce soit à ce qui était arrivé à sa femme. Il m'avait simplement donné l'enveloppe et était reparti.

— Je sais que vous n'avez pas besoin de cet argent, mais c'est agréable de se sentir apprécié, soulignai-je.

— Vaut mieux l'avoir qu'en avoir besoin, déclara Angel en glissant le fric dans sa poche. Aimee Price t'a dit quelque chose ?

— Au sujet de Reed ? Non.

— Intelligente, cette femme. Elle finira par ne plus t'accepter comme client, tu le sais, ça ?

— Peut-être. Peut-être pas.

— Y a pas de « peut-être ». Elle me fait l'impression d'être un de ces avocats bizarres qui se soucient de la légalité.

— Elle ne s'en soucie pas autant que tu le penses, quand ça l'arrange.

— Elle est peut-être pas si bizarre que ça, alors.

— Peut-être pas. Tu veux entendre une histoire vraiment bizarre ?

— Si tu la trouves si bizarre, appelle le *National Enquirer*[1], que tout le monde en profite.

Je bus une gorgée de ma bière avant de commencer :

— C'est l'histoire d'un avion...

Et tandis que nous parlions, Andrea Foster mourait. Elle avait du sang dans la bouche, du sang sur les mains, du sang dans les cheveux. Dont une partie seulement était le sien.

Etendue sur le sol, elle revivait les événements des derniers jours et des dernières heures de sa vie. Elle flottait au-dessus de son mari et d'elle, elle se voyait grimper la butte avec lui, se diriger vers ce que l'inconnu leur avait indiqué. Ils se figèrent, elle entendit Chris pousser une exclamation de surprise puis de stupeur. Elle vit des idoles renversées : une image déchirée du Bouddha, une statue de Ganesh couverte de sang et de saletés, une piéta dont les têtes sculptées avaient été coupées et remplacées par des têtes de poupée. Elle vit une cloison de bois, des ombres qui se rejoignaient : deux

---
1. Tabloïd spécialisé dans les scandales et les ragots.

croix, les corps des hommes qui étaient morts dessus réduits à des ossements, dont une partie formait un tas au pied de chaque croix. Elle vit des oiseaux morts pendus à des branches par les pattes. Elle vit la bouche de Chris s'ouvrir sur un cri de panique, une longue langue en sortir, hérissée de pointes et de barbillons, et lorsque Chris tomba en avant, elle vit la flèche qui l'avait transpercé, la hampe jaune vif, l'empennage rouge et blanc. Il eut un spasme aux pieds d'Andrea, qui le tint contre elle tandis que la lumière quittait ses yeux. Elle n'eut même pas le temps de pleurer avant d'entendre des pas derrière elle, approchant rapidement, et deux coups à la tête chassèrent un moment toute sa peine.

Elle était maintenant allongée sur du bois, le ciel au-dessus d'elle éclairé par une lune jaune pâle : pas de toit, rien que des formes d'arbres dépouillés. En face d'elle, la cloison était couverte de pages arrachées à des livres de culte : bibles et corans, textes en anglais, hindi et arabe, symboles et lettres à la fois familiers et étranges. Toutes les pages avaient été dégradées par des photos pornographiques, barbouillées de taches sombres, certaines récentes, d'autres anciennes, dont elle savait que c'était du sang.

Il y avait une énorme pression dans sa tête, comme si son cerveau gonflait sous son crâne. C'était peut-être vrai. Le cerveau enflait-il quand on recevait un coup violent sur la tête ? Andrea était incapable de remuer les jambes. De parler. Elle était une âme emprisonnée, et qui serait cependant bientôt libérée.

Une forme apparut dans l'encadrement de la porte. L'homme n'était toujours qu'une silhouette sombre, un être de ténèbres. Elle n'avait pas encore vu son visage, mais son crâne était étrangement difforme : gauchi, comme son esprit. Si elle avait pu parler, que lui aurait-elle dit ? « Epargne-moi » ? « Je suis désolée » ?

Désolée, non. Ce n'était pas leur faute, ils n'avaient rien fait de mal. Ils s'étaient simplement perdus, devenant ainsi des proies. L'homme les avait attirés plus profondément dans la forêt par une promesse tacite de secours et de sécurité, puis il s'était retourné contre eux, abattant Chris avec son arc, utilisant ses poings et sa lame sur elle.

Chris. Oh, Chris.

Andrea tenta de toucher la croix d'argent pendue à son cou, un cadeau de sa mère pour sa confirmation. Elle n'était plus là. Il la lui avait prise, et dans le clair de lune elle la vit briller parmi les pages apposées au mur près de sa tête, elle distingua les gouttelettes de sang frais qui la tachaient.

Elle entendait maintenant la respiration de l'inconnu, à laquelle se mêlait son propre souffle défaillant, jusqu'à ce qu'une dernière inspiration se bloque dans sa gorge et qu'elle commence à trembler. La mort avançait vers elle et l'inconnu suivait, courant pour la rattraper.

13

Il n'y avait pas de chutes à Falls End[1]. Ce qui s'y terminait principalement, c'était la civilisation, l'ambition et, finalement, la vie. Raisonnables, les pères fondateurs de la ville avaient estimé que la communauté, même sous cette première incarnation, aurait eu peu de chances de progresser avec un nom comme Civilization's End, Ambition's End ou Life's End. On découvrit qu'un ruisseau se jetait dans le Prater Lake, qu'il prenait sa source sur de hautes terres rocailleuses appelées « les Hauteurs », puis descendait en cascades qui rappelaient vaguement une chute d'eau, à condition de n'avoir jamais vu de vraies chutes pour faire la comparaison. D'où Falls End, sans apostrophe de cas possessif parce que de tels ajouts faisaient prétentieux, et la prétention, c'était bon pour les Français vivant de l'autre côté de la frontière.

Ce ruisseau ne se jetait plus dans le Prater Lake. Il avait cessé de passer en murmurant à la lisière du bourg au début du siècle précédent. Une expédition de curieux et d'inquiets, secondés par une paire d'ivrognes locaux ayant envie de prendre l'air, constata qu'il ne coulait plus d'eau des Hauteurs. Les hypothèses sur la cause de ce blocage inclurent un phénomène sismique, un changement de direction du cours dû à l'abattage d'arbres et, cadeau de l'un des pochetrons, l'intervention du diable en personne. Si cette dernière suggestion fut rapidement écartée, elle donna plus tard son nom à une curiosité locale connue sous le nom de « Diable des Hau-

---

1. Falls End : « fin des chutes ».

teurs », après que quelqu'un eut fait remarquer que, vus sous un certain angle, des rochers semblaient former le profil d'un être démoniaque, si l'on consentait à loucher un peu et à négliger le fait que, sous un angle légèrement différent, ça ressemblait plutôt à un lapin, voire, en se déplaçant encore un chouïa, à rien du tout.

Grâce à la proximité de la forêt du Grand Nord et au fait que la région était réputée giboyeuse, Falls End, à défaut de prospérer, survivait, ce qui suffisait à la plupart de ses habitants, en particulier ceux qui avaient conscience des difficultés rencontrées par des bourgades de même dimension mais moins bien situées dans le comté. Falls End possédait quelques motels modestes qui restaient ouverts toute l'année, un hôtel-relais un peu plus classe, qui, de début avril à début décembre, offrait à la fois des cabanes intimes et des chambres élégantes aux chasseurs et aux amateurs de feuillage ayant de l'argent à claquer. Le bourg avait aussi deux restaurants, dont un, plutôt chic, que les gens du coin ne fréquentaient que dans les grandes occasions : mariages, remises de diplôme, anniversaires ou gains à la loterie.

Enfin, Falls End s'enorgueillissait de posséder pas moins de deux bars : le Lester's, à la sortie est, et le Pickled Pike, au milieu de l'étroite bande de magasins et de sociétés qui constituaient le cœur battant du bourg. On y trouvait notamment une banque, une cafétéria, une épicerie-drugstore, un atelier de taxidermiste, un cabinet d'avocat et le Falls End Bait & Fish. Ce magasin d'équipement de chasse et de pêche se faisait depuis quelque temps un à-côté lucratif en vendant des plumes de mouche artificielle aux salons de coiffure dont les clientes trouvaient exotique d'ajouter des colifichets dans leurs cheveux. Cette nouvelle mode avait provoqué de vives discussions au Lester's, car nombre de gens de Falls End et des environs estimaient que ces plumes de mouche artificielle n'avaient pas leur place ailleurs qu'au bout d'une ligne et ne devraient orner rien d'autre qu'un hameçon, même si Harold Boncœur, le patron du Falls End Bait & Fish, avait fait remarquer qu'il trouvait les femmes ayant des plumes dans les cheveux drôlement sexy. Il n'en avait toutefois pas fait part à sa femme, puisque Mme Boncœur, portée sur les rinçages bleutés et les permanentes, n'était guère susceptible de se mettre des plumes dans les cheveux, ni d'écouter avec indulgence ce genre d'élucubrations sortir de la bouche de son mari.

Il y avait donc des endroits plus pénibles que Falls End. Grady Vetters, qui avait vécu dans deux ou trois lieux de ce genre, était mieux à même d'en juger que la plupart de ses pairs, y compris Teddy Gattle, avec qui il était ami depuis l'enfance. Cette amitié était demeurée inébranlable, même pendant les longues périodes durant lesquelles Grady avait vécu ailleurs. Grady et Teddy reprenaient simplement leur conversation là où elle avait été interrompue, quel que soit le nombre de mois ou d'années qui s'était écoulé. C'était comme ça depuis qu'ils étaient gosses.

Teddy n'en voulait pas à son copain d'avoir quitté Falls End. Grady avait toujours été différent, il n'était que naturel qu'il tente de chercher fortune ailleurs dans le vaste monde. Teddy se contentait d'attendre avec impatience le retour de son pote, les histoires qu'il raconterait sur les femmes de New York, de Chicago et de San Francisco, des endroits qu'il avait vus à la télévision mais qu'il n'avait aucune envie de visiter parce que leurs dimensions l'effrayaient. Teddy était déjà un peu perdu dans le Maine : il s'accrochait à Falls End comme un ivrogne s'agrippe à son lit quand il a la tête qui tourne. Il n'arrivait pas à imaginer ce que cela pouvait être de se retrouver à la dérive dans une grande ville. Il en mourrait, il en était sûr. Il valait mieux que ce soit Grady qui affronte le vaste monde, comme les explorateurs d'antan, et qu'il laisse Teddy à Falls End et à sa chère forêt.

A quoi avaient abouti les efforts de Grady pour marquer de son empreinte le monde des gratte-ciel et du métro ? Teddy n'aurait su le dire, essentiellement parce qu'il ne s'autorisait pas à s'attarder sur le sujet, mais il se pouvait bien qu'il ait été secrètement ravi que Grady Vetters ne soit pas devenu le grand artiste qu'il avait toujours rêvé d'être, et que les femmes qu'il avait baisées dans ces villes lointaines restent des histoires et ne soient pas là en chair et en os pour attiser le soupçon d'envie qui sommeillait en Teddy.

Ils étaient maintenant de nouveau ensemble, Grady et Teddy, fumant des cigarettes à l'arrière du Lester's, assis à l'une des tables de pique-nique installées précisément pour ça, tandis que la lumière tremblotante des étoiles passait par les trous d'épingle criblant le ciel. Grady avait raconté à son ami qu'on ne pouvait pas voir les étoiles dans certaines grandes villes tant leurs propres lumières brillaient, et Teddy avait frissonné. Il aimait ces nuits sans nuages, il aimait repérer les constellations, trouver son chemin dans les bois grâce à leur position dans le ciel. Il ne voyait pas de contradiction entre sa peur de la vastitude des villes et son aisance avec l'immensité de l'univers. Quand il voyait une étoile filante traverser le ciel, brûlant dans l'atmosphère, il regardait ensuite son meilleur ami et se disait que Grady Vetters était, de tout ce qu'il connaissait, ce qui ressemblait le plus aux étoiles filantes, et qu'il était destiné comme elles à se consumer jusqu'à n'être plus rien.

Un très faible vent agitait les guirlandes électriques qui décoraient l'arrière – et curieusement pas le devant – du bar, en vertu d'un arrêté municipal que Teddy ne comprenait pas : ce n'était pas comme si Falls End était déjà si pimpante qu'on n'aurait pas éprouvé le besoin d'ajouter un peu de couleur à sa rue principale. D'un autre côté, ça donnait à l'arrière du Lester's un air vaguement magique. Quelquefois, lorsque Teddy revenait d'une de ses expéditions dans les bois, soit comme guide, soit en chasseur solitaire, soit simplement pour fuir un moment les gens, il apercevait les lumières du Lester's scintillant entre les branches, vue qu'il associait toujours à l'idée de confort, de chaleur et d'appartenance à un lieu. Pour Teddy, les lumières arrière du Lester's signifiaient qu'il rentrait à la maison.

Grady n'aimait pas le Lester's autant que Teddy. Oh, il y passait toujours un bon moment le premier soir de son retour, bavardant avec des visages familiers et plaisantant avec le vieux Lester, qui avait toujours eu un faible pour lui parce que le patron du bar était une sorte d'artiste manqué dont les minables aquarelles étaient accrochées aux murs et toujours à vendre, bien que personne ne pût se rappeler une seule occasion où quelqu'un avait pris au mot Lester, aussi bas que fût le prix proposé. Les tableaux changeaient deux fois l'an, surtout pour faire croire que quelqu'un, quelque part, monopolisait les œuvres primitives et originales de Lester LeForge, alors qu'en réalité elles occupaient maintenant tant de place dans son garage qu'il était contraint de laisser sa voiture dans son allée. Pour Lester, Grady Vetters avait réussi : il avait montré ses toiles dans de petites galeries, il avait même fait l'objet d'une critique dans l'édition du vendredi du *New York Times* en 2006, dans le cadre d'une exposition de « peintres émergents » organisée quelque part à SoHo. Lester avait soigneusement découpé l'article, l'avait plastifié et accroché derrière le comptoir, sous une pancarte portant ces mots écrits à la main : « Un gars du coin devient célèbre dans la Grosse Pomme ! »

Jamais Grady Vetters n'avait été plus loin et Teddy avait à présent l'impression que son ami avait plutôt sombré qu'émergé, coulant peu à peu sous le poids de ses espérances déçues, de son incapacité à garder un boulot quelconque, de ses histoires d'amour avec la gnôle, l'herbe et les femmes inconvenantes, ainsi que de sa haine pour son père, qui n'avait pas faibli bien que le vieil homme eût apparemment exaucé le vœu le plus cher de son fils en mourant enfin.

Tout le monde croyait Grady Vetters plus malin que Teddy Gattle, y compris Teddy lui-même, qui savait toutefois qu'en dépit de tout ce que Grady disait du vieux Harlan et de sa dureté, de l'absence totale de sentiment du fils pour le père et vice versa, ledit fiston était encore plus mal barré maintenant que son daron était mort. Grady avait toujours voulu impressionner son père et tout ce qu'il avait réussi dans sa vie était largement dû à ce désir. Sans lui, Grady n'avait plus d'objectif parce qu'il n'avait pas assez de respect de soi et de motivation pour continuer à peindre et à dessiner par simple amour de l'art. Il était aussi condamné, pensait Teddy, à vivre en sachant que son père était mort sans se réconcilier avec son fils unique, et que la responsabilité en incombait au moins pour moitié, et peut-être pour beaucoup plus, au plus jeune des deux.

Bon Dieu, ce que Grady était de mauvais poil, ce soir-là. Kathleen Cover était au Lester's avec son mari, en compagnie de quelques potes et de leurs épouses. Kathleen et Grady avaient eu une aventure deux ans plus tôt, alors que Davie Cover combattait les bougnoules dans un endroit dont il n'aurait même pas su écrire le nom et dont il ignorait jusqu'à l'existence avant d'y avoir mis les pieds. Il peut sembler bas, voire peu patriotique, de tringler la femme d'un homme en train de servir son pays, sauf que Davie Cover était un morpion sur le cul de la vie, et que le président des Etats-Unis lui-même se serait senti tenu de sauter Kathleen Cover s'il avait connu un tant soit peu son époux. Cover était une brute et – naturellement, puisque les deux vont la plupart du temps de pair – un lâche, un type ayant la sociabilité d'un scorpion et les capacités intellectuelles d'un de ces insectes qui peuvent continuer à vivre, à un bas niveau, même quand on leur arrache la tête. Il s'était engagé dans la Garde nationale, principalement pour le vernis d'autorité que lui conférait cet uniforme de guerrier du dimanche. Puis des avions s'étaient mis à s'écraser sur des tours, et tout à coup l'Amérique avait paru être en guerre avec tous les pays dont le territoire se composait pour moitié de déserts, à l'exception notable de l'Australie. Cover s'était retrouvé séparé de celle qui était sa femme depuis six mois et la mère de son enfant, Little Davie, leur mariage n'étant pas étranger à l'existence de ce mioche. Presque tout le monde à Falls End, y compris peut-être certains membres de la famille Cover, avait éprouvé un profond soulagement quand Davie était parti, et ils étaient même quelques-uns à espérer voir son nom apparaître dans la rubrique nécrologique.

Fait étonnant, Davie Cover s'était épanoui à l'armée, dans une large mesure parce qu'on l'avait affecté à la prison, et qu'il passait la majeure partie de son temps sous l'uniforme à torturer des hommes à demi nus en leur infligeant alternativement des coups, des douches d'eau bouillante ou glacée, quand il n'était pas occupé à pisser sur leur nourriture. Il aimait tellement ça qu'il était resté là-bas neuf mois de plus et y serait peut-être encore si son enthousiasme pour les aspects hors contrat du boulot n'avait attiré sur lui l'attention de supérieurs dotés d'une conscience ou désireux de protéger leur réputation. Si bien que Davie Cover avait été renvoyé en douceur à la vie civile.

Grady Vetters et Kathleen Cover entretenaient alors une liaison discrète mais passionnée depuis près d'un an et il avait même envisagé de lui demander de partir avec lui. Elle pouvait même emmener Little Davie, parce que c'était un gosse sympa, surtout quand son père n'était pas là pour le rendre infernal. Mais Davie Cover était alors rentré au pays et Kathleen avait laissé tomber Grady comme s'il avait fourré des crabes dans son lit. Quand il avait persisté à l'accabler de ses attentions, elle avait menacé de raconter à son mari que Grady l'avait plusieurs fois draguée pendant qu'il était parti, et qu'il avait même essayé de la violer à l'arrière du Lester's. Grady avait quitté Falls End peu de temps après et n'y était pas revenu pendant près d'une année. Il n'avait tout bonnement rien compris à ce qui s'était passé entre Kathleen et lui, et à en juger par son humeur, ce soir-là, il ne comprenait toujours pas.

Teddy, lui, comprenait, parce que pour certaines choses il était plus intelligent que son ami ne le serait jamais. Teddy savait que Kathleen Cover avait Falls End dans le sang. Elle n'en partirait jamais, car le vaste monde l'effrayait presque autant que lui. Kathleen et son mari avaient plus en commun que Grady ne pouvait l'imaginer : il n'avait été pour elle qu'un moyen de passer le temps en attendant le retour de Davie. Grady avait cru être un personnage original, supérieur à ce que le mari de Kathleen pourrait jamais être – ce qui était peut-être vrai –, mais elle le détestait secrètement pour ça, et Teddy soupçonnait que le moment le plus heureux pour elle de leur liaison avait été celui où elle avait jeté Grady pour accueillir de nouveau Davie dans son lit. Si elle l'avait pu, elle aurait contraint Grady à regarder Davie la troncher pendant qu'elle lui souriait par-dessus l'épaule velue de son mari.

C'était la raison pour laquelle les deux hommes étaient dehors à l'arrière du Lester's, fumant et crachant, Grady fulminant en silence, le regard perdu dans les bois, Teddy lui tenant compagnie, attendant que Grady décide de ce qu'ils feraient ensuite, comme toujours. Teddy avait déjà préparé le terrain pour un possible abandon du Lester's, et du souvenir de Kathleen Cover, en parlant à Grady d'une fiesta chez Darryl Shiff, lequel s'y connaissait sérieusement en fiestas. Il arrondissait ses fins de mois en distillant son propre alcool à l'aide d'une paire de bidons d'huile de vingt litres, de deux autocuiseurs et quelques tuyaux de plastique et de cuivre récupérés çà et là. Darryl avait de la classe, aussi : il vieillissait sa gnôle en y ajoutant des copeaux de bois, fumés et calcinés, de façon que les sucres naturels caramélisent. Cela donnait à son produit de contrebande une couleur et un goût pour le moins particuliers, et la cuvée qu'il ferait déguster ce soir-là vieillissait déjà depuis plus d'un an.

Il y aurait donc de la gnôle à l'œil chez Darryl, ainsi que, selon la rumeur, des femmes de mauvaise vie. Grady avait besoin d'une femme plus encore que Teddy, ce qui n'était pas peu dire puisque ce dernier déambulait perpétuellement dans Falls End avec, dans le caleçon, quelque chose qui, lorsqu'il se penchait dessus, n'était pas sans lui rappeler l'Etat de Floride en miniature.

Grady souffla un rond de fumée, puis un autre, puis un troisième, en tâchant chaque fois d'insérer le suivant dans le rêve évanescent du précédent. Teddy écrasa un moustique d'une gifle sur son cou, essuya les restes ensanglantés de l'insecte à son pantalon. Une énorme femelle, sûrement. Si ça continuait comme ça, on trouverait le cadavre desséché de Teddy près du banc au petit matin, vidé de son sang transféré dans le système digestif de la moitié des moustiques femelles du Maine. Les moustiques survivant à l'hiver étaient rares aussi haut dans le Nord, ils auraient dû tous être morts. Teddy se demandait s'il n'y avait pas après tout quelque chose de vrai dans ces conneries de réchauffement climatique, mais il gardait ça pour lui : à Falls End, sortir ce genre de déclarations équivalait à faire l'apologie du communisme.

— On va rester encore longtemps ici dehors, Grady ? geignit-il. Je viens d'écraser un moustique gros comme un avion à réaction...

— Tu veux retourner dans la salle ? Vas-y, si c'est ce que tu veux.

— Pas si t'en as pas envie, toi. T'en as envie ? De retourner dans la salle, je veux dire.

— Pas vraiment.

Teddy hocha la tête.

— Ça sert à rien de te dire qu'elle en vaut pas la peine, hein ?

— Qu'elle vaut pas la peine de quoi ?

— Que tu te morfondes comme ça.

— T'as été avec elle ?

— Bon Dieu, non, répondit Teddy.

Avec une vigueur que Grady interpréta comme l'aveu que Kathleen Cover n'était pas à sa portée, ce qui était vrai. D'un autre côté, Teddy ne serait pas allé au pieu avec Kathleen même si Dieu en personne lui avait envoyé saint Michel l'Archange avec des instructions et un dessin légendé. Cette femme était tellement synonyme de mauvaises nouvelles qu'elle aurait dû se balader avec un pasteur dans son sillage et une lettre de condoléances du gouvernement. Teddy préférait encore affronter les moustiques. Avec eux, il avait au moins une chance de ne pas finir exsangue.

— Elle était extra, affirma Grady. Extra.

N'ayant pas envie d'en discuter, Teddy laissa passer quelques instants, et une autre piqûre. Putain, il serait gonflé de partout, demain. C'était à n'y rien comprendre.

— Ta sœur, ça va ? s'enquit-il.

Teddy pensait que Marielle Vetters était extra, elle, vraiment extra. Non qu'il oserait jamais l'approcher, pas tant que Grady serait en vie, et à supposer que Marielle puisse envisager quoi que ce soit avec lui, ce dont Teddy doutait. Il fréquentait les Vetters depuis si longtemps qu'il faisait presque partie de la famille, mais ce n'était pas uniquement cette longue proximité qui aurait pu faire hésiter Marielle. Teddy n'avait rien d'attirant : il était petit, gros, et avait commencé à perdre ses cheveux dès que l'adolescence avait frappé. Il vivait dans la maison de son enfance, celle que sa mère lui avait léguée dans son testament, avec cinq cent vingt-cinq dollars et une Oldsmobile Cutlass Supreme de la quatrième génération. Son garage et son jardin étaient remplis de pièces de moto et de voiture, certaines acquises légalement, d'autres non. Il réalisait des customs quand on le lui demandait, ainsi que des réparations ordinaires pour faire bouillir la marmite. Teddy était si bon mécanicien que certains motards recouraient à ses services, le payaient en liquide, en beuh ou en shit, ajoutant même en prime une de leurs femmes quand ils étaient particulièrement contents de son travail. Il avait encore un peu de leur herbe planquée chez lui ; il la gardait pour les grandes occasions, mais il était prêt maintenant à la partager avec Grady si cela pouvait les faire décarrer du Lester's.

— Ça va, répondit Grady. Mon vieux lui manque. Ils ont toujours été très proches.

— T'as du nouveau sur ce qui te reviendra ?

Teddy savait que Harlan Vetters avait réparti également ses biens terrestres entre ses deux enfants. Il n'y avait pas beaucoup d'argent sur son compte en banque, mais la maison devait valoir quelque chose, même par ces temps difficiles. C'était une immense vieille baraque, avec un vaste terrain attenant qui se perdait dans la forêt sur trois côtés, de sorte qu'il y avait peu de chances que quelqu'un s'avise de construire à proximité. Harlan l'avait en outre bien entretenue, jusqu'au bout.

— Marielle a demandé à la banque de lui prêter de quoi acheter ma part, avec la maison comme garantie, expliqua Grady.

— Et ?

— Ils en discutent encore, répondit-il, d'un ton signifiant qu'il ne voulait pas poursuivre sur le sujet.

Teddy tira une longue bouffée de sa cigarette, amenant le bout allumé au ras du filtre. Il avait entendu des rumeurs sur cette histoire parce que son vieux copain Craig Messer était fiancé à une femme qui travaillait comme caissière à la banque, et d'après cette femme, Rob Montclair Jr, dont le

père dirigeait la banque, ne pouvait pas blairer Grady Vetters et faisait tout pour que la banque ne prête pas un sou à la sœur. La raison de cette haine se perdait dans les brumes du lycée, c'était comme ça dans les petites villes : les haines hibernaient dans la terre et il ne fallait pas grand-chose, à peine un souffle printanier, pour les ranimer. Marielle aurait pu s'adresser ailleurs pour obtenir un prêt, mais Teddy était sûr qu'on commencerait par lui demander pourquoi elle n'en parlait pas d'abord à sa propre banque, et quelqu'un de l'autre banque téléphonerait à Rob Montclair Jr, ou à son papa, et la même pitoyable histoire recommencerait.
— Tu sais, Teddy, il me sort par les yeux, ce bled.
— Je m'en doute.
Teddy n'en voulait pas à son ami pour ça. Grady avait une vision différente de Falls End. Ç'avait toujours été comme ça.
— Je sais pas comment tu peux supporter de rester ici.
— J'ai nulle part où aller, argua Teddy.
— Il y a tout un monde qui attend.
— Pas des types comme moi, répondit-il.
C'était tellement vrai qu'il eut envie de mourir.
— Je veux retourner dans une grande ville, déclara Grady.
Teddy avait bien conscience que ce n'était pas une conversation entre égaux. Grady Vetters n'était pas seulement le centre de son propre univers, il était aussi une planète autour de laquelle des gars comme Teddy orbitaient, en adoration. Quant à changer de sujet de conversation, le mieux que Teddy pouvait espérer de Grady, c'était : « Assez parlé de ma personne, qu'est-ce que tu penses de moi ? »
— Quelle grande ville ? demanda Teddy.
Un peu de son ressentiment perça dans son ton, si peu que Grady ne le remarqua pas.
— N'importe laquelle. N'importe où sauf ici.
— Pourquoi tu le fais pas, alors ? Remets-toi à la peinture et l'argent viendra.
— L'argent, j'en ai besoin maintenant. Là, j'ai rien. Ça fait six mois que je dors sur un canapé ou par terre.

Première nouvelle, pour Teddy. La dernière fois qu'il en avait entendu parler, le marché de l'art ne payait pas trop mal Grady. Il avait vendu quelques tableaux et il avait des commandes en perspective.

— Je croyais que ça marchait bien, pour toi... Tu m'as dit qu'on t'avait acheté des toiles...

— Ça m'a pas rapporté beaucoup de fric et je l'ai claqué tout de suite. Quelquefois même *avant*. J'étais au fond du trou, pendant un moment.

Ça, Teddy le savait. L'héroïne le faisait flipper grave. Le hasch, on peut s'arrêter, mais avec l'héro on devient un vrai toxico, du genre qui-cherche-sa-bouffe-dans-les-poubelles-et-vend-sa-sœur-pour-trois-tunes, même si Teddy était prêt à mettre nettement plus pour Marielle Vetters.

— Ouais, mais ça va, maintenant, hein ?

— Mieux.

Il y avait dans la façon de répondre de Grady une fragilité qui réveilla la peur de Teddy pour son ami.

— Mieux qu'avant.

— C'est déjà ça, argua Teddy, ne sachant quoi dire d'autre. Je sais que Falls End, c'est pas pour toi, mais au moins, ici, t'as un toit au-dessus de la tête, un lit où pieuter et des gens qui s'occupent de toi. Si tu dois attendre un moment que l'argent tombe, vaut mieux le faire ici que par terre chez quelqu'un d'autre. Tout est relatif, mec.

— Ouais, tout est relatif. T'as peut-être raison.

Grady agrippa la nuque de Teddy et lui sourit, avec une telle tristesse dans les yeux que Teddy aurait donné un bras pour la voir disparaître. Tout reste de rancœur dû à l'égoïsme de Grady s'envola, mais il se contenta de dire :

— Alors, tu veux qu'on aille chez Darryl ? Ça sert à rien de rester ici.

Grady jeta son mégot.

— Ouais, pourquoi pas ? T'as de la beuh ? Je pourrai pas écouter les conneries de Darryl si j'ai les idées claires...

— Ouais, j'en ai. Mais j'ai pas envie de l'amener chez lui, tout sera parti avant que j'aie roulé mon premier joint. On

s'achète un pack, on va chez moi, on fume, tranquille. Quand tu te sentiras bien dans ta tête, on ira à la teuf.
— Ça marche.
Ils finirent leurs bières et laissèrent les cannettes sur le banc, longèrent le mur extérieur pour ne pas revoir Kathleen Cover et son gros con de mari. Comme ils s'étaient encore fait piquer par les moustiques en allant au pick-up de Teddy, une fois chez lui, Teddy chercha sa bouteille de lotion à la calamine tandis que Grady mettait de la musique – CSN&Y, *4 Way Street*, ça n'aurait pas pu être plus mélodieux si le Bouddha lui-même avait fait partie des chœurs –, puis Teddy apporta le sachet d'herbe, c'était de la bonne, et finalement ils n'allèrent pas à la fiesta de Darryl, ils restèrent à causer jusque tard dans la nuit, et Grady confia à Teddy des choses qu'il n'avait jamais dites à personne, notamment l'histoire de l'avion que son père et Paul Scollay avait découvert dans la forêt du Grand Nord.
— La v'là, la sol... la solution, bredouilla soudain Teddy à travers un brouillard de fumée. C'est comme ça que tu vas t'en sortir...
Il alla dans sa chambre d'un pas vacillant et Grady l'entendit fouiller dans le placard, vider des tiroirs par terre. Quand il revint, il tenait une carte de visite à la main et souriait comme si c'était un ticket gagnant du Powerball.
— L'avion, mec. Tu leur racontes, pour l'avion...

Cette nuit-là, quelqu'un laissa un message sur le répondeur de Darina Flores, le premier de ce genre jamais laissé depuis des années.
C'était parti.

14

Dans sa chambre obscure, Darina Flores perdait et reprenait tour à tour conscience. Les analgésiques ne lui convenaient pas et lui causaient des tremblements dans les jambes qui l'arrachaient au sommeil. Ils provoquaient aussi des rêves étranges. Elle n'aurait pas pu les qualifier de « terreurs nocturnes », car elle ne connaissait quasiment pas la peur, mais elle éprouvait des sensations de descente, de chute dans un grand vide, elle ressentait une souffrance qui ne lui était pas familière. Le dieu qu'elle servait était impitoyable, on ne pouvait en attendre aucun réconfort dans les moments de détresse. C'était le dieu des miroirs, le dieu des formes sans substance, le dieu du sang et des larmes. Emprisonnée dans sa souffrance, Darina comprenait pourquoi tant de gens choisissaient de croire à l'Autre Dieu, de le suivre, quoiqu'elle ne vît en lui qu'un être aussi indifférent à la souffrance que le sien. La seule véritable différence, c'était peut-être que son dieu prenait plaisir à la douleur et au chagrin.

Elle s'était toujours estimée douée d'une grande résistance à la souffrance, et elle avait pourtant peur des brûlures, auxquelles elle réagissait de manière disproportionnée à leur gravité. Une simple brûlure, mineure – l'effleurement imprudent de la flamme d'une bougie, une allumette tenue trop longtemps –, lui boursouflait la peau et lui donnait des élancements qui trouvaient un profond écho en elle. Un psychiatre aurait peut-être allégué un traumatisme de l'enfance, un accident de jeunesse, mais elle n'avait jamais parlé au moindre psychiatre, et un spécialiste de la santé mentale, quel qu'il soit, aurait été contraint de remonter plus loin qu'un souvenir d'enfance pour trouver la source de sa terreur des brûlures.

Parce que ses rêves étaient réels : elle était tombée, elle avait brûlé, et quelque chose en elle se consumait encore. L'Autre Dieu en avait décidé ainsi et elle le haïssait pour ça. Sa souffrance intérieure connaissait maintenant sa manifestation externe la plus féroce, dont l'ampleur lui était cachée par ses vêtements et le refus du garçon de la laisser se regarder dans un miroir.

Barbara Kelly l'avait finalement surprise. Qui aurait pensé qu'elle se révélerait aussi faible et cependant aussi forte, qu'elle chercherait à la fin son salut en se tournant vers l'Autre Dieu, infligeant ainsi de tels dommages à la femme envoyée pour la châtier ? Beauté maintenant enfuie, pensait-elle, cécité temporaire d'un œil, avec possibilité de troubles durables de la vision causés par le marc de café collant à sa pupille. Elle aurait voulu se défaire de son corps comme le serpent se coule hors de sa peau, ou comme l'araignée laisse son ancienne carapace se dessécher. Elle ne voulait pas être prisonnière d'un corps défiguré. Dans l'obscurité de sa douleur, elle savait que c'était parce qu'elle ne voulait pas voir la corruption de son esprit reflétée par son apparence extérieure.

Chaque fois qu'elle s'éveillait, elle découvrait le garçon à son chevet, ses yeux de vieux semblables à des étangs pollués posés sur la pâleur de sa peau. Il n'avait toujours pas prononcé un mot. Bébé, il pleurait rarement ; enfant, il n'avait jamais parlé. Les médecins qui l'examinaient, choisis pour leur loyauté, leur dévouement à la cause, ne trouvaient aucune tare physique expliquant ce silence et jugeaient ses capacités mentales bien au-dessus de la moyenne pour son âge. Quant à son goitre, il les préoccupait et ils avaient envisagé une ablation. Elle s'y était opposée. Cette difformité faisait partie de lui. Il l'avait toujours eue. Après tout, c'était grâce à ce goitre qu'elle avait su que c'était lui. Elle avait toujours pensé que c'était possible quand elle l'avait senti donner des coups de pied dans son ventre. Le sentiment de sa présence s'était diffusé en elle comme s'il l'avait prise dans ses bras, comme s'il avait été en elle davantage comme un amant que comme un enfant à naître. Ce sentiment s'était intensifié pendant les deuxième et troisième trimestres de sa grossesse, jusqu'à devenir presque oppressant, telle une tumeur dans ses entrailles. L'expulser avait été un soulagement. Puis elle l'avait regardé lorsqu'on l'avait mis dans ses bras et ses doigts avaient suivi le contour des lèvres de l'enfant, de ses oreilles, de ses mains délicates, ils s'étaient arrêtés sur le renflement de sa gorge. Elle avait plongé ses yeux dans les siens et, du fond de leur noirceur, il lui avait rendu son regard, vieille créature ressuscitée dans un nouveau corps.

Il était maintenant près d'elle, il lui caressait la main tandis qu'elle gémissait sur les draps humides de sueur. Pendant qu'ils en finissaient avec Barbara Kelly, Darina avait pensé à se faire soigner, mais le médecin soumis le plus proche se trouvait à New York et il lui avait fallu du temps pour venir. Curieusement, elle n'avait pas souffert autant qu'elle le redoutait, pas au début. Elle attribuait cela à sa rage contre la garce qui s'était retournée contre elle. Puis, à mesure que la vie de Kelly s'écoulait lentement d'elle, des plaies infligées par leurs lames et leurs doigts, la douleur de Darina avait semblé croître, et lorsque Kelly était enfin morte, cette douleur avait jailli, rouge et hurlante.

Brûlures au deuxième degré : c'était le diagnostic du médecin. Plus profondes, elles auraient gravement endommagé les nerfs – ce qui aurait au moins atténué la douleur, avait-elle pensé. Des greffes seraient peut-être nécessaires, mais le docteur avait décidé de suspendre cette décision jusqu'à ce que la guérison soit entamée. Il y aurait inévitablement des cicatrices, avait-il déclaré, en particulier autour de l'œil touché, et une importante contracture de la paupière lorsque la cicatrisation commencerait. C'était son œil qui la faisait le plus souffrir : comme si on enfonçait des aiguilles dedans, jusqu'au cerveau.

On avait recouvert cet œil d'un pansement qui resterait en place, même après qu'on aurait enlevé tous les autres. Déjà sa peau se boursouflait gravement. On lui avait donné du collyre pour son œil, ainsi que des gouttes antibiotiques. Le garçon s'occupait de tout, il mettait de la pommade sur son visage ravagé, et le médecin qui venait la voir chaque jour le félicitait de ses efforts, tout en évitant de trop s'approcher de lui. L'homme plissait le nez quand il sentait la faible odeur qui émanait de l'enfant malgré les nombreuses douches qu'il prenait et la propreté de ses vêtements. Le pire, c'était son haleine : elle empestait le pourri. Si Darina s'y était habituée, à la longue, elle lui était toujours désagréable.

Mais enfin c'était un garçon peu ordinaire, essentiellement parce que ce n'était pas vraiment un garçon.

— M... mal, balbutia-t-elle.

Elle avait encore des difficultés à parler. Si elle remuait plus que légèrement la bouche, ses lèvres saignaient.

Le garçon qui était plus qu'un garçon enduisit ses doigts de gel et l'appliqua doucement sur les lèvres de Darina. Il approcha d'elle une bouteille en plastique avec une paille fichée dans le bouchon, glissa la paille dans la partie indemne de la bouche de Darina, pressa pour lui donner à boire. Elle hocha la tête quand elle eut fini.

— Merci, murmura-t-elle.

Il lui caressa les cheveux. Une larme coula de l'œil intact. Elle avait l'impression que son visage était en flammes.

— La garce. Regarde ce que cette garce m'a fait.

Et :

— Je suis brûlée, mais elle brûle elle aussi, et sa souffrance sera plus grande et plus longue que la mienne. La garce, la salope !

Comme elle n'avait pas droit à d'autres calmants avant deux heures, il alluma la télévision pour la distraire. Ensemble, ils regardèrent quelques dessins animés, une émission comique et un film d'action idiot pour lequel elle n'aurait pas perdu une once de son temps en d'autres circonstances. La nuit passa, le soleil se leva. Darina vit la lumière changer par la fente séparant les doubles rideaux. Après lui avoir donné une autre pilule, le garçon mit son pyjama et, quand il la vit sur le point de s'endormir, il se coucha en rond au pied du lit, la tête sur un oreiller, un édredon couvrant uniquement la partie inférieure de son corps. Elle sentit ses yeux commencer à se fermer et se prépara à échanger la douleur réelle contre son souvenir.

Du sol, le garçon l'observait, insondable dans son étrangeté.

Les messages s'accumulaient, pour la plupart des broutilles. Le garçon en prenait néanmoins soigneusement note et les transmettait à Darina quand elle était suffisamment éveillée pour comprendre ce qu'il lui montrait. Les tâches mineures étaient remises à plus tard, les tâches plus importantes confiées à d'autres. Elle concentra toute sa volonté sur sa guérison. Il y avait de quoi faire.

Toutefois, malgré la sollicitude du garçon et l'attention qu'il accordait au téléphone de Darina, certains messages ne furent pas immédiatement considérés. Le garçon n'avait pas accès à l'ancienne messagerie de Darina Flores : elle existait avant qu'il soit né et elle n'avait jamais eu de raison de lui en parler. De toute façon, cela faisait des années qu'aucun contact n'avait été pris par ce numéro.

Il se trouva donc qu'un message demandant si elle s'intéressait toujours aux informations concernant un avion qui serait tombé dans la forêt du Grand Nord ne fut pas écouté avant quelques jours, ce qui fit gagner un peu de temps.

Un peu seulement.

15

Je téléphonai à Gordon Walsh, un inspecteur attaché maintenant à la brigade criminelle de la police du Maine pour la partie sud de l'Etat, à Gray. Il était pour moi ce qui se rapprochait le plus d'un ami chez les flics de l'Etat, bien qu'il eût été exagéré de parler de véritable amitié entre nous. Si Walsh était mon ami, c'est que j'étais encore plus seul que je ne le croyais. En fait, s'il était l'ami de *n'importe qui*, cette personne était encore plus seule qu'elle ne l'imaginait.

— Vous appelez pour avouer un crime ? m'asséna-t-il d'emblée.

— Tout pour maintenir votre remarquable taux d'arrestations. Vous avez quelque chose de particulier que vous voudriez que j'avoue, ou je me contente de signer un formulaire vierge et je vous laisse le soin de remplir les blancs ?

— Vous n'aurez même pas à écrire votre nom, il y est déjà. Signez simplement d'une croix, on se charge du reste.

— Je vais y réfléchir. Si vous me donniez d'abord un coup de main, ça pourrait m'encourager à prendre la bonne décision. Vous avez des copains à la Crim du New Hampshire ?

— En tout cas, j'en aurai moins si je vous branche sur eux. Vous êtes la formule vivante du solde négatif en matière d'amitié.

J'attendis. Je savais attendre. Finalement, je l'entendis soupirer.

— D'accord, je vous écoute.

— Kenny Chan. Tué dans sa maison de Bennington en 2006.

— Il est mort comment ?
— Cassé et plié en deux dans son coffre-fort.
— Ouais, ça y est, je m'en souviens. Il y avait eu une série de cadavres fourrés dans des coffres, à l'époque. On lui avait volé quoi ?
— Seulement sa *joie de vivre*[1]. Le meurtrier a laissé l'argent dans le coffre avec son propriétaire.
— Vous avez retrouvé les noms des inspecteurs chargés de l'affaire, je suppose ?
— Nalty et Gulyas.
— Ouais, Helen Nalty et Bob Gulyas. Nalty ne vous dira rien. C'est le genre monacal et elle est sur les rangs pour devenir CUS...
Autrement dit « commandant d'unité en second ».
— Gulyas a pris sa retraite, poursuivit Walsh. Je le connais un peu. Il vous parlera peut-être si vous ne l'interrompez pas. Il n'est pas aussi patient que moi. Ce sera le marché habituel : si vous trouvez quelque chose d'utile...
— Je l'en informe immédiatement et il le murmure à une oreille compréhensive, achevai-je. Et si j'ai des ennuis, je ne prononce pas son nom... Je vous revaudrai ça, Walsh.
— Vous pouvez le faire tout de suite.
— Allez-y.
— Perry Reed.
— Le garagiste. J'ai vu les infos. Pourquoi il vous intéresse ?
— J'ai entendu dire que deux membres de la bande de motards des Saracens se seraient récemment fait braquer au cours d'une livraison de dope. C'est une tragédie, naturellement, et ils se sont curieusement abstenus de porter plainte, mais d'après les rumeurs, l'un des types qui les ont dépouillés était noir, l'autre blanc, ou légèrement basané. Des gars très polis. Ils disaient « Merci », « S'il vous plaît », et l'un des deux aurait même utilisé la formule « N'y voyez aucune agressivité de notre part... ». Il a même complimenté un des Saracens pour son goût en matière de bottes. La quantité et la qualité

---

1. En français dans le texte original.

des stupéfiants en question ressemblent beaucoup à ce nous avons retrouvé dans les voitures de Perry Reed et de ses hommes.

— Reed a braqué les Saracens... Pas très avisé, ça.

— Reed n'a *pas* braqué les Saracens. Il n'a pas non plus mis le feu à son garage et à son bar topless, même si on a retrouvé de l'éthanol sur les lieux. Je crois qu'il a été victime d'un coup monté et que les photos pornos d'enfants sont juste la cerise sur le gâteau. En plus, le signalement, quoique sommaire, des deux lascars qui ont taxé les Saracens me rappelle quelque chose qui pointe dans votre direction...

— Perry Reed est un dealer ? demandai-je.

— Oui.

— Perry Reed est un proxo ?

— Oui, et un trafiquant de femmes. Et il est soupçonné de viol, notamment sur mineures : on dit que lui et ses potes dressent les filles avant de les refiler.

— Il exerce ses talents depuis combien de temps ?

— Des années. Des dizaines d'années.

— Maintenant, vous l'avez coincé. Où est le problème ?

— Vous le savez parfaitement. Je veux qu'il aille en taule pour ce qu'il a fait, pas pour ce qu'il n'a *pas* fait.

— Je ne sais que ce que j'ai entendu dire.

— A savoir ?

— La drogue était de toute façon destinée à Reed, il se sert toujours d'intermédiaires pour recevoir les livraisons. Il paraît aussi que si vous obtenez l'autorisation du tribunal de consulter les relevés des numéros retrouvés sur les portables, vous découvrirez que Perry Reed et Alex Wilder étaient tous deux en contact avec des trafiquants de mineures, pour la plupart chinoises et vietnamiennes, même s'ils avaient aussi de la place pour les Thaïlandaises et les Laotiennes...

— Et le flingue ? Vous savez quelque chose que j'ignore à son sujet ?

— Juste ce que j'ai lu dans le journal. Crosse de nacre. Classieux, tant qu'on ne vous voit pas en public avec ça dans la main.

— Le garage et le bar topless ?

— On dirait un incendie criminel, mais je ne suis pas expert.
— Et la porno pédophile ?
— On l'a trouvée chez lui et il a la réputation d'aimer ça.

Walsh garda un moment le silence avant de reprendre :

— J'ai quand même l'impression que quelqu'un a délibérément cherché à expédier Perry Reed en prison pour de longues années. Et Alex Wilder.

Je lui donnai quelque chose : pas beaucoup, mais suffisamment.

— Ils ne violaient peut-être pas seulement de jeunes Asiatiques mortes de peur...

Un bruit de papier me fit comprendre que Walsh prenait bonne note.

— Voilà avec quoi je me retrouve : ce n'est pas légal, mais c'est juste ?

— Vous aimeriez mieux l'inverse ? répliquai-je.

Il émit un grognement, ce qui ressemblait le plus chez lui à une forme d'acquiescement.

— Bon. Je préviens Bob Gulyas qu'il va recevoir un coup de fil.

— Merci.

— Ouais, c'est ça. Une dernière chose : je ne plaisantais pas, pour le formulaire avec votre nom dessus. Si ce n'est pas moi qui l'ai, c'est quelqu'un d'autre. Simple question de temps... Oh, et toutes mes amitiés à vos amis.

Je laissai un message sur le répondeur de Bob Gulyas, qui me rappela dans l'heure. Au cours d'une conversation de vingt minutes pendant laquelle il devint clair qu'il en savait plus sur moi que je ne l'aurais souhaité – ce qui suggérait que Walsh l'avait dûment briefé –, Gulyas me confia tout ce qu'il savait – ou était prêt à partager – sur le meurtre de Kenny Chan.

Un vent violent avait déclenché le système d'alarme de la maison de Chan et sa société de gardiennage n'avait pas réussi à le joindre. Sa copine, dont le nom figurait également sur la liste des possesseurs de clés, n'avait pas de nouvelles de lui depuis cinq jours, et c'était elle qui avait découvert le corps. Le meurtrier avait pris la peine d'écrire la combinaison au rouge à lèvres sur le coffre, ainsi que le nom de Kenny Chan, ses dates de naissance et de mort.

— Vous pensez qu'il y avait une femme dans le coup ? demandai-je.

— On a retrouvé du maquillage et des vêtements de la copine dans un tiroir de la chambre de Chan, mais le rouge à lèvres ne correspond pas. Alors, à moins que le type qui l'a tué n'ait été du genre à se balader avec un tube de rouge à lèvres dans la poche, ouais, on a pensé à une femme.

— Et la copine ?

— Cindy Keller. Mannequin. Elle avait une séance photo à Las Vegas, elle est rentrée la veille de la découverte du corps. Comme Chan était déjà dans le coffre depuis deux jours, on ne pouvait pas la soupçonner.

— Apparemment, il était poursuivi par la poisse, ce Kenny Chan, remarquai-je. D'abord sa femme, puis son associé. Avec pour seule consolation l'argent que lui avait rapporté la vente de sa société. Enfin, c'est toujours mieux que d'être à la fois pauvre et affligé.

Gulyas s'esclaffa.

— Oh, on s'est occupé sérieusement de Chan quand Felice s'est fait descendre, mais il n'y avait rien pour le lier à la tuerie de la station-service, en dehors de fortes présomptions. Oui, son associé empêchait la vente de la société, oui, sa mort était un coup de bol pour Chan, mais s'il a tout organisé, il l'a fait à la perfection. Ce mec était si nickel que même sa merde reluisait.

— Et sa femme ?

Cette fois, Gulyas ne rit pas.

— Elle est morte sur la 101, près de Milford. Sa voiture aurait dérapé, heurté des arbres et pris feu.

— Des témoins ?

— Aucun. C'était tard dans la nuit, sur une portion de route peu fréquentée.

— A quelle heure ?

— 2 heures et demie du matin.
— Qu'est-ce qu'elle faisait dehors près de Milford à 2 heures et demie du matin ?
— On n'a jamais eu de réponse à cette question. On a pensé qu'elle avait peut-être une liaison, mais ce n'était qu'une supposition. Si elle couchait, elle le cachait bien.
— Il ne reste au total qu'un grand mystère à trois têtes ?
— Je vais vous dire, monsieur Parker. J'ai subodoré la même chose que vous, mais on nous a conseillé de laisser tomber. La consigne est venue d'en haut, et ça disait « Pas touche ».
— Parce que la société de Chan avait été intégrée au ministère de la Défense...
— Exactement.
— Et Pryor Investments ?
— Je les ai rencontrés deux fois. La première, peu après la mort de Chan, parce qu'on avait trouvé un tas de papiers relatifs à ses opérations avec Pryor dans un coffre de dépôt d'une banque de Boston.
— Pas dans son propre coffre ?
— Non.
— Curieux.
— Ouais.
— Quelque chose d'intéressant, dans ces papiers ?
— Je n'ai rien remarqué. Ils avaient l'air tout à fait légaux, mais ce que je connais des affaires et des investissements, on pourrait l'écrire sur un timbre-poste.
— Vous vous êtes rendu au siège de Pryor ?
— Et je me suis fait envoyer sur les roses par deux cadres. Oh, très aimables, mais ils ne nous ont rien dit.
— Et la seconde visite ?
— La mort de Chan nous a conduits à réexaminer le meurtre de Felice et à reconsidérer l'accident ayant causé la mort de la femme de Chan. Le nom de Pryor est de nouveau apparu.
— Qu'est-ce qui s'est passé ?
— D'autres cadres, même résultat. On a même rencontré le grand patron en personne, Garrison Pryor. Il a prononcé des

mots comme « tragédie », « regrettable », sans jamais donner l'impression de savoir ce qu'ils signifiaient. Peu de temps après, le « secret défense » a été invoqué, et ça s'est arrêté là. De toute façon, c'était pas comme si on n'avait aucune autre affaire importante en cours, et il faut apprendre à s'effacer, temporairement ou définitivement. Vous avez été flic. Vous avez appris cette leçon ?
— Non.
— Bravo. C'est pour ça que Walsh a dit que je devais vous parler. On a terminé ?
— Je crois.
— Je peux vous demander de quoi il retourne ?
— Pas encore. Je peux juste vous promettre que ce sera pour plus tard. Si je trouve quelque chose que vous pourrez transmettre, je vous en informerai.
— J'en prends bonne note.
— Très bien. Merci d'avoir accepté de me parler.
— Vous parler ? Mon vieux, je ne vous ai pas dit un mot.
Et Gulyas raccrocha.

16

Aurais-je pu me tenir à l'écart de l'histoire de Marielle Vetters, aurais-je pu laisser l'avion tombé dans la forêt du Grand Nord s'enfoncer dans le sol, aspiré – s'il fallait en croire les défunts Harlan Vetters et Paul Scollay – par la nature elle-même ? Peut-être, mais j'étais sûr que cela reviendrait me hanter, et pour plusieurs raisons : le fait de savoir que l'avion était là-bas, ma curiosité concernant la liste de noms que Vetters avait prise dans l'épave, l'implication de Brightwell dans les recherches. Cela surtout signifiait que l'avion faisait partie de la structure de ma vie, et qu'il s'y trouvait peut-être un indice sur le jeu plus vaste qui se jouait autour de moi, et dans lequel j'étais plus qu'un pion mais moins qu'un roi.

Angel et Louis aussi avaient décidé de s'impliquer, car Brightwell avait tué la cousine de Louis, et tout ce qui concernait les Croyants et leur héritage les intéressait. Louis, de plus, avait une aptitude illimitée à la vengeance.

Il existait cependant quelqu'un d'autre qui avait été intimement mêlé au problème de Brightwell et des Croyants, quelqu'un qui en savait plus que quiconque sur les corps qui pourrissaient sans mourir et sur les esprits qui transmigraient, plus encore peut-être qu'il n'avait bien voulu l'admettre devant moi. Il s'appelait Epstein et c'était un rabbin, un père éploré et un chasseur d'anges déchus.

J'appelai un numéro de New York afin d'arranger un rendez-vous avec lui le lendemain soir.

Le *diner* kascher se trouvait dans Stanton, entre un *delicatessen* – très prisé par les mouches, si l'on en croyait le nombre de petits cadavres noirs gisant dans la vitrine – et un tailleur qui ne couperait manifestement jamais de tissu synthétique, à moins d'y être expressément convié... par la torture par exemple. Epstein était déjà installé dans le restaurant à mon arrivée, comme me le révéla la présence devant la porte d'un de ses gardes du corps. Celui-là ne portait pas de kippa, mais il correspondait au profil : jeune, brun, juif, solide construction de briques et de protéines. Il devait également être armé, ce qui expliquait pourquoi sa main droite était profondément enfoncée dans la poche de son caban alors que la gauche ne l'était pas. Epstein ne portait pas d'arme, au contraire de tous ceux qui l'entouraient et assuraient sa sécurité. Le jeune ne parut pas surpris de me voir approcher, probablement parce que j'étais passé devant un de ses potes, deux rues plus haut, qui s'était assuré que personne ne me suivait. De mon côté, j'avais demandé à Angel de rester à une centaine de mètres derrière moi, et à Louis de le suivre sur le trottoir d'en face. Epstein et moi fournissions de ce fait un emploi rémunéré à quatre personnes au moins et participions ainsi à la bonne marche du capitalisme.

Le restaurant était tel que j'en avais gardé le souvenir après ma dernière visite : à droite, un long comptoir en bois sous lequel s'étirait une série de vitrines offrant d'ordinaire des sandwichs bien garnis et quelques spécialités originales – langue de bœuf à la polonaise sauce raisins secs, choux farcis, foies de volaille sautés au vin blanc –, mais vides pour le moment ; le long du mur gauche, quelques petites tables rondes dont une supportait un trio de bougies à la flamme tremblotante fichées dans un chandelier d'argent ouvragé. Le rabbin Epstein y était assis, inchangé lui aussi. Il m'avait toujours fait l'impression d'avoir été vieux avant l'âge, et le nombre de ses années s'était simplement accru sans trop l'altérer. Seule la mort de son fils, un jeune homme mis à mort par ceux qui partageaient les convictions de Brightwell et de ses acolytes, voire leur nature, avait peut-être ajouté quelques fils blancs dans sa chevelure et de fines rides sur son visage.

Epstein se leva pour me serrer la main. Il était élégamment vêtu d'un léger costume de soie noire, d'une chemise blanche et d'une cravate noire soigneusement nouée, en soie elle aussi. Il faisait encore anormalement chaud pour la saison et la climatisation du restaurant ne marchait pas. Si j'avais porté une tenue semblable à celle d'Epstein avec cette chaleur, j'aurais laissé une flaque de sueur sur ma chaise, mais la main du rabbin était sèche au toucher et il n'y avait pas une trace de transpiration sur son visage. Moi, je pouvais sentir ma chemise collée à mon dos sous ma veste sport en laine bleue.

De l'arrière du *diner*, une femme s'approcha, brune et silencieuse : la sourde-muette qui était également présente lorsque Epstein et moi avions fait connaissance, des années plus tôt. Elle posa devant chacun de nous un verre d'eau glacée et quelques brins de menthe en m'observant avec ce qui ressemblait à de l'intérêt. Je la regardai s'éloigner. Elle était vêtue d'un jean noir trop grand serré par une ceinture autour de sa taille mince et d'un corsage noir. Sur son dos hâlé, ses cheveux pendaient en une tresse attachée par un ruban rouge. Comme à notre dernière rencontre, elle sentait le clou de girofle et la cannelle.

Si Epstein remarqua la direction de mon regard, il ne le montra pas. Il tripota les brins de menthe, les trempa dans son verre, remua l'eau avec une cuillère. Les couverts d'argent disposés sur la table laissaient deviner qu'on nous servirait bientôt à manger. C'était la façon dont Epstein aimait conduire ses affaires.

Il semblait distrait, presque contrarié.

— Ça va ? m'enquis-je.

D'un geste de la main, il écarta la question.

— Un regrettable incident en venant, rien de plus. Je me rendais à la *shul* de Stanton Street quand un homme qui n'était pas beaucoup plus jeune que moi m'a traité au passage de « sale *mockey*[1] ». Cela faisait longtemps que je n'avais pas entendu quelqu'un utiliser ce terme. Ça m'a troublé : l'âge de cet homme, l'obsolescence de l'insulte... C'était comme retourner à une autre époque.

---

1. Argot daté pour « youpin ».

Il se ressaisit, s'étirant comme si le souvenir de l'injure était une gêne physique qu'il pouvait chasser de son corps.
— Enfin, l'ignorance n'a pas de date de péremption, conclut-il. Cela faisait longtemps que nous ne nous étions pas vus, monsieur Parker. Vous avez été très occupé, semble-t-il, depuis notre dernière rencontre. Je continue à suivre votre divertissante carrière avec intérêt.

Je soupçonnais que ce qu'Epstein savait à mon sujet, il ne l'avait pas glané dans les journaux. Il possédait ses propres sources, notamment un nommé Ross, chef de l'antenne du FBI à New York. Entre autres responsabilités, il s'occupait de tenir à jour un dossier qui portait mon nom et qui avait été ouvert après la mort de ma femme et de mon enfant. Un autre serait peut-être devenu parano ; moi, je m'efforçais de penser combien c'est bon de se sentir désiré.

— J'espère que ça vous a rassuré, répondis-je.
— Oh, j'ai cherché à vous aider ici et là, vous le savez.
— Votre aide a failli me faire tuer.
— Songez plutôt que cela vous a permis de connaître de ces expériences qui vous chamboulent une vie.
— Je continue à tenter d'éviter celle qui la chamboule le plus : la mort.
— Et vous y parvenez, à ce que je vois. Vous êtes là, vivant et en bonne santé. J'attends avec impatience de connaître la raison de votre venue, mais d'abord, mangeons. Liat nous a préparé quelque chose, je crois.

Bien qu'elle n'ait pas pu l'entendre, la dénommée Liat sortit de la cuisine à cet instant précis, portant un plateau de choux farcis et de *derma*, un assortiment de poivrons piquants et doux, trois sortes de *knishes* et deux bols de salade. Elle approcha une autre table de la nôtre afin que nous ayons plus de place pour manger.

— Pas de poisson, dit Epstein en se tapotant la tempe. Je me souviens de ces détails.
— Mes amis pensent que je suis phobique.
— Nous avons tous nos particularités. J'ai connu autrefois une femme qui s'évanouissait si on coupait une tomate

devant elle. Je n'ai jamais pu découvrir s'il y avait un terme médical correspondant. Le plus près que j'aie trouvé, c'est la « lachanophobie », qui semble être une peur irrationnelle des légumes. Je dois avouer qu'il m'est arrivé de m'en servir pour éviter de manger des brocolis.

Liat revint avec une bouteille de sauvignon blanc Goose Bay, remplit nos deux verres, puis un troisième pour elle. Elle l'emporta pour aller s'asseoir sur le comptoir, les jambes croisées devant elle. Elle posa un livre sur son giron, *La Part du feu*, de Norman Maclean. Elle ne mangea pas. Elle ne lut pas non plus, bien qu'elle tînt le livre ouvert devant elle. Elle observait mes lèvres, et je me demandai quel rôle elle tenait dans ce jeu particulier d'Epstein.

Je goûtai le vin. Il était bon.

— Kascher ? dis-je, sans parvenir à dissimuler totalement ma surprise.

— Vous serez pardonné pour avoir pensé le contraire, car il est particulièrement agréable à boire, mais, oui : il vient de Nouvelle-Zélande.

Nous mangeâmes en parlant de nos familles et des problèmes du monde, en évitant soigneusement les sujets plus sombres jusqu'à ce que Liat vienne débarrasser la table et apporter le café, avec un petit pot de lait pour moi. Je sentais qu'elle gardait les yeux fixés sur mes lèvres, ne s'efforçant même plus de ne pas me regarder. Je remarquai qu'Epstein s'était tourné légèrement pour qu'elle pût voir plus facilement ses lèvres en même temps que les miennes.

— Bon, pourquoi êtes-vous ici ? attaqua-t-il.

— Brightwell.

— Brightwell est... parti, répondit-il, laissant l'ambiguïté du mot suspendue entre nous.

« Parti », non pas « mort » : Epstein connaissait mieux que quiconque la nature de Brightwell.

— Pour le moment ? dis-je.

— Oui. Nous serions peut-être parvenus à une solution définitive si vous ne l'aviez pas abattu.

— La solution provisoire n'en a pas moins été satisfaisante.

— Je n'en doute pas. Comme écraser une punaise sous son talon, jusqu'à ce qu'elle recommence à trottiner. Enfin, ce qui est fait est fait. Pourquoi me reparlez-vous de lui maintenant ?

Je lui racontai l'histoire que Marielle Vetters m'avait transmise, en n'omettant que les noms des personnes impliquées et toute référence à la bourgade où elles vivaient.

— Un avion, fit Epstein, songeur, quand j'eus terminé. Je n'ai rien entendu dire au sujet d'un avion. Il faut que je me renseigne. D'autres sont peut-être au courant. Qu'est-ce que vous avez encore ?

J'avais fait une photocopie de la liste de noms que Marielle m'avait remise.

— Le père de cette femme a pris cette liste dans l'avion, dis-je en faisant glisser la photocopie vers lui. Elle se trouvait parmi d'autres, dans une sacoche, sous le siège d'un des pilotes. D'après sa fille, il a laissé le reste dans l'épave.

Epstein tira d'une de ses poches ses lunettes à monture métallique, en accrocha soigneusement les branches à ses oreilles. Il avait une façon de se faire plus frêle qu'il ne l'était réellement, toute une panoplie de plissements d'yeux et de grimaces. C'était un jeu qu'il jouait même avec ceux que son manège n'abusait pas. Peut-être était-ce devenu une simple habitude, ou peut-être ne parvenait-il plus à distinguer la tromperie de la réalité.

Epstein n'était pas de ceux qui ont tendance à montrer leur étonnement. Il connaissait trop ce monde, et suffisamment celui d'après, pour que l'un ou l'autre garde encore beaucoup de secrets pour lui. Cette fois-là pourtant, il écarquilla les yeux derrière les verres grossissants et ses lèvres remuèrent comme s'il se répétait les noms en une sorte de litanie.

— Ces noms vous disent quelque chose ?

Je ne lui avais pas encore parlé de Kenny Chan, ni du sort de son épouse et de son ancien associé. Non parce que je ne lui faisais pas confiance, mais parce que je ne voyais aucune raison de lui révéler tout ce que j'avais appris avant d'avoir reçu quelque chose en échange.

— Peut-être, répondit-il. Celui-là.

Il tendit un doigt vers le milieu de la liste, sous le nom de Calvin Buchardt.

— Il a œuvré discrètement pendant de nombreuses années pour diverses associations de gauche. Notamment la Ligue américaine des droits du citoyen, Searchlight, la Ligue américaine pour la défense des personnes de couleur, ainsi que des mouvements d'émancipation d'Amérique centrale et du Sud. Le type même de l'homme blanc doté d'une conscience.

— Je ne l'ai trouvé dans aucune de mes recherches.

— Vous l'auriez peut-être trouvé si vous aviez cherché « Calvin Book ». Quelques personnes seulement connaissaient son vrai nom.

— Pourquoi ce secret ?

— Il a toujours prétendu que c'était pour se protéger, mais c'était aussi un moyen de se distancier de son héritage familial. Son grand-père, William Buchardt, était un néo-nazi de l'espèce la plus virulente : un partisan de la politique de conciliation avec l'Allemagne dans sa jeunesse, un allié des ségrégationnistes, des homophobes et des antisémites pendant toute sa vie. Edward, le père de Calvin, rompit tout lien avec le grand-père à sa majorité, et Calvin alla plus loin encore en soutenant discrètement des institutions auxquelles son grand-père aurait mis le feu. Il fut aidé en cela par la fortune familiale.

— Alors, qu'est-ce qu'il fait sur cette liste ?

— Je pense que la réponse se trouve dans la façon dont il est mort : on l'a retrouvé asphyxié dans un garage de Mexico. Au final, Calvin ressemblait plus à son grand-père qu'à son père : il avait trahi ses amis et leurs causes pendant des dizaines d'années. Dirigeants syndicaux, militants pour les droits civiques, avocats : tous vendus à leurs ennemis par Calvin Buchardt.

— Vous voulez dire qu'il s'est suicidé dans un accès de remords ?

Epstein reposa soigneusement sa cuillère à café.

— Il a sans doute éprouvé des remords vers la fin, mais il ne s'est pas tué. Il était attaché au siège de sa voiture, on lui avait coupé la langue, arraché toutes les dents et sectionné l'extrémité des doigts. Il avait commis l'erreur de trahir des lions en même temps que des agneaux. Officiellement, son cadavre n'a jamais été identifié. Officieusement...

Il reporta son attention sur la liste, eut un petit *tss-tss* de dégoût.

— Davis Tate...
— Celui-là, je sais des choses sur lui, déclarai-je.
— Le prédicateur de l'intolérance et de la calomnie, commenta Epstein. Il prône la haine, mais, comme la plupart de ses semblables, il manque de cohérence logique, de ligne directrice. Il est farouchement anti-islamique, mais il se méfie néanmoins des juifs. Il hait le président des Etats-Unis parce qu'il est noir, mais il n'a pas le courage de se déclarer franchement raciste. Il se prétend chrétien, mais le Christ l'aurait désavoué. Les types comme lui devraient être poursuivis pour incitation à la haine, mais les gens au pouvoir sont plus préoccupés par un téton dévoilé pendant le Superbowl. La peur et la haine sont une bonne monnaie, monsieur Parker. Elles apportent des voix aux élections.

A mon tour, je pointai un doigt sur un des noms de la liste :

— Cette femme, Solene Escott, était mariée à un nommé Kenny Chan, expliquai-je. Les chiffres inscrits à côté de son nom correspondent aux dates de sa naissance et de sa mort. Elle a péri dans un accident de voiture, mais l'avion s'est abattu avant, pas après sa mort. C'était un meurtre prémédité. Brandon Felice, un peu plus bas dans la liste, était l'associé de Kenny Chan. Il a été tué pendant le braquage d'une station-service peu de temps après la mort d'Escott. Les voleurs n'avaient aucune raison de l'abattre : ils étaient masqués, ils avaient l'argent.

— « Refusé », lut Epstein à côté du nom de Felice. Et c'est un « T », après ce mot ?

— On dirait.
— Qui signifie ?
— « Terminé » ? suggérai-je.
— Peut-être. Probablement. Le mari vit encore ?

— On l'a fourré dans son coffre-fort pour l'y laisser pourrir, en compagnie de son bel argent.

— Vous avez une hypothèse ?

— Kenny Chan a payé pour faire assassiner sa femme et son associé, mais le contrat passé s'est finalement retourné contre lui.

— Justice immanente, peut-être. Vous dites que sa femme s'est tuée dans un accident ?

— Les accidents, on peut les provoquer, et il n'y avait pas de témoins. Que savez-vous d'une société appelée Pryor Investments ?

— Il me semble avoir lu ce nom quelque part, mais c'est tout. Pourquoi ?

— Pryor était mêlée de près à la vente de la société de Kenny Chan. Les policiers enquêtant sur la mort de Chan ont été dissuadés d'importuner Pryor. Apparemment, Chan avait des liens avec le ministère de la Défense.

— D'accord... Je vais voir ce que je peux trouver, promit Epstein.

Il plia soigneusement la liste, la glissa dans la poche intérieure de sa veste et se leva.

— Où comptez-vous dormir cette nuit ? me demanda-t-il.

— Walter Cole, mon ex-coéquipier, m'a offert l'hospitalité.

— Je préférerais que vous restiez ici. J'aurai peut-être besoin de vous joindre d'urgence et ce sera plus facile si vous restez avec Liat. Elle a un appartement en haut. Tout à fait confortable, je vous assure. L'un de mes hommes demeurera à proximité, au cas où. Je présume que vous avez assuré vos arrières ?

Epstein connaissait Angel et Louis.

— Mes amis sont dehors, confirmai-je.

— Laissez-les se mettre au lit, vous n'aurez pas besoin d'eux. Vous serez en sécurité, je vous en donne ma parole.

J'appelai Angel avec mon portable, lui expliquai la proposition d'Epstein.

— Ça te va ? me demanda-t-il.

Je regardai Liat, elle me regarda.

— Je crois que je peux me faire une raison, répondis-je avant de raccrocher.

L'appartement était plus que confortable. Il occupait les deux derniers étages du bâtiment, le reste servant de remise. La décoration était vaguement moyen-orientale, avec une profusion de coussins et de tapis, des tons dominants, rouge et orange, rehaussés par des lampes disposées dans les coins des pièces au lieu d'un éclairage au centre du plafond. Liat me conduisit à une chambre d'amis que jouxtait une petite salle de bains. Je pris une douche pour me calmer. Quand je ressortis, les lumières étaient éteintes en bas et l'appartement silencieux.

Une serviette nouée autour de la taille, je m'assis près de la fenêtre et regardai la rue, en bas. Je vis passer un couple, main dans la main. Je vis un homme se disputer avec un enfant, et une femme faire des reproches aux deux. J'entendis, provenant d'un immeuble proche, une étude pour piano que je ne pus identifier. Je crus que c'était un enregistrement jusqu'à ce que l'interprète trébuche, qu'une femme ait un rire aimant et détendu, qu'une voix d'homme lui réponde, et la musique cessa. Je me sentais comme un intrus, même si je connaissais ces rues, cette ville. Ce n'était pas la mienne, cependant. Elle ne l'avait jamais été. J'étais un étranger en pays familier.

Liat entra dans la chambre peu avant minuit. Elle était vêtue d'une chemise de nuit crème et ses cheveux pendaient sur ses épaules. J'étais assis dans le noir, mais elle alluma la lampe de chevet avant de s'approcher de moi. Elle me prit la main pour m'inviter à me lever, m'examina à la lumière de la lampe. Elle suivit des doigts les cicatrices de vieilles blessures, touchant chacune d'elles comme pour faire le compte des dégâts infligés à mon corps. Quand elle eut terminé, elle posa sa main sur mon visage avec une expression d'infinie compassion.

Lorsqu'elle m'embrassa, je sentis ses larmes sur ma peau, leur goût sur mes lèvres. Cela faisait si longtemps, et je me dis : Accepte ce cadeau, ce bref moment de tendresse.

Liat : je découvrirais seulement plus tard ce que son nom signifiait.
Liat : *Tu m'appartiens.*

Je me réveillai peu après 7 heures. A côté de moi, le lit était vide. Je me douchai, m'habillai, descendis. L'appartement était silencieux. En bas dans la cuisine, un homme d'âge mûr préparait les plats du jour ; dans la salle, une femme d'une soixantaine d'années servait du café et des petits pains à une file de quelques clients. Là où Epstein et moi étions assis la veille, un couple âgé partageait un exemplaire du *Forward*.
— Où est Liat ? demandai-je à la femme qui se tenait derrière le comptoir.
Elle haussa les épaules, farfouilla dans la poche de son tablier, en tira un mot. Il n'était pas de Liat mais d'Epstein :

NOUS PROGRESSONS.
RESTEZ UNE NUIT DE PLUS, S'IL VOUS PLAÎT.
                E.

Je sortis du restaurant. Un des jeunes gardes du corps du rabbin buvait un thé à la menthe assis dehors à une table. Il ne m'accorda pas un regard quand j'apparus, ne tenta pas non plus de me suivre. Je pris un café dans une boulangerie de Houston en songeant à Liat. Je me demandais où elle était et m'imaginais connaître la réponse.
Elle devait être en train de parler à Epstein de mes blessures.

Je passai le reste de la matinée à marcher au hasard, jetant un coup d'œil dans les librairies et les quelques magasins de disques subsistant dans la ville – Other Music, entre la 4e Rue et Broadway, Academy Records, dans la 18e Rue Ouest – avant de retrouver Angel et Louis pour déjeuner, au Brickyard de Hell's Kitchen.
— T'as l'air changé, fit observer Angel.

— Vraiment ?
— Ouais, comme le chat qui a trouvé de la crème, sauf qu'il se demande si elle était pas trafiquée. La femme chez qui t'as dormi, Liat, elle est comment, au juste ?
— Vieille.
— Sans déconner ?
— Et grisonnante.
— C'est pas vrai ! Je parie qu'elle est grosse, en plus.
— Enorme.
— Je le savais. Aucune ressemblance avec la svelte beauté brune qui te servait du vin hier soir ?
— Aucune.
— C'est très rassurant. Je suppose donc qu'on n'est pas en train de fêter la fin de la plus longue période d'abstinence depuis le Dust Bowl[1] ?
— Non, on ne fête rien, répondis-je. Tu prends les ailes de poulet ?
— Ouais.
— Essaie de ne pas t'étrangler avec un os. Je ne suis pas sûr de trouver en moi la force de te sauver.
La bouche de Louis se tordit. C'était peut-être un sourire.
— Pour un mec qui vient de baiser avec une femme du Peuple élu, tu n'as pas l'air tellement heureux.
— Ce n'est qu'une vague supposition.
— Tu veux dire que je me trompe ?
— Je ne dis rien du tout.
— OK, fais ta sainte-nitouche.
— Te dire que ça ne te regarde absolument pas, c'est faire sa sainte-nitouche ?
— Oui.
— Très bien. Alors je fais ma sainte-nitouche.
— Ben, soit t'as pas niqué, soit t'as niqué et c'était raté, parce que tu n'as *toujours* pas l'air complètement heureux.
Il avait raison. Je n'aurais pas su expliquer pourquoi, même si je l'avais voulu, sauf que je n'avais rien appris sur Liat en

---

1. Longue période de tempêtes de poussière des années 1930.

dehors de l'odeur de son corps, la courbe de son échine et le goût de sa peau, alors qu'elle avait regardé au plus profond de moi, j'en avais l'impression. Cela n'avait rien à voir avec son silence : même quand elle avait joui, ses yeux étaient demeurés grands ouverts, et ses doigts avaient touché mes blessures les plus anciennes, les plus profondes tandis que son regard cherchait les cicatrices de mon âme, et je l'avais sentie les mémoriser aussi afin de pouvoir révéler à d'autres ce qu'elle avait découvert.

— Ç'a été une nuit étrange, c'est tout, me justifiai-je.
— Les bons plans cul, c'est du gâchis avec toi, affirma Angel avec conviction. Tu es une cause perdue.

17

Epstein laissa sur mon portable un message m'invitant à le retrouver « au lieu habituel » à 9 heures du soir. Je n'étais plus tellement sûr de me sentir à l'aise en couchant une nuit de plus dans l'appartement de Liat. Ce qui me dérangeait, c'était moins d'être utilisé pour le sexe que de l'être pour autre chose, le sexe servant de prétexte. J'appelai mon ancien mentor et coéquipier au NYPD, Walter Cole, pour lui annoncer que je devrais peut-être finalement profiter du lit qu'il m'avait offert. Il me répondit qu'il laisserait le chien dormir dehors et que je pourrais coucher dans son panier. Je crois que Walter m'en voulait encore parce que j'avais donné son nom à un chien, même si c'était un très gentil chien.

Cette fois encore, Angel et Louis me collèrent au train quand j'approchai du *diner*, cette fois encore, les hommes d'Epstein me filèrent. Le même jeune brun renfrogné se tenait devant le restaurant, toujours vêtu d'une veste trop chaude pour la température ambiante, et sous laquelle il agrippait la crosse de son arme. Il avait peut-être l'air encore plus malheureux qu'à notre dernière rencontre.

— Tu devrais essayer une chemise ample, lui conseillai-je. Ou un flingue plus petit.

— Va chier, répliqua-t-il sans même m'accorder un coup d'œil.

— Sans rire ? On vous apprend à parler comme ça, à l'école hébraïque ? Tout fout le camp.

— Va te faire mettre, ducon, m'asséna-t-il, toujours sans me regarder.

Il était aussi abruti qu'agressif. Si vous avez l'intention d'injurier quelqu'un, flingue ou pas flingue, c'est une mauvaise idée de ne pas le regarder. Je ne saisis pas l'occasion de le cogner à la mâchoire ou dans les reins, cependant. Je craignais qu'il ne se tire une balle dans le pied. Non, en réalité, je craignais qu'il ne me tire une balle dans le pied.

— J'ai fait quelque chose qui t'a contrarié ? m'enquis-je.

Il ne répondit pas et se contenta de cligner des yeux, l'air toujours renfrogné. Etrangement, j'eus l'impression qu'il se retenait de pleurer.

— Tu devrais surveiller tes manières, dis-je.

Je vis ses mâchoires se contracter quand il serra les dents. Il parut sur le point de me sauter dessus, ou même de dégainer son arme, puis il se maîtrisa et poussa un soupir.

— Le rabbin t'attend.

— Merci. C'était un plaisir de bavarder avec toi. Il faudra qu'on remette ça. A la saint-glinglin.

J'entrai dans le restaurant. Liat n'était toujours pas là. A sa place, la même femme âgée qui m'avait remis le mot plus tôt dans la journée s'affairait derrière le comptoir, et Epstein était installé à la même table que la veille. Lorsque je m'assis, il leva l'index en direction de la femme. Elle nous apporta deux tasses d'un café turc noir et épais, avec deux petits verres d'eau glacée, et disparut ensuite dans la cuisine. Une ou deux minutes plus tard, j'entendis une porte claquer quelque part en haut. Il n'y aurait ni repas ni vin kascher ce soir-là, apparemment.

— J'ai le sentiment d'avoir épuisé votre quota d'hospitalité, remarquai-je.

— Pas du tout, assura Epstein. Si vous préférez du vin, il y a du *cooler*[1] derrière le comptoir, et on peut vous préparer quelque chose à manger si vous avez faim.

— Non, un café, c'est très bien.

— De quoi discutiez-vous, Adiv et vous, dehors ?

— Simple échange de plaisanteries.

---

1. Mélange de vin, de jus de fruits et d'eau gazeuse.

Les yeux d'Epstein pétillèrent.

— Vous savez, son nom signifie « plaisant » en arabe et en hébreu. « Plaisant » et « reconnaissant ».

— Très approprié, estimai-je. Il a une carrière toute tracée dans les services d'accueil.

— Il éprouve des sentiments pour Liat. Adiv était jeune, beaucoup plus que Liat. Ce genre de chose fait mal quand on est jeune. En même temps, ça fait salement mal aussi quand on est plus vieux.

— Et elle, elle a des sentiments pour lui ?

— Elle ne le dit pas, dit Epstein, restant dans l'ambiguïté avec sa réponse à double sens.

— Où est-elle ?

— Ailleurs. Elle nous rejoindra bientôt. Elle doit d'abord s'acquitter de quelques tâches.

— Pour vous ?

Il acquiesça de la tête.

— Elle m'a parlé de vos blessures.

Pas de secrets, donc.

— J'ignorais que vous connaissiez la langue des signes.

— Je connais Liat depuis longtemps. Nous avons appris à communiquer de multiples façons.

— Et qu'est-ce qu'elle vous a dit de mes blessures ?

— Qu'elle était surprise que vous soyez encore en vie.

— J'entends souvent ça.

— Tant de cicatrices. Tant de fois où vous auriez dû mourir et où vous avez survécu. Je me demande pourquoi vous avez été épargné.

— Je suis peut-être immortel.

— Vous ne seriez pas le premier homme à le penser. Moi-même j'espère encore échapper à cette fatalité qu'est la mort. Non, je ne crois pas que vous soyez immortel. Un jour, vous mourrez. La question est de savoir si vous reviendrez.

— Comme Brightwell et consorts ?

— Vous pensez avoir quelque chose de leur nature ?

— Non.

Je bus une gorgée de café. Trop sucré pour moi. Je n'avais jamais trop apprécié le café turc.

— Vous en semblez tout à fait sûr, dit-il.
— Je ne suis pas comme eux.
— Ce n'était pas le sens de ma remarque.
— Vous me faites passer un test ?
— Appelons ça une exploration d'hypothèses.
— Appelez ça comme vous voudrez, je ne sais pas de quoi vous parlez.
— Vous rêvez que vous tombez, que vous brûlez ?
— Non.
Oui.
— Je ne vous crois pas. De quoi rêvez-vous ?
— C'est pour m'interroger sur mes rêves que vous m'avez demandé de revenir ?!
— Il y a en eux de la vérité, ou tout au moins une tentative de comprendre des vérités.
Je repoussai ma tasse.
— Laissez tomber, rabbin. Ça ne nous mènera à rien d'utile.
Derrière moi la porte s'ouvrit. Je me retournai, m'attendant à voir le jeune brun aux sentiments contrariés, découvris à la place l'objet de ses désirs. Liat portait un jean bleu et un long manteau de soie bleu ciel. Ses cheveux étaient de nouveau nattés. Elle était superbe, même avec un pistolet à la main.
Deux des jeunes gens d'Epstein sortirent de la cuisine pour nous rejoindre. Eux aussi étaient armés. L'un d'eux alla dans la partie avant de la salle et baissa les stores des vitrines, nous coupant du monde extérieur, tandis que Liat faisait de même pour la porte. L'autre gorille me tenait à l'œil pendant qu'Epstein me subtilisait mon portable. Il vibra dans sa main. Le numéro du correspondant était masqué.
— Vos amis, je suppose ? dit Epstein.
— Ils s'inquiètent pour ma santé dans cette grande cité.
— Répondez. Dites-leur que tout va bien.
L'homme qui avait baissé les stores avait des cheveux blonds et une barbe soyeuse qui le faisaient ressembler, de manière regrettable et inappropriée, à un nazi. Il avait aussi un silencieux qu'il fixa au canon de son arme avant de la braquer sur ma tête.

— Répondez, répéta Epstein.

Je m'exécutai. Des années plus tôt, Angel, Louis et moi étions convenus d'une série de mots signal d'alarme pour ce genre de circonstances. Je n'en utilisai aucun et annonçai simplement que j'allais bien. Si je les alertais, le sang coulerait et rien ne serait plus comme avant. Il valait mieux attendre, voir comment les choses tournaient. Je devais croire qu'Epstein ne voulait pas ma mort, et je savais que je n'avais rien fait qui aurait pu l'inciter à se retourner contre moi.

— Je pensais pouvoir vous faire confiance, lui reprochai-je après avoir répondu au coup de téléphone.

— Moi de même. Vous êtes armé ?

— Non.

— C'est inhabituel chez vous. Vous en êtes sûr ?

Je me levai lentement, mis les bras en l'air et me tournai face au mur. Je sentis l'odeur de Liat et ses mains sur moi.

— Moi qui croyais qu'on vivait un grand amour, marmonnai-je.

Naturellement, elle ne répondit pas.

Elle fit un pas en arrière, je me rassis. Cette fois, il n'y eut pas de regards malicieux quand elle s'appuya au comptoir. L'expression de son visage ne trahissait rien.

— Pourquoi me traitez-vous comme ça ? demandai-je à Epstein. Vous savez ce que j'ai fait. Je livre le même combat que vous. Ces blessures ne viennent pas de nulle part.

— J'ai perdu un fils, répondit le rabbin.

— Moi, une femme et un enfant.

— Vous les aviez perdus avant que tout cela commence.

— Non, ils en font partie. Je le sais.

— Vous ne savez rien. Vous ne vous connaissez pas vous-même. La première question qu'on doit se poser sur quoi que ce soit, c'est : quelle est sa nature ? Et donc : quelle est *votre* nature, monsieur Parker ?

J'eus envie de lui sauter dessus pour cette attitude méprisante envers la mort de ma femme et de ma fille. J'eus envie de le saisir à la gorge et de l'écraser, de le marteler de coups de poing jusqu'à ce qu'il ne reste de sa figure qu'un masque sanglant. D'enfoncer le canon d'un pistolet dans la gueule de ses brutes, de ses soldats dévots, et de les regarder gigoter. Si ceux que j'avais considérés comme des alliés étaient prêts à retourner leurs armes contre moi, je n'avais pas besoin d'ennemis.

Je pris une inspiration, fermai les yeux. Lorsque je les rouvris, ma colère avait commencé à retomber. Si c'était une provocation, je n'y répondrais pas.

— Vous citez Marc Aurèle, soulignai-je. Vous avez lu *Les Méditations*, ou un roman sur un tueur en série. Je vous laisse le bénéfice du doute et je présume que vous citez le premier, auquel cas vous savez qu'il explique aussi que nous rencontrons chaque jour des hommes violents, ingrats, peu charitables, dont les actes sont dus à leur ignorance du bien et du mal. Si vous voulez comprendre la nature d'un homme, dit Marc Aurèle, considérez ce qu'il rejette et ce à quoi il s'attache. Je crois que je vous ai surestimé, rabbin. Sous votre vernis cultivé de calme et de sagesse, vous êtes un homme plein de confusion et de peur.

— Je le *sais*, répliqua-t-il. Je le reconnais volontiers. Mais vous, vous refusez de regarder au fond de vous-même, par crainte de ce que vous pourriez découvrir. Qu'est-ce que vous êtes, monsieur Parker ? Qu'est-ce que vous *êtes* ?

Je me levai de nouveau et l'homme au pistolet à silencieux me suivit du regard.

— Je suis celui qui a tué le meurtrier de votre fils, rétorquai-je, faisant tressaillir Epstein. J'ai fait ce que vous et les vôtres étiez incapables de faire. Qu'est-ce que vous allez faire, maintenant, rabbin ? Me descendre ? M'enterrer profondément quelque part avec les autres que vous avez débusqués, ceux dont vous pensez qu'ils sont des anges déchus ou des démons montés de l'enfer ? Allez-y. Je suis fatigué. Quoi que j'aie pu faire de mal, quelles qu'aient été mes faiblesses, j'ai tenté de réparer. Je n'ai plus rien à vous prouver. Si vous pensez le contraire, vous êtes un imbécile.

Pendant un moment, personne ne bougea, personne ne prononça un mot. Les yeux de Liat passèrent de mon visage à celui du rabbin. Il lui lança un coup d'œil auquel elle répondit par un infime hochement de tête. De la poche de son manteau, elle tira une feuille de papier et la lança sur la table devant moi.

— Qu'est-ce que c'est ? demandai-je.

— Une liste de noms, répondit Epstein. Semblable à celle que vous m'avez remise hier, mais provenant d'une source différente. Elle est aussi plus récente.

Je n'y touchai pas, je la laissai où elle était.

— Vous ne voulez pas la lire ?

— Non, j'en ai fini avec vous. Je vais sortir d'ici et si l'un de vos primates veut me tirer dans le dos, qu'il le fasse, mais vous serez tous morts avant la fin de la nuit. Angel et Louis vous mettront en pièces, et pendant les onze mois qui suivront, rabbin, chaque fois que l'un de vos enfants récitera le kaddish pour vous, il recevra un morceau de votre corps dans son courrier.

Epstein leva la main, l'abaissa doucement. Les pistolets s'abaissèrent aussi et j'entendis un claquement quand un percuteur retomba lentement. La peur et la colère qui avaient brièvement animé Epstein le quittèrent, il redevint ce qu'il avait toujours été, ou semblé être.

— Si vous voulez partir, personne ne vous en empêchera, dit-il. Mais jetez d'abord un coup d'œil à cette liste.

— Pourquoi ?

Epstein eut un sourire triste.

— Parce que votre nom y figure.

18

Quand j'avais dix-sept ans et que ma mère et moi vivions chez mon grand-père à Scarborough, dans le Maine, après la mort de mon père, un homme du nom de Lambton Everett IV nous rendait régulièrement visite. Mon grand-père et lui buvaient une bière ensemble assis dans le jardin ou, s'il faisait froid, quelque chose de plus fort : un scotch blend, le plus souvent, parce qu'ils n'étaient pas amateurs de single malt ou, s'ils l'étaient, parce qu'ils n'avaient pas les moyens d'en boire régulièrement et qu'il ne servait à rien de donner de faux espoirs à leurs palais.

Lambton Everett IV était une longue suite de malheurs, un homme qui n'avait jamais eu un vêtement qui lui allait. C'était en partie parce que son corps était si mal proportionné qu'aucun habit non fait sur mesure n'aurait pu accueillir ses membres sans laisser voir une chaussette ou un avant-bras à demi découvert. Les chemises pendaient sur lui comme des voiles affalées et ses costumes semblaient avoir été dérobés à la hâte sur un cadavre. Mais même si ses costumes avaient été taillés dans la plus fine laine italienne, et ses chemises dans une soie prisée par les rois, Lambton Everett IV aurait toujours eu l'air d'un épouvantail qui, fatigué de son cadre, aurait quitté son champ en titubant à la recherche de nouveaux pâturages. Avec sa bouche aux coins retombants, ses grandes oreilles et sa tête pointue dégarnie, Lambton provoquait une véritable terreur les soirs de Halloween et s'enorgueillissait de ne pas avoir à se déguiser en goule pour effrayer les enfants.

Il n'y avait pas eu trois Lambton Everett avant lui : le IV était une invention, une plaisanterie pour initiés que même mon grand-père ne comprenait pas. Cela lui conférait un certain sérieux auprès de ceux qui ne le connaissaient pas assez pour déceler la supercherie, tout en donnant à ses amis et voisins une raison de secouer la tête, ce qui est un superbe cadeau à faire aux autres dans certains milieux.

Mon grand-père aimait toutefois Lambton Everett IV parce qu'il le connaissait depuis longtemps, qu'il jugeait ses défauts mineurs et ses côtés positifs importants. Lambton Everett IV ne s'était apparemment jamais marié et il passait pour un célibataire des plus caractérisés. Il semblait n'avoir que peu d'intérêt sexuel pour les femmes, et encore moins pour les hommes. D'aucuns étaient persuadés que Lambton Everett IV mourrait puceau. Mon grand-père, lui, supposait qu'il avait peut-être essayé d'avoir des rapports, ne serait-ce que pour les rayer de la courte liste des choses qu'il estimait devoir faire avant de trépasser.

Or, il apparut que mon grand-père ne connaissait pas du tout Lambton Everett IV, ou plutôt qu'il ne connaissait qu'un seul Lambton, sous le visage que celui-ci avait choisi de présenter au monde, et ce visage n'avait pas plus de rapport avec ce qu'il était réellement qu'un masque n'en a avec celui qui le porte. Lambton se confiait peu à mon grand-père sur son passé ; mon grand-père ne le connaissait qu'au présent, dans son existence d'habitant du Maine, et il ne lui en voulait pas pour ça. Au fond de lui, il savait que Lambton était quelqu'un de bien, cela lui suffisait.

Lambton Everett IV fut retrouvé mort dans sa maison de Wells un mardi matin gris de décembre. Il n'était pas venu la veille pour sa séance habituelle du lundi matin au Big 20 Bowl, et les messages téléphoniques qu'on lui avait laissés ne l'avaient pas incité à répondre. Deux membres de son équipe de bowling se rendirent chez lui peu après le petit déjeuner le lendemain. Ils sonnèrent en vain à la porte, firent le tour jusqu'à l'arrière de la maison et regardèrent par la fenêtre de la cuisine. Lambton gisait sur le sol, une main crispée sur sa poitrine, le visage figé sur une grimace de douleur. Il est mort très rapidement, estima plus tard le coroner : la douleur de la crise cardiaque avait été intense mais brève.

Mon grand-père fut l'un des quatre hommes qui portèrent le cercueil pour le sortir de l'église le matin de l'enterrement, et il fut surpris d'apprendre par l'avocat de Lambton que celui-ci l'avait désigné comme exécuteur testamentaire. L'homme de loi remit aussi à mon grand-père une lettre que Lambton lui avait adressée, de son écriture brouillonne. Elle était courte et directe : il s'excusait d'avoir infligé à mon grand-père le rôle d'exécuteur testamentaire, mais lui promettait que la tâche ne serait pas ardue. Les instructions de Lambton concernant ses biens étaient relativement simples et portaient essentiellement sur la dispersion du produit de la vente de sa maison et autres possessions entre plusieurs œuvres caritatives. Dix pour cent iraient à mon grand-père, qui en disposerait à sa guise, de même qu'une montre de gousset en or et onyx qui était dans la famille Lambton depuis trois générations. La lettre attirait par ailleurs l'attention de mon grand-père sur un album de photos et des coupures de presse, le tout rangé dans le placard de la chambre de Lambton, et que mon grand-père devrait montrer uniquement à ceux qui seraient susceptibles de les comprendre.

Il est difficile aujourd'hui de garder des secrets, en particulier sur des affaires qui peuvent, à un moment ou à un autre, se retrouver dans les médias. Une rapide recherche sur Internet met au jour les histoires les plus personnelles, et toute une génération a pris l'habitude de pouvoir accéder à de telles informations d'un simple clic de souris, mais ça n'a pas toujours été le cas. Je pense maintenant à mon grand-père assis à la table de cuisine de Lambton Everett, l'album ouvert devant lui dans un jour d'hiver déclinant, et au sentiment qu'il a dû avoir que l'ombre de Lambton se trouvait quelque part à proximité et l'observait attentivement tandis que sa souffrance secrète était enfin révélée. Plus tard, mon grand-père dirait qu'en feuilletant l'album il s'était fait l'impression d'être un chirurgien perçant un furoncle, faisant couler du liquide et du pus, nettoyant l'infection pour que Lambton Everett IV trouve dans la mort la paix qui lui avait été refusée dans la vie.

L'album révéla un autre Lambton Everett, un homme jeune avec une femme prénommée Joyce et un fils, James. Il était toutefois semblable à lui-même, selon mon grand-père : dégingandé, gauche et cependant étrangement beau, souriant d'un air satisfait près de sa jolie femme, toute menue, et de son fils rayonnant. Sur leur dernière photo, la femme et l'enfant avaient respectivement vingt-neuf et six ans. Lambton trente-deux. Elle avait été prise le 14 mai 1965, à Ankeny, Iowa. Trois jours plus tard, Joyce et James Everett étaient morts.

Harman Truelove avait, lui, vingt-trois ans. Il avait été licencié de son emploi de tueur de porcs pour cruauté excessive envers les animaux, pour son sadisme, exceptionnel même dans une profession où la brutalité désinvolte était la règle, infligée par des hommes d'une intelligence inférieure à la normale à des bêtes probablement plus intelligentes qu'eux et plus dignes qu'eux de poursuivre leur existence. La réaction de Harman Truelove à ce renvoi consista à mettre le feu aux parcs abritant les cochons avant leur abattage, brûlant vifs deux cents des animaux avant de se mettre en route avec une seule tenue de rechange, soixante-sept dollars et un jeu de couteaux de boucher. Il fut pris en stop et déposé à Bondurant par un nommé Roger Madden, qui mentit en lui disant qu'il n'allait pas plus loin, uniquement pour faire descendre Harman Truelove de son camion car, comme il le déclara plus tard à la police, « il avait un grain, ce jeune ».

Harman mangea un bol de soupe au Hungry Owl Diner, laissa vingt-cinq cents de pourboire et se remit à marcher. Il décida de s'arrêter quand le soleil commencerait à se coucher, ce qui se produisit au moment précis où il atteignit la maison de Joyce et Lambton Everett et de leur fils James. Lambton, qui s'était rendu à Cleveland pour un congrès d'assureurs-conseils, n'était pas chez lui, mais sa femme et son fils s'y trouvaient, eux.

Et ils passèrent une longue nuit avec Harman Truelove et ses couteaux.

Lambton reçut le coup de téléphone à Cleveland le lendemain. Harman Truelove s'était fait ramasser par la police alors qu'il se dirigeait à pied vers Polk City, selon lui. N'ayant même pas pris la peine de changer de vêtements, il était gluant de sang. Il en avait laissé une traînée partant de la chambre des Everett, traversant toute la maison et s'étirant sur la moitié de l'allée du jardin. Curieusement, il avait nettoyé ses couteaux avant de partir.

Cela, mon grand-père le découvrit en feuilletant l'album à la table de cuisine de Lambton Everett. Il se souviendrait plus tard d'avoir doucement caressé du bout des doigts les visages de la femme et de l'enfant sur la photo, d'avoir laissé sa main suspendue au-dessus de Lambton, comme il l'aurait peut-être fait si son ami avait été assis devant lui, car, si mon grand-père cherchait à exprimer son chagrin et ses regrets, il savait que Lambton s'était toujours abstenu de tout contact physique superflu. Même ses poignées de main étaient aussi délicates que des ailes d'insecte sur votre peau. Mon grand-père avait toujours pensé que ce n'était qu'une des bizarreries de Lambton, comme son refus de manger de la viande, quelle qu'elle soit, et son dégoût particulier pour les odeurs de bacon ou de porc. Ces détails étranges de sa personnalité prenaient désormais une terrible signification dans le contexte de ce qu'il avait enduré dans sa vie.

— Tu aurais dû m'en parler, dit mon grand-père à voix haute au silence qui écoutait.

Derrière lui, les doubles rideaux s'agitèrent doucement, comme sous l'effet d'un léger vent, alors que l'air était parfaitement immobile.

— Tu aurais dû m'en parler, j'aurais compris. Je n'en aurais soufflé mot à personne. J'aurais gardé ton secret.

Et il fut accablé par la découverte des souffrances de son vieil ami, à présent terminées — non, *presque* terminées, parce que l'histoire n'avait pas encore été totalement racontée et qu'il restait des pages à lire. Pas beaucoup, mais quelques-unes.

Harman Truelove refusa d'avouer son crime. Il dédaigna de parler à la police et même à son avocat commis d'office et ne répondit pas quand celui-ci lui demanda d'où venaient les bleus sur son visage et son corps, car les policiers avaient employé les grands moyens pour le faire craquer. Il y eut un procès, avec peu de témoins, cependant, parce que la culpabilité de Harman Truelove ne fut jamais mise en doute. Un pan de son passé fut révélé pendant l'enquête de la police, mais une partie plus importante demeura cachée et seules quelques personnes en eurent connaissance : des années de brutalités, remontant avant même sa naissance, quand son père, ouvrier agricole alcoolique et dépouilleur de femmes en série, avait tenté de provoquer une fausse couche de la mère de Harman en lui donnant à plusieurs reprises des coups de pied dans le ventre ; la mort de cette femme quand Harman avait deux ans, apparemment un suicide dans un bain d'eau tiède, bien que le coroner se fût demandé pourquoi une femme qui s'était ouvert les veines du poignet avec un rasoir avait de l'eau de ce bain dans les poumons ; les années passées sur les routes avec son père, les raclées succédant aux raclées jusqu'à ce que Harman Truelove ne puisse plus parler sans bégayer ; enfin, la mort de cet homme épouvantable, étouffé dans son vomi alors qu'il gisait inconscient, assommé par l'alcool. On retrouva son fils de douze ans à côté de lui, tenant la main froide de son père, la serrant si fort que la rigidité cadavérique avait bloqué la main du fils dans celle du père, et que les policiers avaient dû briser les doigts du mort pour libérer le fils. D'un commun accord, le procureur et l'avocat estimèrent inutile de communiquer ces informations aux jurés, et ce fut seulement après que Harman Truelove eut quitté cette terre qu'elles devinrent de notoriété publique.

Avant la sentence, Lambton Everett sollicita un entretien avec le juge, un homme dur mais juste nommé Clarence P. Douglas, qui, quoique encore à une vingtaine d'années au moins de la retraite, était enclin à remplir sa tâche comme s'il allait tout balancer le lendemain, réclamer sa montre et sa pension, et ne projeter rien de plus ardu que pêcher, boire et lire. Il se fichait apparemment d'offenser qui que ce soit par ses manières ou ses verdicts tant que ce qu'il faisait était conforme, dans la mesure du possible, aux exigences de la loi et de la justice.

Après que Douglas eut finalement pris sa retraite, un compte rendu de leur conversation se retrouva dans les journaux locaux, parce que Lambton Everett IV n'avait aucunement exigé le secret en ce qui le concernait, et que Douglas estimait clairement que la teneur de leur entretien ne nuirait pas à la réputation de Lambton, bien au contraire. L'article en question occupait une des dernières pages de l'album et mon grand-père eut l'impression qu'il y avait été placé à contrecœur, puisque Lambton ne l'avait pas découpé et collé aussi soigneusement que les autres, et qu'il était séparé des coupures précédentes par deux pages vierges. Mon grand-père conclut que son ami l'avait ajouté par souci d'exhaustivité, mais que ce texte l'embarrassait.

Dans le silence lambrissé de chêne du bureau du juge, Lambton Everett IV avait demandé au magistrat que la peine de mort par pendaison au pénitencier de Fort Madison soit épargnée à Harman Truelove. Il ne voulait pas que « le garçon », comme il disait, soit exécuté. Le juge fut plus qu'étonné et demanda à Lambton pourquoi Harman Truelove ne devrait pas être soumis à toute la sévérité de la loi.

— Je n'ai pas besoin de vous expliquer, monsieur Everett, à quel point ce qu'a fait Harman Truelove est mal, c'est l'un des actes les plus odieux dont j'aie eu connaissance.

Lambton, qui connaissait en partie le passé de Harman Truelove, répondit :

— Oui, votre honneur, ce qu'il a fait est si proche du mal absolu qu'il s'en distingue à peine, mais le garçon lui-même n'est pas mauvais. Il n'a pas eu le même départ dans la vie que nous tous. Ce qui a suivi n'était guère mieux et c'est ce qui l'a rendu fou, je crois. Un homme a pris un enfant et l'a malmené jusqu'à ce qu'il ne soit plus un être humain. Je l'ai observé, dans la salle d'audience, et je pense qu'il souffrait encore plus que moi. Ne vous méprenez pas : je le hais pour ce qu'il a fait, et je ne pourrai jamais lui pardonner, mais je ne veux pas de son sang sur ma conscience. Faites-le interner dans un endroit où il ne pourra plus nuire à personne, mais ne le tuez pas, pas en mon nom en tout cas.

Le juge se renversa contre le dossier de son fauteuil en cuir, croisa ses mains sur son ventre en songeant que Lambton Everett était peut-être l'individu le plus étrange qui ait jamais mis les pieds dans son bureau. Douglas était plus habitué à entendre les chiens aboyer pour réclamer du sang, prêts à mettre eux-mêmes en pièces l'accusé si la loi ne les apaisait pas. Rares étaient les agneaux qui franchissaient le seuil de son tribunal, plus rares encore les hommes miséricordieux.

— Je vous entends, monsieur Everett. Je vous admire, même, pour vos nobles sentiments, et vous avez peut-être en partie raison, mais la loi exige que ce garçon meure. Si je suggère un autre châtiment, on maudira mon nom autant que le sien jusqu'au jour où on me mettra en terre. Si cela peut vous aider à mieux dormir, son sang ne sera pas sur vos mains, ni sur les miennes. Et réfléchissez à une chose : si ce garçon souffre autant que vous le pensez, le plus charitable que l'on puisse faire pour lui, c'est peut-être de mettre fin une fois pour toutes à cette souffrance.

Lambton Everett fit passer son regard sur ce qui l'entourait, les sièges en cuir et les murs tapissés de livres, tandis que Clarence Douglas observait les marques du chagrin sur son visage. Le magistrat ne l'avait pas rencontré avant que l'affaire passe en jugement, mais il s'y connaissait en traumatismes et en deuils. Quel homme faut-il être pour vouloir épargner la vie de celui qui a taillé en morceaux votre femme et votre enfant ? se demandait-il. Pas seulement un homme bon, mais un homme portant en lui quelque chose du Christ lui-même, et Clarence Douglas se sentait plein d'humilité devant lui.

— Monsieur Everett, je peux informer le garçon que vous avez plaidé pour que sa vie soit épargnée. Si vous le souhaitez, je prendrai des dispositions pour que vous puissiez le voir et le lui dire vous-même. Si vous avez des questions, vous les lui poserez et vous verrez comment il réagit.

— Des questions ? répondit Lambton en regardant le juge. Quelles questions pourrais-je avoir à lui poser ?

— Eh bien, vous pourriez vouloir lui demander pour quelle raison il a commis cet acte. Il n'a expliqué à personne pourquoi il a assassiné votre femme et votre fils. Il n'a rien dit du tout, excepté le mot « non » quand les policiers lui ont demandé si c'était lui qui leur avait ôté la vie, même s'il n'y avait aucun doute pour eux à ce sujet. Un seul mot, c'est tout ce qu'ils lui ont arraché. Je vais vous dire la vérité, monsieur Everett : il y a des docteurs, psychiatres et compagnie, qui sont curieux comme tout au sujet de ce garçon, mais il est autant une énigme pour eux maintenant qu'il l'était quand on lui a passé les menottes. Même en tenant compte de son histoire, on ne trouve aucune explication à ce qu'il a fait. Je connais des garçons qui ont eu une enfance plus terrible encore, et de loin, mais ils n'ont jamais tué pour ça une femme innocente et son enfant.

Clarence Douglas remua avec gêne sur son fauteuil car l'intensité du regard de Lambton Everett lui faisait regretter d'avoir abordé le sujet du meurtrier Harman Truelove, d'avoir même accepté de recevoir Everett dans son bureau.

— Il n'y a pas d'explication, répondit Lambton d'une voix lente et ferme. Il n'y en aura jamais. Même s'il me donnait une réponse, elle n'aurait aucun sens, aucun sens dans ce monde ou dans l'autre, alors, je ne veux pas lui parler. Je ne veux même pas le revoir après aujourd'hui. Je ne veux pas ajouter aux souffrances de ce monde même. Il en a déjà suffisamment comme ça. Il n'en sera jamais à court.

— Je suis désolé, monsieur Everett. J'aurais aimé pouvoir faire quelque chose pour vous.

Lambton Everett retourna donc dans la salle d'audience, le jury donna lecture de ses conclusions, le juge Clarence Douglas rendit son verdict et, quelque temps plus tard, Harman Truelove fit le grand saut.

Lambton Everett monta vers le nord-est, vers la mer, et s'arrêta finalement à Wells. S'il ne parla jamais de son passé, il le porta avec lui dans son cœur et dans son esprit, dans un album de vieilles photos et de coupures de journaux jaunies.

Mon grand-père revint à la photographie de Lambton et de sa famille. Oui, on reconnaissait bien la version plus jeune de l'homme que mon grand-père avait connu, et dont les années avaient accentué la gaucherie et la disproportion des membres. Les gens parlaient parfois d'hommes et de femmes brisés par le chagrin, et ils entendaient par là une fracture psychologique, mais Lambton Everett semblait avoir été *physiquement* brisé, mis en morceaux et mal recollé, et il avait passé le reste de sa vie à se débattre avec l'héritage physique qui lui avait été légué.

Mon grand-père referma l'album, baissa les paupières et sentit la présence de Lambton Everett quelque part près de lui, il sentit presque l'odeur de tabac pour pipe et d'Old Spice qui faisait tellement partie de son ami.

Il crut entendre les doubles rideaux remuer de nouveau derrière lui, il perçut un bruit qui ressemblait à une expiration, à l'accompagnement d'une seconde mort, et il rouvrit les yeux quand ses oreilles distinguèrent un léger tic-tac.

— Ah, dit-il. Ah.

Sur la table, devant lui, il découvrit la montre de gousset de Lambton Everett, celle qu'il lui avait léguée dans son testament. Or, après l'avoir prise dans le placard où il l'avait trouvée, à côté de l'album, mon grand-père l'avait laissée sur le lit. Il en était sûr, aussi sûr qu'il l'était de quoi que ce soit dans ce monde.

Il la glissa dans sa poche, mit l'album sous son bras, et ce soir-là, sous mes yeux, il brûla les traces de la souffrance de Lambton Everett sur un bûcher funéraire allumé derrière sa maison. Quand je lui demandai ce qu'il faisait, il me raconta l'histoire de Lambton Everett, qui se révéla être la prédiction de ce qui arriverait dans ma propre vie. Comme Lambton, je verrais les corps mutilés de ma femme et de mon enfant, je me rendrais dans cet Etat septentrional où ma douleur trouverait sa forme.

A présent, assis à une petite table d'une salle sombre du Lower East Side, les doigts serrés sur la feuille de papier qu'Epstein m'avait remise, je songeais de nouveau à Lambton Everett, et le lien que j'avais imaginé entre nos trajectoires fut rompu. Quel homme faut-il être pour souhaiter qu'on épargne la vie de celui qui vous a pris votre femme et votre enfant ? s'était demandé le juge Douglas. Un homme bon, digne d'être sauvé, telle était la réponse.

Mais quel homme faut-il être pour ôter la vie à celui qui a assassiné votre femme et votre enfant ? Un être assoiffé de vengeance ? Mû par la colère, rompu par le chagrin ? Lambton Everett semblait brisé de l'extérieur, et néanmoins ce qu'il avait de meilleur en lui était demeuré intact. Comme si son corps avait été forcé d'absorber tout l'impact du coup afin que son esprit, son âme, reste sans souillure.

Je n'étais pas Lambton Everett. J'avais mis fin à beaucoup de vies. J'avais tué, encore et encore, dans l'espoir d'atténuer ma souffrance. Je n'avais fait que l'alimenter. Etais-je damné par mes actes, ou l'avais-je toujours été ? Etait-ce pour cette raison que mon nom figurait sur la liste ?

— Liat, sers un verre de vin à M. Parker, dit Epstein. J'en prendrai un aussi.

La liste comportait huit noms. A la différence du document que m'avait confié Marielle Vetters, elle était imprimée, pas dactylographiée. Davis Tate y figurait aussi mais, à cette exception près, mon nom était le seul que je reconnaissais. Il n'y avait à côté ni lettres ni chiffres pouvant être des dates ou des sommes d'argent. Il n'était pas imprimé en noir mais à l'encre rouge.

Liat posa deux verres sur la table, les remplit de vin, rouge cette fois, pas blanc, et laissa la bouteille.

— Où avez-vous obtenu cette liste ? voulus-je savoir.

— Une femme nous a contactés par un intermédiaire, un avocat à notre service, répondit le rabbin. Elle lui a révélé que pendant des dizaines d'années elle a participé à un système de corruption, de chantage et de pots-de-vin. Elle avait des centaines de noms, dont cette liste ne donne qu'un avant-

goût. Elle se disait responsable de la destruction de familles, de carrières et même de vies.
— Pour le compte de qui ?
— Pour le compte d'une organisation qui n'a pas vraiment de nom, bien que certains des semblables de cette femme l'appellent « l'Armée de la Nuit »...
— Savons-nous quelque chose là-dessus ?
— « Nous » ?
— Oh, pardon. « Nous » jouons encore à ce petit jeu ?
— Vous n'avez toujours pas expliqué ce que votre nom fait sur la liste ! me lança le jeune blond.
— Et je n'ai pas bien saisi ton nom, répliquai-je.
— Yonathan.
— Eh ben, Yonathan, je ne te connais pas assez pour me soumettre à tes questions. Je ne te connais pas assez non plus pour porter ton deuil s'il t'arrivait quelque chose quand tout sera terminé, alors tu ferais mieux de la fermer et de laisser parler les grands.

Je crus voir un sourire sur les lèvres de Liat, mais il disparut avant que je puisse en être sûr. Yonathan se hérissa, écarlate. Sans la présence du rabbin, il se serait peut-être jeté sur moi, et même avec Epstein pour le réfréner, il avait l'air prêt à tenter sa chance. Je me félicitai que Liat ait laissé la bouteille de vin. Je n'avais pas touché à mon verre, mais la bouteille se trouvait près de ma main droite. Si Yonathan essayait de se jeter sur moi, je me faisais fort de lui faire goûter à cette cuvée, même de manière inédite.

— Assez ! ordonna Epstein, qui lança un regard mauvais à Yonathan avant de reporter son attention sur moi. La question reste pertinente : pourquoi votre nom est-il sur cette liste ?
— Je l'ignore...
— Il ment, intervint Yonathan. Et s'il le sait, il ne nous le dira pas.

Manifestement, Yonathan avait des problèmes de testostérone. Ses hormones lui embrumaient le cerveau.
— Sors, lui enjoignit le rabbin.
— Mais...

— Je t'ai dit de te taire, tu n'as pas écouté. Va dehors tenir compagnie à Adiv. Vous pourrez broyer du noir ensemble.

Yonathan parut sur le point de protester, mais un regard menaçant de Liat suffit à le faire changer d'avis. Il quitta la salle avec autant de mauvaise grâce qu'il put, allant même jusqu'à me bousculer de l'épaule au passage.

— Vous devriez organiser un de ces week-ends de formation du personnel, conseillai-je à Epstein. Vous les emmenez dans la nature, vous les perdez et vous en engagez d'autres...

— Il est jeune, argua le rabbin. Ils le sont tous. Et aussi inquiets que moi. Vous avez réussi à vous approcher de nous, monsieur Parker, et maintenant, votre nature même est mise en doute.

Il y avait tellement de tension dans l'air que j'avais l'impression d'en absorber à chaque inspiration. Je marquai une pause pendant laquelle je m'efforçai de me détendre. Quoique ce fût difficile en de telles circonstances, j'y parvins plus ou moins.

— A part Tate, qui sont les autres ?

— Plusieurs ont été identifiés : deux sont membres des Chambres des représentants du Kansas et du Texas – un libéral, un conservateur. Tous deux destinés à une brillante carrière. Un troisième est avocat spécialisé en droit des sociétés. Nous travaillons encore sur les autres, qui semblent être ce qu'on appelle, faute d'un meilleur terme, des « gens ordinaires ».

— Votre informatrice vous a-t-elle indiqué pourquoi elle a choisi de vous livrer ces noms-là en particulier ?

— Nos avocats ont reçu un mail de suivi d'un compte Yahoo provisoire. D'après ce texte, trois des personnes de la liste auraient touché des pots-de-vin substantiels. Deux autres ont fait l'objet d'un chantage : l'un pour tendances homosexuelles cachées, l'autre pour une série de liaisons avec de très jeunes femmes. Les documents envoyés comme pièces jointes à ce mail semblent soutenir ces assertions.

— Voilà donc pour cinq des noms. A-t-elle dit quelque chose à mon sujet ?

Je vis la possibilité d'un sourire trembloter sur le visage d'Epstein. Il tenta de le dissimuler, n'y réussit pas.
— Elle n'a pas mentionné mon nom, n'est-ce pas ?
— Non, reconnut-il. Pas dans un premier temps.
— Mais, quand votre avocat vous a remis la liste, vous l'avez chargé de lui poser la question, exact ?
— Oui.
— Et qu'a-t-elle répondu ?
— Elle n'a pas pu confirmer que vous aviez été contacté. Elle a dit qu'elle n'avait pas mis votre nom sur la liste et que vous n'étiez pas sous sa responsabilité.
— Alors qui a ajouté mon nom ?
— Ce n'est pas important.
— Pour moi, si, parce que ça m'a mis sur la sellette. Vous le savez. Qui a ajouté mon nom ?
— Brightwell. D'après elle, il a insisté pour que votre nom figure sur la liste.
— Quand ?
— Peu avant que vous le tuiez.

Nous approchions du cœur du problème, de la source des doutes d'Epstein à mon sujet.
— D'accord... Vous pensez que j'ai descendu Brightwell parce que je savais qu'il avait fait mettre mon nom sur la liste ?
— C'est pour ça ?
— Non. Je l'ai tué parce que c'était un monstre, et parce que, sinon, c'est lui qui m'aurait tué.

Epstein secoua la tête.
— Je ne crois pas que Brightwell voulait vous liquider. Je pense qu'il était convaincu que vous étiez comme lui. Un ange déchu, un rebelle contre la Divinité. Que vous aviez oublié votre nature, ou que vous vous étiez retourné contre elle, mais qu'il pouvait encore vous persuader de vous retourner à nouveau. Il voyait en vous un allié potentiel.
— Ou un ennemi.
— C'est ce que nous tentons d'établir.
— Vraiment ? Ça ressemble plutôt à un lynchage. Il ne manque que la corde.

— Vous exagérez.
— Je ne crois pas. Il y a beaucoup de flingues dans le coin, et aucun d'eux ne m'appartient.
— Encore quelques questions, monsieur Parker. Nous avons presque fini.

Je hochai la tête. Que pouvais-je faire d'autre ?
— La femme a précisé autre chose. Elle a dit que votre nom était récemment apparu de nouveau, que certains dans son organisation vous considéraient comme quelqu'un d'important. C'est pourquoi elle nous a envoyé cette liste.

Epstein tendit les bras, prit mes mains dans les siennes. Les extrémités de ses index pressèrent le pouls de mes poignets. A ma droite, je sentis l'intensité du regard de Liat. C'était comme une sorte de détecteur de mensonges humain, sauf que celui-là était impossible à tromper.

— Vous ont-ils contacté pour vous faire une offre, vous acheter ? me demanda-t-il.
— Non.
— Vous ont-ils menacé ?
— Cela fait dix ans que je subis des menaces, notamment celles de Brightwell et des siens.
— Comment avez-vous réagi ?
— Vous le savez, comment j'ai réagi. J'ai leur sang sur les mains. Vous aussi, dans certains cas.
— Vous appartenez à cette Armée de la Nuit ?
— Non.

J'entendis un bourdonnement à ma gauche : une guêpe rebondissait contre le miroir au-dessus de ma tête. A la lenteur de ses mouvements, je compris qu'elle était en train de mourir. Cela me rappela une autre rencontre avec Epstein, pendant laquelle il m'avait parlé de guêpes parasites pondant leurs œufs dans le corps d'une araignée. L'araignée porte en elle les larves, qui se développent et finissent par altérer son comportement. Elles modifient les toiles qu'elle tisse pour que, au moment où les larves s'extirpent enfin de son corps, elles disposent d'une toile rembourrée sur laquelle elles pourront s'installer pour se repaître des restes de l'arachnide qui a assuré leur gestation. Epstein m'avait dit qu'il existait des êtres qui parasitaient les hommes de la même façon, funestes passagers de l'âme humaine, abrités pendant des années, voire des décennies, jusqu'à ce qu'ils révèlent leur vraie nature et dévorent la conscience de leurs hôtes.

Voyant Epstein suivre des yeux le vol de l'insecte mourant, je devinai qu'il se remémorait lui aussi cette conversation.

— Je le saurais, fis-je valoir. Je le saurais, maintenant, si j'avais porté l'un d'eux en moi.

— Vous en êtes sûr ?

— Il y a eu trop d'occasions pour qu'il émerge, trop de fois où il aurait pu changer le cours des événements en le faisant. S'il avait été en moi, il aurait pu se manifester et sauver quelques-uns des siens, mais rien ne les a sauvés. Jamais.

Epstein regarda de nouveau Liat et je sus que c'était la réponse de cette femme qui déterminerait ce qui se passerait ensuite. Les types aux flingues se tournèrent aussi vers elle, glissèrent leur index sous le pontet de leur arme, prêts à tirer. Une minuscule goutte de sueur coula du crâne du rabbin, telle une larme d'un œil caché.

Lorsque Liat hocha la tête, je me raidis pour recevoir les balles.

Au lieu de quoi, Epstein me lâcha les poignets et se renversa en arrière. Les automatiques disparurent, puis les gardes du corps, l'un après l'autre. Il ne resta dans la salle que Liat, Epstein et moi.

— Buvons, monsieur Parker, proposa Epstein. Nous en avons terminé.

Je baissai les yeux sur mes mains, qui tremblaient légèrement, et parvins à les maîtriser en faisant appel à ma volonté.

— Allez au diable ! leur lançai-je.

Et je les laissai à leur vin.

III

« J'enrage, je fonds, je brûle,
Le faible Dieu m'a percé jusqu'au cœur. »

John Gay (1685-1732), *Acis et Galatée*

19

Darina Flores était assise dans un fauteuil, le garçon immobile à ses pieds. Elle caressait son crâne dégarni, moite et cependant curieusement froid sous ses doigts. C'était la première fois qu'elle quittait le lit depuis ce qu'elle appelait maintenant « l'incident ». Elle avait exigé qu'on diminue les doses d'analgésique parce qu'elle détestait l'hébétude et le manque de maîtrise de soi qu'il provoquait. Elle s'efforçait au contraire de trouver un équilibre entre douleur supportable et lucidité.

Le docteur revint dans la matinée, pour changer les pansements de son visage. Elle l'observa attentivement, cherchant dans ses yeux un indice sur les dommages qui lui avaient été infligés, mais il garda pendant toute l'opération une expression indifférente. C'était un homme frêle d'une cinquantaine d'années, avec de longs doigts effilés, des ongles manucurés par une professionnelle. Elle le trouvait légèrement efféminé, bien qu'elle le sût hétéro. Car elle savait tout de lui : c'était essentiellement pour cette raison qu'on l'avait choisi pour la soigner. L'un des grands avantages de détenir des informations confidentielles détaillées sur un individu, c'est de le priver de la possibilité de décliner votre invitation.

— Ça guérit autant qu'on peut l'espérer, étant donné les circonstances, lui dit-il enfin. Comment va votre œil ?

— Comme si on enfonçait des aiguilles dedans.

— Vous l'humidifiez ? C'est important.

— Est-ce que ma vue... commença-t-elle.

Elle avait la gorge si sèche qu'elle peinait à articuler. Un moment, elle crut que sa langue ou ses cordes vocales avaient été endommagées, puis elle se rendit compte qu'elle n'avait prononcé que quelques mots en quelques jours. Lorsqu'elle fit une nouvelle tentative, la parole lui vint plus facilement :

— Est-ce que je recouvrerai la vue ?

— Je pense que oui, avec le temps, quoique je ne puisse pas vous garantir une vision parfaite avec cet œil.

Elle refoula difficilement une envie de le frapper, tant son ton était désinvolte.

— La cornée tendra aussi à s'opacifier, à long terme. Nous envisagerons naturellement la possibilité d'une greffe. Il s'agit d'une opération relativement courante, réalisée le plus souvent en ambulatoire. Le problème est de trouver une cornée adaptée provenant d'une personne récemment décédée.

— Ça ne posera pas de difficulté, assura-t-elle.

Il eut un sourire indulgent.

— Je n'ai pas voulu dire qu'il faut le faire tout de suite.

— Moi non plus.

Le sourire du médecin s'estompa et Darina vit un léger tremblement affecter ses doigts.

— Je ne me suis pas regardée. Il n'y a pas de miroirs dans cette pièce et mon fils a recouvert ceux de la salle de bains.

— Conformément à mes instructions.

— Pourquoi ? Je suis si hideuse que ça ?

Il savait se maîtriser, elle devait le reconnaître : il ne détourna pas les yeux et ne lui révéla pas ce qu'il pensait vraiment.

— C'est trop tôt, estima-t-il. Les brûlures sont encore à vif. Une fois qu'elles commenceront à cicatriser, nous aurons le choix. Parfois, les patients se regardent immédiatement après un... *accident* comme le vôtre et cèdent au désespoir. C'est vrai pour n'importe quelle blessure ou maladie grave. Les premiers jours, les premières semaines sont toujours les plus dures. Le patient croit qu'il ne peut pas continuer, ou qu'il ne *veut* pas continuer. Dans votre cas, le temps guérira vos plaies et, comme je vous l'ai dit, ce que le temps ne peut pas faire, les chirurgiens le peuvent. Nous avons beaucoup progressé dans le traitement des grands brûlés.

Il lui tapota le bras, geste visant à rassurer et à réconforter dont il avait probablement gratifié ses malades un millier de fois, et elle le détesta plus encore pour ça. Elle le haïssait pour ses mensonges, pour son visage inexpressif, et même pour la condescendance qu'il croyait pouvoir se permettre impunément avec elle. Sentant qu'il avait franchi une limite, il lui tourna le dos et commença à ranger ses instruments et ses pansements. L'hostilité manifeste de Darina sembla toutefois l'aiguillonner et il ne put résister à la tentation d'affirmer sa supériorité sur elle :

— Vous auriez quand même dû aller à l'hôpital, lui reprocha-t-il. Je vous avais prévenue dès le début : si vous aviez accepté de vous soumettre à des soins appropriés, je serais plus optimiste quant aux résultats possibles. Maintenant, nous devons faire de notre mieux avec ce que nous avons.

Le garçon apparut près de lui. Le médecin ne l'avait pas entendu entrer, c'était comme s'il s'était matérialisé à partir de l'obscurité, tirant de l'éther des atomes noirs pour se reconstituer. Dans sa main, le garçon tenait la photographie d'une adolescente de seize ans, peut-être un peu moins. Sa coiffure et la mode surannée de sa robe indiquaient que la photo n'avait pas été prise récemment. Il la présenta au docteur, tel un magicien montrant la carte essentielle d'un tour de passe-passe, et le médecin blêmit.

— Et les bonnes manières, docteur ? lui lança Darina. N'oubliez pas qui a fait disparaître les preuves de votre dernière opération ratée. Utilisez de nouveau ce ton et nous vous enterrerons à côté de cette fille et de son fœtus.

Il ne répondit pas et sortit de la pièce sans un regard en arrière.

C'était la première fois que Darina quittait le lit depuis que cette garce l'avait défigurée. Les pieds nus, elle portait une ample chemise au col ouvert sur un pantalon de survêtement. Une tenue manquant d'élégance, mais une chemise à boutons n'avait pas besoin d'être passée par la tête. Quant au bas de survêtement, il était confortable, sans plus. A sa demande, le garçon lui avait apporté un verre de cognac dont elle but une gorgée à l'aide d'une paille pour éviter que l'alcool pique ses lèvres abîmées. Ce n'était peut-être pas une bonne idée de mélanger alcool et médicaments, mais ce n'était qu'un petit verre, et cela faisait des jours qu'elle avait envie de quelque chose de fort.

Le garçon se mit à jouer avec ses petits soldats dans leur grand fort en bois. Il y avait des chevaliers à pied et à cheval, découpés dans du fer-blanc et peints avec soin. Elle les avait achetés pour lui à un artisan de la place de la Vieille-Ville à Prague. L'homme qui les lui avait vendus fabriquait aussi des répliques d'armes médiévales, de lourds gantelets et des heaumes, mais c'étaient les soldats qui avaient attiré l'attention de Darina. Elle en avait acheté pour plusieurs centaines de dollars : près de soixante-dix en tout. Le garçon n'avait alors qu'un an. Elle l'avait laissé à Boston, aux bons soins d'une nurse. C'était la première fois qu'elle était séparée de lui depuis sa naissance et elle s'était rendue en République tchèque pour retrouver ses traces. Tout ce qu'elle savait, c'était qu'il était parti pour ce pays alors qu'il vivait ses derniers jours, que c'était le dernier endroit où il avait respiré avant que cette phase de son existence s'achève et qu'une autre commence. Il n'en gardait aucun souvenir, il ne se rappelait pas le traumatisme de son agonie. Cela lui reviendrait avec le temps, mais elle avait espéré découvrir un indice de ce qui s'était passé là-bas. Elle n'avait rien trouvé : les responsables avaient trop bien couvert leurs traces.

Elle était patiente, toutefois, et le garçon aurait sa revanche.

Elle était étonnée de voir comme l'ancien et le nouveau coexistaient en lui. Il était maintenant un garçon ordinaire, perdu dans ses jeux de bataille, mais c'était lui aussi qui l'avait aidée à torturer à mort Barbara Kelly. Dans de tels moments, son ancienne nature reprenait le dessus et il avait paru presque surpris des blessures que ses mains pouvaient infliger.

Elle consulta les mails sur son ordinateur portable, écouta les messages laissés sur ses divers téléphones. Rien d'important sur les principaux numéros, et c'est avec une certaine surprise qu'elle trouva un message qui l'attendait sur l'un des plus anciens, celui qui avait été affecté à un cas très particulier, pour lequel elle avait presque perdu espoir.

Au début du message, le ton était hésitant, la voix légèrement pâteuse. Effet de l'alcool, et d'autre chose : une petite taffe, peut-être, pour se détendre.

« Euh, salut, c'est un message pour, euh, Darina Flores. Vous me connaissez pas, mais y a un moment de ça, vous êtes venue à Falls End, dans le Maine, poser des questions sur un avion... »

Elle reposa son verre pour mieux écouter le reste du message. Pas de nom laissé, rien qu'un numéro, et sauf si le type avait acheté un téléphone jetable dans l'unique but de l'appeler, on retrouverait facilement son identité. Elle réécouta le message en se concentrant sur chaque mot, notant les hésitations, les intonations, l'accentuation. Les premiers temps, elle avait reçu des tas d'appels sans intérêt, des mecs frustrés rêvant de coucher avec elle, quelques coups de téléphone anonymes de femmes ivres la traitant de garce, de salope, et bien pire. Elle n'avait répondu à aucun, mais se les rappelait tous, elle avait une mémoire exceptionnelle pour les voix. Or, elle ne se souvenait pas d'avoir déjà entendu celle-là.

De plus, il y avait dans ce message des détails, des fragments de connaissance et de description indiquant qu'il valait la peine de suivre cette piste, que ce ne serait pas un voyage pour rien. Il avait un accent de *vérité*, il contenait des informations que seul pouvait connaître quelqu'un qui avait vu l'avion, notamment un détail particulier.

Un passager : l'homme avait parlé d'un passager.

Darina se leva et se dirigea vers la salle de bains. Une petite veilleuse était allumée près des toilettes, loin du grand miroir que le garçon avait recouvert d'une serviette, mais

Darina alluma la lumière principale. Quand elle voulut ôter la serviette, elle sentit la main du garçon sur son bras. Elle baissa les yeux, fut touchée par l'expression soucieuse de son visage.
Touchée et troublée.
— C'est bon, dit-elle. Je veux voir.
Il laissa son bras retomber, elle enleva la serviette. Même avec les pansements, les ravages étaient sidérants.
Darina Flores se mit à pleurer.

20

Walter Cole était assis dans son fauteuil, une bière à la main et un chien à ses pieds. Il avait pris du poids et il y avait dans sa chevelure plus de blanc que je ne m'en souvenais, mais je reconnaissais encore en lui l'homme qui avait été mon premier coéquipier lorsque j'étais devenu inspecteur, et dont la famille m'avait consolé quand la mienne m'avait été ravie. Sa femme, Lee, m'avait accueilli en m'embrassant lorsqu'elle avait ouvert la porte, et m'avait serré dans ses bras pour me rappeler qu'il y aurait toujours une place pour moi dans leur maison. Il y avait quelques années de ça, j'avais retrouvé leur fille quand, tel un enfant dans un conte de fées, elle s'était perdue dans les bois et avait été enlevée par un ogre. Je crois que Lee considérait ça comme une dette qu'elle ne pourrait jamais rembourser. Moi, j'y voyais un modeste renvoi d'ascenseur à ceux qui avaient gardé une lumière allumée dans les ténèbres pour un homme qui avait été contraint de regarder les corps dépecés de sa femme et de sa fille. Il n'y avait plus maintenant dans la pièce que Walter et moi, plus un chien dégageant à chaque bâillement une légère odeur de pop-corn.

Je n'avais pas parlé d'Epstein, pas encore. Je m'étais contenté d'avaler, en guise de dîner tardif, les restes d'un pain de viande et une pomme de terre au four. Walter s'était joint à moi bien qu'il eût déjà mangé, ce qui expliquait probablement en partie pourquoi il n'était plus l'homme dont j'avais gardé le souvenir. Une fois le repas terminé, je l'avais aidé à débarrasser, puis nous avions emporté nos cafés dans la salle de séjour.

— Alors, tu te décides à me raconter ? m'incita-t-il.

— Je n'en ai pas vraiment envie.

— Tu fixes le tapis d'un regard noir, comme s'il avait essayé de te piquer tes chaussures. Quelqu'un t'a mis en rogne.

— Je me suis trompé sur une vieille connaissance, ou c'est lui qui s'est trompé sur mon compte, je ne sais pas trop. Peut-être les deux.

— Il est encore vivant ?

— Ouais.

— Alors, il devrait être reconnaissant.

— *Et tu, Brute*[1] ?

— Ce n'était pas un jugement, juste une constatation, se défendit Walter. Je garde les coupures de presse qui te concernent, mais je ne veux pas connaître les détails officieux. Comme ça, je peux plaider l'ignorance si quelqu'un vient frapper à ma porte. J'ai fini par accepter ce que tu es, même si, toi, tu n'y es pas parvenu.

— Ce que je suis ? Pas ce que je fais ?

— Je ne crois pas qu'il y ait séparation, dans ton cas. Charlie, on se connaît depuis longtemps. Tu es comme un fils pour moi, maintenant. Autrefois, je t'ai peut-être jugé insuffisant[2], mais j'avais tort. Je suis de ton côté, maintenant, sans poser de questions.

Je bus lentement mon café. Walter avait ouvert une bière pour lui, j'avais refusé d'en prendre une aussi. Il maintenait à lui seul la Brooklyn Brewing Company à flot. Dans le réfrigérateur, les cannettes laissaient peu de place pour la nourriture.

J'entamai donc mon récit. Je parlai à Walter de Marielle Vetters et de l'histoire de l'avion ; de Liat, d'Epstein et de la

---

1. Les mots que César adressa à Brutus quand celui-ci lui apparut parmi ses meurtriers. Version shakespearienne du « Tu quoque, mi fili » reconnu dans les pays latins.

2. Référence à la Bible : « Tu as été pesé dans la balance et jugé insuffisant. » (Livre de Daniel, V, 27)

seconde confrontation au *dîner*. Je m'étendis plus longuement sur Brightwell, parce que Walter avait été présent quand une femme était venue chez moi me demander d'aider à retrouver sa fille disparue, requête qui m'avait conduit plus tard à Brightwell et à ses Croyants.

— Je t'ai déjà dit que tu fréquentes des gens bizarres ? me demanda-t-il quand j'eus terminé.

— Merci de me le rappeler. Qu'est-ce que je ferais sans toi ?

— Tu claquerais ton fric en chambres d'hôtel hors de prix à New York. T'es sûr que tu ne veux pas de bière ?

— Non, un café, c'est très bien.

— Quelque chose de plus fort ?

— Ça ne me dit plus rien.

Il hocha la tête et reprit :

— Tu vas retourner voir Epstein, hein ? Cette liste t'intrigue, et l'avion aussi. En plus, tu t'intéresses à Brightwell. Il te turlupine vraiment, ce type.

— Oui, avouai-je.

— Ça ne veut pas dire que ce qu'il pensait de toi était vrai. Si t'es un ange, déchu ou autre, moi, je suis Cléopâtre. Ce genre d'histoire, ça va pour Shirley MacLaine, sinon, c'est carrément nase. Mais si tu veux de la compagnie pour t'occuper du Peuple élu, fais-moi signe.

— Je croyais que ta devise, c'était « Ne pas poser de questions, ne rien dire » ?

— Je suis vieux. J'oublie ce que j'ai dit sitôt que je l'ai dit. De toute façon, ça me donnera une occasion de sortir de cette baraque pour autre chose qu'aller chez le docteur ou faire un tour au centre commercial...

— Tu sais, tu me fais penser à une pub pour une retraite active.

— Je vais faire une photo pour la page centrale du magazine de l'Association américaine des retraités. Ce sera comme celle de Burt Reynolds pour *Playgirl*, mais plus classe, avec peut-être aussi plus de cheveux gris. Allez, je te conduis à ton lit. Si tu picoles pas, pas la peine de rester debout, tu me sers à rien.

Epstein m'appela sur mon portable avant que je ne m'endorme et quelque part, dans notre brève conversation, il y eut des sortes d'excuses, de part et d'autre, peut-être.
Je dormis profondément.
Sans faire de rêves.

21

Je retrouvai Epstein le lendemain en fin d'après-midi dans l'épicerie du traiteur italien Nicola's, dans le quartier de la 54ᵉ Rue et de la Première Avenue. Cette partie de New York est connue sous le nom de Sutton Place, et pendant une bonne partie de son histoire, riches et pauvres y avaient vécu côte à côte, les taudis jouxtant les maisons de gens fréquentant la haute société, le bruit des usines, des brasseries et des docks servant de bande-son à des artistes comme Max Ernst et Ernest Fiene à l'œuvre dans leurs ateliers. A la fin des années 1930 commença la construction de ce qu'on appelait alors l'East River Drive, et qui devint ensuite la FDR. Les taudis et les docks disparurent peu à peu, des tours remplacèrent lentement un grand nombre des bâtiments de caractère. Ceux qui avaient une bonne mémoire se souvenaient cependant d'un temps où les appartements de Sutton Place étaient principalement occupés par des acteurs et des metteurs en scène, où c'était un havre pour les gens du théâtre et, par extension, de la communauté gay. On disait que quatre-vingts pour cent de la population de ce quartier étaient gay. Rock Hudson, entre autres, habitait au 405, en face de Nicola's. A l'époque, si vous demandiez à un chauffeur de taxi de vous conduire au « Quatre sur Cinq », il vous déposait devant sa porte.

Le choix de Nicola's comme lieu de rencontre avait été mon idée. Nick, propriétaire des lieux avec son frère Freddy, était un ancien militaire qui avait fait le Vietnam. Son génie, là-bas, avait consisté à fournir tout le nécessaire – nourriture, équipement, gnôle – pour assurer le bon fonctionnement de l'effort de guerre américain en Asie du Sud-Est, en particulier tout ce qui concernait le confort de son unité. Des camps entiers étaient ravitaillés grâce au talent de Nick pour se procurer à droite à gauche ce dont les soldats avaient besoin. Avec mille types comme lui, les Etats-Unis auraient peut-être même gagné la guerre. Il était maintenant confortablement installé dans son rôle de commerçant de New York, où ses indéniables capacités pour la négociation et l'appropriation continuaient à bien le servir.

Nick et Freddy se tenaient tous les deux derrière le comptoir ce jour-là, vêtus de l'uniforme officieux du magasin, chemise à carreaux et jean, que Nick délaissait toutefois le samedi pour une chemise noire plus habillée, clin d'œil au temps où il sortait en ville après la fermeture de l'épicerie. Nicola's était un vestige d'une époque plus heureuse de New York, quand chaque pâté de maisons avait son épicerie de quartier, quand des relations personnelles reliaient les boutiquiers et leurs clients. Si vous restiez assez longtemps sans bouger dans le magasin, Nick ou Freddy vous mettaient en main un expresso frais. Après quoi, vous leur apparteniez à jamais. Dehors, près de la porte, sur un casier retourné, trônait Dutch, un de leurs plus anciens clients, son café dans la main gauche, une couverture sur ses genoux cachant sa main droite, ainsi que le pistolet qu'elle tenait cet après-midi-là.

L'aspect du magasin était trompeur. Bien qu'exigu, à peine assez grand pour permettre à une poignée de clients d'y faire la queue, il offrait au fond une volée de marches menant à une petite remise, laquelle débouchait à son tour sur les entrailles du bâtiment à l'arrière, où Nick et Freddy avaient leur bureau. Deux devantures plus bas, à droite, face à la rue, une grille en fer donnait accès à une vaste cour, d'une superficie exceptionnelle selon les normes de l'immobilier new-yorkais.

Epstein arriva peu après moi, accompagné d'Adiv, le soupirant de Liat, et de Yonathan, le type un peu plus âgé qui m'avait énervé pendant la confrontation de la veille. Quand les deux gardes du corps voulurent suivre le rabbin dans la boutique, Walter Cole surgit pour leur barrer le passage.

— Désolé, les gars, ça manque d'espace, ici, fit-il valoir.

Epstein le dévisagea.

— L'*ex*-policier, dit-il en insistant sur « ex ».

— Flic un jour, flic toujours, répliqua Walter.

— Vous garantissez la sécurité ?

— Je ne vis que pour servir. Je viens de vous le dire, quand on a été flic, on le reste.

— Il y a une autre entrée ? demanda Adiv.

— Par le bâtiment de la 54e, la grille, à droite, répondit Walter. Si ça peut vous rassurer de prendre chacun une entrée, vous gênez pas. Mais dans le magasin, aucun invité à part nous quatre.

Il indiqua Nick, Freddy et Dutch.

— En plus, poursuivit-il, on est tellement shootés à l'expresso que si le facteur fait un mouvement un peu vif, on risque de le dessouder. Allez faire un tour, les gars, remplissez vos poumons d'air frais.

Epstein étudia l'arrangement, puis adressa un hochement de tête à ses gardes du corps qui s'éloignèrent, Adiv vers le coin de la 54e, d'où il pourrait surveiller à la fois la devanture et l'entrée des appartements, Yonathan vers la grille en fer de la Première Avenue. Je passai devant Epstein, descendis l'escalier, traversai la remise et pénétrai dans le spacieux bureau de Nick, où nous pourrions discuter sans les jeunes juifs rasés de près dont les armes auraient mis en péril la tranquillité des lieux.

En avançant, je ne pus m'empêcher de me demander où était Liat. Elle me troublait. Je n'avais couché avec personne depuis que Rachel m'avait quitté et je ne savais pas trop pourquoi je m'étais retrouvé au lit avec Liat, excepté que j'en avais envie, qu'elle était là et consentante, ce qui constituait de bonnes raisons en soi. Mais la veille, au restaurant, elle n'avait manifesté aucun désir de renouveler l'expérience, et Epstein l'avait clairement chargée de m'observer tandis qu'il me mettait la liste sous les yeux, et d'évaluer mes réactions aux questions qu'il poserait ensuite. Demander au rabbin s'il lui avait aussi suggéré de coucher avec moi pour examiner mes blessures eût été grossier, et ma vanité aurait probablement souffert de sa réponse. Lui demander ce qui se serait passé si elle avait secoué la tête au lieu de la hocher aurait pu avoir un effet plus dommageable sur mes sentiments envers toutes les personnes concernées.

Nick nous apporta sur un petit plateau des cafés serrés et des pâtisseries. Epstein avait mangé la moitié d'une tartelette quand Walter Cole entra et s'assit à une table, dans un coin.

— Je croyais que nous devions discuter seuls, dit Epstein.

— Erreur, laissa tomber Walter.

— J'avais cru comprendre que ce serait un territoire neutre...

— Tout le monde peut se tromper.

Epstein se tourna vers moi.

— Et vos anges gardiens, Angel et Louis ?

— Oh, ils sont dans le coin. En fait, je crois qu'ils tiennent compagnie à Adiv et Yonathan, en ce moment.

Epstein tenta de ne pas montrer combien cette nouvelle le contrariait.

N'y parvint pas.

Dehors, Adiv et Yonathan se retrouvèrent avec le canon d'une arme pressé contre leur flanc au moment où le soleil commençait à se coucher. Comme ils pouvaient parfaitement se voir, Adiv connaissait la situation de Yonathan et vice versa. Adiv vit un grand Noir à la tête rasée et à la barbe grisonnante de prophète de l'Ancien Testament — un prophète vêtu toutefois d'un costume à mille dollars — apparaître derrière Yonathan. La grille s'ouvrit en silence, les lèvres de l'homme murmurèrent quelque chose à l'oreille de Yonathan, sa main gauche se posa sur son épaule, la droite lui enfonçant durement le canon d'un pistolet sous l'aisselle. Adiv, dont le père était tailleur, eut juste le temps d'estimer que le costume était remarquablement bien coupé avant qu'un petit homme blanc mal rasé, une sorte de clochard qui aurait bénéficié des services d'une blanchisserie, lui fasse savoir qu'il lui éclaterait les tripes au moindre mouvement. Du coup, il resta totalement immobile pendant que l'homme le désarmait. Louis tint les mêmes propos à Yonathan, à quelques éléments près : « Et pas de ces conneries de *krav maga*[1] entre nous. La détente de mon flingue est si sensible qu'un léger vent peut la faire bouger. »

Un gros 4 × 4 déglingué aux vitres fumées et conduit par un Japonais s'arrêta devant l'épicerie. Un second Japonais en descendit, ouvrit les portières arrière, poussa Yonathan et Adiv à l'intérieur avec l'aide d'Angel. Les deux gardes du corps furent projetés sur le plancher et Angel leur attacha les mains derrière le dos avec du câble. Il leur prit leurs téléphones et leurs portefeuilles, ainsi que leur monnaie.

— Qu'est-ce que vous allez faire au rabbin ? demanda Adiv.

Angel fut impressionné par le fait que le jeunot se souciait plus du sort d'Epstein que du sien.

— Rien, répondit-il. Mon pote reste près du magasin pour s'assurer que le rabbin ne risque rien, et on a un autre homme à l'intérieur, au cas où.

— Mais pourquoi tout ça ? s'enquit Yonathan.

— Parce qu'on braque pas des calibres sur des gens qui sont de votre côté, répondit Angel en expédiant la pointe d'une santiag étincelante dans les côtes d'Adiv. Oh, et aussi parce qu'on dit pas aux gens qui sont de votre côté d'aller se faire mettre alors qu'ils essaient seulement de plaisanter avec toi parce que t'es tout triste à cause de ce qu'ils ont fait ou pas à ta copine, surtout s'ils savaient pas à ce moment-là que tu t'imaginais que c'était ta copine, et d'autant plus que c'est même pas ta copine, pour commencer, parce que tu caches ta flamme dans ton cœur, là où y a que toi qui peux la voir. T'as quel âge, neuf ans ? Un gentil jeune juif comme toi devrait être assez intelligent pour pas être aussi bête.

Yonathan lança à Adiv un regard venimeux.

---

1. Technique d'autodéfense israélienne.

— Quoi ? s'exclama Adiv. C'est toi qui as pointé ton arme sur lui !

— Les enfants, les enfants... intervint Angel. Les récriminations vous mèneront à rien, même si je dois admettre que c'est distrayant, vu d'ici.

— La sécurité du rabbin passe avant ces considérations, argua Yonathan, visant le terrain plus élevé de la morale. On devrait être dans ce magasin, avec lui...

— On pourrait le penser, sauf que vous vous êtes fait enlever dans une rue passante, en plein jour, et que vous êtes maintenant allongés à l'arrière d'une jeep en partance pour le New Jersey. Je suis pas dans le bizness de la protection rapprochée en tant que tel, mais j'ai l'impression que le rabbin gagnerait à embaucher du personnel plus qualifié, si vous me permettez cette remarque. Et même si vous le permettez pas.

— Qu'est-ce que vous allez faire de nous ? demanda Adiv, dont la voix ne tremblait pas.

Angel devait reconnaître que le jeunot avait des couilles. Pas terrible côté bonnes manières, mais indéniablement bien monté.

— Tu sais où se trouvent les Pine Barrens ?
— Non.
— Quatre mille cinq cents kilomètres carrés d'arbres, de reptiles, de lynx et de diables de Jersey, même si le diable de Jersey n'existe peut-être pas, je dois le reconnaître. Ça fait loin de chez toi, même sans diable de Jersey à tes trousses...

— Vous allez nous abandonner en pleine forêt ?!

— Ça pourrait être pire : on pourrait vous laisser dans le comté de Camden.

— La cité invincible, dit le chauffeur japonais, intervenant pour la première fois.

— Quoi ? fit Angel.

— « Dans un rêve, j'ai vu une cité invincible », récita le chauffeur. C'est devise de ville Camden. J'apprends en cours d'anglais pour naturalisation.

— La cité « invisible », tu veux dire, marmonna Angel. Quelqu'un l'a piquée pendant que les flics regardaient ailleurs. Cette ville est si violente que là-bas, même les morts

sont armés. Personnellement, je tenterais plutôt ma chance dans les Pinelands.
— Mais... commença Adiv.

Angel le réduisit au silence d'un nouveau coup de pied.
— Bon, on est d'accord. Fermez-la, maintenant. C'est à l'arrière des voitures que je réfléchis le mieux.

Nous sirotions nos expressos. Ils étaient vraiment bons.
— Reprenons du début, suggérai-je à Epstein. Dites-moi ce que vous savez de la femme qui vous a fourni la liste.
— Elle s'appelait Barbara Kelly.
— « S'appelait » ?
— Elle est morte la semaine dernière.
— Comment ?
— Tailladée avec un couteau, fouettée avec une ceinture et partiellement rendue aveugle. Son ou ses meurtriers ont ensuite mis le feu à la maison, probablement pour faire disparaître les traces de leur acte. Ils ont soigneusement procédé dans leur façon de la torturer. Elle ne présentait aucune fracture et elle était encore en vie, quoique sans doute inconsciente, quand le feu a pris dans la cuisine. Kelly avait un système d'alarme perfectionné, avec détecteurs de fumée et de chaleur indépendants du système principal mais fonctionnant en parallèle. Il pleuvait aussi à verse, ce qui a contribué à arrêter la propagation de l'incendie. Néanmoins, le temps que les pompiers interviennent, les flammes avaient en partie détruit la cuisine et gagné le salon. Kelly avait réussi à ramper jusqu'à l'entrée. Gravement brûlée, elle a succombé sur le chemin de l'hôpital. L'autopsie a révélé les sévices qu'elle avait subis avant l'incendie.
— Vous avez appris quelque chose d'autre depuis ?
— Elle prétendait être consultante indépendante. Elle avait très peu d'argent sur ses comptes en banque et parvenait à peine, semble-t-il, à garder la tête hors de l'eau. Ses revenus provenaient de diverses sources, principalement de petites entreprises. Apparemment, elle travaillait dur pour de modestes

bénéfices, à peine de quoi vivre et payer les traites pour la maison...

— Sauf que ?

— Nous enquêtons sur les sociétés et nous avons déjà découvert que deux d'entre elles ne sont qu'un nom sur une boîte aux lettres. Nous pensons qu'elle devait avoir d'autres sources de revenus, et d'autres comptes.

— La police a trouvé quelque chose dans la maison ?

— Un ordinateur portable mentionné dans la liste de ses biens pour sa compagnie d'assurances a disparu et n'a pas été retrouvé. Le disque dur de son ordinateur de bureau a été enlevé et ses fichiers personnels soigneusement effacés.

— Une impasse.

— Nous continuons à chercher. Et une complication est venue s'ajouter.

— Comme toujours, non ?

— Nous pensons ne pas être les seuls à qui elle envoyait des informations. Elle avait un cancer, elle savait que son temps était compté. Elle voulait racheter ses péchés. Elle avait besoin de savoir que le processus était enclenché, que son offre d'informations était prise au sérieux...

— A qui les aurait-elle refilées ? Aux journaux ? A un procureur, quelque part ?

Epstein secoua la tête.

— Réfléchissez... L'objectif de cette organisation était d'obtenir de l'influence et des faveurs, pour maintenant ou pour plus tard. Les deux extraits de documents que nous avons vus nous ont appris qu'ils tiennent des hommes politiques et des journalistes. Vous ne pensez pas qu'ils ont aussi réussi à s'insinuer dans la vie de policiers, de législateurs, de procureurs ? Kelly ne pouvait pas envoyer la liste par les canaux habituels. Elle devait être plus sélective.

— Alors pourquoi a-t-elle porté son choix sur vos avocats ?

— Elle nous connaissait parce que nous étions ses ennemis.

— Et elle n'a fourni aucune indication sur les autres bénéficiaires ?

— *L'autre* bénéficiaire. Il n'y en avait qu'un. Le seul indice qu'elle nous a donné, c'est que nous devions réagir vite, parce que si nous ne le faisions pas, quelqu'un de moins scrupuleux que nous se chargerait de la vengeance, et que par lui elle gagnerait son salut.

Je connaissais l'homme auquel Kelly se référait. Epstein aussi. Un seul individu correspondait à cette description, un seul avait les moyens et, plus important, la détermination pour faire ce que cette femme souhaitait.

Il se faisait appeler le Collectionneur.

22

L'enveloppe était arrivée au cabinet de l'avocat Thomas Eldritch à Lynn, Massachusetts, par courrier ordinaire. Alentour, Lynn était surnommée « the city of sin[1] », en partie du fait du fort taux de criminalité qui avait accompagné son essor industriel, mais surtout à cause de la rime facile. Toutefois, ce genre de raillerie a tendance à agacer non seulement quelques individus mais des villes entières, et à la fin du XXe siècle on suggéra d'abandonner le nom de Lynn pour celui d'Ocean Park, qui semblait offrir moins de possibilités de rimes désobligeantes aux poètes amateurs. La proposition fut rejetée. Lynn était Lynn depuis très longtemps ; en changeant son nom, elle se serait comportée comme un écolier persécuté qui reconnaît que les brutes de sa classe ont gagné et qui baisse les bras en changeant d'école. En outre, tout écolier vous le dira, plus l'on se rebelle contre un surnom injurieux, plus on vous le jette à la figure.

Eldritch ne s'offusquait pas du rapprochement entre « Lynn » et « *sin* » : il le trouvait approprié, car dans son métier il s'occupait de péchés plus souvent qu'à son tour, en particulier de péchés mortels. Il était cependant plus procureur que juge ultime, constituant avec soin ses dossiers d'accusation, établissant la culpabilité des parties concernées, puis transmettant ce qu'il avait appris à son bourreau particulier pour que la sentence soit exécutée. Eldritch percevait clairement la disjonction entre les concepts de loi et de justice. Sa réponse

---

1. « La cité du péché ».

consistait à refuser d'accepter inconditionnellement ce fait : il rechignait à attendre que justice soit faite dans l'autre monde, alors qu'on pouvait tout aussi facilement la dispenser dans ce monde-ci, avec réduction concomitante du mal et de la misère qui y régnaient. La possibilité qu'il pût être mêlé à ce qu'il haïssait le tourmentait rarement, voire jamais, et elle ne traversait certes pas l'esprit de celui qui appliquait la sentence au final.

La lettre était cependant problématique. L'adresse de l'expéditeur était un numéro de boîte postale qui n'existait pas et l'enveloppe ne contenait que deux feuilles de papier. Une liste de noms et la note d'accompagnement suivante :

J'ai commis des erreurs dans ma vie et j'ai peur. J'ai confessé mes péchés et je m'efforce de les racheter. Je pense que les noms qui figurent sur cette liste peuvent vous intéresser, ainsi que l'un de vos clients. Croyez-moi quand je vous dis qu'elle ne représente qu'une faible partie des informations dont je dispose. Je sais des choses sur les Croyants. Je sais des choses sur l'Armée de la Nuit. Je peux vous livrer vos ennemis, par centaines. Si vous souhaitez en discuter, vous pouvez me joindre au numéro indiqué ci-dessous le 19 novembre pendant une période de vingt-quatre heures, à partir de minuit. Si je n'ai pas de vos nouvelles, je présumerai que j'ai eu tort de vous contacter. Vous n'êtes pas les seuls à être en mesure d'agir sur la base de ces informations, ni les seuls avec qui je les ai partagées.

En bas du feuillet, un numéro avait été dactylographié. Quand on tenta de l'appeler, on découvrit qu'il n'était pas en service. Il ne l'était toujours pas quand le 19 novembre arriva et passa. Ce fut la source d'une considérable frustration pour Eldritch & Associés, puisque des investigations prudentes sur les individus mentionnés dans la liste – dont la plupart n'avaient pas auparavant attiré l'attention du cabinet – révélèrent qu'un bon nombre d'entre eux étaient bel et bien compromis et avaient participé, apparemment de leur plein gré, à leur propre damnation. Des documents envoyés quelques jours plus tard, par le même expéditeur, semblait-il, confirmèrent cette hypothèse. Ces hommes et ces femmes s'étaient vendus pour avoir de l'influence et de l'avancement, pour obtenir des faveurs financières et sexuelles, ou même simplement pour le plaisir de faire le mal en secret. La lettre avait promis une mine d'informations ultérieures une fois le contact établi. Au lieu de quoi, silence.

Le cabinet juridique Eldritch & Associés appréciait beaucoup les documents, comme le devrait tout cabinet juridique. Il connaissait la valeur de la paperasserie parce qu'une chose inscrite sur du papier est difficile à effacer et que la réalité de son existence est indéniable. M. Eldritch se plaisait à dire que rien de ce qu'on voit sur un écran d'ordinateur n'existe vraiment. Sans être luddite[1], il se méfiait de tout ce qui ne fait pas de bruit quand on le laisse tomber : il aimait tout bonnement le secret, la confidentialité, et le succès de la mission de son cabinet reposait sur sa capacité à ne laisser aucune trace de ses actions. Les tractations et les communications conduites sur Internet laissent une piste que même un enfant demeuré peut suivre. Il n'y avait donc pas d'ordinateurs chez Eldritch & Associés, et le cabinet n'acceptait aucune proposition ou message transmis par mail ou autre moyen électronique.

Ledit cabinet répondait même rarement au téléphone, et quand il le faisait, il ne fournissait guère d'assistance. Une personne prenant contact avec cette vénérable institution dans l'espoir d'obtenir des conseils ou de l'aide en relation avec des difficultés juridiques s'entendait généralement répondre que le cabinet ne prenait pas de nouveaux clients pour le moment, et le nom d'Eldritch n'apparaissait que dans les affaires les plus ésotériques : litiges sur de vieux testaments accidentellement ramenés au jour ; opérations immobilières concernant des bâtiments et des terrains peu recherchés et généralement considérés comme invendables, souvent liées, directement ou indirectement, à des crimes de sang ; voire, exceptionnellement, offres de représentation à titre gratuit de personnes

---

[1]. Ce qualificatif, donné aux ouvriers anglais qui détruisirent des machines textiles au début du XIXe siècle, sert à désigner tous ceux qui s'opposent aux nouvelles technologies.

mêlées à des crimes abominables, y compris des cas où les accusés avaient déjà été jugés coupables, Eldritch & Associés s'engageant uniquement, en termes soigneusement choisis, à enquêter sur les circonstances de la condamnation. Les entretiens étaient conduits par M. Eldritch en personne, image même du raffinement de l'ancien monde avec son pantalon sombre à rayures, son gilet assorti, sa veste noire et sa cravate de soie tout aussi noire, le tout recouvert d'une mince patine de poussière, comme si l'avocat venait tout juste d'être tiré d'un sommeil de plusieurs décennies...

Il était rare que quelqu'un se hasarde à faire la remarque que M. Eldritch ressemblait furieusement à un entrepreneur de pompes funèbres à l'ancienne.

M. Eldritch était un interrogateur consommé et s'intéressait tout particulièrement aux affaires où des questions demeuraient sans réponse : questions de mobile et, plus précisément, de soupçons sur l'implication de tiers inconnus dans un crime, des hommes et des femmes ayant réussi à échapper à l'attention de la justice. Il avait découvert que l'intérêt personnel est la grande motivation, que la possibilité de bénéficier d'une réduction de peine, ou d'éviter une piqûre mortelle dans une pièce nue, tendait à délier les langues. Certes, il fallait passer au crible des tonnes de mensonges pour découvrir une seule pépite de vérité, mais pour M. Eldritch, cela faisait partie intégrante du plaisir : on doit tester régulièrement l'acuité de ses capacités pour ne pas devenir physiquement vieux *et* mentalement lent. Vieillir est déjà suffisamment pénible. Il ne pouvait pas laisser en plus ses facultés s'amoindrir. Même quand il en ressortait sans informations utiles, ces entretiens avec la gent criminelle maintenaient son esprit affûté.

Personne n'échappait à la chambre d'exécution ou n'obtenait une réduction de peine parce que M. Eldritch s'intéressait à son affaire, mais M. Eldritch ne faisait jamais de telles promesses. En fait, ceux avec qui il s'entretenait finissaient par oublier totalement l'avocat, soit de leur propre gré, soit, là encore, du simple fait de leur décès, approuvé ou non par la justice.

En revanche, ceux dont ils parlaient à M. Eldritch – complices, employeurs, traîtres – pouvaient se préparer à regretter que le vieil avocat se soit intéressé à leur existence. En temps voulu, ils recevaient la visite d'un homme fleurant la nicotine et le châtiment. Il avait à la main un pistolet, ou le plus souvent un couteau, et tandis que leur sang réchauffait sa peau froide, ses yeux scrutaient les environs, en quête d'un petit souvenir de l'événement, de la sentence exécutée, car collectionner est une obsession qui ne nous lâche pas et on cherche en tout lieu et en toute occasion le moyen d'ajouter une pièce à sa collection.

Ainsi donc, quand il apparut qu'on ne pourrait pas obtenir de réponse au numéro de téléphone fourni avec la liste de noms, on s'efforça de découvrir l'identité de son propriétaire. Malgré son peu de goût pour les ordinateurs, M. Eldritch était tout disposé à recourir à d'autres personnes les utilisant pour lui, du moment que leur lueur artificielle ne souillait pas son environnement. Elles remontèrent à un portable faisant partie d'un lot livré à une grande surface proche de Waterbury, Connecticut. Une recherche sur les tickets de caisse donna le jour et l'heure de l'achat, mais pas de nom, ce qui indiquait un paiement en liquide. Les enregistrements des caméras de sécurité de l'établissement se révélèrent aussi accessibles que ses relevés de caisse. Le cabinet obtint une image de l'acheteuse : la cinquantaine, brune, d'allure plutôt masculine. Une des caméras l'avait filmée au moment où elle quittait le magasin. Eldritch s'intéressa ensuite aux enregistrements des caméras extérieures, qui permirent d'identifier sa voiture et son numéro d'immatriculation. Cette dernière information donna à son tour le nom de cette femme, son adresse et son numéro de sécurité sociale, puisque l'Etat du Connecticut exigeait la présentation d'une carte de sécurité sociale pour délivrer un permis de conduire. Malheureusement, le temps que Eldritch & Associés recueille toutes ces informations, Barbara Kelly était déjà morte.

Mais il avait maintenant un nom, et le Collectionneur pouvait se mettre au travail.

La plupart des fumeurs ont l'odorat moins sensible parce que fumer abîme les nerfs olfactifs de l'arrière du nez, ainsi que les récepteurs de goût de la bouche situés sur la langue, le palais, le haut de l'œsophage et l'épiglotte. Les récepteurs de la langue se trouvent sur de petites éminences appelées papilles. Examinées au microscope, elles ressemblent à des champignons ou à des plantes de jardin exotique.

Le Collectionneur avait noté une baisse de ses capacités gustatives ces dernières années, mais comme il mangeait de manière frugale, il n'y voyait qu'une contrariété mineure. La diminution continue de son odorat, il la trouvait plus préoccupante, et cependant, tandis qu'il marchait d'un pas lent dans le foyer saccagé de Barbara Kelly, évaluant les dégâts causés par le feu, la fumée et l'eau, il eut la satisfaction de déceler, parmi diverses odeurs en conflit, la puanteur caractéristique de la chair humaine rôtie.

Se tenant parmi les ruines de la cuisine, il alluma une cigarette, sans craindre de se faire repérer. La police ne se souciait plus de faire garder la scène et se contentait de pancartes et de rubans de plastique jaune pour éloigner les curieux. De plus, la maison était cachée aux voisins et aux gens passant sur la route par un rideau d'arbres. Après avoir orienté à son goût la tête de sa torche électrique, le Collectionneur entama une inspection méticuleuse de chaque pièce, ses chaussures éculées mais confortables pataugeant dans les flaques d'eau sale. Ses doigts fouillèrent des robes et des vestes empestant la fumée, palpèrent des sous-vêtements et des bas qui seraient finalement détruits, des serviettes, des médicaments et de vieux magazines, tous les détritus d'une vie perdue. Il ne trouva rien d'intéressant, d'ailleurs, il ne s'y attendait pas. Enfin, on ne sait jamais.

Il alla dehors. La police avait retrouvé la voiture de la femme à quatre-vingts kilomètres de chez elle, calcinée. Un second véhicule, un SUV rouge, avait été découvert plus près de la maison, également brûlé, et sans plaques d'immatriculation. Le numéro de châssis révéla qu'il avait été volé à Newport deux jours plus tôt. Curieux. Cela suggérait que le meurtrier de Barbara Kelly était arrivé dans une voiture et reparti dans une autre, peut-être parce que la première était tombée en panne.

Aucune trace d'effraction : Kelly avait invité son assassin à entrer chez elle, ce qui laissait penser qu'elle le connaissait peut-être. En même temps, elle devait bien se douter qu'en envoyant la liste elle prenait des risques considérables. Ceux pour qui elle travaillait n'étaient pas des gens ordinaires et ils faisaient très, très attention. Ils étaient particulièrement doués pour flairer une trahison. Kelly devait se méfier de toute approche, que ce soit d'un inconnu ou d'un familier. Une recherche sur ses antécédents avait révélé ses penchants sexuels. Les femmes apeurées ont tendance à moins se méfier d'une autre femme, léger défaut psychologique dans leur armure que le lesbianisme de Kelly avait peut-être aggravé.

Une femme, donc ? Peut-être. Mais les rapports entre elle et Kelly avaient subitement changé. A un moment, elle avait couru vers sa voiture, on l'avait ramenée dans la maison. Non, pas ramenée, *traînée* : du gravier était resté enfoncé dans ses talons.

Retour dans la cuisine. Les flammes avaient fait disparaître le sang, mais c'était là qu'on l'avait torturée et laissée mourir. Le four et les plaques de la cuisinière étaient électriques. Dommage : le gaz aurait été tellement plus efficace. Le meurtrier avait été contraint d'utiliser le contenu de la cave à liqueurs pour allumer le feu. Boulot d'amateur. Celui qui en était responsable avait imaginé une issue différente.

La cuisine était d'une propreté étonnante, surtout comparée au reste de la maison. Les surfaces étaient en marbre, les éléments en acier poli, et tous les ustensiles semblaient avoir été dissimulés derrière leurs portes. Il reconstruisit la pièce dans sa tête, la vit comme elle était du vivant de sa propriétaire : impeccable, parfaitement rangée – cadre tout à fait approprié pour une femme qui avait caché tant de choses sur elle.

Il s'accroupit près de l'évier. La cafetière reposait sur le flanc, son verre noirci mais intact, le plastique du bord ayant fondu au contact du carrelage. Etaient-ce les pompiers qui l'avaient fait tomber ? Peut-être. Le fait qu'elle ait été ainsi collée au sol suggérait autre chose. Il regarda autour de lui. Les grands couteaux étaient suspendus près du four, retenus par une barre magnétique, juste au-dessus du tiroir des couverts.

Comment t'es-tu enfuie ? Comment t'es-tu échappée, même pour quelques instants ?

Le Collectionneur ferma les yeux. Il avait de l'imagination et, surtout, il possédait un sens particulièrement aiguisé des relations entre prédateur et proie dans toutes sortes de situations.

Impossible de chercher à saisir un des couteaux : l'intention aurait été trop évidente, à moins d'être en train de faire à manger, et rien n'indiquait que ç'ait été le cas.

Donc, qu'est-ce que tu fais ? Quelle attitude normale adopter, alors que tu commences peut-être à avoir des soupçons ?

Tu proposes de prendre un verre. Il faisait humide et froid, le soir où tu es morte. Tu aurais pu suggérer un alcool fort – cognac ou whisky – mais il fallait que tu restes sur tes gardes et l'alcool aurait émoussé tes réactions. Celui ou celle qui projetait de te faire du mal aurait peut-être décliné pour la même raison. Quelque chose de chaud, alors : du café, en l'occurrence.

Tu vas dans la cuisine. Tu n'es peut-être pas encore inquiète... Non, tu l'es probablement. Tu as commis une erreur en laissant une menace potentielle pénétrer chez toi, mais tu ne montres pas ta peur. Tu la contiens, car, dès qu'elle sera perçue, l'autre passera à l'acte. Tu dois te comporter normalement jusqu'à ce qu'une occasion se présente de frapper.

Tu crées cette occasion.

Disons que tu jettes le contenu de la cafetière et tu atteins sans doute ta cible parce que ça te permet de gagner assez de temps pour parvenir à ta voiture, pas assez toutefois pour t'échapper. Du café brûlant, sans doute au visage. Douloureux. Incapacitant. Tu ne réussis pourtant pas à t'enfuir. Pas seulement un agresseur, donc, mais deux ou plus. Non, deux : s'il y en avait eu trois, tu ne serais jamais parvenue aussi loin.

Eldritch & Associés avait obtenu une photocopie du rapport du médecin légiste sur Barbara Kelly, qui révélait, en plus des diverses entailles sur le corps, une plaie à la joue apparemment due à une morsure. La chair humaine est une matière notoirement peu fiable en ce qui concerne les marques de morsure. La fiabilité de celles-ci peut dépendre de la nature du tissu analysé, du temps écoulé entre la morsure et l'apparition des marques, de l'état de la peau endommagée par la pression des dents et de la réaction des tissus environnants, de la taille de la plaie et de la netteté des marques. Les graves brûlures au visage de Kelly compliquaient encore le problème : impossible d'obtenir un échantillon d'ADN de l'agresseur à partir de salive ni même de procéder à une comparaison à partir d'une analyse dentaire, au cas où la police trouverait un suspect. Fait intéressant, en revanche, le rayon de morsure était relativement petit, avec absence des premières et secondes prémolaires aux mâchoires inférieure et supérieure.

A croire que Barbara Kelly avait été mordue par un enfant peu avant de mourir...

D'un côté, cela rendait plus probable la présence d'une femme. Certes, il était possible que Kelly ait fait entrer un homme chez elle, mais pourquoi ne pas franchir le pas logique menant à l'hypothèse d'une femme accompagnée d'un enfant qui aurait totalement désarmé ses soupçons ?

Mais pourquoi un enfant mordrait-il une femme ?

Parce qu'elle fait mal à sa mère ou qu'elle la menace.

C'est comme ça que tu t'es enfuie, conclut le Collectionneur. Tu as utilisé quelque chose dans la cuisine, vraisemblablement la cafetière, pour attaquer la mère, puis tu t'es mise à courir. C'est l'enfant qui t'a poursuivie et t'a retenue assez longtemps pour que la femme récupère et te ramène dans la maison en te traînant sur le sol. Bien essayé. Tu aurais pu t'en tirer.

Le Collectionneur se dit qu'il aurait volontiers fait la connaissance de Barbara Kelly. Bien sûr, son intérêt pour elle aurait été à la fois personnel et professionnel. Si, comme il le pensait, elle avait corrompu autant d'âmes, il aurait été contraint d'enfoncer en elle sa lame, et pourtant il l'admirait pour le combat qu'elle avait livré à la fin de sa vie. Il savait que beaucoup s'imaginaient à tort qu'ils lutteraient pour rester en vie dans de telles circonstances, mais il avait mis fin lui-même à trop de vies pour croire qu'une telle réaction était la règle et non l'exception. La plupart des gens s'abandonnaient à la mort sans combattre, paralysés par le choc et l'incompréhension.

Il se demanda ce que Kelly avait fini par leur dire. C'était l'autre problème : personne ne résiste à la torture. Tout le monde craque. La difficulté pour le tortionnaire consiste à estimer la proportion de vérité dans ce qu'on lui avoue. Fouettez un homme assez longtemps et demandez-lui de déclarer que le ciel est rose et la lune violette, que le jour est la nuit et la nuit le jour, il vous le jurera sur la tête de sa femme et de ses enfants. Le truc, au début, c'est de causer juste assez de douleur et de poser des questions dont vous connaissez déjà les réponses, ou que vous pouvez facilement vérifier. Toute étude requiert des bases.

Qu'avait-elle à avouer ? Dans sa lettre, Kelly avait écrit qu'elle avait d'autres noms à donner, d'autres informations à fournir, mais le genre de personne capable d'infliger de telles souffrances à un autre être humain, puis de le laisser brûler vif, pouvait difficilement appartenir au camp des anges et ne s'intéressait donc probablement pas assez à l'identité de ses semblables pour tuer pour eux. Non, ce qui devait davantage motiver ces gens-là, c'était de tarir la source de ces informations. Ils voulaient savoir qui Kelly avait contacté, ce qu'elle avait déjà révélé, et elle le leur avait dit parce que la souffrance était trop forte. Ses meurtriers savaient donc maintenant qu'Eldritch & Associés avait reçu une liste de noms. Ils pouvaient s'en prendre au cabinet, ce qui n'aurait pas été prudent, ou chercher à limiter les dégâts par d'autres moyens, peut-être en réduisant au silence ceux qui figuraient sur la liste.

Restait le petit problème de savoir qui d'autre Kelly aurait pu contacter. Il y avait peu de candidats en qui elle pouvait avoir suffisamment confiance. En fait, le Collectionneur n'en voyait qu'un.

Le vieux juif était capable de se débrouiller seul.

Le Collectionneur termina sa cigarette, l'éteignit soigneusement dans une flaque avant de glisser le mégot dans une poche de son manteau noir. Il portait toujours un manteau, quel que soit le temps. Les extrêmes de chaleur ou de froid avaient peu d'effet sur lui et, de toute façon, un homme a toujours besoin de poches : pour des cigarettes, un portefeuille, un briquet, un assortiment de lames. Il se tourna vers le nord : Eldritch était sans doute encore dans son bureau, étudiant de la paperasse. Cette pensée lui fit plaisir, même si les deux hommes avaient eu une discussion assez vive plus tôt dans la journée, alors qu'ils échangeaient rarement des mots durs. En l'occurrence, il s'agissait d'un conflit de philosophies, pensa le Collectionneur : lui-même préconisant des mesures préventives tandis que l'avocat réclamait la preuve qu'un crime avait été commis. Finalement, toutefois, on en viendrait au couteau, car l'homme au couteau avait toujours le dernier mot.

Assis à son bureau éclairé par la lumière douce d'une lampe de banquier, Eldritch leva les yeux de la liste de noms, comme s'il avait senti en lui les pensées d'un autre. Le Collectionneur et lui formaient presque une seule entité, ce qui avait rendu leur désaccord antérieur d'autant plus pénible. Des dossiers de diverses épaisseurs sur la plupart des individus désignés par la liste reposaient près de sa main droite. Tous étaient corrompus, mais l'étaient-ils au point de mériter la mort ? Eldritch approuvait que la peine capitale ne soit appliquée que dans les cas extrêmes et estimait qu'aucun de ces individus ne requérait sans discussion possible l'attention du Collectionneur. Il reconnaissait cependant également que, comme les armes à feu chargées et les poignards aiguisés, ils constituaient un danger potentiel, et on pouvait arguer que certains, par leur conduite, avaient déjà commis de graves péchés. La question demeurerait toutefois de savoir si leur capacité potentielle à faire le mal, encore non exercée pour la plupart d'entre eux, justifiait qu'on les exécute. Pour Eldritch, la réponse était « non » ; pour le Collectionneur, c'était « oui ».

Ils étaient parvenus à une sorte de compromis. Ils avaient choisi un nom, celui que l'avocat considérait comme le plus déplaisant. Le Collectionneur lui parlerait, puis une décision serait prise. Restait en suspens le problème du dernier nom, le seul dactylographié en rouge.

— Charlie Parker, murmura le vieil avocat. Qu'est-ce que vous avez fait ?

23

Affalé dans l'un des box en similicuir du bar, Davis Tate étudiait pour la quatrième fois ses taux d'audience en tâchant d'y trouver une raison de faire la fête, ou tout au moins d'être modérément optimiste. Ses chiffres auraient dû crever le plafond : la situation économique demeurait instable, le président avait toujours les pieds et les mains liés par son idéalisme mitigé de compromis ; la droite avait réussi à calomnier les syndicats, les émigrés et les cas sociaux, à leur faire porter le chapeau pour la cupidité des banquiers et des requins de Wall Street, persuadant ainsi des gens sans d'esprit que les plus pauvres et les plus faibles du pays étaient responsables de la plupart de leurs maux. Ce qui ne cessait d'étonner Tate, c'était qu'un grand nombre de ces mêmes individus – les miséreux, les chômeurs, les bénéficiaires de l'aide sociale – écoutaient son émission alors qu'il fustigeait ceux-là mêmes – les syndicalistes, les gens de gauche au grand cœur – qui voulaient les aider. L'amertume, la stupidité et l'intérêt personnel triomphent toujours des arguments raisonnés, avait-il découvert. Il se demandait parfois en quoi cette génération différait de celle de ses grands-parents quand il s'agissait d'élire un président, et il avait conclu que les générations précédentes voulaient être gouvernées par des hommes plus intelligents qu'elles, alors que les électeurs de maintenant aspiraient à être conduits par des types aussi bêtes qu'eux. Il les connaissait bien, il gagnait sa vie en faisant appel à leurs instincts les plus bas. Il comprenait qu'ils avaient peur et il attisait les flammes vacillantes de cette peur.

Pourtant, ses taux d'audience plafonnaient obstinément. Dans certains Etats – dans le Kansas, bon Dieu, et dans l'Utah, où être progressiste signifiait n'avoir qu'une seule femme –, le nombre de ses auditeurs *baissait*. C'était incroyable, tout simplement incroyable.

Il finit sa bière et fit signe à la serveuse de lui en apporter une autre.

— Qu'est-ce qui se passe, bon Dieu ? grommela-t-il. C'est ma voix, ma personnalité ? C'est quoi ?

Certains lui auraient répondu que c'était tout cela et plus encore. Curieusement, Tate aurait peut-être approuvé. Il savait qu'il n'était ni particulièrement talentueux, ni particulièrement charismatique, mais pour ce qui était de pousser à l'émeute, il pouvait rivaliser avec les meilleurs. Il avait en outre plus d'intelligence que ses ennemis ne lui en attribuaient, assez pour comprendre que la plupart des Américains, tant libéraux que conservateurs, ne demandaient qu'à vivre tranquillement et, d'une manière générale, ne souhaitaient aucun mal à ceux qui ne leur en faisaient aucun. Ils étaient fondamentalement bons, et tolérants par surcroît. Raison pour laquelle ils n'étaient d'aucune utilité pour Tate et ses semblables. Son rôle consistait à prendre pour cible ceux en qui bouillonnaient ressentiment et animosité, à faire de ces matériaux de base un usage politique et social. Là où règne l'amour, laissez-moi semer la haine, priait-il. Là où il y a une chance de pardon, un nouveau sentiment de blessure. Là où il y a la foi, le doute. Là où il y a l'espérance, le désespoir. Là où il y a la lumière...

Les ténèbres.

Sa productrice, Becky Phipps, assise en face de lui, jouait avec l'olive de son martini dégueulasse – dégueulasse au propre et au figuré. Tate se demandait ce qui lui avait pris de commander un cocktail dans un bar aussi crade. Lui, il ne voulait même pas se servir de son verre à bière et il avait soigneusement nettoyé sa bouteille avant de boire au goulot. Le fait que ce soit le genre de rade pourri fréquenté par des types ordinaires ne signifiait pas qu'il devait aussi y boire, pas à moins que ça ne fasse monter son taux d'audience, et là, il n'entendait personne applaudir.

Tate était aussi préoccupé par la possibilité que le barman soit gay. D'accord, le gars était tout en muscles, mais trop bronzé au goût de Tate, et il semblait faire son numéro pour deux clients qui avaient l'air d'appâts à pédés. C'était Becky qui avait choisi cet endroit. Elle prétendait qu'il valait mieux avoir cette discussion loin de leurs troquets habituels. Il y aurait moins d'oreilles à l'affût pour écouter leur conversation.

— Ce n'est pas encore une crise mais ça pourrait en devenir une si nous ne nous en occupons pas maintenant, déclara-t-elle. Les annonceurs commencent à râler, mais nous leur avons donné des assurances. Nous parlons, ils écoutent.

— Ils ne réclament pas une baisse des tarifs publicitaires, j'espère ? demanda Tate, incapable de chasser la pointe de panique qui s'insinuait dans sa voix.

Ça, ç'aurait été le baiser de la mort. Une baisse des tarifs, même temporaire, constituait un grand risque. Cela serait aussitôt interprété comme la reconnaissance que la chute du taux d'audience ne pouvait plus être arrêtée, ce qui revenait à déclencher le tsunami final.

— Non, mais je ne te mentirai pas, répondit Becky. Cette possibilité a été suggérée.

— On a combien de temps devant nous ?

— Deux mois. Nous allons mettre sur pied un groupe-témoin la semaine prochaine, réfléchir sans nous préoccuper d'applications immédiates, procéder à un brassage d'idées...

Tate avait horreur que Becky ait recours à ce jargon d'école de commerce. D'après son expérience, les gens s'en servaient uniquement quand ils n'avaient aucune idée de ce qu'ils faisaient, ce qui constituait une raison de s'alarmer s'agissant de sa productrice, même si Becky était plus productrice nominalement qu'en réalité. Elle cornaquait Tate, elle le guidait, elle lui suggérait des cibles pour ses diatribes, et il ne la contredisait jamais. Il s'en gardait bien. Becky et lui travaillaient ensemble depuis des années et elle lui avait fait beaucoup de bien, mais dans sa vanité, il rechignait à lui attribuer la part qui lui revenait dans son succès. Par ailleurs, Barbara Kelly, la femme qui lui avait recommandé Becky, avait aussi fourni le capital initial et l'avait mis en contact avec tout un réseau de gens pensant comme lui : annonceurs, journalistes dont les articles étaient publiés dans plusieurs supports, dispensateurs d'informations et d'influence...

Mais Barbara Kelly était morte. Il devait avancer avec précaution.

— Si tu penses que ça peut être utile... répondit-il.

Il s'efforçait de ne pas paraître trop sceptique. Il vivait dans la peur d'être largué, renvoyé chez les minus. Quand la serveuse lui apporta sa troisième bière, il leva les yeux et vit que le barman le dévisageait. Ce taré prit la bouteille vide que la serveuse rapportait, fourra un doigt dans le goulot et la jeta dans la poubelle de recyclage. Puis il suça son doigt en lui faisant un clin d'œil.

— Tu as vu ça ? murmura Tate.

— Quoi ?

— Cette tarlouze de barman a foutu son doigt dans ma bouteille et l'a sucé.

— Quoi, cette bouteille, là ?

— Non, celle d'avant, celle que je viens de boire.

— Simple habitude.

— Il m'a adressé un clin d'œil en le faisant.

— Tu lui plais peut-être...

— Nom de Dieu. Tu crois qu'il a fait quelque chose avec celle-là aussi ? s'inquiéta Tate en portant sur la bouteille un regard soupçonneux. Il ne fourre peut-être pas seulement son doigt, dans les bouteilles...

— J'ai une lingette, si tu veux.

— Ça donnerait un mauvais goût à la bière. Peut-être pas aussi mauvais que s'il y a fourré sa bite, mais mauvais quand même.

— Tu exagères.

— Il m'a reconnu. J'en suis sûr. Il a fait ça exprès parce qu'il pense que je suis homophobe.

— Tu *es* homophobe.

— La question n'est pas là. Je devrais pouvoir exprimer mes opinions sans craindre qu'un barman pédé enfonce son doigt ou autre chose dans ma bière. Il a peut-être une maladie...

— Tu viens de me dire qu'il a mis son doigt dans la bouteille après que tu l'as bue, pas avant. Si quelqu'un risque d'attraper quelque chose, c'est lui.

— Tu es devenue épidémiologiste ? Et qu'est-ce que ça veut dire, de toute façon ? Tu insinues que j'ai quelque chose qu'il pourrait attraper ?

— La paranoïa, peut-être.

— Il sait qui je suis, je te dis.

— C'est ça qui serait formidable, répliqua Becky, le sarcasme détournant Tate de ses histoires de doigt et de bouteille. Si tous les barmen de New York te reconnaissaient, ça voudrait dire que tu es devenu une vedette nationale, et tous tes problèmes seraient résolus.

— « Nos » problèmes, plutôt, non ?

Elle but une gorgée de son verre avant d'admettre :

— Bien sûr. Je me suis trompée.

L'air vexé, Tate croisa les bras et détourna les yeux de sa productrice, se ravisa rapidement quand il croisa de nouveau le regard du barman. Becky jura à mi-voix. C'était à elle de faire un geste de conciliation. Comme toujours. Il lui arrivait parfois de regretter que Barbara Kelly lui ait demandé de prendre Tate sous son aile. Il semblait sur le point de percer, du moins jusqu'à ces derniers temps, mais il n'était finalement qu'un pitoyable salaud pleurnichard. Bon, c'étaient les risques du métier. On ne pouvait pas passer des heures chaque jour à déverser ce genre de bile, puis d'autres heures à accumuler en soi une nouvelle réserve de bile à cracher le lendemain, et le jour d'après, et le jour suivant, sans se polluer l'esprit. Bien qu'elle ne l'eût jamais dit à Tate, il y avait des fois où elle baissait le son dans la cabine du producteur pour ne plus entendre ses délires venimeux, alors qu'elle était *d'accord* avec la plupart de ses propos. Sinon, elle n'aurait pas pu faire ce boulot. Au moins, Tate ne représentait qu'une partie de ses responsabilités à elle. D'une certaine façon, être sa productrice n'était qu'une sorte de couverture pour Becky.

— Tu sens la fumée ? lui demanda-t-il, reniflant l'air comme un rat, le menton légèrement redressé.

Il avait même levé les mains de la table et les tenait devant sa poitrine, telles des pattes.

— Quoi ? La fumée d'un feu ?

— Non, de la fumée de cigarette.

Il regarda par-dessus la cloison du box : il n'y avait personne à proximité. C'était précisément pour ça qu'ils avaient choisi cette table.

— Ça pue le grand nettoyage au pavillon du cancer du poumon.

Pour quelqu'un qui se donnait une image de libertaire, Tate n'évitait pas les bizarreries et les incohérences. Comme tant d'autres qui proclamaient leur « respect de la vie », Tate ne respectait que la vie recroquevillée dans le ventre d'une femme. Si elle sortait de ce ventre et commettait plus tard un crime, il était tout à fait justifié de l'éliminer avec une seringue. De même, il vouait une passion à la guerre à condition qu'elle implique de botter le cul de quelqu'un dans un lieu éloigné des bars corrects et des bons restaurants, et qu'elle soit livrée par le type d'hommes et de femmes que Tate méprisait en secret quand ils ne portaient pas l'uniforme. Il était toutefois modérément partisan d'une forme de limitation de la possession d'armes à feu, et uniquement dans le cadre d'un système qui lui permettrait d'avoir des armes et les interdirait à ceux qui n'étaient ni blancs ni chrétiens. Et il n'approuvait certainement pas qu'on fume dans son voisinage, même s'il défendait en matière d'environnement une politique laxiste qui, à long terme, aurait probablement des effets plus négatifs sur la qualité de l'air qu'il respirait que les bouffées de fumée des fumeurs indécrottables.

En deux mots, Davis Tate était un connard, pensait Becky, mais c'était pour ça qu'il était si utile. Recruter des types comme lui exigeait néanmoins une certaine prudence, et continuer à les utiliser nécessitait de belles doses de diplomatie. Il ne fallait pas qu'ils soient stupides, sinon ils étaient incapables de jouer le rôle qu'on leur avait assigné dans les médias ; il ne fallait pas qu'ils soient trop intelligents, car ils en viendraient vite à se poser des questions sur ce qu'ils faisaient et l'utilité de leurs actes. Le moyen le plus facile de s'assurer durablement de leur docilité, c'était de flatter leur ego et de les entourer de gens qui leur ressemblaient. La haine, comme l'amour, a besoin d'être régulièrement nourrie et arrosée.

Tate continuait à humer l'air.

— Tu ne sens rien, tu es sûre ?

Becky renifla. Il y a quelque chose, reconnut-elle. Une odeur faible mais désagréable. Elle en sentait presque le goût sur sa langue, comme si elle venait de lécher les doigts d'un fumeur.

— Une vieille odeur, précisa-t-elle. Sur les vêtements de quelqu'un.

Sur sa peau et ses cheveux aussi, parce qu'on ne sent pas comme ça à moins d'avoir de la nicotine incrustée dans l'organisme. Becky pouvait quasiment entendre les cellules métastaser.

Elle regarda par-dessus son épaule. Tout au fond du bar, là où la lumière était la plus tamisée, un homme était assis dans un box contre le mur, un journal ouvert devant lui. Un verre à cognac dans une main, il tapotait doucement la table de l'autre en lisant. Elle ne distinguait pas son visage, encadré par des cheveux gras et emmêlés. Il avait l'air malpropre, pollué, et pas seulement à cause de l'odeur de tabac qui émanait à coup sûr de lui.

— Ça vient du type là-bas, dans le fond, dit-elle.

— On n'a pas le droit de puer comme ça. En tout cas, il ne nous survivra pas.

Sans avoir de certitude, Tate eut l'impression que l'homme avait brièvement cessé de tapoter la table en cadence puis qu'il avait recommencé.

— Ne t'occupe pas de lui, dit Becky. Ce n'est pas pour ce type qu'on est venus ici.

— Ces foutus traîtres d'annonceurs et les directeurs de station bedonnants sans une seule idée originale dans le crâne, voilà pourquoi on est ici.

— Ce n'est pas seulement des annonceurs et des stations que nous devons nous inquiéter, corrigea Becky. Les Commanditaires sont préoccupés.

La bière, dans la bouche de Tate, eut soudain mauvais goût. Ce n'était pas à cause de ses soupçons au sujet du barman, fondés ou non. Il avait toujours une réaction désagréable quand on abordait le sujet des Commanditaires. Au début, il ne se souciait pas trop de leur existence. La dénommée Kelly l'avait contacté alors qu'il n'était qu'un médiocre animateur de San Antonio dont l'émission n'était diffusée que par une douzaine de petites stations du pays. Elle l'avait invité à boire un café au bar de l'hôtel Menger et, dans un premier temps, elle ne lui avait pas fait grosse impression. Elle était quelconque, mal fagotée, et probablement gouine, avait-il soupçonné. Tate n'avait rien contre les gouines tant qu'elles étaient jolies – probablement l'opinion la plus proche d'un point de vue libéral qu'il ait jamais eue –, mais celles qui arboraient un look hommasse le dérangeaient. Elles avaient toujours l'air en colère et, franchement, elles le faisaient flipper. Kelly n'était pas un cas extrême : ses cheveux lui tombaient sur les épaules et elle ne protestait pas contre l'oppression masculine en refusant de se maquiller, de porter des jupes et des talons hauts. Aucun homme ne l'aurait cependant lorgnée avec intérêt dans un bar ou un centre commercial, et la plupart ne lui auraient même pas accordé un coup d'œil.

Pourtant, quand elle avait commencé à parler, il s'était penché en avant, suspendu à ses moindres mots. Elle avait une voix douce, mélodieuse, apparemment en contradiction avec son physique et néanmoins curieusement appropriée si on la considérait comme une sorte de figure maternelle et non comme une créature sexuelle. Elle lui avait parlé d'un changement et souligné qu'il faudrait que des voix comme la sienne soient entendues pour que ce changement devienne permanent. Selon elle, des personnes influentes avaient intérêt à ce que ce soit le cas, et elles disposaient de gros moyens. Davis Tate n'était pas obligé de passer le reste de sa carrière d'homme de radio dans les studios infestés de punaises d'une station de Valley Hi, ne la quittant que pour regagner son appartement de Camelot, également infesté de punaises, dans une Concord cinq portes merdique. Il pouvait devenir la vedette d'un talk-show repris par de nombreuses stations dans tout le pays s'il le voulait. Il lui suffisait de faire confiance à d'autres personnes et de se laisser guider.

Tate était peut-être un formidable marchand de haine potentiel mais il n'était pas idiot. Même alors, il était assez lucide pour savoir qu'une grande partie des propos qu'il tenait n'avait, au mieux, pas beaucoup de sens et, au pire, n'était qu'un tissu de mensonges, mais il les répétait depuis si longtemps qu'il commençait lui-même à y croire. Son ego n'était pas non plus démesuré au point de l'inciter à croire qu'une gousse du Nord s'était tapé le long voyage jusqu'à San Antonio uniquement à cause de sa volubilité et de sa capacité infaillible à rejeter la responsabilité des problèmes des Américains blancs, chrétiens et travailleurs sur les nègres, les métèques, les pédés et les féministes, sans jamais aller jusqu'à les désigner en tant que tels. Il y a toujours un piège, non ?

« C'est un prêt que vous me proposez ? » avait-il demandé.

Il arrivait à peine à payer son loyer et les traites pour sa voiture, et il avait dépassé le maximum autorisé de sa carte de crédit. Le mot « prêt » avait pour lui autant d'attrait que le mot « potence ».

« Non, l'argent que vous recevrez vous sera versé sur une base de non-remboursement, avait répondu Kelly. Considérez-le comme un investissement dans votre carrière. »

Elle avait feuilleté la paperasse étalée devant elle sur la table, en avait tiré un document de quatre pages. Imprimé en caractères serrés, il avait l'air officiel.

« C'est la base de la société que nous nous proposons d'établir à votre nom. Le financement proviendrait d'un certain nombre d'associations dites 509(a) et 501(c) selon la législation fiscale américaine. »

Tate avait lu le document. Il n'avait pas besoin d'être avocat pour se rendre compte qu'il avait sous les yeux un fouillis de jargon juridique. Il savait aussi faire des additions et des multiplications : on lui offrait dix fois plus que ce qu'il gagnait à San Antonio, avec des primes croissant à mesure que le nombre de stations diffusant son émission augmenterait.

« Nous voudrions également placer un 501(c) sous votre contrôle direct, avait poursuivi Kelly. Comme vous le savez probablement, ces associations sont exonérées d'impôts et, tant que leurs revenus annuels bruts augmentent de moins de vingt-cinq mille dollars, elles n'ont rien à verser au fisc. Dans votre partie, il est souvent nécessaire de recevoir et plus vous vous montrerez hospitalier, plus vous aurez d'amis. Pour cela, il faut disposer de revenus, ce que nous sommes prêts à vous fournir. Quelquefois, vous serez même amené à utiliser ces fonds pour mettre certaines personnes dans une position les rendant vulnérables aux pressions, ou aux révélations .

— Vous voulez dire les piéger ? »

Kelly lui avait adressé le même regard que son instituteur à l'école primaire quand il n'arrivait pas à maîtriser une simple addition, mais elle l'avait atténué par un sourire indulgent.

« Absolument pas. Supposons que vous appreniez qu'un dirigeant syndical trompe à l'occasion sa femme avec une serveuse, ou avec une de ces émigrées dont il milite prétendument pour défendre les droits... Vous pouvez estimer être dans l'obligation morale et sociale de dénoncer sa conduite. Après tout, c'est de l'hypocrisie, c'est de l'exploitation. En ce cas, mettre un appât sur l'hameçon ne doit pas être considéré comme un piège. Le syndicaliste n'est pas obligé de céder à ses appétits et vous ne le forcez pas à le faire. Il est libre de choisir. C'est très important, monsieur Tate : en toute chose, la liberté de choisir entre le bien et le mal est essentielle. Sinon... »

Le sourire de Kelly s'était élargi.

« ... je serais sans boulot. »

Tate avait eu l'impression dérangeante que quelque chose lui échappait, et la complexité du contrat qu'il avait en main lui avait fait soupçonner qu'une masse de petits caractères l'attendait peut-être au détour d'une page pour lui mordre les fesses.

« Excusez-moi, mais c'est quoi exactement, votre boulot ?

— C'est écrit sur ma carte, avait-elle répondu en indiquant le bristol posé à côté du café de Tate. Je suis consultante.
— Qu'est-ce que ça veut dire ?
— Que je donne des consultations, des conseils. C'est on ne peut plus simple.
— Mais à qui ?
— C'est la bonne question. C'est précisément pour ça que nous voulons vous engager, monsieur Tate. Vous êtes intelligent, vous vous exprimez avec facilité et cependant, vous n'êtes jamais condescendant avec vos auditeurs. Vous vous adressez à eux comme à des égaux, même s'ils ne le sont pas. Vous leur donnez le sentiment d'être l'un d'entre eux, alors que vous leur êtes supérieur, et vous le savez. Et il vous faut l'être. Quelqu'un doit guider ces femmes et ces hommes ignorants. Quelqu'un doit expliquer la réalité de la situation d'une manière compréhensible pour ces gens ordinaires ou, au besoin, modifier légèrement la nature de cette réalité pour qu'elle puisse être comprise. Vous n'êtes pas la seule personnalité des médias à qui nous faisons cette proposition. Je vous offre la chance de faire partie d'un grand dessein, de faire de votre talent le meilleur usage possible... »

Tate était presque convaincu. Il avait *envie* d'être convaincu, mais il doutait encore.

« Où est le piège ? » avait-il demandé.

L'air satisfait de Kelly l'avait étonné.

« Enfin, avait-elle lâché.
— Enfin ?!
— J'attends toujours cette question. C'est la preuve que nous tenons la bonne personne. Parce qu'il y a toujours un piège, hein ? Toujours une clause en petits caractères qui attend pour vous mordre les fesses. »

Il l'avait regardée fixement. Elle avait prononcé presque exactement les mots qu'il avait pensés dans sa tête. Les aurait-il dits à voix haute ? Non, il était sûr que non.

« Ne soyez pas stupéfait, monsieur Tate. A votre place, j'aurais pensé la même chose. »

Kelly avait pris dans sa mallette une autre feuille et l'avait placée devant lui. Le texte se réduisait à un unique long paragraphe occupant le centre de la page. Nettement dactylographié au milieu de caractères ornementés, il y avait son nom, « Tate ». Cela lui avait fait penser à un manuscrit ancien, notamment parce qu'il semblait écrit en latin.

« Qu'est-ce que c'est ?
— Le piège, avait-elle répondu. Vous avez en main le contrat officiel, le moins important. Celui-ci, c'est votre contrat confidentiel, votre accord avec nous.
— Pourquoi il est rédigé en latin ?
— Les Commanditaires sont très vieux jeu, et le latin est la langue de la jurisprudence.
— Je ne connais pas le latin.
— Alors laissez-moi vous le résumer. »

Tate avait remarqué qu'elle n'avait pas besoin de regarder la feuille, elle connaissait le texte par cœur. Elle avait débité rapidement ce qui ressemblait à un serment d'allégeance, à cela près qu'il ne s'engageait pas à demeurer loyal à un pays mais à un organisme privé.

« L'*Excercitus Noctis* ?
— L'Armée de la Nuit. Accrocheur, vous ne trouvez pas ? »

Tate ne trouvait pas ça accrocheur du tout. Ça lui rappelait un de ces mouvements alternatifs de « libération des rues ». Encore des goudous, avait-il pensé.

« C'est tout ce que j'ai à signer ?
— Rien d'autre. Il ne sera jamais rendu public et vous ne verrez jamais le nom de notre association écrit ailleurs que sur ce document. En fait, l'Armée de la Nuit n'existe pas. Disons que c'est une plaisanterie pour initiés. Il fallait lui donner un nom approprié et celui-là a plu aux Commanditaires. Ce contrat particulier ne sert vraiment qu'à les rassurer. Nous ne voudrions pas vous voir vous enfuir à Belize avec notre argent. »

Tate ignorait où se trouvait Belize et il ne s'y serait pas réfugié même s'il l'avait su. Il était ambitieux, il n'aurait jamais une meilleure occasion de faire son chemin dans le domaine qu'il s'était choisi.

« Euh, c'est qui, ces... Commanditaires ?

— Des gens riches et engagés. Ils s'inquiètent de la direction que prend ce pays. A vrai dire, ils s'inquiètent de la direction que prend le monde entier. Ils veulent la changer avant qu'il ne soit trop tard.

— Je les rencontrerai quand ?

— Ils aiment rester à l'écart. Ils préfèrent opérer discrètement par des intermédiaires.

— Comme vous.

— Exactement. »

Tate avait de nouveau examiné les documents qui se trouvaient devant lui. L'un était rédigé dans une langue qu'il ne comprenait pas, les autres étaient écrits dans une langue qu'il aurait dû comprendre mais qu'il ne maîtrisait pas.

« Je devrais peut-être les montrer à mon avocat...

— Je crains que ce ne soit pas possible, avait objecté Kelly. Cette offre n'est faite qu'une seule fois. Si je pars d'ici sans que ces papiers soient signés, elle ne sera plus valable.

— Je ne sais pas...

— Voici qui vous convaincra peut-être de notre bonne foi. »

Elle lui avait remis une enveloppe blanche ordinaire contenant les détails relatifs à trois comptes en banque, y compris celui de l'association 501(c) dont Kelly avait simplement dit qu'ils envisageaient de la créer. Elle avait pour nom « Ligue américaine pour l'égalité et la liberté ». Il y avait au total sur les trois comptes plus d'argent qu'il n'en avait gagné au cours des dix dernières années.

Tate avait signé les documents.

« Tout cet argent est à moi ? »

Il n'arrivait pas à y croire.

« Considérez-le comme votre trésor de guerre.

— A qui allons-nous faire la guerre ?

— "Qui", encore, avait souligné Kelly d'un ton admiratif. J'adore la façon dont vous parlez.

— La question se pose, avait-il insisté. Nous luttons contre qui ?

— Tout le monde. Tous ceux qui ne sont pas comme nous. »

Une semaine plus tard, il avait été présenté à Becky Phipps. Un an plus tard, il était une étoile montante de la radio. A présent, cette étoile semblait sur le déclin et Becky venait donc de faire une allusion menaçante aux Commanditaires. Ils avaient tendance à réagir lorsqu'ils étaient mécontents, Tate le savait. Il l'avait appris assez tôt. Kelly n'avait pas simplement émis une hypothèse en parlant d'un syndicaliste porté sur les femmes. L'homme s'appelait George Keys, il se plaisait à dire qu'il tenait son prénom de George Orwell. Personne ne savait si c'était vrai, mais il était en tout cas issu d'une famille socialiste. Son père avait été syndicaliste toute sa vie et sa mère continuait à militer au Planning familial. Son grand-père avait créé une communauté du Mouvement catholique ouvrier en Californie et était personnellement proche de sa fondatrice, Dorothy Day, qui remplissait toutes les cases de la liste haineuse de Tate : catholique, anarchiste, socialiste radicale et même anti-franquiste, ce qui pour Tate montrait qu'elle n'était même pas cohérente dans ses errements puisque les catholiques étaient censés soutenir les fascistes dans la guerre civile espagnole, non ? Si le petit-fils était le dixième de l'homme que son grand-père avait été, il méritait d'être effacé de la surface de la terre, même s'il ne tringlait pas en douce des ouvrières mexicaines.

Il n'avait pas été difficile d'engager une prostituée qui travaillait comme serveuse à temps partiel – ou était-ce une serveuse qui tapinait à temps partiel ? Tate ne l'avait jamais su au juste – pour draguer Keys en lui racontant la triste histoire de sa famille au Mexique, de ses cousins ouvriers sous contrat dans des élevages de poulets au Texas. Keys lui avait payé quelques verres, la prostituée lui avait rendu la politesse et une chose en avait amené une autre jusqu'à ce qu'ils se retrouvent chez lui.

Ce qui s'était passé ensuite, Tate l'ignorait et il s'en fichait, mais il détenait des photos montrant Keys et cette femme ensemble. Il avait partagé ses « informations » avec ses auditeurs puis communiqué les photos à tous les journaux de l'Etat, et pour cinq cents dollars de mise de fonds il avait contribué à la lutte contre le syndicalisme au Texas. Keys avait tout nié, et Tate avait appris plus tard par la serveuse-pute que, chez lui, Keys s'était contenté de lui faire écouter du jazz qu'elle n'avait pas aimé, de lui parler de sa mère mourante et de fondre en larmes avant de lui appeler un taxi. Kelly avait ensuite contacté personnellement Tate pour lui dire que les Commanditaires étaient satisfaits et il avait reçu une prime substantielle par l'intermédiaire de Becky. La serveuse-prostituée avait été renvoyée au Mexique sur une inculpation bidon d'immigration clandestine et elle avait disparu dans le désert quelque part près de Ciudad Juárez, du moins Becky y avait-elle fait allusion un soir qu'elle était ivre et que Tate avait imaginé la draguer. C'était juste avant qu'elle lui parle de ce qui était probablement arrivé à la fille au Mexique et des contacts que les Commanditaires avaient là-bas. Elle avait eu un grand sourire en lui racontant ça et tout le désir qu'il avait cru éprouver pour elle s'était évanoui pour ne jamais revenir.

Malheureusement, d'autres personnes étaient mécontentes de ce que Tate faisait et il n'avait pas encore appris à se protéger des conséquences de ses vices. Tate n'était pas contre un petit plan cul à l'occasion. Il n'était pas marié, il avait un faible pour les filles de couleur, en particulier les prostituées du Dicky's, dans Dolorosa, vestige de l'époque où le quartier chaud de San Antonio était l'un des plus importants de l'Etat, et l'un de ceux où l'on pratiquait le moins la ségrégation raciale. Les soirs où aucune pute noire n'était disponible, il ne refusait pas une Mexicaine à la peau sombre, et le bruit finit par se répandre que Davis Tate fréquentait le Dicky's. Un soir qu'il en sortait, empestant le savon désinfectant que l'établissement fournissait pour les besoins hygiéniques de ses clients, il avait été photographié par un Blanc assis dans une voiture. Quand Tate avait protesté, les portières s'étaient ouvertes, trois Mexicains étaient descendus et lui avaient infligé la raclée de sa vie. Mais il avait noté le numéro de la voiture, oh oui, et donné un coup de téléphone alors qu'il attendait encore qu'on le soigne au Community Hospital de San Antonio. Barbara Kelly lui avait assuré que le problème serait réglé et il l'avait été.

La voiture était immatriculée au nom d'un nommé Francis « Frankie » Russell, un cousin de George Keys qui faisait un peu le détective privé pour arrondir ses fins de mois, essentiellement des histoires d'adultère. Vingt-quatre heures plus tard, on avait retrouvé son corps à la lisière est de Government Canyon. Comme il avait été castré, le bruit avait couru qu'il partageait certaines des faiblesses de son cousin, et l'histoire du syndicaliste qui aimait baiser les émigrées, clandestines ou non, avait refait surface. On n'avait établi aucun lien entre le meurtre de Russell et la découverte une semaine plus tard des restes de trois ouvriers agricoles mexicains balancés dans le lac Calaveras. Après tout, on ne les avait pas castrés, on les avait seulement abattus à coups de fusil.

Il s'agissait probablement d'un règlement de comptes entre gangs, estimèrent ceux qui s'y connaissaient dans ce domaine.

Davis Tate savait qu'il s'agissait d'autre chose et il avait très peur. Il n'avait pas signé pour devenir complice de meurtres. Tout ce qu'il avait voulu, c'était qu'une correction soit vengée par une autre. La nuit où les cadavres avaient été repêchés, il s'était bourré à mort avant d'appeler Barbara Kelly et il s'était plaint de ne pas avoir voulu la mort des types qui l'avaient agressé, d'avoir simplement souhaité qu'on leur donne une leçon. Kelly avait répondu qu'ils l'avaient reçue, leur leçon, et Tate s'était mis à beugler, à proférer des menaces, à parler de sa conscience. Puis il avait raccroché, ouvert une autre bouteille, et il avait dû s'endormir sur le sol parce qu'il n'était pas sûr d'être éveillé quand il avait ouvert les yeux et découvert une magnifique brune baissant les yeux vers lui.

« Je m'appelle Darina Flores. C'est Barbara Kelly qui m'envoie.

— Qu'est-ce que vous voulez ?

— Je veux te prévenir que tu as tout intérêt à rester fidèle à la cause. Je veux être sûre que tu comprends que le document que tu as signé est sérieux. »

Elle s'était agenouillée près de Tate, lui avait empoigné les cheveux de la main gauche et plaqué la droite sur sa gorge. Elle était très forte.

« Je veux aussi te parler des Commanditaires, et d'autres choses », avait-elle murmuré à son oreille.

Les mots étaient devenus images, et quelque chose était mort en Davis Tate ce soir-là.

Ce souvenir lui revint tandis que Becky parlait. Elle n'était pas de son côté, il l'avait deviné depuis longtemps. Elle représentait les intérêts des Commanditaires et de ceux qui, à leur tour, les manipulaient.

— Qu'est-ce que je dois faire ? demanda-t-il. Comment faire remonter mes taux d'audience ?

— Certains font valoir que tu es trop subtil, pas assez radical. Tu dois déclencher une controverse.

— Comment ?

— Demain, tu apprendras la disparition d'une adolescente dans le nord de l'Etat de New York. Elle s'appelle Penny Moss, elle a quinze ans. Tu auras l'exclusivité de l'info : lorsqu'on découvrira le corps de Penny, tu recevras les preuves que son meurtrier est un converti à l'islam qui a décidé de faire un exemple parce qu'elle portait une robe indécente. Même les flics ne le sauront pas avant toi. Les éléments te seront transmis de manière anonyme. Nous aurons des journalistes prêts à faire des commentaires. Tu vas te retrouver dans l'œil du cyclone.

Tate faillit vomir sa bière. Ça ne le dérangeait pas de tailler les libéraux en pièces parce que, on dira ce qu'on veut des libéraux — et Tate n'était pas le dernier à les dénigrer —, ils ne sont pas enclins à exprimer leurs objections en braquant un revolver sur vous, pas plus qu'ils ne font exploser des bâtiments fédéraux dans l'Oklahoma. Les musulmans, c'était autre chose. Tate prenait plaisir à les narguer, en sécurité dans les studios de sa station de radio, tant qu'il n'était qu'une voix parmi de nombreuses autres, mais il ne voulait pas devenir une figure de proue de l'anti-islamisme. Il était propriétaire d'un appartement agréable à Murray Hill, dont certaines rues commençaient à ressembler à Karachi ou à Kaboul. Il voulait continuer à pouvoir se promener dans ce quartier de Manhattan sans mettre sa vie en danger, et il n'avait certes pas envie de devoir déménager à cause d'une émission de radio.

— Comment je peux savoir si c'est vrai ?
— Parce que nous le ferons devenir vrai.

Toute son envie de bière disparut. Si les choses devaient se passer comme Becky le suggérait, il avait besoin de garder les idées claires. Un dernier détail le préoccupait :

— Cette fille, cette Penny Moss, je n'ai pas entendu parler d'elle. Quand a-t-elle disparu ?

Plus tard, juste avant de mourir, il se rendrait compte qu'il connaissait déjà la réponse, qu'il l'avait devinée avant même que Becky ouvre la bouche, et qu'il aurait presque pu prononcer les mots en même temps qu'elle s'il l'avait voulu.

— Ce soir, répondit Becky. Elle disparaîtra ce soir.

24

Chez Nicola's, Epstein s'était résigné à l'absence de ses gardes du corps, de toute façon il n'avait pas tellement le choix. Le bureau de Nick était agréablement chaud, il y flottait une légère odeur de pain fraîchement cuit et son café était excellent. Je commençai par croire que je me montrais plus hospitalier avec le rabbin qu'il ne le méritait après notre dernière rencontre, mais il ne me fallut pas longtemps pour prendre conscience d'un élément de notre confrontation que ma colère m'avait fait sous-estimer alors : il avait terriblement peur, et peur de moi. Même en ces instants, il demeurait nerveux, et ce n'était pas dû uniquement à l'absence de sa garde rapprochée. Malgré mes dénégations et les hochements de tête approbateurs de Liat, je troublais toujours le vieil homme. La présence de Louis dans la pièce n'arrangeait probablement rien : Louis aurait rendu un mort nerveux.

— Votre main tremble, fis-je remarquer en le regardant boire une gorgée de sa tasse.

— Le café est fort.

— Vraiment ? J'aurais pu marcher sur le breuvage turc que vous m'avez servi hier soir si la tasse avait été assez grande, et vous trouvez le café de Nick trop fort pour vous ?!

Il haussa les épaules.

— *Chacun ses goûts.*

Louis me tapota l'épaule et commenta :

— C'est du français.

— Merci, marmonnai-je.

— Ça veut dire : « Chacun fait selon son goût », expliqua-t-il comme s'il s'adressait à un enfant attardé.

— T'as fini ?

Je me demandais parfois si Angel n'avait pas sur Louis une influence stabilisatrice. C'était une possibilité que je trouvais préoccupante.

— Je cherchais seulement à rendre service, se justifia Louis.

Il se tourna vers Walter Cole comme pour lui dire : « Qu'est-ce qu'il faut pas faire ! »

— Je savais pas que c'était du français, avoua Walter.

— Tu vois, me dit Louis. Il savait pas, lui.

— Il n'est jamais allé plus loin à l'est que Cape May, répliquai-je. Le plus près qu'il ait été de la France, c'est quand il a caressé un caniche[1].

— Qu'est-ce que ça signifie ? demanda Walter. Ce qu'il a dit.

— Je viens de l'expliquer, s'énerva Louis. Chacun fait selon son goût.

— Ah, fit Walter. J'aurais cru autre chose.

— Parce que c'était en français, argua Louis.

— Sûrement. Les Français ont des tas de mots pour dire les choses, hein ?

Louis cessa de s'intéresser à lui et ne remarqua pas le clin d'œil que Walter m'adressait.

— Bon, et maintenant ? demanda Epstein.

— Vous parlez allemand, non ?

— Oui, je parle allemand.

— Bon Dieu, soupira Walter, on se croirait à Ellis Island, ici.

— Vous savez ce que signifie *Seitensprung* ? poursuivis-je.

— Oui. Ça consiste à changer de partenaire pendant une danse.

Walter remua sur son siège et tapota le bras de Louis.

---

1. Le caniche est considéré par les Américains comme le chien français par excellence.

— Les Allemands aussi ont des tas de mots pour dire les choses, hein ?

— Tu te fous de moi, mec, je le sais.

— Non, c'est vraiment comme une autre langue...

Je tentai de les ignorer et de me concentrer sur Epstein.

— Je ne sais ni pourquoi ni comment mon nom s'est retrouvé sur cette liste, mais vous n'avez aucune raison de penser que je pourrais vous nuire. C'est pour ça que je vous ai fait venir ici sans vos gardes du corps. Si j'avais voulu vous tuer, vous seriez mort, et ces deux hommes ne seraient pas là seulement pour m'accompagner.

Croisant le regard de Louis, j'ajoutai :

— Enfin, l'un des deux ne serait pas là.

— Ce dont j'ai peur, comme je vous l'ai expliqué hier soir, c'est qu'il y ait en vous une présence qui ne s'est pas encore manifestée, dit le rabbin.

— Et moi je vous ai répondu que, si j'étais comme eux, la chose qui sommeillait en moi se serait réveillée depuis longtemps. Il y a eu de nombreuses occasions où, si j'avais été l'hôte d'une immonde créature, elle aurait pu sortir de sa torpeur et intervenir pour sauver ses semblables. Or, elle ne l'a pas fait. Parce qu'elle n'est pas en moi.

Les épaules d'Epstein s'affaissèrent et il eut l'air encore plus vieux qu'il ne l'était.

— L'enjeu est tellement élevé.

— Je le sais.

— Si nous nous étions trompés sur votre compte...

— Vous seriez tous morts, enchaînai-je. Il n'y aurait aucun intérêt à vous laisser en vie.

Epstein ne répondit pas et ferma les yeux. Je me dis qu'il priait peut-être. Quand il les rouvrit, il parut avoir pris une décision.

— *Seitensprung*, dit-il, hochant la tête. On ne change pas de partenaire pendant une danse.

— Non, confirmai-je.

— Et maintenant ?

— Qu'en pensez-vous ?

— Il faut trouver cet avion, répondit Epstein.

— Pourquoi ? demanda Louis.

— Parce qu'une autre version de la liste s'y trouve, répondis-je à la place d'Epstein. Barbara Kelly a été assassinée parce que les gens pour qui elle travaillait ont découvert qu'elle tentait de se racheter, d'assurer son salut en révélant ce qu'elle savait. Sa liste a disparu, il reste celle de la forêt. Elle est probablement plus ancienne que celle de Kelly, mais peu importe. Ça vaut le coup de la récupérer.

— On sait pas où il est, cet avion, fit observer Walter.

— Vous pourriez appeler votre ami, l'agent spécial Ross, du FBI, suggérai-je à Epstein. Grâce à des images satellite, il peut repérer dans la forêt des traces indiquant l'endroit où un avion s'est écrasé...

— Non, laissa tomber le rabbin.

— Vous n'avez pas confiance en lui ?

— Je lui fais totalement confiance, mais comme je vous l'ai dit hier, nous ne savons pas qui d'autre figure sur cette liste. Il est possible que le FBI lui-même soit infiltré. Le risque d'éveiller leurs soupçons sur ce que nous essayons de faire serait trop élevé.

Il se pencha en avant au-dessus de la table, joignit les mains et reprit :

— Vous êtes sûr que cette femme ne sait pas où se trouve l'avion ?

— Elle m'a dit que son père ne le lui a pas révélé.

— Et vous l'avez crue ?

— Son père et son copain étaient perdus quand ils sont tombés dessus. S'il lui a donné des indications plus précises, elle ne me les a pas communiquées.

— Vous devez retourner la voir pour découvrir tout ce qu'elle sait. Tout. En attendant, nous essaierons de reconstituer l'emploi du temps de Barbara Kelly et d'apprendre tout ce que nous pourrons sur elle. Elle a peut-être caché quelque part une copie de la liste avant de mourir.

Je ne pus retenir une moue sceptique. Epstein avait peut-être raison de penser que Kelly avait fait une photocopie de la liste et l'avait planquée dans un autre endroit que chez elle, mais si c'était le cas, j'étais sûr qu'elle avait révélé la cachette sous la torture.

— Marielle Vetters, dis-je.

Epstein parut dérouté.

— Quoi ?

— C'est le nom de la femme qui m'a donné cette liste. Son père s'appelait Harlan et l'ami de son père Paul Scollay. Ils sont tous de Falls End, une petite ville située à la lisière de la forêt du Grand Nord.

Le visage du rabbin s'éclaira.

— Pourquoi me dites-vous ça ? demanda-t-il, bien qu'il connût probablement déjà la réponse.

— Parce que *moi*, je vous fais confiance.

— Même après ce qui s'est passé hier soir ?

— Peut-être d'autant plus. Sur le coup, ça ne m'a pas plu, et je n'ai pas envie que ça recommence, mais je comprends que vous ayez eu cette réaction. Nous sommes du même côté, rabbin.

— Le côté de la lumière.

— Avec un peu d'ombre, nuançai-je. Je verrai Marielle. Et aussi Ernie Scollay, au cas où son frère aurait laissé échapper quelque chose pendant tout ce temps. Mais je ne veux pas que vos gars s'approchent d'eux.

— Seule Liat connaîtra leurs noms.

— Et Liat ne parle pas, hein ?

— Non, monsieur Parker, Liat ne parle pas. Elle sait garder un secret.

Epstein jeta un coup d'œil à Louis et à Walter, comme s'il avait envie d'ajouter autre chose sur le sujet.

— Pas de problème, assurai-je. Quoi que vous ayez à dire, vous pouvez le dire devant eux.

— Elle ne m'a parlé que de vos blessures. De rien d'autre. Et je ne lui ai pas demandé de coucher avec vous, au cas où vous vous poseriez la question. Elle l'a fait pour des raisons personnelles.

— Je le savais bien que t'avais baisé, fit la voix de Louis derrière moi.

Il se tourna vers Walter.

— Je le savais, qu'il avait baisé.
— Moi, je le savais pas. On me dit jamais rien, se plaignit Walter.
— Fermez-la, tous les deux.
— Cela vous intéressera peut-être de savoir qu'elle vous a cru dès le départ, m'informa Epstein. C'est moi qui avais des doutes, pas Liat. Elle n'en avait aucun, mais elle a cédé aux craintes d'un vieil homme. Elle l'a su, m'a-t-elle dit, dès qu'elle vous a pris en elle.
— Oh, *nom de Dieu*... Ça, c'est du lourd, du...
— Je vous ai dit de la fermer.
— Voilà, conclut Epstein, qui se leva et boutonna sa veste. Nous progressons. Vous parlerez aujourd'hui à cette femme ?
— Demain. Je m'arrêterai peut-être en chemin pour voir un avocat de Lynn.
— Eldritch, traduisit le rabbin, qui n'avait pas l'air ravi de prononcer ce nom.
— Je ferai attention à ce que je lui dirai.
— Quoi que nous sachions, il en sait déjà plus que nous, je pense. Et son client aussi.
— L'ennemi de mon ennemi... commençai-je.
— Peut aussi être mon ennemi, acheva Epstein. Nous ne partageons pas leurs objectifs.
— Parfois, j'ai l'impression que si. Nous partageons peut-être même certaines de leurs méthodes.
Epstein choisit de ne pas prolonger la discussion et me serra la main.
— Une voiture vous attend dehors, annonçai-je. Louis vous raccompagnera à Brooklyn.
— Et mes jeunes amis ?
— Ils s'en sortiront très bien. Bon, plus ou moins.
J'avais l'intention de prendre l'avion pour Boston deux heures plus tard. Louis et Angel remonteraient en voiture un ou deux jours plus tard avec leurs jouets. En attendant, je repassai dans ma tête ce que Marielle Vetters m'avait confié : un détail de son récit avait retenu mon attention, uniquement parce qu'il était en contradiction avec une autre

histoire que j'avais entendue des années plus tôt. C'était peut-être sans importance, un déficit de mémoire chez moi ou chez l'homme qui m'avait raconté cette histoire, mais, si Marielle Vetters ne savait réellement rien de plus sur l'emplacement de l'avion, il se pouvait que je trouve un autre moyen de réduire la zone de recherche.

Il s'agissait simplement de parler à quelqu'un d'un fantôme.

25

Adiv et Yonathan marchaient péniblement vers le sud en traversant la forêt profonde des Pine Barrens du New Jersey. Le nommé Angel avait roulé sur une piste défoncée pendant des heures, leur avait-il semblé, avant de les déposer finalement au milieu de nulle part. Il leur avait indiqué la direction à suivre s'ils voulaient rejoindre Winslow ou Hammonton, mais ils ne savaient pas s'ils devaient lui faire confiance et, pour dire la vérité, ses indications leur avaient paru un peu vagues.

« J'aime pas la nature, leur avait-il déclaré en les tenant sous la menace de son arme. Trop d'arbres. Trop de serpents, de lynx et d'ours.

— D'ours ? avait répété Adiv.

— *Et* de serpents, *et* de lynx. Mais vous tracassez pas trop pour les ours.

— Pourquoi ?

— Ils ont plus peur de vous que vous d'eux.

— Vraiment ? avait demandé Yonathan.

— Vraiment. Ou alors, je confonds avec les araignées. Enfin, bonne promenade. »

Les portières s'étaient refermées. Adiv et Yonathan avaient été abandonnés dans un nuage de poussière et de brindilles. Il faisait de plus en plus sombre, mais ils avaient au moins trouvé une route, même si aucun véhicule ne l'empruntait et si aucune lumière ne signalait encore la présence d'une habitation.

— J'ai bien cru qu'ils allaient nous tuer, dit Adiv.

— La prochaine fois, tu seras peut-être plus poli, le chapitra Yonathan.

— Et toi, tu braqueras pas ton flingue sur n'importe qui, répliqua Adiv.

Ils continuèrent à avancer. Tout était silencieux autour d'eux.

— On va bien finir par trouver un magasin ou une station-service, prédit Adiv.

Yonathan n'en était pas si sûr. La voiture s'était enfoncée au plus profond de la forêt et il leur avait fallu un moment pour trouver quelque chose qui ressemblait plus à une route qu'à une piste. Il fallait qu'ils sortent de la forêt avant que la nuit tombe pour de bon. Il espérait que le rabbin n'avait rien. Ils avaient été ridiculisés sur le plan personnel et professionnel, mais si en plus il arrivait quelque chose au rabbin...

— Au moins, il nous a laissé de la monnaie pour téléphoner, dit-il.

Adiv plongea la main dans sa poche, en tira les quatre pièces. Il les serra dans son poing, embrassa le dos de sa main, la rouvrit, examina les pièces de plus près, s'arrêta en clignant des yeux dans le crépuscule.

— Quoi ? s'enquit Yonathan.

— Le fils de pute, murmura Adiv.

Il laissa tomber les pièces dans la main de son ami avant de tonitruer en hébreu :

— *Ben zona ! Ya chatichat chara ! Ata zevel sheba'olam !*

Il secoua le poing dans la direction générale du sud-est puis abattit durement le dos de sa main droite sur sa paume gauche.

De l'extrémité d'un doigt, Yonathan fit glisser les pièces au creux de sa main.

— Des *quarters* canadiens. Le salaud.

26

Davis Tate ne parvenait pas à chasser l'odeur de la nicotine de ses narines et de sa bouche. Il avait l'impression d'être recouvert de saleté à l'intérieur et à l'extérieur de son corps, bien que l'homme du box du fond fût sorti depuis longtemps du bar. Ils ne l'avaient même pas vu partir et seuls le journal et le cognac – auquel il avait à peine touché – confirmaient qu'il avait bien été là. Sa présence avait profondément troublé Tate, il n'aurait su dire pourquoi. Peut-être parce que l'homme avait brièvement cessé de tambouriner sur la table quand Tate avait plaisanté sur ses maigres chances de vivre encore longtemps ; en tout cas, il était sûr que l'inconnu les avait observés, Becky et lui. Tate était même allé jusqu'à faire signe à leur serveuse d'approcher alors qu'elle débarrassait le verre de cognac et essuyait la table avec une lavette sentant l'eau de Javel. Becky le regardait, perplexe et contrariée, mais il s'en fichait.

— Le type qui était assis dans ce box, vous l'aviez déjà vu ? demanda-t-il à la serveuse.

Elle haussa les épaules, avec une expression d'ennui mortel.

— On est à mi-chemin du centre, ici, répondit-elle. La moitié des clients, je les revois jamais.

— Il a payé en liquide ou avec une carte de crédit ?

— Vous êtes quoi, flic ?

— Non, je suis animateur d'une émission de radio.

— Ah, ouais ? fit-elle, soudain intéressée. Quelle station ?

La réponse de Tate ne lui dit rien.

— Vous passez de la musique ?
— Non, c'est une émission-débat.
— Oh, j'écoute pas ces conneries. Hector, si.
— C'est qui, Hector ?
— Le barman.

Sans réfléchir, Tate regarda par-dessus son épaule, vers le tableau noir où Hector inscrivait les plats du jour. Quoique mettant beaucoup d'application à sa tâche, le barman trouva le moyen de lui adresser un autre clin d'œil. Tate frissonna.

— Il sait qui je suis ?
— J'en sais rien, répondit la serveuse. Vous êtes qui ?
— Peu importe. Revenons à ma question : le type, là-bas, il a payé en liquide ou avec une carte de crédit ?
— Je vous suis : s'il a payé avec une carte, vous pourriez me demander le bordereau et vous auriez son nom...
— Exactement. Vous devriez être inspecteur.
— Non, j'aime pas les flics, surtout ceux qui viennent ici. Vous êtes sûr que vous êtes pas flic ?
— J'en ai l'air ?
— Non. Vous avez l'air de rien du tout.

Tate tenta d'estimer si elle venait de l'insulter, renonça à savoir.

— Liquide ou carte ? répéta-t-il lentement et, espérait-il, pour la dernière fois.

La serveuse plissa le nez, se tapota le menton de son stylo et se livra à la pire imitation que Tate eût jamais vue d'une personne ne se souvenant pas. Il eut envie de lui enfoncer son stylo dans la joue. Au lieu de quoi, il tira de son portefeuille un billet de dix et le regarda disparaître dans la poche du tablier de la serveuse, qui répondit :

— Liquide.
— Dix dollars pour ça ? Vous auriez pu me le dire tout de suite.
— Vous avez parié. Vous avez perdu.
— Merci bien !
— De rien.

La serveuse reprit son plateau avec le verre de cognac et l'exemplaire du *Post* laissé par l'inconnu. Quand elle voulut passer devant Tate, il lui saisit le bras.
— Hé ! protesta-t-elle.
— Une dernière question. Hector, le barman...
— Quoi ?
— Il serait pas un peu gay, des fois ?
Elle secoua la tête.
— Hector est pas un peu gay.
— Sérieusement ? dit Tate, sidéré.
— Bien sûr. Il est *totalement* gay.

Alors que Becky et lui s'apprêtaient à partir, Tate repensait à l'adolescente, Penny Moss. Sa productrice avait connaissance d'un crime qui n'avait pas encore été commis, de l'enlèvement et du meurtre d'une gamine, mais dans quel but ? Fomenter des troubles ou faire grimper son taux d'audience ? Les deux ?
— Tu fais partie de quelque chose qui te dépasse, Davis, lui dit-elle en réglant l'addition.
Le barman pédé ricanait en glissant dans la machine la carte bancaire de Becky ; la serveuse, adossée au comptoir, lui murmurait quelque chose, un sourire féroce sur ses traits grossiers. L'animateur et sa productrice avaient fini par renoncer à la faire venir à leur table pour prendre la carte de Becky. Tate était sûr que la serveuse parlait au barman des questions qu'il lui avait posées à son sujet. Il espérait que Hector ne le prendrait pas pour un homo. Il avait assez de problèmes comme ça.
La serveuse gloussa quand Hector lui chuchota quelque chose, puis elle se couvrit la bouche pour répondre en voyant Tate l'observer.
Salope, pensa Tate. Tu n'es bonne qu'à faire ce boulot et tu souriras moins quand tu verras le pourboire. Il ne remettrait jamais les pieds dans cet endroit, avec ses clients qui puaient et son ambiance bizarre, comme si c'était la porte d'un autre

royaume, un lieu où des hommes se montaient les uns sur les autres et où des femmes s'avilissaient en les fréquentant.

Tate détestait New York. Il détestait l'arrogance de cette ville, l'aplomb apparent de ses habitants, même des plus pauvres, larbins payés un salaire de misère qui, au lieu de garder la tête et les yeux baissés, semblaient avoir été contaminés par l'absurde certitude de cette ville d'être au-dessus des autres. Il avait demandé à Becky d'envisager la possibilité de diffuser l'émission à partir d'une autre ville, n'importe laquelle. Enfin, peut-être pas n'importe laquelle. Bon Dieu, il pourrait se retrouver à Boston, ou à San Francisco. Becky lui avait répondu que ce n'était pas possible, qu'ils avaient un accord avec les studios de New York, que, s'il déménageait, elle devrait suivre, et qu'elle n'avait aucune envie de quitter la ville. Tate avait souligné que c'était *lui* qui avait le talent et que ce qu'il souhaitait devrait peut-être passer avant ce qui l'arrangeait, *elle*. Becky l'avait gratifié d'un étrange regard, moitié pitié, moitié quelque chose proche de la haine.

« Tu devrais en parler à Darina, avait-elle suggéré. Tu te souviens de Darina, n'est-ce pas ? »

Tate s'en souvenait. C'était pour cette raison qu'il prenait des pilules qui l'aidaient à dormir.

Il savait maintenant qu'il resterait exactement là où Becky, Darina et les Commanditaires voulaient qu'il soit, c'est-à-dire à New York, où ils pouvaient avoir l'œil sur lui. Il avait conclu un accord avec eux, mais il n'avait pas été assez intelligent pour examiner les clauses écrites en petits caractères. En même temps, à quoi cela aurait servi ? S'il avait décliné leur offre, sa carrière aurait été finie. Ils y auraient veillé, il en était sûr. Il n'aurait fait aucun progrès, il serait resté pauvre et inconnu. Alors que maintenant, il avait de l'argent et une certaine influence. La chute de son taux d'audience n'était qu'un pépin temporaire. Elle s'arrêterait. Ils y veilleraient. Ils avaient trop investi sur lui, c'était impossible qu'ils le laissent tomber.

Impossible, vraiment ?

— Ça va ? lui demanda Becky tandis qu'ils se dirigeaient vers la porte. Tu as l'air souffrant.

Comme si elle ne s'en foutait pas totalement !

— J'aime pas cet endroit pourri, répondit Tate.
— Ce n'est qu'un bar ordinaire. Tu es en train de perdre tes racines. C'est une partie du problème que nous rencontrons.
— Non, rétorqua-t-il, je parle de cette ville. Ces gens ne me soutiennent pas. Ils me méprisent.

Un client assis au comptoir sur le tabouret le plus proche de l'entrée réclama l'attention du barman — « Hé, Hector, je crève de soif, moi, ici ! » — et celui-ci marcha lentement vers lui en restant au niveau de Becky et Tate. Sentant ses yeux sur lui, Tate tourna la tête, soutint son regard et Hector lui envoya un baiser.

— Pour tous tes auditeurs, précisa-t-il. Et si tu reviens, j'ai aussi quelque chose de spécial pour toi...

Tate n'attendit pas pour entendre de quoi il s'agissait, bien que la façon dont Hector s'empoignait l'entrejambe et le secouait limitât sérieusement les possibilités. Au moment où ils arrivaient à la porte, son œil tomba sur le présentoir des journaux. Ils étaient tous déjà chiffonnés et tachés, à l'exception de l'exemplaire du *Post* que l'inconnu avait eu sur sa table, qui semblait tout juste sorti des presses. En travers de la première page, on avait écrit au feutre noir :

SALUT, DAVIS

Tate saisit le journal, le montra au barman.
— C'est toi qui as écrit ça ?
Il criait, sans se soucier du scandale.
— Quoi ? fit Hector, l'air sincèrement dérouté.
— Je te demande si c'est toi qui as écrit ces mots sur le journal !
Le barman examina le *Post* en prenant son temps.
— Non. Moi j'aurais marqué « Crève, Davis, sale trouduc homophobe »... Et j'aurais ajouté un smiley.
Tate lança le journal sur le comptoir. Il se sentait fatigué, très fatigué.
— Je ne hais pas les homos, murmura-t-il.
— Ah bon ?

— Non, dit-il.

Se retournant vers la sortie, il précisa :

— Je hais tout le monde.

Becky et lui se séparèrent au coin de la rue. Il essaya de discuter du message laissé sur le *Post*, mais elle n'avait pas envie de l'écouter. Elle l'avait assez vu pour aujourd'hui. Il la regarda s'éloigner, sa jupe noire moulant ses fesses et ses cuisses, ses seins hauts et ronds sous son chemisier bleu marine. C'était une belle femme, il devait le reconnaître, pourtant elle n'exerçait plus aucun attrait sur lui, elle lui faisait bien trop peur.

C'était un autre aspect du problème : si, en principe, elle n'était que sa productrice, il l'avait toujours soupçonnée d'être bien plus. A leur première rencontre, elle avait semblé dépendre de Barbara Kelly, mais au cours des années qui avaient suivi, il l'avait vue donner des ordres à d'autres, y compris à Kelly. Becky avait trois portables, et même quand elle était assise dans le fauteuil du producteur, veillant ostensiblement à ce que l'émission se passe bien, elle pressait toujours l'un de ces téléphones contre son oreille. Par curiosité, Tate l'avait un jour suivie au sortir des studios après l'enregistrement d'une émission, se tenant à distance, tâchant de se fondre dans la foule. Deux rues plus bas, il avait vu une limousine noire s'arrêter le long du trottoir et Becky était montée dedans. Il n'y avait personne d'autre à l'arrière et le chauffeur, au lieu de descendre pour lui ouvrir la portière, était demeuré invisible derrière les vitres fumées.

Tate avait filé Becky à trois reprises, et à chaque fois la même voiture était venue la prendre, à quelque distance des studios. Productrice, mon cul, avait pensé Tate, mais en un sens, c'était curieusement rassurant. Cela confirmait qu'il était associé à des gens sérieux et que le pactole qui l'avait aidé à grimper ne se tarirait pas de sitôt.

Il finirait peut-être même par avoir une limousine qui viendrait le chercher, lui aussi.

De retour dans la sécurité de son immeuble, il se sentait encore souillé par la puanteur du bar, à la fois par les relents de nicotine et par l'odeur musquée d'une sexualité dégradée, tourmenté de savoir ce qui allait arriver à Penny Moss. Il pouvait peut-être taper son nom sur Google, la chercher sur Facebook. Lui envoyer un message. Il devait bien y avoir un moyen de le faire sans révéler son identité. S'il ouvrait un compte provisoire sous un faux nom, est-ce qu'il ne devrait pas attendre d'abord qu'elle devienne son amie ? Et combien de Penny Moss y avait-il sur le réseau ?

Téléphoner posait le même problème : par où commencer ? Il pouvait prévenir la police par un coup de fil anonyme, dire ce qu'il savait : une adolescente du nom de Penny Moss allait être kidnappée et assassinée, sauf qu'il ne pouvait pas préciser où elle vivait, ni qui l'enlèverait et la tuerait, pas sans parler de Becky, et s'il le faisait, il révélerait sa propre identité. Il perdrait tout ce pour quoi il avait travaillé aussi dur : son argent, son pouvoir, son bel appartement, ou même sa vie, parce qu'il y avait toujours le petit problème de Darina Flores. Ils l'enverraient s'occuper de lui et ça se terminerait mal. Ça se terminerait tout court.

Il entra dans l'ascenseur, regarda son reflet dans le miroir en montant. Sa soirée se déroula devant lui : assis dans le noir, il débattrait avec lui-même de la fille tout en sachant qu'au bout du compte il ne ferait rien du tout. Finalement, il se servirait un verre et se raconterait qu'il ne se passerait rien. Aucune gamine nommée Penny Moss ne serait enlevée le soir même, aucun couteau de boucher taché de son sang ne serait retrouvé chez un mangeur de bouffe halal, un fanatique religieux infiltré se dissimulant sous une normalité banlieusarde et vomissant toutes les valeurs de ce pays. Ce ne serait pas un innocent, avait dit Becky. Ils avaient choisi un homme qui constituait un danger pour tous ; une fois l'attention attirée sur lui, on découvrirait de nombreuses preuves de son implication dans toutes sortes de vilenies. Ce qu'ils feraient ne serait que justice. Quant à Penny Moss, eh bien, il serait peut-être possible d'atteindre l'objectif visé sans la tuer. Il ne serait pas utile de verser le sang, pas vraiment.

Ou pas beaucoup.

Tate avait cependant lu la vérité dans les yeux de Becky et il savait que ce serait un pas de plus sur le chemin de sa damnation, peut-être le dernier. Il l'avait parcouru peu à peu, lentement d'abord, mais il avait senti ses pieds commencer à glisser dès que le vitriol qu'il crachait avait été dirigé sur des cibles spécifiques, dès qu'il avait cessé de se demander si ce qu'il disait était en partie vrai ou servait simplement à dresser des Américains contre d'autres Américains et à rendre tout débat rationnel impossible, dès lors que des vies avaient été détruites, des carrières et des couples anéantis.

Dès que George Keys s'était suicidé, parce que c'était à ça que le pauvre gars avait été réduit. Sa mère était morte une semaine après que le syndicat l'avait exclu et la conjugaison des deux événements l'avait brisé. Il s'était pendu dans la chambre de sa mère, entouré des affaires de la vieille dame. Et c'était le côté bizarre de l'histoire : George Keys était gay, mais tellement tourmenté par son homosexualité qu'il avait eu peur de s'en servir pour réfuter les allégations selon lesquelles il aurait couché avec la serveuse-pute mexicaine. Si certains avaient accusé Tate de ce qui s'était passé, ils l'avaient fait discrètement, pour la plupart. Davis Tate était alors bien parti pour devenir intouchable.

Et damné.

Petits pas, petites progressions dans le mal.

Il glissa sa clé dans la serrure, ouvrit la porte de son appartement, remarqua l'odeur de nicotine un instant trop tard : ses réactions étaient ralenties par les bières qu'il avait bues et ses sens engourdis par les relents de tabac qu'il avait rapportés du bar. Il tenta de fuir dans le couloir, mais un poing le frappa au côté de la tête, le projetant contre l'encadrement de la porte ; une lame pressa son cou, si aiguisée qu'il ne se rendit compte qu'il avait été coupé que lorsqu'il sentit le sang couler. Alors seulement vint la douleur.

— Il est temps de parler, dit une voix empuantie à son oreille. Et peut-être de mourir.

27

Walter Cole me conduisit en voiture à l'aéroport pour prendre la navette Delta à destination de Boston. Il était resté relativement silencieux depuis que nous étions sortis de chez Nicola's. Walter savait ruminer.

— Il y a quelque chose que tu voudrais me dire ? lui demandai-je.

— J'avais juste oublié combien tu sais rendre intéressants les temps où tu vis[1], répondit-il alors que nous arrivions en vue de LaGuardia.

— Dans un sens positif ou à la chinoise ?

— Les deux, je crois. La retraite, ça me plaît bien, mais des fois, j'ai des envies qui me démangent. Je lis un article sur une affaire, ou je vois un reportage à la télé, et je me rappelle comment c'était d'être sur le coup, le flash de l'adrénaline, le sentiment de, je sais pas, d'avoir...

— Un but ? suggérai-je.

— Ouais, un but. Et là-dessus, Lee entre dans la pièce avec une bière pour moi et un verre de vin pour elle. On parle, ou j'aide à préparer le dîner...

— Tu fais la cuisine, maintenant ?

— Bon Dieu, non. J'ai essayé de faire un ragoût une fois, même le chien a été malade, et il avale des crottes de cerf sans broncher. J'aide Lee en n'essayant pas de faire la cuisine, en m'assurant juste que son verre est plein. De temps en

---

1. Allusion à la formule chinoise « Puissiez-vous vivre en des temps intéressants », qui est en fait une malédiction déguisée.

temps, un des enfants passe nous voir, la soirée se prolonge dans la nuit et on est bien. Tout simplement *bien*. Tu sais combien de repas j'ai ratés en étant flic ? Trop. Maintenant, je rattrape le temps perdu. Le contentement est un sentiment très sous-estimé, mais ça tu l'apprends qu'en vieillissant, et il s'accompagne du regret d'avoir mis autant de temps à te rendre compte de ce que tu ratais.

— Tu es en train de me dire que tu n'échangerais pas ta vie contre la mienne ? Pardonne-moi de ne pas être stupéfait.

— Ouais, c'est à peu près ça. En entendant tout ce qui s'est dit dans l'arrière-boutique de chez Nicola's aujourd'hui, j'ai ressenti à nouveau des démangeaisons, mais aussi de la peur. Je suis devenu trop vieux, trop faible, trop lent. Je suis mieux là où je suis. Je suis incapable de faire ce que tu fais. J'en ai pas envie. Mais j'ai peur pour toi, Charlie, de plus en plus peur avec les années. Autrefois, je pensais que tu pouvais arrêter, qu'en allant dans le Maine tu deviendrais un type normal faisant des trucs normaux. Maintenant, je sais que c'est pas ton destin. Je me demande seulement comment ça va finir, parce que tu vieillis, comme les deux cinglés qui traînent dans ton sillage. Et les gens que tu affrontes, ils sont de pire en pire. Tu comprends ce que je veux dire ?

— Oui, répondis-je.

Et j'étais sincère.

Nous arrivions au terminal Delta. Les taxis s'attroupaient, les gens se souhaitaient bon voyage. Maintenant que le moment de partir était venu, j'avais envie de rester. Walter s'arrêta le long du trottoir, me posa une main sur l'épaule.

— Ils finiront par t'avoir, Charlie. Il en viendra un qui sera plus fort que toi, plus rapide et plus impitoyable. Ou bien ils seront trop nombreux, même avec Angel et Louis pour t'aider à combattre. Alors, tu mourras, Charlie. Tu mourras et tu ne laisseras à ta fille que le souvenir d'un père. Et le problème, c'est que t'y peux rien, hein ? C'est comme si c'était déjà écrit.

A mon tour, je posai ma main sur son épaule gauche.

— Je peux te dire quelque chose ?

— Bien sûr, répondit-il.
— Ça ne te fera peut-être pas plaisir.
— Vas-y. Je t'écoute.
— Tu es en train de devenir un pathétique vieillard.
— Dégage de ma ville, grommela-t-il. J'espère qu'ils te tueront à petit feu…

28

En ouvrant les yeux, Grady Vetters vit des nuages filer devant la lune. Il avait eu l'intention de faire une sieste d'une demi-heure, mais la journée lui avait glissé entre les doigts. Aucune importance : ce n'était pas comme s'il conduisait une ambulance ou éteignait des incendies. Ce n'était pas comme s'il avait un boulot quelconque.

Il se redressa, alluma une cigarette, et le livre de poche qu'il lisait avant de s'endormir tomba par terre. C'était une vieille aventure de Tarzan, un livre à tranche jaune, avec en couverture une illustration promettant plus que ce que le bouquin avait tenu jusque-là. Il l'avait trouvé sur l'étagère du séjour de Teddy Gattle, au milieu d'un tas d'autres livres qui n'auraient pas cadré avec l'idée que se faisaient ceux qui ne connaissaient pas Teddy aussi bien que lui. La maison de Teddy était aussi plus propre et mieux rangée que son jardin ne le laissait présager, et le lit de la chambre d'amis était plutôt confortable. Teddy avait eu la gentillesse d'offrir à Grady un endroit où dormir après la dispute avec sa sœur. Grady n'était pas sûr qu'il en aurait fait autant si les rôles avaient été inversés.

Grady avait mal au crâne alors qu'il n'avait pas bu. Ces derniers temps, il avait souvent mal à la tête. Il mettait ça sur le compte du stress et du fait que son séjour à Falls End avait déjà trop duré. La petite ville lui faisait invariablement cet effet depuis son premier retour après son premier trimestre au Maine College of Arts de Portland. Les médecins avaient déjà diagnostiqué l'alzheimer de sa mère, bien que, à ce stade, il ne se manifestât que par son désengagement du monde qui l'entourait, mais il savait qu'il devait rentrer pour la voir. Il avait même éprouvé une vague nostalgie pour Falls End après en avoir été séparé un long moment pour la première fois, et puis il était rentré, il s'était bagarré avec son père, il avait senti le bourg l'oppresser par son étroitesse d'esprit, son manque d'ambition et sa médiocrité même, tel un poids sur sa poitrine. A la manière de la couverture trompeuse du roman d'Edgar Rice Burroughs, le panneau jovial « Welcome to Falls End ! » planté à l'entrée de la ville était la meilleure chose qu'elle avait à offrir. Le dernier jour avant son retour au MeCA, Teddy et lui l'avaient vandalisé en le transformant en « You're welcome to Falls End »[1]. Ils trouvaient ça drôle, du moins Grady. Teddy était plus partagé, mais il avait donné la main pour faire plaisir à Grady. Le panneau avait retrouvé son état originel dès le lendemain, pourtant les soupçons sur l'auteur de la dégradation avaient pendant des années pesé sur Grady et, par extension, sur Teddy. Les petites villes ont une excellente mémoire.

Face au lit, une étagère accueillait photos, médailles et trophées, des reliques des années de Teddy au collège et au lycée. A l'époque, il était bon à la lutte et le bruit avait couru que deux ou trois universités plus au sud lui avaient offert une bourse, mais Teddy n'avait pas voulu quitter Falls End. A vrai dire, Teddy ne voulait même pas quitter le lycée. Il aimait faire partie d'un groupe, être entouré de personnes qui, indépendamment de leurs différences, aspect physique, capacités scolaires ou prouesses sportives, partageaient un même lien : la petite ville de Falls End. Pour Teddy, les années de lycée avaient été les plus heureuses de sa vie et rien depuis ne soutenait la comparaison. Grady regarda les photographies. Il figurait aux côtés de Teddy sur un grand nombre d'entre elles, mais il ne souriait que sur la moitié. Teddy, lui, souriait sur toutes.

---

1. « Bienvenue à Falls End » au départ, et « Falls End, vous pouvez le prendre, on vous le laisse », après modification.

Teddy Gattle, planète tournant éternellement autour de son soleil, Grady Vetters. Ou, pour user d'une autre image, Teddy Gattle, l'ombre trapue de Grady. Il était la réalité qui s'attachait obstinément aux rêves de Grady.

Grady se demandait s'il devait essayer de rappeler Marielle. Il lui avait laissé sur son répondeur un vague message de réconciliation auquel elle n'avait pas répondu et il présumait qu'elle était toujours en rogne contre lui. Il s'était réveillé chez Marielle, à moitié hébété par la gueule de bois après la dernière soirée chez Darryl Shiff, le genre de gars estimant que la semaine était gâchée si elle ne comportait pas au moins une teuf chez lui. Sa gueule de bois était déjà redoutable, mais il y avait pire : il ne s'était pas réveillé seul, il y avait une fille endormie à côté de lui, et il ne se rappelait pas qui c'était, ni comment elle se retrouvait là, ni ce qu'ils avaient fait ensemble. Si elle n'avait pas le mot « thon » écrit sur elle, c'était essentiellement parce qu'il ne restait pas assez de place sur sa peau pour ça, avec tous les autres trucs qui l'ornaient. Grady avait remarqué un nombre inquiétant de prénoms masculins – il avait compté deux « Franck », s'était demandé s'ils commémoraient le même type ou deux hommes différents – et, lorsqu'il avait abaissé le drap, il avait découvert une queue de diable tatouée en travers du cul de la fille et dont l'origine se perdait quelque part entre ses fesses minces. Juste sous la nuque, une couronne de feuilles vertes et de petites boules rouge vif rappelait son nom : Holly[1]. Elle avait même – ça lui était revenu à cet instant – fait une plaisanterie au sujet de ce tatouage, quelque chose sur les mecs qui se souvenaient de son nom par-derrière.

Il avait soudain eu envie de se doucher.

Il s'était levé pour aller pisser en espérant qu'à son retour la fille aurait disparu, mais quand il était ressorti des toilettes, Marielle se tenait sur le seuil de la chambre. La fille nue et couverte de tatouages avait tapé Marielle d'une clope puis enchaîné en lui demandant si elle était « la bonne femme »,

---

1. « Houx ».

ce qui suggérait qu'elle se trompait totalement si elle s'imaginait avoir couché avec un homme marié. C'était à peu près à ce moment-là que l'engueulade avait commencé, avec pour conséquence que Grady avait quitté la maison plus tard dans la matinée et s'était présenté chez Teddy, portant sa valise cabossée d'une main, son chevalet de l'autre, ses tubes de peinture et ses pinceaux partout où il avait réussi à en fourrer. Il n'avait aucune idée de l'endroit où Holly avait pu aller après s'être rhabillée, mais elle avait semblé prendre sereinement toute cette histoire. Elle ajouterait peut-être le nom de Grady à la liste de ses conquêtes : sous une aisselle, éventuellement, ou entre les orteils.

Grady finit sa cigarette et l'écrasa dans un cendrier volé dans un bar de Bangor, du temps où les bars avaient encore leurs propres cendriers. A pas feutrés il gagna la cuisine, trouva du pain frais sur la table, du jambon et du fromage dans le réfrigérateur. Il se fit un sandwich qu'il mangea debout, accompagné d'un verre de lait. Il y avait de la bière au frigo, mais il avait perdu l'habitude de boire de la bière ces dernières années, et la quantité qu'il avait ingurgitée depuis son retour à Falls End ruinait sa digestion. Il préférait le vin, mais Teddy n'en avait qu'une bouteille, qui avait les dimensions d'une boîte aux lettres et sentait comme si on l'avait fabriqué avec du parfum bon marché et des fleurs fanées.

Une fois de plus, Grady se sentit emprisonné d'une manière qui lui rappelait sa jeunesse, lorsqu'il ne vivait que pour partir dans le Sud, laisser derrière lui ses parents, sa sœur et toutes les impasses de l'évolution réunies à Falls End. Quoique qu'il eût préféré faire une école des beaux-arts à Boston ou à New York, il se rabattit sur Portland, où vivait une de ses tantes. C'était la sœur cadette de sa mère, considérée comme dangereusement bohème par le reste de la famille. Elle lui fournit une chambre et il trouva un boulot d'été dans un des restaurants pour touristes sur Commercial Street, où il servait des sandwichs à la langouste et des frites, de la bière dans des gobelets en plastique. Il mangeait ce que le patron lui donnait, et mis à part quelques dollars par semaine donnés à sa tante comme participation symbolique au loyer, ou une occasionnelle soirée arrosée dans le sous-sol de quelqu'un, il économisait tout ce qu'il gagnait et se montra assez bon employé pour faire des heures supplémentaires dans un autre bar de la ville appartenant au même type. Sa première année au MeCA se passa ainsi sans problème.

Le choix du MeCA se révéla finalement le bon pour lui. L'école remettant à ses étudiants une clé de l'établissement, il pouvait y travailler quand il en avait envie, et même y dormir quand il avait un projet en cours. Dès le début, ses professeurs repérèrent en lui un élève à suivre, un jeune homme ayant un vrai potentiel. Il le réalisa même en partie. Ou peut-être le réalisa-t-il complètement, et là était le problème. Il était bon, mais il ne serait jamais grand, et Grady Vetters avait toujours voulu être grand, ne serait-ce que pour prouver à sa famille et aux sceptiques de Falls End qu'ils s'étaient totalement trompés sur lui. La disparité entre son désir et ses capacités, entre ce qu'il visait et ce qu'il pouvait atteindre, lui était cependant vite apparue quand il avait quitté le giron rassurant du MeCA pour essayer de faire son chemin dans le grand méchant monde de l'art. C'était là que les ennuis avaient commencé, et le fait d'avoir sa photo sur l'un des murs du Lester's semblait devoir être le meilleur témoignage de sa valeur en tant que peintre qu'il aurait jamais.

Il retourna lentement dans la chambre. La tentation de fumer un joint était forte, mais cela lui donnerait envie de se vautrer sur le canapé en surfant sur les mille et une chaînes câblées de Teddy. Pour penser à autre chose, il disposa son matériel et se remit à travailler sur la toile qu'il avait commencée la veille du jour où Marielle l'avait viré de sa maison. « Ma » maison, avait-elle dit, et il avait été tenté de contester ce point avant de se rendre compte qu'elle avait raison : c'était « sa » maison. Hormis pendant ses quelques années de mariage, Marielle y avait toujours vécu. Elle l'aimait, comme elle aimait leur père d'un amour dont Grady n'avait jamais été capable, comme elle aimait Falls End et les bois, ces foutus bois. On y revenait toujours. C'était uniquement pour les bois que les gens venaient, c'était l'unique raison de la prospérité de la ville.

Grady les avait en horreur.

Il avait vite mis un terme à l'engueulade avec sa sœur. Il avait compris que l'attitude des banques, la valeur de la maison et la part qu'il toucherait peut-être n'avaient aucune importance. Il ne voulait pas contraindre Marielle à contracter un emprunt qui pouvait lui faire perdre la maison, pas dans ce climat économique. Elle ne gagnait pas grand-chose avec son salaire d'institutrice, ni même avec son revenu supplémentaire de serveuse pendant le week-end. Grady avait décidé de lui dire de ne pas s'inquiéter et projetait d'aller la voir le lendemain pour clarifier les choses. Quand l'argent viendrait – s'il venait –, elle le lui enverrait. Pour le moment, il vivrait chez Teddy, il peindrait et chercherait un autre endroit où se poser. Il y avait encore des maisons où il était le bienvenu, des canapés et des sous-sols où il pourrait pieuter. Il mettrait des affichettes proposant de faire des peintures murales, du design, n'importe quoi.

Quelle importance ? Son vieux était mort.

Le tableau prenait rapidement forme. Représentant la maison et ses parents, il rappelait l'*American Gothic* de Grant Wood, à cela près que le couple était heureux, non pas amer, et qu'à l'arrière-plan deux enfants, un garçon et une fille, pressaient leur visage contre la fenêtre de leur chambre et faisaient signe à leurs parents, en bas. Grady avait l'intention de l'offrir à Marielle en manière d'excuse, en témoignage des sentiments qu'il éprouvait pour elle, pour leur mère et, oui, aussi pour leur père.

« Il est allé voir ton exposition ! lui avait-elle asséné tandis que la fille tatouée enfilait son jean, consciente qu'elle se retrouvait au beau milieu d'une sérieuse empoignade familiale et qu'elle n'avait aucun intérêt à rester dans les parages pour voir comment ça allait tourner.

— Quoi ? »

Il regrettait d'avoir bu autant chez Darryl. Il regrettait d'avoir fumé un deuxième joint. Il aurait voulu n'avoir jamais adressé la parole à la Fabuleuse Femme Tatouée. Ce que disait Marielle était important et il n'arrivait pas à avoir les idées claires.

« Ton expo, ton expo pourrie à New York, il y est allé ! »
Elle sanglotait maintenant, et c'était la première fois qu'il la voyait pleurer depuis l'enterrement.

« Il a pris le car pour Bangor, ensuite pour Boston et pour New York. Il y est allé la première semaine. Il ne voulait pas assister au vernissage parce qu'il pensait qu'il n'y serait pas à sa place. Il croyait que tu aurais honte de lui parce qu'il vivait à la lisière des bois, qu'il était incapable de parler de peinture et de musique, qu'il n'avait qu'un seul costume. Il est allé à ton expo, il a regardé ce que tu avais fait, ce que tu avais réalisé, et il était *fier*... Il était fier de toi, mais il n'arrivait pas à le dire et tu ne pouvais pas le voir, parce que tu planais trop pour le comprendre, et quand tu ne planais pas, tu étais en rogne. Et ça a tout foutu en l'air, tout. Lui et toi, les rapports que vous auriez pu avoir, foutus, à cause de l'orgueil, de la gnôle, de la dope et... Ah, sors d'ici, bon Dieu. Sors d'ici ! »

« Je ne savais pas », avait-il voulu dire. « Je ne savais pas. » Mais les mots ne sortaient pas et l'ignorance n'était pas une excuse. Ce n'était même pas vrai. Il avait su que son vieux était fier de lui, ou il l'avait supposé, parce que combien de fois son père avait-il essayé de rétablir le contact avec lui, à sa manière, et combien de fois avait-il été rejeté ? Maintenant, c'était trop tard, c'est toujours trop tard. Certaines révélations ne viennent qu'avec le bruit sourd de la terre tombant sur un cercueil : celles qui importent, celles qui laissent des regrets qui vous suivent jusqu'à la fin.

Il peignait donc une toile pour sa sœur, et peut-être aussi pour lui. Ce serait le premier cadeau de cette sorte qu'il lui ferait depuis leur enfance, et le plus important. Il voulait qu'il soit beau.

Il entendit une voiture ralentir dehors, puis des phares balayèrent la maison quand le pick-up de Teddy s'engagea dans l'allée. Grady jura à mi-voix. Teddy avait un cœur d'or, et il n'y avait rien qu'il n'aurait fait pour Grady, mais il aimait avoir un bruit de fond dans sa maison : le son de la télé ou de la radio, la musique de la chaîne stéréo, généralement des airs des années 1960 ou 1970 chantés par des barbus. Cela venait, selon Grady, de ce que Teddy avait vécu trop longtemps seul tout en n'appréciant pas beaucoup sa propre compagnie. Maintenant que Grady était de retour, Teddy voulait profiter le plus possible de sa présence. Il insistait pour qu'il regarde de vieux films avec lui, pour qu'ils fument ensemble de la beuh en écoutant *Abbey Road* ou *Dark Side of the Moon* ou *Frampton Comes Alive*...

Le moteur s'arrêta. Il entendit les portières du pick-up s'ouvrir et se refermer, des pas approcher de la maison. La porte de devant n'était pas fermée à clé, Teddy la laissait toujours comme ça. On était à Falls End, il n'arrivait jamais rien à Falls End.

Les portières, nota Grady avec un temps de retard. Teddy avait amené de la compagnie. Bon sang, ça voulait dire que tout espoir de travailler une heure ou deux à sa peinture venait de passer par la fenêtre. Grady reposa son pinceau, alla dans le séjour.

Teddy était à genoux par terre, la tête penchée en avant, les mains jointes derrière le dos. On aurait dit qu'il cherchait à attraper des pommes flottant dans une bassine d'eau[1].

— Ça va ? demanda Grady.

Teddy leva la tête vers lui.

Il avait le nez cassé, la bouche ensanglantée. Malgré le sang, Grady crut voir qu'il lui manquait quelques dents de devant.

— Je te de... demande... pardon, bredouilla Teddy. Je te demande pardon...

Un petit garçon jaillit de derrière le canapé, comme si tout cela n'était qu'un grand jeu, un jeu dont le principal objectif était de faire peur à Grady, ce à quoi le visage du garçon était quasiment parvenu à lui tout seul. Il avait la pâleur malsaine d'un cancéreux, des cheveux déjà clairsemés. Les yeux cernés, le nez boursouflé, la gorge distendue par une hideuse masse violacée. En d'autres circonstances, Grady aurait peut-être eu pitié de lui, mais le garçon avait une expression à la fois absente et mauvaise, comme celle, imaginait Grady, qu'avaient dû avoir les bourreaux des camps de concentration

---

1. Jeu pratiqué pendant Halloween.

après que leurs victimes avaient commencé à être trop nombreuses pour être comptées. Le garçon tenait dans sa main droite une pince maculée de sang. De la gauche, il lança quelque chose en direction de Grady et quatre dents avec leurs racines roulèrent sur le sol.

Grady se demanda si c'était un cauchemar. Il dormait peut-être encore, et s'il se forçait à se réveiller, rien de tout cela n'aurait lieu. Il avait toujours eu des rêves saisissants : normal, pour un artiste.

Une femme apparut sur le seuil de la porte derrière Teddy, le visage enlaidi par ce qu'il prit d'abord pour une tache de naissance rose et qui se révéla rapidement être une horrible brûlure. Un pansement de gaze recouvrait son œil gauche. Autant de détails anodins, cependant, comparés au pistolet qu'elle tenait dans sa main droite et aux liens de serrage en plastique pendant à sa main gauche.

Elle braqua l'arme sur l'arrière du crâne de Teddy, pressa la détente. La détonation fit siffler les oreilles de Grady et Teddy mourut.

Grady tourna les talons pour courir se réfugier dans la chambre, claqua la porte derrière lui. Faute de verrou, il poussa le lit contre le battant avant d'essayer d'ouvrir la fenêtre. Il entendit la poignée de la porte tourner, les pieds du lit glisser sur le sol, mais il ne se retourna pas. La fenêtre était coincée, il dut frapper l'encadrement du poing pour réussir à l'ouvrir. Il avait déjà un pied sur le rebord quand il sentit un poids atterrir sur son dos, un petit bras s'enrouler autour de son cou. Grady tenta de se jeter quand même dehors, mais il était déséquilibré par le poids du garçon accroché à lui. Grady vacillait sur l'appui de fenêtre, les bras agrippés au châssis. Puis d'autres mains, plus fortes, l'empoignèrent et il lâcha prise. Il bascula en arrière, tomba lourdement sur le sol, le garçon roulant sur le côté pour ne pas se retrouver pris sous lui. La femme se plaça à califourchon sur Grady, lui immobilisa les bras de ses genoux et braqua l'automatique sur le centre de son visage.

— Bouge plus, ordonna-t-elle.

Il obéit.

Il ressentit une vive douleur dans l'avant-bras gauche, vit que le garçon lui avait fait une piqûre avec une vieille seringue en métal.

Lorsque Grady voulut parler, la femme lui plaqua une main sur la bouche.

— Non. Pas de bavardage, pas encore.

Une grande fatigue l'envahit, sans qu'il puisse toutefois s'endormir, et lorsque la femme commença à l'interroger, il répondit à chacune de ses questions.

29

Davis Tate avait été forcé de s'attacher lui-même au lourd radiateur de la salle de séjour. L'intrus avait refermé l'une des menottes autour du tuyau avant l'arrivée de Tate, de sorte qu'à présent seule la main gauche de Tate demeurait libre. Le radiateur ne marchait pas, c'était déjà ça, et avec ce temps doux, l'appartement n'était pas trop froid. Le fait qu'il pût plaisanter sur son sort, ne serait-ce qu'en lui-même, indiquait peut-être qu'il avait plus de courage qu'il ne le pensait, ce qui semblait peu plausible, ou que la peur était en train de le rendre fou, ce qui était plus probable.

Assis dans un fauteuil à côté de Tate, l'inconnu du bar ouvrait et refermait son couteau, chaque *clic* de la lame faisant grimacer Tate à l'idée du surcroît de souffrance qu'il lui promettait. Quoique la coupure de son cou se fût arrêtée de saigner, la vue de sa chemise tachée de sang lui donnait encore la nausée et, de près, l'odeur de nicotine était si forte qu'il avait l'impression d'avoir le nez et la langue en feu.

L'intrus le terrifiait, et pas seulement à cause du couteau qu'il tenait à la main, ce qui était déjà effrayant. Il émanait de cet homme une cruauté implacable, un désir de faire mal sans limites. Tate se rappela un soir dans un club d'El Paso où un ami commun l'avait présenté à des gars qui se disaient fans de son émission, des types quelconques à la peau brûlée par le soleil, aux yeux vitreux d'animaux morts, qui allaient partir se battre en Afghanistan ou qui en revenaient. Quand la nuit fut plus avancée et qu'ils eurent tous beaucoup bu, Tate avait trouvé le courage de leur demander ce qu'ils faisaient exactement. Ils lui avaient répondu qu'ils s'étaient fait une spécialité de l'interrogatoire des prisonniers – noyade simulée dans une baignoire, torture par la faim, par le froid –, et ils avaient bien insisté sur une chose : leurs actes avaient un but, un objectif. Ils ne torturaient pas pour le plaisir, ils cherchaient à obtenir des informations. Une fois ces informations soutirées, la torture cessait.

La plupart du temps.

« On n'est pas comme les autres mecs, les méchants, avait déclaré celui qui s'était présenté sous le nom d'Evan. On a un objectif : recueillir des renseignements. Une fois qu'on est sûrs de l'avoir atteint, notre travail est terminé. Vous voulez savoir ce qui est vraiment terrifiant ? C'est d'être torturé par quelqu'un qui ne s'intéresse pas à ce que vous savez, quelqu'un pour qui la torture est une fin en soi. Quoi que vous puissiez lui dire, quelle que soit votre trahison, il n'y a aucun espoir que la douleur cessera. Pas à moins qu'il ne décide de vous laisser mourir, et ce n'est pas ça qu'il veut. Il continue à vous torturer non pas par sadisme – encore que cela joue probablement – mais par orgueil professionnel, comme un jongleur s'efforce de maintenir les balles en l'air le plus longtemps possible. C'est un test d'habileté : plus vous criez fort et longtemps entre ses mains, plus ses capacités sont confirmées. »

Tate se demanda s'il se retrouvait maintenant, dans son appartement, face à un tel individu. Son costume était chiffonné et taché, le col de sa chemise aussi jauni que ses doigts, ses cheveux luisants de graisse. Il n'avait pas l'allure militaire, il ne semblait pas avoir été entraîné à faire mal.

C'était pourtant un fanatique. Tate en avait suffisamment rencontré en son temps pour les reconnaître quand il en voyait un. Ses yeux brillaient d'une lumière ardente, du feu de ceux qui sont persuadés d'avoir raison. Quoi que cet homme pût faire, ou fût capable de faire, il n'y verrait pas un acte immoral, un crime au regard de Dieu ou de l'humanité. Il faisait mal et il tuait parce qu'il était convaincu d'en avoir le droit.

Le seul espoir de Tate résidait dans le mot que l'homme avait prononcé : « peut-être. »

Le moment de mourir était peut-être venu.
Ou pas ?
— Qu'est-ce que vous voulez ? demanda Tate pour ce qui devait être la troisième ou la quatrième fois. S'il vous plaît, dites-moi ce que vous voulez.

Il sentit et entendit le sanglot coincé dans sa gorge. Il était fatigué de poser cette question, comme il était fatigué de chercher à savoir le nom de cet homme. Chaque fois qu'il posait une question, l'intrus faisait cliqueter la lame comme pour dire : « Peu importe qui je suis, ce que je veux, c'est te découper en morceaux. » Cette fois, cependant, Tate obtint une réponse :

— Je veux savoir ce que vous avez obtenu en échange de votre âme.

L'inconnu avait les dents jaunes, la langue d'un blanc sale de lait tourné.

— Mon *âme* ?

Clic, fit le couteau. *Clic-clic.*

— Vous croyez que vous avez une âme, n'est-ce pas ? Vous avez la foi ? Vous en parlez dans votre émission. Vous parlez beaucoup de Dieu, et vous parlez des chrétiens comme si vous connaissiez les rouages intérieurs de chacun d'eux. Vous semblez savoir avec certitude ce qui est bien et ce qui est mal. Moi, je veux savoir comment un homme qui a vendu son âme peut parler de son dieu sans que les mots l'étranglent. Qu'est-ce qu'ils vous ont promis en échange ?

Tate s'efforçait de se calmer en continuant à s'accrocher au précieux « peut-être ». Quelle réponse cherchait cet homme ? Quelle réponse garderait Tate en vie ?

Soudain l'intrus fut sur lui, malgré les ruades de Tate pour le tenir à distance. La lame toucha de nouveau sa gorge, et cette fois l'entaille fut suivie d'une autre, derrière l'oreille droite.

— Ne réfléchissez pas. Ne calculez pas. Répondez.

Tate ferma les yeux.

— J'ai eu du succès. La diffusion de mon émission par de nombreuses stations. J'ai eu de l'argent, de l'influence. Je n'étais rien, ils ont fait de moi quelqu'un.

— Qui ? Qui a fait de vous quelqu'un ?
— Je ne connais pas leurs noms.
— C'est faux.

Clic ! Une autre entaille, plus basse celle-là, la lame tranchant le lobe de l'oreille. Tate poussa un cri aigu.

— Je ne sais pas ! Je vous jure que je ne sais pas ! Ils m'ont seulement dit que les Commanditaires aimaient mon émission... C'est le nom qu'ils se donnent : les Commanditaires. Je ne les ai jamais rencontrés et je n'ai pas eu de contact avec eux, uniquement avec ceux qui les représentent.

Il s'obstinait à taire leurs noms. Il avait peur de cet homme, une peur presque mortelle, il avait toutefois plus peur encore de Darina Flores et de la désolation qu'il avait ressentie quand elle avait décrit ce qui arriverait s'il contrariait ceux qui tenaient tant à ce qu'il réussisse. Mais c'était maintenant l'intrus qui le menaçait. Il tenait le menton de Tate dans sa main et exhalait en murmurant un remugle de tabac, de saleté et de cellules en décomposition.

— Je suis le Collectionneur, déclara-t-il. Je renvoie des âmes à leur créateur. Votre vie et votre âme – où qu'elle se trouve – sont dans le plateau de la balance. Une plume suffira à la faire pencher contre vous et un mensonge a le poids d'une plume. Vous comprenez ?

— Ou... oui, répondit Tate.

La façon dont cet homme s'exprimait ne laissait aucune place au malentendu.

— Alors, parlez-moi de Barbara Kelly.

Tate prit conscience qu'il ne servait à rien de mentir, à rien de cacher quoi que ce soit. Si cet homme était au courant pour Kelly, que savait-il d'autre ? Tate ne voulait pas courir le risque d'une nouvelle blessure, fatale peut-être, celle-là, en se faisant prendre à mentir. Il raconta tout au Collectionneur, en commençant par sa première rencontre avec Kelly, en poursuivant par la présentation à Becky Phipps, la destruction de la vocation et de la vie de George Keys, jusqu'au rendez-vous, plus tôt dans la journée, pour discuter de la chute de ses taux d'audience. Il pleurnicha, il cajola, il se lança dans le type même d'autojustification éhontée qu'il se sentait toujours tenu de démolir quand ses adversaires tentaient d'y recourir.

Et tout en parlant il se sentait engagé dans un processus de confession, même si la confession était réservée aux catholiques, qui se trouvaient à peine un cran au-dessus des musulmans, des juifs et des athées sur la liste de ceux à qui il vouait une haine particulière. Il énumérait ses crimes. Pris séparément, ils paraissaient insignifiants, mais là, débités comme une litanie, ils semblaient prendre de la vitesse, se précipitant les uns derrière les autres, comme dans une course à la culpabilité impossible à arrêter. Et, alors même que l'expression de son confesseur ne changeait pas – sinon pour se faire plus douce et plus encourageante tandis que la conscience incisée de Tate vomissait son poison –, ledit Tate ne pouvait se débarrasser de la pensée que le Collectionneur continuait à peser son âme sur sa balance et qu'il la jugeait insuffisante.

Lorsqu'il eut achevé sa confession, Tate s'adossa au mur et baissa la tête. Le lobe de son oreille lui faisait mal, sa bouche avait un goût de sel et d'amertume. Même le grondement de la circulation dans la rue avait cessé et Tate sentait l'immensité de l'univers, les étoiles qui filaient dans le vide, et il se voyait lui-même comme un fragment de vie fragile, une étincelle pâlissante projetée par une flamme vitale.

— Qu'est-ce que vous allez faire ? finit-il par demander quand sa propre insignifiance menaça de lui faire perdre courage.

Une allumette craqua, s'approcha d'une cigarette. Tate sentit l'odeur infecte de la fumée, la puanteur qui l'avait tout de suite alerté sur la présence d'un intrus, sauf que le mot « intrus » ne convenait plus. Curieusement, cet homme était *à sa place* : là, dans cette pièce, dans cet appartement, dans cette rue, cette ville, ce monde, ce grand univers sombre de lumière lointaine et mourante, de galaxies tourbillonnantes, alors que Davis Tate n'était qu'une erreur provisoire de la nature, une tache sur le système, tel un éphémère né avec une seule aile.

— Vous voulez une cigarette ? proposa le Collectionneur.
— Non.

— Si vous craignez de vous ruiner la santé ou de devenir accro, moi, à votre place, je ne m'inquiéterais pas.

Tate résolut de ne pas songer à ce que cette remarque pouvait signifier.

— Je vous ai demandé ce que vous allez faire de moi.

— Je vous ai entendu. J'ai réfléchi à la question. Barbara Kelly est morte, son sort est déjà réglé.

— Vous l'avez tuée ?

— Non, mais je l'aurais fait si j'en avais eu l'occasion.

— Qui l'a tuée, alors ?

— Les siens.

— Pourquoi ?

— Parce qu'elle s'était retournée contre eux. Elle était malade, elle avait peur, elle craignait pour son âme. Elle a cherché à racheter ses péchés. Elle croyait qu'en révélant leurs secrets elle obtiendrait son salut. Et puis il y a Becky Phipps...

La cigarette coincée entre ses lèvres, le Collectionneur prit le portable de Tate posé sur la table, fit défiler les numéros préenregistrés avant de trouver le nom qu'il cherchait. Une pression de l'index sur l'écran et Tate l'entendit sonner. Quelqu'un décrocha à la troisième sonnerie et Tate sut, à l'impression d'écho, que l'appareil du correspondant était sur amplificateur.

— Davis, fit la voix de Becky Phipps.

Elle ne semblait pas particulièrement ravie de son appel.

Salope, pensa Tate. Tu t'imagines que tu as des ennuis ?

— Le moment est mal choisi, annonça-t-elle. Tu pourrais rappeler plus tard, ou demain ?

De la tête, l'inconnu enjoignit à Tate de parler. Celui-ci avala sa salive : il ne savait pas ce qu'il était censé dire. Finalement, il se décida pour la franchise :

— Ce n'est pas le bon moment pour moi non plus, Becky. Il est arrivé quelque chose.

— Quoi encore ?

Tate regarda le Collectionneur, qui exprima son accord d'un nouveau hochement de tête.

— Il y a un homme avec moi dans mon appartement. Je crois qu'il veut te parler.

Le Collectionneur tira une longue bouffée de sa cigarette avant de se pencher vers le téléphone.

— Bonjour, madame Phipps. Je ne crois pas avoir eu le plaisir de vous rencontrer, mais je suis sûr que nous nous verrons très bientôt.

Becky mit quelques secondes à répondre, et quand elle le fit, son ton avait changé. Il était plus prudent et sa voix tremblait légèrement. Tate se demanda si elle savait déjà qui l'appelait, malgré la question qui suivit :

— Qui êtes-vous ?

L'homme se pencha davantage vers l'appareil, au point que ses lèvres le touchaient presque. Il plissa le front, remua les narines.

— Il y a quelqu'un avec vous, madame Phipps ?

— Je vous ai posé une question, dit la productrice, dont la voix, encore moins assurée, trahissait la bravade. Qui êtes-vous ?

— Un collectionneur. *Le* Collectionneur.

— Qu'est-ce que vous collectionnez ?

— Les dettes. Les regrets. *Les âmes.* Vous cherchez à gagner du temps, madame Phipps. Vous savez parfaitement qui je suis et ce que je fais.

Il y eut un silence et Tate comprit que le Collectionneur avait raison : Becky n'était pas seule. Il l'imagina se tournant vers quelqu'un d'autre pour demander conseil.

— C'était vous dans le bar, hein ? dit-elle. Davis avait raison de s'inquiéter. Je le trouvais nerveux, mais apparemment il était plus réceptif que je ne l'aurais cru.

Tate n'apprécia pas que sa productrice associe un temps passé à son nom.

— Il est remarquablement réceptif dans plus d'un domaine. Il a beaucoup crié quand je lui ai tranché le lobe de l'oreille. Heureusement, ces vieilles bâtisses de grès brun ont des murs épais. Vous crierez quand je m'occuperai de vous, madame Phipps ? Ne vous tracassez pas pour ça, j'apporte toujours des boules Quies. Moi aussi je suis réceptif, et je suis persuadé qu'il y a quelqu'un avec vous. Qui est-ce ? L'un de vos... « Commanditaires », peut-être ? Passez-le-moi. C'est un homme, n'est-ce pas ? Je vois presque l'étiquette de son costume. Qui que vous soyez, cher monsieur, sachez que je vous trouverai vous aussi, ainsi que vos associés. J'en ai appris beaucoup sur vous. En très peu de temps.

Becky prit une inspiration bruyante avant de brailler :

— Qu'est-ce que tu lui as dit, Davis ? Tu lui as parlé de nous ? Tu la fermes, compris ? Tu la fermes, ou je te jure, je te jure qu'on te…

Le Collectionneur mit fin à la communication.

— C'était très amusant, déclara-t-il.

— Elle sait que vous allez venir, maintenant. Pourquoi vous l'avez prévenue ?

— Parce que dans sa peur elle fera sortir les autres de leur terrier et je pourrai les supprimer aussi. S'ils préfèrent rester dans leur trou, je la forcerai bien à me donner leurs noms quand je l'aurai trouvée.

— Comment ferez-vous ? Elle se cachera, elle se fera protéger…

— Je trouve votre sollicitude très touchante, assura le Collectionneur. On croirait presque que vous avez de la sympathie pour elle, alors que vous n'avez que des obligations. Vous auriez vraiment dû lire ce contrat plus attentivement, vous savez. Il précisait clairement vos obligations envers eux et ne leur en imposait aucune envers vous. C'est dans la nature même des marchés qu'ils passent.

— Je ne lis pas le latin, marmonna Tate d'un ton morose.

— Grave négligence de votre part. C'est la *lingua franca* du droit. Quelle sorte d'idiot faut-il être pour signer un contrat rédigé dans une langue qu'on ne comprend pas ?!

— Ils ont été très persuasifs. Ils ont dit qu'ils ne faisaient cette offre qu'une seule fois et que, si je la refusais, il s'en trouverait d'autres pour l'accepter.

— Il s'en trouve *toujours* d'autres pour accepter.

— Ils m'ont dit que j'aurais mon émission à la télé, que je publierais des livres. Je n'aurais même pas à les écrire, il suffirait que je mette mon nom dessus.

— Et quel a été le résultat ? demanda le Collectionneur d'un ton presque compatissant.

— Pas terrible, admit Tate. Ils ont prétendu que j'avais une tête d'homme de radio. Vous savez, comme Rush Limbaugh[1].

Le Collectionneur lui tapota l'épaule et ce petit geste d'humanité fit croître en Tate l'espoir que le mot « peut-être » était moins un morceau de bois flottant auquel s'accrocher qu'un canot de sauvetage qui lui permettrait d'échapper aux eaux froides qui clapotaient contre son menton.

— Votre amie Becky a une planque dans le New Jersey. C'est là qu'elle se réfugiera, et c'est là que je la trouverai.

— Elle n'est pas mon amie. Elle est ma productrice.

— Intéressante distinction. Vous avez des amis ?

Tate pesa la question avant de reconnaître :

— Pas beaucoup.

— Il est difficile de garder des amis dans votre partie, je présume.

— Pourquoi ? Parce que je suis très occupé ?

— Non, parce que vous êtes détestable.

Tate hocha la tête et le Collectionneur reprit :

— Alors, qu'est-ce que je dois faire de vous ?

— Vous pourriez me libérer. Je vous ai dit tout ce que je savais.

— Vous appelleriez la police.

— Non. Je ne le ferai pas.

— Comment puis-je en être sûr ?

— Parce que je sais que vous reviendrez si je le fais.

Le Collectionneur parut impressionné par l'argument.

— Vous êtes peut-être plus intelligent que je ne le pensais.

— On me le dit souvent. Il y a autre chose que je peux vous donner pour vous convaincre de me laisser tranquille.

— Qu'est-ce que c'est ?

— Ils projettent de kidnapper une fille, Penny Moss, et de mettre tout ce qui se passera sur le dos d'un bougnoule.

— Je sais. Je vous ai entendus en discuter.

— Vous étiez à l'autre bout du bar...

---

1. Animateur de radio aux opinions politiques très conservatrices.

— J'ai l'ouïe fine... Oh, et j'avais posé un petit micro bon marché sur la cloison de votre box en passant, au cas où.

Tate soupira.

— Ils feront du mal à cette fille ?

— Il n'y a pas de fille.

— Quoi ?

— C'était un test pour voir comment vous réagiriez. Après la trahison de Barbara Kelly, ils sont inquiets. Le repentir est contagieux. Ils procéderont à de nombreux tests similaires dans les jours et les semaines qui viennent. Je pense cependant qu'ils ont sans doute conclu qu'ils ne risquaient rien avec vous. Après tout, vous ne leur avez jamais donné auparavant aucun signe que vous ayez des principes. Vous êtes peu susceptible de commencer à en avoir maintenant...

« La question de votre sort continue en revanche à se poser, monsieur Tate. Vous avez très mal agi : corruption, incitation à l'intolérance. Vous prospérez sur la peur et vous offrez des cibles faciles à la haine des faibles et des aigris. Vous attisez les flammes et vous plaidez l'innocence quand la laideur des conséquences devient patente. Votre présence sur cette terre l'a enfoncée davantage dans la misère et l'étroitesse d'esprit.

Le Collectionneur se leva. De dessous son manteau, il tira un vieux 38 Special aux plaques de crosse usées, au métal terni, et cependant encore magnifiquement létal. Tate ouvrit la bouche pour crier, pour hurler, mais aucun son n'en sortit. Il tenta de ramper dans le coin de la pièce en se couvrant le visage du bras, comme si cela pouvait le protéger de ce qui allait suivre.

— Vous cédez à la panique, monsieur Tate. Vous ne m'avez pas laissé finir, écoutez-moi jusqu'au bout.

Tate essaya de se calmer, mais son cœur battait follement et son oreille blessée palpitait de plus belle. La douleur était cependant bienvenue parce qu'elle signifiait qu'il vivait encore. Par-dessus son avant-bras, il regarda l'homme qui tenait sa vie entre ses mains.

— Malgré vos défauts évidents, poursuivit le Collectionneur, j'hésite à prononcer sur vous un jugement définitif. Bien que vous soyez presque damné, il reste place pour le doute : un tout petit peu, à peine une ombre. Vous croyez bien en Dieu, monsieur Tate ? Aussi hypocrites et faux que soient les propos que vous tenez à vos auditeurs, s'enracinent-ils dans quelque version dévoyée de la foi ?

Tate acquiesça de la tête et, consciemment ou non, joignit les mains comme pour prier.

— Oui. Oui, je crois au Seigneur Jésus ressuscité. Je suis né une seconde fois en Dieu quand j'avais vingt-six ans.

— Hmm, fit le Collectionneur, sans tâcher de dissimuler son scepticisme. J'ai écouté votre émission et je ne pense pas que le Christ vous reconnaîtrait pour un des siens s'il passait une heure en votre compagnie. Mais laissons-le en juger lui-même, puisque vous croyez en lui avec tant de ferveur...

Il éjecta les six balles de son arme dans le creux de sa main droite avant d'en remettre soigneusement trois dans les chambres.

— Bon Dieu, vous... vous plaisantez ? bredouilla Tate.

— Invoquer en vain le nom du Seigneur ? Vous êtes sûr que c'est comme ça que vous voulez entamer votre plus grande épreuve devant Dieu ?

— Non. Je suis désolé...

— Je pense que la divinité mettra cet écart sur le compte de la nature stressante de la situation.

— Je vous en prie. Pas ça, plaida Tate.

— Vos chances sont trop grandes ? Trop *petites* ? fit le Collectionneur, l'air perturbé. Vous êtes dur en affaires, mais si vous y tenez absolument...

Il ôta une des trois balles, fit tourner le barillet avant de braquer le revolver sur Tate.

— Si telle est la volonté de votre dieu. Je dis « votre » dieu parce qu'il ne fait pas partie de ceux que je reconnais.

Il appuya sur la détente.

Le claquement du chien sur la chambre vide fut si fort que, l'espace d'un instant, Tate fut convaincu d'avoir entendu la balle qui le tuerait. Il avait fermé les yeux si hermétiquement qu'il dut faire un effort conscient pour les rouvrir. Devant lui,

le Collectionneur regardait l'arme qu'il tenait à la main avec une expression perplexe.
— Curieux, dit-il.
Tate ferma de nouveau les yeux, cette fois en prélude à une prière de gratitude.
— Merci. Seigneur Jésus, merci...
Quand il les rouvrit, le revolver était de nouveau pointé sur son front.
— Non, murmura-t-il. Vous aviez dit... Vous aviez *promis*...
— Il vaut toujours mieux être sûr, répondit le Collectionneur tandis que son doigt se resserrait sur la détente. Je trouve que quelquefois l'attention de Dieu se relâche.
Cette fois, Tate n'entendit aucun son, pas même la respiration de Dieu dans le bruit de la balle.

30

Au lieu de me rendre directement à Portland en quittant Boston, je m'arrêtai dans un motel modeste de la Route 1, près de Saugus, et je dînai d'un excellent steak au Hilltop Steakhouse de Frank Giuffrida. Quand j'étais gosse, mon père nous invitait toujours, ma mère et moi, à dîner au Hilltop lorsque nous montions dans le Maine voir mon grand-père, chaque été, et j'associais toujours ce restaurant au début de nos vacances. Nous nous installions chaque fois à la même table, ou aussi près que possible pour avoir vue sur la Route 1. Mon père commandait une côte de bœuf aussi grosse que sa tête, avec toutes les garnitures, tandis que ma mère exprimait gentiment sa désapprobation et ses craintes pour les artères du chef de famille.

Frank étant mort en 2004, le Hilltop appartenait maintenant à un cabinet d'investissements, mais c'était toujours un endroit où des habitués pouvaient faire un bon repas sans exploser leur compte en banque. Je n'y étais pas retourné depuis que mon père avait mis fin à ses jours, une trentaine d'années plus tôt. Le Hilltop évoquait trop de souvenirs en moi. Ces derniers temps, j'avais cependant appris des choses sur mon père, sur les raisons de son geste, et j'étais parvenu à un compromis avec le passé. En conséquence, des lieux comme le Hilltop n'étaient plus empreints de la même tristesse et je fus heureux de découvrir qu'il était resté à peu près tel que je me le rappelais, avec son cactus saguaro de vingt mètres illuminé en façade, et son troupeau de vaches en fibre de verre. Je glissai dix dollars à l'hôtesse d'accueil pour qu'elle me donne notre ancienne table et commandai une côte de bœuf en souvenir de mon père. La salade composée était un rien moins copieuse qu'avant, mais comme le modèle original aurait nourri une petite famille, cela voulait dire qu'il y en aurait moins à jeter. Je bus un verre de vin en regardant passer les voitures, en songeant à Epstein, à Liat, et à un avion caché dans la forêt.

Je pensai aussi au Collectionneur, parce que pendant ma rencontre avec le rabbin un point n'avait pas été abordé, et Louis l'avait soulevé avant que je parte avec Walter prendre mon avion. Si le Collectionneur était en possession d'une liste complète ou partielle, il prendrait probablement pour cible ceux qui y figuraient, avait souligné Louis. D'où la question : si mon nom se trouvait sur cette liste, déciderait-il de me prendre aussi pour cible ? Rien que pour cette raison, je devais me rendre à Lynn pour rencontrer l'avocat Eldritch, avec qui le Collectionneur entretenait des relations que je ne saisissais pas totalement.

Je finis ma côte, renonçai au dessert pour ne pas voir gicler mes boyaux et retournai à ma chambre de motel. Je venais d'allumer la lumière quand mon portable sonna. C'était Walter Cole. Davis Tate, animateur radio vénéneux cité sur la liste, était mort. Selon Walter, on lui avait tiré une balle dans la tête et infligé auparavant quelques entailles au couteau. Son portefeuille, qui contenait ses cartes de crédit et cent cinquante dollars en liquide, était toujours dans la poche intérieure de sa veste, mais son téléphone portable avait disparu, et une bande de peau blanche à son poignet gauche laissait supposer que le meurtrier avait aussi emporté sa montre. Le vol de cette montre – qui se révéla être une modeste Tudor – intriguait les inspecteurs chargés de l'enquête. Pourquoi laisser l'argent et prendre la montre ? J'aurais pu le leur expliquer, et Walter aussi, mais nous n'en fîmes rien.

Le Collectionneur venait simplement d'ajouter un nouveau trophée à son cabinet de curiosités.

Le lendemain de bonne heure, je pris la route de Lynn.

Si le cabinet Eldritch & Associés avait ratissé un paquet de fric ces dernières années, il n'avait pas jugé utile de l'investir dans ses bureaux. Il occupait toujours les deux étages supérieurs d'un morne édifice trop quelconque pour être qualifié d'horrible, mais néanmoins assez laid pour donner l'impression que les bâtiments voisins s'extirperaient de leurs fondations pour courir s'installer ailleurs s'ils le pouvaient. La façade peu engageante du bar Tulley's, remarquable exemple du style forteresse, se dressait à droite de l'immeuble d'Eldritch. A sa gauche, une boutique de télécommunications, auparavant tenue par des Cambodgiens pour une clientèle de Cambodgiens, avait été remplacée par une boutique de télécoms tenue par des Pakistanais pour une clientèle de Pakistanais. A moins d'apposer sur la porte une pancarte invitant l'aile américaine d'al-Qaida à venir prendre un café et des cookies, ses propriétaires n'auraient pas pu s'offrir davantage comme cible à la surveillance des agences fédérales dans le climat actuel de méfiance entre les Etats-Unis et le Pakistan. A part ça, cette partie de Lynn était restée la même enfilade d'immeubles en copropriété gris-vert, d'ongleries et de restaurants exotiques que m'avaient laissée en mémoire mes précédentes visites.

Aux fenêtres d'en haut, les lettres dorées annonçant la présence dans les lieux d'un avocat étaient plus pâles et écaillées qu'avant, en une illustration du propre déclin physique d'Eldritch. Le rez-de-chaussée du bâtiment demeurait inoccupé, mais ses fenêtres étaient à présent munies de barreaux et les vieilles vitres sales avaient fait place à des panneaux de verre teinté semi-réfléchissant. Je tapotai l'un d'eux au passage : du solide, bien épais.

La porte donnant sur la rue ne s'ouvrait plus sous une simple poussée. Elle était à présent flanquée d'un interphone serti dans le mur. Pas de caméra en vue, mais j'étais prêt à parier gros qu'il y en avait une ou plusieurs derrière le verre teinté des fenêtres du rez-de-chaussée. A l'intérieur, l'immeuble avait conservé son rassurant remugle, chaque inspiration du visiteur lui apportant une odeur de vieux tapis, de poussière accumulée, de tabac froid et de papier mural se décollant lentement. La peinture d'un jaune blafard portait les traces, à droite de l'étroit escalier, de décennies d'allées et venues. Au premier palier, une porte avec l'inscription « Toilettes » faisait face à une autre porte en verre dépoli, avec le nom du cabinet écrit avec les mêmes lettres dorées qui ornaient les fenêtres sur rue.

Ce fut presque un soulagement de découvrir que le comptoir en bois n'avait pas bougé, avec derrière lui l'énorme bureau en bois, et derrière encore la présence lourdement fardée, tant pour les yeux que pour le reste du visage, de la secrétaire d'Eldritch, une femme qui, si elle avait un nom de famille, préférait le cacher aux inconnus et qui, si elle avait un prénom, ne laissait probablement personne s'en servir, même les intimes, à supposer que quelqu'un eût été assez téméraire ou désespéré pour tenter d'établir une forme d'intimité avec elle. Sa chevelure était cette fois teinte en noir gothique et s'élevait de son crâne tel un poussier. Une cigarette se consumait au milieu d'un tas de mégots dans le cendrier posé à côté d'elle ; tout autour se dressaient des piles vacillantes de papiers. Au moment où j'entrai, la secrétaire s'apprêtait à augmenter la hauteur des deux plus proches en tirant deux feuilles de son antique machine à écrire électrique verte et en séparant soigneusement la copie carbone de l'original, avant de placer l'un et l'autre sur leurs tours respectives. Elle reprit ensuite sa cigarette, aspira une longue bouffée et me regarda, les yeux plissés, à travers la fumée. Si la circulaire sur l'interdiction de fumer sur les lieux de travail lui était parvenue, elle avait dû s'en servir comme papier à rouler.

— Content de vous revoir, déclarai-je.
— Vraiment ?
— Vous savez, c'est toujours agréable de voir un visage amical.
— Vraiment ? répéta-t-elle.
— Peut-être pas, admis-je.
— Ouais.

Suivit un silence embarrassant — moins embarrassant toutefois qu'une tentative pour relancer la conversation. Elle continua à tirer sur sa cigarette en me lorgnant à travers la fumée.

Comme elle en rejetait beaucoup, elle ne devait me percevoir que partiellement. Ça lui convenait tout à fait, je pense.

— Je suis venu voir M. Eldritch, l'informai-je juste avant de la perdre totalement de vue.

— Vous avez rendez-vous ?

— Non.

— Il ne voit personne sans rendez-vous. Vous auriez dû appeler avant.

— Vous ne répondez jamais au téléphone.

— Nous sommes très occupés. Vous auriez pu laisser un message.

— Vous n'avez pas de messagerie.

— Vous auriez pu nous envoyer une lettre. Vous savez écrire, non ?

— C'était urgent.

— Comme toujours, soupira-t-elle. Votre nom ?

Elle le connaissait : elle m'avait fait entrer sans se servir de l'interphone pour m'identifier.

— Charlie Parker, répondis-je quand même.

— Vous avez des papiers ?

— Vous plaisantez, hein ?

— J'ai l'air de quelqu'un qui plaisante ?

— Pas vraiment, admis-je en lui tendant ma licence.

— C'est la même photo que la dernière fois, remarqua-t-elle.

— Parce que je suis resté le même gars que vous avez connu.

— Ouais, lâcha-t-elle, comme si c'était de ma part le résultat d'un regrettable manque d'ambition.

Elle me rendit ma licence, décrocha son téléphone beige et composa un numéro.

— C'est encore ce bonhomme, dit-elle, alors que cela faisait des années que ma dernière visite avait assombri sa journée.

Elle écouta une voix à l'autre bout de la ligne, raccrocha.

— M. Eldritch dit que vous pouvez monter.

— Merci.

— Jamais j'aurais fait ça, moi, bougonna-t-elle.

Elle entreprit d'insérer deux autres feuilles dans sa machine à écrire et secoua la tête, répandant des cendres de cigarette sur tout son bureau.

— Ah non, jamais.

Je gravis les marches jusqu'au deuxième étage, me retrouvai devant une porte sans inscription. Je frappai, une voix grêle me convia à entrer. Thomas Eldritch se leva de derrière son bureau, me tendit une main pâle et ridée. Il était vêtu, comme d'habitude, d'une veste noire et d'un pantalon à fines rayures avec gilet assorti. Une chaîne de montre en or s'étirait d'une boutonnière du gilet à l'une de ses poches. Le bouton du bas n'était pas mis : Eldritch respectait les traditions dans le domaine de la mode vestimentaire comme dans beaucoup d'autres.

— Monsieur Parker. Toujours un plaisir de vous voir.

Je lui serrai la main en m'attendant à ce qu'elle tombe en morceaux dans la mienne. J'avais l'impression de presser des os de caille enveloppés de papier de riz.

Son bureau me parut moins bien rangé que la fois précédente, quelques-unes des piles de documents en provenance de la tanière de son assistante, au premier, ayant apparemment commencé à le coloniser. Des noms et des numéros d'affaire étaient écrits à la main sur la couverture de chaque dossier, en caractères uniformément bien moulés, quoique des parties des inscriptions aient commencé à s'effacer avec le temps.

— Vous accumulez beaucoup de paperasse pour quelqu'un qui a une clientèle aussi limitée, fis-je observer.

Eldritch parcourut la pièce des yeux comme s'il l'examinait pour la première fois, ou peut-être tentait-il de la voir avec les yeux d'un inconnu.

— Un maigre filet ininterrompu qui a fini par former un lac de documents juridiques, expliqua-t-il. C'est le fardeau de l'avocat. Nous ne jetons rien, et parfois nos affaires durent des années. Toute une vie, me semble-t-il souvent.

Il secoua tristement la tête, considérant manifestement la propension de certains individus à vivre longtemps comme une tentative délibérée de lui compliquer l'existence.

— Beaucoup de ces gens doivent être morts, maintenant, je suppose, répondis-je dans un effort pour le réconforter.

Eldritch redressa légèrement la pile pourtant droite posée sur son bureau, passa l'auriculaire de sa main gauche sur le dos des dossiers. Il n'avait pas d'ongle à ce doigt, absence que je n'avais pas remarquée auparavant. Je me demandai s'il n'était pas simplement tombé, autre manifestation de sa décrépitude.

— Oh, certes, confirma-t-il. Tout ce qu'il y a de plus morts, et ceux qui ne sont pas morts sont mourants. Ce sont les morts qui n'ont pas encore été nommés, pourrait-on dire. Nous marchons tous dans leurs rangs, et chacun de nous aura à son heure un dossier clos avec son nom dessus. Il y a un vif plaisir à clore un dossier, je trouve... Je vous en prie, asseyez-vous.

Le fauteuil visiteur avait été récemment débarrassé de sa pile de paperasse, ce qui avait laissé un rectangle propre dans la poussière recouvrant le cuir du coussin. A l'évidence, cela faisait quelque temps qu'on n'avait pas offert un siège à quelqu'un dans le bureau d'Eldritch.

— Qu'est-ce qui vous amène, monsieur Parker ? Vous avez besoin de mon aide pour rédiger votre testament ? Vous sentez l'imminence de votre trépas ?

La plaisanterie provoqua chez lui un gloussement semblable au bruit de restes de morceaux de charbon tisonnés dans les cendres d'un poêle éteint. Je n'y fis pas écho.

— Merci, mais j'ai déjà un avocat.

— Oui : Mme Price, à South Freeport. Vous devez lui donner beaucoup de travail. Car je crois savoir que vous faites toutes sortes de *bêtises*.

Le nez plissé, il avait soufflé le dernier mot dans ma direction comme un baiser. Sous le bon éclairage et dans le climat adéquat, il aurait pu ressembler à un vieil oncle indulgent, sauf que ce n'était qu'une pose. Pas une fois depuis le début de notre échange ses yeux n'avaient perdu leur dureté dérangeante, et malgré son délabrement évident, son regard demeurait remarquablement clair, vif et hostile.

— Des bêtises, répétai-je. L'observation pourrait aussi bien s'appliquer à votre client.

J'avais délibérément opté pour le singulier. Si les activités professionnelles d'Eldritch donnaient l'impression d'un vague intérêt pour la légalité, elles ne visaient en réalité qu'un seul objectif : servir de façade aux agissements de l'homme qui se faisait parfois appeler Kushiel, mais qui était plus communément connu sous le nom du « Collectionneur ». Le cabinet juridique Eldritch & Associés désignait des victimes potentielles à un tueur en série. Il menait un entretien ininterrompu avec les damnés.

— Je crains de ne pas savoir de quoi vous parlez, monsieur Parker. J'espère que vous n'insinuez pas que nous serions au courant de certains méfaits...

— Vous voulez me fouiller pour voir si j'ai un micro ?

— Je doute que vous ayez recours à des méthodes aussi grossières. Je crois plutôt que cela vous amuse de proférer des accusations que vous ne pouvez pas prouver, et pour lesquelles vous n'avez pas le courage d'agir. Si vous avez des questions à poser sur la conduite de ce « client », adressez-vous à lui personnellement.

— Nous avons discuté, lui et moi, quoique rarement, répondis-je. C'est un homme difficile à trouver. Il a tendance à se cacher sous des pierres en attendant de se jeter sur des gens sans méfiance et sans armes.

— Oh, M. Kushiel se cache en général plus profondément, corrigea Eldritch.

Toute affectation de bienveillance avait disparu. Il faisait froid dans le bureau, bien plus froid que dehors, et cependant je ne voyais aucun signe de climatisation. Il n'y avait pas même une fenêtre qu'on aurait pu ouvrir. Pourtant, quand Eldritch parlait, ses mots formaient dans l'air des panaches de condensation.

Tout comme mon usage du singulier pour son client avait été délibéré, le choix d'Eldritch de l'appeler par son nom ne devait rien au hasard, à ce point particulier de notre discussion.

En démonologie, Kushiel était le geôlier de l'Enfer.

Lors de ma première rencontre avec Eldritch, son client m'attendait dehors, à ma sortie. Je voulais savoir s'il en irait de même cette fois. Il y avait une *entente* entre nous, mais elle était complexe et loin d'être *cordiale*[1]. L'existence de la liste compliquerait probablement cette relation, surtout si le Collectionneur avait commencé à s'en prendre à ceux qui y figuraient.

— Où est-il, en ce moment ? demandai-je.

— Un peu partout dans le monde. Il y a du travail à accomplir.

— Il aime les émissions-débats à la radio ?

— Pour une raison ou pour une autre, j'en doute.

— Vous êtes au courant de la mort de Davis Tate ?

— Je ne connaissais pas cet homme.

— C'était un médiocre animateur de stations de radio de droite. Quelqu'un lui a tiré une balle dans la tête.

— Tout le monde veut jouer au critique, maintenant.

— Certains plus que d'autres. En général, un mauvais article sur Internet suffit.

— Je ne vois pas en quoi cela me concerne.

— Je pense que vous – et par extension, votre client – avez été en contact avec une nommée Barbara Kelly. Elle vous a fourni un document, une liste de noms…

— Je ne vois absolument pas de quoi vous parlez.

Ignorant la remarque, je poursuivis :

— Votre client pourrait être tenté d'agir sur la base de cette information. En fait, je crois qu'il a déjà commencé à le faire avec Davis Tate. Vous devriez lui conseiller de se tenir à distance des gens qui figurent sur la liste.

— Je ne me permets pas de lui « conseiller » quoi que ce soit, répliqua Eldritch d'un ton acerbe. Et vous ne devriez pas non plus vous sentir autorisé à le faire. Il fera ce qu'il jugera approprié, dans les limites de la loi, naturellement.

— De quelle loi, au juste ? Je serais curieux de lire l'article faisant du meurtre en série un acte légal.

---

1. En français dans le texte original.

— Vous me harcelez, monsieur Parker. C'est grossier.
— Votre client est plus que grossier : il est fou. S'il passe à l'acte contre les individus inscrits sur cette liste, il en alertera d'autres, ainsi que ceux qui les manipulent, sur le simple fait de son existence. Ils nous échapperont tous, à cause de la soif de sang de votre client.

Les membres d'Eldritch se raidirent de colère, ce qui fit ressortir la politesse excessive de sa formation d'avocat.

— Je contesterais votre usage de la formule « soif de sang », répondit-il en articulant lentement et soigneusement chaque syllabe.

— Et vous auriez raison. Cela exigerait une capacité émotive à laquelle il ne peut même pas aspirer, mais nous pourrons avoir une autre fois une discussion sémantique sur la meilleure définition de sa folie. Pour le moment, tout ce qu'il doit savoir, c'est que des intérêts plus importants sont en jeu, et d'autres parties impliquées.

Les mains d'Eldritch agrippèrent son bureau quand il se pencha en avant, les tendons de son cou décharné le faisant ressembler à une tortue privée de sa carapace.

— Vous vous imaginez qu'il se tracasse pour un vieux juif de New York qui tripote les franges de son châle en priant pour son fils disparu ? Mon client *agit*. Il est un des bras de la divinité. Ce qu'il accomplit est exempt de péché car ceux qu'il choisit d'affronter ont perdu leur âme à cause de leur dépravation. Il participe à la grande moisson et il ne s'arrêtera pas, il ne peut pas s'arrêter. Les dossiers doivent être fermés, monsieur Parker. Les dossiers doivent être *fermés* !

Des gouttes de salive mouchetèrent ses lèvres, ses traits habituellement blêmes s'étaient empourprés sous l'effet d'un afflux inattendu de sang. Il dut se rendre compte qu'il avait perdu son sens habituel des convenances, car son corps se détendit brusquement et, lâchant son bureau, il retomba en arrière dans son fauteuil. Il tira de sa poche un mouchoir blanc, le pressa contre sa bouche et regarda avec dégoût les marques sur le tissu. Il était maculé de petites taches rouges. Me surprenant à l'observer, il se hâta de replier le mouchoir et de le ranger.

— Pardonnez-moi, murmura-t-il. C'était tout à fait déplacé. Je transmettrai votre message, même si je ne puis vous promettre que cela servira à quelque chose. Il cherche et il trouve, il cherche et il trouve.
— Son passage à l'acte présente un autre risque, soulignai-je.
— Lequel ?
— Il force les autres à réagir, mais il est difficile à repérer. Vous, c'est beaucoup plus facile.
— Cela pourrait être interprété comme une menace.
— Un avertissement, tout au plus, nuançai-je.
— Pour reprendre vos termes, c'est une question de sémantique. Ce sera tout ?
— Non, j'ai une dernière question.
— Allez-y.

Sans me regarder, il se mit à noircir un bloc de papier jaune de son élégante écriture. Il m'avait déjà chassé de son esprit. Je l'avais contraint à crier, j'avais vu le sang sur le mouchoir. Il ne voulait plus de ma présence.

— Cela concerne la liste qu'on vous a envoyée, précisai-je.
— La liste, la liste, maugréa-t-il.

Une goutte de sang tomba de ses lèvres, explosa sur le papier. Il continua cependant à écrire, le sang et l'encre se mêlant sous sa plume.

— Je vous le répète, je ne connais pas cette liste.

Je ne tins pas compte de son allégation.

— Je me demande si mon nom est dessus.

La plume s'immobilisa. Eldritch me regarda, tel un vieux lutin malicieux.

— Inquiet, monsieur Parker ?
— Intéressé, monsieur Eldritch.

Il plissa les lèvres.

— Amusons-nous à faire des suppositions, puisque vous semblez tellement convaincu que cette liste existe et que j'en ai connaissance. Si mon nom figurait sur cette liste, je serais inquiet : qu'aurais-je bien pu faire pour mériter d'y être ?

Il agita dans ma direction le bec ensanglanté de sa plume et poursuivit :

— Je crois que vous rencontrerez mon client plus tôt que vous ne le pensez. Vous ne manquerez pas de sujets de discussion, tous les deux. A votre place, je commencerais dès maintenant à préparer ma défense.

Comme je me levais, il ajouta :

— Et vous pourriez peut-être changer d'avis, pour ce testament.

Lorsque je quittai le bureau de son patron, la secrétaire se tenait devant sa porte et, alertée par les cris qu'il avait poussés, jetait des regards anxieux vers le haut de l'escalier. Malgré son inquiétude, une cigarette pendait à ses lèvres.

— Qu'est-ce que vous lui avez fait ? me lança-t-elle.

— J'ai fait un peu grimper sa tension, et j'ai été étonné qu'il ait encore assez de sang en lui pour ça.

— Il est vieux.

— Mais pas très gentil.

Elle attendait que je sois descendu au premier pour monter voir l'état de son employeur.

— Vous aurez ce que vous méritez, m'asséna-t-elle d'une voix sifflante. Vous disparaîtrez de la surface de la terre, et quand vos amis fouilleront chez vous pour savoir pourquoi, ils s'apercevront, s'ils cherchent bien, qu'il manque quelque chose : une photo dans un cadre, une paire de boutons de manchette que vous tenez de votre père. Un objet ayant de l'importance pour vous, un précieux héritage, un souvenir, et on ne le retrouvera jamais parce qu'*il* l'aura ajouté à sa collection, et nous fermerons le dossier portant votre nom et nous le brûlerons, et vous aussi vous brûlerez !

— Après vous. Il y a le feu à votre robe.

Un de ses pieds était posé plus haut que l'autre dans l'escalier et sa robe avait formé un réceptacle pour les cendres rougeoyantes de sa cigarette en train de percer un trou dans le tissu. Elle les brossa de la main mais le dommage était fait. Dommage tout relatif, puisque le vêtement était atroce dès le départ.

— Il faudra qu'on reprenne cette agréable conversation, dis-je. Prenez soin de vous.

Elle proféra à voix basse des obscénités, mais je me dirigeais déjà vers la porte. La veille, j'avais pris la précaution de récupérer mon flingue dans le coffre verrouillé dissimulé sous la roue de secours de ma voiture et j'étais maintenant armé. Avant de sortir de l'immeuble, j'ôtai ma veste et m'en servis pour cacher le pistolet que je tenais dans ma main droite. Je regagnai ma voiture en tournant lentement sur moi-même au milieu de la chaussée pour m'assurer que je n'avais personne derrière moi. Ce fut seulement en quittant Lynn que je commençai à me sentir un peu en sécurité, une sécurité temporaire et mal assurée toutefois. Ma rencontre avec le vieil avocat m'avait troublé, mais l'assurance venimeuse de sa secrétaire m'avait fourni la confirmation que je cherchais.

Le Collectionneur était en possession de la même liste qu'Epstein.

Et mon nom était inscrit dessus.

31

Grady Vetters gisait inconscient sur le sol du séjour de Teddy Gattle. Le garçon lui avait administré une seconde dose de sédatifs, plus forte, après qu'ils eurent terminé de l'interroger, et il resterait de longues heures sans connaissance. Darina avait baissé les stores et tiré les doubles rideaux, puis le garçon et elle avaient mangé ce qu'ils avaient trouvé dans le réfrigérateur. Le garçon avait fini par sombrer dans le sommeil, roulé en boule sur le canapé, la bouche ouverte, un petit poing pressé contre sa poitrine. L'image même de l'innocence.

Darina, elle, ne dormait pas, pas encore. Le visage douloureux, elle tenait le coup en avalant des Advil à intervalles réguliers et regardait la télévision dont elle avait baissé le volume. Lorsque le jour se leva, elle ne craignit pas d'être découverte. Vetters et son ami avaient tous deux confirmé qu'ils recevaient peu de visites dans la journée et, comme Vetters s'était récemment disputé avec sa sœur, elle ne viendrait probablement pas le déranger avant qu'il exprime des excuses pour sa conduite.

Darina connaissait maintenant l'histoire de l'avion perdu dans la forêt, ou tout au moins ce que Harlan Vetters avait décidé de confier à son fils, mais elle était persuadée qu'il en avait dit plus à sa fille. D'après ce que Grady Vetters avait raconté, son père le considérait comme un rejeton indigne de confiance, une déception. Sa confiance, le vieux l'accordait à la sœur, Marielle. Elle s'était occupée de lui pendant la maladie qui l'emporterait, et de quoi avaient-ils parlé durant ces ultimes semaines ? Darina avait été tentée d'aller interroger immédiatement la fille, mais le garçon avait besoin de repos. Elle aussi : la douleur due à ses brûlures l'avait affaiblie, et de toute façon il leur serait plus facile de se déplacer discrètement une fois la nuit tombée. A la lumière du jour, son visage ravagé attirerait l'attention, et certains dans le bourg reconnaîtraient peut-être en elle la femme qu'elle était auparavant, lorsqu'elle était encore belle.

Prenant soin de ne pas réveiller le garçon, elle alla à la salle de bains et s'examina dans le miroir. Ses blessures luisaient sous leur couche de pommade, son œil abîmé ressemblait à une goutte de lait dans une flaque de sang. Elle avait aimé être belle, cela lui rappelait sa vraie nature. Elle ne retrouverait jamais sa beauté, pas avec ce corps. Elle resterait balafrée, même si elle consentait à des greffes. Elle devrait peut-être se débarrasser de cette enveloppe, comme le garçon l'avait fait, puis errer pendant des années avant de se réfugier dans un autre corps pour y attendre sa résurgence.

Plus tard, cependant, plus tard. L'avion était important. Il fallait mettre la main sur cette liste.

Grady Vetters remua et gémit, là où il gisait, près de la cheminée froide. Il avait suffi de lui faire un peu mal. Le thiopental sodique l'avait rendu plus malléable, mais il avait instinctivement essayé de protéger sa sœur. Le garçon avait été contraint de lui écraser les extrémités de deux doigts avec une pince. Après quoi, Vetters leur avait tout raconté.

Ce qu'il n'avait toutefois pu leur dire, c'était si sa sœur avait parlé à quelqu'un d'autre de l'avion. Grady avait été assez bête pour partager l'histoire avec Teddy Gattle et celui-ci, croyant rendre service à son ami, avait téléphoné à Darina. Apparemment, Grady avait hésité à la contacter lui-même. Il était assez intelligent pour comprendre que cela risquait d'attirer une attention indésirable sur sa sœur et lui. Teddy Gattle, malheureusement, n'avait pas été aussi malin, et c'est pour cette raison qu'il était mort. Selon Grady et son ami défunt, Marielle Vetters était plus intelligente qu'eux, et Grady avait révélé à Darina que sa sœur avait récemment envisagé la possibilité de demander conseil à un professionnel. Grady s'étant montré rien moins qu'emballé, elle n'avait plus abordé le sujet, mais elle était tenace et il la savait parfaitement capable d'agir dans son dos si elle jugeait justifié de le faire. Si elle avait bien demandé de l'aide, il était plus urgent que jamais de retrouver l'avion.

Restait en outre la question du passager. D'après ce que Harlan Vetters avait raconté à ses enfants, ce passager avait survécu au crash, sinon son cadavre serait resté attaché à son siège par des menottes. Darina se demandait si c'était lui qui avait provoqué l'accident en se libérant alors que l'avion volait encore. Il en était tout à fait capable, et assez solide pour survivre à tout, excepté peut-être à un choc extrêmement violent. Elle croyait qu'il était encore en vie. Elle l'aurait su s'il ne l'était pas, elle aurait senti sa souffrance au moment où il aurait été arraché à ce monde. Pourtant, il n'y avait eu aucune communication entre elle et lui, aucun contact. Elle ne comprenait pas pourquoi. Ce mystère aussi, elle chercherait à l'éclaircir quand elle aurait trouvé l'avion.

Ce soir ils parleraient à Marielle Vetters et lui feraient cracher tout ce qu'elle savait. Ils emmèneraient le frère, parce que Darina avait appris que menacer de faire souffrir une autre personne était souvent plus efficace, surtout s'il s'agissait de quelqu'un lié par l'amour et le sang à celui qu'on voulait faire parler. Grady Vetters n'avait pas caché qu'il aimait sa sœur. Il avait même ébauché un portrait d'elle qu'aucun d'eux ne verrait terminé.

Elle retourna dans le salon, jeta un coup d'œil au passage au corps de Teddy Gattle. Il commençait à sentir. Elle le traîna dans la grande chambre, ferma la porte en ressortant. Inutile de rendre leur environnement plus déplaisant que nécessaire tandis qu'ils reprenaient des forces.

Après avoir avalé deux autres Advil, elle ouvrit son portable et composa un numéro, obtint un répondeur. Elle laissa un bref message précisant où elle se trouvait et ce qu'elle avait découvert jusque-là. Puis elle fit suivre ce premier appel d'un second : elle ne connaissait pas la forêt, il lui faudrait de l'aide pour localiser l'avion. A l'autre bout de la ligne, l'homme ne parut pas ravi de l'entendre, mais c'était rarement le cas quand les dettes venaient à échéance. Lorsqu'elle eut terminé, elle alluma une cigarette et laissa les images de l'écran du téléviseur défiler devant elle sans vraiment les voir. Elle attendit que le garçon se réveille avant de dormir elle-même et ses rêves furent emplis de visions de beauté perdue, d'anges tombant des cieux.

Becky Phipps était assise sur le plancher de sa planque du New Jersey. Ce n'était guère plus qu'une cabane, avec peu de meubles et cependant un téléphone. Elle entendit Darina Flores laisser son message, comprit qu'elle n'était pas au courant de la nouvelle menace : le Collectionneur avait déjà commencé à les traquer.

Malheureusement, Becky ne pouvait pas faire grand-chose pour remédier à cette situation. Elle avait la mâchoire brisée, le dos et les jambes lacérés de coups de couteau. Elle avait toutefois résisté avec ténacité et le cuir chevelu entaillé du Collectionneur continuait à saigner abondamment. Mais elle agonisait, pas lui. Pire, il lui avait extorqué presque tout ce qu'il voulait savoir. Presque, pas tout. C'était là sa seule consolation : savoir que, tout comme il les attaquait, ils l'attaqueraient eux aussi. Cette pensée aurait pu la faire sourire si elle avait encore eu l'usage de sa bouche.

— Darina Flores, dit le Collectionneur. C'est bien de pouvoir mettre une voix sur un nom, et finalement j'y ajouterai un visage. Je présume qu'elle a liquidé Barbara Kelly ? Tu n'as pas à répondre. Hoche simplement la tête. En fait, un battement de paupières suffira.

Becky cligna des yeux, lentement.

— Il y avait un enfant avec elle, n'est-ce pas ?

Pas de battement de cils, cette fois. Le Collectionneur s'agenouilla devant Becky et lui montra la lame. Ou elle n'était pas au courant pour l'enfant, ou même la menace du couteau ne suffisait pas à lui faire reconnaître son existence. Aucune importance : à la longue, il découvrirait lui-même la vérité.

— La copie de la liste de Kelly, elle l'a ?

Nouveau battement de cils. Becky confirmait volontiers ce point. Elle voulait mettre le Collectionneur sur la trace de Darina parce que celle-ci le tuerait.

— La liste de l'avion est donc une version antérieure ? Antérieure et quand même dangereuse pour vous si elle tombe en de mauvaises mains ?

Battement.

— Les miennes, par exemple ?

Acquiescement des paupières.

Derrière lui, Becky détecta un mouvement à la fenêtre, des visages blafards pressés contre la vitre. Une rafale de vent ouvrit la porte, des formes apparurent sur le seuil. Elles se glissèrent dans la cabane comme de la fumée, de minces formes spectrales.

Des Hommes Creux. Elle avait cru qu'ils n'étaient qu'un mythe, bien qu'elle ait eu connaissance de faits avérés tout aussi étranges. En même temps, il était difficile aux vivants d'avoir confirmation de l'existence de créatures que seuls les moribonds pouvaient voir.

— Une chose me trouble, Becky, dit le Collectionneur. Qui était ce passager mentionné par Darina ? Qui était dans cet avion ? Quelqu'un comme toi ? L'un des Commanditaires ? Je t'énumère des noms ?

Elle parvint à secouer légèrement la tête. Cela, comme pour l'enfant, elle ne le lui dirait pas.

— Peu importe, reprit-il. Tout finira par s'éclairer, j'en suis sûr.

Une expression de tristesse passa sur son visage tandis que les hommes sans âme s'attroupaient autour de lui, dans l'attente qu'un autre les rejoigne. Des larmes montèrent aux yeux de Becky. Elle tenta de parler, sa langue battant faiblement dans sa bouche abîmée comme les ailes d'un papillon de nuit pris au piège.

— Chut, chut, Becky, fit le Collectionneur. Il n'y a plus rien à dire.

De la pointe de son couteau, il souleva la chaîne en or toute simple entourant le cou de Becky. Elle lui avait été offerte par sa mère ; c'était, de tous ses bijoux, celui qu'elle préférait.

— Pour ma collection, expliqua-t-il. Pour que tu ne sois pas oubliée.

La lame s'abaissa de nouveau vers elle.

— Tu as été jugée insuffisante, déclara le Collectionneur. Pour tes péchés, je te condamne à perdre ta vie et ton âme. Adieu, Becky.

Et lentement, presque tendrement, il lui trancha la gorge.

32

Ray Wray prenait son petit déjeuner au Marcy's Diner sur Oak Street, à Portland. Il lisait un exemplaire du *Portland Press Herald* que quelqu'un avait aimablement laissé sur la table voisine, amputé cependant des pages sportives, ce qui le contrariait plus qu'un peu. Il devait se contenter du reste du journal et des nouvelles locales, alors que, d'une manière générale, il se fichait royalement de ce qui se passait à Portland. Ce n'était pas parce qu'il était né dans cet Etat qu'il devait aimer sa ville principale ni montrer un quelconque intérêt pour ses activités. Ray était originaire du Comté, et les gens du Comté considéraient Portland avec méfiance.

Il aimait le Marcy's Diner, en revanche. Il aimait sa cuisine, son cadre confortable sans être kitsch, et le fait qu'on pouvait y écouter WBLM, la « station rock classique ». Il aimait qu'il ouvre et ferme de bonne heure, qu'on n'y accepte que du liquide. Cela lui convenait à merveille, puisqu'il avait des antécédents si catastrophiques en matière de crédit qu'il se demandait parfois s'il n'était pas personnellement responsable de l'effondrement de l'économie. Ray Wray avait plus de dettes que la Grèce, et le peu d'argent dont il disposait se trouvait en général dans sa poche. Il s'en sortait, mais de justesse.

C'était la première semaine de son retour dans le Maine depuis qu'il avait tiré huit mois à Rikers Island pour voies de fait à la suite d'un désaccord avec un restaurateur coréen estimant que Ray aurait dû se plaindre de la qualité de son plat *avant* de l'avoir mangé et non après, et contestant son droit de refuser de payer. Il y avait eu des cris, une bousculade, le petit Coréen avait perdu l'équilibre et s'était cogné la tête contre un coin de table. Ray s'était retrouvé entouré de toute une troupe de Coréens, puis les flics l'avaient emmené et livré au système judiciaire de l'Etat de New York. Ce n'était pas tant la sentence qui le contrariait que le fait que la cuisine était vraiment infecte dans ce coréen et qu'il l'avait mangée uniquement parce qu'il mourait de faim.

Il était maintenant de retour dans le Maine alors que la saison de chasse était presque terminée et il n'avait dégoté aucun boulot de guide digne de ce nom. Il avait été contraint de rester à Portland, où une de ses ex avait un appartement derrière Congress, sans parler d'une attitude compréhensive à son égard. Elle avait cependant clairement précisé que sa compréhension avait des limites et n'allait pas jusqu'à le laisser partager son lit, et qu'elle ne tolérerait pas sa présence au-delà de la fin du mois de novembre. Infirmière au Maine Medical, elle n'était pas souvent là, ce qui convenait tout à fait à Ray. Il y avait une raison pour laquelle elle était son ex, et il se rappela ce que c'était après deux jours seulement passés en sa compagnie.

Il ne la supportait pas, voilà tout.

Son incapacité à trouver du boulot lui restait sur le cœur. Il n'avait plus de licence de guide, mais il connaissait cette forêt mieux que personne et il avait encore des contacts dans plusieurs pavillons et magasins d'articles de chasse. Il avait été garde-chasse quelque temps avant que son tempérament irascible et son faible pour la gnôle se conjuguent pour le faire virer, ce qui tend à se produire quelle que soit la branche d'activité. Si Ray avait appris la leçon – il ne buvait plus autant –, on se débarrasse difficilement de son passé dans un Etat comme le Maine, où tout le monde connaît tout le monde, où les mauvaises réputations se propagent tel un virus. Peu importait qu'il eût changé – exception faite de son penchant à castagner ceux qui l'énervaient – ou qu'il s'en tînt maintenant à la bière. Depuis qu'il avait remplacé le whisky par le café, on le voyait rarement sans un gobelet en carton à la main, et il se débrouillait toujours pour se le faire remplir à peu de frais dans un Starbucks ou l'autre. Il y en avait justement un au coin de Oak et de Congress, et Ray avait l'intention d'y faire le plein quand il aurait fini son petit déjeuner. Il s'installerait à une table sans se faire remarquer, resterait un moment assis puis se présenterait au comptoir en prétendant que c'était son deuxième café, pas son premier. Personne ne l'avait jamais contredit. On peut dire ce qu'on veut de Starbucks, on ne prendra jamais son personnel en défaut sur le chapitre des bonnes manières. Ray ne raffolait pas tant que ça de ces petits sandwichs qu'on y servait au petit déjeuner. Pour le même prix, il pouvait avoir un bon repas au Marcy's, et c'était pour ça qu'il y était présentement assis, feuilletant son exemplaire gratuit du *Portland Press Herald*, mâchant son toast aux œufs brouillés et se demandant ce qu'un homme devait faire pour avoir une seconde chance dans la vie.

Il s'apprêtait à rejeter le journal quand un article en première page, sous le pli, attira son attention. Il avait gardé la une pour la fin à cause de la façon dont l'abruti de lecteur précédent l'avait replié. Egalement parce que Ray avait tendance à estimer que tout ce qu'on publiait dans les journaux était déjà arrivé et qu'il n'y avait donc aucune raison de s'inquiéter pour ce qu'ils contenaient, ni de faire toute une histoire pour l'ordre dans lequel on les feuilletait. Sauf que quelquefois, bien sûr, il arrivait qu'on lise la seconde partie d'un article avant la première, ce qui peut être déroutant quand on est con. Ray Wray était beaucoup de choses – indiscipliné, sujet aux comportements addictifs, limite autiste dans sa capacité à intégrer et mémoriser des informations – mais certainement pas con. Il s'attirait des ennuis non parce qu'il n'était pas assez intelligent mais parce qu'il l'était trop. Il en voulait au monde entier parce qu'il n'avait jamais réussi à s'y faire une place, alors il cognait à la première occasion et acceptait les retours de bâton avec équanimité.

Après avoir soigneusement posé le journal en équilibre contre une bouteille de ketchup, il lut et relut l'article de la une avec un sourire qui s'élargissait. C'était la première bonne nouvelle qu'il recevait depuis longtemps et il y vit le présage que la chance avait peut-être enfin tourné pour lui.

Un certain Perry Reed, inculpé de possession de drogue de catégorie A avec intention de fournir un tiers, de détention de pornographie pédophile, et recherché à New York pour interrogatoire en liaison avec son implication dans au moins deux meurtres, s'était vu refuser une libération sous caution par le tribunal de grande instance du comté et resterait en détention préventive jusqu'à la tenue de son procès. Mais surtout, quelqu'un avait mis le feu au garage pourri de Perry, qui avait été réduit en cendres, ainsi que son bar à nichons. Ça se fêtait.

Ray Wray porta un toast avec son gobelet de café.

Quelquefois le monde se mettait à baiser la gueule du type qu'il fallait.

Voici comment Ray Wray en était venu à haïr Perry Reed…

La voiture était une merde. Ray le savait, Perry Reed le savait, même les putains d'écureuils qui faisaient provision de noisettes dans l'espace vert s'étendant derrière le garage le savaient. Cette Mitsubishi Galant 2002 avait dû servir à transporter des troupes en Irak : c'était la seule explication plausible, pour la poussière qui dévorait lentement mais sûrement le moteur et l'odeur de nourriture pour chien qui empestait l'habitacle. Mais bon, les garagistes ne se bousculaient pas vraiment pour offrir à Ray Wray des possibilités de crédit. Comme on lui avait dit que, s'il ne parvenait pas à convaincre Reed de lui faire une proposition, il devrait se résigner à être le seul Blanc du bus pendant le reste de sa vie, il avait persuadé son copain Erik de le conduire en voiture au garage de Reed pour voir ce qu'il pouvait négocier. Erik l'avait déposé devant l'entrée avant de prendre la direction de Montréal, où il devait se procurer de l'herbe de première qualité que Ray l'aiderait à écouler. Mais si Ray ne réussissait pas à acheter une voiture à Reed, il devrait se taper une longue trotte à pied pour rentrer. Il perdrait aussi l'occasion de faire un coup juteux avec Erik, car la condition à peu près indispensable pour distribuer de la drogue, c'est d'avoir la possibilité de se rendre d'un point A à un point B, et Ray ne se voyait pas se déplacer à vélo avec cinq livres de cannabis sur le porte-bagages. L'acquisition d'une caisse constituait donc une priorité s'il ne voulait pas vivre dans le dénuement à court terme.

Perry Reed s'était personnellement déplacé pour discuter avec Ray, ce qui aurait pu être flatteur si Reed n'avait pas été un si gros sac à merde : yeux marron, cheveux châtains, chemise jaune, costume marron, chaussures marron, cigare marron, et prêt à tout s'il pensait pouvoir vous vendre quelque chose. Après lui avoir serré la main, Ray avait dû résister à l'envie d'essuyer ses doigts à son jean. Il connaissait la réputation de Perry Reed : ce mec tringlerait un trou de serrure s'il n'y avait pas déjà une clé dedans, et il était de notoriété publique qu'il n'avait échappé à une condamnation pour agression sexuelle sur mineure que parce qu'il y avait prescription, d'où son surnom de « Perry le Pervers ». Toutefois, même un pervers peut être utile, et dans les cas désespérés, les gens apprennent à se pincer le nez quand ils ont affaire à des crapules comme Reed.

Les critères rien moins que stricts de Perry en matière de clientèle pouvaient se résumer ainsi : avoir de quoi faire un premier versement comptant et rester en vie pour payer les suivants. En raclant les fonds de tiroir, Ray avait réuni mille deux cents dollars, mais Reed exigeait un premier versement de trois mille, suivi de quatre cents dollars par mois pendant quatre ans. Ray avait calculé que ça mettait le taux d'intérêt à vingt pour cent environ, soit le tarif de la mafia, mais il avait vraiment besoin d'une voiture.

Puisant dans le fonds de réserve en cas d'urgence dont il n'avait parlé à personne, Ray avait mis trois cents dollars de plus sur la table et Reed avait porté les traites mensuelles à cinq cents pendant quatre ans, ce qui avait fait monter des larmes aux yeux de Ray. Le marché avait cependant été conclu et Ray avait quitté le garage dans un véhicule qui toussait, crachait et empestait, mais qui roulait tant bien que mal. Ray s'était dit que sa part sur la vente de l'herbe couvrirait largement les versements pour les prochains mois et lui laisserait même de quoi réinvestir avec Erik dans la partie vente en gros du bizness. Il n'avait absolument pas l'intention d'arnaquer Perry Reed. Reed avait peut-être l'air d'un étron expulsé par un chien agonisant, il avait surtout la réputation d'un mec qu'il ne fallait pas contrarier. Les gens qui ne respectaient pas un marché conclu avec Perry Reed se retrouvaient avec quelques fractures, ou pire.

En signe de bonne volonté, Reed avait ajouté une entrée gratuite au bar topless – dont Ray avait entendu dire qu'il lui appartenait aussi – jouxtant le garage, et une bière offerte par la maison pour l'aider à passer un moment agréable. En règle générale, Ray ne fréquentait pas les bars à nichons. La dernière fois qu'il avait mis les pieds dans ce genre d'endroit, une dizaine d'années plus tôt, il s'était retrouvé à partager un bout de comptoir avec son ancien prof de géographie, ce qui l'avait plongé pour une semaine dans un état dépressif.

Le Club 120 ne semblait pas précisément propice aux bons moments car il rappelait les blockhaus que les Allemands avaient défendus sur les côtes normandes, mais une bière gratos, c'est une bière gratos. Ray s'était garé devant le bar, il avait présenté son ticket à la brune morte d'ennui qui se tenait à la porte et il était entré. Il avait vainement tenté d'ignorer les relents d'urine, la moquette humide et l'odeur – il en était à peu près sûr – de sperme rance. Ray n'était pas difficile, mais il avait pensé que le Club 120 était peut-être le plus bas échelon qu'un homme puisse descendre avant de lécher la bière renversée entre les lames d'un plancher.

La raison pour laquelle la boîte portait ce nom lui était apparue dès qu'il avait levé les yeux vers la petite scène entourée de miroirs : cent vingt ans, c'était l'âge que devaient avoir à elles deux les deux femmes qui faisaient de leur mieux pour rendre la pole dance aussi peu érotique que possible. Une demi-douzaine d'hommes disséminés dans la salle s'efforçaient de ne pas attirer l'attention – ni les microbes, vu le niveau d'hygiène de l'établissement. Ray s'était assis au bar et avait demandé une Sam Adams ; le barman lui avait répondu que son bon lui donnait seulement droit à une PBR ou à une Miller High Life. Ray s'était rabattu à contrecœur sur la PBR. Il n'avait jamais aimé la bière en cannette.

« C'est Perry qui vous l'a filé ? s'était enquis le barman en tenant le bon du bout des doigts, comme s'il était contaminé.
— Ouais.
— Vous lui avez acheté une voiture ?
— La Mitsubishi Gallant.
— La 2002 ?
— Ouais.
— Putain. »

Le barman avait servi à Ray un bourbon qu'il avait posé à côté de la PBR.

« Le coup de gnôle, c'est pour moi. Allez-y, noyez votre chagrin. »

Ce que Ray avait fait. Il savait qu'il s'était fait entuber, mais aussi qu'il n'avait pas tellement eu le choix. En regardant les femmes se tortiller, il s'était demandé combien de fois par an on nettoyait ces poteaux. Il n'y aurait pas touché sans une combinaison de protection.

« Si ça vous dit, je peux vous arranger un rendez-vous avec une de ces dames dans une cabine privée, avait proposé le barman.
— Non, merci, avait répondu Ray. J'ai déjà une grand-mère. »

Le barman s'était efforcé de prendre un air offensé pour elles, sans beaucoup de conviction, toutefois.

« Vaudrait mieux pas qu'elles vous entendent. Elles vous botteraient le cul.
— Elles peuvent à peine lever la jambe. Sans les poteaux, elles tiendraient même pas debout. »

Cette fois, le barman lui avait jeté un regard mauvais.

« Je vous sers autre chose ou quoi ?
— Pas s'il faut payer.

— Alors, foutez le camp.
— Avec plaisir. Et dites à vos grand-tantes de se trouver un autre boulot. »

Il était apparu que la Mitsubishi roulait, en tout cas mieux que Ray ne s'y attendait. Elle l'avait ramené chez lui sans encombre et il avait passé le week-end à bricoler dessus, à nettoyer le plus gros de la crasse du moteur et à déloger les odeurs incrustées dans les garnitures. Il était fin prêt pour aider Erik à fourguer l'herbe quand il avait appris que son copain s'était fait arrêter par la police montée à huit kilomètres de la frontière et que la beuh n'entrerait pas de sitôt aux States.

Ray avait travaillé dans un bar, il avait écoulé des marchandises volées et s'était débrouillé pour payer ses traites à Perry Reed pendant quatre mois, réglant toujours en personne et en liquide, avant de commencer à prendre du retard. Lorsque les gars de Reed s'étaient mis à lui téléphoner, il avait essayé de les ignorer ; quand ils s'étaient faits plus insistants, il avait estimé que persister à les ignorer aurait été malavisé s'il tenait à rester dans le Maine avec l'usage de tous ses membres. Il avait appelé le garage et demandé à parler à Reed. Le garagiste obèse avait pris la communication et ils avaient discuté du problème en gentlemen. Reed avait proposé à Ray de lui faciliter le remboursement de la dette, même si cela prolongeait les versements de deux ou trois ans. Il allait préparer le nouveau contrat, Ray n'aurait qu'à passer le signer, tout serait fait dans les règles. Pensant n'avoir rien à perdre, Ray s'était rendu sur place, il s'était garé devant l'entrée du garage et s'était dirigé vers les bureaux pour ajouter son paraphe aux documents à signer. Au moment où il s'asseyait pour attendre Reed, un gars en combinaison lui avait demandé les clés afin de bouger la Mitsubishi : ils attendaient une livraison de véhicules. Ray les lui avait lancées sans réfléchir.

Il n'avait plus jamais revu sa voiture. Elle venait d'être récupérée.

Quand il avait demandé à voir Perry, on lui avait répondu que M. Reed n'était pas là. Quand il avait commencé à gueuler, quatre mécaniciens l'avaient empoigné et jeté dehors. Ray avait commis l'erreur de croire que Perry Reed était dans la voiture d'occasion. Reed était dans la finance, et plus il avait de clients incapables de payer, plus ses affaires marchaient. Il pouvait vendre indéfiniment la même voiture au même taux usuraire à des gens qui avaient besoin d'un véhicule et ne pouvaient convaincre personne d'autre de leur en vendre un.

Ce fut alors que Ray Wray décida de mettre le feu au garage de Perry Reed, ainsi qu'à son bar à nichons, mais il avait été détourné de son objectif par la promesse d'un boulot à New York, qui ne s'était jamais concrétisée. Il avait fait un repas dégueu dans un coréen, il avait visité la prison du coin, et le temps qu'il revienne s'occuper de Perry Reed, quelqu'un d'autre s'en était chargé pour lui.

Une bonne chose, puisque cela lui épargnait la peine de planifier et d'exécuter un incendie criminel, même si cela le privait du plaisir de planifier et d'exécuter un incendie criminel.

La porte du *diner* s'ouvrit sur le copain de Ray, Joe Dahl, qui entra d'un pas lent, commanda un café et le rejoignit à sa table. Joe Dahl était un costaud d'une quarantaine d'années qui pouvait se permettre d'arborer une casquette des Yankees dans le Maine : il faut être sacrément baraqué pour porter une casquette des Yankees aussi haut dans le Nord sans craindre que quelqu'un ne cherche à vous la faire tomber de la tête, et peut-être vous faire tomber la tête des épaules en même temps. Dahl prétendait qu'il gardait cette casquette en souvenir de sa mère défunte, originaire de Staten Island, mais Ray savait que c'était du pipeau. Dahl la portait parce qu'il était têtu et un peu bizarre, parce qu'il vivait pour ces moments où quelqu'un essayait de faire tomber sa casquette de sa tête.

— T'as vu ce truc ? demanda Ray en montrant le journal.
— Ouais, j'ai vu.

— J'aimerais serrer la main du mec qui a fait ça. Première bonne nouvelle que j'aie de la semaine.

— J'en ai une autre, annonça Joe alors que son café arrivait. Je t'ai trouvé du boulot.

— Sans blague ? C'est quoi ?

— Un boulot de guide.

— Guide de chasse ?

Joe détourna les yeux d'un air gêné, voire effrayé.

— Si on veut. On doit chercher quelque chose dans la forêt du Grand Nord.

— Quelque chose ? Quel genre de quelque chose ?

— Un avion, je crois...

33

Avant de remonter dans le Maine, je fis un petit détour par Boston et cherchai le siège de Pryor Investments dans Beacon Hill. La société occupait une *brownstone*[1] d'apparence relativement modeste et cependant horriblement chère, non loin de la station de métro Charles/MGH. Je ne décelai aucun signe d'activité et ne vis personne entrer dans l'immeuble ou en sortir tandis que je restais garé à proximité. Jusque-là, Epstein n'avait rien découvert d'important sur Pryor, hormis un petit détail : son nom figurait sur des documents relatifs à la constitution d'une association 501(c), la Ligue américaine pour l'égalité et la liberté, et un certain Davis Tate, à présent décédé, avait été le principal bénéficiaire des fonds transitant par cette association. C'était mince, comme piste, mais c'était quand même une piste. Ce n'était cependant pas le moment de tirer sur le fil pour démêler l'écheveau. Je quittai Beacon Hill et ce fut seulement en passant devant Pryor que je remarquai les caméras discrètement installées dans l'ombre du mur et dont les yeux de verre attentifs balayaient la chaussée et les trottoirs.

Ma rencontre avec Eldritch n'avait pas été particulièrement satisfaisante – les rencontres avec un avocat le sont rarement, de fait. Je n'avais aucune envie de renouer connaissance avec l'homme qui se faisait parfois appeler Kushiel et auquel on se référait le plus souvent sous le nom de « Collectionneur ». Je ne voulais pas non plus le laisser se balader dans la nature,

---

1. Maison de grès brun de la fin du XIXe siècle.

cédant à son penchant pour rendre la justice divine – ou l'interprétation qu'il s'en faisait – en exécutant tous ceux dont le nom était inscrit sur sa copie de la liste, en particulier si j'en faisais partie. Je n'avais pas assez confiance en lui pour imaginer que, s'il me jugeait « insuffisant », il n'envisagerait pas de m'ajouter à son cortège de damnés. Si nous avions été des alliés précaires par le passé, je ne nourrissais aucune illusion à son égard : comme Epstein, le Collectionneur devait avoir des doutes sur ma véritable nature, et il avait plutôt tendance à choisir la prudence dans ce genre de cas. Il excisait au bistouri les tissus infectés.

Il n'y avait toutefois aucune raison de croire qu'il était au courant pour l'avion tombé dans la forêt du Grand Nord, et il me fallait parvenir à l'épave avant qu'il ait eu vent de son existence. Il valait mieux que ce soit Epstein que le Collectionneur qui mette la main sur les listes que Harlan Vetters avait vues, car le rabbin était fondamentalement un type bien. Mais même sur Epstein, j'avais cependant des doutes : je ne savais pas assez de choses sur ceux qui travaillaient avec lui – excepté que c'étaient des jeunes qui aimaient brandir un flingue – pour être sûr de leur capacité à se contrôler. Par ailleurs, je n'en savais pas non plus assez sur lui à mon goût.

C'est une évidence, connaître l'identité de ses ennemis constitue le premier pas vers leur défaite. S'il entrait en possession de leurs noms, Epstein pourrait entreprendre de les surveiller, et de les affaiblir au besoin. Il apprendrait aussi s'il y avait des traîtres parmi ceux à qui il avait accordé sa confiance, même si la liste totale était forcément incomplète puisqu'elle portait uniquement sur une période antérieure au crash. Impossible de savoir combien d'autres noms avaient été ajoutés depuis. Néanmoins, la récupérer serait un point de départ. Mais ne se pouvait-il pas aussi que dans certains cas Epstein et ses hommes décident d'agir comme le Collectionneur l'avait fait, et d'éliminer de la partie ceux de la liste qui leur paraîtraient les plus menaçants ?

Telles étaient mes réflexions tandis que je roulais vers Scarborough, avec en fond sonore une station de musique alternative sur Sirius[1] : du Camper Van Beethoven, un morceau des Minutemen qui durait environ trois cents secondes au total, introduction du DJ comprise, et même un peu de Dream Syndicate. Je lâchai toutefois l'affaire lorsqu'un gars plein d'énergie demanda qu'on passe Diamanda Galas et que, sur un coup de sang, le DJ annonça qu'il allait lui donner satisfaction.

Quand j'avais une vingtaine d'années et que je commençais à connaître quelques-unes de ces filles qui vous invitent à venir prendre un café chez elles, sans arrière-pensées, avec toutefois la promesse de quelque chose en plus ultérieurement si vous vous révéliez ne pas être un taré de première, j'appris assez vite qu'un moyen sûr de comprendre une femme (c'est valable aussi pour les hommes) consistait à fouiner dans sa collection de disques. Si elle n'en avait aucun, vous pouviez laisser tomber tout de suite, parce qu'une femme qui n'écoute jamais de musique n'a pas d'âme, ou pas d'âme digne de ce nom. Si elle était branchée rock alternatif anglais, The Smiths ou The Cure par exemple, elle faisait probablement tout ou presque pour être malheureuse, mais ce n'était pas pour autant un cas désespéré. Si elle était fan de glam metal façon Kiss, Poison et Mötley Crüe, vous étiez confronté au dilemme suivant : rester un moment avec elle parce que vous aviez une chance de coucher, ou la larguer avant d'être forcé d'écouter sa musique. En revanche, si elle avait du Diamanda Galas sur ses étagères, avec peut-être Nico, Lydia Lunch et Ute Lemper pour les moments plus calmes, il valait mieux filer avant qu'elle mette des sédatifs écrasés dans votre café et que vous vous réveilliez enchaîné dans une cave avec la fille en question debout devant vous, un couteau dans une main, une poupée grimaçante dans l'autre, et criant le nom d'un type que vous n'aviez jamais rencontré mais qui vous ressemblait apparemment sur le plan psychique...

Je quittai donc la station alternative pour passer sur le lecteur de CD et écouter le seul album jamais gravé par Winter

---

1. Radio canadienne par satellite.

Hours, plus mélodieux et moins flippant, qui me mit de meilleure humeur tandis que je rentrais chez moi.

En me garant devant la maison, je remarquai que j'avais eu un coup de téléphone d'Epstein. Je le rappelai du fixe de mon bureau. La mort de Davis Tate le préoccupait.

— Vous croyez que c'est l'œuvre de cet homme, le Collectionneur ? me demanda-t-il.

— Quand j'ai appris qu'on lui avait tiré une balle dans la tête, j'ai pensé que ça pouvait être un de vos gars. Le Collectionneur préfère généralement travailler au couteau.

— Qu'est-ce qui vous a convaincu du contraire ?

— Apparemment, le corps de Tate présentait aussi plusieurs entailles. On lui a coupé une partie du lobe de l'oreille. De plus, celui qui l'a tué a emporté sa montre, sans toucher au portefeuille. Le Collectionneur aime garder un souvenir de ses victimes. A cet égard, il a tout du banal meurtrier en série. C'est sa conviction de faire partie des justes qui le distingue.

— Vous avez parlé au vieil avocat ?

— Oui. J'ai l'impression que Barbara Kelly lui a envoyé la même version de la liste qu'à vous.

— Avec votre nom dessus ?

— Il semblerait. Sa secrétaire est convaincue que je mérite ce qui va m'arriver.

— Vous êtes inquiet ?

— Un peu. Ma gorge me plaît comme elle est, je n'ai pas besoin qu'on y ajoute un sourire taillé au couteau. Je crois néanmoins que le Collectionneur nourrit les mêmes doutes que vous à mon sujet. Il ne passera pas à l'acte avant d'avoir une certitude.

— En attendant, il continuera à s'occuper de ceux qui sont sur la liste. Pour attirer à lui leurs protecteurs.

— J'imagine que c'est ce qu'il espère.

Pendant une minute, la voix du rabbin me parvint étouffée : il avait couvert le téléphone de sa paume pour parler à quelqu'un d'autre. Quand il revint en ligne, il était tout excité.

— J'ai une hypothèse sur cet avion... La date du journal retrouvé dans la cabine est proche de celle de la disparition d'un homme d'affaires canadien, Arthur Wildon...

Le nom me parut familier, sans que je puisse pour autant le situer. J'attendis qu'Epstein le fasse pour moi.

— Les jumelles Wildon, Natasha et Elizabeth, huit ans, kidnappées en 1999, développa-t-il. Une rançon a été exigée et secrètement versée : l'argent devait être simplement jeté sur le bas-côté d'une route peu fréquentée ; si le chauffeur s'arrêtait, les fillettes seraient tuées. Les ravisseurs ont communiqué plus tard l'endroit où elles se trouvaient par une note laissée sur la berge du Saint-Laurent, sous une pierre peinte en noir et blanc. D'après cette note, les petites étaient enfermées dans une cabane à la sortie de Sainte-Sophie, mais quand l'équipe de secours est arrivée, elle était vide. Cinq minutes après son arrivée, Arthur Wildon a reçu un coup de fil. L'homme qui appelait lui a simplement donné cette instruction : « Creusez. »

« Ce qu'ils ont fait, bien sûr. La cabane avait un sol de terre battue. Les fillettes avaient été ligotées et bâillonnées, puis enterrées vivantes dans une fosse profonde d'un mètre. Le médecin légiste a estimé qu'elles étaient mortes depuis des jours : on les avait probablement enterrées quelques heures après leur enlèvement.

J'éloignai un moment le téléphone de mon oreille, comme si sa proximité était source de douleur. Je me rappelais avoir dû refermer une trappe sur une adolescente enfermée dans une cellule souterraine pour que ses cris n'alertent pas l'homme qui l'y avait mise, j'entendis de nouveau sa voix terrifiée me supplier de ne pas la laisser dans le noir. Elle avait eu de la chance, cependant, d'avoir été retrouvée, et je n'avais pas perdu trop de temps avec son ravisseur. La plupart ne sont jamais retrouvés, du moins pas en vie.

Mais l'homme impliqué dans cette affaire était un violeur et un tueur en série de jeunes femmes et il n'avait jamais eu l'intention de relâcher ses victimes. Les kidnappeurs étaient différents. Par l'intermédiaire de Louis, j'avais autrefois fait la connaissance d'un nommé Steven Tolles, négociateur dans les prises d'otages pour une importante société privée. Expert en « signes de vie », Tolles intervenait comme consultant sur des affaires dont ni la police ni le FBI n'étaient au courant. Son principal objectif était le retour saine et sauve de la victime et il excellait dans sa partie. C'était aux autres de pincer les coupables. Toutefois, au cours du débriefing des victimes, Tolles parvenait souvent à obtenir d'elles des indices primordiaux sur l'identité des personnes impliquées : des odeurs, des bruits pouvaient se révéler aussi utiles que la brève vision d'une maison, d'un bois, d'un champ – quelquefois plus, même. Grâce à Tolles, j'avais appris que le meurtre est relativement rare dans les kidnappings. L'enlèvement a pour mobile la cupidité : ceux qui le commettent veulent uniquement récupérer la rançon et disparaître. Un meurtre fait monter les enjeux, la police entre dans la danse. Dans la plupart des cas, les affaires de kidnapping ne sont jamais dévoilées : les négociations et le paiement de la rançon ont lieu sans que personne en dehors de la famille et des professionnels privés auxquels elle a pu avoir recours apprenne jamais ce qui s'est passé.

Pourtant, si Epstein me disait la vérité, les kidnappeurs des filles d'Arthur Wildon – ils étaient forcément plusieurs, car un seul aurait eu du mal à maîtriser deux fillettes – avaient cherché à obtenir une rançon alors qu'il n'y avait aucun espoir de les retrouver en vie. Ils n'avaient apparemment jamais eu l'intention de les relâcher vivantes, puisqu'ils les avaient assassinées très peu de temps après l'enlèvement. Il était naturellement possible que quelque chose ait mal tourné : l'une des jumelles – ou les deux – avait pu entrevoir le visage d'un des ravisseurs, ou un détail pouvant mener à son identification, auquel cas ils n'auraient eu d'autre choix que de les supprimer.

Mais les enterrer vivantes ? C'était une mort atroce à infliger à deux enfants, quelle que soit la cruauté des kidnappeurs en général. Il y avait là un sadisme suggérant que l'idée de rançon était venue après coup, que l'argent était un mobile secondaire, et je me demandai si la mort dans le noir par asphyxie des fillettes n'avait pas servi à châtier Arthur Wildon ou l'un de ses proches de quelque offense non spécifiée...

— Monsieur Parker ? dit Epstein. Vous êtes toujours là ?

— Oui, excusez-moi. Je me suis laissé entraîner par mes pensées.

— Quelque chose dont vous vous sentiriez tenu de me faire part ?

— Je m'interrogeais sur le mobile principal de cet enlèvement.

— L'argent. N'est-ce pas toujours ce que recherchent les ravisseurs ?

— Alors, pourquoi liquider les enfants ?

— Pour ne laisser aucun témoin ?

— Ou pour faire souffrir Wildon et sa famille.

Epstein eut un long soupir avant d'avouer :

— Je le connaissais.

— Wildon ?

— Oui. Pas très bien, mais nous avions des intérêts communs.

— Quelque chose dont vous vous sentiriez tenu de me faire part ?

— Wildon croyait aux anges déchus, tout comme moi, tout comme vous.

Je n'étais pas sûr que ce soit entièrement vrai, malgré ce que j'avais pu dire à Marielle Vetters. La plupart de ceux qui parlent d'anges se représentent un mélange de Fée Clochette et de contractuelle faisant traverser la rue aux écoliers, et je rechignais à donner le nom d'ange aux êtres, terrestres ou non, que j'avais rencontrés. Après tout, à aucun d'eux il n'était poussé des ailes.

— Il pensait aussi que ces anges déchus corrompent d'autres personnes, poursuivit Epstein, qu'ils acquièrent de l'influence par la menace, les promesses, le chantage.

— A quelle fin ?

— Ah, là, Wildon et moi étions en désaccord. Il parlait de la Fin des Temps, des derniers jours, un curieux mélange de millénarisme et de christianisme apocalyptique, et je ne trouve aucun des deux convaincants, ni sur le plan personnel, ni sur le plan professionnel.

— Et vous, qu'est-ce que vous croyez, monsieur le rabbin ? Vous ne pensez pas qu'il est temps de me le dire ?

— Ce que je crois vraiment ?

Il eut un rire, sorte de grincement creux, avant de reprendre :

— Je crois que quelque part sur terre, ou dessous, un être attend. Il est là depuis très longtemps, soit de son propre gré, soit, plus probablement, par la volonté d'un autre. Pris au piège, sommeillant peut-être même, et cependant à l'affût. Les pires des autres, de ces créatures formées à son image, le recherchent. Depuis toujours, et tout en cherchant, elles préparent sa venue. Voilà ce que je crois, monsieur Parker, et je reconnais qu'on peut y voir une preuve de ma folie. Cela vous satisfait-il ?

Au lieu de répondre, je demandai :

— Ils sont près de le trouver ?

— Plus près que jamais. Tant d'entre elles sont apparues ces derniers temps, pour traquer et tuer. Elles sont comme des fourmis mises en mouvement par les phéromones de la reine. Et vous êtes concerné, monsieur Parker. Vous savez que c'est vrai. Vous le *sentez*.

Par la fenêtre de mon bureau, je regardais fixement les silhouettes des arbres et les canaux argentés des marais, sur lesquels flottaient comme des spectres pâles qui semblaient attendre on ne savait quoi.

— Wildon avait un avion ?

— Non, mais un nommé Douglas Ampell en possédait un. Il a disparu lui aussi, à peu près en même temps que Wildon. Les deux hommes se connaissaient et Wildon avait occasionnellement recours aux services d'avion-taxi d'Ampell.

— Ampell a rempli un formulaire d'autorisation de vol en juillet 2001 ?

— Non.

— Si c'était l'appareil d'Ampell et si Wildon se trouvait à bord, quelle était sa destination ?

— Je pense qu'il venait me voir. Nous avions été en contact dans les mois précédant sa disparition. Après avoir étudié des centaines de rumeurs, il était convaincu de l'existence d'un document sur les personnes ayant été corrompues. Il pensait être sur le point de mettre la main dessus et il semble qu'il y soit parvenu. Je crois qu'il m'apportait cette liste quand l'avion est tombé.

— Pas seulement la liste, soulignai-je. Qui était le passager ? Qui était menotté à son siège dans cet avion ?

— Wildon était obsédé par l'idée de retrouver les responsables du meurtre de ses filles. Ce crime avait détruit son couple et son entreprise et il était convaincu d'être sur les traces de leurs auteurs. Il y avait peut-être à bord de cet appareil l'homme qui avait assassiné les petites Wildon. Un homme, ou quelque chose de pire. Vous devez trouver cet avion, monsieur Parker. *Vous devez le trouver.*

34

Darina Flores apprit la mort de Becky Phipps et de Davis Tate peu après que le garçon et elle se furent mis en quête de Marielle Vetters. Darina s'était inquiétée quand Phipps ne l'avait pas immédiatement rappelée : cela faisait des années qu'ils cherchaient une piste solide sur l'emplacement de l'avion et Becky ne répondait pas. Darina, toujours prudente en de telles matières, hésitait à informer plus de personnes que nécessaire de ce qu'elle avait découvert, mais il fallait réagir.

Elle s'interrogeait sur ce qu'il convenait maintenant de faire quand Joe Dahl l'informa qu'il était prêt à agir si elle l'était aussi. Darina avait barre sur lui depuis longtemps : ses complices et elle avaient veillé à ce que le joueur invétéré qu'était Dahl s'enfonce dans les dettes jusqu'à ce que tout ce qui lui avait appartenu soit en leur possession.

Ils l'avaient ensuite laissé tout garder : sa voiture, sa maison, le peu qu'il restait de son affaire – tout. Eux avaient simplement conservé ses reconnaissances de dette et attendu. Ils n'avaient pas attendu longtemps. Le soir où il avait tenté de donner sa voiture en garantie pour obtenir un prêt en liquide et jouer aux courses de Scarborough Downs, Darina lui avait rendu visite et Joe Dahl avait définitivement perdu sa manie du jeu. Depuis, Darina l'avait maintenu à sa botte, prêt à être utilisé dès qu'ils détiendraient des informations sérieuses sur l'avion. Contrairement aux autres, elle ne s'était pas lancée dans des recherches au hasard dans la forêt qui ne débouchaient que sur des semblants d'indices s'évaporant comme brume matinale au soleil. Elle jugeait ces expéditions imprudentes car elles risquaient d'attirer l'attention sur l'objet des recherches. Il valait mieux attendre qu'une piste réelle se présente. Certes, l'avion et ses secrets constituaient une bombe à retardement qui pouvait éclater au moment de sa découverte, mais tant que l'appareil demeurait introuvable, le danger n'était que potentiel, et la liste elle-même ne prendrait de sens qu'une fois récupérée. Le mystère du passager et de son sort la troublait plus encore. Il avait la même nature qu'elle, et il était perdu.

Grady Vetters, bâillonné par un foulard, les mains et les pieds attachés par des liens de serrage en plastique, se réveilla quand le jour commençait à décliner. Il était encore vaseux, mais ses idées s'éclaircirent quand il découvrit le garçon qui l'observait du canapé, la femme qui nettoyait son automatique à la table de la cuisine. Il sentit aussi l'odeur du cadavre de Teddy Gattle malgré la porte de la chambre fermée. Darina devina que Grady évaluait ses options. Elle préférait le garder en vie le plus longtemps possible, mais s'il faisait des difficultés elle n'hésiterait pas à se passer de lui.

Elle glissa le chargeur dans la crosse du petit Colt en s'approchant de lui. Il tenta de se recroqueviller plus encore dans le coin de la pièce et marmonna des mots inintelligibles à travers son bâillon. Comme Darina ne se souciait pas de l'entendre, elle laissa le foulard en place.

— On va rendre visite à Marielle, annonça-t-elle. Si tu fais ce que je te dis, tu vivras. Sinon, vous mourrez, ta sœur et toi. Tu as compris ?

Grady ne répondit pas immédiatement. Il n'était pas idiot : il ne la croyait pas, elle le voyait bien. Aucune importance. Tout cela n'était qu'un jeu et il jouerait son rôle jusqu'à ce qu'une occasion de s'en sortir s'offre à lui. Le meilleur moyen de le garder en vie et docile, c'était de faire en sorte qu'il ait *envie* de rester vivant en ne tentant rien d'idiot et en leur obéissant jusqu'à ce qu'ils soient chez Marielle. S'il mourait avant qu'ils y parviennent, il ne pourrait être d'aucune aide à sa sœur. Vivant, il pouvait continuer à espérer.

En fait, il n'y avait pas d'espoir. Toute l'existence de Darina reposait sur cette conviction.

Grady prit une longue inspiration à travers le bâillon, plissa de nouveau le nez en sentant l'odeur de Teddy Gattle.

— Si ça peut te consoler, il ne t'a pas trahi, lui révéla Darina. Il pensait t'aider. Puisque tu ne cherchais pas à utiliser ce que tu sais sur l'avion pour te procurer de l'argent, il avait décidé de le faire à ta place. Je crois qu'il t'aimait.

Elle sourit et ajouta :

— Il devait t'aimer : il est mort pour toi.

Grady lui lança un regard noir et les muscles de ses bras se raidirent quand il tenta de briser les attaches en plastique. Les genoux ramenés contre la poitrine, il se préparait à se jeter sur elle. Elle l'avait peut-être mal jugé.

— Non, lâcha-t-elle en braquant le canon du Colt sur son visage.

Elle garda l'arme pointée vers lui jusqu'à ce que le garçon s'approche, la seringue à la main.

— Pas autant, cette fois, prévint-elle. Juste assez pour qu'il reste obéissant.

Elle attendit que les paupières de Grady redeviennent lourdes pour donner deux autres coups de téléphone. Le premier chez Marielle Vetters, afin de s'assurer qu'elle était à la maison. Lorsqu'une voix féminine répondit, Darina raccrocha.

Le second appel, elle le fit avec réticence, non seulement parce qu'elle aurait préféré que Becky Phipps reste son principal contact, mais aussi parce que les Commanditaires n'appréciaient pas d'être mêlés à de telles affaires. Ils ne voulaient pas être impliqués dans des crimes de sang, c'était la raison pour laquelle ils utilisaient des sociétés-écrans, des comptes en banque offshore, des intermédiaires.

Mais Phipps rappelait toujours dans l'heure – toujours, de nuit comme de jour – et Darina composa donc le numéro de celui qu'elle considérait comme le Commanditaire principal. Elle n'avait pas peur de lui – très peu de ce qu'elle faisait avec les hommes ou les femmes l'effrayait, bien qu'elle trouvât leur capacité autodestructrice perturbante –, mais elle se montrait toujours prudente avec lui. Il était tellement semblable à elle et aux autres de son espèce qu'elle se demandait parfois s'il était vraiment humain, même si elle ne détectait en lui aucune trace d'étrangeté. Il était cependant différent et elle n'avait jamais réussi à transpercer son vernis pour découvrir ce qu'il dissimulait dessous.

Il répondit à la deuxième sonnerie. Seules quelques personnes connaissaient ce numéro et elles l'utilisaient uniquement lorsque la gravité de la situation l'exigeait.

— Bonjour, Darina, dit-il. Cela faisait longtemps, mais je sais pourquoi vous appelez.

Ainsi apprit-elle que Davis et Becky avaient trouvé la mort. Becky avait envoyé un avertissement avant de s'enfuir, mais elle avait appelé Darina chez elle en présumant qu'elle serait encore en train de récupérer : faute mineure de sa part, et compréhensible puisqu'elle fuyait pour rester en vie.

Jamais auparavant le Collectionneur ne s'en était pris à eux de cette façon. Oh, ils savaient qu'il soupçonnait leur existence, mais les Commanditaires s'étaient toujours bien cachés, et Darina et les autres évoluaient dans l'ombre avec aisance. Darina comprit alors que Barbara Kelly lui avait menti avant de mourir. Elle avait avoué avoir pris contact avec Eldritch, l'avocat, et avec le vieux juif, mais assuré qu'elle leur avait seulement *promis* le document, qu'elle ne le leur avait pas remis. Même quand Darina lui avait crevé l'œil gauche pour la punir de ce qu'elle lui avait fait à son œil à elle, et qu'elle avait menacé de la rendre aveugle en lui crevant aussi le droit, Kelly avait nié avoir fait plus que des premiers pas hésitants vers le repentir.

Or, le Collectionneur n'aurait pas pu prendre Davis Tate pour cible sans la liste. D'un autre côté, Kelly n'avait sans doute pas livré toute la liste à leurs ennemis. C'était son unique moyen de marchander. Elle les avait probablement appâtés avec une partie, pas plus d'une page ou deux : une page au juif Epstein, peut-être, une autre au Collectionneur et à son avocat.

Tout comme le Collectionneur ne leur avait jamais déclaré une guerre totale, retenu par sa prudence et la conscience de leur intelligence, eux aussi avaient gardé leurs distances avec lui. Sa croisade était mineure, pour l'essentiel : il éliminait quelques pervers et quelques damnés, même si le nombre de ses victimes avait augmenté ces dernières années. La possibilité de l'attaquer avait été envisagée mais, comme celle du Commanditaire principal, la nature du Collectionneur n'était pas claire pour Darina. Qu'était-il exactement ? Qu'est-ce qui le motivait ? Il détenait apparemment des informations connues uniquement de Darina et de ses frères déchus et, comme eux, se sentait à l'aise dans l'obscurité, et il demeurait cependant un parfait inconnu. Jusque-là, les avantages de le supprimer de l'équation ne l'emportaient pas sur le risque de provoquer une réaction violente, soit de sa part, s'il survivait à l'offensive, soit de ses alliés.

Et Darina avait entendu des rumeurs selon lesquelles un détective privé aurait croisé le chemin d'êtres semblables à elle. L'égoïsme et la cruauté étaient la malédiction de son espèce, au point que bon nombre d'entre eux avaient oublié leur véritable but sur cette terre, tant ils s'abandonnaient à la colère et au chagrin, pour tout ce qu'ils avaient perdu en perdant la grâce. Même Brightwell s'était laissé entraîner par ses pulsions, par son désir de réunir les deux moitiés de l'être qu'il adorait, alors qu'il figurait parmi les meilleurs et les plus âgés d'entre eux. Quand, son esprit se séparant du corps qui en était l'hôte, il avait brièvement quitté la vie, elle avait éprouvé une douleur si forte qu'elle l'avait rappelé à elle par ses cris et sa volonté. Elle avait senti sa présence près d'elle, ses efforts pour rester à ses côtés. Le soir même, elle s'était trouvé un homme et, grâce à la semence de cet inconnu, Brightwell était né une seconde fois en Darina.

Il manquait cependant un élément essentiel. Si des aspects de la vraie nature de Brightwell s'étaient manifestés de bonne heure, presque dès qu'il avait su marcher, il n'avait aucun souvenir de la façon dont son ancienne forme lui avait été arrachée, et il demeurait silencieux. Darina supposait qu'il avait été traumatisé, mais elle n'avait pas encore trouvé le moyen de briser le mur qui l'empêchait de redevenir vraiment lui-même.

Elle observait le garçon tandis que le Commanditaire parlait. Celui-ci semblait inquiet, à juste titre, et il conclut en autorisant Darina à riposter à ceux qui les attaquaient. La mort de Becky Phipps avait fait pencher la balance contre le Collectionneur, dont le sort reposait à présent dans les mains de la jeune femme.

L'avion restait cependant la priorité : l'avion, la liste, le passager et ce qu'il était devenu. Elle ne devait pas se laisser distraire, pas en ce moment. Elle fit défiler les noms dans sa tête, elle n'avait pas besoin de liste. Dès le départ, elle avait contesté la nécessité d'en avoir une, mais le mal humain semblait aimer archiver, ordonner. C'était, supposait-elle, une conséquence de sa mortalité : même les pires d'entre eux désiraient, consciemment ou non, qu'on se souvienne de leurs actes, et quelque chose de ce désir avait contaminé l'espèce de Darina.

Elle se mit donc au travail et l'ordre fut donné de balayer leurs ennemis de la surface de la terre.

Tandis que Darina conspirait à sa destruction, le Collectionneur visitait une église du Connecticut. L'office du soir venait de s'achever et les derniers fidèles s'éloignaient dans le couchant. Le Collectionneur les regardait d'un œil bienveillant : ils adoraient simplement un aspect différent du même dieu.

Lorsqu'ils eurent disparu, il vit le prêtre dire au revoir au sacristain au fond de l'église, puis les deux hommes se séparèrent. Le sacristain partit dans sa voiture, le prêtre s'approcha d'une grille, l'ouvrit à l'aide d'une clé : derrière il y avait un jardin, et sa maison.

Le prêtre vit le Collectionneur se diriger vers lui alors que la grille était encore ouverte.

— Bonsoir. Je peux vous aider ? demanda l'ecclésiastique.

Il avait un léger accent irlandais, altéré par les années passées aux Etats-Unis. La lumière d'une lampe de sécurité fixée au mur éclairait son visage. La cinquantaine, avec une épaisse chevelure sans une trace de gris. La lumière faisait plutôt ressortir des reflets de teinture.

— Pardon de vous déranger, mon père, dit le Collectionneur, j'ai besoin de me confesser.

Le prêtre baissa les yeux vers sa montre.

— Je m'apprêtais à dîner. Je reçois en confession tous les matins après la messe de 10 heures. Revenez demain, je serai heureux de vous écouter.

— C'est urgent, mon père, plaida le Collectionneur. Je crains pour une âme.

La curieuse formulation de l'argument échappa à l'homme d'Eglise.

— Bon, capitula-t-il. Venez.

Il tint la grille ouverte et le Collectionneur entra dans le jardin. On y avait tracé avec soin une série de cercles concentriques, arbustes et haies alternant avec des allées pavées, des plantes à fleurs ajoutant de la couleur au tout. Deux buis élégamment taillés encadraient un long banc de pierre. Le prêtre s'installa à un bout, fit signe à son visiteur de s'asseoir sur l'autre. Il tira ensuite une étole de sa poche, embrassa la croix et plaça la bande de tissu autour de son cou. Les yeux clos, il murmura quelques prières et demanda au Collectionneur à quand remontait sa dernière confession.

— A très longtemps.

— Des années ?

— Des dizaines d'années.

Le prêtre ne parut pas ravi de cette réponse. Peut-être pensait-il que l'inconnu allait se décharger sur lui de toute une vie de péchés, le contraignant à passer la nuit sur le banc froid et à l'écouter jusqu'au petit déjeuner. Il prit la décision de ne pas perdre de temps. Le Collectionneur soupçonna que ce n'était pas la procédure normale, mais il ne souleva aucune objection.

— Allez-y, mon fils. Vous dites qu'il s'agit de quelque chose de grave.

— Oui. D'un homicide.

Le prêtre écarquilla les yeux et sembla inquiet. Il ne connaissait cet homme ni d'Eve ni d'Adam et ils étaient maintenant dans le jardin du presbytère, prêts à discuter de la mort d'un autre être humain.

— Il s'agit de... de quoi ? D'un accident ? Ou pire ?

— Pire, mon père. Bien pire.

— D'un... meurtre ?

— On peut le voir de cette façon. Franchement, je ne sais pas. C'est une question de point de vue.

Le prêtre crut entrevoir une porte de sortie :

— Finalement, vous devriez revenir demain, quand vous aurez bien réfléchi à ce que vous avez fait.

Le Collectionneur prit une mine perplexe.

— Ce que j'*ai fait* ? Je n'ai encore rien fait. Je *vais* faire. Justement, je me demandais si je pourrais obtenir une absolution à l'avance, pour ainsi dire. Je suis très occupé. Mes journées sont toujours très chargées.

Le prêtre se leva.

— J'ignore si vous vous moquez de moi ou si vous avez l'esprit dérangé. Quel que soit le cas, je ne puis vous aider. Allez-vous-en, maintenant.

— Rassieds-toi, l'abbé.

— Si vous ne partez pas, j'appelle la police...

Le prêtre ne vit même pas l'inconnu dégainer son couteau. L'instant d'avant, les mains de l'homme étaient vides, et elles tenaient maintenant un éclat de lumière. Le Collectionneur s'était levé, il pressait durement une lame contre la chair molle de la gorge du prêtre. Lorsque la grille du jardin tourna sur ses gonds en grinçant, le prêtre regarda dans cette direction, dans l'espoir de voir quelqu'un entrer, quelqu'un qui viendrait à son secours, mais il ne distingua que des ombres plus profondes. Elles prirent la forme d'hommes en vêtements sombres, coiffés de chapeau, dont les longs manteaux flottaient derrière eux comme de la fumée, mais c'était impossible, non ? Puis les formes s'éclaircirent et il découvrit des traits pâles sous les feutres râpés. Les yeux et les bouches n'étaient que des trous noirs, entourés d'une peau ridée comme celle de fruits pourrissants.

— Qui êtes-vous ? demanda le prêtre tandis que les formes approchaient.

— Tu l'as trahie, accusa le Collectionneur.

— J'ai trahi qui ? Je ne sais pas de quoi vous parlez...

— Barbara Kelly. Ils t'ont envoyé ici pour la surveiller. Tu as gagné son amitié et, quand elle a commencé à douter, elle t'a confié ce qu'elle projetait de faire.

C'était ce que Becky Phipps avait appris au Collectionneur. Il se plaisait à penser qu'il l'avait incitée à faire une confession sincère.

— Non, vous ne comprenez pas...

— Oh, mais si. Je comprends parfaitement. Et tu l'as trahie pour de l'argent. Tu n'avais même pas un mobile plus avouable. Tu voulais simplement une plus belle voiture, des vacances plus agréables, plus d'argent dans ton portefeuille... Quelle morne façon de se damner !

Le prêtre écoutait à peine. Il était terrifié par les silhouettes qui l'entouraient, qui flottaient sur les allées de son jardin, qui le cernaient sans approcher davantage.

— Qui sont ces... *créatures* ?

— C'étaient autrefois des hommes comme toi. A présent, ils sont creux. Ils ont perdu leur âme comme tu perdras bientôt la tienne, mais tu ne rejoindras pas leurs rangs. Le berger sans foi n'a pas de troupeau.

Le prêtre leva les mains en un geste implorant.

— Laissez-moi vous expliquer. J'ai été un homme bien, un bon berger. Je peux encore me racheter...

Ses mains s'abattirent soudain, pas assez vite cependant pour réussir à griffer de leurs ongles les yeux du Collectionneur. Celui-ci para l'attaque et, dans le même mouvement, passa sa lame sur la gorge du prêtre. Une petite blessure s'ouvrit, le sang commença à couler comme du vin d'un verre renversé. Le prêtre tomba à genoux devant son juge qui tendit le bras et prit l'étole, la plia et la fourra dans une de ses poches. Puis il alluma une cigarette et tira de la poche intérieure de son manteau une bombe métallique.

— Tu as été jugé insuffisant, l'abbé, déclara le Collectionneur. Ton âme est perdue.

Il vaporisa le liquide de la bombe sur la tête et le torse de l'homme agenouillé, aspira une longue bouffée de sa cigarette.

— Il est temps de brûler.

Il jeta la cigarette vers le prêtre et tourna le dos au moment où il s'embrasait.

IV

« Car l'Ange de la Mort étendit ses ailes sur le vent
 Et dans son vol dirigea son souffle sur le visage de l'ennemi... »

Lord BYRON (1788 - 1824),
« La destruction de Sennachérib »

35

L'avocat Eldritch tourna la clé dans la serrure et ouvrit la porte de la cave. La lumière s'alluma automatiquement, ingénieux système électrique qui ne cessait d'être pour lui une source de ravissement, ainsi que de réconfort, car, à la vérité, Eldritch avait peur de l'obscurité.

Après tout, il savait ce qu'elle recelait.

Il s'engagea dans l'escalier avec précaution, une main sur la rampe en bois, l'autre effleurant le mur frais. Il observait attentivement ses pas, descendant chaque marche avec lenteur et fermeté. Eldritch n'était plus jeune ; en fait, il se rappelait à peine le temps où il était autre que maintenant. L'enfance était un rêve, le début de l'âge adulte une tache floue. Il avait fait siens les souvenirs d'un autre homme, fragments d'amour et de perte teintés en sépia, comme imprégnés de thé puis décolorés par la lumière du jour.

En atteignant la dernière marche, il eut un soupir involontaire de satisfaction : encore une série d'obstacles surmontés sans incident, sans fracturer un seul de ses os fragiles. Cinq ans plus tôt, il avait trébuché sur le trottoir et s'était brisé la hanche, première grave mésaventure de ses vieilles années. Il avait fallu lui poser une prothèse et, depuis, il avait une conscience aiguë de sa vulnérabilité. Sa confiance en lui avait été sérieusement ébranlée.

Plus que la douleur et le désagrément d'une longue période de convalescence, il se rappelait sa terreur de l'anesthésie, sa réticence à s'abandonner au vide, sa lutte contre les liquides qui avaient parcouru son corps lorsque l'anesthésiste avait enfoncé l'aiguille. L'obscurité : des ombres et plus-que-des-ombres. Il se rappelait son soulagement quand il s'était réveillé dans la salle de réanimation, sa gratitude de n'avoir conservé presque aucun souvenir de ce qui s'était passé pendant qu'il dormait. Non pas en relation avec l'opération même, bien sûr : ça, c'était à part, une réalité purement physique, une reddition du corps aux bons soins du chirurgien. Non, les images fantômes qui lui étaient revenues en même temps que la conscience appartenaient à un royaume de l'existence entièrement différent. Le chirurgien lui avait dit qu'il ne rêverait pas et c'était un mensonge. Il y a toujours des rêves, qu'on s'en souvienne ou pas, et Eldritch rêvait plus que la plupart des gens − si on pouvait vraiment qualifier de rêve ce qu'il éprouvait lorsque le besoin de repos prenait le dessus. C'était aussi pour cette raison qu'il dormait moins que la plupart des gens, préférant une certaine fatigue continuelle aux tourments de la nuit.

Il était revenu dans ce monde avec, dans la partie inférieure du corps, une douleur grandement atténuée par les calmants, et cependant effroyable pour lui. Une infirmière à la peau translucide comme de l'albâtre lui avait demandé comment il allait, il lui avait assuré qu'il se sentait bien, que tout s'était bien passé, et il avait été jusqu'à tenter de sourire alors même que des lambeaux effilochés de souvenirs se promenaient dans les recoins de son esprit.

Des mains : voilà ce qu'il se rappelait. Des mains avec des griffes recourbées en guise d'ongles, l'agrippant, le tirant vers le bas alors que les effets de l'anesthésique s'estompaient, et au-dessus les Hommes Creux, spectres sans âme se consumant de rage à cause de ce qu'Eldritch et son client leur avaient fait, voulant à tout prix qu'il soit puni comme eux-mêmes l'avaient été. Plus tard, lorsque l'opération s'était révélée parfaitement réussie et qu'on l'avait estimé hors de danger, le chirurgien avait avoué à Eldritch qu'il y avait eu un problème quand on avait posé les derniers points de suture. Un phénomène étrange, avait-il ajouté. La plupart des patients émergeaient facilement de l'anesthésie lorsque le produit cessait de faire effet, mais pendant presque deux minutes les médecins avaient eu l'impression qu'Eldritch s'enfonçait au contraire dans l'inconscience et ils avaient craint qu'il ne sombre dans le coma. Puis, dans un retournement de situation sidérant, ses battements de cœur avaient tellement accéléré qu'ils avaient redouté une crise cardiaque.

« Vous nous avez flanqué une sacrée trouille », avait conclu le chirurgien en lui tapotant l'épaule.

A ce contact, l'avocat s'était raidi d'angoisse, car cette main sur sa peau lui rappelait les doigts griffus.

Pendant toute la convalescence d'Eldritch, à l'hôpital et en dehors, le Collectionneur avait veillé sur lui, parce que la vulnérabilité du vieillard était aussi la sienne et que leurs vies étaient interdépendantes. Chaque fois qu'Eldritch se réveillait, il découvrait le Collectionneur assis sur une chaise, dans la lumière douce de la lampe de chevet, agitant nerveusement les doigts, le corps temporairement privé de la nicotine qui semblait perpétuellement le soutenir. L'avocat n'avait jamais su comment son client s'était débrouillé pour être constamment présent dans sa chambre pendant les premiers jours : l'hôpital, privé et très cher, avait des règles strictes sur les heures de visite. Eldritch avait toutefois remarqué que les gens avaient tendance à éviter toute confrontation avec le Collectionneur. Il laissait dans son sillage autant d'inquiétude que de fumée de cigarette. Cette odeur forte et pénétrante de nicotine, ils auraient dû lui en être reconnaissants, car elle masquait une autre puanteur. Sans cette odeur de tabac froid, le Collectionneur aurait traîné derrière lui des relents de charnier.

Parfois, Eldritch avait presque peur de lui. Le Collectionneur était impitoyable, totalement absorbé par sa mission dans ce monde. Le vieil avocat était encore assez humain pour nourrir des doutes ; pas son client. Il n'y avait aucune humanité en lui et Eldritch se demandait s'il y en avait jamais eu. Le Collectionneur était probablement venu au monde comme ça, et sa vraie nature était devenue plus évidente avec le temps.

Etrange, pensait Eldritch, qu'un homme soit à ce point effrayé par quelqu'un à qui il est si étroitement lié : un client, une source de revenus, un protecteur...

Un fils.

Eldritch était descendu au sous-sol pour deux raisons. Premièrement, pour vérifier les fusibles : il y avait eu deux brèves coupures de courant dans l'après-midi, et de tels incidents étaient toujours préoccupants. La maison abritait une grande quantité d'informations et, quoiqu'elle fût bien protégée, il fallait se soucier des points faibles potentiels.

Eldritch ouvrit la boîte à fusibles, éclaira l'intérieur du faisceau de sa torche électrique : autant qu'il pouvait en juger, tout était normal. Demain, cependant, il appellerait Bowden, qui s'occupait pour lui de ce genre de choses. Il avait confiance en Bowden.

Ses pas sur le sol de la cave avaient allumé au plafond une autre série de lampes qui éclairèrent une longue enfilade d'étagères chargées de dossiers. Certains étaient si anciens qu'il hésitait même à les toucher, de peur qu'ils ne tombent en poussière, mais cela se révélait rarement nécessaire. Pour la plupart, c'étaient des affaires classées. Les hommes incriminés avaient été jugés insuffisants.

Quelqu'un lui avait un jour fait remarquer la distinction, réelle ou imaginaire, entre « sentence » et « jugement ». Pour le vieil avocat, c'était surtout une question de préférence, le second mot ayant à ses yeux plus de poids, de matérialité.

« Sentence », avait souligné l'homme, dont la voix résonnait dans la chambre d'hôtel de Washington au sol parqueté, faisait référence à la justice humaine, alors que « jugement » faisait penser à Dieu.

Il s'était renversé en arrière avec un sourire de satisfaction, montrant des dents d'une parfaite blancheur contrastant avec sa magnifique peau d'ébène sans défaut, les mains jointes sur son petit ventre, des mains tachées d'un sang invisible qu'une combinaison de luminol et de rayons ultraviolets aurait fait apparaître, Eldritch en était persuadé. Il avait devant lui un document détaillant, après des années d'enquête, les viols, tortures et massacres perpétrés par un groupe d'individus à présent décédés, exécutés par les agents de cet homme, et dans les yeux du leader déchu, l'avocat pouvait voir le sort qui l'attendait.

« Vraiment ? avait répondu Eldritch. C'est fascinant. En ce qui vous concerne, le mot "sentence" me semble plus approprié.

— C'est faux, avait affirmé l'ancien chef de guerre avec l'assurance sans faille du véritable ignorant. Je peux vous assurer que je ne serai pas jugé par un tribunal humain mais par Dieu et qu'il regardera avec bienveillance ce que j'ai été contraint de faire à ses ennemis. C'étaient des hommes mauvais, de vraies bêtes.

— Et les femmes ? Et les enfants ? avait objecté Eldritch. Tous mauvais eux aussi ? Quel malheur pour eux… »

L'homme s'était hérissé :

« Je vous l'ai dit : je nie ces allégations. Mes ennemis continuent à répandre des mensonges sur moi, à me calomnier. Je ne suis pas coupable des crimes dont on m'accuse. Sinon, la Cour internationale de justice de La Haye m'aurait poursuivi, ce qu'elle n'a pas fait. Cela prouve au monde entier qu'aucune preuve n'a été retenue contre moi. »

Ce n'était pas entièrement vrai. La Cour internationale de justice était en train de constituer un dossier d'accusation sur cet homme, mais elle était ralentie dans ses investigations par les morts successives de témoins capitaux, à la fois en dehors du pays où il avait mené une guérilla génocidaire pendant plus de dix ans et dans le pays même, où ceux qui étaient maintenant au pouvoir avaient utilisé cet homme et ses troupes pour leurs propres fins et auraient préféré que les aspects les plus embarrassants du passé soient noyés dans leur précipitation à adopter quelque chose ressemblant à la démocratie. Aux Etats-Unis, certains hommes politiques avaient salué en ce boucher, en ce violeur, un allié dans le combat contre les terroristes islamistes. Il était à tous égards une gêne, une honte : pour ses alliés, pour ses ennemis et pour toute l'espèce humaine.

« Alors, vous voyez, monsieur Eldritch, je ne comprends pas pourquoi vous avez choisi de croire aux mensonges de ces hommes et de les accepter comme clients. C'est quoi, ces "poursuites civiles" ? Je ne sais même pas ce que cela veut dire ! »

Il avait brandi comme il l'eût fait d'un poisson mort la liasse de feuillets que l'avocat avait apportée avec lui, énumération de tueries avec leur cortège de noms de défunts.

« J'ai accepté de vous rencontrer, avait-il poursuivi, parce que vous avez dit à mon secrétaire que vous déteniez des informations qui pourraient m'être utiles pour riposter à ces attaques contre ma personne, que vous pourriez m'aider dans ma lutte contre ceux qui salissent mon nom. Au lieu de quoi, vous prenez le parti de ces hommes mauvais, de ces mythomanes. En quoi cela peut m'aider, hein ? En quoi ? »

L'homme avait manifesté sa colère, sans toutefois troubler Eldritch.

« Si vous reconnaissiez vos fautes et vos crimes, vous pourriez peut-être encore vous sauver, avait argué l'avocat.
— Me sauver ? De quoi ?
— De la damnation. »

L'ancien chef de guerre l'avait regardé avec étonnement puis s'était mis à glousser.

« Vous êtes un prédicateur ? Un homme de Dieu ? »

Les gloussements s'étaient transformés en éclats de rire.

« Moi, je suis un homme de Dieu ! Regardez ! »

Il avait glissé une main sous sa chemise, en avait tiré une croix en or tarabiscotée.

« Vous voyez ? Je suis chrétien. C'est pourquoi j'ai combattu les ennemis de Dieu dans mon pays. C'est pourquoi votre gouvernement m'a donné de l'argent et des armes. C'est pourquoi des agents de votre CIA m'ont conseillé sur ma tactique. Nous sommes tous engagés dans l'œuvre de Dieu. Maintenant, vieil homme, allez retrouver Dieu avant de me mettre vraiment en rage et emportez avec vous votre paperasse ridicule ! »

Eldritch s'était levé. Devant lui, la fenêtre donnait sur une rue animée, en bas, où le Collectionneur attendait, sa silhouette noire faisant comme une tache sur la vitre.

« Merci du temps que vous m'avez accordé, avait conclu l'avocat. Je suis navré de ne pas avoir pu vous aider davantage. »

En sortant de l'hôtel, il était passé devant le Collectionneur, mais les deux hommes n'avaient pas même échangé un regard. Celui qui s'appelait aussi Kushiel avait disparu au milieu d'un groupe de délégués à une conférence et, plus tard, cette nuit-là, l'homme de Dieu avait appris, dans sa chambre qu'il pensait inviolable, qu'il n'y avait pas de distinction pratique entre sentence et jugement.

Son dossier, à présent classé, se trouvait quelque part dans la cave. Eldritch aurait pu mettre la main dessus en un instant ; ce n'était pas la peine. Il avait une excellente mémoire et de toute façon il était peu probable qu'on lui demande un jour de fournir les détails des circonstances de la mort du leader déchu, pas dans cette vie. Il lui arrivait rarement de perturber les salles d'audience, ces temps-ci, et il regrettait parfois les passes d'armes des joutes juridiques, le plaisir qu'il y avait à remporter une affaire difficile et les leçons à tirer d'un procès perdu.

En même temps, il n'avait plus à se soucier de la distinction entre droit et justice. Comme tout juriste, il avait vu trop de poursuites échouer parce que, en définitive, la justice passait après les exigences du droit. A leur façon, le Collectionneur et lui restauraient l'ordre naturel dans les cas extrêmes, ceux pour lesquels la culpabilité de l'accusé ne faisait aucun doute aux yeux de tous mais pas au regard du droit.

Il y avait cependant dans ce sous-sol des affaires qui n'avaient pas été classées. Celles qu'Eldritch choisissait de considérer comme « non abouties » ou « difficiles », et pour la plupart d'entre elles, aucune action n'avait été entreprise contre les individus mentionnés. Ces dossiers avaient simplement pris de l'embonpoint à mesure qu'on y ajoutait des éléments.

L'un d'eux concernait le détective Charlie Parker et les hommes qui travaillaient à ses côtés, leurs dossiers reliés au sien par deux rubans noirs passant par les trous supérieurs et inférieurs de chaque classeur vert. Eldritch avait longtemps recommandé que ces dossiers restent ce qu'ils étaient : de simples archives, non l'indication d'une volonté de poursuivre une affaire. Au bout du compte, il pensait que Parker était engagé dans la même lutte qu'eux, quoiqu'il n'eût peut-être pas accepté de l'admettre à haute voix. Les coéquipiers du détective, les nommés Louis et Angel, en particulier, étaient plus problématiques, surtout le dernier, mais Eldritch était persuadé que les actes d'aujourd'hui peuvent racheter les péchés d'hier, même s'il n'avait pas encore réussi à inculquer au Collectionneur une conviction similaire. Si les deux hommes différaient sur ce point crucial, le bon sens dictait cependant de laisser Parker et ses acolytes tranquilles dans la mesure du possible. En damner un contraindrait à les damner tous pour éviter que les survivants ne se vengent sur toutes les personnes concernées, ni l'âge ni le sexe n'étant susceptibles de faire obstacle à l'assouvissement de leur courroux.

La question de Parker était toutefois plus pressante, parce que son nom figurait sur la liste que leur avait envoyée Barbara Kelly, sans aucune indication de la raison de sa présence sur ce document. La visite du détective avait troublé Eldritch. Parker connaissait l'existence de la liste, il savait que son nom était dessus, probablement parce que le vieux juif la lui avait montrée. Parker soupçonnait en outre Eldritch et le Collectionneur d'être en possession d'une copie de cette liste ; en se rendant au cabinet de l'avocat, il leur avait adressé à tous deux un avertissement : « Ne vous approchez pas de moi. Je ne ferai pas partie de vos victimes. »

On ne pouvait en tirer que les conclusions suivantes : soit Parker savait pourquoi son nom était sur la liste, et sa présence se trouvait justifiée, auquel cas il était secrètement de connivence avec tous ceux contre qui ils se battaient et méritait la damnation ; soit il ignorait pourquoi son nom y figurait, ce qui ouvrait deux autres possibilités : sa propre nature était en cause et il était contaminé, bien que la contamination ne se fût pas encore manifestée pleinement ; ou alors quelqu'un, peut-être Barbara Kelly ou d'autres qu'elle connaissait, avait délibérément ajouté son nom dans l'espoir que cela inciterait ses alliés à se retourner contre lui, débarrassant ainsi ses ennemis d'une épine toujours plus dangereuse dans leur flanc, sans courir de risques eux-mêmes.

Or Kelly était morte, liquidée par les siens, semblait-il. Son dossier médical, auquel Eldritch avait eu accès grâce à son réseau d'informateurs, confirmait que son corps avait été rongé par un cancer. Elle était mourante, et ses efforts pour se racheter semblaient sincères, bien que finalement voués à l'échec. En un sens, ce n'était que justice qu'un lymphome la dévore, puisqu'elle avait été elle-même responsable d'une corruption incessante, métastasant insidieusement vie après vie, âme après âme. Un seul acte de rébellion, né de la peur et du désespoir, n'aurait pas suffi à la sauver, quoi qu'elle ait pu espérer.

Eldritch n'était pas Dieu, cependant, et il ne pouvait prétendre pénétrer ses voies. S'il examinait chaque affaire pour ce qu'elle valait, il ne le faisait qu'en juriste. Seul le Collectionneur, touché par quelque chose qui pouvait être le divin, et transformé en passeur entre deux royaumes, revendiquait la compréhension d'une conscience infiniment plus complexe que la sienne.

Et, s'il fallait l'en croire, infiniment plus implacable.

Eldritch ne doutait absolument pas de la véracité des allégations de son client. L'avocat en avait trop vu, il en savait trop pour tenter de se convaincre qu'on pouvait trouver une explication ordinaire, non liée à l'existence d'un dieu et de son contraire, pour tout ce qu'il avait appris ou dont il avait été le témoin, et le Collectionneur avait sur la question des idées bien plus approfondies que les siennes. Mais le Collectionneur l'avait maintenant chargé de rouvrir le dossier de Parker alors même qu'il avait entrepris de supprimer tous ceux qui figuraient sur la liste, et pour la première fois Eldritch se retrouvait en conflit ouvert avec son fils.

Son *fils*.

Devant le dossier du détective, les doigts tendus au-dessus du classeur telles les serres d'un vieil oiseau de proie, il se sentait envahi par la lassitude. Il était plus facile de considérer son fils comme un étranger : comme simplement Kushiel, ou le Collectionneur. Eldritch avait depuis longtemps cessé de se demander si quelque chose en lui ou en sa femme avait été cause de l'irruption de cet être meurtrier dans leurs vies. Non, ce qui avait colonisé l'esprit de son fils venait de l'extérieur. Un double l'habitait, et il était maintenant impossible de séparer ni même de distinguer l'un de l'autre.

Parker avait néanmoins raison : la soif de sang de son fils devenait inextinguible, sa manie de collectionner des souvenirs des vies auxquelles il avait mis fin virait à la démence ; ses actes concernant la liste en constituaient la manifestation la plus récente et la plus troublante. Les preuves de culpabilité étaient insuffisantes pour la plupart de ces individus. Certains avaient probablement été corrompus sans même le savoir, d'autres avaient peut-être simplement accepté de l'argent ou une information leur conférant un avantage sur d'autres, petite victoire sur le système qui, bien que fautive en soi, ne suffisait pas à les condamner. Si un seul péché entraînait la damnation, toute l'espèce humaine irait rôtir en enfer.

Les grands maux sont toutefois souvent le produit d'une accumulation de tels petits péchés, et Eldritch savait que, lorsque viendrait le moment pour les gens de la liste de tenir leur partie du marché qu'ils avaient conclu, l'acte qu'on exigerait d'eux serait fondamentalement mauvais et dévastateur. Ils étaient, selon le Collectionneur, des virus en incubation, des cellules cancéreuses dormantes. Ne fallait-il pas les éradiquer avant qu'elles commencent à détruire des organismes sains ? C'était ce que pensait son fils, mais pour Eldritch, il ne s'agissait pas de virus ni de cancers : il s'agissait de gens, avec leurs défauts, leurs compromis, et ils ne différaient pas en cela de la grande masse des êtres humains.

En tuant sans une cause juste, nous nous damnons peut-être nous-mêmes, pensait l'avocat.

Il souleva le dossier de Parker, alourdi par le poids des dossiers de ses complices, par le poids de leurs actes, bons ou mauvais, et le glissa sous son bras. Les lumières s'éteignirent derrière lui lorsqu'il quitta le sous-sol et il gravit l'escalier avec plus de confiance en lui qu'en le descendant. Il était rare qu'il emporte un dossier chez lui, mais l'affaire était exceptionnelle. Il voulait étudier de nouveau celui de Parker, examiner chaque détail au cas où quelque chose lui aurait échappé, quelque chose qui lui donnerait confirmation des véritables objectifs de cet homme.

Il attendit dans l'entrée que sa secrétaire ferme les portes à clé en haut et la regarda descendre d'un pas lourd, son éternelle cigarette à la bouche. Depuis la mort de sa femme, près de trente ans plus tôt, elle était la seule présence constante dans la vie d'Eldritch, le Collectionneur ne faisant qu'y passer brièvement, tel un papillon de nuit, lorsque la situation l'exigeait. Sans cette femme, il serait perdu. Il avait besoin d'elle, et à son âge, besoin et amour n'étaient qu'un même soupirant vêtu de costumes différents.

Eldritch posa le dossier de Parker sur une étagère, ouvrit le panneau serti dans la porte d'entrée et découvrit sur un petit écran l'image captée par une caméra extérieure. Personne dehors. Il adressa un signe de tête à la secrétaire, qui ouvrit la porte tandis qu'il branchait l'alarme. Quand le système commençait à émettre ses bips, on disposait d'un délai de dix secondes, qui lui suffisait parfois à peine pour sortir et fermer la porte à clé. Cette fois, il y parvint alors qu'il restait encore deux secondes.

Il grimaça tandis qu'ils traversaient la chaussée en direction de sa voiture.

— Votre hanche ? demanda-t-elle.
— L'escalier de la cave... Il me tue.
— Vous auriez dû me laisser y aller.
— Vous vous y connaissez en fusibles ?
— Plus que vous, répliqua-t-elle.

Ce qui était vrai, même s'il refusait de l'admettre.

— De toute façon, j'avais besoin...

Eldritch jura : il avait laissé le dossier de Parker sur l'étagère près du panneau.

— ... du dossier, acheva-t-il en se renfrognant.

Il écarta les mains, elle roula des yeux.
— J'y retourne, dit-elle. Restez là.
— Merci, murmura-t-il en s'appuyant à la voiture.
Elle le regarda d'un air préoccupé.
— Vous êtes sûr qu'il n'y a rien d'autre ?
— Ça va, ça va. Juste un peu de fatigue...
Elle savait qu'il mentait. Il n'avait pas de secrets pour elle : ni sur le Collectionneur, ni sur Parker, ni sur quoi que ce soit d'autre. Il était inquiet, elle le voyait bien.
— Allons au restaurant, proposa-t-elle. On en discutera en mangeant.
— Au Blue Ox ?
— Bien sûr.
— C'est moi qui invite, alors.
— Vous ne me payez pas assez pour qu'on fasse autrement, de toute façon.
Ce qui était à la fois vrai et faux : il la payait beaucoup, mais ce ne serait jamais assez.
Elle laissa passer une voiture solitaire avant de retraverser, cherchant les clés du bureau dans son sac immense. Eldritch regarda autour de lui. Les rues étaient désertes ce soir-là, quasiment pas une âme en vue à part eux. Il sentit un picotement sur sa peau : un homme approchait, les mains enfoncées dans les poches d'une parka, la tête baissée. L'avocat saisit le porte-clés à télécommande de sa voiture, l'index de la main gauche sur le bouton d'alarme, la droite glissant vers la poche de son manteau où se trouvait un minuscule Derringer. Il eut l'impression que l'homme lui avait jeté un regard au passage, mais s'il l'avait fait, ce n'était qu'un infime mouvement des yeux, rien de plus, et il n'avait pas même tourné la tête. Puis il disparut sans un coup d'œil en arrière.
Eldritch se détendit. Le Collectionneur l'avait rendu si méfiant qu'il sombrait parfois dans la paranoïa. Sa secrétaire avait maintenant ouvert la porte. Il entendit l'alarme biper une fois avant qu'elle la débranche. Il ne distinguait pas sa silhouette dans l'obscurité de l'entrée.
Il détecta un mouvement sur sa droite. L'homme à la parka, arrêté au coin de la rue, le regardait fixement. Il cria

peut-être quelque chose, mais, s'il le fit, les mots se perdirent dans le fracas de l'explosion qui brisa toutes les fenêtres de l'immeuble, projetant du feu et de la fumée par les brèches, des éclats de verre qui lacérèrent le visage et le corps d'Eldritch, une vague d'air chaud le soulevant puis le laissant retomber par terre. Personne ne vint à son secours. L'homme à la parka avait déjà disparu.

Eldritch se mit péniblement à genoux. Temporairement rendu sourd, il avait mal partout. Un instant, il crut avoir une hallucination quand une forme se matérialisa dans l'entrée de l'immeuble, se découpant sur la fumée et les flammes. Lentement, sa secrétaire apparut et, même de loin, Eldritch remarqua son expression hébétée. Des volutes montaient de sa chevelure. Elle porta une main au-dessus de sa tête, l'agita pour dissiper la fumée. Elle sortit sur le trottoir en vacillant, continua quand même à avancer, sourit à Eldritch en constatant qu'il n'avait rien. Soulagé, il se prit lui-même à sourire.

Quand elle se retourna pour regarder le bâtiment en feu, il vit que l'arrière de la tête de la secrétaire avait perdu ses cheveux, remplacés par une horrible plaie profonde, humide et luisante dans son crâne dénudé. Sa colonne vertébrale apparaissait en taches rouges et blanches dans son dos ravagé, et Eldritch entrevit les muscles de ses cuisses à travers les lambeaux de sa robe.

Elle resta debout un instant encore avant de tomber à plat ventre sur la chaussée, où son corps demeura immobile. Eldritch s'était déjà relevé et courait vers elle, pleurant et gémissant à la fois, mais il n'arriva pas à temps pour lui dire adieu.

36

Pendant que l'avocat sanglotait à genoux sur le trottoir, le rabbin Epstein s'apprêtait à prendre l'avion pour Toronto. Il était parvenu à joindre Eleanor Wildon, la veuve d'Arthur Wildon, et elle avait accepté de le rencontrer dans son appartement de Toronto, où elle s'était installée après la disparition de son mari. Elle ne s'était jamais remariée et n'avait pas cherché à faire déclarer son mari légalement décédé. Cela avait conduit à se demander, dans certains milieux, si elle n'avait pas une idée de l'endroit où il pourrait être. D'aucuns affirmaient qu'il s'était enfui pour échapper à ses obligations financières, d'autres qu'il s'était suicidé, accablé par le chagrin et les problèmes d'argent. Ayant cessé de s'intéresser à ses affaires après la mort de ses filles, il ne songeait plus qu'à retrouver la ou les personnes responsables, et ceux à qui il avait confié sa principale société et ses investissements les avaient mal gérés. A sa disparition, sa fortune était réduite à une fraction de ce qu'elle avait été et le fisc canadien s'apprêtait à lui présenter une énorme facture.

Eleanor Wildon était sur le point de partir pour un bref voyage en Europe : son neveu se mariait à Londres et elle avait une place réservée sur le vol Air Canada de 18 h 15 le lendemain, avait-elle précisé à Epstein. Plutôt que de partir le jour même de son rendez-vous, le rabbin décida de prendre le vol American Airlines de 21 h 25 à LaGuardia et de passer la nuit au Hazelton Hotel de Toronto. Adiv et Liat le conduiraient à l'aéroport. A Toronto, il serait accueilli par un autre de ses collaborateurs, un ancien major des forces armées canadiennes, spécialisé à présent dans la protection rapprochée.

Epstein voyageait rarement sans garde du corps et se souciait plus que jamais de sa sécurité ainsi que de celle des hommes et des femmes qui travaillaient avec lui. La liste leur offrait une chance de frapper des ennemis jusque-là anonymes, mais les actes du Collectionneur les avaient tous mis en danger. Davis Tate était mort ; Becky Phipps, sa productrice, avait disparu, ce qui incitait Epstein à penser qu'elle était elle aussi traquée par Kushiel… ou qu'elle l'avait déjà rencontré.

Barbara Kelly avait peut-être succombé avant de révéler à ses tortionnaires les noms de ceux à qui elle avait adressé la liste partielle. Même si elle n'avait pas parlé, ceux qui avaient ordonné sa mort soupçonnaient sans doute qu'Epstein figurait parmi les destinataires les plus probables, ainsi peut-être que l'avocat. En commençant à éliminer les personnes de la liste, le Collectionneur avait dû confirmer ces soupçons : si Kushiel et Eldritch avaient reçu un document de Barbara Kelly, leurs ennemis présumeraient que le rabbin en avait reçu un lui aussi.

Eldritch et Epstein : des hommes aux noms semblables, à peu près du même âge, poursuivant des buts similaires, et qui ne s'étaient pourtant jamais rencontrés. Le rabbin avait un jour proposé un rendez-vous et obtenu en réponse une note manuscrite de l'avocat déclinant poliment l'invitation. Epstein se sentait dans la peau d'un soupirant éconduit. Le tueur chéri de l'avocat était maintenant devenu incontrôlable, à supposer qu'Eldritch ait jamais exercé sur lui le moindre contrôle, ce dont Epstein doutait. C'était peut-être aussi bien qu'ils ne se soient jamais assis de part et d'autre d'une table, car ils n'étaient pas vraiment semblables. Le rabbin ne prenait ses ordres de personne alors que l'avocat était la marionnette du Collectionneur.

Adiv, au volant de sa propre voiture, vint prendre Liat et Epstein au domicile du rabbin, dans Park Slope. Ils attendaient pour tourner au coin de la 4ᵉ Rue et de Carroll quand un homme jeune vêtu d'un jean et d'un pull trop long, chaussé de baskets éculées, jeta une brique de lait sur le pare-brise de la voiture. Sa peau était jaunâtre, malsaine, comme s'il avait la jaunisse. Repérant la tenue du rabbin et la kippa d'Adiv, il se mit à donner des coups de pied dans la carrosserie en braillant :

— Putains de juifs ! Vous êtes des sangsues ! Tout le pays dégringole à cause de vous !

Epstein posa une main sur l'épaule d'Adiv pour le retenir.

— Ignore-le, dit-il. C'est sans importance.

Les choses auraient pu en rester là si l'homme n'avait pas cogné violemment le pare-brise avec un objet qu'il tenait dans sa main droite. Une boule de billard, qui fendilla aussitôt le verre. Furieux, Adiv descendit, claqua la portière derrière lui. Il s'ensuivit un concours de bousculade, le type à la peau jaunâtre tentant apparemment de contourner Adiv. Finalement, il lui cracha à la figure et essaya de s'enfuir.

— Laisse-le, ordonna Epstein.

Adiv avait le sang échauffé. La semaine avait été mauvaise pour lui, il tenait maintenant un exutoire pour sa colère. Il s'élança, mais sa proie était plus rapide que lui et il avait encore mal aux jambes après la longue promenade dans les Pine Barrens. Il réussit cependant à attraper une des lanières de la vieille sacoche que l'homme tenait à la main au lieu de la porter à l'épaule. La sacoche échappa des doigts de l'inconnu si soudainement qu'Adiv tomba en arrière et atterrit sur le coccyx. L'homme s'immobilisa, parut se demander si cela valait le coup de risquer une correction pour récupérer sa sacoche, sembla décider de la sacrifier.

— Sale juif ! beugla-t-il une dernière fois avant de disparaître dans l'obscurité.

— J'ai ton sac, pauv' con ! répliqua Adiv. T'as perdu, trouduc !

Il se releva, s'épousseta de la main. Les fesses douloureuses, il revint vers la voiture en boitillant. Liat avait ouvert sa portière et se tenait sur la chaussée. Elle l'observait, une arme à la main.

— J'ai son sac ! cria Adiv, triomphant.

Liat secoua vivement la tête. « Non, non », articula-t-elle silencieusement, les yeux écarquillés. Elle agita les bras. « Lâche le sac, Adiv. Lâche-le et cours. » Elle fit descendre Epstein de la voiture et le poussa devant elle en interposant son corps entre lui et la sacoche.

Commençant à comprendre, Adiv baissa les yeux vers la sacoche. Elle était en cuir souple et seule l'une des boucles était attachée, devant. Adiv souleva la partie du rabat non maintenue, regarda à l'intérieur, vit un paquet entouré de papier alu, des sandwichs peut-être, à côté d'une bouteille thermos.

— Pas de problème, dit-il. Je crois...

Et il mourut.

37

J'étais impatient de retourner dans le Nord pour parler de nouveau à Marielle Vetters. Je pourrais ensuite commencer à chercher comment retrouver l'avion. Pour le moment, toutefois, ma fille Sam, sa mère Rachel et moi étions réunis pour passer une soirée ensemble à Portland, ce dont je me réjouissais.

Malheureusement, Jeff, son compagnon actuel, était aussi de la partie, ce que je déplorais.

Pourquoi je n'aimais pas Jeff ? Voyons, laissez-moi énumérer les raisons. Je n'aimais pas Jeff parce qu'il était tellement de droite qu'à côté de lui Mussolini ressemblait à Che Guevara ; parce qu'il avait des cheveux et des dents magnifiques, surtout pour un homme qui aurait dû avoir perdu, vu son âge, la plupart des premiers et quelques-unes des dernières ; parce qu'il m'appelait « grand balaise » et « vieux » chaque fois qu'il me voyait, comme s'il était incapable de prononcer mon nom ; oh, et parce qu'il couchait avec mon ex, et que tout homme souhaite en secret que son ancienne compagne se terre dans un couvent immédiatement après la séparation, qu'elle y regrette le jour où elle a laissé un tel trésor lui glisser entre les doigts, et qu'elle reste à jamais célibataire parce que, ayant connu le meilleur, elle n'a aucune envie de se contenter d'un article inférieur.

D'accord, c'était surtout pour cette dernière raison que je n'aimais pas Jeff, mais les autres avaient aussi leur importance.

Je désirais voir Sam plus souvent et nous étions convenus, Rachel et moi, que c'était une bonne chose. Je m'étais trop longtemps efforcé de tenir ma fille à distance, peut-être dans une tentative pas tout à fait malavisée de ne pas la mettre en danger, mais je ne voulais pas vraiment que nos rapports soient aussi limités, et elle non plus. A présent, je la voyais au moins une ou deux fois par mois, ce qui était en même temps mieux et pire : mieux parce que je passais plus de temps avec elle, pire parce qu'elle me manquait davantage quand elle n'était pas près de moi.

Ce soir-là était en prime : Jeff prenait la parole dans un dîner au Holiday Inn de Portland, et Rachel avait profité de l'occasion pour laisser Sam passer une soirée de plus avec moi tandis qu'elle-même jouait à la compagne enthousiasmée par les conneries intéressées que Jeff débitait sur le système bancaire. Selon le *Portland Phoenix*, son intervention s'intitulait : « Retour à une réglementation modérée : comment ramener la prospérité en Amérique. » Et à lire la prose de l'éditorialiste, j'aurais presque eu envie d'assister au dîner rien que pour entendre ce que l'envoyé du journal avait à lui balancer, s'il n'avait pas fallu pour ça écouter aussi Jeff.

J'emmenai Sam manger une pizza à la Flatbread Pizza Company, sur les quais de Portland, où elle put faire des dessins compliqués aux crayons de couleur sur la nappe en papier, puis chez le glacier Beal's pour un sundae en dessert. Angel et Louis nous avaient rejoints alors que nous finissions notre repas à la pizzeria et nous avions marché tous les quatre jusqu'au Beal's. Sam avait tendance à être légèrement impressionnée par Angel et Louis, les rares fois qu'il lui arrivait de les rencontrer. Elle se sentait à l'aise avec Angel, qui la faisait rire, et elle nourrissait aussi une certaine tendresse timide pour Louis. Elle n'avait pas encore réussi à le convaincre de lui donner la main, mais il semblait ne voir aucun inconvénient à ce qu'elle s'accroche à la ceinture de son manteau. Je le soupçonnais même d'aimer ça, au fond de lui-même. Nous offrions donc un spectacle insolite en entrant au Beal's et il faut porter au crédit de la serveuse qu'elle se ressaisit assez vite, derrière son comptoir, pour prendre notre commande.

Des sundaes à une boule pour tout le monde, sauf pour Angel, qui en voulait deux.

— Put... commença Louis avant de se rappeler où il était, en compagnie d'une enfant qui s'agrippait à sa ceinture en levant vers lui des yeux pleins d'adoration. Enfin, je veux dire...

Il chercha un moyen d'exprimer sa désapprobation sans proférer d'obscénités.

— Peut-être qu'une boule, euh, suffirait à nos, euh, organismes...

— T'insinues que je suis gros ? rétorqua Angel.

— Si tu l'es pas encore, t'es parti pour. Tu vois plus tes pieds, y a un gros bide qui te les cache.

Sam gloussa et chantonna :

— T'es gros, Angel. T'es gros, t'es gros...

— Ce n'est pas poli, Sam, intervins-je. Oncle Angel n'est pas gros. Il a simplement une forte charpente.

— Va te faire f...

Angel se rappela lui aussi où il était et avec qui.

— Je suis pas gros, ma puce. C'est rien que du muscle. Ton papa et oncle Louis sont jaloux parce qu'ils doivent faire attention à ce qu'ils mangent, alors que toi et moi, on peut avaler tous les sundaes qu'on veut, ça nous rend seulement plus jolis.

Sam parut perplexe, mais elle n'allait pas discuter avec quelqu'un qui assurait qu'elle devenait plus jolie.

— Vous voulez toujours deux boules ? demanda la serveuse.

— Ouais, toujours, répondit Angel.

Puis il ajouta calmement :

— Mais avec de la glace sans sucre, et ne mettez pas la cerise.

La serveuse se mit au travail. Dans la salle, une seule table était occupée : c'était presque la fin de la saison, au Beal's. Il fermerait bientôt pour l'hiver.

— J'aurais dû prendre une glace avec sucre, marmonna Angel. Le goût est meilleur...
— Et ça ne changerait rien à ton problème de poids, de toute façon, lâchai-je.
— Merci de me le rappeler, maugréa-t-il. Je fais des sacrifices et je me sens quand même coupable.
— Bientôt, il ne te restera plus aucun plaisir dans la vie, prédis-je.
— Ah, les plaisirs de la vie, je me souviens, soupira Angel. Enfin, je crois. Ça fait si longtemps.
— On dit que, quand on devient vieux, certains besoins physiques deviennent moins pressants.
— Bordel de...
Sam lui tapota la cuisse, lui tendit une serviette en papier.
— Pour quand tu feras des cochonneries, dit-elle avant de courir rejoindre Louis à une table.
Angel la remercia et revint aussitôt au sujet débattu, grossièretés en moins :
— Qui tu traites de vieux, là ?
— J'ai dit : *quand* on devient vieux.
Les sundaes arrivèrent et nous les portâmes à la table où Louis et Sam attendaient.
— Gros, vieux... ronchonnait Angel. Tu veux ajouter quelque chose avant que je me jette dans la mer ?
— Fais pas ça, dit Louis.
— Pourquoi, je te manquerais ?
— Non, mais tu flotterais. Comme un bouchon, jusqu'à ce que tu te retrouves en hypothermie ou que tu te fasses dévorer par des requins...
— Non ! s'écria Sam. Pas dévorer !
— Pas de danger que je me fasse dévorer, la rassura Angel. Hein, oncle Louis ?
Ma fille se tourna vers Louis pour en avoir confirmation.
— Exact. Les requins n'auraient pas la gueule assez grande pour l'avaler.
Sam parut contente de cette réponse – pas Angel, cependant – et elle s'attaqua à son sundae, oubliant tout le reste.

— Je remplace l'affection par de la crème glacée, murmura sombrement Angel, le terme « affection » remplaçant lui-même un mot plus cru du fait de la présence de Sam. Bientôt je regarderai *The View*[1] et j'envisagerai un traitement hormonal contre l'andropause.

— Ça n'ira jamais jusque-là, affirmai-je.

— Le traitement contre l'andropause ?

— Non, regarder *The View*. T'es gay, non ?

— Je l'étais. Je suis asexué, maintenant.

— Tant mieux. Je n'aimais pas penser à toi comme à un être sexué. Je trouvais ça... vulgaire.

— Quoi, les rapports homos ?

— Non, juste toi et n'importe quelle sorte de rapports.

Angel réfléchit un instant.

— Je crois que ça l'était, conclut-il.

Derrière nous, à la seule autre table occupée, deux braillards discutaient d'une connaissance commune en termes limite obscènes. L'un d'eux portait une casquette des Yankees malgré un accent de la côte du Maine. Je l'ai déjà signalé, dans une ville comme Portland, porter une casquette des Yankees provoque dans le meilleur des cas des commentaires cinglants, mais si en plus on est du Maine, cela équivaut à une trahison à côté de laquelle celles de Benedict Arnold et d'Alger Hiss[2] font figure de pipi de chat.

Les deux types passèrent de limite à carrément obscène. Ils puaient la bière. Je ne voyais pas bien comment ils avaient pu atterrir chez un glacier. Je me penchai vers eux.

— Hé, les gars, vous pourriez parler plus correctement ? Il y a un enfant à notre table.

Ils ignorèrent ma remarque. S'il y eut un quelconque changement, ce fut qu'ils devinrent plus bruyants encore et qu'ils insérèrent davantage de jurons dans leurs phrases.

---

1. Emission-débat télévisée avec participation exclusivement féminine.
2. Benedict Arnold était un général américain qui trahit la cause des insurgés pendant la guerre de l'Indépendance (1775-1783), Alger Hiss un fonctionnaire du Département d'Etat, accusé en 1948 d'espionnage au profit de l'Union soviétique.

— Les gars, je vous l'ai demandé gentiment, soulignai-je.
— Il est 9 heures passées, répliqua le plus âgé des deux. Votre gosse devrait être à la maison.
— On est chez un glacier, intervint Angel. Surveillez votre langage, putain.
— Tu crois que tu m'aides, là ? lui dis-je.
— Désolé.
Je reportai mon attention sur nos voisins.
— Je ne vous le redemanderai pas, avertis-je.
— Et qu'est-ce que tu feras, sinon ? me lança l'autre type.
Il était grand et large d'épaules, avec des traits empâtés d'alcoolique. Son copain, qui nous tournait le dos, se retourna et écarquilla légèrement les yeux en découvrant Louis. Il semblait moins soûl que son compagnon, plus intelligent aussi.
— Sinon, mon papa vous tirera dessus, déclara Sam.
Elle fit avec ses doigts un petit pistolet qu'elle braqua sur l'homme qui avait parlé et lâcha :
— Pan !
Je la regardai. Grands dieux.
— Mais moi d'abord, enchaîna Louis.
Il eut un grand sourire et la température chuta.
— Pan, ajouta-t-il, pour appuyer ses dires.
Lui aussi avait fait un flingue avec ses doigts et il le pointait sur l'entrejambe du balaise.
— Pan, répéta-t-il, visant cette fois la poitrine.
Il ferma un œil, prit la tête pour cible.
— Pan.
Les deux hommes blêmirent.
— Faut l'excuser, il est pas fan des Yankees, expliqua Angel.
— Trouvez-vous un bar, les gars, leur conseillai-je.
Je n'avais pas fini ma phrase qu'ils avaient déguerpi.
— J'aime bien persécuter les gens, avoua Angel. Quand je serai grand, je passerai mes journées à ça.
— Pan, fit Sam. Ils sont morts.
Mes amis et moi échangeâmes des regards. Angel haussa les épaules.
— Elle doit tenir ça de sa mère.

Sam dormait chez moi, cette nuit-là. Quand elle eut fini de se brosser les dents et qu'elle eut bordé ses deux poupées chiffon à sa convenance, je m'assis au bord du lit et lui caressai la joue.

— Tu as assez chaud ?
— Oui.
— Ta peau est froide.
— C'est parce qu'il fait froid dehors, mais moi j'ai pas froid. J'ai chaud dedans.

Cela semblait plausible.

— Ecoute, je crois qu'il vaut mieux que tu ne parles pas à ta maman de ce qui s'est passé ce soir.
— La pizza ? Pourquoi ?
— Non, la pizza, c'était bien. Je veux dire ce qui s'est passé après, quand on est allés manger une glace.
— Les deux hommes ?
— Oui.
— A quel moment ?
— Quand tu as dit que je leur tirerais dessus. Tu ne peux pas parler comme ça à des inconnus, chérie. Tu ne peux parler comme ça à personne. Ce n'est pas seulement grossier ; ça peut attirer des ennuis à ton papa.
— Des ennuis avec maman ?
— Absolument, avec maman, mais peut-être aussi avec les gens à qui tu le dis. Ça ne leur plaît pas. Et c'est comme ça que les bagarres commencent.

Sam soupesa l'argument.

— T'as bien un pistolet.
— Oui. Mais j'évite de tirer sur les gens avec.
— Pourquoi t'en as un, alors ?
— Parce que quelquefois, dans mon métier, je dois le montrer à des gens pour les obliger à bien se conduire.

Bon Dieu, j'avais l'impression d'être un porte-parole de la NRA[1].

---
1. Association qui défend le droit de porter une arme à feu.

— Mais t'as déjà tiré sur des gens. J'ai entendu maman le dire.

C'était nouveau, ça.

— Quand est-ce que tu l'as entendue ?

— Quand elle parlait de toi à Jeff.

— Sam, tu écoutais aux portes ?

Elle se tortilla, consciente d'en avoir trop dit, puis secoua la tête.

— C'était une accident.

— *Un* accident, corrigeai-je.

Maintenant, j'étais le porte-parole de la Society for Better English[1]. Cela me donna cependant le temps de réfléchir.

— Ecoute, c'est vrai, mais ça ne m'a pas plu de faire ça, et ces gens ne m'avaient pas laissé le choix. Je serais heureux de ne plus jamais avoir à le faire, et j'espère que je ne le ferai plus jamais. D'accord ?

— D'accord. Ils étaient méchants, ces gens ?

— Oui, très méchants.

J'observai attentivement son visage. Elle préparait quelque chose, s'approchant du sujet avec précaution, tel un chien tournant autour d'un serpent immobile, sans savoir s'il est mort et inoffensif ou vivant et encore capable de mordre.

— Y avait l'homme qui a tué Jennifer et sa maman ?

Elle les appelait toujours comme ça : « Jennifer et sa maman ». Bien que connaissant le nom de Susan, elle n'arrivait pas à l'utiliser. Susan était pour elle une adulte inconnue, et les adultes ont des noms qui commencent par monsieur ou madame, oncle ou tante, grand-père ou grand-mère. Sam avait choisi de la définir comme la mère de Jennifer parce que Jennifer avait été une petite fille comme elle. Sauf qu'elle était morte. Le sujet exerçait sur elle une sorte de fascination morbide, pas seulement parce que Jennifer avait été mon enfant – et par conséquent sa demi-sœur – mais aussi parce que Sam ne connaissait aucun autre enfant que la mort ait emporté. Il lui semblait impossible qu'un enfant puisse mourir

---

1. Association pour le bon usage de la langue anglaise.

— que *n'importe qui* de sa connaissance puisse mourir — et pourtant c'était arrivé.

Sam connaissait en partie le sort de ma femme et de ma fille. Elle avait glané des bribes d'informations en écoutant des conversations entre adultes et les avait gardées dans un coin de sa mémoire pour les examiner ensuite une fois seule, tenter de comprendre leur signification et leur importance. Ce n'était que récemment qu'elle nous avait révélé ses conclusions, à sa mère et moi. Elle savait que quelque chose d'horrible était arrivé à Jennifer et à sa maman, qu'un homme en était responsable et qu'il était mort. Nous avions essayé de faire preuve d'autant de prudence, et en même temps de franchise, que possible. Nous redoutions que Sam ne se mette à craindre pour sa propre sécurité, mais apparemment elle ne faisait pas la relation avec elle-même. Elle se préoccupait essentiellement de Jennifer et, dans une moindre mesure, de sa maman. Elle était, pour reprendre ses termes, « triste pour elles » et « triste pour moi ».

— Je...

J'avais toujours eu du mal à parler à Sam de Jennifer et de Susan, dans le meilleur des cas, mais cette fois, en plus, je me retrouvais sur un terrain nouveau et dangereux.

— Je crois qu'il m'aurait fait du mal si je n'avais pas tiré, dis-je enfin. Et il aurait continué à faire du mal aussi à d'autres gens. Il ne m'a pas laissé le choix.

J'avais dans la bouche un goût de mensonge, même si c'était un mensonge par omission. Il ne m'avait pas laissé le choix, mais je ne lui avais pas laissé le choix non plus. Je n'aurais pas voulu que ça se termine autrement.

— Alors, c'est bien, finalement ?

Quoique Sam fût une enfant précoce et peu ordinaire, la question me parut très adulte, et lestée de sombres préoccupations morales. Même son ton était adulte. La question ne venait pas d'elle : j'entendais une autre voix sous la sienne.

— C'est toi qui demandes ça, Sam ?

Elle secoua de nouveau la tête.

— C'est Jeff qui l'a demandé à maman quand ils parlaient de toi qui tires sur les gens.

— Et qu'est-ce que maman a répondu ?

Je n'avais pu m'empêcher de poser cette question et j'en eus honte.

— Que tu essaies toujours de faire ce qui est bien.

J'étais prêt à parier que Jeff n'avait pas apprécié.

— Après, j'ai dû aller faire pipi.

— Bon. Tu n'écoutes plus les conversations qui ne te concernent pas, d'accord ? Et tu ne parles plus de tirer sur les gens. Compris ?

— Oui. Je le dirai pas à maman.

— Elle se ferait du souci, et tu ne tiens pas à causer des ennuis à papa, hein ?

— Non. Je peux lui raconter qu'oncle Angel a dit un gros mot ?

Je réfléchis.

— Bien sûr, pourquoi pas ?

Je redescendis au rez-de-chaussée, où Angel et Louis avaient débouché une bouteille de vin.

— Faites comme chez vous.

Angel agita un verre dans ma direction.

— T'en veux ?

— Non, merci.

Louis goûta, fit la grimace, eut un haussement d'épaules résigné et remplit deux verres.

— Hé, Sam ira pas raconter à Rachel ce que j'ai dit à ces deux mecs, au moins ? s'inquiéta Louis.

— Non, répondis-je. Tu ne risques rien.

Il parut soulagé.

— Dieu merci. Je veux pas d'ennuis avec Rachel.

Pendant qu'ils sirotaient leurs verres, j'appelai Marielle Vetters. Après quatre sonneries, son téléphone bascula sur répondeur. Je laissai un bref message l'informant que je viendrais la voir le lendemain et lui demandant de passer en revue tout ce que son père lui avait confié, au cas où elle aurait oublié de me dire quelque chose qui pourrait m'être utile. Je lui demandai aussi d'en parler à Ernie Scollay, à tout hasard, pour savoir s'il se rappelait autre chose que son frère lui aurait dit. Je restai délibérément vague, dans l'éventualité où il y aurait quelqu'un d'autre chez elle – son frère, par exemple – qui entendrait mon message.

Après une heure de conversation avec Angel et Louis, j'allai me coucher, non sans avoir longuement contemplé l'étrange et belle enfant pleine d'empathie profondément endormie dans son lit, et je sentis que jamais je ne l'avais autant aimée, ni moins comprise.

38

Marielle entendit le téléphone en même temps que la sonnette de l'entrée. Elle hésita un moment puis se dit que le téléphone pouvait attendre, pas la personne qui sonnait à la porte.

— Tu veux que j'aille voir qui c'est ? proposa Ernie Scollay.

Il était arrivé un peu plus tôt, apparemment encore préoccupé par les révélations faites dans le bar de Portland, mais Marielle savait qu'il venait aussi parce qu'il se sentait très seul. Timide, fréquentant peu les bars du coin, il s'était lié d'amitié avec le père de Marielle après le suicide de son frère, et quand Harlan Vetters était mort à son tour, il avait reporté son affection sur Marielle. Cela ne la dérangeait pas. En plus d'être une compagnie agréable, quoique circonspecte, Ernie était capable de réparer n'importe quoi, d'un gond récalcitrant à un moteur de voiture, et la vieille bagnole de Marielle réclamait beaucoup d'attention. Le meilleur ami de son frère, Teddy Gattle, avait souvent offert de s'en occuper gratuitement, mais elle savait qu'il valait mieux ne pas le prendre au mot. Depuis leur adolescence, Teddy la lorgnait avec un mélange d'adoration et de concupiscence à peine caché. D'après Grady, Teddy avait pleuré plus que leur mère le jour où Marielle s'était mariée, et il avait fêté son divorce par une cuite de trois jours. Non, sans l'aide d'Ernie Scollay, Marielle aurait puisé dans ses maigres ressources pour entretenir sa voiture, plutôt que d'accepter un service de Teddy Gattle.

Elle sortit de la cuisine, regarda en direction de l'entrée. La silhouette familière de son frère se tenait dehors, mais elle ne le voyait pas bien à travers la vitre parce que la lampe extérieure ne marchait pas.

Curieux, pensa-t-elle, j'ai changé l'ampoule la semaine dernière. Il doit y avoir un fil endommagé. Encore du travail pour Ernie...

— C'est bon, c'est juste Grady, Marielle.

Il est venu s'excuser, présuma-t-elle. Pas trop tôt. Il avait soupé de l'hospitalité de Teddy Gattle, il s'était rendu compte de la connerie qu'il avait faite en ramenant chez sa sœur cette pouffe couverte de tatouages... Ivy, c'était ce que son frère avait dit ? Holly ? Marielle avait eu envie de brûler les draps après leur départ. Quel crétin ! Quelle paire de sombres crétins...

Marielle aimait néanmoins son frère, malgré tous ses défauts, et de la famille il ne restait maintenant plus qu'eux deux. Deux ratés : lui dans l'art, elle dans le mariage, et les deux dans la vie. Elle ne voulait pas le perdre à nouveau. Même quand il était loin, étudiant aux Beaux-Arts ou tentant de devenir peintre à New York ou, enfin, perdu dans sa toxicomanie, une partie de Grady était toujours restée auprès d'elle. Enfants, ils avaient été très proches et, bien qu'il ait été son petit frère, il avait fait de son mieux pour la protéger. Après le naufrage de son couple, il était revenu à Falls End pour la consoler, ils avaient passé deux jours ensemble à boire, à fumer, à parler, et elle s'était sentie mieux. Puis Grady s'était de nouveau éloigné d'elle et, quand il était revenu, leur père était déjà mourant.

Lorsque le répondeur prit l'appel, elle entendit une voix qui lui parut familière, mais elle ne fut pas assez rapide pour saisir le nom du correspondant.

On sonna de nouveau.

— J'arrive ! Seigneur, Grady, tu pourrais avoir un peu de patience...

Elle ouvrit la porte et la lumière de l'entrée éclaira le visage de son frère. Il avait l'air affligé et effrayé. Défoncé, aussi. Il titubait, n'arrivait pas à concentrer son regard sur elle.

— Bon Dieu, Grady. Non, non. Imbécile. Espèce de...

Il se jeta sur elle. Réagissant vivement, elle fit un pas en arrière, tendit instinctivement un bras pour l'écarter, mais il était trop costaud et trop lourd pour elle. Son poids les fit tous deux tomber et le crâne de Marielle heurta durement le plancher.

— Nom de Dieu, Grady ! s'écria-t-elle.

Elle s'efforça de le repousser tandis qu'il essayait maladroitement de se relever.

Deux personnes apparurent sur le seuil, une femme et un enfant. Malgré le faible éclairage, Marielle vit que la femme était défigurée et que l'enfant, un garçon, avait le cou déformé par un goitre hideux, des contusions sur le nez et autour des yeux.

La femme tenait un pistolet dans sa main droite.

— Qui… qui êtes-vous ? demanda Marielle. Qu'est-ce que vous voulez ?

Lorsque la femme avança, Marielle sut qui elle était. Sans jamais l'avoir rencontrée, elle connaissait ses traits pour avoir entendu le portrait qu'on en avait fait. Si elle n'était plus belle, avec cette peau brûlée, luisante, elle avait gardé assez de son ancienne apparence pour que Marielle pût l'imaginer comme elle avait été, attirant tous les hommes, leur payant des verres pour les entendre raconter des histoires d'avion perdu. Son œil gauche était différent de son œil droit, qui avait presque perdu toute couleur et qui faisait penser à un coquillage cru piqueté de gouttelettes de sauce Tabasco.

Ernie Scollay apparut dans le couloir, jeta un seul coup d'œil à la femme et fit demi-tour pour s'enfuir. Darina Flores lui tira deux balles dans le dos. Ernie s'écroula, tenta de ramper pour lui échapper. Une troisième balle en pleine tête l'immobilisa définitivement.

Darina et le garçon entrèrent dans la maison, fermèrent la porte derrière eux. Le garçon la verrouilla et baissa le store, les coupant du monde extérieur. Marielle, qui avait réussi à se dégager du corps de son frère, se tenait à genoux, trop terrorisée pour bouger. Du sang s'écoulait sous Ernie Scollay, se répandait sur le plancher, s'insinuait dans les fentes pour disparaître dans l'obscurité sous-jacente. Adossé au mur, Grady essayait de combattre l'effet de la drogue qu'on avait injectée dans son organisme.

— Dé... désolé, bredouilla-t-il. J'ai pas pu...

Sous le regard de Darina et du garçon, elle s'approcha de son frère, le prit dans ses bras et sentit à peine l'aiguille lorsqu'elle s'enfonça dans son épaule.

Ils lui injectèrent juste assez de drogue pour qu'elle reste lucide sans toutefois représenter un danger pour eux. Darina voulait s'assurer qu'il n'y ait aucun risque que Marielle Vetters ou son frère se jettent sur eux. Une fois de plus, ils attachèrent les mains de leurs prisonniers avec des liens de serrage en plastique. Darina servit au garçon un verre de lait et lui donna un cookie tout frais pris sur un plateau près de la cuisinière. Il s'assit à la table et le grignota en suivant la ligne du glaçage avec ses petites dents et en examinant le résultat, comme n'importe quel enfant.

Marielle était étendue sur le canapé, un coussin sous la tête. Elle observait ce qui se passait en cherchant une occasion de renverser la situation. Aucune ne semblait devoir se présenter. Elle avait les paupières lourdes, les sens émoussés, mais elle pensait encore clairement, quoique avec une certaine lenteur. Grady était assis dans un fauteuil près du poste de télévision, les yeux à peine ouverts, un filet de bave reliant son menton à sa poitrine. Captant son reflet dans le miroir du mur opposé, il essuya le bas de son visage à sa chemise. Cet effort parut lui redonner un peu de lucidité. Il se redressa, s'efforça de sourire à sa sœur, échoua à la rassurer.

Darina approcha une chaise de Marielle. Tenant négligemment son pistolet dans sa main droite, elle releva de la gauche des mèches de cheveux tombées sur le visage de Marielle.

— Tu es bien, comme ça ? lui dit-elle.

— Qu'est-ce qu'il y avait dans cette seringue ?

L'élocution de la prisonnière était à peine pâteuse et Darina se demanda si elle n'aurait pas dû lui administrer une dose plus forte.

— Quelque chose pour t'aider à te détendre. Je ne veux pas que tu te sentes mal, ou que tu aies peur.

Derrière Darina, Marielle apercevait le bras tendu d'Ernie Scollay. Le reste de son corps était caché par le mur. Notant la direction du regard de Marielle, Darina appela le garçon.

— Bouge-le, s'il te plaît. C'est perturbant.

Il posa son cookie, fit tomber les miettes de ses mains, passa dans le couloir en traversant le coin-repas jouxtant la cuisine. Il y eut un bruit de frottement et le bras du mort disparut. Le garçon était plus fort qu'il n'en donnait l'impression.

— C'est mieux ? s'enquit Darina.

— Ce n'était qu'un vieil homme, dit Marielle. Vous n'aviez pas besoin de le tuer.

— Même les vieux sont capables de s'enfuir. De courir. De parler. D'appeler la police. Voilà pourquoi nous avons dû le tuer. Il n'y aura cependant pas d'autre victime. Si tu réponds à mes questions, si tu réponds franchement, je vous épargnerai, toi et ton frère. Il y a une cave sous l'escalier, non ?

— Oui.

— Alors, c'est là que je vous laisserai. Je mettrai de l'eau et de la nourriture dans des bols, vous devrez manger comme des chiens, mais vous serez en vie. Nous ne resterons pas longtemps dans le coin : un jour ou deux, maximum. Plus tu me fourniras d'informations, plus notre tâche sera facile et plus vite nous partirons. Je t'en donne ma parole.

Marielle secoua la tête.

— Je sais qui vous êtes. Je viens de vous voir abattre Ernie, en lui tirant dans le dos.

Grady remua de nouveau dans son fauteuil.

— Elle a aussi tué Teddy, révéla-t-il à sa sœur.

Marielle tressaillit. Pauvre Teddy Gattle, triste et pitoyable. Agaçant avec son amour pour elle, mais toujours loyal envers Grady et ne voulant de mal à personne.

— C'est lui qui nous a amenés ici, si ça peut te consoler de sa perte, dit Darina. C'est lui qui nous a parlé de ton père, et de l'avion.

Marielle se tourna vers son frère.

— Tu lui avais dit ?

Teddy Gattle était incapable de garder un secret, c'était une vraie pipelette.
— Désolé, murmura Grady pour la deuxième fois.
— Ma proposition tient toujours, reprit Darina. Je sais que vous ne me croyez pas, mais je n'ai aucun intérêt à vous liquider. Une fois que j'aurai trouvé l'avion et obtenu ce que je cherche, nous disparaîtrons et vous pourrez dire à la police tout ce que vous voudrez. Donner notre signalement dans les moindres détails. Nous serons partis depuis longtemps et nous savons nous cacher. Je n'aurai plus la même tête.

Indiquant du doigt son visage abîmé, elle poursuivit :
— Tu voudrais rester comme ça, toi ? Non, Marielle, on ne nous retrouvera pas. Vous vivrez, et nous aussi. Il te suffit de parler. Je sais déjà beaucoup de choses, je veux juste en avoir confirmation. Répète-moi tout ce que ton père t'a dit, tout ce qui pourrait m'aider à trouver l'avion. Et ne me mens pas. Si tu mens, il y aura des conséquences. Pour toi et pour ton frère.

Le garçon revint, laissant derrière lui sur le tapis des empreintes de pas sanglantes. Il portait un sac à dos décoré de personnages d'un de ces films d'animation japonais que tout le monde semblait adorer et que Marielle n'aimait pas beaucoup : tous ces gosses avec des yeux immenses dont le mouvement des lèvres ne correspondait pas aux dialogues anglais. Il ouvrit le sac, en tira une pince, un gros cutter et trois couteaux de tailles différentes. Il les disposa avec soin sur la table puis s'assit, ses pieds se balançant à une bonne quinzaine de centimètres du sol.

— Marielle, commence donc par la première fois où ton père t'a parlé de cet avion, suggéra Darina.

Marielle raconta l'histoire, une première fois, puis une seconde. Entre les deux, Darina lui fit une autre piqûre et son esprit s'embruma, elle eut du mal à se rappeler certains détails. A un moment donné, elle dut se tromper, ou se contredire, parce que Grady poussa un cri. Quand elle eut à nouveau une image nette de son frère, elle vit du sang sur le bas de son visage et se rendit compte que le garçon lui avait coupé le bout du nez. Elle se mit à sangloter ; Darina la gifla durement et elle cessa de pleurer. Après quoi, elle s'efforça de dire la vérité. Quelle importance, finalement ? Ce n'était qu'un avion. Son père était mort. Paul Scollay était mort, son frère Ernie aussi. Teddy Gattle était mort. Il ne restait que Grady et elle.

— A qui d'autre tu en as parlé ? demanda Darina.
— A personne.
— Le vieux, qui c'était ? Qu'est-ce qu'il faisait ici ?
— C'était le frère de Paul Scollay. Il connaissait déjà l'histoire, Paul la lui avait racontée.
— Personne d'autre ?
— Personne.
— Je te crois pas.
— Personne, répéta Marielle.

Le brouillard se dissipait dans son esprit — pas beaucoup, mais juste assez. Elle voulait rester en vie. Elle voulait que Grady reste en vie. Mais s'ils mouraient, si cette femme leur avait menti, Marielle voulait être vengée. Elle, son frère, Ernie, Teddy, et tous ceux à qui cette femme et cet enfant monstrueux avaient fait du mal. Le détective les retrouverait. Il les retrouverait et les punirait.

— Personne, je le jure.

Grady cria de nouveau. Elle ferma les yeux, se força à ne plus l'entendre.

Je suis désolée, pensa-t-elle. Tu n'aurais pas dû en parler à Teddy. Tu n'aurais pas dû en parler du tout.

Obscurité dehors et dedans, trouée uniquement par la lumière de la lampe du guéridon, sous le miroir.

Grady gémissait doucement. Le garçon lui avait fait une entaille verticale aux lèvres avec la lame du cutter. Elles ne saignaient cependant plus, du moins tant que Grady se retenait de les remuer. L'essentiel, c'était qu'ils étaient encore en vie et que Darina Flores avait enfin cessé de les interroger. Elle avait arrêté quand Marielle avait livré un détail, une information à demi oubliée et mentionnée par son père dans ses derniers jours. Un fort : son père avait précisé qu'il était passé devant un fort en rentrant avec l'argent. Elle ne l'avait pas communiqué au détective parce qu'elle n'avait pas assez confiance en lui, pas à ce moment-là. Elle le regrettait, maintenant, tandis qu'elle regardait Darina utiliser un ordinateur portable pour vérifier, à l'aide de cartes, ce qu'elle venait de lui révéler.

Marielle avait dû sommeiller un moment. Elle ne se souvenait pas qu'on avait éteint les principales lampes de la pièce, ni qu'on avait étendu une couverture sur elle pour lui tenir chaud. Ayant du mal à respirer, elle s'efforça de changer de position, ce qui n'arrangea rien. Le garçon la regardait fixement. Ses traits pâles, délavés, lui répugnaient, de même que ses cheveux clairsemés, sa gorge enflée. Il avait l'air d'un vieillard réduit à la taille d'un enfant. Elle se rendit compte qu'elle avait rêvé de lui et ce souvenir l'emplit de honte. Dans son rêve, il essayait de l'embrasser. Non, pas tout à fait de l'embrasser. La bouche du garçon s'était collée à la sienne telle celle d'une lamproie et il avait commencé à aspirer, comme pour lui ravir son souffle, sa vie même. Il n'y était manifestement pas parvenu puisqu'elle respirait encore, quoique faiblement.

Ce n'était qu'un rêve, mais au moment même où elle s'en persuadait, elle se rendit compte que ses lèvres lui faisaient mal et qu'elle avait un goût immonde dans la bouche, comme si elle avait mangé un morceau de viande avariée.

Le garçon lui sourit, elle se mit à avoir des haut-le-cœur.

— Va lui chercher de l'eau, ordonna Darina, sans quitter l'écran des yeux.

Le garçon alla à la cuisine, revint avec un verre d'eau. Marielle hésita à l'accepter, tant la présence de ce monstre près d'elle lui était insupportable, finit par estimer qu'une brève proximité valait mieux que ce goût dans la bouche. Elle but avidement ; l'eau coula sur son menton et tomba, froide, sur sa poitrine. Quand elle ne put plus avaler, elle laissa sa tête retomber en arrière. Le garçon écarta le verre des lèvres de Marielle, mais demeura un moment penché au-dessus d'elle à l'observer.

Comme elle avait mal au dos, elle finit par se mettre en position assise sur le canapé. Une lumière rouge clignotante auparavant cachée par la table attira son attention. C'était le voyant du répondeur. Elle se souvint du coup de téléphone et de la voix qui lui avait paru familière.

Celle du détective.

Elle détourna la tête trop vivement et le garçon, plissant le front, regarda par-dessus son épaule.

— Encore un peu d'eau, supplia-t-elle. S'il vous plaît.

— Fais ce qu'elle te demande, s'impatienta Darina. Donne-lui à boire.

Le garçon les ignora toutes les deux, posa le verre sur la table et s'approcha du répondeur. La tête penchée de côté, tel un animal devant un objet insolite, il tendit un doigt pâle, le garda suspendu au-dessus du bouton « play ».

— S'il vous plaît, répéta Marielle.

Cette fois, Darina leva les yeux de l'écran.

— Qu'est-ce que tu fabriques ? lança-t-elle au garçon. C'est important, ce que je fais. Si elle veut encore de l'eau, donne-lui-en. Mais qu'elle la ferme !

Le garçon s'éloigna du répondeur, baissa la main.

Marielle retomba contre le bras du canapé, prit une inspiration tremblante et ferma les yeux.

Il y eut un bip à l'autre bout de la pièce et une voix se fit entendre, profonde et masculine :

« Marielle, c'est Charlie Parker. Je voulais simplement vous informer… »

Le reste du message se perdit dans un cri de rage et de douleur d'autant plus épouvantable qu'il émanait d'un enfant. Le garçon hurla une seconde fois, le dos arqué, le cou renversé en arrière, au risque de faire éclater son goitre en une gerbe de sang et de pus. Darina se leva brusquement, fit tomber son ordinateur portable, et malgré les hurlements, Marielle entendit la voix du détective la prévenant qu'il venait lui parler, qu'il avait une ou deux questions à lui poser, à elle et à Ernie...

On entendit un bourdonnement dans la pièce. Même Grady, immergé dans sa souffrance, le remarqua. Sa tête s'inclina pour tenter de localiser la source du bruit. Il fit plus froid dans la maison, comme si quelqu'un avait ouvert une porte, mais au lieu d'odeurs d'arbres et d'herbe, l'air qui y pénétra était chargé de fumée.

Un insecte traversa le champ visuel de Marielle, qui se recroquevilla instinctivement sur elle-même. Quand il fut à trente centimètres de son visage, elle distingua, malgré la faible lumière, les rayures jaunes et noires d'un corps de guêpe, la courbe d'un abdomen venimeux. Elle avait horreur des guêpes, surtout de celles qui vivaient encore si tard dans l'année. Repliant les genoux contre sa poitrine, Marielle essaya de soulever la couverture avec ses pieds pour la chasser, mais il en vint une deuxième, puis une troisième. La pièce se remplit d'insectes et, malgré sa peur, Marielle se demandait pourquoi. Il n'y avait pas de nids à proximité, comment autant de guêpes avaient-elles pu survivre ?

Le garçon criait toujours et, brusquement, Grady se joignit à lui, faisant éclater ses lèvres fendues dans un hurlement où la souffrance se mêlait à la peur, car le cri du frère de Marielle était d'abord né de la peur.

Le miroir : les guêpes surgissaient du miroir. Il avait cessé d'être une surface réfléchissante pour devenir un trou encadré dans le mur, du moins Marielle en avait-elle l'impression. Les guêpes agonisantes qu'il retenait prisonnières étaient désormais libres.

Or, c'était un mur porteur, fait de béton, pas de briques creuses, et le miroir était une plaque de verre, rien ne pouvait le traverser.

Marielle sentit une guêpe se poser sur sa joue et remonter vers son œil. Elle secoua la tête, souffla sur l'insecte, qui s'éloigna rageusement puis revint. Son dard effleura la peau de Marielle, qui se prépara à une douleur qui ne vint pas. La guêpe s'éloigna et les autres la suivirent ; le petit essaim retourna vers le miroir en bourdonnant et tournoyant, prit la forme d'une tête humaine avec deux trous sombres pour les yeux, une large fente pour la bouche, un visage fait de guêpes qui fixait Marielle et les autres avec une expression de rage démente, manifestant sa fureur à travers elles.

La bouche d'insectes remua, articula des mots que Marielle ne perçut pas et les cris aigus du garçon cessèrent. Darina le serra contre elle, l'arrière de son crâne contre ses seins, et il frissonna sous son étreinte.

Grady aussi s'arrêta de crier. On n'entendit plus dans la pièce que les sanglots du garçon et le bourdonnement du miroir.

Darina embrassa le dessus de la tête de l'enfant, posa sa joue sur son crâne pâle. Marielle vit qu'elle souriait et pleurait en même temps.

– Il se souvient, murmura Darina. Il est revenu. Il est de nouveau à moi. Mon Brightwell. Mais tu n'aurais pas dû mentir, Marielle. Non, tu n'aurais pas dû nous mentir.

Le garçon s'écarta d'elle, s'essuya les yeux et s'approcha du miroir. Il se tint devant le visage de guêpes, lui parla dans une langue que Marielle ne reconnut pas, et le visage lui répondit. Le garçon resta immobile jusqu'à ce que le bourdonnement s'arrête et que les guêpes commencent à tomber sur le sol, y trottinent lentement avant de mourir, laissant le garçon contempler son reflet dans la glace.

Tassé sur lui-même, Grady Vetters pleurait et tremblait, et Marielle sut que quelque chose s'était brisé en lui. Lorsqu'elle prononça son nom, il ne se tourna pas vers elle et ses yeux étaient ceux d'un inconnu.

– Il a tant de formes, disait Darina, tant de noms. Celui qui Attend Derrière le Miroir, l'Homme Inversé, le Dieu des Guêpes…

Le garçon tira de son sac une feuille de papier. Sur un côté, il avait dessiné un camion ; l'autre était vierge, et il se mit à écrire dessus avec un crayon de couleur. Quand il eut terminé, il tendit la feuille à Darina, qui la lut avant de la plier et de la glisser dans une poche. Puis elle prononça un seul mot :

– Parker.

Le garçon s'approcha de Marielle, qui eut plus que jamais l'impression d'avoir devant elle un vieil esprit enfermé dans un corps jeune. Sa bouche de lamproie s'ouvrit, une langue livide s'agita entre ses lèvres. Darina lui posa une main sur l'épaule et il s'arrêta, le visage à quelques centimètres de celui de Marielle.

— Non, ordonna Darina.

Il leva vers elle un regard interrogateur, tenta de parler, ne parvint à émettre que deux brefs bruits rauques semblables aux croassements d'un jeune corbeau.

— Nous avons promis, rappela-t-elle. J'ai promis.

Le garçon s'éloigna d'elle, alla à la table et entreprit de ranger ses outils dans son sac d'enfant. Il était temps de partir, apparemment.

Darina vint se planter devant Marielle.

— Tu m'as menti, l'accusa-t-elle. Tu aurais dû me parler du détective. Je pourrais dénoncer notre marché et te tuer.

Marielle attendit. Rien de ce qu'elle dirait ne changerait quoi que ce soit, maintenant.

— Cependant, à cause même de ton mensonge, peut-être, un lien spécial a été rétabli entre nous. Sais-tu ce que ton détective a fait autrefois ?

— Non.

— Il a tué l'être que tu vois ici, dit Darina en désignant le garçon. Il a fait taire pour quelque temps cet esprit remarquable.

— Je ne comprends pas...

— Parker comprendra, lui, quand nous l'affronterons. J'ai promis de vous laisser vivre, ton frère et toi, je tiendrai parole. Nous tenons toujours notre parole.

Le garçon fouilla de nouveau dans son sac, y prit cette fois sa boîte métallique de seringues. Il en remplit une d'un liquide clair contenu dans une fiole que Marielle n'avait pas encore vue.

— Plus de piqûre, je vous en prie, supplia-t-elle.

— C'est différent, déclara Darina. Ne t'inquiète pas, ça ne fera pas mal.

Marielle regarda l'enfant faire une injection à son frère pour la dernière fois. Grady ne réagit ni à la piqûre ni à la présence du garçon, son regard était comme dirigé vers l'intérieur de lui-même. Au bout de quelques secondes, ses yeux se fermèrent, son menton tomba sur sa poitrine. Le garçon remplit de nouveau la seringue, jeta la fiole vide dans son sac et s'approcha de Marielle.

— C'est de l'Actrapid, précisa Darina. De l'insuline à action rapide.

Marielle réagit. Les genoux toujours contre la poitrine, les pieds à plat sur le canapé, elle se jeta sur la femme mais ne réussit qu'à lui porter un coup oblique avant de heurter durement le sol. Aussitôt le garçon fut sur elle, l'aiguille s'enfonça et le monde s'emplit d'ombres.

— Tu vas dormir, entendit-elle Darina lui dire. Tu vas dormir très longtemps.

La dose massive s'infiltra dans l'organisme de Marielle, dont l'esprit commença à sombrer dans le coma.

39

En s'éveillant dans une chambre d'hôpital, Eldritch pensa : J'ai déjà fait ce rêve... un lit, une pièce petite et propre, les bips d'un appareil proche, une âcre odeur chimique d'antiseptique et, par-dessous, tout ce que cette odeur cherchait à cacher, les doigts griffus qui l'agrippaient, tentaient de le garder pour toujours dans les ténèbres. Il souleva son bras, sentit une résistance quand le tube de la perfusion intraveineuse se prit dans le drap. Lorsqu'il voulut le dégager, une main se referma sur son poignet, avec douceur et fermeté.

— Laisse-moi faire, dit une voix.

A l'odeur familière de feu et de nicotine, Eldritch sut que son fils était venu le voir : pas le Collectionneur mais son fils, car le Collectionneur n'était jamais aussi doux. Sa voix lui parvenait légèrement étouffée : l'explosion avait dû lui affecter l'ouïe.

— J'ai rêvé, dit-il. J'ai rêvé qu'elle était morte, puis j'ai rêvé que ce n'était qu'un rêve.

Ses doigts palpèrent son visage douloureux, explorèrent les pansements des plaies les plus graves.

— Je suis désolé, répondit son fils. Je sais ce qu'elle représentait pour toi.

Eldritch tourna la tête vers la gauche. On avait apporté ses affaires dans la chambre : son portefeuille, ses clés, sa montre. De petites choses.

La femme, elle, n'était plus là.

— De quoi tu te souviens ? demanda son fils.

— Du pouvoir. Nous avons perdu le pouvoir — deux fois, je pense. Je suis descendu au sous-sol, je n'ai rien remarqué d'anormal.
— Et ensuite ?
— Un homme. Il est passé devant moi dans la rue, et ça m'a inquiété, mais il a poursuivi son chemin. Quelques secondes avant l'explosion, j'ai cru l'entendre m'appeler. Je pense qu'il essayait de me mettre en garde, et puis tout a sauté et je ne l'ai plus vu.
— Tu te rappelles quelque chose de cet homme ?
— Il avait une bonne quarantaine d'années, cinquante peut-être. Mal rasé, pas barbu, cependant. Un mètre quatre-vingts environ. Léger embonpoint.
— Il allait dans quelle direction ?
— Vers le sud.
— De l'autre côté de la rue ?
— Oui.
— Tu en as parlé à la police ?
— Non. Je ne crois pas avoir parlé à qui que ce soit. Je la tenais dans mes bras, mais elle était morte, je ne me souviens de rien d'autre.
— La police voudra t'interroger. Ne leur parle pas de cet homme.
— D'accord.
Le fils prit un linge et essuya le front du père, le rafraîchit en évitant les plaies.
— Je suis gravement blessé ? s'enquit Eldritch.
— Des entailles et des contusions, surtout. Une commotion cérébrale. Les médecins veulent toutefois te garder quelques jours en observation. Ils sont préoccupés.
— J'ai du mal à entendre. Ta voix, la mienne... elles me parviennent déformées.
— Je le leur dirai.
Eldritch se tortilla sur le lit : il ressentait une douleur au bas-ventre. Il regarda sous le drap, découvrit le cathéter et grogna.
— Je sais, dit son fils.
— Ça me fait mal.
— Je leur dirai aussi.

— J'ai la bouche sèche.

Le fils prit un gobelet en plastique sur le casier jouxtant le lit et tint la tête de son père tandis qu'il buvait. Le crâne du vieil homme semblait fragile, tel un œuf qu'on aurait pu briser d'un simple raidissement des doigts. C'était un miracle qu'il ait survécu. Quelques minutes plus tôt, et il serait mort, lui aussi.

— Je repasserai plus tard, promit le fils. Tu as besoin de quelque chose ?

Cette fois ce fut la main du père qui agrippa le bras du fils, et la partie supérieure de son corps se souleva. Quelle force, chez ce vieillard...

— Parker est venu. Parker est venu et elle est morte. Elle est allée chercher son dossier et elle est morte.

Eldritch fatiguait maintenant, des larmes de chagrin perlaient au coin de ses yeux.

— Il m'avait prévenu, il t'avait prévenu : « Ne vous approchez pas de moi. » Il avait peur de la liste. Il savait que son nom était dessus.

— J'avais des doutes. Toi aussi. Cette femme, Phipps, elle m'a dit quelque chose...

Mais le père n'écoutait plus :

— La liste, murmurait-il. La liste...

— Je l'ai toujours, répondit le fils.

Dans la douce lumière de l'aube passant à travers les doubles rideaux, il changeait en esprit et en enveloppe charnelle, il était à la fois le fils et quelqu'un d'autre.

— Et je sais où trouver le reste, ajouta-t-il.

— Tue-les, dit Eldritch en retombant sur le lit. Tue-les tous.

Il ferma les yeux tandis que la transformation de son fils s'achevait, et ce fut le Collectionneur qui quitta la pièce.

Jeff et Rachel vinrent prendre Sam peu après 9 heures du matin. Dès 8 heures, elle s'était affairée dans la cuisine avec Angel et Louis, préparant des toasts beurrés et des œufs brouillés. Je dus la faire changer de pull avant que sa mère la voie et pète un câble.

Jeff roulait en Jaguar, maintenant. Par la fenêtre de mon bureau, Angel et Louis le regardèrent se garer, descendre de la voiture et admirer la vue des marais de Scarborough éclairés par la lumière froide de l'hiver, tandis que Rachel se dirigeait vers la porte d'entrée.

— Il les regarde comme s'il en était propriétaire, remarqua Angel.

— Ou comme s'il les avait faits, enchaîna Louis.

— Transfert, diagnostiquai-je. Vous savez que je ne peux pas le sentir, alors vous ne pouvez pas le sentir non plus.

— Non, je peux pas le blairer, c'est tout, corrigea Angel.

— S'il a tant de tunes, pourquoi il roule en Jaguar ? s'étonna Louis. La Jaguar se déprécie plus vite que le dollar du Zimbabwe.

— Il roule en Jaguar *justement* parce qu'il a tout ce fric, expliqua Angel. Il a quel âge ?

— Il est vieux, répondit Louis.

— Très vieux, dis-je.

— Une ruine, renchérit Angel. C'est incroyable qu'il arrive à marcher sans canne.

La porte s'ouvrit, Rachel s'avança dans l'entrée en appelant :

— Vous êtes où ?

— Ici ! criai-je.

Elle entra dans le bureau, haussa un sourcil en nous découvrant tous les trois en rang d'oignons.

— Comité d'accueil ?

— Non, on admire la vue, répondit Louis.

Elle remarqua dans quelle direction nous regardions, et *qui* nous regardions.

— Ha-ha, fit-elle.

— Il est plus jeune que je ne le pensais, dit Angel.

— Vraiment ?

— Non. En vrai, il est vieux.

Rachel lui lança un regard noir.

— Continue à dire des choses comme ça et tu ne vivras pas jusqu'à son âge.

— Mais je veux pas vivre jusqu'à son âge, répliqua Angel. On dirait Mathusalem en tenue pastel. Plus personne s'habille comme ça.

Rachel – c'était tout à son honneur – semblait résolue à combattre dans le camp de Jeff.

— Il doit jouer au golf, plus tard dans la journée, justifia-t-elle.

— Au golf ?! s'exclama Louis.

On pouvait peut-être injecter plus de mépris en quatre lettres et une seule syllabe, mais je ne voyais pas comment.

— Ouais, au golf, confirma Rachel. Les gens normaux jouent au golf. C'est un sport.

— Le golf, un sport ?!

Louis regarda Angel, qui haussa les épaules.

— On a peut-être pas reçu la note de service.

— Vous faites une belle paire de crétins, vous savez ? Où est ma fille ? Il faut que je la sorte de cette maison avant qu'elle contracte le crétinisme.

— Trop tard, déclara Louis. Elle a les gènes de son père.

— Vous êtes *vraiment* des crétins, leur assénai-je avant de suivre Rachel.

— Les élèves normaux sont méchants avec nous, dit Louis à Angel.

— C'est de l'homophobie. On devrait porter plainte, ou en faire un tube.

Je les laissai à leurs récriminations.

— Hé, me rappela Angel, ça veut dire qu'on pourra pas aller au bal de fin d'année ?

Dans l'entrée, Rachel aidait Sam à enfiler les bretelles de son sac.

— Et ton beau pull neuf ? demanda mon ex en s'apercevant que Sam portait le vieux machin troué que je gardais pour quand nous faisions du jardinage.

— Y a plein d'œuf dessus.

— Je vois. Oncle Louis et oncle Angel t'ont bombardée en beuglant des gros mots ? fit Rachel en me fusillant du regard.

— Ce n'est pas moi qui les ai incités à le faire, me défendis-je. Ils peuvent être méchants même sans mon aide.

— Oncle Angel a dit un gros mot, reconnut Sam.
Un cri indigné jaillit de mon bureau.
— T'avais promis qu'elle dirait rien !
— Ça ne m'étonne pas du tout, répondit Rachel à Sam.
Se tournant vers le bureau, elle poursuivit en élevant la voix :
— Mais oncle Angel me déçoit beaucoup...
Aucune réponse.
Rachel vérifia que Sam avait bien ses deux chaussettes, que son maillot de corps était à l'endroit et qu'elle n'avait oublié ni sa brosse à dents ni ses poupées.
— Bon, dis au revoir à ton papa et monte dans la voiture.
Sam me prit dans ses bras et je la serrai fort contre moi.
— Au revoir, papa.
— Au revoir, chérie. On se revoit bientôt, d'accord ? Je t'aime.
— Moi aussi, je t'aime.
Quand elle s'écarta, je sentis mon cœur se fendiller.
— Au revoir, trésor, fit une voix embarrassée.
— Au revoir, oncle Louis qui a promis de tirer sur le monsieur.
Après un long silence gêné, Louis marmonna quelque chose, « R'voir », et Sam sortit en courant.
Rachel me gratifia d'un regard appuyé.
— Quoi ?
— C'était un malentendu, expliquai-je. Il ne lui aurait pas vraiment tiré dessus.
— Bon Dieu, soupira-t-elle. Je peux te demander pourquoi ils sont ici ?
— Juste pour un truc.
— Tu ne veux pas me répondre ?
— Je te le répète, dis-je en lui lançant à mon tour un regard appuyé, juste un truc.
La colère de Rachel commençait à monter : Angel et Louis qui la vannaient, le pull de Sam, le gros mot d'Angel et ce qu'elle imaginait que Louis avait pu dire, tout cela lui faisait l'effet d'une plaque chauffante sur un autocuiseur.

En même temps, elle n'avait déjà pas l'air de bonne humeur à son arrivée. La soirée passée à écouter Jeff raconter à un auditoire friqué que l'effondrement du système bancaire était entièrement la faute de tous ces pauvres voulant avoir un toit sur la tête et des vacances pour leurs mômes n'y était sans doute pas étrangère. Avec ses joues empourprées, elle était belle, mais le lui dire n'aurait rien arrangé.

— J'espère qu'on te tirera une balle dans le cul ! rétorqua-t-elle.

Elle ouvrit toute grande la porte du bureau pour crier « Et à vous deux aussi ! » puis la claqua aussi sec.

— Viens dire bonjour à Jeff, m'enjoignit-elle. Sois poli et comporte-toi comme quelqu'un de normal.

Je la suivis dehors. Sam, déjà assise à l'arrière dans le siège-auto, me fit signe de la main. Je répondis de même.

— Salut, grand balaise, me dit Jeff avec un sourire d'un blanc éclatant.

« Grand balaise. » Quel con.

— Salut... Jeff.

Il me serra la main comme il le faisait toujours, retenant ma main droite trop longtemps dans la sienne tout en me pressant le bras de sa main gauche, il scruta mon visage à la manière d'un chirurgien examinant un patient gravement atteint et qui ne semble pas aller mieux, véritable affront à celui qui le soigne.

— Comment ça va, vieux ?

« Vieux » : de mieux en mieux. Rachel m'adressa un sourire mauvais pour se venger de ce qu'elle venait de subir.

— Ça va, Jeff. Et vous ?

— Très bien. La grande forme.

— L'allocution, hier soir, ça s'est bien passé ?

— Un accueil fantastique. Des gens m'ont même demandé de me présenter aux élections.

— Waouh. Quelque part en Afrique, ce serait bien. J'ai entendu dire qu'il y a des problèmes à régler au Soudan, ou en Somalie, peut-être.

Il parut perplexe et son sourire se fit hésitant, mais il se ressaisit aussitôt :
— Non, ici.
— Ah oui. Bien sûr.
— Un reporter du *Maine Sunday Telegram* m'a dit que son journal publierait ce week-end un compte rendu détaillé de mon intervention.
— Super, commentai-je.
Si le *Telegram* faisait ça, il n'aurait pas droit à mon dollar soixante-quinze dimanche.
— Il y avait d'autres journalistes ?
— Un gars du *Phoenix*, mais il était juste venu faire son intéressant.
— Poser des questions gênantes ? Ne pas accepter la ligne du parti ?
— Les gens ordinaires ne comprennent pas la déréglementation, dit Jeff. Ils s'imaginent qu'elle implique une absence de lois, alors qu'il s'agit simplement de laisser jouer les forces du marché. Dès que le gouvernement intervient, les conséquences sont imprévisibles et c'est là que les ennuis commencent. Même la réglementation modérée interfère dans le fonctionnement naturel du système. Nous, nous voulons simplement qu'il fonctionne bien pour que tout le monde en profite.
— Vous êtes les bons, alors ?
— Nous sommes les créateurs de richesses.
— Ça, pour créer...
— On y va, Jeff, intervint Rachel. Tu t'es suffisamment fait asticoter.
Elle me serra contre elle, m'embrassa la joue.
— Tu viens voir Sam dans une semaine ou deux ?
— Oui. Merci de l'avoir laissée passer la nuit ici. Je t'en suis reconnaissant.
— Quand j'ai dit que j'espérais qu'on te tirerait dessus, je ne le pensais pas.
— Je sais.
— Les deux autres, peut-être, mais pas toi.

Elle se tourna vers la fenêtre de mon bureau où Angel et Louis étaient à peine visibles à travers le store. Angel leva un bras comme pour l'agiter, se ravisa.

— Crétins, répéta Rachel, mais avec le sourire, cette fois.

Elle monta dans la voiture. Au lieu de l'imiter, Jeff regardait la route, où un coupé Cadillac noir CTS ralentissait avant de s'engager dans mon allée.

— J'aimerais vous présenter quelqu'un, me dit-il. Il est venu à Portland m'écouter et il en profite pour jeter un œil à un lotissement de Prouts Neck. Je lui ai proposé de l'accompagner.

La Cadillac s'arrêta en souplesse derrière la voiture de Jeff. L'homme qui en descendit semblait avoir quelques années de moins que Jeff et rayonnait de santé. Il n'aurait pas davantage pué le fric s'il avait passé la nuit à imprimer des dollars à l'arrière de sa Cadillac. Il avait opté pour une tenue élégante décontractée : pantalon beige, pull à col roulé noir, veste noire en mohair. Il avait un début de calvitie qu'il cachait par une coupe courte et ne portait pas plus d'un ou deux kilos d'excédent de bagages autour de la taille. Il eut la décence de s'excuser d'avoir pénétré chez moi sans y être invité en soulignant que la route tournait et qu'il avait craint de faire obstacle à la circulation en y laissant sa voiture. Pas de problème, répondis-je, même si je pensais le contraire. Ce type me hérissait le poil.

— J'espère que je ne dérange pas, reprit-il.

Il adressa un salut à Rachel, qui le lui rendit en s'abstenant bien de regarder dans ma direction.

— Laissez-moi vous présenter l'un à l'autre, dit Jeff. Garrison Pryor... Charlie Parker.

Pryor tendit une main que je serrai après une légère hésitation seulement.

— Garrison Pryor, comme dans Pryor Investments ? m'enquis-je.

— Je suis étonné que vous ayez entendu parler de nous, répondit-il, bien qu'il ne parût nullement surpris. Nous ne faisons pas partie des grosses boîtes.

— Je reçois le *Wall Street Journal*, mentis-je.

— Vraiment ? dit-il en haussant un sourcil. Pour connaître l'ennemi, peut-être.
— Pardon ? fis-je, trouvant sa remarque étrange.
— Jeff m'a un peu parlé de vous. D'après ce que j'ai cru comprendre, vous n'êtes pas du genre à lire le *Wall Street Journal*. D'après lui, vous seriez plutôt un cryptosocialiste.
— Comparé à Jeff, la plupart des gens sont socialistes.

Pryor s'esclaffa, révélant des dents blanches, longues canines et incisives tranchantes. J'eus l'impression d'entendre grogner un loup domestiqué.
— Très juste. Cela faisait un moment que je voulais faire votre connaissance, ajouta Pryor.

Il me regardait dans les yeux sans cesser de sourire.
— Vraiment ?
— J'ai beaucoup entendu parler de vous, avant même que Jeff fasse partie de vos relations. Les hommes et les femmes que vous avez traqués... C'est effrayant que de tels individus aient pu rester en liberté aussi longtemps. Vous rendez un grand service à la société.

Rachel ne me regardait toujours pas mais elle se mordait la lèvre inférieure. Je connaissais cette réaction : jamais elle ne s'autorisait en public une manifestation plus ouverte de son inquiétude.

Comme je ne répondais pas, Pryor poursuivit :
— Vous savez ce que je trouve le plus intéressant en vous, monsieur Parker ?
— Non.
— Si je ne m'abuse, quand un policier fait usage de son arme, il y a des commissions d'enquête, des rapports, et parfois même un procès. Mais vous, détective privé, vous semblez éviter aisément ces obstacles. Comment vous y prenez-vous ?
— Question de chance, répondis-je. Et je ne tire que sur les méchants.
— Oh, je crois qu'il y a une autre raison. Quelqu'un doit veiller sur vous.
— Dieu ?
— Peut-être, même si je songeais à une hypothèse plus terrestre.

— Je m'efforce de garder la loi de mon côté.

— C'est drôle, moi aussi, et cependant, nous ne nous ressemblons pas du tout.

Jeff avait perdu son éternel sourire : la rencontre ne se déroulait pas selon ses espérances, quelles qu'elles aient pu être.

— Garrison, dit-il, Rachel et moi devons ramener Sam à la maison, alors, si vous voulez que j'aille voir ce lotissement avec vous...

— Vous savez, Jeff, je pense que ce ne sera pas nécessaire. Cette partie du monde n'est peut-être pas pour moi, après tout.

Le visage de Jeff s'assombrit plus vite qu'une ampoule qui vient de griller. Il avait dû espérer toucher une part du gâteau en servant d'intermédiaire quand Pryor commencerait à inonder le Maine de son fric.

— Si vous en êtes sûr...

— J'en suis tout à fait sûr. Au revoir, monsieur Parker. Encore une fois, désolé de cette intrusion chez vous, mais je suis heureux d'avoir fait enfin votre connaissance. J'ai hâte de lire d'autres articles sur vous.

— Moi de même, assurai-je.

Pryor prit congé de Jeff, adressa un signe de la main à Rachel, puis ramena sa voiture sur la route avant de prendre la direction de l'autoroute.

— A bientôt, vieux, me dit Jeff.

Au moment où il s'apprêtait à remonter dans sa Jaguar, je m'approchai de lui.

— Jeff, n'amenez plus jamais un de vos amis chez moi sans me demander d'abord mon accord, lui intimai-je à voix basse. Compris ?

Il écarquilla les yeux, eut un pâle sourire, hocha la tête. Seule Sam me fit signe de la main quand ils s'éloignèrent.

Angel et Louis me rejoignirent dans l'allée.

— Qui c'était ? demanda Angel.

— Il s'appelle Garrison Pryor, répondis-je, et je ne crois pas qu'il fasse partie des bons.

Dans l'heure qui suivit, je reçus deux messages en rapport avec cette rencontre. L'un provenait de Rachel et se réduisait à ce seul mot : « Désolée ». L'autre était un mail m'avisant qu'un abonnement au *Wall Street Journal* m'avait été gracieusement offert.
Par Pryor Investments.

40

Le dernier bulletin d'information télévisé de la matinée faisait état de la mort d'une femme de cinquante-huit ans dans l'explosion d'un cabinet d'avocat de Lynn, Massachusetts. J'appris la nouvelle tardivement parce que j'avais auparavant concentré toute mon attention sur Sam. Cette femme – on ne communiquerait pas son nom avant d'avoir pu informer la famille – était une employée de ce cabinet, dont l'associé principal, Thomas Eldritch, légèrement blessé, était gardé en observation à l'hôpital. Pour le moment, la police refusait d'émettre une hypothèse sur la cause de l'explosion, mais moi, je savais.

— La liste, dis-je à Angel et Louis. Après l'exécution de Tate, ils ont dû conclure que le Collectionneur en avait une copie, complète ou partielle.

— Et comme ils arrivent pas à le toucher, ils se rabattent sur son avocat, ajouta Angel.

Je songeai à la fumeuse invétérée qui gardait l'escalier menant au bureau d'Eldritch, à son expression quand elle avait cru que j'avais contrarié son patron, d'une manière ou d'une autre. Je ne pouvais prétendre avoir eu pour elle de la sympathie, pas vraiment, mais elle avait été loyale envers le vieil homme et ne méritait pas de mourir.

A l'écran apparut de nouveau une vue de l'extérieur de l'immeuble. L'explosion avait provoqué un incendie qui avait éventré le bâtiment et il avait fallu l'intervention des pompiers de plusieurs petites villes voisines pour le maîtriser. Le magasin pakistanais avait lui aussi été détruit. L'un de ses propriétaires, interrogé dans la rue, était en larmes. Un abruti de reporter lui demanda s'il pensait que l'explosion pouvait être le fait d'extrémistes islamistes. Le commerçant s'arrêta de pleurer assez longtemps pour avoir l'air stupéfait, puis furieux, et se remit à pleurer.

Un coup de téléphone d'Epstein m'épargna la peine de chercher à le joindre. Il était enfin à Toronto, après avoir passé une grande partie de la journée précédente à raconter à la police les circonstances de la mort d'Adiv. Je ne pouvais pas prétendre avoir eu de la sympathie pour lui non plus. Décidément, la semaine était mauvaise pour les gens qui m'avaient énervé. Pendant que je parlais au rabbin, Louis fit glisser mon exemplaire du *New York Times* devant moi. La mort d'Adiv faisait la une, avec un article sur ce qu'on présentait comme la tentative d'assassinat d'une personnalité éminente de la communauté juive. La photo d'Epstein que publiait le journal avait été prise des années plus tôt, une dizaine ou plus. Depuis la mort de son fils, il faisait de son mieux pour éviter le devant de la scène. Le journal mentionnait aussi cette vieille histoire. En page intérieure, je faisais l'objet de la suite de l'article, puisque j'étais l'homme qui avait retrouvé les meurtriers de son fils. Je n'étais pas ravi de cette publicité. Quand je consultai mon portable, je découvris qu'on m'avait adressé quarante appels et que ma messagerie était pleine. Je filai l'appareil à Angel en le chargeant de commencer à écouter et à supprimer les messages.

— Comment vous allez ? demandai-je à Epstein.
— Ça va. Secoué, mais indemne.
— Je suis désolé pour Adiv.
— Je sais. S'il avait vécu, il aurait peut-être fini par trouver amusante la petite balade aux Pine Barrens.
— Ça lui aurait pris du temps.
— Certes.
— Vous êtes au courant de ce qui est arrivé à notre ami avocat de Lynn ?

— J'en ai été informé ce matin, me répondit Epstein. Faut-il présumer que les deux morts sont liées ?

— Si ce n'est pas le cas, la coïncidence est vraiment extraordinaire, dis-je. Pas un mot sur le client d'Eldritch, toutefois. Je pense qu'il était en déplacement quand c'est arrivé.

Je faisais toujours attention lorsque je parlais du Collectionneur au téléphone. Question d'habitude, et d'ailleurs je faisais toujours attention quand je parlais du Collectionneur, point.

— Et le mobile, d'après vous ? reprit Epstein. La vengeance ? Une tentative pour décourager la poursuite des recherches ? Ces deux raisons et une autre encore ? Après tout, ce ne sont pas mes hommes qui ont éliminé Davis Tate.

— La mort de Tate – et tout autre acte que le client a pu commettre – leur a fait comprendre qu'une autre version de la liste est déjà en circulation, grâce à feu Barbara Kelly. S'ils pensaient qu'Eldritch et son client en avaient une copie, il était logique de supposer que vous en déteniez une vous aussi. Ils espéraient peut-être se débarrasser d'Eldritch et de son client avec l'explosion de Lynn, ou ils voulaient simplement détruire ses dossiers. C'était à tout le moins un moyen de détourner un moment l'attention du client, de même qu'ils espéraient que l'attaque portée contre vous, victimes ou non à la clé, pourrait...

Je m'interrompis. Le mot que j'avais sur le bout de la langue était « retarder », mais pourquoi m'était-il venu à l'esprit ?

— Monsieur Parker ? Vous êtes toujours là ?

— C'était une manœuvre dilatoire, une diversion.

— Pour nous détourner de quoi ?

— De l'avion, dis-je. D'une façon ou d'une autre, ils ont appris, pour l'avion, et ils savent que nous sommes au courant aussi.

— Quand pourrez-vous entamer les recherches ?

— Demain, avec de la chance et une piste sérieuse sur sa localisation. Je n'ai pas encore reparlé à Marielle Vetters. Si elle ne peut pas nous aider, j'ai une autre idée.

— Qu'est-ce que le client fera pendant ce temps ?

Je n'eus pas à réfléchir longtemps avant de répondre :
— Il traquera ceux qu'il croit responsables de l'explosion. Et il les punira.

Le Collectionneur se tenait au carrefour, une cigarette aux lèvres, et regardait la police faire son boulot. Le bâtiment éventré fumait encore et la rue était inondée d'eau sale, comme après une marée noire. Des curieux, des gens en proie à l'ennui s'attardaient devant le ruban jaune ; des camionnettes de chaînes de télévision avaient envahi le parking du Tulley's, où Tulley en personne faisait payer des additions à trois chiffres, avec toutefois le café offert par la maison, un cadeau auquel les journalistes s'abstenaient de toucher s'il leur restait un peu de bon sens.

Derrière le Collectionneur se dressait sur trois étages le local d'un prêteur sur gages, où les objets les plus lourds, les plus volumineux occupaient le rez-de-chaussée, le reste étant disséminé sur les deux premiers étages par ordre de taille décroissant. Le dernier étage, le Collectionneur le savait, abritait des bureaux. Sur le flanc du bâtiment, une caméra couvrait la porte latérale et le parking. A côté, une autre caméra était braquée vers la rue.

Le Collectionneur écrasa sa cigarette et laissa les policiers à leurs activités. Il entra dans le magasin, où les deux hommes assis derrière le comptoir lui accordèrent à peine un regard avant de reporter leur attention sur l'écran d'un téléviseur montrant la scène de crime même que le Collectionneur venait de quitter. Il leur aurait suffi de faire deux pas pour se retrouver dehors et la voir de leurs propres yeux, mais, conditionnés et paresseux, ils préféraient glaner leurs informations à la télé, où des types plus beaux qu'eux leur disaient des choses qu'ils savaient déjà.

Le Collectionneur gravit l'escalier jusqu'au dernier étage, auquel on accédait par une porte métallique rouge percée d'un œilleton et sur laquelle on avait peint en blanc au pochoir cet avertissement majuscule : « PRIVÉ – RÉSERVÉ

AU PERSONNEL ». Il n'y avait pas de sonnette, mais la porte s'ouvrit à son approche et il entra.

Une femme très vieille, très grosse, et un homme plus vieux encore étaient assis dans un petit bureau. C'étaient la Sœur et le Frère. S'ils avaient un autre nom – ils avaient bien dû en avoir un, autrefois –, personne ne l'utilisait jamais. Celui qui figurait sur l'enseigne, dehors, provenait d'un autre commerce, un magasin de rideaux qui avait fermé dans les années 1970. Peu après, la Sœur et le Frère s'y étaient installés et ne l'avaient jamais quitté. A mesure qu'elle grossissait, la Sœur était passée du rez-de-chaussée au troisième, contrairement aux articles en vente, telle une énorme baudruche féminine montant lentement jusqu'à ce que le toit arrête définitivement son ascension.

Autour d'eux, sur deux tables recouvertes de feutre vert, étaient étalés divers bijoux, une demi-douzaine de montres, un assortiment de pièces de monnaie et quelques pierres précieuses. La femme était d'une obésité morbide. Le Collectionneur savait qu'elle ne quittait jamais l'immeuble, qu'elle mangeait et dormait dans un logement séparé du bureau par des doubles rideaux rouges. Lorsqu'elle avait besoin de soins médicaux, un docteur venait l'examiner. Soit sa santé était demeurée jusque-là assez stable pour qu'un traitement poussé ne soit pas nécessaire – ce qui semblait peu probable, étant donné les efforts auxquels son organisme était soumis –, soit la combinaison des dizaines de flacons de médicaments, délivrés ou non sur ordonnance, alignés sur les étagères au-dessus de sa tête lui avait permis de continuer à fonctionner tant bien que mal. Sa petite tête reposait sur d'énormes plis de graisse, là où autrefois avait dû se trouver son cou, et ses bras semblaient absurdement grêles comparés à son corps. Elle faisait penser à une bonne femme de neige en train de fondre. A travers des lunettes noires à monture d'écaille, elle observait le Collectionneur sans un mot et son visage n'exprimait rien hormis la fatigue due au fait d'avoir vécu trop longtemps et connu trop de souffrances.

Le Frère prit le Collectionneur par la main, geste curieusement intime auquel le visiteur ne s'opposa pas, et le fit entrer dans un cagibi à peine assez grand pour eux deux. Il abritait un coffre géant, installé par la Victor Safe & Locks Company, Cincinnati, Ohio, au tournant du siècle précédent, quasiment une antiquité. Ce coffre était ouvert et contenait des piles de billets, des pièces d'or et des écrins anciens où nichaient les bijoux les plus précieux du magasin. Une telle désinvolture à l'égard des problèmes de sécurité semblait peut-être peu avisée à notre époque, et le magasin avait effectivement été cambriolé en 1994. Les voleurs avaient violemment tabassé la Sœur alors qu'elle ne représentait aucune menace pour eux. Cette agression, plus que tout autre facteur, avait causé sa prise de poids massive et sa répugnance à explorer un monde extérieur capable d'engendrer de tels individus.

Le Collectionneur les avait retrouvés. On ne les avait jamais revus.

En fait, ce n'était pas tout à fait vrai.

On avait revu des *morceaux* de ces individus. Passons...

Depuis, le commerce de la Sœur et du Frère n'avait plus été affecté ni par le crime ni par la peur du crime. Pourquoi, dans ces conditions, y avait-il encore besoin de caméras de surveillance ? Eh bien, pour la même raison qu'un bâtiment inoccupé, à l'autre bout de la rue, apparemment ni à vendre ni à louer, était équipé de discrètes petites caméras dissimulées derrière certaines ampoules de sa façade, et qu'un magasin de spiritueux, à l'extrémité du pâté de maisons, était doté de deux systèmes de surveillance fonctionnant en parallèle : parce que, ensemble, ces caméras et celles de l'immeuble d'Eldritch maintenant en ruine offraient une vue panoramique de la rue.

Au cas où.

Grâce à un petit ordinateur installé près du coffre, le Collectionneur se brancha sur un système d'enregistrement numérique, trouva les images prises par les deux caméras du magasin et divisa l'écran entre elles. A l'aide de la souris, il amena le curseur aux minutes précédant l'explosion... et l'homme apparut, tête baissée, marchant vers la caméra, regardant par-dessus son épaule, se retournant, levant une main. Soudain il y eut un éclair, des interférences jumelles dans les deux parties de l'écran lorsque l'explosion avait secoué les caméras. Quand les images redevinrent nettes, l'homme courait, la tête à présent droite. Il disparut d'une moitié de l'écran et ensuite de l'autre.

Le Collectionneur ramena l'enregistrement en arrière, puis en avant au ralenti, répéta l'opération plusieurs fois jusqu'à obtenir une image satisfaisante. Il l'agrandit, fit le point. A côté de lui, le Frère regardait attentivement.

— Là, dit le prêteur sur gages.
— Là, dit le Collectionneur.

Il se pencha en avant, toucha du bout des doigts le visage encadré.

Je te *connais*.

41

Plus tard ce matin-là, Angel, Louis et moi nous rendîmes à Falls End avec deux objectifs : premièrement, voir si Marielle Vetters pouvait nous dire quelque chose de plus sur l'emplacement de l'avion, un détail qui lui serait revenu en mémoire, aussi insignifiant parût-il. Si elle ne pouvait pas nous aider, il y avait quelqu'un d'autre que je pouvais interroger, même si cela impliquait de quitter temporairement Falls End. Bien que Marielle n'eût pas répondu à mon message de la veille, je ne m'inquiétais pas encore.

En second lieu, nous devions préparer l'expédition finale en forêt. Dans cette intention, j'avais téléphoné à Jackie Garner pour lui demander de monter à Falls End dès que possible parce qu'il connaissait la forêt. Andy Garner, son père, avait plaqué sa femme alors que Jackie était encore gosse. Il y avait entre eux un différend insoluble : elle estimait qu'il était le plus grand connard que la terre eût jamais porté, un baiseur de femmes en série, un bon à rien incapable de trouver un boulot stable, un voleur d'oxygène ; lui n'était pas d'accord et jusqu'à sa mort il avait continué à faire partie de la vie de son fils. Sa femme avait continué à l'aimer malgré elle car Andy Garner possédait ce don rare qu'est le charme. Il avait un charisme qui lui permettait de glisser sur les souffrances que ses actions causaient aux autres et il leur inspirait une certaine indulgence, voire le pardon. Il était arrivé à la mère de Jackie, qui connaissait mieux que personne les faiblesses de cet homme, de l'accueillir de nouveau dans son lit après leur divorce. C'était elle qui l'avait soigné avant que sa dernière maladie l'emporte et elle était restée sa veuve à tous les égards sauf de nom.

Andy Garner avait gardé la tête au-dessus de l'eau en travaillant comme guide dans la forêt du Grand Nord pendant la saison de chasse. Les chasseurs avec qui il avait travaillé ne juraient que par lui. C'étaient des banquiers ou des hommes d'affaires fortunés et Andy veillait toujours à ce qu'ils retournent à leur vie citadine contents de leur chasse et impatients de se vanter des animaux qu'ils avaient abattus. Même durant les périodes de vaches maigres, alors que d'autres peinaient à trouver un ours ou des cerfs pour leurs clients, Andy Garner continuait de battre des records et touchait des primes de plus en plus importantes. C'était un homme qui n'était vraiment heureux qu'en forêt, un homme profondément en accord avec la nature et perdu dans les villes, grandes ou petites. Loin des bois, il puisait un réconfort dans l'alcool et les femmes ; pendant la saison de chasse, il était sobre, chaste et plus heureux qu'à tout autre moment de l'année.

Dès que son fils fut assez grand, Andy l'emmena dans ses expéditions, s'efforçant de lui transmettre ce qu'il savait et de développer l'instinct de la forêt qu'il devinait chez le jeune garçon. Andy n'avait qu'en partie raison : Jackie avait hérité de l'empathie de son père avec la nature, mais il était plus sensible que lui et peu porté sur la chasse.

« Tu ne te feras jamais de fric avec les balades, lui serinait son père. C'est la chasse qui te donnera de quoi manger. »

Jackie Garner trouva d'autres moyens de subsistance, certains légaux, d'autres non ; il retournait cependant dans la forêt dès qu'il en avait l'occasion, parfois uniquement pour échapper à sa mère, qui avait toujours été une femme très exigeante. Il avait cela en commun avec ses potes, les Fulci. C'était probablement en partie pour cette raison que les trois lascars s'entendaient si bien.

Ne possédant pas de cabane dans les bois, Jackie s'en remettait à la générosité de l'un ou l'autre de ses amis. Quand elle ne se manifestait pas, il se contentait de planter une tente. Lorsque je lui avais téléphoné de ma voiture pour lui demander de nous rejoindre à Falls End, il avait aussitôt accepté.

Je n'avais pas précisé ce que nous cherchions, ça pouvait attendre.

« Comment va ta mère ? » m'étais-je enquis.

Nous n'avions pas encore eu le temps de parler vraiment de sa maladie.

« Ça va pas fort. J'aurais dû te le dire avant, mais tu sais ce que c'est, je voulais pas y croire.

— Elle souffre de quoi exactement ?

— J'arrive même pas à prononcer le nom, pourtant j'ai entendu que ça, le mois dernier : la maladie de Creutzfeldt-Jakob. C'est comme ça qu'on dit ? »

Je lui avais répondu que je n'en savais pas trop à ce sujet. Bien qu'ayant entendu parler de cette maladie, je n'en connaissais pas les symptômes ni le pronostic. Malheureusement, Jackie les connaissait, lui.

« Elle était bizarre depuis un moment, m'avait-il expliqué. Enfin, plus bizarre que d'habitude. Elle se mettait en rogne pour un rien, pis elle oubliait pourquoi elle s'était mise en rogne pour commencer. Je pensais que c'était la maladie d'Alzheimer, mais y a deux semaines, les docteurs nous ont donné leur diagnostic : Creutzfeldt-Jakob.

— C'est grave ?

— Il lui reste un an à vivre, peut-être un peu plus. Elle devient folle, elle commence à perdre la vue. Elle a des spasmes dans les bras et les jambes. Faudrait la mettre dans une maison de retraite médicalisée, on a commencé à chercher. Ecoute, Charlie, y a de la tune à se faire, dans ce boulot ? Je dois trouver du blé. Je dois veiller à ce qu'elle soit bien soignée. »

Epstein avait accepté de couvrir toutes les dépenses. Je veillerais à ce qu'il paie généreusement les capacités de guide de Jackie.

« Tu n'auras pas à te plaindre, avais-je assuré.

— Et ce sera long ?

— Deux jours maximum, une fois que j'aurai les informations nécessaires. Il faut qu'on soit prêts à passer une nuit en forêt si nécessaire, mais j'espère qu'on n'en viendra pas là.

— Alors, je suis partant, avait déclaré Jackie. Passer un bout de temps dans les bois, ça m'aidera à me vider la tête. »

Avant de mettre fin à la conversation, je lui avais expliqué où nous retrouver. J'éprouvais une profonde compassion pour Jackie. S'il était peut-être un peu barré et affligé d'un penchant excessif pour les explosifs artisanaux, il se montrait d'une loyauté à toute épreuve envers ses amis. Même s'il se plaignait de sa mère plus que n'importe qui d'autre de ma connaissance, il l'aimait aussi. Sa maladie et sa mort le frapperaient durement.

Angel et Louis me suivaient dans leur propre voiture et je les informai de ma conversation avec Jackie quand nous nous arrêtâmes en chemin pour boire un café. Tous deux me dirent immédiatement de garder ce qu'Epstein leur payait pour leur temps et leur expertise et de le donner à Jackie. J'avais l'intention de faire la même chose.

Dès notre arrivée, il m'apparut clairement qu'il se passait quelque chose à Falls End. Des voitures de ronde des services du shérif du comté d'Aroostook étaient garées dans la rue, ainsi que des voitures de la police de l'Etat du Maine et le fourgon de son unité de scène de crime. Dans une rue latérale, à l'orée de la forêt, je découvris une autre concentration de véhicules, dont une voiture des Services de médecine légale du Maine, à côté de laquelle le médecin légiste en personne s'entretenait avec deux inspecteurs que je connaissais. Je savais que Marielle Vetters vivait dans la partie nord de la ville et c'était là qu'un deuxième groupe de voitures des forces de l'ordre s'était formé. Comme c'était encore la saison de chasse, Falls End grouillait de gens venus d'ailleurs et nous passions plus ou moins inaperçus. La possibilité qu'un flic puisse me reconnaître me préoccupait quand même. Je n'étais pas sûr qu'il soit arrivé quelque chose à Marielle, mais je me mis à craindre le pire.

— Bon Dieu, grommelai-je, exprimant autant mon inquiétude pour Marielle que pour moi.

Mon message était sur son répondeur si elle ne l'avait pas effacé après l'avoir écouté. Me retrouver mêlé à ce qui avait pu lui arriver ne pouvait en aucun cas être positif. Je me garai sur le parking municipal, Angel et Louis se rangèrent à côté de moi. Angel alla à la pêche aux infos tandis que Louis et moi attendions dans ma voiture. Il revint une demi-heure plus tard avec un plateau en carton de gobelets de café, monta à l'arrière et fit la distribution avant d'annoncer :
— Marielle Vetters est en vie. Son frère aussi, mais ils sont tous deux dans le coma. On ne parle que de ça dans le *diner* local, le camp de base pour les ragots, apparemment. J'ai eu qu'à m'asseoir et écouter. Deux types sont morts, tués par balles. Primo, un nommé Teddy Gattle, chez qui le frère de Marielle créchait, et on se demande s'il n'y aurait pas eu une dispute chez Gattle et si Grady Vetters n'aurait pas descendu Teddy avant d'aller chez sa sœur commettre le deuxième meurtre. Sa sœur et lui se seraient bagarrés au sujet de l'argent et de la maison. Pour le moment, l'hypothèse de la culpabilité de Grady n'est émise que par les flics, pas par les gens du coin. La plupart pensent qu'il est incapable de tirer sur qui que ce soit, mais selon certaines rumeurs, on aurait retrouvé un flingue près de lui, et si c'est l'arme du crime...
« Maintenant, écoute bien, Charlie, l'autre mort est Ernie Scollay. On lui a tiré dans le dos chez Marielle Vetters.
Je gardai le silence. J'avais éprouvé de la sympathie pour Scollay dès que j'avais fait sa connaissance. Avec ses manières prudentes, réfléchies, il m'avait rappelé mon grand-père.
C'était une mise en scène. Forcément. Marielle Vetters avait peut-être des problèmes avec son frère, mais à aucun moment elle n'avait laissé entendre qu'il pouvait devenir violent. En même temps, on ne comptait plus les victimes de violence familiale qui n'avaient rien vu venir, qui n'auraient jamais imaginé que quelqu'un de leur propre sang puisse se retourner contre elles. Si le potentiel de violence était aussi facile à repérer, il y aurait beaucoup moins de morts. Etait-ce faire preuve de trop d'imagination que de penser que, le soir même où deux personnes liées à la liste étaient agressées, la famille Vetters, elle aussi liée à la liste, connaissait une dispute

qui s'était soldée par deux morts et deux personnes dans le coma ?

Mais si Grady n'était pas un meurtrier, comment ceux qui avaient cherché à réduire Epstein et Eldritch au silence avaient-ils retrouvé les Vetters ? Marielle et Ernie Scollay connaissaient tous deux les risques qu'ils couraient s'ils parlaient à quiconque de ce qu'ils savaient. Ernie n'était même pas d'accord au départ pour me faire entrer dans leur petit cercle. Restait Grady, parce qu'il était au chevet de son père avec Marielle quand le vieil homme leur avait raconté l'histoire de l'avion dans la forêt.

Je devais prendre une décision. A moins que Marielle n'ait effacé mon message après l'avoir écouté, les flics ne tarderaient pas à frapper à ma porte. Je pouvais me présenter spontanément et leur répéter ce que je savais, ou chercher à les éviter le plus longtemps possible. La seconde option me paraissait la meilleure. Si je leur parlais, je devrais mentionner l'avion, dont l'existence serait alors de notoriété publique. Je me rappelai qu'Epstein s'était refusé à partager ses informations avec l'agent spécial Ross, dans les bureaux du FBI à New York, de peur qu'elles ne tombent dans de mauvaises oreilles. Ross était pourtant son petit agent fédéral à lui, apprivoisé, un type en qui nous avions tous deux confiance, même si je ne me fiais pas autant à lui qu'Epstein le faisait. Pour le moment, révéler quoi que ce soit sur l'avion à la police n'était pas un choix envisageable.

J'optai pour le pire scénario : Grady n'avait pas tué son ami Teddy Gattle, ni Ernie Scollay. Ceux qui cherchaient l'avion avaient logé les Vetters et liquidé Gattle et Scollay parce qu'ils se trouvaient en travers de leur chemin. Marielle et Grady avaient probablement été contraints de révéler ce qu'ils savaient puis réduits au silence. La décision de ne pas les tuer était étrange : si on avait voulu coller un meurtre sur le dos de Grady, faire croire qu'il avait abattu sa sœur avant de se tuer aurait offert à la police une histoire parfaitement limpide de crime suivi de suicide. Au lieu de quoi, selon les rumeurs – et comment savoir quelle part de vérité elles recelaient ? –, deux témoins potentiels étaient toujours vivants, quoique dans le coma. D'un autre côté, les laisser en vie mais incapables de parler orienterait l'enquête sur les survivants et troublerait l'eau un moment. Si Marielle ou Grady – ou les deux – avait livré une information sur l'emplacement de l'avion, ceux qui étaient responsables de ce qui venait de se passer à Falls End n'auraient pas besoin de détourner longtemps l'attention de la police : juste le temps de trouver l'appareil et de mettre la main sur la liste.

— Et maintenant ? demanda Louis.

— Réserve deux chambres dans un motel et dis à Jackie Garner où vous êtes. Je serai de retour dans la soirée.

— Où tu vas ? dit Angel tandis qu'ils descendaient de ma voiture.

Je démarrai.

— Demander à un vieil ami pourquoi il m'a menti.

42

Ray Wray n'était pas tranquille.

Il était arrivé à la cabane de Joe Dahl, située au sud-ouest de Masardis, en sachant seulement que l'y attendait un boulot payé deux mille dollars pour deux jours de travail, ce qui signifiait qu'il s'agissait probablement de quelque chose de parfaitement illégal. Dans cette partie du Maine, c'était généralement de la contrebande, et la drogue était la seule marchandise qui valait vraiment la peine d'être introduite en fraude. Ray Wray en avait conclu que Joe Dahl et lui cherchaient dans la forêt du Grand Nord l'épave d'un avion rempli de dope.

Naturellement, passer de la drogue ne posait aucun problème à Ray. Il l'avait suffisamment fait autrefois pour savoir comment limiter le risque de se faire prendre, ce qui constituait le principal sujet d'inquiétude dans ce genre de boulot. Se faire prendre entraînait toutes sortes de difficultés, et pas seulement avec la police : les individus qui rémunéraient quelqu'un pour qu'il passe leur dope prenaient souvent mal le fait que la marchandise n'arrive pas à destination. Payer sa dette à la société était une chose ; payer sa dette aux bikers, aux Mexicains, ou à une ordure comme Perry Reed, c'en était une autre.

Le problème n'était donc pas pour Ray de passer de la drogue, ni de mettre la main sur l'avion et sa cargaison sans se faire choper. C'était plutôt la femme et le gosse qui tout à l'heure dormaient comme des vampires dans la cabane de Joe Dahl, les doubles rideaux tirés sur les fenêtres, la femme roulée en boule sur le lit de camp et le môme couché par terre à ses pieds. Ray voyait le visage défiguré de la femme quand il regardait de l'autre côté de la couverture séparant la partie chambre du reste de la cabane, mais il était plus perturbé encore par le gamin, qui s'était brusquement réveillé et lui avait montré le côté pointu d'un couteau.

Ray était maintenant assis dehors sur un banc grossièrement équarri, une tasse de café à la main. A côté de lui, Joe semblait si nerveux qu'il rendait Ray nerveux lui aussi.

— Cet avion... commença Ray.
— Ouais, quoi ?
— Il est tombé quand ?
— Y a des années.
— Combien d'années ?
— Je sais pas.
— Comment ça se fait que personne l'ait trouvé ?
— Parce que les gens savaient pas où chercher. Enfin, Ray, on pourrait perdre un jumbo jet là-dedans, argua Dahl en indiquant la forêt s'étendant au-delà de sa propre tasse de café. Là, on parle d'un *petit* avion. Des gens ont pu passer à côté sans le voir s'ils le cherchaient pas.
— Qu'est-ce qu'y a dedans ?
— J'en sais rien.
— De la came ?
— Je te dis que j'en sais rien, Ray, bon Dieu.

Ça n'allait pas. Joe Dahl était un dur. A la différence de Ray, il avait déjà tué. Ray n'était pas un tueur, mais il connaissait bien la forêt, il était capable de jouer sa partie dans une baston et il savait la fermer. Dahl, lui, s'était frotté à quelques mecs sérieux par le passé et il était toujours debout, mais il avait l'air de mal sentir ce boulot, et Ray était de plus en plus enclin à penser que c'était à cause de cette femme et de son gosse bizarre.

— Et nous, comment on sait où il est ? demanda Ray.

Il jugea inutile d'insister sur la cargaison de l'avion pour le moment. Il reposerait peut-être la question plus tard, quand Dahl se serait un peu calmé.

— Elle dit qu'il est près des ruines d'un fort, et y en a qu'un, dans le coin, répondit Dahl.

Ray comprit soudain pourquoi on le payait autant pour s'enfoncer dans la forêt pendant un jour ou deux. Ce n'était pas vraiment ce qu'il y avait dans l'avion qui comptait. Ni même la difficulté de trouver l'endroit. Il avait entendu des histoires sur ce fort, Wolfe's Folly. Il se trouvait dans une partie de la forêt où les chasseurs n'allaient pas parce que le gibier l'évitait. Où il n'y avait pas de pistes, où les arbres se voûtaient comme des silhouettes de géants. Où l'air avait une odeur bizarre, où l'on ne distinguait plus le nord et le sud, l'est et l'ouest, même avec une bonne boussole ou le sens de l'orientation. C'était un endroit où l'on pouvait se perdre parce que quelque chose, là-bas, *voulait* qu'on se perde, quelque chose qui ressemblait peut-être à... une petite fille.

Ray ne s'y était jamais rendu et il n'avait jamais eu l'intention de le faire. Même les histoires qu'on racontait sur cet endroit, les gens du coin avaient tendance à les garder pour eux, uniquement pour éviter que des crétins avides de sensations se mettent en tête de l'explorer. Il était arrivé autrefois que des randonneurs disparaissent et l'on disait que c'était peut-être parce qu'ils s'étaient trop approchés de Wolfe's Folly. Cela n'arrivait plus que rarement depuis qu'on veillait à ne plus mentionner le fort dans les conversations et à s'assurer, d'un accord tacite, que personne n'aille déranger ce qui se trouvait là-bas, quoi que ce pût être. Ce que Ray savait du fort, il le tenait en grande partie de Dahl, et Dahl n'approuvait pas les histoires de fantômes, alors si vous entendiez une telle chose dans la bouche de Dahl, vous pouviez être sûr que c'était vrai. Dahl affirmait que personne doué d'un peu de bon sens ne s'était approché de Wolfe's Folly depuis des années et Ray le croyait. Si l'avion s'était abattu à proximité du fort, cela expliquait beaucoup de choses.

— Combien elle paie, déjà ? demanda Ray.
— Deux mille chacun d'avance, mille de plus quand on aura trouvé l'avion. Ça fait un paquet de fric, Ray. Je saurai quoi en faire.

Bien dit, pensa Ray. S'il avait réussi à s'en tirer à peu près, l'hiver précédent, c'était uniquement grâce au Programme d'aide aux dépenses d'énergie pour le logement, et cette allocation de l'Etat avait été réduite de moitié à cause de la récession. Sans argent pour se chauffer, on pouvait tout bonnement mourir.

— C'est pas un endroit pour une femme et un enfant, là-bas, fit valoir Ray. En plus, le gosse a l'air malade. Vaut mieux qu'ils restent ici et qu'ils nous laissent chercher…

— Ils viennent aussi, Ray. C'est même pas la peine d'en discuter. Moi, je m'inquiète pas pour eux. Ils sont…

Dahl chercha le mot juste.

— … plus *forts* qu'ils en ont l'air.

— La femme, t'as vu sa tête ? Il lui est arrivé quoi ?

— Une brûlure, je dirais.

— Du genre grave, c'est sûr. Elle verra plus jamais de cet œil.

— T'es ophtalmo, maintenant ?

— Pas la peine d'être ophtalmo pour reconnaître un œil mort d'un œil vivant.

— Ouais, t'as raison, convint Joe.

— Qui est-ce qui a bien pu faire ça à une femme ?

— En tout cas, je crois pas que le mec soit encore là pour te répondre. Je te l'ai dit, faut pas la juger aux apparences. Contrarie-la, elle te laissera dans un trou en partant.

— Le gamin, c'est son fils ?

— Je sais pas. T'as qu'à lui demander, puisque t'as l'air décidé à fourrer ton nez dans ses affaires…

Ray ramena son regard sur la cabane. Les doubles rideaux bougèrent à l'une des fenêtres, un visage apparut. Le garçon était réveillé et il les observait, probablement avec son couteau à la main. Ray frissonna. Il n'aurait pas dû avoir peur d'un enfant, mais une partie de la nervosité de Dahl s'était communiquée à lui.

— Le môme nous épie, dit-il.

— Il veille sur cette femme, répondit Joe sans se retourner.

— Il fout les miquettes, ce petit enfoiré.

— Ouais, et il a l'ouïe fine.

Ray se tut.

— La femme nous refilera encore du boulot si tout se passe bien, annonça Dahl.

Après une pause, il ajouta :

— A condition que tu sois prêt à te salir les mains.

Ray était prêt. Il avait vu les armes : deux carabines Ruger Hawkeyes et deux automatiques 9 mm. Il n'avait jamais tué personne, mais ça ne voulait pas dire qu'il ne le ferait pas s'il fallait en venir là. Une ou deux fois, il avait failli le faire, et il se sentait capable de franchir le dernier pas.

— On est les seuls à chercher cet avion, Joe ? demanda-t-il.

— Non, je crois pas.

— C'est bien ce que je pensais. On s'y met quand ?

— Bientôt, Ray. Très bientôt.

V

« Marche d'un pas léger, elle est tout près
Sous la neige,
Parle à voix basse, elle peut entendre
croître les pâquerettes... »

    Oscar WILDE (1856 - 1900), *Requiescat*

43

Quand j'étais enfant, je trouvais vieux tous ceux qui avaient plus de trente ans. Mes parents étaient vieux, mes grands-parents *vraiment* vieux, et après il n'y avait plus que les morts. Mon opinion sur le vieillissement était maintenant plus nuancée : je comptais parmi mes proches connaissances des gens plus jeunes que moi et d'autres plus âgés. Avec le temps, les premiers deviendraient plus nombreux que les derniers, et finalement, un jour, regardant autour de moi, je découvrirais que j'étais le plus vieux de la pièce, ce qui ne serait probablement pas bon signe. Dans mon souvenir, Phineas Arbogast était quasiment antédiluvien, même s'il n'avait sans doute pas plus de soixante ans, voire moins, le jour où je l'avais rencontré. Il avait mené une vie rude dont chaque année avait laissé une trace sur son visage.

Phineas Arbogast était un ami de mon grand-père et un sacré bavard. Il y avait des gens qui changeaient de trottoir en le voyant approcher, ou qui se précipitaient dans un magasin pour l'éviter, même si cela les contraignait à acheter un article dont ils n'avaient pas besoin, uniquement pour ne pas être entraînés dans une conversation avec lui. C'était un homme charmant, mais il était capable de transformer chaque incident de sa journée, aussi banal fût-il, en une aventure aux dimensions de *L'Odyssée*. Même mon grand-père, dont la tolérance paraissait infinie, faisait parfois semblant de ne pas être chez lui quand Phineas passait inopinément, les éructations de son vieux pick-up ayant signalé son arrivée. Dans l'une de ces occasions, mon grand-père avait été réduit à se cacher sous son lit tandis que Phineas passait d'une fenêtre à l'autre et scrutait l'intérieur de la maison, les mains en visière contre le carreau, convaincu que son ami devait être là quelque part, soit endormi, soit – Dieu l'en préserve – inconscient et nécessitant des secours, ce qui aurait fourni à Phineas la matière d'une autre anecdote à ajouter à sa collection sans cesse croissante.

Le plus souvent, cependant, mon grand-père s'asseyait et écoutait Phineas. Il le faisait en partie parce que, enfouie quelque part dans chacune des histoires de Phineas, il y avait une pépite d'une certaine utilité : une information sur une personne (mon grand-père, ancien adjoint au shérif, n'avait jamais perdu sa passion toute professionnelle pour les secrets), un fragment d'histoire ou une coutume de la forêt. Mon grand-père écoutait aussi parce qu'il connaissait la solitude de son ami : Phineas ne s'était jamais marié et l'on disait qu'il avait longtemps été épris d'une certaine Abigail Ann Morrison, propriétaire à Rangeley d'une boulangerie que Phineas fréquentait quand il passait quelque temps dans sa cabane. C'était une célibataire d'un âge indéterminé, tout comme lui, et ils avaient réussi à tourner l'un autour de l'autre pendant vingt ans sans jamais se déclarer leur flamme jusqu'à ce qu'Abigail Ann Morrison se fasse renverser par une voiture en livrant des gâteaux à une fête paroissiale.

Phineas dévidait donc ses histoires, les gens écoutaient parfois et parfois ils n'écoutaient pas. J'avais oublié la plupart de celles que j'avais entendues mais pas toutes. Il y en avait une en particulier que j'avais gardée en mémoire : l'histoire d'un chien disparu et d'une petite fille perdue dans la forêt du Grand Nord...

Le Centre de réadaptation et maison de retraite Cronin était situé à quelques kilomètres au nord de Houlton. Vu de l'extérieur, il n'avait rien de particulier : simple série de mornes bâtiments modernes construits dans les années 1970, et auxquels on n'avait plus touché depuis, sauf pour refaire la peinture et rafraîchir le mobilier. Ses pelouses étaient bien entretenues mais l'ensemble manquait de couleurs. Cronin n'était rien de plus, rien de moins qu'un coin banal de la salle d'attente de Dieu.

Quelles que soient les difficultés pour définir le processus de vieillissement, il ne faisait aucun doute que Phineas Arbogast était maintenant très vieux. A mon arrivée, il dormait dans un fauteuil de la chambre qu'il partageait avec un autre pensionnaire, un peu moins âgé, qui lisait le journal au lit, les yeux grossis par d'épaisses lunettes. Ces yeux de chouette m'observèrent avec inquiétude lorsque je m'approchai de Phineas.

— Ne le réveillez pas, surtout, chuchota-t-il. Mes seuls moments de tranquillité, c'est quand il dort.

Je m'excusai, expliquai qu'il fallait absolument que je parle à Phineas.

— Tant pis pour vous, me prévint-il. Laissez-moi juste enfiler ma robe de chambre et mettre les bouts avant que vous le réveilliez...

J'attendis qu'il sorte du lit, passe un peignoir et se mette en quête d'un endroit où lire en paix. Lorsque je lui présentai à nouveau mes excuses, l'homme répondit :

— Je vous le jure, quand ce type mourra, Dieu lui-même quittera le ciel et rejoindra le diable en enfer pour échapper à ses jacasseries.

S'arrêtant à la porte, il ajouta :

— Ne lui répétez pas que j'ai dit ça, d'accord ? Dieu sait que je l'aime bien, ce vieux bavard.

Dans mon souvenir, Phineas était un grand costaud à la barbe grisonnante, mais les années lui avaient ôté la chair des os comme le vent d'automne dénude un arbre de ses feuilles avant la venue de l'hiver, et l'hiver de Phineas était déjà bien avancé. Avec la perte de ses dents, sa bouche s'était effondrée sur elle-même, et il était maintenant totalement chauve, avec juste un reste de barbe. Sa peau était translucide au point que je pouvais compter les vaisseaux capillaires courant dessous, et discerner non seulement la forme de son crâne mais le crâne lui-même. Selon l'aide-soignante qui m'avait conduit à sa chambre, Phineas allait bien : il ne souffrait d'aucune maladie grave hormis un assortiment des divers maux qui affectent la plupart des gens à la fin de leur vie, et il avait les idées claires. Il mourait simplement parce que son heure était venue. Il mourait parce qu'il était vieux.

J'approchai une chaise de son fauteuil et lui tapotai le bras. Il se réveilla en sursaut, cligna des yeux en me regardant, trouva ses lunettes sur son giron et les tint sur l'arête de son nez sans les mettre, telle une duchesse douairière examinant une porcelaine douteuse.

— Qui êtes-vous ? me demanda-t-il. Votre visage m'est familier.

— Je m'appelle Charlie Parker. Mon grand-père et vous étiez amis.

Un sourire radieux éclaira ses traits. Il tendit le bras et me donna une poignée de main encore vigoureuse.

— Content de te revoir, mon garçon. Tu as l'air d'aller bien.

Sa main gauche se joignit à la droite, comme si je l'avais sauvé de la noyade.

— Vous aussi, Phineas.

— Sacré menteur. Donne-moi une faux et une capuche, je jouerai la Mort en personne. Si je passe devant le miroir quand je me lève la nuit pour aller pisser, j'ai l'impression que la vieille camarde est finalement venue me chercher.

Il eut un bref accès de toux, but à une cannette de soda posée près de son fauteuil.

— J'ai été désolé d'apprendre ce qui est arrivé à ta femme et à ta petite fille, lâcha-t-il tout à trac. Tu ne dois pas trop aimer qu'on te le rappelle, mais ça devait être dit.

Il s'empara de nouveau de ma main, la pressa une dernière fois puis la lâcha.

J'avais apporté une boîte de bonbons qu'il considéra avec perplexité.

— Je n'ai plus de dents, et les bonbons bousillent mon dentier.

— Ça tombe bien. Je n'en ai pas apporté.

J'ouvris la boîte, qui contenait cinq cigares Cohiba Churchill. Les cigares avaient toujours été son vice, je le savais. Mon grand-père en fumait un avec lui à Noël puis se plaignait de leur odeur pendant des semaines.

— A défaut de cubains, je pense que les meilleurs dominicains feront l'affaire.

Phineas prit un cigare dans la boîte, le porta à ses narines et le huma. Je crus qu'il allait pleurer.

— Dieu te bénisse, dit-il. Ça t'embêterait d'emmener un vieil homme faire une promenade ?

Ça ne m'embêtait pas du tout. Je l'aidai à mettre un deuxième pull, une écharpe, un manteau et des gants, enfin un bonnet de laine rouge vif qui le faisait ressembler à une bouée à la dérive. Je trouvai un fauteuil roulant et nous partîmes faire le tour du parc désolé. Il alluma son cigare une fois hors de vue du bâtiment principal et parla joyeusement jusqu'à ce que nous soyons arrivés à un lac ornemental bordé par un bosquet de sapins. Je m'assis sur un banc et continuai à l'écouter. Quand il marqua enfin une pause pour reprendre sa respiration, je saisis l'occasion d'orienter la conversation dans la direction qui m'intéressait :

— Il y a longtemps, quand j'étais ado, vous nous avez raconté une histoire, à mon grand-père et à moi...

— Je vous en ai raconté des tas. Si ton grand-père était encore là, il te dirait que j'en racontais trop à son goût. Il s'est même caché un jour sous son lit pour m'éviter, tu te rends compte ? Il pensait que je ne l'avais pas vu, le vieux saligaud...

Il eut un petit rire et poursuivit :

— J'avais l'intention de m'en servir un jour contre lui, mais il est mort avant, le bougre.

Il tira de nouveau sur son cigare.

— Cette histoire-là était différente, précisai-je. C'était une histoire de fantômes, avec une petite fille perdue dans la forêt...

Phineas garda si longtemps la fumée en lui que je m'attendis à la voir ressortir par ses oreilles. Finalement, après avoir pris le temps de réfléchir, il la rejeta et dit :

— Je m'en souviens.

Bien sûr que tu t'en souviens, pensai-je, parce qu'un homme n'oublie pas une telle histoire, pas s'il en faisait partie. Un homme n'oublie pas qu'il a cherché son chien perdu – Misty, c'était son nom ? – au cœur de la forêt, qu'il l'a retrouvé pris dans les bruyères, près d'une petite fille aux pieds nus. Une petite fille qui était à la fois là et pas là, à la fois très jeune et très vieille, qui avait prétendu être perdue et solitaire tandis que les bruyères commençaient à s'enrouler autour des chaussures de l'homme afin de le retenir, pour que la fillette ait de la compagnie, pour qu'elle puisse l'entraîner dans le lieu obscur qu'elle habitait...

Non, on n'oublie jamais une chose pareille. Il y avait du vrai dans ce que Phineas Arbogast nous avait raconté, à mon grand-père et à moi, mais ce n'était pas toute la vérité. Bien qu'il eût voulu nous la faire partager, il avait changé certains détails parce qu'il faut toujours être prudent, dans ce genre d'histoires.

— Vous nous avez dit que vous aviez vu la fille quelque part près de Rangeley et que c'est pour cette raison que vous avez cessé d'aller dans votre cabane, lui rappelai-je.

— Exact. C'est ce que j'ai dit.

Je prononçai ma phrase suivante sans le regarder, et d'un ton neutre. Ce n'était pas un interrogatoire, mais j'avais besoin de connaître la vérité. C'était important si je voulais retrouver l'avion.

— Vous pensez qu'elle erre, cette petite ?

— « Qu'elle erre » ? Qu'est-ce que tu veux dire ?

— Je me demande si son territoire s'étend à toute la forêt ou si elle s'en tient à une petite partie. Parce que, si elle est liée à un endroit, elle a peut-être, disons, un... *repaire*, faute d'un meilleur mot. Un lieu où son corps repose, où elle retourne, et dont elle ne peut pas trop s'éloigner.

— Je ne pourrais pas te dire, mais ça me paraît juste.

Cette fois, je le regardai, je touchai son bras et il tourna la tête vers moi.

— Phineas, pourquoi avez-vous raconté que vous étiez près de Rangeley quand vous l'avez vue ? Vous étiez plus au nord, plus haut que Falls End. Dans les profondeurs du Comté, n'est-ce pas ?

— Tu me gâches mon plaisir, se plaignit Phineas en regardant son cigare.

— Je n'essaie pas de vous piéger. Je ne vous reproche pas d'avoir modifié des détails de cette histoire, mais il est essentiel que vous me disiez le plus précisément possible où vous vous trouviez quand vous avez vu cette petite fille. S'il vous plaît.

— Une histoire contre une histoire, alors ? suggéra Phineas. Si tu m'expliquais d'abord pourquoi tu as besoin de savoir ça ?

Je lui parlai donc d'un vieil homme sur son lit de mort et d'un avion tombé dans la forêt du Grand Nord, de ce qui avait amené Harlan Vetters à découvrir cet avion. L'épave se trouvait sur le territoire de cette enfant, et malgré ce que Harlan avait raconté sur sa boussole qui ne marchait plus et son sens de l'orientation perdu, il avait une idée de l'endroit où l'avion s'était écrasé. Il avait peut-être décidé de ne pas le révéler parce qu'il ne faisait pas confiance à son fils, pas complètement, ou parce que, agonisant, il n'avait plus les idées claires et ne se rappelait plus tous les détails de son équipée.

Peut-être l'avait-il révélé uniquement à sa fille, qui me l'avait caché pour des raisons personnelles : elle ne me connaissait pas, elle voulait voir ce que je ferais des informations qu'elle m'avait déjà communiquées avant de me confier tout ce qu'elle savait.

Lorsque j'eus terminé, Phineas exprima son approbation d'un hochement de tête.

— C'est une belle histoire.

— Et vous vous y connaissez, en histoires.

Il avait été tellement captivé par mon récit qu'il avait laissé son cigare s'éteindre. Il le ralluma en prenant son temps.

— Qu'est-ce que vous faisiez là-haut, Phineas ?

— Je braconnais, répondit-il. L'ours. Et je faisais peut-être aussi mon deuil.

— Abigail Ann Morrison.

— Ta mémoire est presque aussi bonne que la mienne. C'est nécessaire, dans ta partie, je suppose.

Il me raconta de nouveau l'histoire, et ce fut plus ou moins comme avant, mais le cadre était cette fois le cœur du Comté et il avait un repère à m'offrir :

— Dans les bois, derrière cette petite fille, j'ai cru voir les ruines d'un fort, envahies par la végétation. Et il n'y a qu'un fort, aussi haut dans la forêt. Quel que soit l'endroit où cette fillette se cache, où se trouve l'avion, ce n'est pas loin de Wolfe's Folly.

Malgré le froid qui se faisait plus vif, Phineas n'avait pas envie de regagner sa chambre, pas encore. Il lui restait une moitié de cigare à fumer.

— Ton grand-père savait que je mentais sur l'endroit où j'avais vu cette petite fille. Je ne voulais pas lui avouer que je braconnais et ça ne le regardait pas si je pleurais la mort d'Abigail Ann, mais je voulais qu'il comprenne ce qui m'était arrivé. Il était le seul qui ne me rirait pas au nez ou qui ne se détournerait pas de moi. Même à l'époque, les gens du Comté n'aimaient pas qu'on évoque le fort. Elle m'apparaît encore dans mon sommeil, cette petite. Quand on a vu une chose pareille, on ne l'oublie pas.

« C'est aussi pour toi que j'ai changé l'endroit. Je ne voulais pas te mettre de folles idées dans la tête. On ne parle pas de cette partie de la forêt si on peut faire autrement, on ne s'y risque pas non plus. Si ça n'avait pas été pour ce satané chien, je n'y serais jamais allé, moi non plus.

J'avais apporté une carte du Maine et avec l'aide de Phineas je marquai l'endroit où se trouvait Wolfe's Folly. C'était à moins d'une journée de marche de Falls End.

— Qui est cette fille, d'après vous ?

— Pas « qui », « quoi », dit-il. Je pense qu'elle est un vestige, un reste de colère et de souffrance qui a pris la forme d'une enfant. Elle a peut-être même été une petite fille autrefois : on raconte qu'il y avait une gamine dans ce fort, la fille du commandant. Ce qu'il en reste est à cette enfant ce que la fumée est au feu.

Je savais qu'il avait raison, car j'avais vu la colère prendre la forme d'un enfant mort, j'avais entendu raconter des histoires semblables sur Sanctuary Island et la pointe nord de Casco Bay. Je pensais aussi que quelque chose de ma propre fille disparue hantait encore les ténèbres, à cette différence près qu'elle n'était pas, elle, uniquement composée de colère.

— Je me demandais si elle était maléfique et je pensais que non, reprit Phineas. Elle m'aurait fait du mal, pas volontairement, cependant. Elle était peut-être en colère, et dangereuse, mais surtout terriblement seule. Autant dire d'une tempête de neige ou d'un arbre qui tombe qu'ils sont maléfiques. Les deux peuvent vous tuer, sans en avoir la volonté. Ce sont des forces de la nature, et cette chose à l'apparence de petite fille est une sorte de tempête d'émotion, une petite tornade de souffrance. Il y a peut-être dans la mort des enfants quelque chose de si terrible, de si contraire à l'ordre des choses, que ce qu'il en reste, s'il s'attarde sur cette terre, prend naturellement l'aspect d'un enfant...

Son cigare était presque fini. Il l'écrasa sous sa semelle, éventra le mégot, dispersant le tabac alentour.

— On peut dire que j'ai réfléchi à tout ça, pendant toutes ces années, poursuivit-il. Ce dont je suis sûr, c'est que cette partie de la forêt est son territoire, et si tu vas là-bas, prends garde à elle. Maintenant, reconduis-moi à ma chambre, s'il te plaît. Je ne veux pas que le froid s'insinue dans mes os.

Je le ramenai au centre dans son fauteuil roulant et nous nous dîmes au revoir. Son compagnon de chambre s'était recouché et lisait le même journal.

— Vous l'avez ramené, bougonna-t-il. J'espérais que vous le noieriez dans le lac.

Reniflant l'air, il remarqua :

— Quelqu'un a fumé.

Il agita son journal en direction de Phineas et lui lança .

— On dirait l'odeur de Cuba...

— Tu n'es qu'un vieil ignorant, répliqua Phineas. C'est l'odeur de la République dominicaine.

De la poche de son manteau, il tira un Cohiba qu'il braqua sur son rival.

— Si tu es sage, si tu me laisses dormir en paix une heure ou deux, tu pourras me conduire au lac avant le dîner et je te raconterai une histoire...

44

Abrité par des pins imposants, Wolfe's Folly se cachait du soleil couchant. C'était moins un fort que le souvenir d'un fort aux contours estompés par des buissons et du lierre, dont la plupart des bâtiments s'étaient écroulés sur eux-mêmes depuis longtemps et dont seuls quelques murs de rondins demeuraient debout.

Son vrai nom était Fort Mordant, qu'il tenait de sir Giles Mordant, un conseiller du général Wolfe qui avait été le premier à suggérer sa construction. Destiné à servir de dépôt de vivres et de refuge, il était censé être un maillon d'une chaîne de petits forts semblables s'étirant des colonies britanniques de la côte Est jusqu'au Saint-Laurent, au nord-ouest des territoires français, éléments d'un nouveau front pour harceler Québec. Malheureusement, les hasards de la guerre avaient rendu Fort Mordant peu adapté à cet objectif, et après la signature du Traité de Paris, en 1763, il était devenu carrément inutile. Wolfe était mort à la bataille des Plaines d'Abraham, en même temps que son ennemi, Montcalm ; sir Giles, renvoyé chez lui par bateau avec une blessure à la poitrine dont il ne se remettrait pas, les suivit à l'âge de trente-trois ans.

En 1763, donc, les Anglais décidèrent d'abandonner le fort et d'envoyer sa petite garnison dans l'Est. Le nom de Wolfe's Folly était resté : si c'était Mordant qui en avait conseillé la construction, Wolfe avait commis la folie de l'écouter. Certains prétendirent que Wolfe devait à Mordant une somme importante et avait été contraint de soutenir son projet ; d'autres estimaient que Mordant était un imbécile et que Wolfe aimait mieux le voir se concentrer sur ce fort que se mêler de problèmes plus importants dans cette guerre. Quelle qu'ait été la raison de l'édification de ce fort, il ne porta chance ni à l'un ni à l'autre et n'eut aucune influence sur l'issue du conflit.

L'homme chargé d'annoncer la décision de fermer le fort et de superviser son évacuation fut un certain lieutenant Buckingham, qui prit la direction du nord-ouest en avril 1764, accompagné d'une section de fantassins. Ils étaient encore à trois jours de marche du fort lorsque les premières rumeurs leur parvinrent. Ils rencontrèrent un missionnaire quaker nommé Benjamin Woolman, lointain cousin du James Woolman du New Jersey, figure éminente du mouvement abolitionniste naissant. Benjamin Woolman avait pris sur lui de convertir les Indiens au christianisme et servait d'intermédiaire entre les tribus et les forces britanniques.

Woolman informa Buckingham que la garnison de Fort Mordant avait lancé une expédition punitive contre un petit camp abenaki, une semaine plus tôt, massacrant plus de vingt Indiens, y compris, disait-on, des femmes et des enfants. Lorsque Buckingham voulut connaître la raison de cette tuerie, Woolman répondit qu'il l'ignorait. Un groupe aussi restreint, à peine plus qu'une famille élargie, ne pouvait constituer une menace pour le fort ou ses occupants et, à la connaissance du quaker, il n'y avait pas de tension particulière entre les soldats et les Indiens. Les Abenakis considéraient la construction de ce fort comme tout à fait stupide. En outre, ils évitaient cette partie de la forêt, qu'ils nommaient *majigek*, terme que Woolman traduisit par « mauvais ». C'était en fait une des raisons pour lesquelles Mordant avait choisi cet endroit pour y élever le fort. La seule qualité de Mordant qui rachetait ses défauts, c'était son intérêt pour les traditions de la population indigène, et il laissa des dizaines de carnets couverts de notes, de réflexions et de dessins sur le sujet. Les Français dépendaient de leurs éclaireurs indiens, et si ceux-ci rechignaient à pénétrer dans certaines parties de la forêt, un fort bâti dans ce genre d'endroit serait du coup relativement moins exposé aux attaques françaises. Ainsi donc, il n'y avait aucune raison logique pour que les Britanniques s'en soient pris aux Abenakis.

Woolman ajouta que, lorsqu'il avait cherché à en savoir plus sur ce qui s'était passé, le commandant du fort, le capitaine Holcroft, lui avait refusé l'entrée du fort, et le quaker s'interrogeait maintenant sur la santé mentale de cet officier. Il s'inquiétait aussi pour la sécurité de l'épouse et de la fille de Holcroft. Contrairement à ce que tous lui conseillaient, Holcroft avait insisté pour que sa famille l'accompagne quand il prendrait le commandement du fort. Woolman se rendait dans l'Est afin d'aviser les autorités compétentes de ses craintes et il accepta de retourner à Fort Mordant avec le lieutenant Buckingham et ses hommes.

Ils virent les buses tournoyer dans le ciel alors qu'ils étaient encore à quelque distance du fort. Quand ils y parvinrent, ils découvrirent que les portes étaient grandes ouvertes et que tout le monde était mort. Aucun signe cependant d'une attaque indienne. Il semblait plutôt qu'une querelle eût éclaté au sein de la garnison et que les soldats en étaient venus à se battre entre eux. Ils avaient orné leurs uniformes réglementaires de morceaux d'os, humains et animaux, et peint sur leurs visages des masques hideux. La plupart d'entre eux avaient été tués par balles, le reste par la pointe d'une épée ou d'un couteau. On retrouva la femme de Holcroft dans les quartiers du capitaine, mais pas son cœur, qui avait été arraché de sa poitrine. Du mari et de l'enfant, aucune trace. Des recherches ultérieures permirent de retrouver le corps du commandant avec, pour la première fois, l'indication d'une présence abenaki : Holcroft avait été scalpé et son corps mutilé pendait à un arbre.

Tandis que les hommes de Buckingham enterraient les morts, le lieutenant et Woolman se mirent en quête des Abenakis. Buckingham hésitait à les rencontrer sans une escorte pour le protéger, car ces Indiens avaient combattu du côté français et le souvenir de leurs atrocités demeurait vif chez les Britanniques. Après le siège et le massacre de la troupe de Fort William Henry en 1757, le commandant Robert Rogers avait découvert six cents scalps, pour la plupart britanniques, décorant les tentes du camp de Saint Francis, qu'il avait totalement détruit en représailles. Depuis, les relations avec les Abenakis restaient tendues. Woolman assura qu'avec lui comme intermédiaire, et si Buckingham ne manifestait aucune intention hostile, ils ne risqueraient rien. Le lieutenant grommela que le cadavre mutilé de Holcroft ne le rassurait que fort peu et qu'il considérait le meurtre de cet officier, quelle qu'en fût la raison, comme un acte de guerre des Indiens.

Après trois heures de cheval, pendant lesquelles Buckingham se sentit à tout moment sous les yeux et la menace des couteaux des Abenakis, ils furent accueillis par un groupe d'Indiens armés qui encerclèrent rapidement les deux hommes. Leur chef, qui disait s'appeler Tomah, ou Thomas, portait une croix au cou. Il avait été admis dans la foi catholique par des missionnaires français qui lui avaient donné Thomas pour nom de baptême. Buckingham ne savait ce qui le troublait le plus : être entouré d'Abenakis ou être entouré de catholiques. Tomah et lui s'assirent néanmoins ensemble et, Woolman faisant office de traducteur, l'Abenaki leur raconta ce qui était arrivé au fort.

L'essentiel de ce qui fut dit ne figure pas dans le compte rendu officiel. Le rapport de Buckingham sur ce qu'on en vint à appeler « les événements de Fort Mordant » indique seulement qu'une dispute d'origine inconnue, peut-être attisée par l'alcool, avait conduit à la mort de toute la garnison, y compris de son commandant, le capitaine Holcroft, et de son épouse. Le rôle des Abenakis dans le meurtre de l'officier ne devint clair qu'après la découverte du journal de Woolman, lequel relate longuement les révélations faites par Tomah, apparemment avec l'accord de Buckingham. Le contenu de ce journal contribue cependant à expliquer pourquoi Buckingham permit que l'assassinat d'un officier britannique par les Abenakis ne soit ni rapporté ni puni. Soldat de métier, Buckingham savait qu'un mensonge est parfois préférable à une vérité pouvant ternir la réputation de sa chère armée.

Le journal de Woolman livre quelques détails intéressants. Premièrement, les Abenakis découvrirent Holcroft alors qu'il cherchait sa fille, et malgré les efforts des Indiens, et les recherches ultérieures entreprises par Buckingham et ses hommes, elle ne fut jamais retrouvée. En second lieu, les Abenakis catholiques expliquèrent à Woolman qu'ils avaient décidé d'exterminer les occupants du fort en représailles pour le massacre antérieur. La petite troupe résolue à surmonter sa peur d'un endroit maléfique était entièrement composée de convertis au catholicisme, jouissant cependant de l'aide des totems de leur tribu. A leur arrivée au fort, ils avaient découvert que les soldats avaient fait le travail pour eux et ils avaient dû se contenter de se venger sur le seul Holcroft, que Tomah qualifie de ce terme que Woolman avait utilisé lors de sa rencontre avec Buckingham : *majigek*.

Enfin, toujours selon Woolman, les Abenakis prétendirent qu'avant de mourir Holcroft recouvra la raison et supplia ses bourreaux de lui pardonner ce qu'il avait fait. Woolman reconnaît qu'il eut du mal à comprendre la relation faite par Tomah des derniers mots de Holcroft et qu'il tenta vainement de les clarifier dans un français hésitant. Holcroft avait apparemment balbutié ces mots en anglais, une langue que Tomah connaissait peu, en français, une langue qu'il connaissait un peu mieux, et dans un mélange de passamaquoddy et d'abenaki que Holcroft avait appris pendant ses diverses affectations dans la région, car à l'instar de Mordant, il était connu pour son érudition en matière de langues.

D'après ce que le quaker avait compris, Holcroft avait prétendu avoir massacré les Abenakis sur l'ordre de Tsesuna, le Dieu Corbeau qui tapotait du bec à sa fenêtre. Il le nommait aussi Apockoli, le Dieu Inversé qui lui parlait de derrière son miroir à raser, et qui l'appelait parfois du fond de la forêt, sa voix montant des entrailles de la terre. C'était cette même entité, ce démon, qui avait rendu fous ses soldats et les avait jetés les uns contre les autres.

Holcroft avait encore employé un autre nom pour le désigner, avant que les Abenakis se mettent à le torturer : Ktahkomikey, un terme se référant aux guêpes, en particulier à une espèce nichant sous terre.

Holcroft était mort en criant le nom du Dieu des Guêpes.

45

Après être sorti du centre Cronin, je posai la carte du Maine sur le volant de ma voiture et m'efforçai de retrouver l'itinéraire suivi par Harlan Vetters et Paul Scollay le jour où ils avaient découvert l'avion. Selon Marielle, son père pensait que son ami et lui avaient traqué le cerf pendant quatre heures ou plus en suivant en gros un axe nord-ouest ou nord-nord-ouest. Une route de bûcherons montait vers le nord en partant de Falls End – celle que Phineas avait empruntée pour braconner l'ours – et très probablement Vetters et Scollay l'avaient prise aussi. Elle virait au nord-est au bout d'une quinzaine de kilomètres, comme pour décourager quiconque de s'aventurer vers le nord-ouest : l'endroit où la route changeait de direction était sans doute le point le plus proche de Fort Mordant. De là, nous nous enfoncerions à pied dans la forêt. J'avais envisagé d'utiliser des quads, mais ce sont des véhicules encombrants à transporter, bruyants de surcroît, et nous n'étions pas les seuls à rechercher cet avion. Le vacarme de quatre quads traversant la forêt aurait peut-être suffi à nous faire tuer.

J'étais tellement absorbé dans l'étude de la carte – comme si je me trouvais déjà au cœur de cette forêt – que lorsque mon téléphone sonna je ne regardai pas le nom affiché sur l'écran avant d'appuyer sur le bouton vert. Quand je repensai au message que j'avais laissé sur le répondeur de Marielle Vetters et à la possibilité que la police l'ait écouté, il était trop tard.

Heureusement, ce n'était qu'Epstein. Il appelait de Toronto. J'entendis en bruit de fond un grondement de circulation puis

ses mots furent couverts par le rugissement d'un avion à réaction.
— Il va falloir que vous répétiez ! criai-je. Je n'ai pas saisi...
— Je disais : je sais qui était le passager de l'avion !

La veuve de Wildon se souvenait parfaitement d'Epstein. D'après elle, ils avaient fait connaissance à une soirée visant à réunir des fonds pour prélever l'ADN de survivants de l'Holocauste afin de rassembler des familles désunies et d'identifier des restes anonymes, initiative intégrée par la suite au DNA Shoah Project. C'était la première fois que Wildon et Epstein se rencontraient, bien que chacun d'eux connût les activités de l'autre. Eleanor Wildon se rappelait la poignée de main que les deux hommes avaient échangée, et aussi que c'était la dernière fois de la soirée qu'elle avait vu son mari. Epstein en gardait aussi le souvenir, mais il avait totalement oublié que la femme de Wildon était présente, tant il était ravi de faire la connaissance d'un homme aux idées si semblables aux siennes.
Eleanor Wildon et le rabbin étaient pour l'heure assis dans le salon d'un appartement occupant tout le dernier étage d'un luxueux immeuble de Yorkville[1]. Deux toiles d'Andrew Wyeth étaient accrochées de part et d'autre d'une cheminée en marbre, études superbes et délicates de feuillage automnal de sa dernière période. Epstein s'était demandé si, quand leur vie approchait de leur terme, tous les artistes se sentaient attirés par des images d'automne et d'hiver.
Deux tasses de thé étaient posées sur la table qui les séparait. Mme Wildon l'avait préparé elle-même : elle vivait seule dans cet appartement. Elle n'était pas particulièrement belle, elle ne l'avait jamais été. A première vue, elle avait des traits quelconques, un visage banal. Même s'il n'avait pas accordé toute son attention à son mari lors de leur première rencontre, Epstein l'aurait à peine remarquée. Même là, chez elle,

---

1. Quartier chic de Toronto.

elle semblait se fondre dans le mobilier, le papier mural, les doubles rideaux. Les motifs de sa robe reprenaient les couleurs de la décoration, comme si elle eût été un caméléon. Ce ne serait que plus tard, après l'avoir quittée, qu'Epstein comprendrait que cette femme se cachait.

— Il avait une très haute opinion de vous, assura Mme Wildon. Il était rentré de cette soirée plus exalté que je ne l'avais vu depuis des années. Personnellement, je trouvais complètement idiotes ses histoires d'anges déchus, sa fascination pour la Fin des Temps. Ces idées étaient vraiment trop bizarres à mon goût et cependant je les tolérais. Tous les hommes ont leurs excentricités, n'est-ce pas ? Les femmes aussi, je suppose, mais elles sont plus enracinées chez les hommes. A cause de leur côté petit garçon, je dirais. Ils s'accrochent aux enthousiasmes de l'enfance...

D'après son ton, Mme Wildon n'estimait pas que c'était une bonne chose.

— Ça n'a fait qu'empirer après votre rencontre, poursuivit-elle. Je crois que vous avez attisé le brasier.

Epstein but son thé. Bien que l'accusation fût sans équivoque, il ne détourna pas les yeux, n'exprima aucun regret. Si cette femme voulait rendre quelqu'un responsable de ce qui était arrivé à ses enfants, peut-être même à son mari, il accepterait ce rôle, du moment qu'elle lui révélait ce qu'elle savait.

— Que cherchait-il, madame Wildon ?

— Des preuves. Des preuves de l'existence d'une vie après celle-ci. D'un mal au-delà de la cupidité et de l'égoïsme humains. Des preuves qu'il avait raison, parce qu'il voulait toujours avoir raison sur tout.

— Ses recherches avaient toutefois aussi un aspect moral, non ?

Elle s'esclaffa, et quand son rire mourut, il fit place à une expression de mépris. Epstein se rendit compte qu'il n'aimait pas Eleanor Wildon et qu'il ne savait pas pourquoi. Peut-être parce que c'était une femme superficielle, et il laissa de nouveau son regard parcourir la pièce, cherchant dans les meubles, les tableaux et les bibelots la confirmation de cette impression. Puis il vit la petite photo encadrée des deux fillettes sur une étagère de porcelaines lladró et il eut honte de ses pensées.

— Un aspect moral ? répéta la veuve.

L'expression méprisante demeura une seconde ou deux sur son visage avant de disparaître, et quand elle parla de nouveau, elle parcourait d'autres pièces, elle vivait une autre vie et sa voix provenait d'un lieu très lointain.

— Oui, probablement. Il établissait des liens entre des meurtres et des disparitions. Il interrogeait des policiers à la retraite, il engageait des détectives privés, il rendait visite à des parents affligés. Lorsque quelqu'un de bien mourait dans des circonstances inhabituelles ou disparaissait, il s'efforçait de découvrir sur cette personne et sur sa vie tout ce qu'il pouvait. La plupart du temps, il ne s'agissait que d'événements normaux : accidents, disputes conjugales sombrant dans la violence, simple fait de croiser la mauvaise personne au mauvais moment... Mais parfois...

Elle s'interrompit, se mordit la lèvre.

— Poursuivez, madame Wildon. Je vous en prie.

— Parfois, il était convaincu qu'il s'agissait de crimes commis par un seul homme parcourant les Etats du Nord, dans ce pays et dans le vôtre. Des enquêteurs de la police partageaient cette opinion, mais ils n'arrivaient jamais à faire la connexion, et c'était de toute façon – comment dit-on ? – des « preuves indirectes » : un visage dans la foule, une silhouette entrevue sur un écran vidéo, rien de plus. J'ai vu des photos. Quelquefois, il y avait quelqu'un d'autre avec lui : un homme horrible, chauve, avec une enflure, là...

Epstein sursauta quand elle porta une main à sa gorge.

— Brightwell, dit-il. Celui-là s'appelle Brightwell.

— Et l'autre ? demanda Mme Wildon.

— Je ne sais pas.

Wildon avait fait allusion à cela dans les messages pour le moins sibyllins qu'il adressait à Epstein. Il avait la passion de l'énigmatique, du caché.

— C'est dommage, parce que c'est lui qui a assassiné mes enfants.

Elle avait prononcé ces mots avec un tel détachement qu'Epstein crut un instant avoir mal entendu. Mais non. Mme Wildon but une gorgée de thé et reprit :

— Ce qui intéressait mon mari, c'était que ces hommes, ou d'autres leur ressemblant beaucoup, apparaissaient, avec des traits à peine différents, sur de vieilles photos concernant des crimes commis trente, quarante ou même cinquante ans plus tôt. Il y avait peut-être aussi une femme, moins impliquée toutefois, pensait-il, ou plus prudente que les deux autres. Il se demanda comment c'était possible et il trouva une réponse : ce n'étaient pas des hommes ni des femmes, mais quelque chose d'autre, des créatures anciennes et immondes. Des... absurdités. Je suis sûre d'avoir prononcé ce mot, « absurdités », quand il m'en a parlé. Je n'en étais pas moins effrayée. Je voulais qu'il arrête tout, mais il était si déterminé, si convaincu de détenir la vérité...

« Et ces créatures ont enlevé mes filles, elles les ont enterrées vivantes, et j'ai compris que ce n'étaient pas des absurdités. Il n'y eut pas d'avertissement, pas de menaces sur ce qui arriverait à notre famille si mon mari s'obstinait à fourrer le nez dans leurs affaires. Il n'y eut que le châtiment.

Elle reposa sa tasse, éloigna d'elle la soucoupe.

— C'était la faute de mon mari, monsieur Epstein. Les autres, quels qu'ils puissent être ou quoi qu'ils puissent être, ont tué mes enfants, mais c'est mon mari qui les a attirés sur nous, et je l'ai haï pour ça. Comme je vous hais pour les encouragements que vous lui avez prodigués. Vous êtes tous coupables d'avoir conduit mes filles à la mort, étouffées dans une fosse.

Le ton était toujours aussi neutre, dépourvu de colère. Elle aurait aussi bien pu parler d'une robe présentant un défaut rapportée au magasin, ou d'un film qui l'avait déçue.

Son mari et elle s'étaient ensuite séparés, tels les débris d'un navire naufragé entraînés par des courants opposés. Elle partageait le désir de son époux de retrouver et de punir les meurtriers de leurs enfants, mais elle ne voulait plus de lui dans la même maison qu'elle, dans la même pièce ou le même lit. Il avait quitté leur foyer pour aller vivre dans un des appartements qu'il possédait ; il avait perdu tout intérêt pour ses affaires et pour sa femme. Ils n'étaient plus unis que par des souvenirs et une sorte de haine.

— Et puis, le soir du 13 juillet 2001, il m'a téléphoné pour m'annoncer qu'il avait trouvé l'assassin de nos petites filles, l'homme des photos. Il vivait à la sortie de Saguenay, dans un terrain pour camping-cars, au milieu des corbeaux.

— Il avait un nom ?

— Il se faisait appeler M. Malphas.

Choix intéressant, pensa Epstein : Malphas, l'un des grands princes de l'Enfer, un maître de la tromperie, de l'artifice.

Le Seigneur des Corbeaux.

— Mon mari m'a dit qu'ils s'étaient emparés de lui. Ils l'avaient drogué, ils avaient trouvé des preuves de ce qu'il avait fait, de ce qu'il s'apprêtait à faire...

— « Ils » ?

— Il y avait un homme qui assistait quelquefois mon mari dans ses recherches. Douglas quelque chose... Douglas Ampell. Un pilote.

— Ah, fit Epstein, constatant qu'il ne s'était pas trompé sur l'origine de l'avion. Et quelles preuves votre mari avait-il trouvées ?

— Il bredouillait, il était pressé. Il fallait qu'il emmène ce Malphas avant que ses amis découvrent ce qui se passait. Il a parlé de noms, d'une liste de noms. C'est tout.

— Il vous a dit ce qu'il comptait faire de Malphas ?

— Non, juste qu'ils l'emmenaient là où quelqu'un d'autre l'interrogerait, quelqu'un qui comprendrait, qui le *croirait*. C'est la dernière fois que nous nous sommes parlé. Il m'a prévenue que s'il lui arrivait quelque chose, ou si je n'avais plus de ses nouvelles, je devais garder le silence. Il y avait de l'argent en fidéicommis, sur des comptes cachés, et je pouvais vendre la maison. Ses avocats détenaient tous les détails. Je ne devais pas le faire rechercher, je devais envoyer les preuves qu'il avait recueillies à vous et à vous seul...

— Je n'ai rien reçu, s'étonna Epstein.

— Parce que j'ai tout brûlé. Jusqu'au dernier bout de papier. Cette liste avait causé la mort de mes filles, et celle de mon imbécile de mari. Je ne voulais pas m'en occuper. J'ai suivi ses conseils : je me suis tue, et j'ai vécu.

Epstein avait une certitude, maintenant :

— Il se rendait à New York. Il m'amenait Malphas...

— Oui, confirma Mme Wildon, cette femme vide, cette coquille de chagrin, aussi fragile que les figurines lladró qui la fixaient de leur étagère. Et je m'en fichais. Mon mari ne comprenait pas. Il n'avait jamais compris.

— Compris quoi, madame Wildon ?

Elle se leva. La rencontre était terminée.

— Que ça ne me rendrait pas mes petites filles. Maintenant, veuillez m'excuser, j'ai un avion à prendre. J'aimerais que vous me laissiez.

« Malphas ». Je m'aperçus que j'avais écrit ce nom sur la carte du Maine.

— Malphas était le passager de l'avion, conclut Epstein. Ampell a disparu le même jour que Wildon. Il était propriétaire d'un Piper Cheyenne basé cette semaine-là dans un petit aérodrome privé au nord de Chicoutimi. On n'a jamais retrouvé cet avion et Ampell n'avait pas communiqué de plan de vol. Ils ne voulaient pas attirer l'attention sur eux, ni sur leur passager. Personne ne devait les soupçonner, mais Wildon s'est senti obligé de prévenir sa femme. Pour l'informer qu'il avait réussi à retrouver cet homme. Sauf qu'elle s'en moquait. Elle rendait son mari responsable de ce qui était arrivé à leurs enfants : Malphas n'était que l'instrument.

« Et Malphas a survécu à l'accident, monsieur Parker. Voilà pourquoi il n'y avait pas de cadavres dans l'épave. Il les a traînés dehors, peut-être avaient-ils survécu eux aussi, et il les a liquidés, puis il a fait disparaître leurs corps.

— Pourquoi a-t-il laissé la liste et l'argent ? L'argent n'était peut-être pas important pour lui, mais la liste, si. S'il avait survécu, s'il lui restait assez de forces pour se débarrasser des deux autres, pourquoi a-t-il laissé la liste là où quelqu'un pouvait la trouver ?

— Je ne sais pas, reconnut Epstein. En tout cas, raison de plus d'être prudent dans cette forêt.

— Vous ne croyez quand même pas qu'il y est toujours ?

— On ne l'a pas retrouvé, monsieur Parker. Elles se cachent, ces créatures, surtout quand elles sont menacées. La forêt est assez vaste pour dissimuler un avion, à plus forte raison un homme. S'il est vivant, où pourrait-il être ailleurs que là ?

46

Wolfe's Folly était silencieux alors que la nuit tombait et le seul mouvement apparent était celui des ombres que les arbres projetaient sur le fort – du moins jusqu'à ce qu'une de ses ombres, toute petite, se sépare des autres et s'éloigne en remontant au vent. Le corbeau décrivit un cercle, poussa un croassement rauque et retourna se percher près de ses frères.

Le passager n'avait aucun souvenir de son nom originel et comprenait à peine sa propre nature. Le crash de l'avion – qu'il avait provoqué quand, après avoir brisé les bras de son fauteuil, il s'était libéré et jeté sur le pilote et le copilote – lui avait causé de graves lésions au cerveau. Il avait perdu la capacité de parler et souffrait de douleurs constantes. Il ne se rappelait rien de son passé, hormis quelques fragments : souvenirs épars d'avoir été pourchassé, conscience de la nécessité de se cacher, bribes d'instinct qu'il avait continué à suivre après l'accident.

Il se souvenait aussi qu'il excellait dans le meurtre et que tuer était son objectif. Le copilote n'avait pas survécu, mais le pilote n'était pas mort et, lorsque le passager avait scruté son visage, un de ces fragments de mémoire avait miroité dans l'obscurité. Cet homme l'avait traqué, il était responsable de la douleur qui lui vrillait la tête.

Le passager avait pressé de ses pouces les yeux du pilote et avait continué à appuyer jusqu'à ce que l'homme cesse de bouger.

Il était ensuite resté des jours dans l'épave, se nourrissant des barres chocolatées et des chips qu'il avait trouvées dans le sac du pilote, buvant de l'eau minérale. La douleur dans son crâne était si forte qu'il perdait parfois connaissance. Il avait plusieurs côtes fracturées qui lui faisaient mal quand il bougeait. Au début, il ne pouvait pas s'appuyer sur sa cheville droite, puis elle guérit, quoique imparfaitement, et il marcha en boitillant.

Lorsque les corps commencèrent à puer, il les traîna hors de l'avion et les laissa parmi les arbres, mais il les sentait encore. Utilisant en guise de pelle une plaque détachée du fuselage, il creusa une fosse peu profonde pour les enterrer. Quand il n'y eut plus rien à manger dans l'avion, il l'abandonna, emportant tout ce qu'il pouvait récupérer, notamment une trousse de secours et un pistolet trouvé dans les affaires du pilote, et se mit à explorer la forêt. C'est ainsi qu'il découvrit le fort. A l'intérieur de son enceinte, il se construisit un abri et tenta de dormir, malgré la petite fille qui rôdait autour.

Il pensait l'avoir vue dès le premier soir après l'accident, sans en avoir cependant la certitude. Il avait entrevu un visage de l'autre côté du pare-brise du cockpit, il avait cru entendre un grattement sur le verre, mais il était plus souvent évanoui que conscient et il passait ses heures éveillées dans une sorte de délire. La présence de la fillette n'était qu'une écharde dans son nuage de souvenirs, comme si toute sa vie avait été une peinture complexe sur une paroi de verre et que cette paroi avait éclaté.

Ce ne fut que plus tard, quand il avait commencé à recouvrer ses forces, qu'il avait reconnu la réalité de l'existence de la fillette. Il la regardait tourner la nuit autour de l'avion, il avait l'impression de sentir la colère et le désir de cette enfant. Elle perturbait ses sens, comme la puanteur des cadavres l'avait fait. La rage était l'empreinte qu'elle laissait.

Elle s'était ensuite enhardie : en s'éveillant, une nuit, il l'avait découverte à l'intérieur de la carlingue, si près de lui qu'il distinguait les éraflures de sa peau blanche d'où ne coulait pas de sang. Elle n'avait pas parlé. Elle l'avait simplement fixé pendant une longue minute, s'efforçant de comprendre qui il était, alors qu'il ne le savait pas lui-même, puis elle avait cligné des yeux et elle était partie.

C'est alors qu'il avait décidé de quitter l'avion. Il ne pouvait pas marcher bien loin avec sa cheville blessée, et quand le fort lui était apparu, il en avait été soulagé, et plus encore lorsqu'il avait constaté que la fille n'en franchissait pas le seuil. Ayant repris des forces, il chassait pendant le jour, tandis que la fille se terrait quelque part. Au début, il gaspilla des balles en tirant sur des écureuils et des lièvres, puis son instinct de chasseur le mit sur les traces d'une jeune biche. Il l'abattit en deux coups, la dépeça avec le couteau de la trousse d'urgence. Il mangea autant de viande qu'il put, coupa le reste en lanières qu'il mit à sécher. Pour les protéger de la vermine, il les recouvrit de tissu arraché aux sièges de l'avion et la peau de l'animal lui tint chaud quand l'hiver approcha.

Dans le silence du fort, le Dieu Enfoui commença à l'appeler.

Quoiqu'il entendît imparfaitement sa voix, elle lui semblait familière. Elle lui parvenait comme de la musique à une personne devenue sourde et encore capable cependant de saisir des accords et des rythmes étouffés. Le Dieu Enfoui voulait être libéré, mais le passager ne le trouvait pas. La voix venait de trop loin, les mots étaient indistincts. Parfois, il plongeait le regard dans les profondeurs de l'étang aux eaux noires et immobiles près duquel l'avion s'était abattu, et il se demandait si le Dieu Enfoui n'y était pas. Il y enfonça un jour le bras jusqu'au coude, tendit les doigts dans l'espoir que sa main serait saisie par ce qui attendait sous la surface. L'eau était froide, si terriblement glacée qu'il ressentit comme une brûlure, et il garda le bras dans l'étang jusqu'à ce qu'il ne puisse plus le supporter. Quand il le retira, l'eau goutta lentement de ses doigts comme de l'huile et il contempla, déçu, sa main engourdie et vide.

Il se mit à célébrer le Dieu Enfoui. Après avoir déterré les cadavres, il préleva leurs crânes, ainsi que les principaux os des bras et des jambes. Ce fut le début de la création d'un autel pour adorer une entité qu'il ne pouvait pas nommer, mais dont il savait qu'elle était son dieu. Extirpant de sa mémoire fracturée des images de fausses déités, il les représenta en les sculptant dans le bois avec son couteau et les mutila au nom de l'autre.

Le passager était encore faible, trop faible pour explorer davantage la forêt ou chercher à retrouver la civilisation. Il ne mourut pas le premier hiver, contre toute attente, et se demanda même s'il pouvait mourir. Le Dieu Enfoui lui disait que non. Quand vint le printemps, il entreprit de reconnaître son domaine. Il tomba sur une vieille cabane aux épais murs de rondins qui n'avait plus de porte depuis longtemps et dont le toit s'était effondré. Il entreprit de la restaurer.

En mars, un homme pénétra dans son territoire : un jeune randonneur, sans armes. Le passager le tua avec la lance qu'il avait fabriquée, puis il attendit que d'autres se mettent à sa recherche. Personne ne vint. Il prit dans le sac de l'homme tout ce qui pouvait servir, ainsi qu'un portefeuille contenant trois cent vingt dollars, bien qu'il y eût encore dans l'avion beaucoup d'argent et une sacoche pleine de papiers qui n'avaient aucun sens pour lui.

Deux semaines plus tard, il opéra un premier retour prudent à la civilisation en dissimulant son crâne couturé sous la casquette du randonneur mort. Il acheta de la nourriture, du sel, quelques outils, des munitions pour le pistolet, désignant à chaque fois du doigt les articles qu'il désirait. Il regarda une carabine, mais il n'avait pas de papiers d'identité. Il se rabattit sur un arc de chasse d'occasion, avec autant de flèches qu'il pouvait se le permettre. Il aurait trouvé un moyen de se fondre à nouveau dans une ville, grande ou petite, s'il n'avait pas craint que son apparence n'attire l'attention. Il savait aussi que son cerveau avait été endommagé et qu'il était désormais incapable de la moindre relation sociale. Finalement, il était mieux dans la forêt. Il était en sécurité là-bas, avec le Dieu Enfoui. Quand il serait plus fort, il parviendrait peut-être à le trouver et à le libérer. Il ne pouvait pas faire ça dans une ville.

Il se cacha donc dans la forêt, il pria le Dieu Enfoui et s'efforça d'éviter tout contact humain. Il apprit à échapper à l'attention des bûcherons des compagnies papetières et aux gardes forestiers. L'année suivante, il tua un autre randonneur, uniquement parce qu'il s'était approché du fort et avait découvert l'autel. Ces intrusions étaient rares, parce que quelque chose dans le fort tenait les gens à l'écart, ou parce que la connaissance de son emplacement s'était perdue. De même, depuis des dizaines d'années, personne ne s'était approché de la cabane qu'il avait découverte : on avait défriché le sol pour la construire, puis la végétation avait repoussé autour, la rendant quasiment invisible.

Une seule fois il s'était senti vraiment menacé. Il était retourné à l'avion pour renouveler ses réserves d'argent, parce qu'il devait se préparer à un autre hiver. Entrant dans la carlingue par l'ouverture tendue de toile, à l'arrière, il remarqua de nouveau que le fuselage s'était enfoncé. Cela prendrait des années, mais l'avion finirait par disparaître totalement. Il souleva un morceau de moquette pourrissante, ouvrit la trappe qu'elle cachait pour accéder aux billets.

Il allait plonger la main dans le sac quand il fut aveuglé par un éclair de douleur blanc, comme si on avait enfoncé une pointe métallique dans son oreille droite et son cerveau. Ces attaques se produisaient avec une fréquence croissante et c'était la plus forte qu'il eût subie jusque-là. Son corps se convulsa, ses mâchoires se contractèrent avec une telle violence que deux de ses dents se brisèrent. La carlingue commença à se refermer sur lui et il eut l'impression de tomber, de brûler. Puis le monde devint noir et, quand il ouvrit de nouveau les yeux, il avait réussi à ramper hors de l'avion. La petite fille décrivait des cercles autour de lui en se rapprochant. Elle était furieuse parce qu'il avait tué le randonneur et qu'elle aurait voulu le garder pour elle. Il fallait qu'il lui échappe, mais son sens de l'orientation était perturbé. Il tendit la main vers son pistolet, s'aperçut qu'il ne l'avait plus et soupçonna la fille de l'avoir pris. Elle avait horreur du pistolet. Ses détonations la dérangeaient et elle semblait savoir que cet objet était important pour lui, que sans lui il serait plus vulnérable. Il n'eut pas d'autre solution que de l'empêcher d'approcher encore en lui jetant des pierres et parvint, uniquement par chance, à retourner à la cabane parce que son état de faiblesse et d'angoisse le rendait incapable de retrouver le fort. Il barricada la porte pour se protéger de la fille, se laissa tomber sur sa paillasse et l'entendit gratter les rondins pour tenter d'entrer.

Lorsqu'il fut suffisamment remis pour repartir, il constata que la fille avait balafré la porte et laissé dans le bois blanc dénudé un de ses vieux ongles tordus. Il retourna à l'avion, découvrit les restes d'un feu ainsi que des traces indiquant que quelqu'un avait pénétré dans l'appareil. L'argent avait disparu. Heureusement, le passager avait eu assez de bon sens pour le diviser en trois, en garder une partie à la cabane et une autre enterrée dans un sac derrière le fort. Toutefois, ce n'était pas tant la perte de l'argent que l'intrusion même qui l'inquiétait, car elle signifiait qu'il risquait d'être rapidement découvert.

Il vida la cabane et le fort de toutes ses affaires, les enveloppa dans du plastique et les enterra. Il cacha l'autel derrière un écran de branches, de feuilles et de mousse qu'il avait fabriqué dans cette éventualité, puis il se réfugia à des dizaines de kilomètres au nord, là où il s'était construit une cachette. Au bout d'un mois, il prit le risque de retourner à sa cabane et constata avec surprise que rien n'avait changé, que personne n'était venu. Il ne comprit pas pourquoi, mais il en fut satisfait. Au cœur de la forêt, il se remit à ses prières et à ses recherches solitaires. Il renonça au plaisir de tuer, car il savait que, s'il s'y abandonnait, il finirait par attirer l'attention sur lui.

Jusqu'au jour où il sacrifia les deux randonneurs et offrit les restes de la femme au Dieu Enfoui.

C'est pour cette raison qu'il retourna au fort, au moins temporairement. La fille était toujours furieuse quand il tuait et il fallait des jours pour que sa colère retombe. Comme pour le premier randonneur, abattu longtemps avant, elle était furieuse parce qu'elle aurait voulu garder le couple pour elle. Elle avait envie de compagnie. En supprimant ceux qui s'égaraient sur le territoire de la fille, le passager l'en privait et la trêve précaire instaurée entre eux était menacée. Dans ces occasions, il se réfugiait dans la cabane ou, le plus souvent, dans le fort, et de cet endroit sûr il regardait la fille marcher de l'autre côté de l'enceinte et marmonner des menaces au vent. Puis elle disparaissait et il ne voyait plus trace d'elle pendant des semaines.

Le passager pensait qu'elle boudait.

La laissant à sa colère, il se glissait dans son sac de couchage et tentait de dormir, mais le sommeil le fuyait. Ces derniers temps, la voix du Dieu Enfoui s'était faite plus forte, signe qu'il tenait absolument à lui communiquer quelque chose. Le passager ne parvenait pas à interpréter le message et la frustration croissait chez l'un et l'autre. Le passager aurait voulu que le Dieu Enfoui se taise. Il aurait voulu être tranquille pour repenser à l'homme et à la femme qu'il avait tués. Il avait pris plaisir à les massacrer, la femme en particulier. Il avait presque oublié la jouissance que cela procurait.

Il avait envie de tuer encore, et le plus tôt possible.

47

Harlan Vetters et Paul Scollay s'étaient mis en route dans l'après-midi pour leur partie de chasse fatale et nous n'avions pas jugé bon de faire comme eux : nous aurions déjà du mal à trouver l'avion en plein jour, et le faisceau de nos torches électriques nous ferait repérer aussi sûrement que le boucan d'un quad. Il ne semblait pas non plus judicieux de partir à l'aube ou avant, car la possibilité de croiser des chasseurs serait plus grande. Je décidai que nous lèverions le camp vers 10 heures du matin, ce qui nous laisserait cinq ou six heures de bonne lumière avant que le soleil commence à se coucher. Avec de la chance, nous aurions trouvé l'avion d'ici là, récupéré la liste, et nous serions sur le chemin du retour à Falls End.

— Avec de la chance, répéta Louis sans enthousiasme.

— De la chance, on n'en a jamais, souligna Angel.

— C'est pour ça qu'on a toujours besoin de flingues, commenta Louis.

Nous étions dans un motel situé à huit kilomètres au sud de Falls End. Le *diner* voisin ne vendait que sept sortes de bières en cannette : Bud, Miller et Coors ; Bud light, Miller light et Coors light ; et Heineken.

Nous buvions de la Heineken.

Jackie Garner était reparti pour tenter d'expliquer à sa mère pourquoi il n'irait pas avec elle au cinéma comme toutes les semaines, tâche d'autant moins aisée que Lisa – la copine de Jackie – avait réservé trois places pour *Amour et Amnésie*, croyant qu'il adorait Drew Barrymore. Jackie, qui n'aimait ni ne détestait spécialement Drew Barrymore, et qui ignorait totalement que son absence d'opinion sur cette actrice avait été transformée en quasi-obsession, n'avait aucune autre raison satisfaisante à offrir à sa mère que « le boulot, c'est le boulot ». Il m'avait confié que, ces derniers jours, l'état de sa mère s'était amélioré, ce qui signifiait qu'elle se montrait juste excessivement possessive avec son fils unique. Par ailleurs, après avoir vu dans la copine de Jackie une rivale lui disputant l'affection de son fils, elle avait adouci sa position au cours de l'année écoulée. Ayant constaté que la relation entre Jackie et Lisa ne semblait pas devoir dépérir de sitôt, malgré tous ses efforts, Mme Garner avait estimé qu'il valait mieux l'avoir comme alliée que comme ennemie, et Lisa était parvenue à la même conclusion. La terrible maladie de Mme Garner rendait désormais cette relation à la fois poignante et opportune.

Le *diner* était bondé et les conversations portaient essentiellement sur les événements survenus à Falls End. L'état de Marielle et de Grady Vetters n'avait pas changé. En revanche, à en juger par les propos échangés, l'orientation de l'enquête sur les meurtres de Teddy Gattle et d'Ernie Scollay s'était rapidement modifiée et Grady Vetters n'était plus considéré comme suspect.

« A ce que j'ai entendu dire, on leur a injecté un truc », m'avait déclaré un balaise barbu rencontré dans les toilettes quelques minutes plus tôt.

Comme il titubait devant l'urinoir, il pressait sa tête contre le mur pour garder l'équilibre tout en pissant.

« Injecté à qui ?

— Marielle et Grady. On leur a fait une piquouze.

— Vous avez entendu ça où ?

— Mon beau-frère est adjoint au shérif, avait répondu le costaud avec un rot sonore. Grady a pas pu se piquer lui-même, donc c'est pas un meurtrier. Ça, j'aurais pu leur dire avant. N'importe qui à Falls End aurait pu leur dire. Vous êtes ici pour la chasse ?

— Ouais.

— Besoin d'un guide ?

— J'en ai un, merci. »

S'il avait entendu ma réponse, il avait décidé de l'ignorer. Il avait fouillé sa poche de sa main droite sans lâcher son engin de la gauche et m'avait tendu une carte commerciale des « Services de Guide Wessel ». Apparemment, tout le monde était guide, dans le coin.

« C'est moi, avait-il précisé. Greg Wessel. Vous pouvez m'appeler n'importe quand.

— D'accord.

— J'ai pas saisi votre nom.

— Parker.

— Je vous serre pas la main.

— Ça m'arrange. Vous avez entendu quelque chose sur les types qui se sont fait descendre ? Le journaliste de la télé ne semblait pas en savoir plus que moi, et moi je ne sais rien du tout.

— Ernie Scollay et Teddy Gattle. D'après mon beauf, Teddy avait aussi des traces de piqûre sur le bras et c'était un fumeur de hasch. Les fumeurs de hasch se piquent pas. Le vieil Ernie, lui, a juste pris deux balles dans le dos, et une troisième dans la tête. Faut vraiment être un sale dégonflé pour tirer dans le dos d'un pauvre vieux, hein ?

— Ouais.

— Ça a l'air de vous intéresser, cette histoire. »

C'était un simple commentaire, sans hostilité ni méfiance.

« Vous êtes reporter ?

— Non, avais-je répondu. Je suis ici pour chasser, et avec ce qui vient de se passer, il y a de quoi être inquiet.

— Vous avez un fusil, non ?

— Si.

— Et vous savez vous en servir ?

— Plutôt.

— Alors, vous avez pas à vous en faire. »

Après avoir fini son pipi, il avait attendu son tour pendant que je me lavais les mains.

« Oubliez pas. Wessel : guide et taxidermiste. J'aurai dessoûlé avant l'aube. Juré craché. »

J'étais de retour à la table quand la serveuse apporta trois hamburgers pour Angel, Louis et moi. Ils n'étaient pas épais et tout juste entourés d'une dizaine de frites très fines, très roussies, semblables aux débris d'un nid d'oiseau détruit. Angel appuya sur son hamburger, d'où coula un mince filet de graisse.

— On a commandé des *sliders*[1] en amuse-gueule ? demanda-t-il.

La serveuse revint remplir nos verres d'eau et s'enquit :
— Il vous faut autre chose ?
— A bouffer, pour commencer, répondit Angel. N'importe quoi.
— C'est la soirée hamburger, fit-elle valoir.

Elle était très rousse, et ses lèvres, ses joues et sa tenue de serveuse étaient très rouges. Si on n'avait pas été en novembre, si elle n'avait pas eu, tatoué sur l'avant-bras droit, « La gonzesse de Muffy », elle aurait eu un look très fêtes de fin d'année.

— Qu'est-ce qu'elle a de spécial, cette soirée ?

Elle tendit le bras vers une pancarte accrochée derrière la caisse, avec cette inscription écrite à la main : « Soirée Hamburger le mercreudi. Trois dollars le hamburger frites ! »

— Soirée hamburger, confirma-t-elle. Mercredi.
— Ben, vos hamburgers sont plutôt petits, fit remarquer Angel.
— C'est parce qu'ils coûtent seulement trois dollars, répliqua-t-elle.
— D'accord. Vous savez, vous avez mal écrit « mercredi »...
— Vous savez, c'est pas moi qui l'ai écrit.
— D'accord, répéta Angel. C'est qui, Muffy ?
— Mon ex.
— Il vous a demandé de vous faire ce tatouage ?
— Non, je l'ai fait faire moi-même, après notre séparation, répondit-elle.
— *Après ?*

---

1 Mini-hamburgers.

— Pour me rappeler que j'ai été la gonzesse de Muffy et ne pas me refaire piéger.
— D'accord, dit Angel pour la troisième fois.
— Vous avez d'autres questions ?
— Plein.
— Ben, vous pouvez vous les garder pour l'année prochaine, suggéra-t-elle en lui tapotant le bras. Je vous remets une tournée de bière, les gars ?

La porte du *diner* s'ouvrit, Jackie Garner entra.
— Bien sûr, répondis-je à la serveuse. Et une de plus pour notre ami qui vient d'arriver.
— Il voudra manger quelque chose ? La cuisine ferme à 5 heures.
— Il partagera avec nous, il devrait y avoir des restes, assura Angel.

Jackie n'avait pas faim, il se contenta de boire lentement sa bière. La cuisine ferma, les clients commencèrent à partir, personne néanmoins ne nous pressa d'en faire autant. Nous trinquâmes à la chance avec nos cannettes, mais Angel avait raison : de la chance, on en avait rarement.

C'était effectivement pour ça que nous avions des flingues.

En face du motel et du *diner*, il y avait une station-service-bazar dont les pompes ne marchaient plus depuis longtemps et dont la vitrine et la porte de devant avaient été imparfaitement recouvertes par des planches. La porte de derrière, elle, avait disparu, mais le morceau de contreplaqué qui n'avait pas su la protéger demeurait en place, quoique mal fixé, donnant l'illusion d'une fermeture hermétique.

A l'intérieur, le sol était jonché de cannettes et de bouteilles vides, un cubi de vin bon marché à moitié plein trônait par terre au centre de la pièce, environné de préservatifs usagés. Dans un coin s'entassaient des couvertures et des serviettes, humides et moisies à cause de la pluie tombant par un trou dans le toit, conséquence d'un petit incendie qui avait aussi noirci les murs et laissé une odeur de brûlé.

Une lueur de luciole apparut dans l'obscurité, devint rapidement plus vive puis fut entièrement consumée par une flamme. Le Collectionneur porta l'allumette à l'extrémité de sa cigarette et s'approcha de la vitrine. Les planches utilisées pour la condamner avaient été mal clouées et par une fente il voyait clairement les quatre hommes en train de boire dans le *diner*.

Il était partagé. Il n'avait pas l'habitude de ressentir de la colère ni un désir de se venger. Ceux qu'il traquait d'ordinaire n'avaient pas péché contre lui et le plaisir qu'il prenait à les supprimer était d'ordre général, pas personnel. Cette fois, c'était différent. Un de ses proches avait été tué, un autre blessé. Le dernier entretien avec le médecin d'Eldritch avait révélé que celui-ci ne récupérait pas aussi rapidement qu'on l'avait espéré, même pour un homme d'un âge aussi avancé, et qu'il faudrait probablement prolonger son hospitalisation. Le docteur estimait les effets du choc et du chagrin plus dangereux que les blessures physiques, mais Eldritch refusait toute aide d'un psychothérapeute, et quand on avait suggéré celle d'un prêtre ou d'un pasteur, le patient avait ri pour la première et unique fois depuis son admission.

« Tue-les. Tue-les tous. »

Or, ils étaient dangereux, et pas seulement parce qu'ils avaient des armes. Ils savaient qui était le Collectionneur, ils comprenaient la menace qu'il représentait. Avec Becky Phipps, il avait réappris une leçon pénible mais précieuse, sur le danger qu'il y a à affronter quelqu'un qui s'attend à une attaque. Il préférait prendre pour proie des personnes sans armes et sans méfiance. Certains considéraient peut-être que c'était de la lâcheté, il ne voyait, lui, que le côté pratique de la chose. Il n'y avait aucune raison de rendre la tâche plus difficile que nécessaire et, au besoin, il était prêt à se battre pour son trophée, comme il l'avait fait avec Phipps.

Toutefois, il voulait aussi le reste de la liste, et ces hommes pouvaient l'y conduire. Il ignorait où se cachait la nommée Flores et il ne pouvait qu'espérer qu'elle n'avait pas encore trouvé l'avion. Si elle avait déjà mis la main sur la liste, il devrait la pourchasser, ce qui demanderait du temps et des efforts. Non, le mieux, c'était que ces quatre hommes fassent le travail pour lui, et qu'il les liquide après.

Il les regarda finir leur bière et quitter le restaurant. Ils regagnèrent leurs chambres par deux, Parker et Garner devant, les autres derrière. La main droite du Collectionneur se glissa sous son manteau, trouva le manche d'un couteau. Il posa ses doigts dessus, ne le tira pas de son fourreau. A côté se trouvait son automatique, chargeur plein.

Trois chambres, quatre hommes. C'était risqué. Dans ses cordes, cependant.

Tue-les tous.

Mais la liste, la liste…

48

Le premier signe que la chance ne serait peut-être pas de notre côté cette fois non plus m'apparut quand je me levai et sortis chercher un café. Un SUV d'un blanc éclatant, manifestement un véhicule de location, était garé sur le parking du motel, et Liat y était adossée, un gobelet de café à la main. Elle portait une parka sur un pull vert et un pantalon kaki au bas fourré dans des brodequins à semelles de caoutchouc.

— Je te manquais, je suppose, dis-je.

Un coin de sa bouche se releva pour exprimer un très léger amusement.

— Tu n'as pas voulu entrer ?

Elle secoua la tête.

— C'est Epstein qui t'envoie ?

Hochement affirmatif.

— Il ne nous fait pas confiance pour lui rapporter la liste ?

Haussement d'épaules.

La porte de la chambre de Louis et Angel s'ouvrit, Louis s'avança. Déjà habillé pour une expédition en forêt, il parvenait à rendre élégant son pantalon cargo.

— Qui c'est ? demanda-t-il. Sa tête me dit quelque chose.

— C'est Liat.

— Liat... Oh, cette Liat-là.

— En personne.

— Je l'ai vue que de loin et pas sous les mêmes angles que toi. Tu lui manquais ?

— Je ne crois pas.
— Alors, pourquoi elle est ici ?
— Pour rapporter la liste à Epstein.
— Elle vient avec nous ?
— Tu peux essayer de l'en empêcher, mais tu devras sûrement lui tirer dessus.

Louis soupesa cette possibilité, puis parut l'écarter.

— Tu prévois d'inviter d'autres anciennes copines ? Je demande ça comme ça...
— Non.
— Du moment que c'est seulement elle...

Angel rejoignit Louis. Lui aussi était habillé pour une expédition en forêt, mais son pantalon cargo faisait vraiment craignos sur lui.

— C'est qui ? voulut-il savoir.

Pitié, pensai-je.

— C'est Liat, répondit Louis.
— *La* Liat ?
— Ouais, *la* Liat.
— Au moins on sait qu'elle existe, maintenant. Moi, j'avais vu qu'une forme au loin.
— Tu pensais qu'il l'avait inventée ?
— Ben, ça me paraissait plus probable que la possibilité qu'il soit avec une femme.

Liat, qui avait suivi l'échange des yeux, était devenue cramoisie.

— Sympa, marmonnai-je.
— Désolé, dit Angel en adressant un sourire à Liat, mais c'est la vérité.

Une autre porte s'ouvrit, Jackie Garner sortit de sa chambre, regarda Liat en clignant des yeux.

— C'est qui ?
— Liat, l'informa Angel.

Jackie parut dérouté, comme on pouvait s'y attendre.

— C'est qui, Liat ?

Il était un peu plus de 8 heures. Ray mangeait une barre de protéines accompagnée d'un café, et après les événements de la veille, il regrettait de ne pas être de retour en prison.

Joe et lui s'étaient glissés dans leurs sacs de couchage déroulés sur le plancher de la cabane, de l'autre côté de la couverture les séparant du garçon et de sa mère, mais seul Joe avait vraiment réussi à se reposer. Ray n'avait cessé de sombrer dans le sommeil puis d'en sortir, et à un moment pendant la nuit il avait découvert le garçon debout devant l'une des fenêtres, effleurant la vitre des doigts et remuant silencieusement les lèvres. Son reflet semblait accroché dans le ciel noir telle une lune, la vraie lune suspendue au-dessus lui faisant comme un second visage. Craignant de bouger, Ray s'était efforcé de continuer à respirer régulièrement pour que le garçon ne se doute pas qu'il l'observait. Au bout d'un quart d'heure environ, le garçon avait quitté la fenêtre pour regagner son lit, mais, au moment de passer de l'autre côté de la couverture, il s'était retourné et avait regardé Ray. Ray avait fermé les yeux, entendu le garçon s'approcher de lui, senti son souffle sur sa peau. Son odeur, aussi. Putride. Le visage du garçon était si près du sien que Ray en percevait la chaleur. Il s'était forcé à ne pas s'écarter, à ne pas ouvrir les yeux, tout en pensant que ce n'était qu'un gosse, qu'il devrait lui dire de retourner se pieuter et de se magner le cul. Il n'en avait rien fait, cependant, parce que cet enfant l'effrayait. Il l'effrayait plus encore que sa mère, si c'était bien sa mère, avec son visage ravagé, et cet œil mort encastré dedans telle une bulle de graisse sur une viande à peine cuite. Ray espérait de toutes ses forces qu'il allait partir. Il restait parfaitement immobile, mais il sentait que le garçon savait qu'il ne dormait pas.

Ce n'est qu'un gosse, se répétait Ray. Si je dors pas, qu'est-ce qu'il va me faire ? Me tirer les cheveux, le dire à sa mère ?

La réponse n'avait pas tardé.

Un truc affreux, voilà ce qu'il va me faire...

Il avait senti le souffle du garçon bouger, s'approcher de ses lèvres, comme s'il se penchait pour l'embrasser. Son goût dans sa bouche. Il avait eu terriblement envie de se retourner, mais il ne voulait pas lui tourner le dos. C'eût été pire que d'être face à lui.

Le garçon s'était éloigné. Ray écoutait le bruit de ses pas, tandis qu'il traversait de nouveau la pièce, et il avait pris le risque d'ouvrir les yeux.

Le garçon marchait à reculons pour pouvoir continuer à observer Ray. Il avait souri en voyant que Ray avait les yeux ouverts. Il avait gagné, Ray avait perdu. Le garçon avait levé la main gauche et lui avait fait un doigt d'honneur.

Ray avait failli se lever et se ruer hors de la cabane. S'il y avait un gage à ce jeu, il n'avait pas envie de savoir ce que c'était. Mais le garçon avait écarté simplement la couverture, Ray l'avait entendu grimper dans son lit, le silence était revenu.

Ray avait regardé par la fenêtre : on ne voyait plus la lune.

Il s'était alors souvenu qu'il n'y avait pas de lune, cette nuit-là, et il n'avait plus fermé l'œil jusqu'au lendemain matin.

Angel, Louis et moi roulions dans le 4 × 4 de Jackie, Liat suivait derrière dans son SUV de location. C'était une route privée, que les gens du coin et les chasseurs empruntaient toutefois régulièrement. Jackie s'était quand même procuré toutes les autorisations nécessaires, au cas où, et nous étions donc en règle avec la compagnie papetière, le service des gardes forestiers, et probablement avec Dieu lui-même.

— T'aurais pas préféré être avec ta copine ? me demanda Angel de la banquette arrière.

— Je crois qu'elle s'est juste servie de moi.

— D'accord.

Après une pause d'une longueur savamment calculée, il reprit :

— Pour quoi faire ?

— Très drôle, grommelai-je.

Nous dépassâmes deux 4 × 4 et quelques vieilles voitures garés sur le bas-côté de la route : des chasseurs qui s'étaient mis en chemin avant l'aube et qui rentreraient en début d'après-midi s'ils avaient tué quelque chose. La plupart d'entre eux préféraient rester près d'une voie carrossable, et à moins de huit kilomètres de Falls End il y avait de nombreuses lisières où les cerfs venaient brouter. Les chasseurs n'avaient aucune raison de s'enfoncer vraiment dans la forêt et nous avions peu de chances d'en rencontrer un groupe là où nous allions, du moins pas de ceux qui chassaient le cerf. Comme la route était étroite, nous dûmes à un moment nous ranger sur le côté pour laisser le passage à un camion chargé de rondins. Ce fut le seul véhicule que nous croisâmes.

Parvenus à l'endroit où la route faisait un coude vers l'est, nous nous arrêtâmes. Le sol était encore couvert de givre et l'air sensiblement plus froid qu'à Falls End. Liat arriva une ou deux minutes plus tard, au moment où Jackie commençait à décharger nos provisions. Louis était déjà occupé à vérifier les carabines. Nous avions une 30-06 chacun, ainsi que des pistolets. Liat n'avait pas de carabine, mais je ne doutais pas qu'elle eût un flingue. Elle demeurait à quelque distance de nous, observant les arbres.

Jackie semblait toujours déconcerté par sa présence.

— Elle est sourde, hein ?

— Oui, répondis-je. Du coup, tu n'es pas obligé de chuchoter.

— Ah, ouais, dit-il, murmurant quand même.

Il réfléchit puis reprit :

— Comment elle va se débrouiller, dans la forêt ?

— Elle est sourde, Jackie, pas aveugle.

— Je sais, mais faut pas qu'on fasse de bruit, hein ?

— Elle est muette, aussi. Sans être expert en la matière, je pense que les gens qui ne peuvent pas parler ont tendance à être plus silencieux que nous.

— Suppose qu'elle marche sur une brindille et qu'elle en fasse, du bruit ? Comment elle le saura ?

Angel nous rejoignit.

— T'es quoi, Jackie, bouddhiste ? Je peux te garantir que, si un arbre tombe dans la forêt, elle l'entendra pas.

Jackie secoua la tête de frustration : nous ne comprenions manifestement pas ce qu'il voulait dire.

— Elle vient avec nous, Jackie, conclus-je. Fais-toi une raison.

Même si nous n'avions pas l'intention au départ de rester dans la forêt après le coucher du soleil, Jackie avait insisté pour que nous emportions chacun un tapis de sol. Nous avions également pris de l'eau, du café, du chocolat, des barres énergétiques, des noisettes et, cadeau de Jackie, un paquet de pâtes. Même avec Liat en plus, nous avions de quoi tenir deux jours. Notre équipement comprenait aussi des allumettes imperméables, des gobelets, une casserole légère, deux boussoles et un GPS, quoique Jackie eût prédit qu'il serait peut-être difficile d'avoir une bonne réception là où nous allions. Après avoir réparti les vivres et le matériel entre nous, nous partîmes. Fini les discussions. Nous savions tous ce que nous cherchions et sur quoi nous risquions de tomber. Comme je n'avais pas confié à Jackie nos soupçons sur la nature éventuelle de Malphas, il avait du mal à croire qu'une personne ayant survécu au crash puisse encore se trouver là-bas. J'étais en partie de son avis, mais je n'aurais pas parié ma vie là-dessus, ni celle de quiconque.

Jackie ouvrait la marche, suivi de Louis, Liat, Angel et moi. Ses craintes au sujet de Liat se révélèrent sans fondement : de nous tous, c'était elle qui marchait le plus silencieusement. Alors qu'Angel et Louis, peu familiers de la forêt, portaient des bottines en cuir avec d'épaisses semelles, Liat, Jackie et moi étions chaussés de bottines plus légères à semelles minces pour mieux sentir ce qu'il y avait sous nos pieds. Selon le type de semelle, on pouvait briser une branche ou seulement la courber. Pour le moment, nous portions des gilets orange et des casquettes de base-ball à bandes réfléchissantes pour éviter qu'un chasseur trop enthousiaste nous tire dessus, et pour ne pas éveiller les soupçons d'un garde forestier si nous en croisions un. Au bout d'une demi-heure, des coups de feu claquèrent quelque part vers le sud, mais à part ça, c'était comme si nous étions absolument seuls dans la forêt.

Notre progression fut relativement facile pendant les deux premières heures, puis le terrain commença à changer. Il y eut plus de buttes à monter et je sentais la tension dans mes mollets. Peu après midi, un jeune cerf aux bois à peine plus grands que des bourgeons détala d'un bosquet d'aulnes à notre approche et, plus tard, un éclair de marron et de blanc fila à notre gauche quand une biche passa rapidement entre les arbres. Surprise, elle se figea puis changea de direction pour s'éloigner de nous et disparut. Je remarquai des traces d'animaux plus gros. A certains endroits, l'odeur d'urine de cerf était assez forte pour donner des haut-le-cœur, mais nous n'aperçûmes pas un seul grand mâle.

Au bout de trois heures, nous nous arrêtâmes et Jackie fit du café. Malgré le froid, je transpirais sous ma veste et je fus bien content de cette halte. Louis se laissa tomber à côté de moi.

— Comment ça va, p'tit gars de la ville ? lui lançai-je.

— Comme toi, Grizzly Adams[1], répliqua-t-il. C'est encore loin ?

— Deux heures, je pense, si on continue à cette allure.

— Bon Dieu, dit-il en montrant le ciel, où des nuages s'amoncelaient. C'est pas bon signe.

— Non, convins-je.

Jackie finit de préparer le café et nous servit. Il donna son gobelet à Liat et but à même une petite bouteille thermos. S'écartant du groupe, il monta sur une hauteur et regarda dans la direction dont nous venions. Je le rejoignis. Il avait l'air préoccupé.

— Quelque chose ne va pas ? lui demandai-je.

— Je suis nerveux, c'est tout.

— A cause de ce qu'on fait ?

— Et à cause d'où on va.

— On arrive, on repart tout de suite, Jackie. Je n'ai pas l'intention de m'installer là-bas.

— Je m'en doute.

Il s'essuya la bouche, cracha.

---

1. Personnage principal d'un vieux film relatant la vie d'un trappeur américain.

— Et pis y a cette biche qu'on a vue.
— Quoi, cette biche ?
— Quelque chose lui a fait peur et c'était pas nous.

Je scrutai le feuillage épais de la forêt.

— Un chasseur, alors. Un lynx, peut-être.
— Je te l'ai dit, je suis peut-être nerveux.
— On pourrait s'arrêter pour voir si quelqu'un nous suit, suggérai-je. Mais la pluie menace, et pour avoir une chance de trouver cet avion, il nous faut une bonne lumière, et je ne tiens pas à passer la nuit ici.

Jackie frissonna.

— Tout à fait d'accord. Moi, ce soir, je veux être dans un bar et loin de ce fort.

Lorsque nous retournâmes avec les autres, Liat s'approcha de moi. Quoique son expression interrogatrice fût claire, elle articula silencieusement : « Qu'est-ce qui se passe ? »

— Jackie se demande si quelque chose n'a pas effrayé la biche qu'on a aperçue, répondis-je, assez fort pour qu'Angel et Louis m'entendent. Quelque chose ou quelqu'un, qui nous suivrait.

Liat tendit le bras, elle avait une autre question : « Qu'est-ce qu'on fait ? »

— C'est peut-être rien, donc on continue. Si quelqu'un nous suit, on découvrira qui c'est bien assez tôt...

Jackie versa le reste du café dans sa thermos, remit son petit réchaud de camping dans son sac et nous repartîmes, mais notre humeur avait changé. Je me surpris à regarder derrière moi tandis que nous marchions et, régulièrement, Jackie et moi nous nous arrêtions sur une crête ou l'autre pour tenter de déceler un mouvement en bas, dans la forêt.

Nous ne vîmes personne et nous arrivâmes enfin en vue du fort.

49

Ma première impression fut que Mordant était moins un fort que son souvenir matérialisé. La forêt avait fait de son mieux pour estomper et masquer ses lignes, comme pour décourager quiconque de l'examiner de plus près : ses murs d'enceinte étaient couverts de sumac vénéneux, semblable à des cascades de vert tombant dans un précipice. Des sapins, des genévriers s'étaient ligués pour transformer le fort en pépinière. Des cairns, provenant peut-être du déblaiement originel du terrain au moment de la construction du fort, étaient à présent recouverts de mousse, ce qui leur donnait l'aspect de stèles funéraires. Quelque part à proximité devaient se trouver les véritables tombes des anciens occupants du fort, que je présumais perdues depuis longtemps parmi les arbres.

J'aurais bientôt la preuve que je me trompais.

Mordant présentait une certaine ressemblance avec la seule autre fortification que j'avais visitée dans le Maine : le vieux Fort Western d'Augusta, à une échelle réduite, cependant. Des tours de guet s'élevaient à chaque coin, avec des meurtrières horizontales donnant sur la forêt. A l'intérieur, on distinguait encore, malgré leurs toits écroulés, les vestiges de bâtiments adossés à trois des murs d'enceinte, le quatrième – où se trouvait la grande entrée – demeurant libre. L'un d'eux avait manifestement été une écurie, dont les stalles étaient encore visibles, avec en plus un vaste espace pour stocker des vivres. Le bâtiment d'en face consistait en une longue salle qui avait sans doute servi de baraquement pour la troupe. Sur le mur opposé à la grande entrée, j'avisai un bâtiment plus petit dont on pouvait encore deviner la division en plusieurs pièces : le logement de l'officier commandant et de sa famille au sort funeste...

— Là, dit Jackie.

Il tendait le bras vers les broussailles, et quand je les regardai sous un certain angle, je vis qu'un sentier grossier les traversait.

— Coulée de cerf ? suggérai-je.

— Non, c'est un homme qui a fait ça.

Angel, Louis et Liat pénétrèrent dans le fort, l'arme à la main. Je restai à l'extérieur avec Jackie, dont l'attention se partageait entre le fort et la direction d'où nous venions.

— Tu me rends nerveux, Jackie.

— Je me rends nerveux moi-même.

— Tu préférerais être dans la forêt ?

Il y avait dans ce fort quelque chose de profondément troublant, peut-être parce que nous connaissions son histoire. Malgré sa décrépitude, il donnait l'impression d'être habité. Ce sentier entre la forêt et l'entrée du fort avait été régulièrement emprunté.

— Non, répondit enfin Jackie. J'aime mieux risquer le coup ici.

Un sifflement retentit dans le fort : Angel. Louis ne s'abaisserait pas à siffler.

— Au moins, en cas de pépin, on peut fermer la porte et se cacher à l'intérieur, argua Jackie.

— Il n'y a pas de porte. En cas de pépin, comme tu dis, on avisera.

Angel apparut dans l'entrée.

— Faut que t'ailles voir ça, dit-il. Je reste avec Jackie.

Louis et Liat se trouvaient dans les quartiers du commandant. Le rempart du mur arrière se prolongeait vers l'intérieur, créant un abri naturel auquel on avait ajouté une bâche fixée au bois par des clous et soutenue par deux barres métalliques enfoncées dans le sol. Je sentis une odeur d'excréments et d'urine. On avait apposé sur les murs une couche de matériau isolant maintenu en place par d'autres bâches en plastique. Par terre, un sac de couchage, un grand bidon de vingt litres à moitié rempli d'eau, un petit réchaud de camping et des boîtes de conserve : haricots et soupes, pour la plupart. Cela aurait pu être le foyer temporaire d'un sans-abri, ou d'un randonneur de l'espèce la plus intrépide, si l'endroit n'avait été perdu au cœur de la forêt du Maine et s'il n'y avait eu les décorations sur les murs. C'étaient des photos de famille, mais pas toutes de la même famille : ici, un couple avec deux petites filles, tous blonds ; là, un homme et une femme le jour de leur mariage, plus âgés, les cheveux plus foncés que l'autre couple. Tout autour, des photos et des dessins pris dans des journaux et des revues pornos, découpés et collés pour former des illustrations nouvelles et ignobles, de nature antireligieuse : les têtes du Christ, de la Vierge Marie et de Bouddha, de personnages que j'étais incapable d'identifier, sans doute d'origine asiatique et moyen-orientale, posées sur des corps à la nudité obscène. Elles étaient pour la plupart concentrées dans un coin, au-dessus d'un autel de pierres orné de morceaux de statues et de vieux ossements, animaux et humains mêlés. Plusieurs des os semblaient très anciens. Je remarquai aussi une poignée de boutons militaires ternis. Si j'avais dû avancer une hypothèse, j'aurais dit que quelqu'un avait déterré les restes des soldats morts dans le fort.

— Malphas, lâchai-je.

— Pourquoi il serait resté ici ? objecta Louis. Si on part de l'idée que Wildon et le pilote sont morts dans l'accident, il se retrouvait totalement libre. Il pouvait recommencer à faire ce qu'il faisait avant que Wildon le chope.

— Il n'en avait peut-être pas envie, arguai-je.

— Tu crois que la vie au grand air lui plaisait tellement qu'il a décidé de passer une partie de son temps dans un fort en ruine à faire des collages de photos pornos ?

Cela semblait peu probable. Liat nous observait tous deux en suivant la discussion sur nos lèvres.

— « Une partie de son temps… » répétai-je.

— Quoi ?

— Tu viens de dire qu'il a passé une partie de son temps au fort. Ça n'a pas l'air d'un logement permanent et la déco des murs semble récente. Où est-ce qu'il a passé le reste de son temps, et pourquoi il se planquerait ici, de toute façon, s'il avait un logement permanent ailleurs ?

Je regardai Liat, mais elle nous avait tourné le dos. Elle examinait quelque chose gravé dans le bois, nous fit signe de la rejoindre.

C'était la représentation détaillée d'une tête de fillette, deux ou trois fois plus grande que nature, dont la chevelure longue et bouclée ressemblait à un nid de serpents. Les yeux étaient creusés plus profondément que le reste, ovales si grands que j'aurais pu y loger mon poing s'ils n'avaient été hérissés de dents aux racines plantées dans le bois blanc. Sa bouche immense était elle aussi garnie de dents, mais déracinées, ce qui leur donnait l'apparence de crocs. L'effet était terrifiant.

— Quand on a peur de quelque chose, quel meilleur endroit qu'un fort pour se cacher ? soulignai-je.

— Un fort sans portes ? rétorqua Louis.

— Un fort hanté par de mauvais souvenirs. Un fort aux murs et au sol ensanglantés. Un fort comme ça n'a peut-être pas besoin de portes.

— Il avait peur d'une gamine ? fit Louis, sceptique.

— S'il y a du vrai dans ce que j'ai entendu dire sur elle, il avait de bonnes raisons d'être effrayé.

— Et il serait resté dans la forêt, même en ayant la trouille ? Il devait être drôlement important pour lui, cet avion...

Liat secoua la tête.

— Pas l'avion ? demandai-je.

Ses lèvres formèrent le mot « non ».

— Quoi, alors ?

Elle me fit comprendre par une mimique qu'elle n'en savait rien, et dans le jour déclinant, à l'ombre du vieux fort, son mensonge m'échappa presque.

Presque.

50

Ray Wray fuyait.
Il ne savait pas vraiment comment la situation avait dégénéré aussi vite, il savait seulement que Joe et lui avaient perdu pied dès le départ. Ils auraient dû s'éclipser la première fois que le gosse et la femme les avaient contactés, sauf que Joe avait une dette envers eux et qu'ils en demandaient le remboursement, et Joe avait fait comprendre à Ray qu'ils n'étaient pas des gens à qui on pouvait dire non. Il était reconnaissant à Ray d'avoir accepté de venir, même si ce dernier n'aurait jamais mis les pieds dans cette partie de la forêt s'il n'avait pas eu désespérément besoin d'argent.

Dès qu'ils s'étaient mis en route, ils avaient progressé rapidement. Le gosse était plus effrayant qu'une maison hantée le jour de Halloween, mais il savait se remuer et la femme ne s'était pas plainte de l'allure qu'ils avaient prise, ni pour elle ni pour l'enfant. Bien que Joe eût une carte et une bonne idée de l'endroit où ils allaient, Ray avait souvent l'impression que c'était la femme qui les guidait et non l'inverse. Lorsque Joe s'arrêtait pour consulter sa boussole déréglée, la femme continuait à marcher, le gamin trottant derrière elle, et quand Joe et Ray les rattrapaient, il n'était pas nécessaire de changer de direction.

Ray avait estimé qu'ils se trouvaient à moins de deux kilomètres du fort quand on avait tiré la première flèche. Il avait d'abord pensé aux Indiens, ce qui était absurde et n'avançait à rien, mais la façon dont l'esprit humain fonctionne est un mystère. En se jetant à terre et en entendant Joe pousser un juron, il n'avait pu retenir un petit rire nerveux, et ce fut seulement quand il avait levé la tête et vu la flèche enfoncée dans le tronc d'un sapin blanc qu'il avait cessé de rire et qu'il avait songé qu'il risquait fort de laisser sa peau dans cette forêt.

A un mètre de lui sur sa gauche, Joe s'efforçait de localiser la source de la flèche.

— Un chasseur? demanda Ray, plus comme un souhait que comme une véritable question.

Ils portaient encore leurs gilets orange. Le sujet avait fait l'objet d'une discussion et les deux hommes avaient finalement adopté la position suivante : avec une femme et un gosse en remorque, mieux valait limiter les risques. Il aurait fallu être sacrément taré pour tirer une flèche sur une silhouette orange.

— Impossible, putain, répondit Joe, ce qui était exactement ce que Ray venait de penser.

La nommée Flores s'était mise à l'abri derrière un gros chêne. Continuant à chercher dans la forêt l'origine de la flèche, Joe lui cria :

— Mademoiselle Flores, vous avez une idée de qui ça pourrait être ?

Quelque chose fila derrière un sapin incliné par le vent, vieil arbre qui semblait plus appartenir à la faune qu'à la flore, son tronc apparemment sur le point d'extirper ses racines du sol et de traverser la forêt à grands pas. La forme en mouvement se révéla être une sorte de géant à la tête contrefaite tenant un arc à la main. Ray ne réfléchit pas : il fit feu. Des morceaux d'écorce fendirent l'air, puis Joe se mit à tirer à son tour. L'homme battit en retraite, boitant légèrement et cependant agile, mais Ray était sûr que Joe ou lui l'avait touché. Il l'avait vu vaciller à la troisième ou quatrième balle : blessé dans la partie supérieure du corps, l'épaule ou le bras droits, peut-être. Ce fut seulement lorsque Joe et lui cessèrent de tirer qu'il se rendit compte que Flores criait. Par-dessus l'écho faiblissant des détonations et le sifflement dans ses oreilles, il entendit :

— Non !

— Comment ça, non ? grommela Joe.

Il avait vidé le chargeur de sa carabine et rechargeait, allongé sur le dos, tandis que Ray le couvrait.

— Je ne veux pas qu'il soit blessé, dit Flores.

— Mademoiselle, j'ai signé pour vous conduire à cet avion et vous ramener sans problèmes...

Il finit de recharger, balaya les arbres du regard.

— ... pas pour me faire trouer la peau.

Une flèche parut alors se matérialiser dans sa jambe gauche. Alors qu'étendu par terre il s'apprêtait à ajouter autre chose, la pointe triangulaire s'était enfoncée dans sa cuisse et Joe resta la bouche grande ouverte sur un cri tandis que le sang commençait à couler en abondance. Ray n'avait jamais vu un homme perdre aussi rapidement son sang. Il s'élança au secours de Joe, qui se redressait, lorsqu'il vit une deuxième flèche se planter dans le bas de son dos. Ray sut immédiatement qu'il allait mourir. Joe toussa, cracha une grande gerbe rouge tandis que Ray le rejoignait en rampant et, utilisant son corps comme bouclier, tirait au hasard dans la forêt en espérant toucher quelque chose, n'importe quoi. Joe grogna quand une troisième flèche l'atteignit. Elle dut lui percer le cœur, car son corps eut une brève convulsion contre Ray puis se figea.

Cette dernière flèche avait fourni à Ray une ouverture. Il avait aperçu de nouveau la silhouette de l'homme au moment où il lâchait son trait, il avait maintenant une cible. Il avait l'homme dans sa ligne de tir et allait presser la détente quand une main lui rabattit la tête en arrière. La balle se perdit dans la forêt. Une autre main frappa Ray sur le côté de la tête. Il donna un coup de poing derrière lui, sentit ses phalanges heurter des lèvres, des dents. Regardant autour de lui, Ray découvrit le garçon à terre, la bouche rougie par une lèvre éclatée.

Il braqua sa carabine sur l'enfant.

— Tu bouges et je t'en colle une, menaça-t-il.

Ce ne fut pas le garçon qui bougea. Sur sa droite, Ray vit Darina Flores se lever et marcher vers le vieux bouleau jaune

derrière lequel Ray avait aperçu leur agresseur. Elle appelait, elle criait un nom :
— Malphas ! Malphas !
Le garçon se mit à ramper pour s'éloigner de Ray. Quand il fut à quelques mètres, il se mit debout et suivit la femme, du sang coulant de sa bouche blessée. Il ne regarda pas en arrière.
C'est alors que Ray prit sa décision : il ôta son gilet orange et se mit à courir.

Nous étions encore dans le fort quand les premiers coups de feu nous parvinrent. Ils provenaient de l'ouest, autant que nous pouvions en juger. Les boussoles avaient cessé de fonctionner quasiment au moment où le fort nous était apparu, et elles fournissaient maintenant des indications divergentes et sans cesse changeantes sur l'endroit où était censé se trouver le pôle magnétique.
J'expliquai à Liat que nous entendions des détonations et nous rejoignîmes Jackie dehors.
— A ton avis ? demandai-je à Louis.
— Des chasseurs ?
— Ça fait beaucoup de coups de feu, dont une partie au moins avec un pistolet... J'aimerais bien savoir ce qui se passe...
— T'as envie de te retrouver dans la fusillade ?
— Pas vraiment, répondis-je. Je me demande seulement qui tire, et sur quoi.
Nous attendîmes. Les détonations s'arrêtèrent. Je crus entendre un cri d'oiseau qui ne m'était pas familier. Angel nous éclaira :
— Une voix de femme.
Nous nous regardâmes. Je haussai les épaules.
— On y va, dis-je.

Ray Wray n'aurait su dire dans quelle direction il courait. Il ne voyait pas le soleil, il était en proie à la panique. Il s'attendait à tout instant à sentir la douleur perçante d'une pointe de flèche triangulaire se fichant dans sa chair, mais rien ne venait. Il arriva à un chêne déraciné et tombé à terre, se laissa glisser derrière pour reprendre son souffle et s'orienter. Il inspecta la forêt silencieuse, ne décela aucun mouvement derrière lui, pas de tête monstrueuse le visant, pas d'arc bandé prêt à lâcher son trait. Ray avait encore sa carabine et une trentaine de balles, ainsi que son pistolet. Il avait aussi de l'eau, de la nourriture, mais pas de boussole. Il examina les arbres qui l'entouraient, tenta d'estimer l'épaisseur de la mousse qui les recouvrait : selon le vieux savoir de la forêt, elle devait être plus épaisse côté nord. Il ne voyait aucune différence, il aurait aussi bien pu jouer ça à pile ou face.

Il regarda de nouveau dans la direction d'où il était venu et ne vit rien. Il se demanda si la femme et le gosse étaient déjà morts. C'était quoi, déjà, le nom qu'elle avait crié ? Malthus ? Non, Malphas. La Flores connaissait le nom de l'homme qui avait tué Joe, le criblant de flèches de chasse tel un enfant cruel torturant un insecte avec des épingles. Ils avaient fait une bien belle boulette, lui et Joe, en acceptant d'aller dans la forêt avec cette femme. Au moins, Ray avait encore l'avance qu'elle lui avait versée pour ses services. Si on lui en avait laissé le temps, il aurait fait les poches de Joe pour récupérer aussi sa part. Enfin, ce qu'il avait était mieux que rien.

Il examina l'arbre le plus proche, décida que la mousse était plus épaisse sur le côté faisant face à la direction d'où il venait et se prépara à marcher vers le sud.

Il se relevait quand il entrevit l'éclair pâle d'un mouvement derrière lui. Instinctivement, il fit feu.

Une petite fille l'observait, immobile entre deux sapins blancs, l'un plus vieux, à l'écorce plus rugueuse que l'autre. Ray découvrit un trou dans la robe de l'enfant, là où la balle l'avait atteinte. Horrifié par ce qu'il avait fait, il attendait qu'elle tombe, mais elle ne bougeait pas. Elle ne montrait aucun signe de souffrance et sa blessure ne saignait pas. Elle aurait dû être morte ou mourante. Elle aurait dû être allongée sur le dos, perdant son sang et sa vie, des nuages défilant sur ses pupilles. Elle n'aurait pas dû rester debout, à regarder fixement l'homme qui venait de lui loger une balle dans le corps.

Ray avait entendu raconter des choses, mais il avait toujours espéré que c'étaient autant de sornettes, des histoires invraisemblables comme les serpents de mer et les loups-garous. Maintenant, il savait.

— Je suis perdue, dit la fillette.

Elle tendit une main vers Ray, qui remarqua les ongles cassés, la terre sur les doigts. Ses yeux étaient des charbons gris-noir contrastant avec la blancheur dévastée de sa peau.

— Reste avec moi.

Ray recula. Il eut envie de la menacer, comme il l'avait fait avec le garçon, mais cette fois ses armes ne lui serviraient à rien.

— M'approche pas, lui ordonna-t-il.

— Je suis toute seule, reprit la petite fille.

Sa bouche s'ouvrit et un mille-pattes sortit d'entre ses dents, descendit sur le devant de la robe.

— Ne me laisse pas.

Ray continua à battre en retraite, sa carabine inutilement braquée sur la fille. Son pied se prit dans des racines tordues dissimulées par une couche de feuilles mortes et il dut baisser les yeux pour garder l'équilibre. Quand il releva la tête, la fille avait disparu. Il décrivit lentement un cercle, la vit sautiller dans l'ombre et crut l'entendre rire.

— Laisse-moi tranquille ! s'écria-t-il avant de tirer dans sa direction.

Il se fichait de la toucher ou pas, il voulait seulement la tenir à distance. Elle tournait autour de lui tel un loup qui peu à peu se rapproche d'une proie blessée mais encore dangereuse. Qu'est-ce que Joe avait dit ? Que cet endroit était le territoire de la fille. S'il parvenait à s'en sortir, elle se rabattrait probablement sur la femme et le garçon.

La fille fit halte et, cette fois, Ray visa avec soin. La balle l'atteignit à la tête. Un point de son crâne explosa et sa chevelure noire partit en arrière, comme fouettée par une rafale de vent. La vision de Ray se troubla et il se rendit compte qu'il pleurait. Ça n'aurait pas dû se passer comme ça. Il n'était pas censé tirer sur une petite fille. Il n'était pas censé être là du tout.

— Pardon, murmura-t-il. Je voulais juste que tu me laisses tranquille.

Il tira de nouveau et la fille secoua violemment la tête, mais elle continua à tourner en se rapprochant sans cesse de lui, avant de reculer subitement parmi les arbres. Il pouvait toutefois encore la voir. Elle semblait se préparer à un dernier assaut. Ray estima que sa meilleure chance consistait à vider son arme sur elle, afin que la férocité de sa réaction la renvoie enfin d'où elle venait. Il la vit tressauter quand la première balle la toucha et il ne ressentit cette fois que de la satisfaction.

Un poids le frappa soudain à la poitrine et il entendit une détonation qui ne provenait pas de sa carabine. Il fut projeté en arrière contre un tronc d'arbre, glissa lentement le long de l'écorce en laissant une traînée de sang gluante. Son arme lui échappa quand il se retrouva en position assise, les mains écartées de chaque côté du corps. Il baissa les yeux, vit la blessure sur sa poitrine, dont le rouge se répandait comme une nouvelle aube. Les mains en suspens au-dessus de la plaie, il soupira tel un homme qui vient de renverser de la soupe sur sa chemise. Il avait la bouche sèche et, lorsqu'il tenta de déglutir, les muscles de sa gorge refusèrent de se contracter. Il commença à suffoquer.

Deux hommes apparurent devant lui, l'un grand et noir, le crâne et le visage rasé à l'exception d'un bouc grisonnant nettement taillé, l'autre plus petit et débraillé. Ils lui parurent familiers. Il s'efforça de se rappeler où il les avait déjà vus, mais il était trop occupé à se vider de son sang pour pouvoir se concentrer. Derrière eux surgirent trois autres personnes, dont une jeune femme. Du pied, le Noir écarta la carabine de Ray, qui tendit la main vers lui. Ray ne connaissait pas la raison de ce geste, sauf qu'il mourait, et mourir, c'est comme se noyer, et un homme qui se noie tend toujours la main dans l'espoir de trouver quelque chose qui l'empêchera de couler.

Le Noir saisit la main tendue tandis que les dernières secondes de la vie de Ray fondaient comme neige au soleil.

C'est la fille, comprit Ray. Sachant qu'elle ne parviendrait pas à l'avoir, elle s'était arrangée pour que d'autres s'occupent de lui. En tirant sur elle, il avait tiré sur eux et ils lui en avaient fait payer le prix en le tuant.

— Qui est-ce ? demanda l'un des types, un grand barbu qui semblait déplacé parmi les autres et plus à sa place qu'eux dans la forêt.

Ray essaya de parler, il voulait leur dire :

Ma mère m'a donné ce nom, dont les gosses se moquaient à l'école. Je n'ai jamais eu dans la vie que de la malchance, et c'est peut-être à cause de ce nom.

Ça n'aurait pas dû arriver. Je cherchais un avion.

Je m'appelle...

51

Je fouillai le mort. Il avait deux mille dollars en liquide dans une de ses poches, ainsi que des barres chocolatées et un silencieux pour le 9 mm qu'il portait sous son blouson. Pas de papiers d'identité. Louis l'avait abattu après qu'il eut tiré deux balles dans notre direction – dont une qui avait frôlé Liat – et alors qu'il s'apprêtait à faire feu une troisième fois. Si Louis ne l'avait pas descendu, je l'aurais fait, mais je ressentais de la honte en baissant les yeux vers cet inconnu, mort au cœur d'un coin sauvage du Maine parce que nous cherchions une liste de noms restée dans l'épave d'un avion que la forêt avait peut-être déjà engloutie.

— Tu le reconnais ? me demanda Angel.
— Sa tête me dit quelque chose.
— Il était chez le glacier, à Portland. Louis avait menacé de lui tirer dessus.
— Ça devait arriver, je suppose, dit Louis.
— Il est sûrement pas venu seul, fit remarquer Jackie.
— C'était peut-être lui, la fusillade qu'on a entendue tout à l'heure, avança Angel.
— Ça ne nous dit toujours pas sur qui il tirait avant de nous canarder.

Les traces laissées par le mort étaient faciles à suivre. Il avait brisé des branches et piétiné des broussailles en traversant la forêt. Ce n'était pas la progression prudente d'un chasseur, d'animaux ou d'hommes. Ce type *fuyait* quelque chose.

— Tu penses qu'on se dirige encore vers le nord-ouest ? demandai-je à Jackie.

— Autant qu'on peut en juger sans une boussole qui marche, mais je suis prêt à parier que oui.

— L'avion est tombé quelque part dans le coin. Il faut continuer à chercher.

— Bon Dieu, bougonna Jackie, on pourrait passer à côté sans le voir. On avait même pas repéré ce mec avant qu'il soit quasiment sur nous.

— Nous allons nous déployer, décidai-je. Former une ligne, chacun restant visible pour les autres.

Je ne voyais pas d'autre solution. Nous devions couvrir le plus de terrain possible tant qu'il faisait encore jour. L'inconvénient, c'était que nous offririons ainsi cinq cibles faciles, comme une rangée de canards dans un stand de tir à la fête foraine. Nous avançâmes donc, en regardant devant et de chaque côté, et par moments me revenait la crainte de Jackie que nous puissions nous-mêmes être traqués.

Le soleil se couchait quand nous découvrîmes l'autel. Derrière se trouvait l'avion, presque englouti par la forêt. Des corbeaux étaient perchés dans les arbres, noirs et silencieux, telles des tumeurs sur les branches.

Et devant nous se tenaient trois silhouettes, dont une déjà agonisante.

Darina avait vu la tête de l'homme s'incliner quand elle avait crié son nom. Elle n'avait pas peur de lui. Ils étaient de même nature, elle et lui : après tout, ils avaient enfoui ensemble les petites Wildon, sans hésiter un instant tandis que les fillettes se tordaient sous les pelletées de terre. Ils avaient surtout tous deux gardé le souvenir de la Chute, le grand bannissement après lequel ceux de leur espèce s'étaient retrouvés abandonnés dans un monde encore en formation.

Le garçon la suivait tranquillement, en se frayant un chemin parmi les racines tordues et les branches cassées. Darina répétait le nom du passager comme un mantra pour le calmer, le rassurer, alors qu'elle ne le voyait même pas.

— Malphas, Malphas. Souviens-toi.

Au-dessus d'elle, un vol de corbeaux sembla reprendre son appel en écho.

Elle gravit une butte et l'avion lui apparut. Il ressemblait à un arbre abattu, sauf qu'il n'y avait pas d'autres arbres autour, et que sa surface était peut-être trop régulière, trop lisse. Il était plus qu'à demi enfoncé dans la terre, comme si le sol de la forêt s'était transformé sous lui en sables mouvants. Au-delà, un étang miroitait faiblement.

Entre l'appareil et l'endroit où elle se tenait s'entassait un bric-à-brac délirant de morceaux de statues religieuses, de crânes et d'os disposés selon des formes qui n'avaient aucun sens pour elle, le tout sous une structure de bois et de boue séchée le protégeant des intempéries. De Malphas, aucune trace.

Ils s'approchèrent de la construction, se tinrent devant. Lorsque le garçon tendit le bras pour toucher un des crânes, Darina l'arrêta. Elle entendait un bourdonnement dans sa tête, elle éprouvait une peur mêlée de respect, sentiment le plus proche de la ferveur religieuse d'un fanatique qu'elle eût jamais connu dans sa longue existence. Il y avait là une force, un dessein. Elle prit la main de l'enfant et, ensemble, ils cherchèrent à comprendre.

Une ombre tomba sur eux. Ils se retournèrent lentement. La silhouette de Malphas, le passager, se découpait sur le soleil couchant, sa tête difforme ceinte d'une couronne de feu. Dans ses mains, l'arc était bandé, la flèche encochée. Elle le regarda dans les yeux et l'énormité de son erreur lui apparut clairement. Il n'y avait pas de reconnaissance, pas de nature partagée. Elle se vit simplement reflétée dans le regard fixe et hostile d'un prédateur. Du sang coulait d'une blessure à son flanc.

— Malphas, dit-elle. Reconnais-moi.

Il plissa les yeux et la flèche parla pour lui, droit au cœur de Darina. Elle sentit une brûlure dans son torse tandis que l'orange profond du coucher de soleil était obscurci par le rouge plus profond de sa propre mort. Elle porta les mains à sa poitrine et caressa la flèche, la tint doucement comme une offrande. Darina s'efforça de donner forme à sa souffrance, mais aucun son ne sortit de sa bouche quand elle s'effondra sur le sol.

Comme elle ne pouvait plus crier, le garçon cria pour elle, sans s'arrêter.

L'homme qui nous tournait le dos était immense. Vêtu d'une tenue de camouflage vert et marron, il avait un arc dans la main. A sa droite, le jeune garçon cessa de hurler en nous découvrant et la femme qui se tenait près de lui tomba par terre, les mains agrippées à la flèche plantée dans sa poitrine.

Quand le colosse se retourna, je vis l'horrible crevasse de sa tête, comme si on lui avait fendu le crâne avec un couperet de boucher. J'avais donc devant moi Malphas : le survivant, le meurtrier des petites Wildon. Il était complètement chauve, avec des oreilles pointues, un visage curieusement allongé et extrêmement pâle malgré les années passées dans la forêt, des yeux sombres et étrangers à ce monde. Il ressemblait à une chauve-souris albinos géante. Pourtant, bien qu'il tendît déjà la main pour prendre une flèche dans le carquois battant son flanc, c'était le garçon qui retenait toute mon attention, un garçon que je craignais plus que l'homme démesuré dressé près de lui. Un Brightwell en miniature, un Brightwell enfant, peau moite et pâle, goitre dans le cou, plus terrifiant que dans sa version adulte. Je vis son visage se tordre de rage quand il me reconnut, car arrive-t-il souvent qu'un homme ait l'occasion d'affronter de nouveau son meurtrier ?

Tout ce qui arriva ensuite se déroula lentement et vite à la fois. Jackie, Angel et Liat hésitèrent avant de tirer, de crainte de toucher le garçon, inconscients du danger qu'il représentait. Plus prompt à réagir, Louis fit feu à l'instant où Malphas encochait une autre flèche et se laissait tomber sur un genou pour la lâcher. J'entendis un battement d'ailes autour de nous : un autre vol de corbeaux s'élevait dans le ciel. La balle de Louis n'atteignit que l'autel, mais cela suffit à perturber Malphas, dont la flèche sembla partir au hasard. Il se relevait déjà pour se mettre à couvert quand le garçon frappa. Des plis de son blouson, il extirpa un long couteau avec lequel il taillada l'arrière de la jambe droite du géant, lui sectionnant le tendon du jarret. Malphas s'écroula, le garçon lui planta sa lame dans le dos. Lâchant son arc, Malphas tenta de tendre le bras derrière lui pour saisir le manche du couteau, mais le mouvement ne fit sans doute qu'enfoncer davantage la lame, dont la pointe dut trouver le cœur. Sa bouche s'ouvrit toute grande sur un cri de souffrance silencieux. La vie le quittait, lentement, près de la femme inerte qui le fixait de son œil indemne, son sang se mêlant au sien sur le sol jonché de brindilles.

Il n'avait pas été le seul à tomber. Jackie m'appela, je me retournai et découvris Liat assise par terre, une flèche dans l'épaule gauche. Profitant de ce moment d'inattention, le garçon s'enfuit, passa derrière l'avion et disparut dans la forêt.

Jackie et Louis aidèrent Liat à se redresser, Angel examina la flèche.

— Elle a traversé de part en part, constata-t-il. On la casse, on la sort, on bande la blessure du mieux qu'on peut avant de pouvoir l'amener à l'hôpital…

Je vis la pointe triangulaire dépasser de la partie supérieure du dos de Liat. La blessure était grave. Ces flèches étaient conçues pour causer un énorme trauma. Liat, qui tremblait déjà sous l'effet du choc, parvint néanmoins à indiquer l'avion de sa main droite.

— J'y vais, dis-je. Plus tôt nous aurons mis la main sur cette fichue liste, plus tôt nous pourrons partir.

— Et le gamin ? s'enquit Angel.

— Ce n'était pas un gamin, rectifiai-je en me tournant vers Louis. Retrouve-le. Ramène-le vivant.

Louis hocha la tête et me suivit quand je me dirigeai vers l'avion.

— Ce gonflement sur sa gorge… commença-t-il.

— Oui.

— Ça ressemble à ce qu'avait Brightwell.
— C'est Brightwell, affirmai-je. Je te le répète : ramène-le vivant. Ne le tue pas.
Louis lâcha sa carabine et sortit son pistolet.
— Ça dépendra pas que de moi.
Jackie Garner s'écarta soudain d'Angel et de Liat pour scruter la forêt en direction du sud, la carabine levée.
— Quoi, maintenant ? grogna Louis.
— Il pense avoir vu quelqu'un ! nous cria Angel.
— Occupe-toi de la liste, me dit Louis. Je vérifie puis je rattrape le gosse, ou Brightwell, si c'est bien lui.

L'avion s'était tellement enfoncé dans le sol que pour y pénétrer je dus descendre dans la carlingue une fois que j'eus réussi à couper les plantes grimpantes collées à la porte. Elle était encore entrouverte, des années après que Vetters et Scollay l'avaient forcée. A cause de la végétation qui recouvrait les hublots, il faisait sombre à l'intérieur. J'entendis quelque chose détaler à l'arrière et s'enfuir par un trou invisible. J'allumai ma torche électrique, cherchai la sacoche en cuir que Harlan Vetters avait décrite à sa fille. Elle était toujours là, avec à l'intérieur les feuilles dactylographiées protégées par une pochette en plastique. A côté étaient éparpillées des écritoires à pince, des cannettes de soda et une paire de chaussures. Je gagnai l'arrière de l'appareil, éclairé par un rai de lumière provenant de quelque part. L'avion était légèrement incliné, le nez vers le ciel, l'arrière planté dans la terre, et ce qui semblait n'être qu'une partie du fuselage se révéla être, après examen, un morceau de toile fixé au métal. L'ouverture avait probablement permis à Malphas d'entrer dans l'avion et d'en ressortir facilement quand il le décidait.

— Charlie ? fit la voix de Louis. Je crois que tu devrais venir jeter un coup d'œil par ici...
— J'arrive !
— Maintenant, ce serait bien.
Une autre voix se fit entendre, une voix que je connaissais parfaitement :

— Si vous avez une arme, monsieur Parker, je vous conseille de la lancer devant vous. Je veux voir vos mains levées quand vous apparaîtrez. Si je vous vois avec une arme, le sang coulera.

Obéissant à ses ordres, je sortis de l'avion les mains au-dessus de la tête, la sacoche à l'épaule gauche, et me préparai à affronter le Collectionneur.

52

Je saisis toute la scène en émergeant de l'avion : Liat adossée à un arbre, le bras gauche pendant le long du corps, le teint pâle ; Angel et Louis dans la clairière, plus bas, à cinq ou six mètres l'un de l'autre, leurs armes braquées vers le tertre dominant l'eau noire et nauséabonde de l'étang.

Là se trouvait le Collectionneur, en partie caché par un tronc d'arbre. Le vent soulevait les pans de son manteau, qui battaient comme des ailes, mais n'ébouriffait qu'à peine sa chevelure enduite de gel. Apparemment, il n'avait pas davantage modifié sa tenue pour cette excursion en pleine nature qu'il ne l'aurait fait pour une promenade dans un parc : pantalon noir, chaussures éculées, chemise blanche tachée boutonnée jusqu'au cou, veste et manteau noirs.

Jackie était agenouillé devant lui. Il avait autour du cou un étrange nœud coulant auquel étaient attachées, sur toute sa longueur, des breloques argentées miroitant dans le soleil couchant. Ce fut seulement en m'approchant que leur forme devint plus nette. Lames de rasoir et hameçons : tout mouvement de Jackie ou de l'homme qui se tenait derrière lui tailladerait la chair. Le corps de Jackie réduisait la partie visible du Collectionneur – rien que la moitié du visage et le bras droit –, rendant un hypothétique tir bien trop difficile. Pressant le canon de son arme sur le dessus de la tête de Jackie, le Collectionneur faisait aller son regard d'Angel à Louis. Quand j'apparus, ses yeux se fixèrent sur moi, et, même de loin, je remarquai le changement. Autrefois, leur hostilité était atténuée par une sorte d'amusement sarcastique devant le monde et la façon dont il allait, la manière dont il l'avait contraint à assumer la lourde tâche de bourreau. C'était une facette de sa folie, mais elle lui conférait une humanité dont il aurait été autrement dépourvu. Sans cette lueur amusée, ses yeux étaient des fenêtres sur un univers vide et sans pardon, un néant où tout était mort ou agonisant. Il était devenu la Faucheuse incarnée, entité impitoyable.

— Lâchez-le, dis-je.

Lentement, je décrochai la sacoche de mon épaule et la levai pour qu'il puisse la voir.

— Ce n'est pas ça que vous cherchez ? Ce n'est pas pour ça que vous êtes venu ?

Liat secoua la tête, m'implorant du regard de ne pas remettre la liste à cet homme.

— Si c'est ça, ce n'est pas *tout* ce que je veux, répliqua celui qui s'appelait aussi Kushiel.

Il regarda les corps de Malphas et de la femme au visage brûlé.

— C'est votre œuvre ? demanda-t-il.

— Non, la leur. Malphas a tué la femme et le garçon a tué Malphas en représailles.

— Le *garçon* ?

— Il a un goitre, là.

De ma main libre, je désignai mon cou.

— Brightwell, conclut le Collectionneur. Alors, c'est vrai : il est revenu. Où est-il ?

— Il s'est enfui dans la forêt. On allait se lancer à sa poursuite quand vous avez débarqué.

— Vous devriez avoir peur de lui. Après tout, vous l'avez tué, naguère. Comme raison d'en vouloir à quelqu'un, on trouve difficilement mieux. Pour les deux autres, vous n'avez pas à vous inquiéter. Ils ne reviendront pas. Ils ne reviendront sans doute jamais.

— Pourquoi ?

— Les anges ne meurent que de la main d'un autre ange. Fini, maintenant. Plus de retour, plus de nouvelles formes. *Pff !*

Je réfléchis à ce qu'il venait de me dire. J'avais tué Brightwell mais il était revenu. Si le Collectionneur avait raison...

Il m'avait devancé dans mon raisonnement et souriait.

— Pourquoi ? me lança-t-il d'une voix moqueuse. Vous vous preniez pour un ange déchu, un fragment de la Divinité rejeté pour sa déloyauté ? Vous n'êtes rien : vous n'êtes qu'une anomalie, un virus dans le système. Bientôt vous serez effacé et ce sera comme si vous n'aviez jamais existé. Votre vie se mesure maintenant en minutes, pas en heures ni en jours, ni en mois, encore moins en années. Vous êtes très près de mourir ici, parce que je suis très près de vous tuer.

Je vis Louis et Angel se raidir, leurs corps se préparant à la fusillade à venir. En réponse, le Collectionneur tira sur le nœud coulant et Jackie poussa un cri de douleur. Des filets de sang coulèrent sur son cou.

— Non ! intervins-je. Baissez vos armes. Allez !

Angel et Louis obéirent, mais leur index demeura sur la détente et leurs yeux sur Kushiel.

— Pourquoi devrais-je mourir ? interrogeai-je. Parce que mon nom est sur la liste que vous avez reçue ?

Cette fois, le Collectionneur rit franchement.

— La liste ? Ces noms sont sans intérêt. Des appâts, des petits soldats à sacrifier. Ils savaient que la nommée Kelly chancelait. Ils savaient qu'elle les trahirait. Elle n'avait jamais été mise au courant de leurs plus grands secrets, elle ne connaissait que les noms de ceux qu'elle avait elle-même corrompus. Brightwell a peut-être ajouté le vôtre quand vos chemins se sont croisés, et d'autres ont fait en sorte qu'il figure aussi sur la liste de Barbara Kelly. Ils espéraient que sa présence convaincrait vos amis de se retourner contre vous, de vous rejeter ou de vous supprimer. La vraie liste, la seule qui soit importante, est entre vos mains. Elle est plus ancienne et a été établie par de nombreuses personnes. Cette liste-là a du *pouvoir*.

— Comment savez-vous tout ça ?

— Je l'ai arraché par la torture à une femme appelée Becky Phipps avant de lui donner la mort. Ça n'a pas été facile. A la fin, elle avouait par petites gouttes.

— Qui voulait que mon nom soit sur cette liste ?

— Phipps est morte avant que je puisse lui extorquer cette information, mais elle a parlé des « Commanditaires ». Ce sont tous des hommes et des femmes fortunés, influents, dont un est cependant plus important que les autres. Ils savaient que Kelly changeait de camp, ils ont introduit votre nom dans sa tête. Ils lui ont raconté que c'était une information importante, qu'elle aurait une grande valeur pour leurs ennemis. Naturellement, elle s'en est servie, comme ils savaient qu'elle le ferait. Ils vous surveillaient depuis longtemps, vous suscitiez autant leur curiosité que la mienne, mais le pragmatisme avait finalement prévalu sur l'intérêt pour votre nature plus profonde. Il semblerait qu'ils souhaitent maintenant, tout comme moi, un monde débarrassé de votre personne. Voici donc le marché que je vous propose et qui est à prendre ou à laisser : vous vous livrez à moi et cette femme vivra. Ainsi que vos deux amis belliqueux. Une vie contre trois autres. Considérez-vous comme un martyr de votre cause. Sinon, je vous traquerai tous et je ne m'arrêterai que lorsque tous ceux que vous aimez seront morts.

Il serra de nouveau le collier autour du cou de Jackie et le tordit. Jackie hurla brièvement avant que l'étranglement réduise son cri à un gargouillement de douleur.

— Vous n'avez pas répondu à ma question, fis-je remarquer, tentant de garder mon calme. Pourquoi vous, et pourquoi maintenant ?

Le Collectionneur pressa plus fort le canon de son pistolet sur le crâne de Jackie.

— Non, à mon tour de poser les questions, et je n'en ai qu'une : pourquoi m'avez-vous envoyé cet homme ? Pourquoi avez-vous fait ça ?

J'ignorais totalement de quoi il parlait et je le lui dis. Il enfonça son genou dans le dos de Jackie pour le forcer à se tordre en arrière.

— Je parle de lui ! Pourquoi l'avez-vous envoyé chez mon... chez Eldritch ? Pour détruire ses dossiers ? Pour le tuer ? Pour me tuer ? Pourquoi ? *Je veux savoir !*

Je finis par comprendre :

— L'explosion ? Je n'ai rien à voir là-dedans.

— Je ne vous crois pas.

— Je n'y suis pour rien. Sur ma vie.

— C'est bien votre vie qui est en jeu. Et celle de tous vos amis.

Je vis les lèvres de Jackie remuer.

— Laissez-le parler.

Kushiel desserra un peu le nœud coulant, qui demeura accroché à la chair de Jackie par ses hameçons.

— Je savais pas, murmura-t-il, si bas que je l'entendis à peine. Je savais pas, je le jure.

— Oh, Jackie, dis-je. Jackie, qu'est-ce que tu as fait ?

— Ils m'avaient dit qu'il n'y aurait personne dans l'immeuble. Ils m'avaient assuré que personne ne serait blessé.

Il parlait d'un ton monocorde : il ne plaidait pas, il avouait.

— Qui, Jackie ? Qui t'a dit ça ?

— Ils m'ont téléphoné. Ils étaient au courant, pour ma mère. Ils savaient qu'elle était malade, que je n'avais pas l'argent pour la faire soigner. Ils m'ont offert un boulot et j'ai reçu une avance, un paquet de blé, avec la promesse que j'en toucherai encore plus. Tout ce que j'avais à faire, c'était provoquer une explosion. J'ai pas posé de questions. J'ai pris l'argent, j'ai fait le boulot. Mais pour être sûr qu'y aurait personne dans l'immeuble quand ça péterait, j'ai pas installé de système de retardement. Je me suis servi d'un portable pour déclencher l'explosion. J'ai appelé quand j'ai vu que le vieux et la femme étaient sortis du bureau, mais la femme y est retournée entre-temps... Je suis désolé.

Pendant un moment, tout le monde garda le silence. Il n'y avait rien à ajouter.

— Il semble que je vous aie mal jugé, monsieur Parker, admit enfin le Collectionneur. Je dois cependant reconnaître que je suis déçu. J'avais enfin trouvé une excuse pour me débarrasser de vous.

— Ne lui faites pas de mal, dis-je. Il doit y avoir une solution.

— Qu'est-ce que vous voulez faire ? Prendre sa place ? Le remettre à la police ? Vous n'êtes qu'un hypocrite, monsieur Parker. Vous avez mal agi. Vous avez utilisé les fins pour justifier les moyens. Il m'est arrivé d'envisager de vous ajouter à ma collection. Avez-vous jamais éprouvé l'envie de soulager votre conscience en parlant à la police de corps enfouis dans les marais, de morts dans les toilettes d'une gare routière ? Je n'ai pas confiance en vous. Je n'ai confiance en aucun de vous.

— Je vous propose un échange. Mon ami contre la liste.

— La liste ? J'ai assez de noms en tête pour avoir de la besogne pendant cent vies. Même si je procédais à une exécution par heure, ce ne serait encore qu'un faible avant-goût du Jugement dernier à venir. Votre croisade n'est pas la mienne. Ce que je veux, moi, c'est la vengeance. C'est du sang, et j'en aurai. Mais prenez votre ami, d'accord. Je le relâche. Vous voyez ?

Il souleva l'extrémité de la corde, la laissa tomber de sa main. La tête baissée, se servant toujours de Jackie comme d'un bouclier, il commença à reculer vers la forêt et sa silhouette sombre se fondit dans une obscurité plus profonde, jusqu'à ce qu'on ne perçoive plus de lui que sa voix :

— Je vous avais prévenu, monsieur Parker. Je vous ai dit que tous ceux qui vous soutiennent mourront. Ça a déjà commencé. Ça continue.

Une détonation claqua et la poitrine de Jackie Garner cracha un nuage de sang. Angel et Louis se mirent tous deux en mouvement, mais le Collectionneur tira une autre balle, puis une troisième, à quelques centimètres seulement de mes pieds.

— Arrêtez ! ordonna-t-il. Arrêtez, ou la fille sera la suivante.

Liat était la plus proche de lui, elle n'entendait cependant rien de ce qu'il disait.

Aucun de nous ne bougea et Jackie Garner mourut sous nos yeux.

— Je peux la supprimer maintenant ! cria la voix dans la forêt. Je l'ai dans ma ligne de tir. Avancez vers moi, monsieur Parker, et jetez-moi la sacoche. Pas de petite ruse, pas de lancer trop court. Vous me donnez la liste et vous vous en tirerez *tous* vivants.

Je levai la sacoche par sa bandoulière et la jetai, mais pas en direction de la forêt, vers l'étang noir. Elle parut rester trop longtemps sur l'eau sombre et visqueuse avant de disparaître silencieusement dans ses profondeurs. Je vis Liat écarquiller les yeux, tendre son bras valide comme si elle espérait ramener la sacoche à elle par la seule force de sa volonté.

Immobile, j'attendais le dernier coup de feu que j'entendrais dans cette vie, mais il n'y avait que la voix du Collectionneur, plus faible à mesure qu'il s'enfonçait dans la forêt. J'entendis un bruit au-dessus de ma tête et je vis un corbeau se séparer de ses congénères pour voler vers le nord.

— C'était une erreur, disait la voix. Vous savez, monsieur Parker, je ne crois pas que nous allons rester amis, vous et moi...

53

Le garçon ne savait pas où il allait. Il avait faim, il était accablé de chagrin. Il venait de perdre la femme qui avait été sa mère et plus encore, il avait revu le visage de l'homme qui l'avait brièvement expédié dans le néant, dans la souffrance du non-être. Il avait envie de le tuer, mais il n'était pas encore assez fort pour ça. Il n'avait même pas encore recouvré sa capacité de parler. Les mots naissaient dans sa tête sans qu'il pût les former avec sa langue ni forcer ses lèvres à les prononcer.

Il courait dans la forêt en pleurant la femme et en ourdissant sa vengeance.

Il entendit un bourdonnement dans sa tête, la voix du Dieu des Guêpes, de l'Homme Reflété, mais, perdu qu'il était dans sa rage et sa douleur, le garçon ne le comprit comme un avertissement que lorsqu'il se rendit compte qu'il était suivi. Il y avait parmi les arbres une présence qui s'attachait à ses pas alors qu'il fuyait sans le vouloir vers le nord. D'abord il craignit que ce ne fût Parker, ou l'un de ses acolytes, venu l'achever. Il s'arrêta dans un bosquet de cyprès, s'accroupit, regarda et écouta.

Le garçon perçut un mouvement, un tremblement de noir sur le vert, semblable à un papier brûlé soufflé par le vent. Il tenta de se rappeler si l'un de ceux qui se trouvaient près de l'avion avait porté des vêtements noirs, conclut que non. Il n'y en avait pas moins danger : la voix le mettait en garde. Sa main droite explora le sol autour de lui et trouva une pierre de la taille de son poing. Il la serra fortement. Il n'aurait qu'une seule chance de l'utiliser, il ne devrait pas la gâcher. S'il touchait son poursuivant à la tête, le coup lui donnerait le temps de se jeter sur lui et il se servirait alors de la même pierre pour le battre à mort.

Nouveau mouvement, plus près cette fois. La silhouette était menue, à peine plus grande que lui. Il fut intrigué. S'agissait-il d'un animal quelconque, ou même d'un loup au pelage sombre ? Y avait-il des loups dans cette forêt ? Il l'ignorait. L'idée d'être assailli par une bête carnivore l'effrayait davantage que la menace de n'importe quel être humain. Il craignait une faim irraisonnée, des dents déchirant sa peau, des mâchoires écrasant sa chair. Il avait peur d'être dévoré.

La fille sortit de derrière un arbre, à moins de trois mètres de l'endroit où il se trouvait. Comment elle avait pu bouger aussi vite sans être vue, il n'en savait rien. Il réagit instantanément, lança sa pierre, la vit frapper la fille au-dessus de l'œil droit, ce qui la fit chanceler mais pas perdre l'équilibre. Il s'apprêtait à bondir sur elle lorsque le bourdonnement s'amplifia d'un coup, et il vit que la blessure à la tête de la fille ne saignait pas. Il distinguait clairement, à l'écorchure de la peau, l'impact du caillou et cependant, mis à part le choc initial, elle ne semblait aucunement perturbée par la douleur. Elle ne paraissait même pas furieuse. Elle fixa simplement le garçon, puis elle leva la main droite et l'invita à la rejoindre en repliant un index sale depuis longtemps privé d'ongle.

Cette faim irraisonnée que le garçon avait craint de trouver chez un animal se manifestait maintenant sous une autre forme, plus terrible. Cet être n'était pas vraiment un enfant, pas plus que lui-même n'en était un : c'était de la solitude et de la peur, de la haine et de la douleur, le tout enveloppé d'une peau de petite fille. Ouvrez-la, des insectes piqueurs et des serpents venimeux tomberont de ses entrailles, pensait-il. Elle n'était ni bonne ni mauvaise, et de ce fait au-delà du pouvoir du garçon et d'autres créatures semblables, et même du Dieu des Guêpes. Elle était pur désir.

Il recula et elle ne fit rien pour le suivre. Elle continua simplement à bouger le doigt, apparemment certaine que, si elle persistait, il finirait par se livrer à elle, mais il n'avait pas l'intention de capituler. Sous toutes ses incarnations, le garçon avait affronté de nombreuses menaces et compris la nature de la plupart des entités. Il voyait dans celle-là une bête attachée. Un chien au bout d'une chaîne, libre de vagabonder à l'intérieur de certaines limites, mais finalement entravé. S'il parvenait à sortir du territoire de la fille, il serait en sécurité.

Il se retourna et courut, toujours sans se soucier de la direction prise, cherchant uniquement à mettre entre lui et la fille le plus de distance possible. Le jour déclinait rapidement, il voulait être hors de portée avant que la nuit tombe. Elle se remit en mouvement pour rester près de lui, tache fugace entre les arbres. Il haletait. Il n'était pas en bonne santé, il ne l'avait jamais été, et, bien que capable de puiser en lui une énorme force en cas de besoin, il ne parvenait à le faire que par brèves explosions. Les longues poursuites, qu'il soit chasseur ou chassé, il les avait en horreur. Il avait un point de côté et son goitre palpitait furieusement. Il ne pourrait pas soutenir ce rythme beaucoup plus longtemps. Il s'arrêta pour reprendre haleine et, appuyé à un arbre, vit la forme lumineuse de la fille poursuivre sa course vers le nord puis faire halte. Quand elle regarda autour d'elle, il se jeta par terre. Se pouvait-il qu'elle ait une mauvaise vision dans l'obscurité ? Elle revint lentement sur ses pas, tournant lentement la tête à gauche et à droite, cherchant un signe de mouvement. Elle s'approchait peu à peu de l'endroit où il était étendu. S'il se remettait à courir, elle le repérerait ; s'il restait où il était, elle tomberait sur lui. Il était pris au piège.

L'arbre, derrière lui, était vieux et massif, avec des racines aussi épaisses que le corps du garçon, de longues branches dénudées aussi tordues que des membres arthritiques. A la base de son tronc s'ouvrait un trou vaguement triangulaire, peut-être le terrier d'une fouine ou d'un autre petit mammifère, élargi au fil des ans par les effets de la nature. A côté se trouvait une branche cassée d'environ un mètre de long, grosse comme le poignet du garçon et pointue à une extrémité. Il rampa doucement en arrière jusqu'à ce que ses jambes s'engagent dans le trou. Ce serait juste, mais il réussirait à se glisser à l'intérieur. Au cas où la fille le repérerait quand même, il la tiendrait à distance avec le bâton. Si la pierre qu'il lui avait jetée ne l'avait pas assommée, elle en avait clairement senti la force. Le bâton suffirait peut-être à l'empêcher d'approcher. D'ailleurs, il n'avait plus l'énergie de se remettre à courir, il devait maintenant faire face.

Il recula jusqu'à ce que les bords du trou lui mordent les flancs. Un moment, il se crut coincé, incapable de progresser vers l'avant ou vers l'arrière, puis il tortilla son corps mou et le terrier sembla l'aspirer. Une fois à l'intérieur, il s'efforça de rester immobile et silencieux. Il ne voyait qu'une bande de forêt qui s'obscurcissait avec la tombée de la nuit, mais il aperçut la silhouette de la fille quand elle passa devant lui. Elle marchait les jambes fléchies, la partie supérieure du corps légèrement penchée, les doigts repliés telles des griffes. Il crut l'entendre humer l'air, puis elle tourna la tête et parut regarder droit vers lui. Il tenait fermement son bâton, prêt à la piquer de la pointe si elle approchait. Il viserait un de ses yeux, décida-t-il. Il se demanda si la branche était assez solide pour qu'il la cloue au sol et imagina la fille gigotant comme un papillon de nuit en train de mourir. Cela le fit sourire.

Au lieu d'approcher du trou, la fille s'éloigna. Le garçon se rendit compte qu'il avait retenu sa respiration et il la relâcha dans un soupir de soulagement. Le bourdonnement du Dieu des Guêpes s'estompa, ce dont le garçon fut reconnaissant. Au bout de quelques minutes, il changea de position pour s'installer plus confortablement. De son bâton, il estima les dimensions du trou et découvrit qu'il était plus grand qu'il ne l'avait pensé. Il n'aurait pas pu s'y tenir debout, mais il offrait assez de place pour qu'il étende les jambes. S'il se lovait sur lui-même, il pourrait même dormir. Pas question de dormir, cependant, avec la fille qui rôdait dehors à sa recherche. Pour passer le temps, il égrena dans sa tête les souvenirs qui lui étaient revenus en un flot puissant lorsqu'il avait entendu la voix de l'homme qui avait tenté de l'anéantir, le détective qu'il haïssait tant. Son heure viendrait : une fois qu'il aurait trouvé d'autres êtres de son espèce, qu'il serait redevenu grand et fort, il s'emparerait du détective, de cet être dont même lui ne comprenait pas la nature, et dans un endroit profond, obscur, il découvrirait la vérité sur cet homme. D'abord, toutefois, il tuerait sa femme et son enfant, comme sa première femme et son premier enfant, mais cette fois le détective serait forcé d'assister à leur mort. Il y avait dans cette idée une circularité qui plaisait au garçon.

Lorsque la nuit enveloppa la forêt, il entendit trottiner des créatures nocturnes. Par deux fois l'obscurité fut éclairée par la luminescence passagère de la fille et il l'entendit l'appeler, l'inviter d'une voix enjôleuse à se montrer. Elle promit de lui expliquer le chemin pour sortir de la forêt, elle jura de le ramener en lieu sûr si seulement il consentait à jouer un moment avec elle. Il ne répondit pas, ne bougea pas. Il resta où il était et pria le Dieu des Guêpes de sacrifier un pan de la nuit pour que l'aube arrive plus vite.

Il ne se rappelait pas s'être endormi. A aucun moment il n'avait brièvement fermé les yeux, ne s'était rendu compte aussitôt de ce qui se passait et ne s'était réveillé en sursaut. Le sommeil avait simplement succédé à la veille. Quand il rouvrit les yeux, il était affalé contre une paroi du trou. Il faisait toujours nuit, mais la texture de l'obscurité avait changé et la forêt était silencieuse. Quelque chose cependant l'avait réveillé. Il prit conscience d'un léger bruit à proximité. Il avait en outre terriblement envie d'uriner et il avait très froid.

Le garçon tendit l'oreille. Oui, de nouveau ce bruit : quelque chose grattait, creusait. Un animal, peut-être, un carnivore cherchant une proie enfouie. Le bruit était proche, mais il n'arrivait pas à situer précisément sa source. Le bruit se répercutait à l'intérieur du trou, ce qui déformait encore sa perception. Il s'y ajouta un bourdonnement dans sa tête lorsque le Dieu des Guêpes l'appela d'une voix que le garçon ne parvenait toujours pas à saisir totalement.

Ça vient de la droite, estima-t-il. Il entendait maintenant des griffes crisser sur le tronc de l'arbre creux. Il se pencha, l'oreille près du bois, le visage à une dizaine de centimètres de la surface. De quelle espèce es-tu ? pensa-t-il. De quelle espèce ?

Une petite main jaillit de la terre entre ses jambes, agrippa son visage. Il sentit sur sa peau des doigts qui meurtrissaient sa chair. L'un trouva sa bouche ouverte et le garçon le mordit si violemment qu'il le sectionna, mais la main continua à serrer. Un ongle pointu s'enfonça dans son œil droit, une douleur perçante, profonde, s'insinua dans son crâne. La créature émergea un peu plus de la terre, non plus seulement un avant-bras mais une tête, puis un torse. La lumière malsaine de la fille infectait l'obscurité à mesure qu'elle montait, sa main droite continuait à forcer le visage du garçon, la gauche prenant appui sur le sol. Il se débattit, frappant d'une main la chair morte de la fille, fouillant la terre de l'autre jusqu'à ce qu'il trouve le bâton. Il le brandit aussi haut qu'il put avant de l'abattre et le sentit pénétrer le corps de la fille. Elle eut un spasme et il portait un nouveau coup quand il sentit soudain tout s'écrouler autour de lui. Il tombait. La fille ne cherchait plus à se relever, elle l'entraînait vers le bas, vers cet endroit désolé où elle avait elle-même été enterrée, avec son plafond de racines et ses parois de terre, où les scarabées et les mille-pattes cheminaient sur ses os.

Le bâton se prit dans une anfractuosité et se rompit. La terre s'éleva jusqu'à la poitrine du garçon, jusqu'à son cou, jusqu'à son menton. Il ouvrit la bouche, mais la terre étouffa son dernier cri.

Et la fille eut enfin son compagnon de jeu.

54

Je ne sais si tout ce que j'ai partagé avec vous est vrai. En partie, j'en ai personnellement été témoin ; en partie, on me l'a raconté. Et le tout, je l'ai peut-être en partie rêvé.

J'en appris aussi quelques bribes par Grady Vetters, une fois qu'il eut repris conscience. Ensemble, nous allâmes voir sa sœur à l'hôpital. Elle était toujours dans le coma. L'état dans lequel elle avait été plongée par la piqûre de Flores n'avait pas été modifié par le cocktail de médicaments qu'on lui avait administré. Finalement, elle n'était pas aussi forte que son frère, pas physiquement en tout cas : conjuguée aux difficultés respiratoires causées par la position dans laquelle on l'avait laissée sur le canapé, l'injection avait provoqué une hypoxie fatale au cerveau.

Marielle dormait et, apparemment, elle ne se réveillerait jamais.

Nous laissâmes le corps de Jackie Garner dans l'avion pour le protéger des animaux. Plus tard, les gardes forestiers le remirent à sa mère et à sa copine pour l'enterrement. Les corps de la femme appelée Darina Flores et de l'homme connu sous le nom de Malphas furent transportés à Augusta pour examen. Ce qu'il leur arriva ensuite, je l'ignore.

Liat réussit à marcher pour quitter la forêt, chacun de nous la soutenant tour à tour. Vers la fin, elle était à peine consciente. Elle refusait de me regarder ou même de prendre simplement acte de ma présence à côté d'elle quand je l'aidais à avancer. Elle avait été chargée de veiller à ce que la liste soit récupérée, elle avait échoué. Dans l'obscurité, nous retrouvâmes la route qui nous avait conduits au cœur de la forêt. Louis et Angel restèrent avec Liat pendant que j'allais chercher le 4 × 4. Ce fut seulement en démarrant que je remarquai que le porte-bonheur de Jackie, le collier de griffes d'ours accroché à son rétroviseur, avait disparu, et je me demandai quand le Collectionneur l'avait ajouté à sa galerie de souvenirs : avant ou après avoir tué Jackie ?

J'emmenai Liat au centre de santé local et expliquai qu'elle était tombée sur une flèche. Apparemment, ils en avaient vu d'autres, et des plus bizarres, car le médecin de garde ne sourcilla pas et prit les dispositions nécessaires pour qu'elle soit immédiatement transférée à Bangor. Je l'informai qu'elle ne pouvait ni parler ni entendre, mais qu'elle était capable de lire sur les lèvres. J'appelai ensuite Epstein pour lui relater l'essentiel de ce qui était arrivé. Quand il me demanda si la liste était en sécurité, j'acquiesçai, sans plus de précisions.

Après tout, elle l'était, d'une certaine façon.

Peu avant l'aube, je retournai dans la forêt avec ma voiture par la route de la compagnie papetière. Cette fois, j'étais prêt. J'étais encore à trois kilomètres environ de l'épave de l'avion quand je commençai à capter le signal du mouchard sur mon portable. A six mètres de l'appareil, au pied d'un sapin blanc, je trouvai la liste. Je ne l'avais pas jetée très loin de l'avion, juste assez. Un petit animal avait déjà grignoté en partie le plastique, mais le paquet était à peu près intact et le petit mouchard que j'avais glissé à l'intérieur émettait un clignotement rouge.

Du garçon qui était en réalité Brightwell, aucune trace. Quelques jours plus tard, toutefois, alors que la police continuait à fouiller la zone, à rassembler et à identifier les restes des victimes de Malphas, on découvrit l'une des chaussures du garçon près du tronc creux d'un énorme chêne et on supposa qu'il avait été attaqué par un ours.

Je communiquai aux enquêteurs la plupart des informations que je détenais alors sur l'avion, car j'étais tout sauf habile lorsqu'il s'agissait de dissimuler la vérité. Gordon Walsh figurait parmi les policiers qui m'interrogèrent, quoique le nord de l'Etat ne fît plus partie de sa juridiction. Il avait été envoyé pour observer, déclara-t-il, et je ne lui demandai pas par qui. Je dis aux flics que Marielle Vetters m'avait engagé pour retrouver l'avion parce qu'elle pensait que le silence de son père avait peut-être causé des souffrances inutiles aux familles de ceux qui étaient à bord lors de l'accident et qui attendaient toujours d'être fixés sur le sort de ceux qu'ils aimaient. J'omis seulement l'existence de la liste et certaines choses que je savais sur le Collectionneur, en fournissant toutefois son signalement détaillé à la police et en l'informant de ses liens avec Eldritch, l'avocat. Après tout, je ne devais rien ni à l'un ni à l'autre, désormais. Je parlai aussi du dernier acte de Jackie, celui qui lui avait coûté la vie. On ne peut calomnier les morts, et mentir pour protéger la réputation de Jackie, ou pour épargner ses proches, aurait causé plus de problèmes que dire la vérité.

Lentement commença à émerger un scénario qui, à défaut d'être entièrement satisfaisant, paraissait plausible. Le Collectionneur avait voulu se venger de l'explosion fatale ; la femme et le garçon cherchaient l'avion pour des raisons personnelles inconnues, peut-être liées au nommé Malphas, peut-être aussi parce qu'ils pensaient qu'il restait de l'argent caché dans l'avion. Entre-temps, l'identification des restes des victimes de Malphas avait commencé à donner des résultats. Deux hommes, identifiés comme Joe Dahl et Ray Wray, furent ajoutés à la liste de ses victimes et je ne dis rien pour contredire cette hypothèse. Avec tant de travail sur les bras, les forces de l'ordre acceptèrent que quelques trous dans mon histoire demeurent inexpliqués.

Dans son coin, Gordon Walsh observait et écoutait.

Ce fut lui qui, le premier, demanda des informations supplémentaires sur Liat après qu'on eut découvert ses liens avec les événements. Je répondis qu'elle était une spécialiste de l'histoire de l'aviation, assertion qu'elle confirma obligeamment quand on lui posa la question. Ne tenant pas à interroger une sourde et muette sur un sujet dont il ne connaissait rien, Walsh laissa tomber. Avant de quitter Falls End, il me fit néanmoins explicitement comprendre qu'il espérait entendre de ma part, dans un avenir proche ou lointain, à supposer que je reste en vie assez longtemps pour ça, une version des événements plus détaillée que celle que je venais de fournir.

Lorsque les enquêteurs se présentèrent à la clinique privée où Eldritch était traité, ils découvrirent qu'il avait été soustrait aux soins de ses médecins par un homme prétendant être son fils et dont on n'avait pu retrouver aucune trace. Plus tard, il apparut que l'immeuble dévasté qui avait abrité son cabinet appartenait en fait à un couple âgé de prêteurs sur gages du quartier et que l'accord conclu avec leur locataire disparu s'était réduit à une simple poignée de main. L'immeuble incendié fut rasé quelques semaines plus tard, et l'argent de l'assurance tomba dans leurs poches.

Un mois plus tard, Epstein me rendit visite. Liat l'accompagnait, ainsi qu'un de ces jeunes gens en armes apparemment interchangeables sur lesquels il comptait pour assurer sa sécurité. J'emmenai le rabbin faire quelques pas à Ferry Beach tandis que Liat et son compagnon nous suivaient à distance.

— Pourquoi avez-vous détruit la liste ? me demanda finalement Epstein.
— Qu'en auriez-vous fait ?
— J'aurais observé, enquêté.
— Tué ?
Il haussa les épaules.
— Peut-être.
— Après… ou avant qu'une des personnes désignées passe à l'acte ?
Nouveau haussement d'épaules.
— Il est parfois nécessaire d'agir préventivement.
— C'est pour ça que j'ai détruit la liste, affirmai-je.
— Dans de bonnes mains, elle aurait pu être utile.
— Dans de bonnes mains, certainement.

— D'après ce que j'ai entendu dire, Liat a risqué la mort à cause de vous. Le Collectionneur avait menacé de la tuer si on ne lui remettait pas la liste.
— Il ne l'aurait pas fait.
— Vous en semblez absolument sûr.
— Il a un code moral. Tordu, certes, mais c'est quand même un code moral. Il ne l'aurait pas tuée pour quelque chose que j'avais fait, il ne l'aurait tuée que pour quelque chose qu'elle aurait fait. Or, je ne crois pas qu'elle était coupable de quoi que ce soit qui aurait pu inciter le Collectionneur à s'en prendre à elle.
— Je m'efforcerai de lui expliquer ce distinguo. Je crains, si vous tentiez de le faire vous-même, qu'elle ne vous tire dessus.

Parvenus au bout de la plage, nous fîmes demi-tour. Le soleil avait commencé à se coucher quand nous prîmes la direction du nord, le vent nous soufflant l'hiver au visage.

— Qu'est-ce que Malphas faisait là-bas, d'après vous ? reprit Epstein. Liat m'a parlé d'une sorte d'autel.
— Malphas avait au crâne une crevasse assez large pour y loger un livre. Il avait le cerveau endommagé. Vous pensez quand même qu'il savait ce qu'il faisait ?
— Il avait certainement un but. Liat m'a dit que cet autel faisait face au nord. Un autel tourné vers le nord, dans un Etat du Nord. Combien de temps peut-on remonter vers le nord, à votre avis, avant qu'il ne reste plus rien, plus rien à adorer que de la neige et de la glace ?

Nous regagnâmes le parking en silence. Le jeune garde du corps fit démarrer le moteur de la voiture tandis que Liat se tenait près de la portière arrière ouverte. Leur départ était imminent.

— Nous y sommes, dans le Nord, dit Epstein. Ici même. Ici, des avions s'écrasent et sont lentement aspirés par le sol. Ici, des tueurs viennent rôder et connaissent leur fin. Des anges noirs étendent leurs ailes au-dessus de ces lieux et sont abattus par leurs ennemis. Et vous, vous vivez ici. Auparavant, je croyais que c'était vous qui les attiriez. Je pense maintenant que je me suis peut-être trompé. Il y a autre chose, ici.

Quelque chose qui a attiré Malphas et qui a tenté de cacher l'avion. Quelque chose qui les attire tous, même s'ils n'ont pas conscience d'entendre sa voix. C'est ce que croit Liat, c'est ce que je crois, moi aussi, maintenant.

Il me serra la main.

— C'est vraiment dommage, pour cette liste, me dit-il.

Et pendant que sa main droite pressait la mienne, il posa la gauche par-dessus, et ses yeux scrutèrent mon visage, y cherchant un indice de ce qui était, soupçonnait-il, peut-être vrai : quoi qu'il pût y avoir dans la sacoche reposant au fond de l'étang obscur, ce n'était pas la liste.

— Vous savez, poursuivit-il, j'ai envoyé plusieurs de mes hommes la chercher là-bas, sans résultat. Apparemment, cet étang est très profond. Espérons simplement que la liste est en lieu sûr.

— Je pense que nous pouvons en avoir la certitude, répondis-je.

Après leur départ, je me tournai vers le nord, comme si, de l'endroit où je me tenais, je pouvais voir loin, très loin, le cœur de la forêt du Grand Nord.

La forêt et ce qui gisait dessous, profondément enfoui.

Enfoui, attendant.

Remerciements

Comme toujours, j'ai une dette de reconnaissance envers plusieurs personnes qui m'ont aidé à rendre ce livre meilleur qu'il ne l'aurait été autrement. Je tiens à remercier mon confrère Paul Doiron (www.pauldoiron.com), qui, en plus d'être un excellent auteur, est aussi le rédacteur en chef du magazine *Down East* (www.downeast.com), dont je suis un fier abonné. Paul a pris le temps de me faire comprendre comment on chasse dans le Maine, et je lui suis reconnaissant de son savoir et du plaisir de sa compagnie. Par ailleurs, les docteurs Robert et Rosey Drummond m'ont généreusement prodigué leurs conseils en matière médicale, et je leur dois un bon repas indien. Rachel Unterman et sa sœur, Deborah Unterman Reiss, m'ont, elles, aidé à jurer en hébreu. Mille mercis également à mon ami Joe Long, de New York, qui m'a fait connaître tout le personnel du traiteur italien new-yorkais Nicola's. J'exprime aussi ma gratitude à Nick et Freddy Santilli, qui m'ont permis d'organiser des réunions dans leurs bureaux, ainsi qu'à Dutch, pour les livres. Vous devriez aller les voir. Ils sont dans la Première Avenue, entre la 54e et la 55e Rue. Dites-leur que vous venez de ma part.

J'ai la chance d'être entouré de gens – des femmes, pour la plupart – qui sont beaucoup plus intelligents que moi et qui se sont chargés de s'occuper de mes quelques petits bouquins et, par extension, de moi. Je serais totalement perdu sans mes éditrices, Sue Fletcher, de Hodder & Stoughton, et Emily Bestler, chez Atria, et tous ceux qui travaillent à leurs côtés : Swati Gamble, Kerry Hood, Lucy Hale, Auriol Bishop, Jamie Hodder-

Williams et les excellents représentants commerciaux de Hodder ; Judith Curr, Louise Burke, Carolyn Reidy, Caroline Porter, David Brown et l'équipe de représentants d'Atria et Pocket. Mon amie Clair Lamb m'a beaucoup facilité la vie en assumant le rôle ingrat d'agent publicitaire, assistante et organisatrice de tous les aspects liés au livre, avec le concours de Madeira James, manifestement douée, qui s'occupe de mon site Web, et, jusqu'à ces derniers temps, de Jayne Doherty, qui vit depuis sous des climats maritaux plus ensoleillés. Je remercie aussi, comme toujours, mon agent, Darley Anderson, sans qui je n'aurais pas l'heur d'être publié, et toute son équipe : Clare Wallace, Mary Darby, Sophie Gordon, Vicki Le Feuvre, Andrea Messent, Camilla Wray, Rosanna Bellingham, Peter Colegrove et, à Los Angeles, mon agent cinématographique, Steve Fisher.

Enfin, les membres de mon foyer ont dû supporter bien des choses... A mon adorable Jennie, à Cameron et Alistair, aux deux chiens Sasha et Coco, qui me tiennent compagnie dans mon bureau, tout mon amour et mes remerciements.

Cet ouvrage a été imprimé en France par

CPI
FIRMIN-DIDOT

à Mesnil-sur-l'Estrée (Eure)
en mars 2013

FSC — MIXTE — Issu de sources responsables — FSC® C003309

*Composé par Nord Compo Multimédia
7, rue de Fives, 59650 Villeneuve-d'Ascq*

N° d'impression : 116309
Dépôt légal : avril 2013